W0298593

BASTEI
LÜBBE
TASCHENBUCH

Weitere Titel des Autors:

FORGOTTEN LEGION-CHRONICLES
Die Vergessene Legion
Der silberne Adler
Der blutige Weg

EAGLES OF ROME-REIHE
Kampf der Adler
Rache der Adler
Sturm der Adler

Über den Autor:

Ben Kane wurde in Kenia geboren und wuchs in Irland auf, dem Heimatland seiner Eltern. Bevor er sich ganz dem Schreiben widmete, arbeitete er als Tierarzt. Schon als Kind übte die Geschichte Roms eine große Faszination auf ihn aus, weshalb mit der Veröffentlichung seines Debüts *Die Vergessene Legion* ein lang gehegter Traum in Erfüllung ging. Mittlerweile ist Ben Kane Bestsellerautor und lebt mit seiner Familie in North Somerset, England.

S1-Hi
Bd 1

BEN KANE

STURM DER ADLER

Roman

Aus dem Englischen von
Dr. Holger Hanowell

BASTEI
LÜBBE
TASCHENBUCH

BASTEI LÜBBE TASCHENBUCH
Band 17769

Dieser Titel ist auch als E-Book erschienen.

MIX
Papier aus verantwortungsvollen Quellen
FSC® C083411

Vollständige Taschenbuchausgabe

Deutsche Erstausgabe

Für die Originalausgabe:
Copyright © by Ben Kane, 2017
Titel der englischen Originalausgabe: »Eagles in the Storm«
First published as Eagles in the Storm by Preface. Preface is an imprint of Cornerstone, part of the Penguin Random House group of companies.

Für die deutschsprachige Ausgabe:
Copyright © 2019 by Bastei Lübbe AG, Köln
Textredaktion: Rainer Delfs, Scheeßel
Karte auf Seite 6: Markus Weber, Guter Punkt, München
Titelillustration: © Arndt Drechsler, Regensburg
Umschlaggestaltung: Guter Punkt, München | www.guter-punkt.de
Satz: two-up, Düsseldorf
Gesetzt aus der Garamond
Druck und Verarbeitung: CPI books GmbH, Leck – Germany
ISBN 978-3-404-17769-1

1 3 5 4 2

Sie finden uns im Internet unter www.luebbe.de
Bitte beachten Sie auch: www.lesejury.de

Ein verlagsneues Buch kostet in Deutschland und Österreich jeweils überall dasselbe.
Damit die kulturelle Vielfalt erhalten und für die Leser bezahlbar bleibt, gibt es die gesetzliche Buchpreisbindung. Ob im Internet, in der Großbuchhandlung, beim lokalen Buchhändler, im Dorf oder in der Großstadt – überall bekommen Sie Ihre verlagsneuen Bücher zum selben Preis.

Für all die irischen Rugbyspieler, früher und heute. Ihr habt alles gegeben – und tut es noch – für die vier stolzen Provinzen, und dafür lieben wir euch. 2016 wird uns als herausragendes Jahr für den irischen Rugbysport in Erinnerung bleiben, dank der Siege über Neuseeland, Australien und Südafrika.

Der Ruhm wird jedoch von Trauer getrübt, da Anthony Foley mit zweiundvierzig Jahren vorzeitig aus dem Leben schied. Er spielte für Shannon, Munster und das irische Team. Dieses Buch widme ich auch Anthony, der ein Meister des Spiels war und leider viel zu früh von uns ging.

© Markus Weber, Guter Punkt München

DRAMATIS PERSONAE

Es folgt eine Aufstellung der wichtigsten Figuren, wobei die historischen Personen mit einem * gekennzeichnet sind.

RÖMER UND VERBÜNDETE

* **Tiberius** Claudius Nero, röm. Kaiser (von 14 n. Chr. bis 37 n. Chr.); von Augustus adoptiert, ab 4 n. Chr. Feldzüge u.a. gegen Germanen, Langobarden und Pannonier

* Gaius Iulius Caesar **Germanicus**; Großneffe des Augustus, Neffe und Adoptivsohn des Tiberius, röm. Feldherr, kämpfte an der Seite des Tiberius während des Pannonischen Aufstands, hatte das Imperium Proconsulare über beide Rheinarmeen inne; starb 19 n. Chr. Verheiratet mit Agrippina (der Älteren); u.a. Vater des Caligula (lat. »Soldatenstiefelchen«)

Lucius Cominius Tullus, Centurio, früher 18. Legion, jetzt 5. Legion

* Marcus Crassus Fenestela, Tullus' Optio

* Lucius Seius Tubero, römischer Adliger, ehemaliger Militärtribun, inzwischen im Rang eines Legaten, Tullus' erklärter Widersacher

Marcus Piso, einer von Tullus' Legionären

Metilius, Soldat des Tullus, Pisos Freund

Calvus, Soldat des Tullus
Dulcius und Rufus, weitere Soldaten des Tullus
Bassius, Primus Pilus der 5. Legion
* Lucius Stertinius, einer von Germanicus' Heerführern
* Aulus **Caecina** Severus, Legat des Heeres von Niedergermanien (Germania inferior)
* Gaius Silius, Legat, Kommandant des obergermanischen Heeres
* Lucius Apronius, einer von Germanicus' Legaten

Potitius, einer von Tullus' Centurionen
* Lucius Caedicius, Lagerpräfekt in Aliso, Tullus' Freund
* Flavus, Arminius' Bruder
* Aemilius, Primus Pilus der Ersten Legion
* Chariovalda, Stammesführer der Bataver, Verbündeter Roms
* Publius Quinctilius Varus, der tote Statthalter von Germania, der 9 n. Chr. in den Hinterhalt des Arminius geriet
* Nero Claudius **Drusus**, Germanicus' Vater, Feldherr, der viele Feldzüge auf germanischem Boden befehligte

Gaius, Legionär, der Piso Geld schuldet
Gnaeus Aelius Gallo, ein Soldat, der Gefangener der Marser ist
Arimnestos, ein griechischer Armeearzt

GERMANEN UND SONSTIGE

* Arminius, ein Stammesführer der Cherusker, Drahtzieher des Hinterhalts, in den Varus' Legionen gerieten. Erklärter Feind Roms

Maelo, Arminius' Freund und Vertrauter
Degmar, Marser, ehemals Diener von Tullus
* Thusnelda, Arminius' Frau
* Mallovendus, ein Stammesführer der Marser

Horsa, ein Stammesführer der Angrivarier

* Inguiomerus (Inguiomer, auch Ingomar), mächtiger Anführer der Cherusker, Onkel des Arminius

Gerulf, ein Stammesführer der Usipeter

Osbert, einer von Arminius' besten Kriegern

Gervas, ein Krieger der Usipeter, der sich mit Arminius verbündet

Tudrus, ein Krieger der Dolgubnier

* Segestes, Thusneldas Vater, Verbündeter Roms, ein Stammesführer der Cherusker

* Segimundus, Sohn des Segestes, Bruder der Thusnelda, Priester im Römerlager »apud aram Ubiorum« (»beim Altar der Ubier«)

Adgandestrius, ein Stammesführer der Chatten

Artio, Mädchen, das von Tullus in »Kampf der Adler« gerettet wurde

Sirona, Gallierin, die sich um Artio kümmert

Macula, ein streunender Hund, den Piso mitnimmt

Scylax, Artios Hund

PROLOG

Herbst 15 n. Chr.

In der Nähe des römischen Legionslagers Vetera,
an der Grenze zu Germania Magna

Die Herbstsonne brach durch die Wolkendecke und brachte den Adler der Fünften Legion zum Funkeln. Ein Zeichen der Götter – so hätten viele gesagt. Ob göttliches Zeichen oder nicht, das goldene Leuchten zog die Blicke aller auf den Aquila. Centurio Lucius Cominius Tullus war wie gebannt. Vergessen war der böig auffrischende Westwind. Tullus' Blick haftete auf der Adlerstandarte. Von dem golden schillernden Vogel, der mit nach hinten gespreizten Schwingen einen blitzesprühenden Donnerkeil in den Fängen hielt, ging eine unsichtbare Macht aus, wahrnehmbar für alle, da der Aquilifer die Standarte hochhielt. Der Aquila versinnbildlichte nicht nur den Stolz und die Ehre der Legion, sondern auch den Kampfeswillen und die Opferbereitschaft der Soldaten – jeder Legionsadler forderte von seinen Betrachtern Respekt und Hingabe ein.

Ich bin dein Diener, dachte Tullus. *Ich folge dir, immerdar.*

Doch auch diesmal gab ihm der stolze Vogel keine Antwort.

Geduldig wartete Tullus und ließ den Aquila auf sich wirken. Die Antwort kam ungefähr ein Dutzend Herzschläge später, als der Aquilifer seine Position ein wenig veränderte. Erneut blitzte der Adler im Sonnenlicht auf, und diesmal war Tullus von den Strahlen geblendet. Ehrfürchtig blinzelte er und wiederholte das Gelübde, dem Adler bis in den Tod zu dienen. Ehe er den stummen Eid zu Ende gesprochen hatte, verspürte er ein Stechen in der Herzgegend. Tullus' Treue stand außer Frage, aber bei dem Adler der Fünften Legion handelte es sich nicht um die Standarte, die ihm oft in seinen Träumen erschien. Es gab Nächte, in denen er schweißgebadet aus unruhigem Schlaf hochschreckte und das Hämmern seines eigenen Herzens spürte.

Aus tiefster Seele hing Tullus an dem Adler der Achtzehnten Legion, jener Legion, der er fünfzehn Jahre lang gedient hatte. Vor nunmehr sechs Jahren war die Legio XVIII gemeinsam mit zwei weiteren Armeen in den Hinterhalt des Arminius geraten und vernichtet worden. Arminius zählte zu den einflussreichsten Stammesführern der Cherusker und hatte einst selbst in römischen Diensten gestanden.

Tullus hatte das Blutbad am Saltus Teutoburgiensis zwar überlebt – es war ihm sogar gelungen, eine Handvoll Kameraden seiner Einheit zu retten –, aber die seelischen Narben schmerzten noch immer. Seither sann er auf Rache an Arminius, aber noch ausgeprägter als der Wunsch nach Vergeltung war das Verlangen, den Adler der Achtzehnten wiederzufinden. Bislang hatte man nur eine der drei verschollenen Standarten gefunden. Dieses Ereignis hatte seinem Herzenswunsch neue Nahrung gegeben.

Ein Mann hustete hinter ihm. Tullus kehrte mit seinen Gedanken in die Gegenwart und den Ablauf der Parade zurück. Im Rücken wusste er die Soldaten der Fünften Legion, die wohlgeordnet Kohorte für Kohorte angetreten waren. Die Legionäre der Einundzwanzigsten, Veteras zweiter fest stationierter Legion, hatten ebenfalls Aufstellung bezogen. Die dritte große Einheit bildeten die Auxiliartruppen, eine Mischung aus Plänklern, Fußtruppen und Reitern. Nur die Wachen auf den Wehrgängen, die Patienten im Valetudinarium oder diejenigen, die ihren

Pflichten anderweitig nachkamen, brauchten nicht an dieser Parade teilzunehmen.

Alle warteten. *Aber der Eifer ist verflogen*, dachte Tullus, während er in die ausdruckslosen Mienen der Männer sah. Verübeln konnte man es den Soldaten nicht. Die Kälte hier im Freien ging einem bis in die Knochen. Mäntel waren verboten, denn Germanicus verlangte, dass sich seine Truppen in strahlender Rüstung präsentierten, die Waffen sichtbar für alle. Die Parade wurde abgehalten, um den harten und unerbittlichen Feldzug auf germanischem Boden zu feiern, der vor einem Monat zu Ende gegangen war.

Germanicus, der als Imperator das Imperium proconsulare maius über beide Rheinarmeen innehatte, gedachte nicht nur hochgestellte Offiziere zu ehren, sondern auch einzelne Soldaten, die sich durch Tapferkeit vor dem Feind ausgezeichnet hatten. Tullus hatte nie viel für Zeremonielles übrig gehabt, aber angesichts der hohen Verluste während des Sommers dienten Paraden dieser Größenordnung dazu, die Moral der Truppe zu verbessern.

Erneut fegte ein heftiger Windstoß über die Fläche, sodass Tullus an bloßen Armen und Beinen Gänsehaut bekam. *Fehlt nur noch, dass sich die Männer eine schwere Erkältung holen*, dachte er und forderte die Soldaten seiner Einheit laut und vernehmlich auf, kräftig auf der Stelle zu treten. Er selbst stampfte mehrmals mit den Füßen auf, ehe er Ausschau nach Germanicus hielt, doch der Imperator war bislang nirgends zu sehen. Daher nutzte Tullus die Gelegenheit, die Kohorte abzuschreiten. Hier und da munterte er die Männer ein wenig auf, neckte den ein oder anderen und vergewisserte sich, dass die anderen fünf Centurionen der Einheit zufrieden waren.

Für die Soldaten, die einst Arminius' Hinterhalt überlebt hatten, war der Dienst in der Armee nicht leicht gewesen. Man hatte sie kurzerhand auf andere Einheiten verteilt. Tullus selbst hatte unter Tubero gelitten, einem jungen böswilligen Tribun, der es vom ersten Tag an auf Tullus abgesehen hatte. Auf Betreiben dieses Mannes war Tullus degradiert worden und musste eine Weile als rangniedriger Centurio in der Siebten Kohorte der Legio V dienen, seiner neuen Legion. Einst hatte er den Rang eines Pilus Prior in der Zweiten Kohorte der Legio XVIII innegehabt, allerdings befehligte er inzwischen als Princeps Prior die Zweite Centurie der Siebten Kohorte, stand also vom Rang her endlich über den nachgeordneten Centurionen. Somit hatte es fünf Jahre gedauert, bis Germanicus ihn wieder zum Princeps Prior einer Kohorte ernannt hatte.

Nach der schmählichen Niederlage des Varus hatte Tullus es Caedicius zu verdanken – dem ehemaligen Lagerpräfekten von Aliso, mit dem er inzwischen befreundet war –, dass ihm zumindest einige Kameraden aus der alten Einheit erhalten geblieben waren. Dafür war Tullus seinem Freund jeden Tag aufs Neue dankbar. Sein verlässlichster Mann war nach wie vor sein drahtiger, rothaariger Optio Marcus Crassus Fenestela. Auf Piso und Metilius, zwei tapfere, einfallsreiche Legionäre, konnte sich Tullus ebenfalls blind verlassen. Er tauschte sich kurz mit ihnen aus, ehe er weiter an der Reihe entlangschritt.

Die Soldaten der neuen Centurie unterschieden sich kaum von den Soldaten, die Tullus bisher befehligt hatte. Einige von ihnen hatten sich durch Mut und Tapferkeit hervorgetan, viele waren gute Männer, die meisten indes gehörten zum Durchschnitt. Es war unvermeidlich, dass man in der eigenen Einheit immer wieder unzuverlässige Männer hatte: Störenfriede und ewig Missgelaunte. Doch wenn man sie hart genug rannahm, fügten auch sie sich.

Insgesamt jedoch war seine Einheit ganz ausgezeichnet – jeder Centurio wäre stolz auf solche Kämpfer. Im Verlauf der Strafexpedition auf germanischem Boden hatten sie ihre Aufgaben gemeistert und sich alles andere als feige verhalten. Ja, Tullus war stolz auf sie, aber das ließ er nur selten durchblicken. Es hatte sich bewährt, die Jungs nur höchst selten zu loben.

Bucinae ertönten entlang der Wehrgänge, etwa eine Viertelmeile entfernt vom riesigen Paradeplatz. »Kinn hoch, Brust raus, Jungs! Schilde gerade, Pila absetzen!«, rief er. »Germanicus kommt!«

»Hat er auch was für uns dabei, Herr?«, rief einer aus den hinteren Reihen.

»Vielleicht extra Sold?«, fügte ein anderer rasch hinzu. »Oder ein bisschen Wein?«

Centurionen mussten oft hart einschreiten, wenn Soldaten unaufgefordert das Wort ergriffen, aber Tullus gehörte nicht zu den Schindern. Es war kalt, und sie harrten nun schon seit über einer Stunde auf dieser zugigen Fläche aus – kein Wunder also, dass den Männern der Sinn nach Wein stand, der einem den Magen wärmte.

»Mit Sold braucht ihr nicht zu rechnen, Brüder«, antwortete er und hatte seinen Spaß, als er das Aufstöhnen der Männer vernahm. »Diese Centurie, diese ganze Kohorte hat nicht genug Leistungen vorzuweisen, die eine extra Soldzahlung rechtfertigen würden. Wein liegt allerdings nicht außerhalb des Möglichen.«

Hier und da ging ein Grummeln durch die Reihen, doch schließlich grinsten die Männer breit, als Tullus ihnen tatsächlich Wein in Aussicht stellte – auf eigene Kosten.

»Eine kleine Geste meinerseits, Brüder«, sprach er und stellte sich erneut vor die erste Reihe. »Ihr habt euch diesen Sommer tapfer geschlagen.«

Inzwischen galt die Aufmerksamkeit der Männer dem befestigten Weg, der zum Lager führte, da eine Schar Reiter zu sehen war. Unmittelbar hinter den Reitern folgte eine Kohorte Prätorianer, eine Einheit, die zu Germanicus' persönlicher Leibwache gehörte.

Sowie die ersten Reiter auf zweihundert Schritte herangekommen waren, gab der Lagerpräfekt das vereinbarte Zeichen. Daraufhin erteilten Tullus und die übrigen ranghohen Centurionen den Bläsern der Kohorten den Befehl, zu den Hörnern zu greifen.

Schmetternde Signaltöne zerrissen die herbstliche Luft. Die kurzen, fanfarenartigen Töne ebbten genau in dem Moment ab, als Germanicus die Plattform auf dem Paradegelände erreichte. Wie selbstverständlich bezogen die Prätorianer in straffer Ordnung beiderseits der Plattform Aufstellung.

Beim Anblick des Oberbefehlshabers am Rhenus ging ein Raunen durch die Reihen. Germanicus war eine stattliche Erscheinung, wie Tullus zugeben musste. Ein außergewöhnlich großer, wohlgestalteter Mann, der selbst in einiger Entfernung gebieterisch wirkte. Germanicus' Brustpanzer leuchtete, als hätten die Götter ihn auf Hochglanz poliert. Eine rote Schärpe kennzeichnete ihn als Feldherrn. Mit dem Imperium proconsulare gebot er über die Tres Galliae und Germania.

Zynische Zeitgenossen bezeichneten Germanicus hinter vorgehaltener Hand als hübschen Adelsspross, der nur zu gern Soldat spielte, doch Germanicus war aus anderem Holz geschnitzt als viele der Emporkömmlinge, die Rom zu bieten hatte. Auf mehreren Feldzügen hatte er bereits seine Führungsqualitäten unter Beweis gestellt. Er besaß militärisches Kalkül und Mut und bestach immer wieder mit seiner außergewöhnlichen Ausstrahlung – seinem Charisma, das für einen guten Führer unerlässlich war. Seine Soldaten begegneten ihm aber nicht nur mit gebührendem Respekt, sondern auch mit einem gehörigen Maß Furcht, denn Germanicus galt als unberechenbar und rücksichtslos.

Bei weniger förmlichen Anlässen hätten die Legionäre ihm vermutlich zugejubelt, aber an diesem Tag herrschte ehrfürchtiges Schweigen, als der Feldherr die letzten Stufen zur Plattform hinter sich ließ und dort von seinen Stabsoffizieren in Empfang genommen wurde.

Tullus musste lächeln, als der Lagerpräfekt Germanicus einen Platz anbot, der Feldherr jedoch dankend ablehnte. *Er wird zu seinen Truppen sprechen*, dachte Tullus mit wachsendem Stolz. Kein Führer, der etwas auf sich hielt, saß dafür auf seinem Arsch …

»Ihr tapferen Legionäre der Legio V und Legio XXI. Ihr mutigen Streiter unserer Auxiliareinheiten!«, rief Germanicus, und der Wind trug seine Stimme weit über die Ebene. »Ihr treuen Soldaten des Reichs, ich grüße euch!«

»GER-MA-NI-CUS!«, brüllten bis zu zwölftausend Stimmen, unter ihnen auch Tullus. »GER-MA-NI-CUS!«

»Im Frühjahr überquerten wir den Rhenus, wir und Tausende aus anderen Legionen«, verkündete Germanicus. »Bis zu vierzigtausend Soldaten des Reichs, mit klar gestecktem Ziel. Wir marschierten tief ins Feindesland, um unsere Toten zu rächen, den Statthalter Varus und seine Legionen, die von Arminius und dessen verräterischen Helfershelfern auf grausame Weise ermordet wurden. Wir machten uns auf den Weg, um die Stämme niederzuwerfen, die sich nach wie vor Roms Herrschaft widersetzen, und um Arminius zu töten. Unser Vorstoß diente dazu, die drei Adler wiederzufinden, die der Feind uns einst raubte.«

Mit gebieterischer Geste unterband Germanicus den aufbrandenden Jubel der Einheiten.

»Bis zu einem gewissen Grad ist uns das gelungen. Mehrere Stämme wurden vernichtet – die Marser, die Chatten, auch die Brukterer. Die Auffindung des Aquila der Neunzehnten Legion gibt Anlass zu großen Feierlichkeiten.«

Ungezügelter Jubel hob an. Germanicus verstand es, vor den Massen zu reden, und gewährte den Männern einen Augenblick der Freude.

Doch in Tullus regte sich die alte Verbitterung, denn alle Ziele hatten sie nicht erreicht. Er wusste, dass er erst dann Ruhe finden würde, wenn auch der Adler der Achtzehnten Legion heimwärts fliegen würde. Genugtuung würde er erst dann verspüren, wenn Arminius tot war – jener Stammesführer, der für den Verlust der Adlerstandarte und den Tod von Tullus' Männern verantwortlich war.

Blut für Blut, dachte er und malte sich im Geiste aus, Arminius die Klinge an den Hals zu halten. Der Verräter – einst war er ein Verbündeter Roms – musste bezahlen für das, was er angerichtet hatte.

»Fortuna gewährte uns die sichere Rückkehr unserer Soldaten, aber trotz unserer Erfolge haben wir nicht alles zum Abschluss bringen können!«, rief Germanicus, als der Jubel nachgelassen hatte. »Ein weiterer Feldzug erwartet uns im kommenden Frühjahr. Erneut werde ich euch über den Fluss führen, zu weiteren Siegen. Gemeinsam werden wir Arminius und seine Gefolgsleute überwältigen und erschlagen und die beiden anderen Adler finden. Rom wird siegreich aus diesem Feldzug hervorgehen!« Mit diesen Worten reckte er die Faust gen Himmel.

»RO-MA! VIC-TRIX!«, brüllten sie zu Hunderten innerhalb der Reihen der Fünften Legion.

Der Ausruf wurde begeistert aufgegriffen und hallte im Wind weithin über das Übungsgelände, einem Schlachtruf gleich, mit dem die Soldaten sogar die Götter herauszufordern schienen. »RO-MA! VIC-TRIX! RO-MA! VIC-TRIX!«

Germanicus verfolgte dies mit zufriedener Miene. *Wie klug von ihm*, dachte Tullus. Er wusste die richtigen Worte zu wählen. Die Männer waren ihm jetzt schon ergeben, aber ihre Ergebenheit würde sich ins Unermessliche steigern, sobald er ihnen Belohnungen für ihre Tapferkeit versprach und freigiebig Wein ausschenkte. Von da an würde ihm alles gelingen – in den Augen der Männer konnte er nichts mehr falsch machen.

Zuerst wurden die Stabsoffiziere geehrt. Caecina, der Legat des Heeres von Germania inferior, dem es im Sommer gelungen war, vier Legionen aus einem furchtbaren Hinterhalt zurück nach Hause zu führen, erhielt in feierlicher Zeremonie die Insignien eines siegreichen Feldherrn. Caecina strahlte über das ganze Gesicht, als Germanicus ihn mit dem goldenen Lorbeerzweig und dem elfenbeinernen Zepter ehrte. Eigens dafür abbestellte Magistrate kleideten den Triumphator in die bestickte Tunika und die purpurne Toga.

Lucius Apronius, ein weiterer Legat in Germania, der den Schutz über Brücken und Straßen links des Rhenus beaufsichtigt hatte, wurde in ähnlicher Weise geehrt. Zu Tullus' Verdruss erhielt Tubero – inzwischen Legat der Legio v – die Corona aurea.

Obwohl die einfachen Soldaten den Stabsoffizieren zugejubelt hatten, brandete der Jubel noch lauter auf, als die nächste Gruppe für ihre besonderen Verdienste mit Auszeichnungen überhäuft wurde: die Centurionen und rangniederen Offiziere.

Tullus verfolgte mit Wohlwollen, als Germanicus etwa ein Dutzend Offiziere auf die Plattform bat und mit Phalerae bedachte – mit jenen getriebenen, reich verzierten Metallscheiben, die an einem Gurt über der Rüstung getragen wurden.

Anderen Offizieren wurden für ihre Verdienste Torques verliehen, die ebenfalls auf der Brust getragen wurden – eine weitere begehrte Auszeichnung, die allerdings nicht ganz so hoch geschätzt wurde wie die Phalerae. Nachdem auch der letzte Offizier mit Ehren bedacht worden war, hielt Germanicus inne.

Gespanntes Schweigen senkte sich herab. Tullus ahnte, dass nun die tapfersten Legionäre und Streiter der Hilfstruppen ausgezeichnet würden, und warf einen Blick auf die erwartungsvollen Mienen seiner Männer.

»Ehe ich mich den tapfersten Soldaten Roms widme«, verkündete Germanicus mit lauter Stimme, da vereinzelt Rufe aus den Kohorten herüberschallten, »werde ich noch einen letzten Offizier aufrufen.« Erneut machte er eine gewichtige Pause. Diesmal dauerte das Schweigen an, sodass nur der böige Wind über den Köpfen der Legionäre zu hören war.

Tullus horchte auf, denn es war ungewöhnlich, einen weiteren Offizier getrennt von den Centurionen auszuzeichnen. Gespannt wartete auch er auf Germanicus' Erklärung.

»Centurio Lucius Cominius Tullus aus der Siebten Kohorte der Legio V, tritt vor!« Weithin schallte Germanicus' Stimme über das Übungsgelände.

Tullus traute seinen Ohren nicht und glaubte, sich verhört zu haben. Dann spürte er die Blicke seiner Soldaten und hörte, wie die Männer erfreut zu tuscheln begannen. *Mist*, dachte er. *Ich bilde es mir also nicht ein*. Ein halbes Dutzend Herzschläge verstrich. Auf der Empore, keine zweihundert Schritte entfernt, wartete derweil Germanicus.

»Ihr solltet Euch besser auf den Weg machen, Herr«, zischte Piso ihm zu.

Ruckartig kehrte Tullus in das Hier und Jetzt zurück. Ein wenig verunsichert und voller Sorge, er könne Germanicus mit seinem Zaudern beleidigt haben, trat er vor. Mit durchgedrücktem Rücken und einem mulmigen Gefühl im Magen hielt er auf die Plattform zu und empfand die Blicke von Tausenden von Soldaten als drückende Last.

Wie im Traum nahm er die wenigen Stufen, blieb den Vorschriften entsprechend zehn Schritte vom Feldherrn entfernt stehen und salutierte. Da er Germanicus nicht in die Augen zu sehen wagte, richtete er den Blick auf den golden schimmernden Brustpanzer des Feldherrn.

»Centurio Tullus, Siebte Kohorte, Legio V, Herr!«, rief er.

Germanicus überragte die meisten Männer fast um Hauptеslänge, und auch Tullus kam sich klein in Gegenwart des Feldherrn vor.

»Du hast dir Zeit gelassen, Centurio«, sagte Germanicus, und eine steile Falte bildete sich auf seiner Stirn.

»In der Tat, Herr«, begann Tullus zögerlich, »ich war einfach zu überrascht, aufgerufen zu werden. Bitte um Vergebung.«

Ein Zucken lief durch Germanicus' Mundwinkel. »Ich sehe es dir nach, Centurio.«

Es scheint ihn zu amüsieren, machte sich Tullus bewusst, aber er war sich nicht sicher, ob er deswegen erleichtert oder verstimmt sein sollte.

Germanicus' Gesichtsausdruck wurde wieder ernst.

»Soldaten Roms!«, rief er. »Centurio Tullus wird vielen von euch bekannt sein. Er gehört zu den Veteranen unter den Offizieren und dient dem Reich schon mehr als drei Jahrzehnte. Vor sechs Jahren diente er in der Legio XVIII. Als diese und zwei weitere Legionen im Saltus Teutoburgiensis von großem Unheil heimgesucht wurden, ließen fast alle Soldaten unter Varus ihr Leben oder gerieten in Gefangenschaft. Nicht aber Tullus. Wie ein Held aus alter Zeit kämpfte er sich über Tage durch, obwohl es den Anschein hatte, als wäre es der Wunsch der Götter, dass jeder Römer an diesem verfluchten Ort sterben müsste. Weniger als zweihundert Mann konnten dem Massaker entkommen, viele von ihnen in kleinen Gruppen. Tullus brachte fünfzehn Mann in Sicherheit. *Fünfzehn!*«

Abermals Jubelrufe.

Tullus hatte sich selten so fehl am Platz gefühlt und hoffte, dass Germanicus endlich fertig wäre. Doch der Feldherr holte Luft und hob erneut an.

»Centurio Tullus und seine Männer standen stets treu zu Rom, auch in den schwierigen Tagen nach dem Tode unseres geliebten Princeps Augustus. Tullus setzte sein eigenes Leben aufs Spiel, um mich aus einer gefahrvollen Lage zu retten.« Da die Meuterei innerhalb der Legionen nach wie vor ein heikles Thema war, ging Germanicus nicht weiter auf die blutigen Unruhen und Strafmaßnahmen ein, sondern fuhr fort: »Im Verlauf des Feldzugs, der unlängst zu Ende gegangen ist, hat sich Tullus bei mehr als einer Gelegenheit durch Mut und Umsicht hervorgetan, insbesondere während der schwierigen Kämpfe an den

Pontes longi. Aber das war nicht das erste Mal, dass Tullus seine Führungsqualitäten unter Beweis gestellt hat. Er ist ein wahrer Sohn Roms, und die Anzahl seiner Phalerae an seiner Brust zeugt von seinen Verdiensten. Seine Soldaten lieben ihn und würden ihm in den Hades folgen, wenn er ihnen den Befehl dazu geben würde. Er genießt den Respekt der anderen Centurionen, und auch die Tribune und Legaten aus mehr als einer Legion bringen ihm Achtung entgegen. Ich persönlich kann mir keinen besseren Offizier vorstellen als den Mann, der hier vor euch steht – kaum jemand verkörpert die Virtus eindrucksvoller als Lucius Cominius Tullus.« Germanicus streckte ihm die Hände entgegen, die Handflächen nach oben gewendet.

Zunächst lag eine gespenstische Stille auf der Menge, doch dann hallte es von weiter hinten über die Ebene. »TUL-LUS! TUL-LUS!«

Tullus krampfte das Herz zusammen. Das waren die Stimmen *seiner* Soldaten – darauf hätte er sein Leben verwettet. Zu seinem Erstaunen wurde das Rufen von den anderen Soldaten aufgegriffen, zunächst von den Legionären der Fünften, dann auch von den Männern der Legio XXI. Selbst die Streiter der Auxiliareinheiten stimmten mit ein.

»TUL-LUS! TUL-LUS!«

»Tullus.« Germanicus' Tonfall klang gebieterisch, als duldete der Imperator keinen Widerspruch.

Tullus schaute auf und erwiderte Germanicus' Blick. »Herr?«

»Hätte Rom zehntausend Männer wie dich, wir würden den ganzen Weltkreis erobern.«

»Habt Dank, Herr«, antwortete Tullus und hatte alle Mühe, gegen den Kloß in seinem Hals anzukämpfen.

Das Jubeln ließ nach, und Germanicus verlangte Ruhe. »Als Anerkennung für Tullus' tapferen Dienst für das Reich werden wir ihn befördern. Von heute an ist Tullus Princeps Prior der Zweiten Centurie der Ersten Kohorte in der Fünften Legion!«

»TUL-LUS! TUL-LUS!«

Wäre nicht der Begeisterungssturm losgebrochen und der Wind nicht kühl über seine Wangen gestrichen, Tullus hätte sich in einem Traum gewähnt. Diese Beförderung war ein Geschenk des Himmels. Endlich gehörte er zu den Offizieren der Primi Ordines und diente in der prestigeträchtigen Ersten Kohorte, nicht mehr in der Siebten Kohorte. Somit stand er vom Rang her über dem Pilus Prior der Zweiten Kohorte, jener Position, die er zuletzt in der geschmähten Legio XVIII verliehen bekommen hatte. Hocherfreut salutierte er formvollendet vor Germanicus.

»Ihr erweist mir eine große Ehre, Herr!«

»Du gereichst der römischen Armee zur Ehre, Centurio Tullus.« Germanicus sprach mit lauter, fester Stimme. »Ich brauche Männer wie dich, wenn der Frühling naht. Arminius und dessen Verbündete müssen bezwungen werden – auf dass wir den Adler deiner alten Legion finden und dem Feind entreißen!«

»Ich stehe Euch zur Verfügung, Herr, jederzeit«, sagte Tullus und platzte regelrecht vor Stolz.

TEIL I

Winter 15 n. Chr.

In der Nähe von Castra Vetera,
an der Grenze zu Germania Magna

1. KAPITEL

Tullus schlenderte durch die Siedlung, die in Sichtweite von Castra Vetera lag. Die Sonne schien, der Himmel zeigte sich strahlend blau, und dennoch war es ein bitterkalter Wintertag. Beim Einatmen spürte man ein leichtes Stechen in der Lunge. Auf den Dächern der Häuser lag eine dicke Schicht Schnee, auch zwischen den einzelnen Behausungen und Stallungen. Auf der gepflasterten Hauptstraße hatte sich der Schnee in einen bräunlichen Matsch verwandelt. Jeder trug bei dieser Kälte einen Mantel, ob Zivilist oder Soldat. Die streunenden Hunde liefen mit eingekniffenen Schwänzen umher und wirkten angesichts der Wetterbedingungen lustlos.

Trotz der Kälte erfreute sich Tullus bester Stimmung. Er hatte im Augenblick keinen Dienst, und bei seinen Männern war alles so, wie es sein sollte. Aber es war nicht allein dieser Umstand, der für seine gute Laune verantwortlich war. Seit der Rückkehr aus germanischem Gebiet vor nunmehr drei Monaten verlief das Leben beschaulicher als sonst – angenehmer.

Fast kam schon so etwas wie Langeweile auf, aber Mußestunden waren immer noch besser, als Tag und Nacht Angriffe abwehren zu müssen. Während des Feldzugs im Sommer hatten die Legionäre in ständiger Angst gelebt, jeden Moment erneut überfallen zu werden.

Tullus verdrängte die Erinnerungen an Blut und Morast. Denn an diesem Wintertag wollte er entspannen, und das ließ sich am besten in die Tat umsetzen, wenn man die neu angelegten Bäder unweit der Siedlung besuchte. Dort erwarteten ihn ein heißes Bad und eine Massage. Danach stand ihm der Sinn nach gutem Essen und akzeptablem Wein in seiner Lieblingstaverne, dem »Ochsen und Pflug«.

Bei dem Gedanken an die Betreiberin der Taverne, Sirona, breitete sich ein Lächeln in seinem Gesicht aus. Sirona war eine resolute, warmherzige Gallierin, auf die Tullus ein Auge geworfen hatte. Das lag nicht nur an ihren ansprechenden weiblichen Rundungen, sondern auch an dem Umstand, dass sie vom Temperament ganz nach Tullus' Geschmack war. Seit Jahren hatte er mehr oder weniger deutlich durchblicken lassen, wie sehr er ihr zugetan war, aber sie hatte ihm stets einen Korb gegeben. Letzten Endes hatte Tullus es aufgegeben, denn auch ein Mann hatte eben seinen Stolz. Offenbar war Sirona für ihn unerreichbar, doch er sah sie trotzdem regelmäßig. Abends stand sie meist hinterm Tresen, darüber hinaus lebte Artio bei ihr, das Mädchen, das er einst aus dem Tross gerettet hatte. Seither lebte die Kleine in Sironas Obhut und war für Tullus so etwas wie eine Stieftochter. Tullus warb zwar nicht mehr offen um Sironas Hand, aber tief in seinem Herzen glühte noch die alte Leidenschaft, die er für diese Frau empfand.

Als er vor drei Monaten über die Brücke zum linken Ufer des Rhenus marschiert war, hatten die Moiren mit Wohlwollen auf ihn herabgelächelt. Als Sirona ihn erblickt hatte, hatte sie ihm ein strahlendes Lächeln geschenkt – damit hätte sie Licht in jeden dunklen Raum gebracht.

An jenem Tag fasste Tullus neuen Mut und fing wieder an, der beherzten Gallierin den Hof zu machen. Doch er hatte Fehler gemacht. Im Nachhinein war es falsch gewesen, ihr nicht offen seine Gefühle zu gestehen, sondern erst dem Wein zuzusprechen. Aber Tullus musste sich buchstäblich Mut antrinken. Leider war es nicht bei dem einen Becher Rotwein geblieben, und als Tullus in seinem Liebesrausch – der eher ein Bacchus-Rausch war – versuchte, Sirona zu küssen, erntete er eine herbe Abfuhr. Er brauchte nur an die schallende Ohrfeige zu denken, die sie ihm verpasst hatte, und schon glaubte er, ein Prickeln in der linken Wange zu spüren. Zehn Tage hatte es gedauert, bis ein gedemütigter Tullus die Schänke wieder besuchen durfte, und weitere zwanzig Tage waren verstrichen, bis die Beziehung zu Sirona wieder ungefähr dem Niveau vor der Ohrfeige entsprach.

»Eile mit Weile …«, murmelte er vor sich hin und trat gegen einen Klumpen Schnee. Manchmal beschlich ihn der Verdacht, dass es leichter war, in den Krieg zu ziehen, als die Frauen zu verstehen.

»Centurio!«, rief ein vorübergehender Legionär und salutierte. Tullus vergaß Sirona schlagartig. Sofort stand ihm die feierliche Zeremonie vor einem Monat wieder vor Augen. Es mutete ihn immer noch seltsam an, dass Germanicus ihn zum Princeps Prior der Zweiten Centurie der Ersten Kohorte ernannt hatte, doch genauso hatte es sich zugetragen. Als er zuletzt in der Legio XVIII gedient hatte, war ihm die Erste Centurie der Zweiten Kohorte zugeteilt worden, aber nach der schmachvollen Degradierung, die ihn nach dem Untergang der Legionen ereilt hatte, war er davon ausgegangen, den Rest seiner Dienstjahre in den rangniederen Kohorten verbringen zu müssen, wie zuletzt in der Siebten Kohorte. Dennoch, Germanicus hatte offenbar etwas in ihm gesehen, und seit der Beförderung gehörte er zu den Centurionen der begehrten Ersten Kohorte, zu den Offizieren der Ersten Ordnung. Im Rang über ihm stand nur noch der Primus Pilus der Legion.

Es hatte Tullus tief berührt, als die Legionäre nach Germanicus' Lobrede auf dem Paradeplatz laut gejubelt hatten. Es kam ihm auch jetzt noch eigenartig vor, im Mittelpunkt gestanden zu haben, und daher blickte er sich ein wenig verunsichert um.

Natürlich achtete niemand sonst auf ihn, und daher lachte

er leise in sich hinein. Der Grobschmied drüben an der Ecke war zu sehr mit der Glut in der Esse beschäftigt, ebenso sein Geselle – sie hatten keine Zeit, auf einen vorübergehenden Soldaten zu achten. Auch der Küfer, der neue Fässer mit eisernen Reifen versah, und der schwitzende Zimmermann, der mit der Säge abrutschte und sich an den Handknöcheln verletzte, waren in ihre Arbeit vertieft und nahmen ihre Umgebung nicht wahr. Andere Dorfbewohner, die in Mäntel gehüllt an Tullus vorbeihasteten, beachteten ihn ebenfalls nicht und wollten so schnell wie möglich an ihr Ziel gelangen.

Selbst der dürre Straßenbengel, der sich kein Schuhwerk leisten konnte, und auf Tullus zuhielt, schien genau zu wissen, was er wollte.

»Eine Münze übrig, Herr?«, bettelte er.

Eigentlich beschleunigte Tullus immer seinen Schritt, wenn ihn ein Bettler von der Seite ansprach, aber mit diesem hohlwangigen Jungen mit den dürren Beinchen hatte er Mitleid. *Ich werde alt und sentimental*, dachte er und kramte in seiner Börse nach den passenden Münzen. Schließlich fischte er nicht bloß ein As heraus, sondern ließ einen Denarius folgen.

»Besorg dir eine warme Mahlzeit, hörst du?«, trug er dem Bengel auf. Kurz blitzte das Sonnenlicht auf der Silbermünze auf, die Tullus dem Kleinen zuwarf. »Und kauf dir einen Umhang und ein Paar Schuhe von dem Geld.«

Helle Freude spiegelte sich in dem Gesicht des Jungen, doch noch während er sein einstudiertes »Tausendfach seid Ihr gesegnet, Herr!« herunterleierte, huschte sein Blick nach links.

Tullus folgte dem Blick des Kleinen und unterdrückte einen Fluch. Vor einem der Läden lungerte ein weiterer Straßenbengel herum. Doch dieser sah wohlgenährt aus, war gut dreimal so groß wie der dürre Betteljunge und ließ mit seinem schäbigen Grinsen erkennen, dass er genau mitbekommen hatte, was sich ereignet hatte. Wenn Tullus jetzt weiterging, würde der Grinsekopf dem dürren Jungen die Münzen abnehmen. Der kleine Bettler hätte keine Chance gegen dieses stämmige Mondgesicht.

Tullus' Zorn flammte auf. Energisch trat er vor, packte den stämmigen Jungen und drückte ihn mit seinem Vitis gegen die Fassade des Ladens.

Der Junge gab ein Keuchen von sich und sah Tullus aus weit aufgerissenen Augen an. »Ich hab doch nichts getan, Herr!«

»Aber du hattest vor, den armen Kleinen dort auszunehmen, du Made, gib's zu! Du wolltest ihm *mein* Geld abknöpfen, hab ich recht?« Mit einer Kopfbewegung deutete er in Richtung des frierenden Jungen, der wie angewurzelt stehen geblieben war und das Schicksal des Mondgesichts mit großen Augen verfolgte.

»Nein, wollte ich nicht, Herr, ich …« Der Protest des Jungen ging in einem Keuchen unter, als Tullus ihm die Spitze des Vitis in den Bauch drückte.

»Lüg mich nicht an!« Mit strengem Blick aus eisgrauen Augen – bei diesem Blick knickten die Soldaten jeder Einheit ein – durchbohrte Tullus den Jungen. Dieser senkte den Blick schließlich, ehe Tullus dicht an seinem Ohr zischte: »Wenn einer den Jungen dort auch nur anrührt oder ihm das Geld klaut – und damit meine ich *dich* und deine niederträchtigen Gehilfen, die hier gewiss irgendwo herumlungern –, werde ich euch durch die ganze Siedlung hetzen, und bei den Göttern, dann wirst du bereuen, je das Licht dieser Welt erblickt zu haben. Hast du mich verstanden?«

»J-Ja, Herr«, stammelte der Junge, etwa zwei Tonlagen höher als zuvor. »Ich rühr ihn nicht an, Herr, beim Leben meiner Mutter.«

Tullus ließ den Vitis sinken und gab den Jungen frei, der auch gleich türmte, ohne sich noch einmal umzudrehen.

Tullus wartete, bis das Mondgesicht um die nächste Häuserecke verschwunden war, und war nicht sonderlich erstaunt, dass der dürre Betteljunge noch an Ort und Stelle stand. Ehrfürchtig schaute der Kleine zu Tullus auf wie zu einem Helden aus alten Erzählungen. »Danke, Herr. Der ist ein ganz gemeiner Kerl, er …«

»Das Geld teilst du mit niemandem, hörst du?«, unterbrach er ihn.

»Mach ich auch nicht, Herr, und wenn ich Euch mal helfen kann …« Seine Stimme verlor sich in der Kälte, genau wie sein aufkeimendes Selbstvertrauen. Er senkte den Blick und ließ die Schultern hängen.

Tullus wusste, dass der Kleine es gut meinte, gab ihm einen Klaps auf die schmale Schulter und ging weiter. Arme Straßenbengel wie diesen gab es zuhauf in den Siedlungen und Städten. Er konnte nicht allen unter die Arme greifen, er wollte es auch gar nicht – man durfte nicht zu vertraulich mit ihnen werden, denn dann wurde man sie nie mehr los. Tullus' freigiebige Geste bedeutete allerdings, dass ihm von nun an andere Straßenlümmel auflauern würden, sobald er sich in der Siedlung blicken ließ. Denn der dürre Hungerleider würde zweifellos herumerzählen, wie er an den Denarius gekommen war. *Vielleicht behält er es aber auch für sich*, dachte Tullus. Je weniger Leute von dem Geld wussten, desto größer war die Chance, dass er es auch tatsächlich behalten würde.

Bei dem Gedanken an Straßenbengel vergewisserte sich Tullus rasch, dass seine Börse nicht aufgeschlitzt worden war. Noch war der Beutel prall gefüllt, denn die Beförderung bedeutete für Tullus eine willkommene Solderhöhung.

Er war in der Stimmung, einen Teil des Geldes auf den Kopf zu hauen, zu oft hatte er in den letzten Monaten den Tod vor Augen gehabt. Schließlich wollte er noch etwas von seinem Sold haben, er wusste nur noch nicht, wofür er das Geld ausgeben sollte. Sein Kettenhemd und die übrige Ausrüstung waren in tadellosem Zustand, bislang hatte er nichts davon ausbessern oder ersetzen müssen. Seine geschlossenen Stiefel für den Winter – die Calcei – waren erst zwei Jahre alt, und auch wenn sie abgelaufen waren, so hing er an ihnen. Sein Vitis kam ihm bisweilen wie sein verlängerter rechter Arm vor – der Stock würde ihn wahrscheinlich noch bis ins hohe Alter begleiten.

Einer inneren Eingebung folgend, blieb er bei den Auslagen eines Schmuckhändlers stehen. Das war ihm bislang noch nicht unterlaufen, doch nun betrachtete er eingehend die Schmuckstücke, die der Händler zur Ansicht ausgelegt hatte. Es handelte sich im Umfeld eines Legionslagers zumeist um schlichte Stücke im unteren Preissegment: Armreifen aus Bronze, die kleine Widderköpfe aufwiesen, phallusartige oder einem Gladius nachempfundene Amulette, die bei Legionären sehr beliebt waren, polierte Halsketten aus Speckstein, die den Frauen der Soldaten gefielen, die in wilder Ehe lebten. Die teureren Schmuckstücke lagen weiter zurück, im Einflussbereich des Ladenbesitzers, der mit Argusaugen über sämtliche Auslagen wachte. Eine größere Auswahl an Schmuck fand sich im Innern des Ladens.

Tullus hatte nicht den Schwung, über die Schwelle zu treten – was verstand er schon von Schmuck? –, daher beugte er sich über die Auslagen und begutachtete einige Ohrringe aus Perlen, einen Armreif aus Karneol und mehrere silberne Halsketten. Er fluchte leise, denn er wusste nicht, was Sirona gefallen würde. Da er zu stolz war, seine Angebetete nach ihren Vorlieben zu fragen, ging er wortlos weiter.

»Herr?«, rief der Ladenbesitzer ihm nach, ein alter, leicht gebückt gehender Gallier mit silbergrauem Bart. »Kann ich Euch vielleicht behilflich sein, Herr?«

Tullus drehte sich um und kam sich so linkisch vor, als habe man ihm beim Stehlen erwischt. »Ja, vielleicht – ich bräuchte ein Geschenk, für eine Frau, mit der ich – befreundet bin.«

»Oh, da werdet Ihr sicherlich fündig werden, Herr, das verspreche ich. Tretet doch ein, wenn ich bitten darf.«

Tullus hätte lieber einen Sturmangriff auf einen Schildwall

der Germanen befehligt, aber es stimmte ja, er brauchte ein Geschenk für Sirona, und an diesem Tag würde niemand sehen, wie er den Laden des Goldschmieds betrat. Er konnte sich gut vorstellen, wie die anderen Centurionen feixen würden.

»Na, Tullus, Flitterkram für deine Geliebte?« – »Hat Sirona dich jetzt doch rangelassen?«

Rasch betrat er den kleinen Laden, wobei er den Kopf einziehen musste, um nicht gegen den Sturz über der Tür zu stoßen.

Umso erstaunter war er, als er feststellte, dass der Laden größer war, als es von außen den Anschein hatte. Tullus sah sich in einem lang gezogenen Raum um, in dem Vitrinen und kleine Tische entlang der Wände standen. Weiter hinten, in einem abgetrennten Bereich, arbeiteten mehrere Handwerker an niedrigen Tischen.

»Ich habe nicht viel Zeit«, sagte er in die Stille hinein, ahnte er doch, dass sich der alte Gallier mit dem silbergrauen Bart bestens darauf verstand, die Kunden so lange festzuhalten, bis sie endlich etwas kauften.

»Ich weiß, Eure Zeit ist kostbar, Herr. Ihr ehrt mich mit Eurem Besuch«, sagte der Gallier und verbeugte sich.

Tullus zog eine Augenbraue hoch. Keinem würde entgehen, dass er Offizier war – der Schnitt der Tunika und die Rüstung sprachen für sich, aber der Alte würde ihn vielleicht für einen altgedienten Optio oder einen rangniederen Centurio halten – den Helm mit der Crista transversa hatte Tullus in seiner Unterkunft gelassen, ebenso die zahlreichen Phalerae. Tullus ahnte, dass er auf der Hut sein musste. Falls der Händler durchschaute, welchen Rang Tullus tatsächlich bekleidete, würde er die Preise verdreifachen.

»Nur, damit du es weißt«, sprach er zu dem Gallier gewandt, »die Soldzahlung steht noch aus, viel habe ich nicht bei mir.«

»Die Auslagen bieten viele schöne Dinge für jeden Geschmack und Geldbeutel, Herr«, antwortete der Goldschmied mit beeindruckendem Verhandlungsgeschick. »Wie viel hattet Ihr gedacht zu investieren?«, fügte er hinzu und legte dabei den Kopf leicht schräg.

Das ist das Eröffnungsgespräch, dachte Tullus, aber dieses Spiel konnte man zu zweit spielen. »Zeig mir erst deine Waren. Nenn mir die Preise, während ich mich umschaue. Fangen wir gleich hier mit diesen Armreifen an.«

»Gewiss, Herr.« Der Alte vermochte nicht ganz, seine Enttäuschung zu verbergen.

Ich hatte also recht, dachte Tullus. Der Schurke hatte es darauf abgesehen, ihn auszunehmen. Und tatsächlich, die Armreife und Kettchen – hübsche Artefakte aus Silber, Gold, Achat, Blutkoralle und sogar Bernstein – waren unerschwinglich. Bei den Ohrgehängen und den Halsketten wurde es nicht besser.

»Moment«, rief Tullus leicht ungehalten aus, als der Händler im Begriff war, ein goldenes Diadem zu zeigen, in das kleine Edelsteine eingearbeitet waren. »Was glaubst du, was ich bin? Ein Legat?«

Der Alte lächelte verhalten – durchtrieben, wie Tullus meinte. »Nein, Herr, Ihr seid ein Centurio, der unlängst befördert wurde und nun in der Ersten Kohorte dient.«

»Du kennst mich?« Tullus war überrascht.

Der Schmuckhändler gab sich halb entrüstet. »Ihr seid ein berühmter Mann, Herr! Jeder in der Siedlung kennt Euch. Alle wissen, dass Ihr den Hinterhalt überlebt habt, in den einst Varus mit seinen Legionen geriet. Ihr seid ein Held, Herr.«

Tullus spürte, dass seine Wangen heiß wurden, was ihm gar nicht schmeckte. »Glaub nicht alles, was du hörst.«

»Germanicus wird Euch nicht umsonst diese Ehre zuteilwerden lassen, fortan in der Ersten Kohorte zu dienen, Herr.«

Tullus gab sich allmählich geschlagen, bedachte den Mann aber trotzdem mit einem strengen Blick. »Ich habe getan, was andere auch getan hätten.«

»Wie Ihr meint, Herr.« Der schmeichelnde Tonfall war verflogen, stattdessen schwang Respekt in der Stimme des Alten mit. »Ich brauche wohl nicht anzumerken, dass ein Mann Eures Ranges einen guten Preisnachlass erhält, Herr.« Er deutete auf die Schmuckgegenstände, vor denen Tullus stand, und verringerte die Preise um gut ein Drittel.

Tullus lachte leise, da ihn die Verkaufstaktik des Galliers amüsierte. *Du machst bestimmt immer noch einen guten Gewinn, alter Mann*, dachte er.

Tullus verließ sich auf sein Bauchgefühl und betrachtete noch einmal jene Schmuckstücke, die ihm zu Beginn ins Auge gefallen waren. Schließlich ließ er einen eher schlicht gearbeiteten, aber gleichwohl eleganten Armreif auf sich wirken, der aus vier ineinandergeschlungenen silbernen Bändern bestand. Mutig stürzte er sich ins Feilschen und handelte schlussendlich einen Preis aus, der gut die Hälfte des Ausgangspreises betrug. Trotzdem sah der Händler noch einigermaßen zufrieden aus. Auch Tullus war mit dem Ergebnis zufrieden, er hatte ohnehin keine Lust und auch keine Zeit mehr, weiter zu feilschen.

»Der Frau, der Ihr dies zugedacht habt, wird es gefallen«, sagte der Goldschmied und ließ den Armreif in einen kleinen Beutel aus Ziegenleder gleiten. »Beehrt mich doch einmal gemeinsam mit ihr, Herr.«

Tullus gab ein Schnauben von sich, denn er war sich nicht sicher, wie sein Geschenk ankommen würde. *Aber diese Vorgehensweise ist bestimmt geschickter als der andere Vorstoß*, dachte er. *Oder nicht?*

Draußen vor dem Laden kam Unruhe auf, offenbar waren zwei Personen zusammengestoßen. Tullus reckte den Hals, um besser sehen zu können. Tatsächlich, zwei Männer waren in ihrer Eile mit den Köpfen zusammengeprallt. Doch beide suchten die Schuld für diesen Unfall beim jeweils anderen, beschimpften einander und warfen sich Beleidigungen an den Kopf. Tullus ging das nichts an, zumal die beiden Streithähne keine Soldaten waren.

Er war im Begriff, den alten Gallier zu bezahlen, als er einen Blick auf ein bekanntes Gesicht erhaschte. Diese vertrauten Züge hatte er zuletzt vor über sieben Monaten gesehen, aber er hatte nicht damit gerechnet, den Mann je auf dieser Seite des Rhenus wiederzusehen. Schon war er an der Tür.

»Degmar?«, rief er. »Bist du das?«

Der junge Mann drehte ihm den Kopf zu und starrte Tullus halb erschrocken, halb verblüfft an. Kein Zweifel, das war Degmar – Tullus hätte ihn überall wiedererkannt –, aber anstatt seinen ehemaligen Herrn zu grüßen, verschwand der Marser in einer Gasse auf der gegenüberliegenden Straßenseite.

»Hier.« Tullus warf ein paar Münzen auf den niedrigen Tisch, schnappte sich den Beutel mit dem Armreif und verließ eilig den Laden.

»Herr?«, hörte er noch die verdutzte Stimme des Goldschmieds, als er die Straße überquerte, auf der mit einem Mal mehr los war als zuvor. Ein Fuhrmann riss an den Zügeln seines Ochsengespanns, um Tullus nicht über den Haufen zu fahren. Zunächst fluchte der Kutscher und schimpfte, ehe er erkannte, dass er es mit einem Offizier zu tun hatte. Sofort wurde sein Tonfall milder, die letzten Beschimpfungen verwandelten sich in ein leises Murren.

Tullus kam zu spät und fluchte. Degmar war nur noch ein dunkler Schatten in der Seitengasse. Der Vorsprung des Kriegers war zu groß, außerdem hatte Tullus gut zwanzig Jahre mehr auf dem Buckel.

Den hole ich nicht mehr ein, dachte er, zumal er wusste, dass die Gasse in ein kleines, verwinkeltes Viertel mündete. Dennoch wagte sich Tullus ein paar Schritte in die Gasse, blieb aber bald stehen, da ihm der Gestank von menschlichen Exkrementen in die Nase stieg. Angewidert spie er aus. Degmar war über alle

Berge, und Tullus hatte keine Lust, mit den Lederstiefeln in irgendwelche Scheißhaufen zu treten. Das hätte ihm nur die anfängliche gute Laune verdorben.

Das Geschenk für Sirona fest in der Hand, machte er sich auf den Weg zur Taverne. Die gute Stimmung hielt an, auch wenn sich ein Anflug von Unbehagen bemerkbar machte. Was hatte Degmar in der Siedlung bei Vetera verloren, und wieso war er fortgelaufen?

2. KAPITEL

Sirona gefiel der Armreif ganz ausgezeichnet, was Tullus natürlich freute. Erleichterung stellte sich bei ihm ein. An diesem Abend wirkte die Wirtin zugänglicher und offenherziger, sie gestattete Tullus sogar, ihr beim Abschied freundschaftlich über die Wange zu streichen. Eingebildet wie ein Jüngling, der sein Mädchen zum ersten Kuss überreden konnte, stolzierte Tullus in der Dunkelheit zurück zum Lager. Degmar war längst vergessen. Erst am nächsten Morgen, als das wahre Leben ihn wieder in Beschlag nahm und die Pflichten ihn auf den Boden der Tatsachen zurückholten, erinnerte er sich daran, dass er Degmar gesehen hatte – seinen ehemaligen Diener.

Im Frühjahr des Vorjahres hatte Tullus dafür gesorgt, dass Degmars Familie fliehen konnte, ehe die Siedlungen der Marser von Germanicus' Legionen dem Erdboden gleichgemacht wurden. Tullus hatte sich auf ein äußerst riskantes Unterfangen eingelassen, aber sie hatten ihr Ziel erreicht. Von da an waren Degmar und er getrennte Wege gegangen. Zum Abschied hatten sie einander in die Augen geschaut, aber die Miene des jungen Marsers war undurchdringlich gewesen.

Tullus hatte geglaubt, Degmar nie wiederzusehen, da der Marser keinen Hehl daraus gemacht hatte, wie sehr er Rom und all das, wofür Rom stand, verachtete. Umso merkwürdiger war es, dass Degmar in der Siedlung unweit des römischen Legionslagers aufgetaucht war.

Tullus geriet ins Grübeln, und da er eine zweite Meinung einholen wollte, beschloss er, sich Fenestela anzuvertrauen. Er kannte seinen treuen und verlässlichen Optio schon sein halbes Leben. Gemeinsam waren sie durch dick und dünn gegangen, und trotz der unterschiedlichen Dienstgrade waren die beiden Männer einander in tiefer Freundschaft verbunden.

Da Tullus' Unterkunft nicht weit von der seines Optios entfernt lag, sahen sie einander häufig. Täglich besprachen sie die Befehle, die aus der Principia kamen. Wann immer es Schwierigkeiten mit dem Quartiermeister oder einem Stabsoffizier gab, diskutierte Tullus den Fall mit Fenestela. Oft trafen sie sich auch nur, um sich über den neusten Tratsch im Lager auszutauschen. Dann aßen sie einen Happen zusammen oder tranken etwas Wein.

»Wir sind schon fast wie ein altes Ehepaar, was?«, scherzte Tullus dann oft, worauf Fenestela sarkastisch entgegnete: »Ohne den Spaß unter der Bettdecke, wohlgemerkt.«

Gleich am nächsten Morgen, kurz nach den Wecksignalen im Lager, begab sich Tullus zur Unterkunft seines Optios. Zu dieser Zeit hatte Fenestela für gewöhnlich längst die Soldaten der Centurie unter Androhung von Strafen von den Nachtlagern gescheucht. Vor dem eigentlichen Dienstantritt blieb den Männern vor dem Frühstück ein wenig Zeit, um sich im Freien zu waschen oder die Latrinen aufzusuchen.

Fenestela frühstückte oft mit den anderen Offizieren der unteren Ränge – etwa mit dem Tesserarius –, während Tullus es meist vorzog, allein zu essen.

Wollen wir doch mal sehen, ob der Bursche allein ist, dachte Tullus und hämmerte gegen die Tür.

Sein Optio lächelte, als er den Besucher sah. »Komm rein«, sagte er und machte Tullus Platz.

»Bist du allein?«

»Klar. Wieso?«

Ohne darauf zu antworten, trat Tullus über die Schwelle und suchte den Raum mit wachem Blick ab. Aber es war tatsächlich sonst niemand zugegen. Fenestela stellte keine großen Ansprüche an seine Unterkunft, Tullus übrigens auch nicht. Er gab sich schnell mit den wenigen Dingen zufrieden, die ihm zustanden. Ein schlichter Tisch, auf dem ein Spielbrett stand, und vier Stühle nahmen die Mitte des Raums ein. In einer Ecke stand das Bett, an der Wand gegenüber befanden sich zwei Truhen und das hölzerne Gestell, an dem ein Soldat seine Rüstung mitsamt Helm aufbewahren konnte. Tullus' Unterkunft war zwar dem Rang entsprechend etwas geräumiger, aber ebenso schlicht gehalten.

»Ihr glaubt mir wohl nicht, *Herr?*« Fenestela klang verärgert. Sie kannten sich schon eine halbe Ewigkeit und begegneten einander mit Respekt, doch sie sprachen nur dann ungezwungen und in vertraulichem Ton miteinander, wenn sie unter sich waren. Der Anrede »Herr« bediente sich Fenestela nur bei offiziellen Anlässen oder wenn die Männer der Einheit in Hörweite waren, allerdings auch, wenn er verstimmt war. Dann nahm das »Herr« einen ironisch-sarkastischen Ton an.

»Doch, doch«, meinte Tullus ruhig.

»Was ist los?«

»Gestern habe ich Degmar gesehen.«

»Degmar?« Fenestela war regelrecht erschrocken. »Wo denn?«

»In der Siedlung.«

»Hast du mit ihm gesprochen?«

»Nein, als er mich sah, rannte er weg wie eine Katze mit angesengtem Schwanz.«

»Eigenartig.« Es war zwar noch früh, aber Fenestela füllte zwei Becher mit Wein und reichte einen davon Tullus, der nicht ablehnte.

»Dann führt er irgendwas im Schilde«, meinte Fenestela. »Wie sollte man sich sonst sein Verhalten erklären?«

»Wir müssen unbedingt mit ihm reden.« Tullus war nicht glücklich damit, dass sich sein alter Argwohn womöglich doch bestätigen würde.

»Leichter gesagt als getan«, antwortete Fenestela und stierte wie so oft düster vor sich hin. »Er wird sich irgendwo verstecken, oder vielleicht ist er längst wieder auf der anderen Seite des Flusses.«

»Es wird nichts bringen, zum Legaten oder sonst wem zu gehen – wenn ein einzelner Stammeskrieger hier auftaucht, hat das noch nichts zu bedeuten.« Tullus leerte den Weinbecher.

»Wo warst du denn, als du ihn gesehen hast?«

Tullus zögerte, ehe er bekannte: »Bei einem Goldschmied.«

»Einem *Goldschmied?*«

Es wurmte Tullus, wie viel Erstaunen, Belustigung und Sarkasmus Fenestela in diese beiden Worte legte.

»Was?«, fuhr Tullus ihn an.

Fenestelas Mundwinkel zuckten. »Verstehe, du warst also beim Goldschmied, und Degmar lief einfach so über die Straße?«

»Ja, so war es. Deshalb hat er mich auch nicht sofort gesehen. Als ich ihn ansprach, türmte er sofort und verschwand in einer Seitengasse. Sein Vorsprung war zu groß, ich hätte ihn wohl kaum eingeholt.«

»Das hättest du bestimmt geschafft«, frotzelte Fenestela und gluckste, »aber du musstest ja bestimmt noch bezahlen, was du für Sirona ausgesucht hattest, nicht wahr?«

»Ich hatte ihn längst bezahlt!«, rief Tullus und ärgerte sich, dass ihm die ganze Sache so peinlich war.

»Ihn?«, hakte Fenestela mit Unschuldsmiene nach.

»Den Armreif, verflucht – aber das geht dich überhaupt nichts an!«, gab Tullus zurück. »Hast du jetzt genug gehört, um den Lagerklatsch anzuheizen, oder können wir jetzt über Degmar sprechen?«

»Ja, wenden wir uns den ernsten Themen zu«, sagte der Optio

und verkniff sich ein Grinsen. »Was es Neues bei dir und Sirona gibt, entlocke ich dir ein andermal.«

»Falls du mal eine Frau findest – nicht, dass ich daran glaube, du Mistkerl –, dann werde ich dich auch mit meinen Fragen piesacken.«

»Mit nichts anderem würde ich rechnen«, entgegnete Fenestela und lachte. »Aber zurück zu Degmar. Wie du sagtest, es nützt nichts, wenn du dich an einen Vorgesetzten wendest.«

»Genau. Wieder einmal sind *wir* gefragt, wir müssen die Augen offen halten und die Lauscher aufstellen.«

Eine ernüchternde, aber vertraute Erkenntnis. Vor dem schicksalhaften Hinterhalt vor sechs Jahren hatte sich der Statthalter Varus geweigert, Tullus Gehör zu schenken, obwohl Tullus einen berechtigten Argwohn gegenüber Arminius hegte. Die Folge waren ein Massaker und der Untergang von drei Legionen. Frisch in Erinnerung geblieben war Tullus zudem, dass der ranghöchste Centurio seiner alten Kohorte ebenfalls meinte, nicht handeln zu müssen, als Tullus ihm von den Unruhen innerhalb der Legion erzählte. Die Folge war eine blutige Meuterei gewesen. Binnen kurzer Zeit hatten sich Soldaten aus vier Legionen zusammengerottet und die alte Ordnung bedroht.

»Ich werde Piso und den Wachen die Order geben, auf der Hut zu sein«, sagte der Optio.

Tullus nickte zufrieden. Piso und die meisten der Männer, die Tullus nach dem Hinterhalt hatte retten können, waren inzwischen in seiner neuen Centurie. Es lief zwar den Vorschriften zuwider, dass die Soldaten einer Einheit ihrem Centurio folgten, wenn dieser versetzt wurde, aber Tullus verfügte inzwischen über ausreichend Beziehungen. Er kannte hochrangige Personen, die ihm wohlgesinnt waren. Nicht nur Germanicus selbst war ihm gewogen. Im Lagerpräfekten Caedicius hatte Tullus einen Freund und Vertrauten gewonnen. So hatte man seiner Bitte stattgegeben. Um ehrlich zu sein, Tullus hätte seinen Dienst in der Ersten Kohorte ungern ohne Fenestela und die anderen Veteranen der alten Legio XVIII angetreten, da Piso, Metilius und deren Kameraden für Tullus fast so etwas wie eine Familie geworden waren.

Er lehnte ab, als Fenestela ihm nachschenken wollte. »Später mehr davon. Erst gilt es, den neuen Tag zu bewerkstelligen.«

»Hast recht«, sagte Fenestela, klang aber enttäuscht. »Beim Dienst sollte man besser nicht betrunken sein. Macht sich nicht so gut vor den Jungs.«

»Lass uns später einen heben. Dann reden wir weiter über Degmar.«

Tullus gab sich entspannt, aber im Grunde war er besorgt. Fenestelas Reaktion hatte seine Bedenken noch vergrößert.

Degmar war ein Krieger und Jäger, vor allem hasste er Rom und Roms ausgreifende Politik, daher lag der Schluss nahe, dass der Marser nicht in die Siedlung gekommen war, um Handel zu treiben. Tullus' Furcht nahm Gestalt an. Degmar war gekommen, um Unheil zu stiften.

Trotz aller Bedenken geschah nichts Unvorhergesehenes. Seine Männer spurten und marschierten oder kamen grummelnd den Aufgaben nach, die ein Legionär im Lager zu verrichten hatte. Dazu zählte auch das Fällen von Bäumen oder das Beschaffen von Feuerholz, damit es in den Baracken nicht kalt wurde. Niemand – weder Tullus noch Fenestela, noch die Veteranen, die eingeweiht waren – hatte einen Anhaltspunkt, wo Degmar stecken könnte. In der Siedlung keine Spur von dem Marser. Tullus hatte dem ein oder anderen Tavernenbesitzer oder Betreiber der beliebtesten Bordelle ein paar Münzen zugeschoben, aber auch diese Männer schworen, den Stammeskrieger nirgends gesehen zu haben. Selbst der dürre Betteljunge, der Tullus bereitwillig zu Diensten war, vermochte den Marser nicht aufzuspüren.

Wäre es um jemand anderen gegangen, so hätte Tullus womöglich geglaubt, dass er sich getäuscht hatte, aber Degmar war einem Legionär wie aus dem Gesicht geschnitten, den Tullus einst während eines schweren Angriffs in Illyricum hatte sterbend zurücklassen müssen. Die Todesangst in den Augen des Soldaten und die Schreie hatten sich tief in Tullus' Gedächtnis gebrannt. Es konnte nur Degmar gewesen sein, da gab es kein Vertun.

Doch die Tage verstrichen ohne nennenswerte Zwischenfälle. In der Siedlung war es zu keinen Unruhen gekommen, es gab keinen einzigen Bericht, dass entlang des Rhenus Legionäre angegriffen wurden. Auch die regelmäßigen Patrouillen, die der Lagerpräfekt auf die andere Seite des Flusses schickte, berichteten, alles sei ruhig. Die Vermutung lag nah, dass ein Ränkeschmied wie Arminius nie Ruhe geben würde und erneut Verschwörungen befeuerte, aber das Territorium der Cherusker lag etliche Hundert Meilen entfernt im germanischen Hinterland. Das Leben in Castra Vetera und Umgebung nahm seinen gewohnten Lauf.

Nach einigen Tagen erfolgloser Suche beschloss Tullus eines Abends, dass es nichts brachte. Sie hatten keine Möglichkeit, herauszufinden, mit welcher Absicht Degmar in die Siedlung gekommen war, und da es keinerlei Beweise für irgendetwas gab, lief Tullus mit seinen Nachforschungen ins Leere. Was auch immer der Krieger im Sinn gehabt haben mochte, er hatte es längst ausgeführt.

Um auf andere Gedanken zu kommen, beschloss Tullus, den Schmuckhändler ein zweites Mal aufzusuchen. Zwar war es ihm auch diesmal immer noch ein bisschen peinlich, den Laden zu betreten, aber letzten Endes überwog der Wunsch, weiter in Sironas Gunst zu steigen. Früher oder später würde sie ihn gewiss in ihr Bett lassen, und obwohl Tullus zu unerfahren war, um zu wissen, wie man eine Frau umwarb, glaubte er, dass eine weitere

Aufmerksamkeit in Form eines Schmuckstücks nicht schaden könnte.

Ehe er sich auf den Weg in die Siedlung machte, überlegte er, ob es sinnvoll wäre, das Kettenhemd abzulegen. Es ging ihm gar nicht mehr um den alten Händler, denn der kannte Tullus' Rang, aber womöglich fiel es einigen Leuten auf, wenn ein Centurio in vollem Ornat den Laden betrat, denn trotz des wärmenden Mantels waren Kettenhemd und Cingulum unschwer zu erkennen. Letzten Endes entschied sich Tullus doch für die volle Rüstung, da er am Abend noch einigen Pflichten nachkommen musste. In dieser Hinsicht war es klüger, das Kettenhemd anzubehalten, da das An- und Ablegen stets eine Qual war.

Ein letztes Mal vergewisserte er sich, ob genug Geld im Beutel war, und strebte zur Tür, den Vitis in der Hand. Sirona würde das neue Geschenk mindestens genauso gut gefallen, zumal es wertvoller sein sollte als der silberne Armreif. Er malte sich schon aus, wie erfreut sie reagieren würde, und wollte schon beschwingt vor sich hin flöten, als er sich bewusst machte, dass er sich noch im Militärlager befand. In der Öffentlichkeit hatten sich hochrangige Centurionen stets tadellos zu benehmen. Die Männer sollten sich ein Beispiel an ihnen nehmen. Außerdem, so überlegte Tullus weiter, könnte Fenestela das fröhliche Pfeifen hören – sein Optio würde den Braten sofort riechen, und dann würden die scherzhaften Bemerkungen zu Sirona nicht abreißen.

Tullus war froh, die Siedlung ohne viel Aufhebens betreten zu können. Er sah zwar einige Soldaten, aber keinen aus seiner Kohorte. Das bedeutete zwar noch nicht, dass ihn nicht vielleicht doch jemand beobachtet hatte – wie der Schmuckhändler schon gesagt hatte, Tullus war bekannt wie ein bunter Hund –, aber daran könnte er ohnehin nichts ändern. Zumindest das Wetter war auf seiner Seite. Denn bei dem schneidenden Wind und den flirrenden Schneeflocken blieben die Leute zu Hause, außerdem lag die Sichtweite unterhalb von zwanzig Schritten. Das Tageslicht nahm rasch ab, und selbst die gepflasterte Hauptstraße, auf der sich alltags immer viele Fußgänger und Fuhrwerke tummelten, war so gut wie ausgestorben.

Tullus hatte geahnt, dass sich der kleine Bettler wieder an seine Fersen heften würde. Der Junge hatte sich tatsächlich ein Paar billige Sandalen gekauft, dazu einen abgetragenen Mantel, den er Tullus stolz präsentierte. Er habe alles zu günstigen Preisen erstanden, sagte er und bot Tullus erneut seine Dienste an. Tullus war gerührt und schenkte dem Kleinen ein paar Kupfermünzen. Die Dankesbekundungen des Jungen im Ohr, suchte Tullus den Laden des Goldschmieds auf, der nicht weit entfernt vom neu angelegten Forum lag. Bei klarer Sicht wäre die Brücke über den Rhenus zu sehen gewesen. Auf dem Weg zum Laden begegnete Tullus keiner Seele, weder einem Legionär noch einem anderen Offizier. Er atmete auf.

Der Goldschmied setzte ein breites Lächeln auf, als ein Kunde bei diesem Wetter einen Fuß über seine Schwelle setzte.

»Furchtbares Wetter, Herr.«

»Ja, schlimm«, pflichtete Tullus ihm bei und nahm den Helm ab.

Der Gallier erkannte Tullus erst jetzt, und seine Miene hellte sich auf. »Ihr beehrt mich ein zweites Mal, Herr!«

»In der Tat.« Den Helm legte Tullus auf einem niedrigen Tisch ab.

»Darf ich davon ausgehen, dass die Dame sehr zufrieden mit Eurem Geschenk war, Herr?«

»Ja, sie hat sich gefreut.« Er fühlte sich ein wenig fehl am Platze.

»Und nun gedenkt Ihr, der Dame noch ein hübsches Stück auszusuchen, Herr?«

»Ganz recht.«

»Etwas …«, der Händler strich mit langen Fingern über die Auslagen unmittelbar vor Tullus und deutete dann auf eine Reihe Armreife, »… in dieser Art, Herr?«

»Nein, diesmal soll es eine Halskette werden oder ein Paar Ohrringe.« Fast hätte Tullus gesagt »oder beides«, aber das behielt er für sich. Der gerissene Goldschmied sollte nicht gleich seine Absichten durchschauen.

»Einer meiner Gesellen hat gerade dieses Stück angefertigt«, sagte der alte Gallier, griff hinter sich und zeigte Tullus eine herrlich schimmernde Kette aus Silber, die mit zahlreichen kleinen Almandinen durchsetzt war, die rötlich glänzten. »Ist sie nicht besonders hübsch, Herr?«

Tullus kannte sich überhaupt nicht mit Schmuck aus – beim Hades, er war doch erst einmal in diesem Laden gewesen –, aber die Halskette war wirklich bezaubernd. Die eingearbeiteten Steine würden gut zu Sironas dunkelbraunen Augen passen. »Wie teuer ist sie?«

»Für Euch, Herr, fünfzig Denarii.«

Tullus zog die Hand zurück, als hätte die Kette ihn gebissen. »Fünfzig Denarii?«

»Die Almandine sind von herausragender Qualität, Herr. Diese Kette wurde in langer, mühevoller Arbeit angefertigt.« Er hielt Tullus erneut das Schmuckstück zur Begutachtung hin. »Seht selbst.«

»Fünfzig ist zu viel«, betonte Tullus.

»Ich bin mir sicher, dass wir uns einigen werden, Herr.« Der Gallier hielt ihm die Kette noch dichter vor die Nase.

»Ja, sie ist wundervoll gearbeitet«, räumte Tullus ein und nahm sie entgegen.

Das charakteristische Geräusch von genagelten Sohlen draußen auf dem Straßenpflaster ließ Tullus aufhorchen. Er war überrascht, als zwei Prätorianer strammen Schrittes an dem Laden vorbeigingen, aber es überraschte ihn noch mehr, als er kurz darauf Germanicus erblickte. Der Feldherr hatte sich in seinen Paludamentum gehüllt und die Kapuze in die Stirn gezogen, aber Tullus hätte diesen Mann auch so erkannt – es lag nicht allein an der Körpergröße, sondern vor allem an dem gebieterischen Auftreten. Außerdem verriet sich Germanicus durch die Wahl seiner Begleiter: Die Prätorianer bildeten seine Leibwache. Zwei weitere Soldaten der Garde bildeten die Nachhut, doch da war die kleine Schar bereits am Laden des Goldschmieds vorbeimarschiert.

»Was hat der vor?«, murmelte Tullus vor sich hin.

Der Goldschmied bekam alles mit. »Nicht das erste Mal, dass ich den Feldherrn hier sehe, Herr. Er stattet dem Weinhändler einen Besuch ab, gleich die Straße hier runter. Angeblich der beste Weinladen im Umkreis von hundert Meilen, so sagt jedenfalls der Besitzer. Offenbar gefällt Germanicus die Auswahl – er schaut einmal im Monat dort vorbei.«

Tullus lachte in sich hinein. Nie wäre es ihm in den Sinn gekommen, dass Germanicus sich persönlich auf den Weg machte, um Wein zu kosten. Der Feldherr hatte Dutzende Leibdiener, Lakaien und Stabsoffiziere – warum schickte er nicht einen dieser Männer in die Siedlung? Genauso gut könnte er sich auch den Wein in seine stattliche Unterkunft liefern lassen, um in Ruhe die Bandbreite des Sortiments zu sichten. Doch Tullus kannte schon die Antwort auf seine Fragen, ehe er sie ganz zu Ende gedacht hatte. Das Arbeitspensum eines Mannes wie Germanicus war gewaltig, die Verpflichtungen mussten erdrückend sein. Da war ein heimlicher Besuch bei einem Weinhändler eine Art Flucht, eine Möglichkeit, am normalen Leben teilzunehmen, das einem Mann in seiner Position verwehrt blieb. Tullus wünschte ihm viel Glück und widmete sich dann, immer noch schmunzelnd, wieder der Kette.

»Ein schönes Stück, aber fünfzig Denarii sind zu viel.«

»Welcher Preis würde Euch denn zusagen, Herr?«, erkundigte sich der Händler, und seine Augen verengten sich.

»Zwanzig.« Tullus wusste, dass er den Mann mit diesem Preisvorschlag beleidigen würde, aber er sprach es trotzdem aus, weil er auf die Reaktion des Mannes gespannt war.

»Zu diesem Preis kann ich sie unmöglich hergeben, Herr!« Schon machte er Anstalten, Tullus die Halskette wieder wegzunehmen, besann sich dann eines Besseren und ließ die Hand sinken. »Bedenkt die Materialkosten, Herr, das Silber, die Steine – dann muss ich meine Angestellten bezahlen –, bei zwanzig Denarii bliebe nichts mehr für mich übrig. Aber auch ich muss mein Leben bestreiten, Herr.«

»Ich verstehe. Also fünfundzwanzig.«

»Ich könnte Euch die Kette für fünfundvierzig anbieten, Herr, mehr Preisnachlass kann ich indes nicht gewähren.« Der alte Goldschmied verzog das Gesicht, als litte er Schmerzen.

»Dreißig.«

»Zweiundvierzig, Herr.« Ein Zucken lief durch seine Schultern.

»Zweiunddreißig.«

»Ihr beraubt mich, Herr! Vierzig.«

»Vierunddreißig, aber das ist mein letztes Angebot.«

»Bedaure, Herr.«

Tullus gab dem verblüfften Graubart die Kette zurück. »Habt Dank«, sagte er und hielt auf die Tür zu. Er hatte die Ladenfläche bereits zu drei Vierteln durchquert, als der Händler einknickte.

»Herr!« Ein fast flehender Ton lag in der Stimme des Alten.

Tullus drehte sich um und täuschte Erstaunen vor. »Ja?«

»Würdet Ihr die Kette für achtunddreißig nehmen, Herr?«

»Vierunddreißig, bar auf den Tisch, hier und jetzt.«

»Ihr kennt kein Erbarmen, Herr«, jammerte der Händler und ließ einen Seufzer folgen. »Also gut, ich beuge mich Eurem Begehr.«

Tullus verbarg seine Zufriedenheit. Der Goldschmied machte gute Miene zum bösen Spiel, aber Tullus hatte nicht den Eindruck, als sei er am Boden zerstört. Er griff nach dem Geldbeutel.

In diesem Moment nieste draußen jemand. Das allein hätte Tullus' Aufmerksamkeit nicht geweckt, aber als der Nieser unmittelbar darauf von einer zweiten Person wütend zurechtgewiesen wurde, wurde Tullus stutzig.

Knirschende Schritte im verharschten Schnee. Tullus war schon so lange in der Armee – er hörte sogar heraus, dass die Personen dort draußen keine genagelten Sohlen trugen. Es schienen auch keine gewöhnlichen Leute aus der Siedlung zu sein, denn Tullus wurde das Gefühl nicht los, dass die beiden – falls es nur zwei waren – möglichst nicht auffallen wollten.

Tullus' Argwohn war geweckt. Vorsichtshalber zog er sich tiefer in den Laden zurück, damit man ihn von draußen nicht durch die schmalen Fenster sehen konnte.

»Runter!«, raunte er dem Gallier zu.

»Herr?« Der Alte war verwirrt.

»Runter, hinter den Tresen. Tu, was ich sage!«, befahl Tullus, wobei er allerdings nicht den barschen Befehlston auf dem Übungsplatz anschlug.

Der Goldschmied blickte besorgt drein, gehorchte aber.

Tullus behielt die Fenster und die Tür des Ladens im Blick. Das Schneetreiben hielt an. Der Schnee fiel inzwischen so dicht, dass man das Haus auf der gegenüberliegenden Straßenseite nur noch erahnen konnte.

Umso deutlicher sah Tullus die verhüllten Gestalten – auf die Schnelle zählte er neun –, die in diesem Augenblick an dem Laden vorbeischlichen, bewaffnet mit Speeren.

Besorgt eilte er dichter an eines der beiden Fenster, um die Männer besser erkennen zu können. Fast alle trugen Bärte nach Art der Germanen, bei mindestens drei Gestalten erkannte Tullus die für die Krieger typischen geflochtenen Zöpfe.

Das waren keine gewöhnlichen Dorfbewohner. Diese Männer

sahen wild und unberechenbar aus, das mussten germanische Krieger sein, darauf hätte Tullus seinen Jahressold verwettet. Als er schließlich unter den letzten drei Männern Degmar erkannte, erschrak er. Es waren also tatsächlich Krieger, und sie führten wahrlich nichts Gutes im Schilde.

Urplötzlich war Tullus klar, warum es Degmar vor Tagen in die Siedlung verschlagen hatte. Der Marser hatte den Weinhändler ausfindig gemacht, und nun waren die Krieger gekommen – vermutlich allesamt Marser –, um Germanicus aufzulauern. Offenbar kannten sie die Gewohnheiten des Feldherrn und hatten nur darauf gewartet, dass er sich wieder zu Fuß und nur mit wenigen Wachen in die Siedlung begab. Die Vermutung lag nahe, dass es einen Spitzel im Laden des Weinhändlers gab. Aber darüber durfte er sich jetzt keine Gedanken machen.

Denk nach, denk nach, sonst ist es um Germanicus geschehen!

»Hast du einen Speer hier im Laden?«, zischte er zu dem Händler gewandt.

»Einen Speer, Herr?«

»Da sind eben einige Bewaffnete an deinem Laden vorübergezogen«, erklärte Tullus mit wachsender Ungeduld. »Nenn mich einen Narren, aber ich glaube, diese Männer wollen Germanicus ermorden. Ich habe keine Zeit, Hilfe zu holen, ich kann aber auch nicht rumstehen und nichts tun. Hast du nun einen Speer oder nicht?«

»Ich – einen Speer? Nein, Herr.« Der Goldschmied zuckte entschuldigend mit den Schultern. »Wärt Ihr mit einem Messer zufrieden?«

»Danke, einen Dolch trage ich bei mir«, erwiderte Tullus etwas zu schroff und verdrehte die Augen. »Ein Besen würde es auch tun. Hast du einen Besen?«

Der Gallier spürte, dass es Tullus ernst war, und eilte in den hinteren, abgetrennten Bereich des Ladens. Dann kam er mit einem Reisigbesen zurück, der schon bessere Tage gesehen hatte.

Grummelnd nahm Tullus den Besen entgegen, setzte einen Fuß auf das untere Ende und brach die Reisigzweige ab, sodass er nur noch einen einigermaßen soliden Stock in der Hand hielt.

»Lauf die Hauptstraße runter, such nach Soldaten, egal aus welcher Einheit«, schärfte Tullus dem verdutzten Alten ein. »Sag ihnen, Centurio Tullus aus der Ersten Kohorte der Fünften Legion verlangt, dass sie sich unverzüglich beim Laden des Weinhändlers einzufinden haben. Beschreib den Männern den Weg. Sag ihnen, dass sie sich beeilen sollen, wenn ihnen etwas an ihrem Feldherrn Germanicus liegt.«

Der Goldschmied wand sich unter Tullus' wütendem Blick. »Aber wenn ich auf die Schnelle keine Soldaten finde, Herr? Was, wenn keiner auf mich hört?«

Tullus packte den Mann am Arm. »Diese Siedlung liegt einen Steinwurf von einem verfluchten Legionslager entfernt, Mann! In diesem Moment sitzen Legionäre in den Tavernen und Schänken oder suchen Läden auf wie ich. Ruf laut um Hilfe, wenn es nicht anders geht – es ist mir egal, was du machst, solange du Hilfe holst, und zwar schnell. Hast du mich verstanden?«

»I-Ihr tut mir weh, Herr«, jammerte der Goldschmied und zuckte zusammen.

»Wenn du nicht tust, was ich verlange, mache ich noch viel schlimmere Dinge!«

Bei dieser Drohung kam der Schmuckhändler zur Besinnung. »Soldaten finden«, murmelte er vor sich hin, »auf Geheiß von Centurio Tullus – lauft zum Weinhändler – rettet Germanicus.«

»Genau das verlange ich von dir.« Tullus lockerte den schraubstockartigen Griff. »Und jetzt lauf!«

»Aber meine Waren, Herr, mein Schmuck – alles wird gestohlen!«

»Wo sind deine Gesellen, deine Familie?«

»Im Haus ist nur mein Weib, Herr, die Angestellten sind längst fort.«

»Dann sag deiner Frau, sie soll den Laden schließen, du Narr! Lauf!« Tullus stieß ihn unsanft in Richtung hinterer Tür. Er selbst durfte keinen Moment länger zögern.

Den Besenstiel wie eine Waffe in der Hand, schlich er auf Zehenspitzen zur Tür. Draußen blickte er die Straße hinunter, sah jedoch im Schneetreiben nichts. Die Sichtweite lag unter zehn Schritten.

»Wie weit ist es von hier bis zum Weinhändler?«, rief er über die Schulter.

»Nur ein Stück weit die Straße hinunter, Herr, es ist nicht weit. Auf dieser Seite der Straße.«

Tullus beschloss, den Helm nicht mitzunehmen. Der aufwändige Helmbusch hätte ihn nur verraten. Hastig entledigte er sich des langen Mantels und stapfte die Straße hinunter. Sein Herz pochte mit der Wucht eines Schmiedehammers. Was er da vorhatte, grenzte an Irrsinn – Germanicus' Leibwachen waren womöglich längst tot. Wie sollte es da ein Centurio mittleren Alters, der nur mit einem Besenstiel und dem Gladius bewaffnet war, mit neun Kriegern aufnehmen, die auf Mord sannen? Genauso gut könnte er versuchen, die Sonnenscheibe am Aufgehen zu hindern …

Aber Tullus durfte nicht kneifen. Sein guter Ruf würde in Mitleidenschaft gezogen. Tullus könnte sich nie wieder im Kreise der ranghohen Offiziere blicken lassen, wenn er jetzt untätig herumstand. Germanicus war sein Oberbefehlshaber und hatte verwandtschaftliche Beziehungen zur Herrscherdynastie. Überdies hatte er Tullus vertraut, als Tullus seine Karriere längst abgeschrieben hatte. Er hatte es Germanicus zu verdanken, in die begehrte Erste Kohorte der Legion versetzt worden zu sein.

Ich schulde dir mein Leben, Germanicus, dachte er und schlich den Kriegern nach.

Wenn der eigene Tod der Preis war, um die Schuld zu begleichen, dann konnte er es auch nicht ändern.

3. KAPITEL

Hunderte Meilen von Vetera entfernt stapften Arminius und sein Stellvertreter Maelo durch den Schnee einer Siedlung der Marser. Ihr Ziel war das Langhaus des Anführers. Die Dämmerung breitete sich über dem Dorf aus, aber der goldene Schimmer der Fackeln wies den beiden Cheruskern den Weg. Eine Stunde war es her, dass Arminius mit einer Schar Kriegern bei den Marsern eingetroffen war, kurz vor Sonnenuntergang. Die Siedlungen der Cherusker lagen nicht weit entfernt, da die Stammesgebiete beider Völker eine gemeinsame Grenze hatten. Trotzdem war der Ritt im Winter anstrengend gewesen.

»Glaubst du, alle sind gekommen?«, fragte Maelo. Er war nicht sonderlich groß, hatte braunes schulterlanges Haar und den typischen Kinnbart der Germanen – man hätte ihn für einen gewöhnlichen Stammeskrieger halten können. Doch Maelo war ein äußerst geschickter und gefürchteter Streiter und mutig wie ein Bär, den Jäger in eine Ecke treiben. Er hatte mehr Feinde mit der Klinge seines Schwerts erschlagen als Arminius, und das allein sagte schon alles. »Die Usipeter haben einen viel längeren Weg als wir«, meinte er. »Niemand verlässt bei dieser Kälte gern die heimische Herdstatt.«

»Ja, im Winter frisst man sich einen Wanst an und treibt es wild«, sagte Arminius und grinste. Der Cherusker war ein großer, breitschultriger Krieger in der Blüte seiner Jahre, ein gut aussehender Mann mit markanten Zügen und stechenden grauen

Augen. Auch er trug das dunkle Haar schulterlang und hatte den Kinnbart gestutzt, in dem sich die ersten silbergrauen Strähnen andeuteten. Mit dem Mantel aus Bärenfell, der reich bestickten Tunika, dem mit Silberplatten verzierten Waffengurt und dem edlen Spatha – dem Langschwert, das bei den berittenen Einheiten der Römer beliebt war – war er auf den ersten Blick als Stammesführer zu erkennen. »Aber keine Sorge, sie werden kommen. Ich habe gute Gründe, eine Versammlung dieser Größe einzuberufen. Germanicus wird im kommenden Frühjahr erneut den breiten Strom überqueren. Und seine Armee wird nicht kleiner sein als letztes Mal, glaub mir. Wenn wir verhindern wollen, dass die Römer uns unter den genagelten Sohlen ihrer Caligae zermahlen, einen Stamm nach dem anderen, dann müssen wir handeln. Und das bedeutet, dass wir Pläne schmieden müssen.«

Maelo nickte. Sie hatten oft über diese Dinge gesprochen. »Hast du schon mit Inguiomerus gesprochen?«

»Unmittelbar nach unserer Ankunft, ja.« Arminius' Onkel war einen Tag früher eingetroffen. Obwohl Arminius nach dem Ritt erschöpft gewesen war, hatte er nicht gezögert, seinen Verwandten aufzusuchen. Inguiomerus war der Anführer eines weiteren großen Stammesverbandes der Cherusker, und obgleich seine Krieger Arminius' Streitmacht vergangenen Sommer unterstützt hatten, war es Inguiomerus gewesen, der den erfolglosen Angriff auf das Marschlager der Römer befohlen hatte. Immer wieder hatte Arminius darauf gedrungen, den Angriff abzublasen, aber schlussendlich hatte sich sein Onkel durchgesetzt. Die Folge war der – vermeidbare – Tod Tausender Stammeskrieger gewesen. Kurz nach der Niederlage hatte Inguiomerus indes eingeräumt, in Zukunft solle Arminius die Krieger führen.

Das bevorstehende Treffen in der Siedlung der Marser war die erste größere Versammlung, seit die Krieger sich gedemütigt und geschlagen in ihre jeweiligen Dörfer verkrochen hatten. Aus Arminius' Sicht würde die Versammlung nur dann erfolgreich verlaufen, wenn sich Inguiomerus an die Abmachungen hielt. Aber der alte Fuchs war immer schon schwierig und unberechenbar gewesen.

»Und, was hat er gesagt?«, wollte Maelo wissen.

»Mein Onkel will sich immer noch meiner Führung unterordnen«, sagte Arminius. »Er gab mir sein Wort, und ich glaube ihm.«

Maelo grinste breit und sah mit einem Mal wie ein durchtriebener Junge aus. »Gut zu hören. Mit seinen und unseren Kriegern haben wir über achttausend Speere. Nehmen wir noch die Marser hinzu, kommen wir auf gut zehntausend, vielleicht sogar mehr.«

»Das allein bedeutet aber noch nicht, dass sich die anderen Stämme uns anschließen werden«, hob Arminius warnend hervor. »Oder dass sie auf mich hören werden. Vergiss nicht, was sich letzten Sommer alles zugetragen hat …«

Maelo legte Arminius eine Hand auf die Schulter. »Warte.«

Die meisten Krieger, die sich diese Dreistigkeit herausnahmen, wären des Todes gewesen, aber Maelo war Arminius' treuester Gefolgsmann und zählte zu seinen engsten Freunden – es gab keinen treueren Freund, wenn Arminius ehrlich zu sich war. Dennoch strafte er Maelo mit anklagendem Blick. »Was ist?«

»Ich weiß, genau wie du, wie sich die Stammesführer benommen haben. Sie wollten nicht auf dich hören. Dauernd stritten sie untereinander, mehr als die Hälfte von ihnen wollten sich zum Anführer aufschwingen. Das ist mehr als ärgerlich, aber so ist es nun mal bei unseren Völkern. Es hätte gut sein können, dass sie Inguiomerus auf den Schild gehoben hätten, aber deswegen wollten sie noch lange nicht unseren Stammesverband angreifen oder dich töten – sie alle kämpften gegen Rom, ausnahmslos! Sie alle hassen das Reich genauso sehr wie du …«

»So sehr wie ich?« Arminius lachte bitter auf. »Wie viele von denen haben Frau und Kind verloren? Wie viele von denen mussten ertragen, dass ihre Familie als Geiseln nach Rom geschickt wurden?«

»Vergiss nicht, dass viele Frauen und Kinder verloren haben. Die Römer haben Tausende Stammesmitglieder hingeschlachtet.«

Doch Arminius hörte nicht richtig zu. »Ich werde Thusnelda nie wiedersehen, werde mein Kind nie aufwachsen sehen. Verflucht sei Germanicus für diese gerissene Entführung!«

Im Frühjahr hatte Arminius einem anderen Stamm einen Besuch abgestattet, und genau diesen Umstand hatte der römische Feldherr genutzt, um die schwangere Thusnelda zu entführen und Segestes zu befreien.

Maelo umfasste Arminius' Schulter fester. »Es schmerzt mich jeden Tag, wie viele Opfer unsere Stämme zu beklagen haben, Arminius, aber ich verstehe auch, wie sehr dich der Verlust deiner Familie schmerzt. Wenn du dich jedoch von Trauer und Zorn beherrschen lässt, werden wir scheitern. Die Stammesführer brauchen einen standhaften Anführer, einen Krieger, der ein klares Ziel vor Augen hat und der ganz bei der Sache ist.«

Arminius sog die kalte Winterluft ein und blickte hinauf zu den ersten Sternen, die sich am Abendhimmel zeigten. *Irgendwo in Italia hält Thusnelda unser Kind im Arm und sieht dieselben Sterne*, dachte er. So deprimierend der Gedanke war, den geliebten Menschen so fern zu sein, eine gewisse Ruhe überkam ihn. *Sie sind nicht tot. Bleib standhaft, meine Liebe. Beschütze mein Kind. Eines Tages werden wir uns wiedersehen.*

Langsam atmete er aus, dann lächelte er, doch es war ein raubtierartiges Lächeln. »Fortan werde ich meine Wunde verbergen, auf dass die Stammesältesten meinem Rat folgen. Und sie werden mir folgen, ich weiß es.« Mit erhobener Hand unterband er Maelos Kommentar. »Keine Sorge, ich werde mich wie ein Anführer unter Anführern geben, nicht wie ihr König. Ich werde der Erste unter Gleichen sein.«

»Den Göttern sei Dank. Du bist im Vollbesitz deiner geistigen Kräfte und weißt nach wie vor, die richtigen Worte zu wählen.« Maelo grinste wieder, und das Weiß seiner Zähne blitzte im Schein der Fackeln auf.

Arminius suchte den Blick seines Freundes. »Ich danke dir.«

»Ho!«, rief eine vertraute Stimme aus der Dunkelheit. »Ist das etwa Arminius, den ich da sehe? Und du musst Maelo sein!«

»Ganz recht. Zeig dich!«, forderte Arminius den Mann auf.

Harschiger Schnee knirschte, als der Sprecher näher kam. Da er keine Fackel trug, erkannten Arminius und Maelo ihn erst, als er in den Schein ihrer Pechfackel trat. Es war der Anführer der Angrivarier, ein stämmiger Kerl mit breitem Kinn, der das Haar beiderseits der Schläfen zu Zöpfen geflochten trug. Arminius wusste, dass auf diesen Mann Verlass war. Der Angrivarier war tapfer, gerissen und klüger als viele andere in der Runde der Wortführer.

»Gut, euch zu sehen«, sagte Horsa und streckte Arminius eine fleischige Pranke entgegen.

»Es freut mich auch«, sagte Arminius und schüttelte dem Mann die Hand. Auch Maelo begrüßte den Stammesführer. »Wie war deine Reise?«, erkundigte sich Arminius. Horsas Stamm lebte etwa hundert Meilen weiter nördlich.

»Lang, kalt, unerfreulich. Mein Arsch tut weh vom langen Sitzen im Sattel, aber ich hab's geschafft.« Horsa lachte dröhnend. »Mallovendus' Begleiter haben mir versprochen, dass sechs Spanferkel im großen Langhaus geröstet werden und dreimal so viele Fässer Gerstensaft bereitstehen. Wieso seid ihr zwei nicht längst bei der Versammlung?« Er deutete auf das Langhaus, das vom Pfad aus zu sehen war.

Arminius hatte keine Lust, dem Angrivarier anzuvertrauen, was er soeben mit Maelo besprochen hatte. »Wir haben gehört, wie du hinter uns prustend durch den Schnee gestapft bist und dachten erst, ein wilder Stier sei uns auf den Fersen. Daher sind wir stehen geblieben, um uns zu vergewissern, dass unser Leben nicht in Gefahr ist«, scherzte er.

»Pass auf, was du sagst«, erwiderte Horsa und gluckste. Arminius wusste nicht, ob der Angrivarier durchschaut hatte, dass Arminius über das ernste Gespräch mit Maelo hinwegtäuschen wollte. Doch der stämmige Krieger beließ es dabei. »Warum stehen wir hier noch rum? Wollt ihr, dass uns die Eier abfrieren?«

Maelo war ein paar Schritte vor den beiden und drückte die Tür zum Langhaus auf. Ein Schwall warmer Luft wehte ins Freie und brachte Gerüche mit sich – einige waren angenehm, andere weniger –, vor allem aber überwog das Gewirr von etlichen Stimmen. Der Gastgeber hatte für Musik gesorgt, doch keiner der im Langhaus versammelten Krieger achtete auf die drei Spielmänner, die sich mit ihren kurzen Flöten und ihrer Leier in eine Ecke zurückgezogen hatten. Kinder kreischten und lachten und flitzten durch das Langhaus, irgendwo plärrte ein Kleinkind. Das Vieh, das am anderen Ende des imposanten Langhauses in Pferchen untergebracht war, gab leise muhende Laute von sich.

Wie bei den germanischen Langhäusern üblich, schloss sich der große Wohn- und Schlafbereich unmittelbar an die Tierstallungen an, nur abgetrennt von Heuballen und Säcken mit Getreide. An den tragenden Balken zu beiden Seiten hingen Fackeln auf Kopfhöhe in ehernen Halterungen, und von der großen, offenen Feuerstelle breitete sich die Hitze des prasselnden Feuers in Schüben aus. Einige junge Burschen beaufsichtigten die Spanferkel, die fettglänzend über den Flammen brutzelten. In die Mitte des Wohnbereichs hatte der Gastgeber Bänke und auf Böcken ruhende Tische geschoben, an denen Männer, Frauen und Kinder Platz gefunden hatten. In die Oberfläche eines aus Eichenholz gezimmerten Tischs hatte man ein Loch gebohrt, um eine der Adlerstandarten von Varus' Legion vor aller Augen auszustellen. Majestätisch und Ehrfurcht gebietend schaute der goldene Vogel auf die Menschen herab, allerdings symbolisierte er für die hier versammelten Krieger nicht mehr die Macht Roms, sondern die Kampfkraft und Kriegskunst der Germanen.

Wie klug, den Adler offen zur Schau zu stellen, dachte Arminius anerkennend. *Es gibt keinen eindrucksvolleren Beweis unseres Erfolgs, kein besseres Zeugnis unserer Tapferkeit.*

Um eine der Festtafeln hatten sich die Stammesältesten und tapfersten Krieger versammelt. Am Kopf der Tafel saß Mallovendus. Er war nicht nur der Wortführer der Siedlung, sondern der Anführer des größten Stammesverbandes der Marser. Mallovendus' hervorstechendstes Merkmal war sicherlich die gewaltige rötliche Haarmähne. Er war füllig und stark wie ein Ochse, hatte grobe, von Narben verunzierte Gesichtszüge und kleine, wache Augen. Im Moment jedoch maß sich Mallovendus mit einem anderen, ebenfalls kräftigen Krieger im Armdrücken.

Arminius hielt geradewegs auf Mallovendus' Platz zu. Sie waren sich noch nicht häufig begegnet, aber der Anführer der Marser galt als erklärter Feind Roms, und seine Krieger waren tapfere, hartgesottene Kämpfer. Im vergangenen Herbst hatte Germanicus dem Volk der Marser arg zugesetzt. Tausende Siedler waren erschlagen worden, viele Dörfer niedergebrannt. Ob die Strafexpedition darauf zurückzuführen war, dass Arminius den Marsern einen der drei erbeuteten Legionsadler des Varus überlassen hatte, vermochte Arminius nicht einzuschätzen. Seither hatten sich die Marser in mehreren Aufständen gegen Rom erhoben, mussten sich aber jedes Mal sieglos zurückziehen. Der einflussreiche Mallovendus brannte auf Rache und hatte sich bereit erklärt, die große Versammlung in seinem Dorf abzuhalten.

Arminius hatte keinen Grund, an der Standfestigkeit des Marsers zu zweifeln. Mallovendus' Krieger würden den Cheruskern im kommenden Frühjahr zur Seite stehen. Doch die Schlagkraft der Marser würde nicht ausreichen, um es mit Rom aufzunehmen, selbst dann nicht, wenn sich Arminius' und Inguiomerus' Heere vereinigten. Wer die gewaltige Armee des Germanicus besiegen wollte – und genau danach stand ihm der Sinn –, brauchte jeden waffenfähigen Stammeskrieger im Umkreis von zweihundert Meilen.

»Mallovendus!«, rief er.

Der Anführer der Marser schaute ruckartig auf, sah Arminius aber nur für die Dauer eines Wimpernschlags an, ehe er sich wieder voll und ganz dem Armdrücken widmete. Aber es war zu spät. Mit einem Jubelschrei drückte sein Gegner Mallovendus' Arm krachend auf die Tischplatte. »Zwei zu eins«, stieß er keuchend hervor und hielt Mallovendus bereits fordernd die Hand hin.

»Ich war abgelenkt!«, protestierte Mallovendus.

»Mein Geld!«, verlangte der Krieger.

Belustigt verfolgte Arminius, wie Mallovendus den Sieger mit unbewegter Miene auszahlte. Der stolze Krieger trank noch kurz auf das Wohl des Gastgebers, ehe er sich leicht taumelnd zurück zu seinen Gefährten begab, die an einem anderen Tisch zechten. Kaum war der Krieger aufgestanden, nahm der nächste Herausforderer den Platz gegenüber von Mallovendus ein. Mallovendus warf Arminius einen Blick zu, in dem die Bitte um Nachsicht und Belustigung lagen.

»Dauert nur einen Moment«, raunte er Arminius zu.

Arminius hatte es nicht eilig. Er zog sich zusammen mit Maelo und Horsa zu einem der großen Bierfässer zurück und verfolgte, einen Becher mit Gerstensaft in der Hand, das Kräftemessen.

»Ich frage mich, ob er gerade absichtlich verloren hat«, sagte Arminius leise zu Maelo, als Mallovendus den Arm seines Gegners auf die Tischplatte knallte.

Maelo grinste. »Du meinst, er verliert ab und zu, um seine Gefolgsleute bei der Stange zu halten?«

»Wäre nicht das erste Mal, dass sich ein Mann auf diese Weise beliebt macht«, meinte Horsa.

Arminius nickte. In jedem Stamm, landauf, landab, folgten die Krieger ihren Anführern aus Respekt und nicht etwa, weil der Anführer seinen Führungsanspruch mit dem Willen irgendwelcher Götter begründete. Natürlich wurden ab und an auch Tricks angewandt – wie etwa einen Mann beim Armdrücken gewinnen zu lassen.

Mallovendus gewann auch den zweiten Durchgang mit Leichtigkeit, worauf sein Gegner ihn verfluchte. Die Krieger durften sich Beleidigungen dieser Art herausnehmen, denn ihr Anführer zahlte es ihnen heim – Mallovendus packte den Verlierer unvermutet im Nacken, zog dessen Gesicht dicht vor seins und schärfte ihm ein, er solle gefälligst härter üben, wenn er je seinen Anführer besiegen wolle. Betreten schlich der Krieger zurück zu seinen Stammesbrüdern, die ihn mit den üblichen Schmähungen überhäuften.

An Szenen wie diesen konnte man ablesen, wie sehr sich das Stammesleben der Germanen von dem hierarchischen Gefüge der Römer unterschied. Kein Legionär würde es wagen, seinen Offizier zu einem solchen Zweikampf herauszufordern – schon gar nicht würde er sich trauen, diesen Offizier auch noch zu bezwingen, wie es der Krieger zuvor getan hatte. Unvorstellbar für einen Legionär, das Siegergeld mit dreister Vehemenz einzufordern! Aber wenn der Legionär den Befehl dazu erhielt, marschierte er bis ans Ende des Erdkreises, ertrug alle Widrigkeiten unterwegs, kämpfte gegen seine Feinde – Tag für Tag, Monat für Monat. Die Römer waren gefürchtete, unerbittliche Gegner, eingeschworen auf ein gemeinsames Ziel, das hatte Germanicus mit seinen Feldzügen und seinem Wunsch nach Vergeltung bewiesen.

Arminius' Stammesbrüder waren mindestens genauso mutig wie die Legionäre Roms, viele kämpften wie wilde Eber bis zum letzten Atemzug, aber zu viele warfen sich überstürzt ins Getümmel. Den meisten fehlte die Disziplin, die die Römer auszeichnete. Ein weiterer Nachteil war, dass sich nicht alle Krieger an das hielten, was ausgemacht war, selbst dann nicht, wenn die Pläne sinnvoll waren. *Es ist nun mal so, wie es ist*, sinnierte Arminius. An der Gemütsart der Krieger konnte man nichts ändern, man konnte nur das Beste daraus machen – so handhabte Arminius es seit nunmehr sechs Jahren, mit Erfolg.

Mallovendus wandte sich Arminius zu und prostete ihm mit schäumendem Bierkrug zu.

»Ich grüße dich, Mallovendus!«, rief Arminius lauter, da ihn alle hören sollten. »Hab Dank für die Einladung in dein Haus!«

»Sei mir willkommen, Cherusker!« Mallovendus erhob sich. »Maelo ist an deiner Seite, wie ich sehe, auch Horsa, der beste Anführer, den die Angrivarier seit über zwanzig Jahren haben. Willkommen, ihr alle!« Dann fuhr er die Krieger, die auf seiner Höhe mit ihm an der Tafel saßen, barsch an: »Platz da! Keiner meiner Gäste soll neben meiner Tafel stehen!«

Leise murrend rutschten die Krieger auf den Bänken weiter auf, sodass Arminius, Maelo und Horsa nach kurzer Begrüßung neben dem Gastgeber Platz nehmen konnten. Arminius erhielt den Ehrenplatz rechts von Mallovendus, Horsa den linken Platz. Rechter Hand von Arminius hatte sich Inguiomerus gesetzt, ein alter, aber gefürchteter Anführer. Um all den anderen versammelten Kriegern zu zeigen, dass die Cherusker als Einheit auftraten, nahm Maelo demonstrativ neben Arminius' Onkel Platz.

Die Bediensteten beeilten sich, den Neuankömmlingen schäumende Krüge Bier zu servieren. Auf Mallovendus' Geheiß prosteten die Anführer einander zu und tranken. Man wünschte den Kriegern aller Stämme den Sieg und Germanicus und dessen Legionären den Tod und trank erneut. Die Götter wurden um Beistand angerufen, auf dass sie wie im Jahr zuvor während der Schlacht Sturm und heftigen Regen brachten, und man trank wieder. Gerühmt wurden die heldenhaften Krieger, die im

Kampf gegen Rom in den Tod gegangen waren, ehe man die Humpen ein viertes Mal ansetzte.

Schließlich gab Mallovendus einen lauten Rülpser von sich und schlug mit der flachen Hand auf die Tischplatte.

»Bei Donars Bart, es tut gut, dich zu sehen, Arminius. Dich auch«, sprach er zu Horsa gewandt. »Ihr beide müsst halb verhungert sein. Ich jedenfalls könnte was vertragen. Sonst noch wer Heißhunger?« Er grinste, als die am Tisch versammelten Männer kundtaten, wie hungrig sie waren, und schaute sich nach den Bediensteten um. »Her mit dem Essen! Eines der Spanferkel wird doch wohl fertig sein!«

Arminius entging nicht, dass Horsa bereits in ein Gespräch mit dem Anführer zu seiner Linken vertieft war, einem langen, hageren Mann, der für einen großen Stammesverband der Usipeter sprach. Diesen Mann mochte Arminius nicht. Gerulf schien aus Prinzip anderer Meinung als Arminius zu sein und brachte stets seine eigenen Vorschläge vor, die jedoch nicht selten darauf hinausliefen, dass alle in großer Gefahr schwebten. Nie schien er begreifen zu wollen, wie weitsichtig Arminius plante: Roms Einfluss auf die Stammesgebiete sollte ein für alle Mal beendet werden, aber das ließe sich nur dann erreichen, wenn man den Römern eine zweite herbe Niederlage beibrachte. Ein solches Vorhaben setzte die Einmütigkeit aller Stämme voraus – und den Willen, einen Anführer zu akzeptieren.

»… deine Reise?«

Fast benommen sah Arminius Mallovendus an. »Wie?«

»Wie war deine Reise?«

»Wie nicht anders zu erwarten, lang und ermüdend.«

»Du bist nicht ganz bei der Sache, was? Schon besoffen?«

»Natürlich nicht.«

»Sehr gut. Ich dachte schon, du verweichlichst.« Mallovendus füllte Arminius' Krug nach. »Lass dir das die Kehle runterlaufen, Mann.«

Arminius tat so, als würde er einen kräftigen Schluck nehmen, trank aber nur wenig. Das Bier tat gut. Es schmeckte herb und kräftig, aber es wäre unklug, den Durst zu schnell zu löschen. Ehe die eigentlichen Verhandlungen begannen, würde ordentlich getafelt, getrunken und gesungen werden. Arminius ahnte, dass es spät werden würde, ehe er den anderen seine Vorschläge unterbreiten könnte, und deshalb musste er einen klaren Kopf behalten. Zu viel stand auf dem Spiel, er konnte es sich einfach nicht leisten, betrunken zu sein.

»Die Priester sagen, dass der kommende Winter besonders hart wird«, sagte Mallovendus. Plötzlich hämmerte er Arminius mit einer Hand auf den Rücken. »Kann sein, dass du eine Weile bleiben musst!«, rief er und brach in schallendes Lachen aus.

Bei den Göttern, nur das nicht, dachte Arminius und lächelte trotzdem. Reisen im Winter waren immer beschwerlich, aber Arminius hatte sich für diesen Monat vorgenommen, durchs Land zu ziehen und möglichst viele Stammesführer für seine Sache zu gewinnen. Sobald der Frühling den Winter vertrieb, mussten die Streitkräfte bereitstehen. »Warum nicht?«, spielte er das Spielchen mit. »Dann hätte ich genug Zeit, mich im Armdrücken zu messen. Außerdem ist euer Bier ausgezeichnet.«

»Und dir würde es nicht an einer Bettgefährtin mangeln«, sagte der Marser mit einem Grinsen und deutete mit einer Kopfbewegung auf eine Frau mit üppigen Rundungen, die soeben leere Krüge vom Tisch abräumte. »Sie hat bereits ein Auge auf dich geworfen, als du reinkamst – nicht bemerkt?«

»Nein«, gestand Arminius und war überrascht, wie sehr ihn die Aussicht zufriedenstellte. Seit Thusneldas Entführung hatte er bei keiner Frau mehr gelegen – hatte es nicht gewollt, wenn er ehrlich zu sich war. Doch seine Lendengegend machte sich bemerkbar und rief ihm vor Augen, dass die Bedürfnisse des Körpers etwas anderes als die Bedürfnisse des Geistes waren. »Wer ist sie?«

»Die Witwe eines guten Kriegers, der letzten Sommer fiel. Sie hat ihren eigenen Kopf und weiß, was sie will, stellt aber ihrerseits keine Forderungen. Ich hätte sie längst selbst genommen, aber …« Mallovendus deutete auf seine Frau, eine rundliche Marserin mit nettem Gesicht, »… ihre Augen sind schärfer als die eines Adlers. Sie würde meine Absicht durchschauen, ehe ich meinen Samen verteilen könnte. Ich würde nicht nur eins aufs Dach kriegen, ich müsste mir diese Sache immer wieder anhören!«

»Du scheinst aus Erfahrung zu sprechen. Du bist also nicht jeden Abend ins Langhaus zurückgekehrt?«

Mallovendus' Augen erhielten einen lüsternen Ausdruck. »Welcher Mann kommt nicht manchmal vom Weg ab?«

»Nun, ich nicht«, sagte Arminius, was der Wahrheit entsprach.

Mallovendus musterte seinen Gast verblüfft. »Wie lange warst du mit Thusnelda zusammen?«

»Zwei Jahre.«

»Dann warst du noch unter dem Einfluss der Sterne, wie es am Anfang eben ist. Aber hast du erst mal zehn Sommer mit ein und derselben Frau verbracht und eine Schar Bälger in die Welt gesetzt, wirst du dich umschauen, mein Freund.«

»Mag sein«, sagte Arminius und richtete den Blick auf die Maserung der Tischoberfläche.

Mallovendus schenkte großzügig nach. »Furchtbar, die eigene Frau auf diese Weise zu verlieren.«

»Ja.« Arminius kämpfte gegen die Trauer an und bewahrte sich den neutralen Ton. »Aber nicht nur ich habe gelitten. Dein Volk hat letzten Sommer großes Leid erfahren, und ich vermute, dass es im ganzen Langhaus niemanden gibt, der nicht mindestens einen geliebten Menschen gewaltsam verloren hat.«

»Was du sagst, ist wahr«, sagte Mallovendus, und sein Gesicht verhärtete sich.

»Daher ist es mein Anliegen, so bald wie möglich über den Krieg gegen Rom zu sprechen«, erklärte Arminius, ehe sein Blick erneut zu der attraktiven Witwe schweifte. »Was nicht bedeutet, dass ich nach den Gesprächen anderen Aktivitäten abgeneigt wäre.«

»Du bist ein Mann nach meinem Geschmack, Cherusker. Zuerst fressen und saufen wir ordentlich, dann reden wir. Sobald wir unsere Pläne geschmiedet haben, kannst du deinem Schmiedehammer freien Lauf lassen.« Mallovendus zwinkerte ihm durchtrieben zu.

Beide lachten, und Arminius betrachtete wieder die Witwe, die seinen Blick offen und stolz erwiderte, aber in ihren Augen schienen Verheißungen zu liegen.

»Siehst du?«, meinte Mallovendus. »Heute Nacht wirst du nicht allein sein.« Abermals hämmerte er Arminius auf den Rücken und stand dann abrupt auf, um seine Blase draußen zu entleeren.

Arminius' gute Laune schwand, als er Gerulfs Blick begegnete.

»Überlegst du schon wieder, wie du uns deine Meinung aufzwingen kannst, Arminius?«, fragte der Usipeter in näselndem Ton über das Stimmengewirr hinweg.

»Deswegen bin ich nicht gekommen, Gerulf«, antwortete Arminius in verbindlichem Ton. »Wir haben uns hier versammelt, um gemeinsam unseren Krieg gegen Rom zu planen.«

»Das sagst du jetzt«, spöttelte der hagere Usipeter. »Aber ein Mann kann nicht über seinen Schatten springen, sooft er es auch versucht. Ich kenne dich, Arminius vom Stamm der Cherusker. Du wolltest die Stämme von Anfang an beherrschen, und dieser Wunsch beseelt dich noch immer.«

»Das stimmt nicht«, log Arminius und hoffte, dass Horsa, der gewiss zuhörte, nicht das Wort ergriff.

»Ach, nein?« Der Spott in Gerulfs Stimme war nun unüberhörbar.

»Nein«, widersprach Arminius vehement und hasste den Usipeter dafür, dass er ihn so leicht durchschaut hatte. Natürlich war Arminius' großes Ziel, die Römer nachhaltig zu besiegen, aber es stimmte – seit Langem träumte er davon, die Vorherrschaft über die Stämme zu erringen. Die Germanen hatten keinen König, und dennoch sehnte sich der Cherusker nach einer vergleichbaren Stellung. »Ich bin hier wegen Germanicus«, versuchte er abzulenken. »Er ist unser gemeinsamer Feind, der eine große Armee über den Fluss führen wird. Wenn wir uns nicht gegen ihn verbünden, werden wir am Ende alle versklavt.«

Gerulf hatte ein unangenehmes, wissendes Lächeln aufgesetzt, sagte aber nichts mehr, sondern wandte sich wieder Horsa zu.

Derweil stierte Arminius verärgert in seinen Bierkrug. Die alte Sorge regte sich erneut.

War das Bündnis, das er anstrebte, bereits zum Scheitern verurteilt, ehe es besiegelt war?

4. KAPITEL

Der Wind blies ihm die Schneeflocken ins Gesicht. Tullus' Wangen brannten in der Kälte. Das Kettenhemd fühlte sich eiskalt an, die Hände und die Waden waren bereits taub. Aber er hatte es nicht weit, und obwohl er den Mantel vermisste, wusste er aus Erfahrung, dass es besser wäre, ohne hinderlichen Mantel zu kämpfen.

Sorgsam zählte er im Geiste die Schritte. Acht, und immer noch keine Spur von dem Laden des Weinhändlers. Ein Dutzend Schritte lagen hinter ihm, bis er endlich die Umrisse einer Tür erahnte. Vor dem Eingang schien jemand zu stehen. Sein Bauchgefühl verriet ihm, dass das eine Wache der Krieger war. *Es wird nur einer sein*, dachte er, denn die Krieger brauchten jeden Mann, wenn sie gegen Germanicus' gut ausgebildete Leibwachen bestehen wollten. *Verstellung ist alles*, beschloss er auf die Schnelle, stützte sich wie ein alter, gebeugter Mann auf den Stock und hoffte, dass man im Schneetreiben die Ösen seines Kettenhemds nicht sah. Behäbig und auf den Stock gestützt, stapfte er einige Schritte am Eingang zum Laden vorüber.

»Mach, dass du wegkommst!«, raunzte ihn der Wächter in schlechtem Latein an.

Bei allen Göttern, es ist Degmar, durchzuckte es Tullus. Die Zeit lief ihm davon. Blitzschnell umgriff er den Stock mit beiden Händen und stürzte sich auf den Marser.

Degmar hatte nicht mit diesem Angriff gerechnet und konnte

seinen Speer nicht mehr rechtzeitig zum Einsatz bringen. Tullus war bereits unmittelbar vor ihm und drückte Degmar den Stock gegen den Hals. Haarscharf verfehlte die Spitze von Degmars Speer Tullus' Ohr, aber Tullus hatte seinen Gegner längst mit aller Kraft gegen die Wand gepresst und drückte ihm die Luft ab.

Der junge Marser keuchte und erschrak, als er Tullus erkannte. Wie ein Irrsinniger setzte er sich zur Wehr und ließ den Speer los, um mit beiden Händen gegen den Stock zu drücken. Doch Tullus lehnte sich mit seinem ganzen Gewicht gegen seinen Gegner, ahnte er doch, dass er keinen Fehler machen durfte. Wenn es Degmar gelang, sich zu befreien, würde er Alarm schlagen. Die Zeit drängte. Germanicus könnte längst tot sein.

»Ich hatte dich für einen besseren Menschen gehalten, Degmar!«, zischte er dicht vor Degmars Gesicht. »Einen Mann zu ermorden, der gerade Wein kauft!«

Degmar verzog die Lippen, seine Zunge wurde sichtbar, aber er war nicht imstande zu sprechen.

Wer bin ich, dass ich mich mit Vorhaltungen aufhalte?, fragte sich Tullus. *Wir haben sein Dorf angegriffen, im Morgengrauen, unmittelbar nach einem großen Festgelage.* Sein Stamm – Männer, Frauen, Kinder – hatte keine Chance.

Er konnte Degmar nicht mehr in die Augen sehen, wusste jedoch, dass er von seinem Vorhaben nicht ablassen durfte. Er drückte noch fester zu und sah, dass der Blick seines Gegners glasig wurde. Schließlich verdrehte Degmar die Augen und röchelte, sein ganzer Körper wurde schlaff.

Tullus hatte nicht die Absicht, den Marser zu töten, ganz gleich, wie böse Degmars Absicht auch war. Langsam lockerte er den Würgegriff und ließ Degmar nach unten gleiten. *Wahrscheinlich ist er längst tot*, durchfuhr es Tullus bestürzt. Doch im nächsten Moment atmete er erleichtert auf, spürte er doch den Pulsschlag am Hals des Marsers.

Unterdessen nahm das Unheil im Laden des Weinhändlers

seinen Lauf. Polternde Geräusche und laute Stimmen drangen ins Freie. Tullus hörte Waffenklirren und erste Schreie. Ein leises Gebet an Fortuna, es möge noch nicht zu spät sein, entwich seinen Lippen.

Was hätte Tullus nicht alles gegeben, Fenestela an seiner Seite zu haben – und Piso und Metilius? *Sie sind nicht hier, du Narr*, rief er sich wütend in Erinnerung. *Du bist allein, dem Feind zahlenmäßig unterlegen. Aber Germanicus braucht dich. Behalte den Überblick!*

Vorsichtig betrat Tullus den Laden. Der erste Tote lag vor dem Tresen, gleich im Eingangsbereich. Ein junger Mann mit Bartflaum. Er lag auf dem Rücken, das Gesicht noch im Tode schmerzverzerrt. Blut lief ihm aus der schweren Halswunde und besudelte die grob gesponnene Tunika und die gemusterte Hose.

Armer Kerl, dachte Tullus und sah, wie die Lache rasch größer wurde und das Blut sich in den Ritzen zwischen den Dielen sammelte. Doch er schlich weiter in Richtung einer halb offenen Tür, die, so vermutete Tullus, zu Lagerräumen oder der Unterkunft des Weinhändlers führte. Vorsichtig spähte er in den Raum jenseits der Schwelle. Große Amphoren säumten die Wände. Sie ruhten auf speziell dafür angefertigten Halterungen, gebettet auf Schichten von Stroh. Andere irdene Gefäße standen aufrecht, kleine, große bauchige Amphoren, schlanke Halsamphoren.

In der Mitte des Raums standen ein Tisch und zwei Stühle. Mehrere Krüge und Becher zeugten von einer Weinprobe, die gewaltsam unterbrochen worden war. Öllampen in bronzenen Ständern warfen ihr warmes, im Luftzug flackerndes Licht.

Tullus' Blick fiel auf vier Männer, die reglos am Boden lagen – offenbar der Kaufmann selbst, gemessen an der edlen Kleidung und dem beträchtlichen Bauch, zwei Prätorianer und ein Krieger.

Sieben gegen drei, dachte er mit Schrecken. *Ein ungleicher Kampf.*

Rasch gelangte er an die rückwärtige Tür, den Stock fest in der

Hand. Das war zwar keine Waffe, aber der Stiel war lang genug, um wenigstens einen weiteren Krieger unschädlich zu machen, ehe die schwierige Schwertarbeit begann.

Dunkle Flecken auf dem Dielenboden verrieten ihm, dass mindestens ein weiterer Mann verletzt war. *Lass es einen Krieger sein*, flehte Tullus und fragte sich mit wachsender Furcht, ob es nicht vielleicht längst zu spät war.

Er erreichte einen langen Korridor, von dem insgesamt sieben Türen abgingen, drei auf jeder Seite, eine am anderen Ende. Auf dem Boden lag wieder ein Krieger, die Beine angezogen wie ein Schlafender. Da die dunklen Blutflecken hinter dem Mann aufhörten, lag der Schluss nahe, dass das Blut aus der Wunde des Kriegers stammte. Sechs gegen drei – immer noch hart, überlegte er. Der Kampfeslärm kam offenbar aus einem weiteren Raum, den man durch die letzte Tür im Korridor erreichte.

Tullus hastete durch den Gang, vorbei an geschlossenen Türen, an denen er nur kurz lauschte. Er hatte recht behalten: Die letzten beiden Türen im Gang standen zwar halb offen, doch die Kammern dahinter waren leer. Der Kampf spielte sich in dem Raum hinter der letzten Tür ab.

»Degmar! Hol Degmar!«, hörte er plötzlich jemanden rufen. Schritte kamen näher.

Tullus rannte. Es war denkbar, dass die Krieger alle Seite an Seite kämpften und einen losgeschickt hatten, um den letzten Krieger zu holen – Degmar.

Um den Überraschungsmoment ausnutzen zu können, musste Tullus vor dem Germanen, der Hilfe holen sollte, an der letzten Tür sein. Schwer atmend wartete Tullus neben der Tür, drückte sich mit dem Rücken gegen die Wand. Vorsichtig lehnte er den Stock an die Wand und zog den Gladius.

»HOL DEGMAR, VERFLUCHT!«

»Mach ich ja!«, rief eine Stimme, die nun unmittelbar an der angelehnten Tür zu hören war.

Tullus hielt den Atem an und umfasste das Kurzschwert auf Schulterhöhe, die Spitze nach vorn geneigt.

Die Angeln quietschten, die Tür flog auf und verdeckte Tullus halb. Ein untersetzter blonder Krieger betrat den Korridor, hielt aber plötzlich erschrocken inne, da er Tullus offenbar aus dem Augenwinkel gesehen hatte. Tullus stach zu und rammte dem verdutzten Krieger die Klinge durch den Hals. Er starb ohne einen Laut. Dann packte Tullus den Mann am Kragen und ließ ihn langsam zu Boden gleiten, damit der Körper des Toten nicht polternd auf die Dielen fiel. Schnell zog er die blutige Klinge zurück.

Fünf gegen drei, dachte er. *Nein, fünf gegen vier, denn ich bin auch im Spiel.*

Seine Freude über den nahezu ausgeglichenen Kampf währte nicht lange. Woher wollte er wissen, dass nicht längst zwei weitere Prätorianer tot waren? Oder Germanicus.

Tullus spähte in den Raum, aus dem der Krieger soeben gekommen war. Als Erstes sah er einen Prätorianer, der schwere Verletzungen am Hals und am Unterleib aufwies. *Es wäre ein Wunder, wenn er das überlebt hat*, dachte Tullus und zählte im Geiste fünf gegen drei.

Er hatte den eigentlichen Lagerraum erreicht, in dem sich Amphoren unterschiedlichen Fassungsvermögens im Halbdunkel stapelten. Gut zu erkennen waren die eingeritzten Zeichen, die Amphorenstempel der unterschiedlichen Weingüter. Tullus' Blick fiel auf einen Stempel, der auf ein Weinanbaugebiet in Iberia hinwies, eine Gegend, die für ihre vollmundigen Rotweine berühmt war. Wenn er jetzt keinen Fehler machte, wäre es ihm womöglich vergönnt, einen Becher dieses herrlichen Rebensafts zu kosten.

Hör auf, du Narr, schalt er sich. Im schlimmsten Fall läge auch er jeden Moment auf dem gefliesten Boden und blutete wie der Prätorianer.

Im vorderen Bereich des Lagerraums war niemand zu sehen, das Waffenklirren kam von weiter hinten. Tullus hörte Germanicus' barsche Stimme. Ein Mann schrie verletzt auf, ein anderer jubelte.

Tullus wusste, dass jegliches Zögern den Tod bedeutete. Den Stock in der einen Hand, den blutigen Gladius in der anderen, trat er tiefer in den Lagerraum. Zwischen den bis zur Decke gestapelten Amphoren befanden sich Nischen, die es dem Händler erlaubten, auch an die hinteren Gefäße zu gelangen. Einige dieser Nischen waren so breit, dass sich zur Not zwei Mann dort nebeneinander verteidigen konnten – zumindest eine Weile. Hoffnung keimte in Tullus' Herzen, während er von einer Nische zur nächsten eilte, auf der Suche nach Germanicus und dessen Widersachern.

Der Kampf spielte sich in der dritten größeren Nische auf der rechten Seite ab. Tullus hatte richtig vermutet: Germanicus und ein Prätorianer hatten sich dorthin zurückgezogen und wehrten sich gegen zwei Germanen, die Tullus von hinten sah. Mit klaffender Wunde am rechten Oberschenkel hockte ein dritter Krieger bleich und schwer atmend vor einer bauchigen Amphore.

Tullus blieb keine Zeit zu überlegen, ob es noch einen vierten oder fünften Gegner irgendwo gab oder ob der verwundete Krieger ihn sah. Germanicus' Gesicht war blutverschmiert, auch der Prätorianer war verletzt. Tullus lehnte den Stock gegen eine der Amphoren, da er ihn nicht gebrauchen konnte, und schlich zum eigentlichen Kampfgeschehen.

Kaum hatte er sich tiefer in den Lagerraum gewagt, da entdeckte der verwundete Krieger ihn und stieß einen Warnruf aus. Doch die Laute erstarben ihm auf den Lippen, als Tullus ihm das Schwert zwischen die Rippen rammte.

Einer der beiden Kämpfer, der Germanicus zusetzte, drehte den Kopf erschrocken in Tullus' Richtung und starb im selben Moment, da Germanicus die Gelegenheit nutzte und zustach.

Der zweite Krieger ließ sich indes nicht ablenken und erwischte den Prätorianer am Unterleib, genau zwischen den ledernen Riemen des Schurzes. Unter Schmerzen ging der Prätorianer in die Knie, worauf der Germane sofort auf Germanicus einschlug. Die Klinge prallte am Brustpanzer des Feldherrn ab und hinterließ eine Kerbe auf der polierten Bronzeplatte.

Germanicus hatte Mühe, seine Klinge aus dem Leib seines Gegners zu ziehen, und fürchtete bereits den nächsten Hieb des Kriegers. Doch Tullus war zur Stelle und stieß dem Mann das Schwert zwischen die Schulterblätter. Ein entsetzlicher Schrei entrang sich der Kehle des Gegners, ehe Tullus dem Mann einen Tritt gab und die Klinge zurückzog. Mit einem letzten Stich in den Nacken löschte er das Leben des Kriegers aus. Es war vorüber.

»Tullus?«, entfuhr es Germanicus. »Wie, im Namen der Götter, bist du hierhergekommen?« Germanicus stieß ein ungläubiges, heiseres Lachen aus. Der Schweiß lief ihm in Strömen übers Gesicht und vermischte sich mit dem Blut, das aus einer Fleischwunde an der Wange kam. Ansonsten schien er unverletzt zu sein. »Warst du mir auf den Fersen?«

»Nein, Herr.« Tullus hatte immer noch Mühe, ruhiger zu atmen. »Ich war bei einem …«, absichtlich mied er das Wort »Schmuckhändler« und fuhr stattdessen fort, »… anderen Händler auf derselben Straßenseite, als ich Euch und die Wachen vorbeikommen sah. Die Krieger folgten Euch, Herr. Mir war klar, dass sie es auf Euch abgesehen hatten. Daher verfolgte ich sie bis hierher.«

»Vielleicht hätten wir allein obsiegt«, sagte Germanicus und deutete auf den am Boden sitzenden, blutenden Prätorianer, »aber ich bezweifle es. Erneut wird mir klar, dass es eine gute Entscheidung war, dich nach dem Triumphzug des Tiberius in Rom für meine Armee zu rekrutieren, Centurio.«

Drei Jahre war es her, dass sich Tullus und Fenestela über den

Bann hinweggesetzt hatten, der es keinem Überlebenden der Varusschlacht gestattete, einen Fuß auf italischen Boden zu setzen. Doch Germanicus hatte Tullus in der Menge erkannt und zur Rede gestellt. Damals hatte Tullus befürchtet, dass sein Leben verwirkt war. Aber der Feldherr hatte etwas in Tullus gesehen und Milde walten lassen.

»Seht es als eine weitere Gelegenheit für mich, Euch für Eure Nachsicht zu danken, Herr«, sagte Tullus.

»Da kann ich ja froh sein«, sagte der Feldherr mit Gefühl. »Was glaubst du, wohin die letzten beiden Hurensöhne gelaufen sind?«

Ganz in der Nähe war ein lautes, schabendes Geräusch zu hören.

Germanicus blickte sich verwundert um. Tullus tat es ihm gleich und betrachtete argwöhnisch die Amphoren zu seiner Rechten. Ehe er richtig erkannt hatte, was geschah, kippte eins der bauchigen Gefäße um, gefolgt von einem zweiten und dritten.

Furcht flammte in Tullus auf. Jede Amphore, die hier gelagert wurde, hatte das Gewicht, um einem Mann das Genick zu brechen. Wer unter zwei oder drei dieser Gefäße geriet, hätte keine Chance mehr. Tullus reagierte blitzschnell, packte den verdutzten Germanicus und zog ihn näher zu der Wand, vor der der verletzte Prätorianer saß. Mit voller Wucht krachten drei Amphoren zu Boden. Der Wein, der sich auf dem Fliesenboden verteilte, sah aus wie ein See aus Blut.

Die Amphoren als Waffe einzusetzen war das Werk der beiden überlebenden Krieger, wie Tullus sah. Einen Wimpernschlag lang herrschte eine lähmende Stille, während die gegnerischen Lager einander über die untere Reihe der Amphoren anstarrten. Doch dann schleuderte einer der beiden Germanen seinen Speer auf den Feldherrn.

Tullus riss Germanicus zu Boden und zog ihn in den Schutzbereich hinter den großen Amphoren, die stehen geblieben waren. Die Speerspitze rauschte ins Leere, Funken stoben auf, als der Speer gegen eine weitere Amphore prallte und zu Boden glitt. Tullus überlegte, ob ihm genug Zeit bliebe, um die Waffe aufzuheben, als Schritte aus dem Korridor zu hören waren.

Erschrocken hielt er inne, lauschte mit klopfendem Herzen. Wie würden sich die beiden Krieger in der Nische nebenan verhalten? Würden sie über die riesigen Amphoren steigen und den Nahkampf suchen oder würden sie versuchen, weitere Gefäße auf ihre Gegner zu werfen? Letzteres war sicherer, daher schaute Tullus ängstlich hinauf zu den Amphoren, die in dieser Reihe noch standen, doch dann durchzuckte ihn ein Gedanke.

Was ihr könnt, können wir schon lange, dachte er in grimmiger Vorfreude. »Helft mir, Herr«, wisperte er dicht an Germanicus' Ohr.

Als Germanicus begriff, was Tullus vorhatte, nickte er ihm entschlossen zu. Sie lösten sich aus ihrer geduckten Haltung. Tullus legte das Schwert ab. Unmittelbar hinter den mannshohen Amphoren waren sie für die beiden Krieger nicht zu sehen, die sich im Augenblick nicht rührten. Doch das täuschte, denn die Amphore unmittelbar über Tullus' Kopf begann zu wackeln.

»Diese hier, Herr«, zischte er und stemmte sich mit aller Kraft gegen das Gefäß. Germanicus trat neben ihn und unterstützte ihn nach Kräften.

»Auf drei, Herr«, raunte Tullus ihm eindringlich zu. »Eins, zwei, *drei!*«

Gemeinsam drückten sie gegen das irdene Gefäß und bezogen übermenschliche Kraft aus ihrer misslichen Lage. Da Tullus keinen Gegendruck verspürte, ahnte er, dass sie ihren Widersachern einen Herzschlag zuvorgekommen waren.

Das große Gefäß schabte einmal über die nächste Amphore, kippelte und fiel dann auf der anderen Seite hinab, wobei sie noch eine kleinere mitriss. Donnernd schlugen sie auf. Staub wirbelte empor, Schreie wurden laut – es schien, als säßen die beiden Krieger wie Kaninchen in der Falle.

»Einen hat's erwischt, Herr.« Tullus grinste und griff nach dem Speer, den der Krieger kurz zuvor nach ihnen geworfen hatte. Dann spähte er durch die Lücke, die in der Reihe der Amphoren entstanden war, und sah in ein verängstigtes bärtiges Gesicht. Die Distanz war nicht groß, aber Tullus war es nicht gewohnt, einen germanischen Speer in der Hand zu halten, daher fuhr er den Mann an: »Komm schon, du Hund!«

Der Mann zögerte keinen Moment, sprang auf und rannte fort. Tullus hörte, wie die Schritte in dem Korridor verhallten.

Germanicus stieß einen langen Seufzer aus, aber Tullus wollte kein Risiko eingehen. Es wäre töricht, den Tod zu finden, weil er falsch gezählt hatte.

»Bleibt hier, Herr«, schärfte er dem Feldherrn ein. Als Germanicus protestieren wollte, sagte Tullus im Befehlston eines Centurios, der keinen Widerspruch duldete: »Vielleicht sind nicht alle fort, Herr.« Mit diesen Worten warf er den Speer weg und hob den Gladius auf. Wieder wagte er sich in die Lücke zwischen den Amphoren. Diesmal fiel sein Blick auf den Unglücksraben, der unter der riesigen Amphore lag und sich nicht mehr aus eigener Kraft befreien konnte. Mit großen Augen, die aus den Höhlen traten, stierte er Tullus an. *Der wird uns nicht mehr gefährlich*, dachte Tullus. Vielleicht könnten sie ihn anschließend noch verhören.

Tullus war mit den Gedanken längst bei dem Korridor, durch den er gekommen war, und näherte sich der Tür, das Schwert in der Hand. Eine eigenartige Aufregung bemächtigte sich seiner – zum Teil spürte er Furcht, aber da war auch Freude dabei, eine irrsinnige Freude, die ein Mann dann durchlebt, wenn er dem Tod ins Angesicht geschaut hat und später davon berichten kann.

Du bist in guter Stimmung heute, Fortuna, du alte Hure, dachte er. Die meisten hätten ihn für verrückt erklärt, eine Göttin derart zu schmähen – in Gedanken erfand Tullus alle möglichen Schimpfwörter für sie, manchmal sprach er die Beleidigungen sogar laut aus. Doch er fand all das amüsant. Wenn er ehrlich zu sich war, wusste er nicht einmal, ob die Gottheit existierte – in seinem bisherigen Leben hatte er noch keinen überzeugenden Beweis gefunden, dass Fortuna etwas anderes als eine Vorstellung war, eine Möglichkeit, die Fährnisse des Lebens zu erklären. Das Gleiche traf auf die anderen Götter zu, wenn er länger drüber nachdachte, aber im selben Moment machte er sich bewusst, dass er auf Gedankenspiele dieser Art nicht vorbereitet war: Er erschrak bei der Überlegung, die Existenz der Götter infrage zu stellen. Einige von ihnen gab es doch bestimmt dort oben. Fortuna, Mars und Jupiter zumindest. *Wie hätte ich sonst so viele verfluchte Schlachten überleben können?*

Er erreichte den Gang mit den vielen Türen und hielt Ausschau nach dem geflüchteten Mann. Erleichterung durchströmte ihn, als er nur den toten Krieger sah, den er zuvor erschlagen hatte. Offenbar war dem letzten Krieger die Flucht gelungen. Tullus würde ihn nicht mehr einholen, wollte es auch gar nicht. Der Vorsprung des Mannes war zu groß.

Aber das war unwichtig. Germanicus lebte, und sie hatten einen Gefangenen, den sie verhören konnten. Zwei, durchfuhr es Tullus mit Schrecken. Degmar lag ja draußen vor dem Haus. Was war nur in diesen Narren gefahren, sich an einer solch waghalsigen Aktion zu beteiligen? Die Antwort lag auf der Hand, wie Tullus sehr wohl wusste. Degmars Frau und sein Kind lebten nicht mehr, seine Familie verübelte es ihm, dass er mit den Römern gemeinsame Sache gemacht hatte. Das Leben im Kreise seiner Stammesangehörigen war gewiss nicht so erträglich gewesen, wie Degmar es sich während seiner Dienstzeit ausgemalt hatte.

»Schwert fallen lassen!«

Tullus' Kopf fuhr herum. Zwei Legionäre waren soeben in den Laden eingedrungen. Ihre geröteten Gesichter und unsichere Haltung verrieten Tullus, wo die beiden gesteckt hatten, als der Schmuckhändler sie alarmiert hatte. Tullus sah über den betrunkenen Zustand der Männer hinweg. Die Gefahr war vorüber. Befreit lachte er auf und schüttelte den Kopf. »Ich bin doch kein germanischer Krieger!«

»Du Stück Dreck!«, stieß einer der beiden Legionäre hervor und kam leicht taumelnd auf Tullus zu. »Wolltest unserem Feldherrn ans Leder, wie?«

»Sieh genau hin, du Trottel!«, fuhr Tullus ihn im besten Paradeplatzton an.

Der Wortführer blinzelte verunsichert. Schließlich schien sein Kamerad Tullus erkannt zu haben und erbleichte.

»Das ist Tullus«, raunte er seinem Gefährten zu und sagte dann in ehrfürchtig-feierlichem Ton: »Der Held vom Saltus T-T-Teutoburgiensis.« Dann bemühte er sich, vorschriftsmäßig zu salutieren, was ihm schlussendlich auch gelang, obwohl er sichtlich schwankte.

Der Kamerad versuchte, es dem beflissenen Legionär gleichzutun, war aber so betrunken, dass er sich an einer der Amphoren im Verkaufsraum abstützen musste. In schräger Haltung salutierte auch er.

»'tschuldigung, Herr«, brachte der zweite Legionär hervor, der ein bisschen nüchterner zu sein schien. »Wir sind so schnell wie möglich gekommen, ich und mein Kamerad hier. Der Händler – ich mein, der Alte mit dem silbergrauen Bart –, der hat uns gesagt, dass wir uns beeilen sollen. Dass Germanicus in Gefahr ist. Ich glaub, da kommen noch mehr von uns, Herr, aber wir war'n schneller. Bringt nichts, auf Verstärkung zu warten, sag ich. Germanicus braucht uns. Also sind wir los. Und hier sind wir, Herr«, schloss er, wirkte aber ziemlich verlegen und setzte eine leidvolle Miene auf. Denn einen hochrangigen

Offizier zu bedrohen – betrunken oder nicht –, zog harte Strafen nach sich.

»Ihr zwei habt euch tapfer verhalten«, sagte Tullus und unterdrückte ein Lächeln.

Die beiden sahen einander verwundert an. »Herr?«, tastete sich der eine vor.

»Ihr wart am schnellsten hier und bereit, euer Leben für euren Feldherrn zu geben. Germanicus ist in Sicherheit, und das ist auch euer Verdienst. Sagt mir eure Namen und welcher Einheit ihr angehört. Und ich sorge dafür, dass ihr belohnt werdet.«

Wieder stierten die beiden Betrunkenen einander ungläubig an, und allmählich wich die Verblüffung echter Freude.

»Danke, Herr!«, riefen sie wie aus einem Munde.

Tullus notierte sich ihre Namen und die Einheit – es freute ihn, dass sie beide aus der Fünften Legion waren, seiner Legion – und befahl ihnen, Degmar draußen zu fesseln. Als sie ihn wieder nur verdutzt ansahen, runzelte Tullus die Stirn. Seufzend sagte er: »Lasst mich raten. Dort draußen liegt gar kein Krieger, richtig?«

»Bin vielleicht blau, Herr«, sagte der Soldat, der etwas nüchterner war, »aber blind bin ich nicht. Den Ersten, den wir sahen, war der Tote bei dem Tresen.«

»Er hat recht, Herr«, meldete sich der andere zu Wort. »Da ist keiner mehr draußen. Bei meinem Leben.«

»Ist der Hurensohn also entwischt«, murmelte Tullus vor sich hin. Degmar hatte sein Leben verwirkt, da er sich der Mordbande angeschlossen hatte, gleichwohl war ein Teil von Tullus froh, dass der junge Marser entkommen war. Gewiss, Degmar hatte den Tod verdient für diese verräterische Tat, aber Tullus wollte nicht, dass er an den Folgen der Folter starb. Dieses Schicksal erwartete den Mann, der hilflos unter der Amphore lag.

Tullus befahl den beiden Legionären, nach weiteren Kriegern Ausschau zu halten, die eventuell irgendwo lauerten, und machte sich auf die Suche nach Germanicus.

Es amüsierte ihn, als er kurz darauf sah, dass der Feldherr in der Zwischenzeit das Siegel einer der umgestürzten Amphoren gebrochen hatte und Wein aus dem umgedrehten Helm trank.

»Nichts macht einen Mann durstiger als die Erkenntnis, gerade noch einmal mit dem Leben davongekommen zu sein«, sagte Germanicus und nahm noch einen Schluck. »Möchtest du auch einmal kosten, Centurio?«

»Habt Dank, Herr.« Auch er nahm einen großen Schluck, spürte indes, dass sich Unbehagen in die erste Erleichterung mischte.

Der Rhenus war keine verlässliche Grenze mehr. Dabei hatten sich die Legionäre immer darauf verlassen können, dass der Grenzfluss Schutz und Sicherheit vor Überfällen und Angriffen bot.

Doch die Stämme waren so gefährlich und unberechenbar wie eh und je. Vielleicht gar gefährlicher als zuvor.

5. KAPITEL

Mehrere Stunden vergingen in ausgelassener Atmosphäre. Die Spanferkel, die Mallovendus seinen Gästen anbot, waren saftig und schmeckten köstlich, und Arminius hätte noch mehr davon verdrückt, wenn sein Magen nicht rebelliert hätte. Obwohl bereits heftig gezecht worden war, floss der Gerstensaft weiterhin in Strömen, sodass die Stimmung im Langhaus allmählich kippte. Je betrunkener die Männer wurden, desto rauflustiger wurden sie. Kleinere Anlässe genügten, und schon gerieten die Krieger aus unterschiedlichen Stämmen aneinander. Als Gastgeber musste Mallovendus einschreiten. Mit beiden Fäusten donnerte er auf die Tischplatte, dass gleich mehrere Krüge umfielen, und drohte, er werde dem nächsten Streithahn die Eier abschneiden.

Die aufgeheizte Lage beruhigte sich wieder ein wenig, man lauschte den Erzählern, die Heldentaten aus dem Gedächtnis rezitierten, und der Musik, zu der schlussendlich getanzt wurde.

Arminius hatte sogar einmal mit der Witwe getanzt, was Mallovendus nicht entgangen war. Lautstark feuerten er und andere Stammesführer den Cherusker an.

Allmählich neigte sich das Gelage dem Ende. Die ersten betrunkenen Krieger schliefen auf den langen Bänken ein, andere schleppten sich auf wackligen Beinen hundemüde zu ihren Behausungen. Nachdem die Tische abgeräumt waren, die Kinder schliefen und die Frauen sich um die große Feuerstelle versammelt hatten, brach die Stunde der Stammesführer an. Mallovendus musste sich erneut draußen erleichtern, aber als er zurückkehrte, sollte die Ratsversammlung beginnen.

Arminius war betrunken. Nicht so schlimm, dass er nicht mehr gehen konnte, aber vielleicht zu sehr, um den Verhandlungen mit klarem Kopf zu folgen. Er hatte nicht so viel trinken wollen, aber im Laufe des Abends hatte er sich mehrmals über die spitzen Bemerkungen des hageren Usipeters geärgert und daraufhin seinen Frust im Bier ertränkt.

Immer wieder hatte Gerulf ihn schief von der Seite angesehen. Arminius hatte sich immerhin zurückgehalten, aber bald war der Wunsch nach Bier so überwältigend geworden, dass Arminius die Krüge nicht mehr zählte.

Maelo hatte zwischendurch versucht, Arminius ins Gewissen zu reden, aber dem Cherusker war es gleich. Sein Selbstvertrauen hatte keine Risse erhalten. Ein Dutzend Krüge mit Bier würden ihn nicht daran hindern, das zu sagen, was endlich gesagt werden musste. Seine Worte würden immer noch auf fruchtbaren Boden fallen. Die Stammesführer – aus acht verschiedenen Stämmen – hätten die beschwerliche Reise im Winter nicht auf sich genommen, wenn sie nicht gegen Rom kämpfen wollten – unter Arminius' Führung. Selbst Gerulf würde das nicht verhindern können, und sollte er es versuchen, würde Arminius ihn zurechtstutzen.

»Bist du jetzt stolz auf dich?«, vernahm er Maelos missbilligende Stimme dicht neben sich.

Verärgert wandte er sich seinem Gefährten zu. »Wieso?«

»Du bist betrunken. Außerdem machst du den Eindruck, als hättest du zuletzt saure Milch getrunken.« Maelos Blick schweifte kurz zu Gerulf zu seiner Linken. »Du hast dich seinetwegen geärgert, nicht wahr? Der Hund lässt dich schon den ganzen Abend nicht aus den Augen.«

»Das hast du klug beobachtet«, antwortete Arminius nicht ohne Spott. Doch dann blickte er wieder verdrießlich drein. »Er versucht mich zu provozieren, bevor wir überhaupt mit den Verhandlungen begonnen haben. Und irgendwie hat er Erfolg damit, verflucht sei er.«

»Du bist hier nicht der Einzige, der betrunken ist«, hob Maelo warnend hervor. »Es kommt schnell zum Streit, wenn Männer den Bauch voll Bier haben. Gerulf wird auch weiterhin versuchen zu sticheln. Wahrscheinlich erzählt er den anderen, dass du der erste Herrscher über die Stämme werden willst oder so etwas in der Art. Wenn du darauf eingehst, setzt du vielleicht alles aufs Spiel.«

Bei der Vorstellung, sich womöglich nicht durchsetzen zu können, kochte Arminius' alter Zorn wieder hoch. Unter dem Tisch ballte er die Hände zu Fäusten.

»Warum sieht er nicht, um was es geht? Als Einheit können wir die Römer besiegen. Aber wenn jeder Stamm für sich bleibt, werden die Römer uns der Reihe nach zerquetschen. Ich weiß, die Aufgabe, die vor uns liegt, ist schwierig. Germanicus befehligt eine große Armee. Aber ich sage dir, Maelo, *ich* bin derjenige, der als Anführer infrage kommt. *Ich* bin derjenige, der die Kriegstaktik des Gegners aus Erfahrung kennt. Der Hinterhalt vor sechs Jahren war *meine* Idee. Drei Legionen wurden ausgelöscht, Varus beging Selbstmord – weil *ich* die Stämme zu führen verstand. All das habe *ich* erreicht – nicht Mallovendus oder Inguiomerus, schon gar nicht Gerulf oder einer der anderen Narren hier am Tisch.«

»Hör mich an, Arminius vom Stamm der Cherusker«, redete Maelo auf ihn ein und umfasste Arminius' Handgelenk fest.

»Ich …«

»Halt dein Maul!«, zischte Maelo und schnitt ihm das Wort ab.

Erschrocken starrte Arminius seinen Stellvertreter an, doch er protestierte nicht, obwohl Maelo noch nie so zu ihm gesprochen hatte.

»Wäre das Gejohle hier an der Tafel leiser und keiner betrunken, hättest du soeben mit deinen Worten das Bündnis unmöglich gemacht. Es ist riskant, andere als Narren zu beschimpfen, wenn sie am selben Tisch sitzen wie man selbst.« Maelo sah Arminius tief in die Augen. »Muss ich dich erst ins Freie zerren und dir das Gesicht in den Schnee drücken, bis du Vernunft annimmst? Diese Männer hier sind aus eigenem Antrieb gekommen, nicht weil sie dir zugetan sind. Auch sie haben den Wunsch, Germanicus' Legionen zu vernichten und unsere Gebiete von römischer Herrschaft zu befreien. Zieh sie mit den richtigen Worten auf deine Seite, und sie folgen dir wie Ochsen, denen man einen Scheffel Getreide hinhält. Beleidigst du sie aber oder stellst dich von vornherein über sie, so kehren sie dir den Rücken zu und geben dir keine Zusage. Noch in dieser Nacht droht unser Heer zu schrumpfen, Arminius, übrig bleibt letzten Endes nur unser Stammesverband der Cherusker.«

»Inguiomerus …«, setzte Arminius an, kam jedoch auch diesmal nicht weiter.

Maelo unterbrach ihn mit einem verächtlichen Laut. »Blutsverwandter hin oder her, er schließt sich dir nicht an, wenn die anderen kneifen. Er ist hochnäsig, aber er ist nicht dumm.« Zorn schwelte nun in Maelos Stimme. »Wenn wir nur unsere Krieger in den Kampf schicken, wird Germanicus uns zermalmen, deshalb sage ich: Lächle, wenn Gerulf wieder eine spöttische Bemerkung in deine Richtung macht. Lass ihn auflaufen, sorg dafür, dass die anderen an seinen Worten zweifeln. Willst du das versuchen, Arminius?«

Arminius war mit einem Mal nüchterner als zuvor, aber auch verlegen. Dennoch begehrte er auf. »Und was willst du tun, wenn ich keinen Erfolg habe? Wirst du mich dann auch verlassen?«

Maelo strafte ihn mit einem vernichtenden Blick. »Ich habe dir Gefolgschaft gelobt, wie viele Jahre schon, weiß ich nicht mehr. Mein Platz ist an deiner Seite, bis zum Ende, wo auch immer und wann auch immer das sein mag. Ich ziehe es vor, ruhmreich in den Tod zu gehen. Unsere Krieger sind die besten Kämpfer im Umkreis von vielen Hundert Meilen, aber sie können die Römer nicht allein schlagen. Denk daran, bevor du dich an die Stammesführer wendest.«

Mit dieser letzten Ermahnung setzte er sich wieder und atmete tief durch.

Derweil ließ Arminius Maelos Rat schweigend auf sich wirken, während das fröhliche Zechen und Johlen an der Tafel andauerte. Diejenigen, die noch zählen konnten, ließen die Würfel über die Tischplatte laufen. Andere maßen sich im Armdrücken oder versuchten herauszufinden, wer die meisten Bierkrüge leeren konnte. Einige besonders übermütige Krieger machten einen Kopfstand und versuchten, in dieser Position den Krug zu leeren. Schallendes Lachen brach aus, als die selbst ernannten Artisten scheiterten. In einer Ecke hatten Krieger die Musiker verjagt und stimmten in kleineren Gruppen nach Art eines Sängerwettstreits den volltönenden Barritus an, der bei den Römern so gefürchtet war. Keiner der Zecher konnte einen Ton richtig halten, aber der Schlachtruf hallte weithin durch das Langhaus.

»Also?«, wollte Maelo wissen.

Arminius stierte düster vor sich hin. Am liebsten hätte er Maelo mit der Faust ins Gesicht geschlagen. Aber nur ein Narr würde sich derart gehen lassen. Wahrscheinlich hätte er keinen Erfolg, da Maelo nicht so betrunken war wie er. Ein Gerangel mit dem Stellvertreter würde ein schlechtes Licht auf Arminius werfen, seine Aussicht, die anderen Stammesführer für seine Sache zu gewinnen, würde schwinden. Am schlimmsten war für ihn indes die Erkenntnis, dass Maelo recht hatte. In allen Punkten. *Verflucht sei mein Stolz*, dachte Arminius, und die vertraute Verbitterung breitete sich in ihm aus. *Mein Stolz wird mich noch mal zu Fall bringen*. Er suchte Maelos Blick und murmelte: »Du hast recht.«

Die tiefe Furche auf Maelos Stirn verschwand ein wenig. Ein kleines Lächeln deutete sich um seine Mundwinkel an. »Das mit dem Gesicht im Schnee, das hat dich abgeschreckt, nicht wahr? Deshalb hast du Vernunft angenommen.«

»Verpiss dich, du Hund.« Arminius rammte ihm den Ellbogen in die Seite. »Als ob du mich nach draußen schleifen könntest!«

»Unterschätz mich nicht«, sagte Maelo und drohte ihm spielerisch mit der Faust, ehe er Arminius' Schultern umfasste und so tat, als würde er ihn von der Bank ziehen.

»Da lass ich euch einen Moment aus den Augen, und schon fangt ihr an, wie zwei Burschen zu balgen!«, johlte Mallovendus. »Und, wer gewinnt?«

»Ich, natürlich«, riefen Arminius und Maelo wie aus einem Munde.

»Kämpferisch wie eh und je, die Cherusker!«, rief Mallovendus und schien seinen Spaß zu haben. »Euch zwei würde ich gern einmal kämpfen sehen, aber das muss warten. Wir haben Wichtigeres in Angriff zu nehmen.«

»Genau.« Arminius befreite sich aus Maelos Griff und glättete seine zerraufte Tunika. »Ich bin so weit.«

»Ich spreche als Erster, als Gastgeber«, sagte Mallovendus. »Dann bist du an der Reihe. Schauen wir mal, was die anderen Anführer von deinen Vorschlägen halten.« Er bedeutete den Sklaven, die im Hintergrund warteten, seinen Krug nachzufüllen. Kurz darauf hämmerte er mit der Faust auf den Tisch und verschaffte sich auf diese Weise Gehör.

Die Anwesenden schenkten ihm ihre Aufmerksamkeit. Einige Mienen blieben verschlossen, sogar abweisend, insbesondere Gerulf wirkte verbissener als sonst. Die Übrigen hingegen sahen Mallovendus offen und erwartungsvoll an.

Bleib ruhig. Du bist Gerulf überlegen, redete sich Arminius ein, *und dann schließen sich die anderen mir an.* Er warf einen Blick auf Gerulf, der hämisch grinste. Ein Ziehen machte sich in Arminius' Magen bemerkbar, seine Hände waren feucht vor Aufregung. Daher war er froh, als Mallovendus das Wort ergriff und zunächst die Lage der Marser umriss. Nachdem er erneut alle Stammesführer willkommen geheißen hatte, beschrieb er anschaulich, was vielen Siedlungen der Marser im vergangenen Sommer widerfahren war. Die Schuld für diese Massaker suchte er allein bei Germanicus und Tiberius.

Fünf Jahre hätten die Römer gewartet, um Vergeltung zu üben für Varus' Niederlage, rief Mallovendus in die Runde, und das allein zeige, wie niederträchtig und rachsüchtig die Römer seien. Die Römer, fuhr er lautstark fort, seien kaltblütige Mörder ohne Gewissen, denn wie ließe sich sonst erklären, dass die verfluchten Legionäre Männer, Frauen und Kinder hingeschlachtet hatten, selbst Tiere hatten sie erschlagen.

Die Stammesführer, auch Gerulf, machten ihrem Unmut lautstark Luft, was Arminius hoffen ließ.

»Männer, Frauen und Kinder fanden den Tod. Auch die Alten und Kranken. Sie verschonten nicht einmal die Kleinkinder an der Brust ihrer Mütter.« Mallovendus hatte sich in Rage geredet. Speichel flog ihm um die Mundwinkel. »Unser Vieh haben sie erschlagen, unsere Vorräte vernichtet! Was ist das für ein Feind, der nicht nur *eine* Siedlung verwüstet, sondern danach strebt, ein ganzes Volk auszurotten? Diese Gräueltaten dürfen nicht unbeantwortet bleiben! Rom muss für diese Niedertracht bezahlen – mit Blut!«

Donnernde Zustimmung brandete auf. Arminius dachte in diesem Moment an Thusnelda und ihr gemeinsames Kind, das er nie im Arm halten würde. *Ja, du wirst für all das bezahlen, Germanicus*, dachte er, während ihn Zorn durchpulste.

»Ich wollte mich nicht damit zufriedengeben, bis zum Frühjahr zu warten«, bekannte Mallovendus. »Daher habe ich kürzlich eine Schar meiner besten Krieger nach Vetera geschickt, mit dem Ziel, Germanicus zu ermorden.«

Verblüfft schaute Arminius zu Mallovendus auf, der ihm zuzwinkerte, als wolle er sagen: »Hättest du mir nicht zugetraut, wie?« *Maelo hatte also recht*, dachte Arminius. Es wäre töricht und gefährlich, die anderen Stammesführer zu unterschätzen.

»Dieses Vorhaben scheiterte – leider, aber auch das soll uns nicht aufhalten!«, rief er umso lauter. »Wir nehmen ihre Legionen in Empfang, sobald sie es wagen, den Fluss zu überqueren. Und dann vernichten wir sie!«

»TOD!«, brüllte Horsa und hämmerte mit der Faust auf den Tisch. »TOD!«

Alle im Langhaus griffen den Ruf auf. Selbst die Frauen und die Kinder, die noch wach waren, stimmten mit ein. Arminius formte das Wort mit den Lippen, war aber zu sehr damit beschäftigt, die Gesichter der Stammesführer zu studieren. Die meisten standen auf seiner Seite, vermutete er, die Übrigen musste er für seine Sache gewinnen.

Mallovendus gab den im Langhaus Versammelten Zeit, ehe er mit erhobenen Händen um Ruhe bat.

»Wir sind uns einig in unserem Zorn, und das ist gut so. Aber tapfere Herzen und schnelle Speere können Roms Legionen nicht allein bezwingen. Doch wir wissen, wie wir sie besiegen können, denn wir haben es schon einmal vollbracht!« Mallovendus deutete der Reihe nach auf die Stammesführer, bis er glaubte, all diejenigen hervorgehoben zu haben, die einst Arminius halfen, Varus' Armee auszulöschen. »Mit Schläue und Gerissenheit, mit Tarnung und Tapferkeit haben wir drei Legionen abgeschlachtet und ihnen die Adler geraubt. Ihre ranghohen Offiziere opferten wir dem Donnergott Donar, die Schädel der Soldaten aber nagelten wir an die Bäume, damit niemand je vergisst, was sich ereignet hat.«

Erneut röhrten die angetrunkenen Männer lautstark ihre Zustimmung.

»Wir haben uns hier versammelt, um zu beraten, und am

Ende dieses langen Tages hören wir, wie unser aller Beschluss lautet. Als Nächster wird Arminius vom Stamm der Cherusker sprechen. Ihr kennt ihn alle, ich brauche ihn euch nicht vorzustellen, denn *er* war es, der uns einst zusammengeführt hat. Es war seine Idee, Varus' Legionen vom Hauptweg in unsere Falle zu locken. Ich bin euer Gastgeber, aber wir haben es diesem Mann zu verdanken, dass wir heute hier sind.« Respektvoll neigte Mallovendus das Haupt vor Arminius.

Der Cherusker erhob sich und nahm das insgesamt wohlwollende Raunen und die gemurmelte Zustimmung erfreut zur Kenntnis.

»Ich danke dir, Mallovendus, für deine Gastfreundschaft und deine aufwühlenden Worte, die uns allen Mut machen. Ich danke dir aber vor allem dafür, dass auch dir der Sinn danach steht, Germanicus zu schlagen. Daher bin ich froh und dankbar, dass ihr alle den weiten Weg auf euch genommen habt, um heute Abend hier sein zu können.« Er hielt inne und kostete die nachfolgende Stille aus. In Gerulfs Gesichtsausdruck lag Missbilligung, aber Arminius ließ sich nicht beirren. Das war der Moment, auf den er seit Monaten gewartet hatte.

Er holte tief Luft und begann.

Mit unbewegten Mienen lauschten die Stammesführer seinen Worten. Anschaulich legte er ihnen dar, dass es der Wunsch der Römer sei, jeden Stamm vom Rhenus bis zur Albis zu unterjochen. Die Männer reagierten zornig, als Arminius betonte, dass die Römer ihr System der Besteuerung auf alle germanischen Territorien auszudehnen gedachten. Doch der aufwallende Zorn wich Jubel, als Arminius noch einmal beschrieb, wie sie alle vor Jahren geholfen hatten, Varus und dessen Legionen zu vernichten. Mit ernster Miene kam er auf den weniger erfolgreichen Kampf im vergangenen Sommer zu sprechen und betonte, man habe eine entscheidende Gelegenheit ungenutzt verstreichen lassen. Doch er hütete sich davor, einer bestimmten Person die

Schuld für den letzten, gescheiterten Angriff zu geben, in dessen Verlauf so viele Stammeskrieger den Tod gefunden hatten. Jetzt, so hob er mit leidenschaftlichem Nachdruck hervor, sei die Zeit gekommen, ein neues Bündnis zu schmieden. Nur gemeinsam könnten sie das Ungeheuer bezwingen, das den Namen Rom trug.

Die Männer hingen an seinen Lippen, die meisten waren wie gebannt von Arminius' Worten. Fast alle Stammesführer waren bis zur Kante ihrer Bänke gerutscht. *Die Zeit ist gekommen*, dachte Arminius.

»Sollen wir die Legionen erneut vernichten?«, rief er.

»JA!«

»Sollen wir unsere Stämme von dem römischen Joch befreien? Sollen wir den Herrscher in Rom daran hindern, mit gierigen Fingern nach unseren Geldbeuteln zu greifen?«

»JA!«

»Werden unsere Stämme weiterhin und für immerdar in Freiheit leben?«

»JAAAAA!« Die meisten Stammesführer waren aufgesprungen und stimmten ein wolfsähnliches Geheul an, das wie eine Mischung aus Jubel und Kriegsschrei klang. Wie im Rausch sprang ein Anführer der Chatten auf den Eichentisch, riss den Legionsadler aus der kreisrunden Öffnung und stemmte ihn unter grenzenlosem Jubel in die Höhe.

Ich hab's geschafft!, dachte Arminius triumphierend, während er wie die meisten die Faust emporreckte. *Sie werden an meiner Seite kämpfen.*

Vorsichtig warf er einen Blick auf Gerulf und war froh, als er sah, dass der Usipeter seinen Blick mied. *Du kannst mir nichts anhaben*, dachte Arminius. *Ich bin der weitaus bessere Redner als du.*

Der Jubel hielt eine halbe Ewigkeit an, und das war gut so. Der schwerste Teil war vollbracht, was blieb, war die zeitraubende, zermürbende Organisation des Feldzugs. Doch das wäre vergleichsweise einfach.

»Schon lange keine so gute Rede mehr gehört«, lobte Mallovendus ihn und schenkte ihnen beiden großzügig nach. Dann prostete er Arminius anerkennend zu. »Auf unseren Sieg! Möge Germanicus sterben!«

Arminius wiederholte die Worte und trank.

»Gut gemacht«, raunte ihm Maelo zu.

»Also willst du mein Gesicht nicht mehr in den Schnee drücken?«, erwiderte Arminius mit durchtriebenem Grinsen.

»Diesmal lass ich dich davonkommen.«

Sie grinsten beide und tranken einander zu.

Der allgemeine Lärm legte sich, als die heiseren Stammesführer nach und nach Platz nahmen und ebenfalls nach den Bierkrügen griffen. Viele prosteten Arminius zu. Schließlich wurden die ersten Fragen laut, wie es ihnen gelingen könnte, den Römern zu begegnen.

»Darauf werde ich eingehen«, sagte Arminius ruhig und sachlich. »Aber zuerst möchte ich wissen, wie viele Speere jeder Stamm zu unserem Heer beitragen kann.«

»Aha, *du* möchtest es also wissen?«, vernahm er Gerulfs leicht schnarrende Stimme. »Schimmert deine wahre Absicht also doch endlich durch!«

»Was willst du damit sagen, bei Donar?«, verlangte Arminius.

»Was du von uns willst, sind unsere Krieger und deren Speere«, hielt Gerulf ihm vor. »Wenn du die Speere ohne uns Anführer bekommen könntest, wärst du zufrieden, ist es nicht so?«

Dann wäre mein Leben sehr viel leichter, gestand Arminius sich insgeheim ein. Laut sagte er: »Ich wäre nicht imstande, allein erfolgreich zu sein. Eure Erfahrung als Anführer, eure Tapferkeit und Entschlossenheit sind unentbehrlich. Nur gemeinsam werden wir den Sieg davontragen.«

»Wir?«, höhnte Gerulf. »Meintest du nicht eher *ich?*«

»Drück dich gefälligst klarer aus«, fuhr Arminius den Störenfried an und erkannte, dass er sich zu früh gefreut hatte. Gerulf würde nicht kampflos klein beigeben.

»Du legst glaubwürdig dar, wie wichtig es ist, die Römer zu bekämpfen, das muss ich dir lassen. Was nicht so klar ist, ist die Frage, warum ausgerechnet *du* dieses Unterfangen leiten sollst«, sprach Gerulf in die Runde. Nach kurzer Pause fügte er hinzu: »Oder hattest du vor, dass einer von uns das Sagen haben soll?«

Der Usipeter hatte Arminius auf dem falschen Fuß erwischt. Arminius zögerte einen Augenblick. »Darüber habe ich mir noch keine Gedanken gemacht.«

»Komm schon. *Das* sollen wir dir abnehmen?« Gerulfs spöttelnder Ton war unerträglich.

»Tatsache ist, dass mein Stamm die meisten Krieger entsenden wird«, betonte Arminius und versuchte, das Gespräch wieder an sich zu reißen. »Zählen wir die Männer meines Onkels hinzu, so stellen die Cherusker beinahe die Hälfte des ganzen Aufgebots.« Er sah zu Inguiomerus hinüber und hoffte, von dieser Seite Unterstützung zu erhalten. Erleichtert nahm er wahr, dass sein Onkel bedächtig nickte. »Inguiomerus hört auf meinen Rat, und als Anführer des größten Stammesverbands dachte ich, dass ich …«

»Da habt ihr's!«, schnitt Gerulf ihm barsch das Wort ab. »Ihr hört es aus seinem Munde!«

Arminius hielt sich in seinem Zorn nicht länger zurück. »Hast du jetzt völlig den Verstand verloren?«

»Durchaus nicht, Arminius«, entgegnete Gerulf mit selbstsicherem Lächeln. Schließlich sah er die Stammesführer einen nach dem anderen an und sagte in gewohnt spöttischem Ton: »Haben wir je darüber befunden, wer uns bei diesem Unternehmen anführen wird? Bei einem Unternehmen, bei dem viele von uns den Tod finden werden, wohlgemerkt. Sollen wir diesem Cherusker wie Schafe hinterher trotten? Was gibt diesem, zugegeben, redegewandten Wiesel das Recht, uns anzuführen? Habe ich da eine Wahl verpasst, bei der wir mehrheitlich entschieden haben, dass er die Führung übernimmt?«

»Eine solche Wahl fand bislang nicht statt«, stellte der Anführer der Tenkterer verstimmt fest.

»Genau«, murrten einige unzufrieden.

»Und wieso nicht?«, fragte Gerulf. »Wer sagt denn, dass du …«, er deutete auf Mallovendus, »… oder du …«, sein Finger wies auf Horsa, »… die Aufgabe nicht genauso gut erledigen könntest?«

»Ich könnte das Heer führen!«, meldete sich wieder der Tenkterer zu Wort.

»Oder ich!«, riefen gleich mehrere durcheinander.

»Auch ich traue mir das zu«, sprach Gerulf und streckte die Brust raus. »Schreiten wir zur Wahl. Das wäre der gerechte Weg, eine Lösung zu finden.«

Donar soll dich holen, dachte Arminius mit wachsendem Zorn. *Die ganze Sache entgleitet mir. Die Hälfte dieser Narren wird meinen Führungsanspruch infrage stellen. Wenn es gut ausgeht, fällt die Wahl trotzdem auf mich, aber die miese Stimmung wird das Bündnis schwächen. Jeder, der sich zur Wahl stellt und verliert, wird sich übergangen fühlen*. Arminius seufzte innerlich, malte er sich doch aus, wie sich die dickköpfigen Anführer stritten, welche Kriegstaktik die beste wäre, oder schlimmer gar: Im entscheidenden Moment verließen sie mit ihren Kriegern den Kriegsschauplatz. *Dazu darf ich es nicht kommen lassen*, dachte er. *Nein, ich werde es nicht zulassen, selbst wenn ich dadurch alles aufs Spiel setze*. Er stand auf und schlug mit seinem Krug auf den Tisch.

Die Männer hielten überrascht inne und schwiegen.

»Wählt, wenn euch der Sinn danach steht. Sucht euch einen Anführer«, erklärte Arminius. »Jeder von euch spricht für sich, aber ich verspüre nicht den Wunsch, mich mit euch zu streiten wie mit Kindern. Mein Onkel sieht das genauso. Unsere Krieger werden auch weiterhin unter unserem Befehl stehen.« Rasch sah er zu Inguiomerus, der erneut mit einem Kopfnicken zu erkennen gab, dass er mit Arminius einer Meinung war. Arminius schöpfte Mut. Seine Taktik könnte Erfolg haben.

Chaos brach aus. Wütende Rufe hallten bis hinauf zur hohen Decke. »Komm, Arminius!«, rief Mallovendus und lief rot an vor Aufregung. »Du musst bei uns bleiben!«

»Willst du, dass wir allein gegen die Römer kämpfen?«, brüllte Gerulf außer sich vor Zorn.

»Ich werde mich diesem Irrsinn nicht anschließen«, rief Arminius. »Aber ihr könnt gern tun, was ihr wollt. Wählt einen Mann, der euch anführt. Kämpft oder leitet Friedensverhandlungen ein. Vielleicht verlassen auch einige von euch ihre Stammesgebiete und siedeln sich weiter östlich an, außerhalb der Reichweite Roms.« Mutig stellte Arminius sich den Blicken aller Stammesführer. »Es mag gerechter sein, einen Anführer zu wählen, aber auf diese Weise bekommt ihr nicht den Mann, der imstande wäre, die Römer ein für alle Mal zu vernichten.«

Für die Dauer eines Herzschlags sagte niemand ein Wort, was Arminius auszunutzen versuchte, weil er das Heft nicht aus der Hand geben wollte. Anklagend zeigte er auf Gerulf.

»Bist du in der Lage, einen Plan zu ersinnen und auszuführen, um bis zu achtzigtausend Römer zu besiegen?«

Gerulf öffnete den Mund, blieb jedoch stumm.

»Dachte ich's mir!«, rief Arminius. »Wenn wir dir folgen würden, liefen wir in den sicheren Tod.« Um den anderen zuvorzukommen, wandte er sich an Mallovendus. »Bist du der Mann, der unsere Krieger befehligt, der Mann, der Germanicus' Armee besiegt?«

»Ich würde mein Bestes tun«, entgegnete ein vor Wut bebender Mallovendus.

»Dein *Bestes?* Das wird nicht gut genug sein«, spottete Arminius. »Gegen so viele Legionäre brauchen wir mehr als das Versprechen eines Mannes, sein Bestes zu geben! Wir haben einen Mann verdient, der einen Plan entwirft, einen Plan, den man auch umsetzen kann. Einen Plan, mit dem wir Germanicus' Armee für immer vom Erdboden hinwegfegen. Wer von euch ist bereit, diese Last auf sich zu nehmen?«

»Ich jedenfalls nicht«, räumte Horsa ein und schüttelte den Kopf. »Du kannst mitunter ein arroganter Hurensohn sein, Arminius, aber du bist der geborene Anführer und ein guter Taktiker. Und du denkst, so ein Plan lässt sich in die Tat umsetzen?«

»Ich *weiß*, dass es geht!«, rief Arminius, ermutigt durch Horsas, wenngleich widerwillige Zustimmung. »Wenn wir den Legionen einen heftigen Schlag versetzen, einen Hammerschlag, dann gelobe ich, dass das Reich uns für immer in Frieden lassen wird.«

Die Stammesführer begannen untereinander zu reden. Arminius nahm wieder Platz und überließ die Männer sich selbst.

»Das waren gute Worte, Neffe«, kam es aus der Ecke, in der Inguiomerus saß.

»Eine gewagte Strategie«, wisperte Maelo, aber seine Augen glänzten. »Jetzt müssen sie dir folgen, du hast ihnen keine Wahl gelassen. Selbst die größten Dickschädel wissen, dass du der einzige Anführer bist, der den Überblick behält.« Mit einer Kopfbewegung deutete er auf Gerulf. »Doch der da wird das nicht so schnell vergessen.«

Arminius warf einen Blick auf den Usipeter, der mit verkniffener Miene auf seinem Platz saß und vor sich hin stierte. *Er hat den Kürzeren gezogen*, dachte Arminius, *und deshalb wird er uns umso mehr ein Klotz am Bein sein.*

Plötzlich kam ihm ein Gedanke. Rasch beugte er sich zu Maelo vor. »Wenn der Hund das nächste Mal zum Pissen verschwindet, dann folgst du ihm. Töte ihn.«

Maelo zog fragend die Brauen hoch.

»Es muss wie ein Unfall aussehen.«

»Überlass das mir.«

Zufrieden lehnte sich Arminius zurück. Schon bald würde Gerulf sein Stimmrecht nicht mehr in die Waagschale legen können, aber nach wie vor könnten sich die Männer auf einen Wahlgang einigen, um einen Anführer zu bestimmen. Arminius wurde immer ungeduldiger, je länger die Stammesführer untereinander berieten. Betont lässig nahm er zwei Würfel auf und warf sie: Zu seiner Überraschung würfelte er dauernd Fünfen und Sechsen.

Nach einer Weile war es Mallovendus, der ihn aus dem Schwebezustand erlöste. »Wir haben zu einer Entscheidung gefunden«, verkündete er.

Arminius spürte ein kurzes Krampfen in der Magengegend und legte die Würfel zur Seite. »Verstehe.«

»Du hast von unserem großen Sieg gesprochen. Wirst du uns zu diesem Sieg führen?« Mallovendus' Stimme klang schroff.

»Das werde ich«, gelobte Arminius mit Überzeugung. »Ich habe es schon einmal vollbracht – die meisten von euch haben den Erfolg mit eigenen Augen gesehen. Mit eurer Hilfe, mit euren Kriegern werde ich es erneut vollbringen, aber wir müssen ein Bündnis eingehen. Seid ihr bereit, mir zu folgen?«

»Ja«, sagte Mallovendus. »Wir sind bereit.«

»Und ihr überlasst mir die Entscheidung, wann und wo wir uns dem Kampf stellen?«

»Einverstanden«, kam es von dem Gastgeber, wenngleich etwas widerstrebend.

»Ja«, meldete sich Horsa zu Wort, doch sein Gesichtsausdruck verhieß etwas anderes als Zufriedenheit. Die übrigen Wortführer stimmten ebenfalls zu, aber Begeisterung wollte sich nicht einstellen. Immerhin erwiderten alle Stammesführer Arminius' Blick – fast alle, denn Gerulf stierte weiter vor sich hin.

»Meine Krieger werden kämpfen«, fügte Horsa hinzu, »aber

wenn mir dein Plan nicht schmeckt, Arminius, dann ziehen wir uns in unsere Siedlungen zurück.«

»Also gut«, erwiderte Arminius scharf. »Aber rechnet nicht damit, dass ihr vor dem Frühling Verantwortung übernehmen könnt.« Mit diesen Worten kletterte er auf den größten Tisch, packte die Adlerstandarte und schwenkte sie langsam und sichtbar für alle, sodass sich der Schein der Fackeln auf der golden glänzenden Oberfläche des Vogels brach. »Gemeinsam werden wir Roms Legionen vernichten. Gemeinsam werden wir nicht nur drei Adler erbeuten, sondern ein halbes Dutzend!«

Die Stammesführer jubelten laut und siegesgewiss, und Arminius dankte Donar im Stillen. Zumeist vermochte man nicht einzuschätzen, inwieweit der Donnergott die Geschicke der Menschen verfolgte, aber in Momenten wie diesen fühlte es sich so an, als senke sich göttlicher Beistand herab. Arminius hatte den Widrigkeiten getrotzt und war siegreich aus einem Kräftemessen hervorgegangen.

Gerulf stieß den Hocker zurück, auf dem er gesessen hatte, und murmelte etwas vor sich hin, ehe er sich zur Tür wandte. Nur wenige bemerkten überhaupt, dass er sich entfernt hatte – Arminius und Maelo indes hatten einen wachen Blick. Arminius' Stellvertreter wartete einen Moment, dann schlüpfte auch er ins Freie.

»Wie wird dein Plan aussehen, Cherusker?«, wollte Mallovendus wissen und schenkte seinem Gast Bier nach.

»Nur Geduld.« Arminius kippte den Inhalt des Krugs in einem Zug hinunter und hielt Mallovendus das Behältnis erneut hin. »Es macht einen Mann durstig, euch Bastarde überzeugen zu müssen!«, rief er und wischte sich den Schaum mit dem Handrücken vom Mund.

Die meisten brachen in lautes Lachen aus, einige hingegen sahen einander verstimmt an, da Arminius wieder einmal kein Blatt vor den Mund genommen hatte. Umso zufriedener war der

Cherusker mit sich selbst. Die Reaktionen der Stammesführer erfüllten ihn mit einer dunklen Freude. Beinahe hätte Gerulf alles zunichtegemacht, doch letzten Endes hatte Arminius die Oberhand gewonnen. Die Stammesführer würden ihm folgen, zum ruhmreichen Sieg, und Gerulfs spöttische, leicht näselnde Stimme würde ihm keine schlaflosen Nächte mehr bereiten.

Aus Arminius' Sicht war der Abend gut verlaufen. Sein Blick glitt hinüber zu dem Feuer, an dem die Frauen saßen. In diesem Moment erwiderte die Witwe seinen Blick. Arminius lächelte. Die Nacht würde lang werden.

6. KAPITEL

Monate gingen ins Land. Allmählich verblasste im römischen Legionslager Vetera die Erinnerung an kaltes, unwirtliches Wetter. Der Frühling kehrte zurück und brachte endlich angenehmere Temperaturen mit sich. Vögel trällerten in den Bäumen, deren junges Grün leuchtete, neue Schösslinge suchten das Licht des Tages. Es war spät am Nachmittag, doch durch die schnell ziehenden Wolken brach immer wieder strahlendes Sonnenlicht.

Nicht weit vom Lager entfernt schlenderte der Legionär Marcus Piso am Flussufer entlang.

Piso, ein großer, schlaksiger Mann mit kurzem, borstigem Haar hatte ursprünglich in der Achtzehnten Legion gedient, und zwar in Tullus' alter Einheit. Damals, in den Wäldern und Sümpfen von Germania Magna, war Piso noch ein unerfahrener Rekrut gewesen. Inzwischen zählte er zu den erfahreneren Legionären und galt als zäh und tapfer. Vor allem aber war er seinem Centurio Tullus ergeben.

Piso war nicht allein am Flussufer, denn neben ihm ging Metilius, sein Freund und Zeltgenosse, der ebenfalls aus Tullus' alter Einheit stammte. Die beiden hatten gerade keinen Dienst und hielten Ausschau nach Fischen. Keiner verspürte das Verlangen, eine Angelrute auszuwerfen, aber es gab genug Legionäre, die nebenbei angelten und ihre Beute verkauften. Die fischreichen Gewässer des Rhenus luden geradezu dazu ein, sich die freie Zeit mit Angeln zu vertreiben. Einige Soldaten gaben sich nicht mit dem Fischfang zufrieden, sondern legten Netze oder Schlingen aus, um Wasservögel zu fangen – Enten, Kraniche, Schnepfen und – im Winter – Gänse. Auch Biber wurden gelegentlich gejagt, doch das Fleisch war teuer.

Fisch war eigentlich nicht Pisos Leibgericht – er bevorzugte Lammfleisch –, aber er schmeckte immer noch besser als Hafergrütze. Etwas anderes gab es an diesem Tag nicht in der Baracke, in der sich Piso und Metilius mit den übrigen vier Zeltgenossen einen Raum teilten. Ihr Contubernium zählte nicht mehr die üblichen acht Mann, aber nach dem brutalen Feldzug im letzten Sommer gab es kaum noch eine Zeltgemeinschaft, die vollständig antreten konnte.

Auf dem Übungsgelände vor einigen Stunden hatte Piso im Kreise der Kameraden durchblicken lassen, was er von dem Essen hielt, das es am Abend geben sollte. An diesem Tag sollte Dulcius ihr Koch sein, ein gut gelaunter, rotwangiger Mann. Aber als er Pisos Protest hörte, erwiderte er grummelnd: »Zu fade? Also gut, dann koch du was Besseres!«

Daher hatte sich Piso auf den Weg zum Fluss gemacht, gemeinsam mit Metilius. Wenn sie selbst nichts fingen, würden sie einem Kameraden Fisch abkaufen, und Dulcius sollte dann später das Essen zubereiten. *Ein guter Handel*, dachte Piso und warf einen Blick auf Metilius. »Tut gut, mal außerhalb der Befestigungen zu sein, und mal *nicht* in der Siedlung, was?«

»Ja. Selbst ich bin es leid, von einer Taverne zur nächsten Schänke zu laufen und zurück. Hurenhäuser – das ist was anderes. Da könnte ich jeden Tag hingehen, wenn ich's mir leisten könnte.«

Piso gluckste. Auch er suchte gelegentlich ein Bordell auf, aber nicht so häufig wie Metilius. *Hätte man ihm gar nicht zugetraut*, dachte Piso, da sein Kamerad ein eher schmächtiger Mann mit lustigen Grübchen war und von jetzt auf gleich eine Unschuldsmiene aufsetzen konnte. Trotzdem konnte er von Frauen nicht genug kriegen.

»Du könntest mehr Geld ausgeben, wenn du gut beim Würfeln wärst. Ich hab dir ja schon angeboten, dir was beizubringen, aber …«

Metilius unterbrach ihn. »Du weißt, dass ich für Würfelspiele und Wetten nichts übrig habe.«

Piso ließ ein Schulterzucken folgen. »Falls du's dir anders überlegst, sag Bescheid.«

»Da kannst du lange warten.« Metilius gab ihm einen Schubs.

Piso wehrte sich spielerisch und war froh, Metilius an seiner Seite zu wissen. Sein bester Freund war Vitellius gewesen, der ebenfalls unter Tullus gedient hatte, doch Vitellius war während des letzten Feldzugs gestorben. Sein Tod wäre vermeidbar gewesen. Pisos Laune verschlechterte sich, wenn er an jenen Tag zurückdachte. Kurz zuvor hatten sie einen weiteren treuen Kameraden verloren, Saxa, der bei dem Angriff auf den Tross ums Leben gekommen war. Seither hielten die Überlebenden der Zeltgemeinschaft stärker zusammen, und das Band der Freundschaft zwischen Piso und Metilius war enger geknüpft als zuvor.

Schon bald würde ihre Kameradschaft wieder auf eine harte Probe gestellt, denn vor dem nördlichen Befestigungswall von Castra Vetera versammelten sich immer mehr Einheiten. Es würde nicht mehr lange dauern, bis Germanicus erneut den Rhenus überquerte.

»Sei gegrüßt, Bruder!«, rief Piso dem Soldaten zu, der am Flussufer saß, neben sich einen Korb mit frisch gefangenem Fisch. »Warst fleißig, wie ich sehe.«

Der Soldat mit dem schütteren Haar wendete den Blick nicht von seiner dümpelnden Angelrute. »Ein As pro Schlei und Karpfen. Gilt auch für den Wels. Die Brassen sind größer – kosten zwei Asse. Aber für den Hecht will ich einen Sestertius haben. Hat 'ne Ewigkeit gedauert, ihn an Land zu ziehen.«

Piso stocherte mit dem Haselnusszweig, an dem er den Fisch aufspießen wollte, im Korb des Kameraden herum. »Was meinst du?«, wandte er sich an Metilius.

»Ich koche nicht, ist mir also gleich«, meinte Metilius frohgelaunt, »aber den Wels vielleicht nicht. Die schmecken so nach Uferschlamm.«

»Ist nun mal so bei den Bodenfischen«, meinte Piso. Er beäugte den Soldaten. »Wie viel willst du für sechs Schleien?«

»Sechs Asse, ganz einfach«, lautete die knappe Antwort.

»He, ich kaufe ein halbes Dutzend bei dir«, protestierte Piso. »Sagen wir vier Asse.«

»Fünf.«

»Vier.«

»Also gut.« Zum ersten Mal drehte sich der Mann mit dem schütteren Haar zu ihnen um. Geduldig beobachtete er, wie Piso sechs Schleien aufspießte. Dann hielt er die Hand auf. Ein Lächeln huschte über sein fleckiges Gesicht, als Piso ihm die Münzen in die Hand drückte. »Hab Dank, Kamerad.«

»Bist du oft hier?«, fragte Piso.

»Wenn das Wetter mitspielt, ja. Und wenn ich frei hab, natürlich. Ist 'n schöner Platz, um die Zeit totzuschlagen, wenn man bedenkt, dass wir bald Monate auf der anderen Seite des Flusses verbringen werden. Und wieder mal um unser Leben fürchten dürfen.« Der Legionär deutete mit weit ausladender Geste auf die grünen, von Bäumen bewachsenen Inseln im Fluss. »Ist doch schön hier, oder?«

»Ja, hast recht.« Piso blickte eher düster auf das gegenüberliegende Ufer, sah die Vögel, die sich dort am schnell fließenden Strom tummelten. »Hast du schon viele Stammeskrieger gesehen?«

»Ab und zu, wenn die Patrouillen ins Lager zurückkehren. Einige Krieger haben Mut. Sie legen drüben in Booten ab und tun so, als angelten sie, aber im Grunde sind es Späher, die unser Lager nicht aus den Augen lassen. Die wissen, dass wir bald kommen.« Der Legionär deutete auf den Gladius, der neben ihm im Gras lag. »Hab ich immer griffbereit, man weiß ja nie.«

»Kluge Entscheidung«, meinte Piso. Es war ungewöhnlich, dass ein Soldat, der frei hatte, mehr als einen Dolch bei sich trug, aber wer würde es dem Angler verdenken? Dennoch, seit dem Versuch, Germanicus zu ermorden, war es den ganzen Winter lang ruhig geblieben. »Hätten wir auch die Schwerter mitnehmen sollen, Metilius?«

»Wir müssen früh genug die ganze verfluchte Ausrüstung buckeln, Tag und Nacht«, antwortete Metilius. »Da hab ich keine Lust, jetzt schon das Schwert mit mir rumzuschleppen.«

»Stimmt.« *Der Angler ist übervorsichtig*, dachte Piso. »Komm, sehen wir uns die Schiffe an, die anlegen. Dann gehen wir zurück ins Lager.«

Sie verabschiedeten sich von dem Angler und setzten ihren Weg am Ufer fort, bis sie die neu angelegten Docks in Sichtweite der Befestigungsanlagen erreichten. Es gab bereits einen alten Landungssteg, aber da für den bevorstehenden Feldzug jede Menge Schiffe gebraucht wurden, hatten die Pioniere einen weiteren Anlegeplatz gebaut.

In der Werft nebenan hatten die Schiffsbaumeister während der Wintermonate eine Actuaria nach der anderen konstruiert – jene Truppentransporter, die Germanicus für sein Vorhaben benötigte. Etliche Schiffe dieses Bautyps waren in anderen Werften in Auftrag gegeben worden. Den Gerüchten zufolge benötigte Germanicus bis zu tausend Schiffe. Piso betete, dass seine Einheit nicht auf dem Seeweg nach Germania Magna musste. Selbst jetzt noch rebellierte sein Magen, wenn er nur an die schreckliche Überfahrt im letzten Jahr dachte, als so gut wie allen an Bord speiübel gewesen war.

Piso gab die Hoffnung nicht auf, dass Tullus' Kohorte zu Fuß ins Feindesland marschieren würde, über die Brücke unten am

Fluss. Daher betrachtete er die dickbäuchigen Transportschiffe, die in der Strömung vertäut waren, mit einer gewissen Gelassenheit. Der Steven am Bug mündete jeweils in einen kunstvoll geschnitzten Vogelkopf, und am Heck bot ein Aufbau dem Trierarchus und dem Gubernator Schutz vor Regen und hohem Wellengang. Die Actuaria hatte nur eine Reihe Riemen, fünfzehn auf jeder Seite, ein Steuerruder am Heck und war zusätzlich mit einem Segel ausgestattet. Je nach Länge fanden ein oder zwei Centurien auf einem Schiff dieser Bauklasse Platz.

»Sehen recht seetauglich aus, was?«, sagte Piso und versuchte, zuversichtlich zu klingen. »Aber wenn Fortuna es gut mit uns meint, brauchen wir nicht an Bord zu gehen.«

»Bin ganz deiner Meinung, Bruder«, erwiderte Metilius und spie zu Boden. »Ich brauche festen Boden unter den Füßen.«

»Ob auf See oder an Land – der Sieg wird unser sein, dafür sorgt Germanicus schon«, sagte Piso.

Grummelnd gab Metilius seine Zustimmung. Sie waren nicht die Einzigen, die so dachten – seit der Rückkehr vom Feldzug im letzten Herbst war die Moral der Truppe vorbildlich.

Die Nägel unter ihren Caligae erzeugten ein klackendes Geräusch auf den Planken unten am Dock, auf dem reger Betrieb herrschte. Segelmacher saßen, die Beine übereinandergeschlagen, auf dem blanken Holz und schauten ihren Gehilfen auf die Finger. Nebenan fertigten die Reeper die benötigten Taue aus Hanffasern. Ein Stück weit näher an Land, inmitten von Haufen Sägemehl, arbeiteten die Zimmerleute an den Sitzbänken für die Rudermannschaften. Die Schiffsbaumeister, die teilweise aus fernen Ländern stammten, waren in Gespräche vertieft oder gaben Anweisungen an ihre Schreiber weiter, die ernst dreinblickten und sich mit dem Stilus Notizen auf Wachstafeln machten. Soldaten und Offiziere gingen von einem Schiff an Land, das soeben von einer Patrouillenfahrt zurückgekehrt war. *Keiner von den Männern scheint seekrank zu sein*, dachte Piso, ehe er sich bewusst machte, dass es auf dem Rhenus immer viel ruhiger zuging als auf offener See.

Die Werft mit all ihren Arbeitsflächen schloss sich unmittelbar an eine Seite des Docks an. Doch dort ging es sehr viel ruhiger zu, da die Arbeit an diesem Tag bereits zu Ende war. Auf riesigen hölzernen Rahmen lagerten umgedrehte Schiffsrümpfe – bei einigen sah man das Gerippe aus Spanten, andere wiesen bereits die hölzerne Außenverkleidung auf. Bauholz lagerte in der Nähe, teilweise zugeschnitten, dahinter stapelten sich die gefällten Bäume, die noch entrindet werden mussten. In der Luft hing der stechende Geruch von Kiefernharz. Piso entdeckte einige Töpfe mit der klebrigen Substanz, mit der die Nähte zwischen den Planken abgedichtet wurden.

»Hast du jetzt genug gesehen?«, fragte Metilius ungeduldig. »Los, gehen wir zurück, mein Magen grummelt.«

Piso hatte eine Idee. Der Abend war mild, und der Angler vorhin hatte recht. Am Ufer zu sitzen war herrlich.

»Dulcius und die anderen können warten«, sagte er verschmitzt.

»Wie?«

»Sieh doch, überall Sägemehl und Holzreste. Wir machen uns ein Feuer und braten die Schleien. Wir bleiben einfach hier, solange es hell ist. Sollen die anderen ihre Grütze essen und sich ärgern. Meinetwegen können sie sich ihren Anteil vom Fisch später noch zubereiten.«

Metilius grinste. »Keine schlechte Idee. Wir hätten einen Schlauch Wein mitnehmen sollen, und Brot.«

»Beim nächsten Mal«, sagte Piso. »Vielleicht haben die anderen dann ja auch Lust, im Freien zu essen. Wir könnten selbst angeln.«

Kurz darauf suchten sie sich einen Lagerplatz und schafften genug Holz für ein Feuer heran.

Mit vollem Bauch und zufrieden streckte Piso die Füße zur ersterbenden Glut aus. Es war dunkel geworden – Stunden waren vergangen –, und Metilius war eingeschlafen. Der Himmel war wolkenlos, zahllose Sterne funkelten am samtschwarzen Firmament. Die einzigen Geräusche waren das leise gurgelnde Wasser, ein gelegentliches Rascheln im Gebüsch – ein Otter, vermutlich – und die Vogelstimmen unten am Fluss.

Piso wähnte sich beim mächtigen Padus in Italia, bei dem Fluss, an dem er aufgewachsen war. Zu dieser Stunde ging seine Mutter, seit Jahren Witwe, zumeist zu Bett. Seine beiden jüngeren Brüder, die inzwischen erwachsen waren, wohnten vielleicht noch zu Hause, vermutlich hatten sie aber längst geheiratet und lebten in der Nähe des Elternhauses.

Piso hatte mit einem Mal Heimweh. Seit Jahren hatte er nichts mehr von seiner Familie gehört, daher beschloss er, der nächsten Geldsumme, die er an seine Mutter schicken würde, einen Brief beizulegen. Lesen und Schreiben bereiteten ihm Mühe, aber ein paar Zeilen würde er schon hinbekommen. Bis zu einem Jahr würde es dauern, dann erst durfte er mit einer Antwort seiner Mutter rechnen, die selbst nicht schreiben oder lesen konnte, aber einen örtlichen Schreiber bezahlen würde. Wie die meisten anderen Legionäre gab auch Piso seine Briefe den fahrenden Händlern mit, Männern also, die für ein gewisses Handgeld Nachrichten überbrachten. Verlässlicher waren indes die Veteranen, die aus der Armee entlassen wurden und in ihre Heimat zurückkehrten. Dafür müsste Piso aber erst einmal jemanden finden, dessen reguläre Dienstzeit um war und der sich auf den Rückweg nach Italia machte.

Als Piso seinen Kameraden schnarchen hörte, musste er lächeln. Er war selbst ziemlich schläfrig, aber da das Feuer runtergebrannt war, spürte man die Kälte an Schultern und Rücken. Es war noch zu früh im Jahr, um die Nacht über im Freien zu verbringen, zumindest ohne Decken. Trotzdem war es ein vergnüglicher Abend gewesen. Piso wollte gerade Metilius mit der Sandale anstupsen, als ihn ein unvorhergesehenes Geräusch erschauern ließ. *Platsch*.

Da, wieder! *Platsch*. Kein Zweifel, das waren Riemen, die leise ins Wasser eintauchten und wieder angehoben wurden. Kalter Schweiß stand Piso auf der Stirn. Angestrengt starrte er in die Dunkelheit entlang des Flusses. Zu dieser späten Stunde fuhren für gewöhnlich keine römischen Schiffe mehr den Rhenus hinunter – darauf hätte er seinen Sold verwettet. Nächtliche Patrouillen waren riskant, und deshalb liefen Schiffe bei Dunkelheit nur dann aus, wenn Gefahr in Verzug war.

Einer Eingebung folgend, löschte er das Feuer, indem er mit beiden Füßen lockere Erde auf die Glut schaufelte. Dann beugte er sich über Metilius, legte ihm eine Hand auf den Mund und wisperte: »Aufwachen, Bruder – und nicht erschrecken, ich bin's nur!«

Metilius riss plötzlich die Augen auf und richtete sich auf, doch er sagte kein Wort.

Langsam nahm Piso die Hand weg. »Da draußen ist jemand in einem Boot«, wisperte er.

»Krieger?«, flüsterte Metilius erschrocken.

»Möglich – wer sollte sonst noch so spät unterwegs sein?«

»Aber wir haben doch Wachen, oder?«

»Stimmt, aber ich kann keine sehen«, erwiderte Piso und spähte in die Dunkelheit. »Die fast fertigen Schiffe in der Werft werden bewacht, soweit ich weiß, aber keiner stellt hier bei dem aufgestapelten Holz Wachen ab.«

»Da hocken wir mit unseren Dolchen«, sagte Metilius verärgert. »Unser Angler hätte uns was anderes erzählt, wie?«

»Pst!« Das platschende Geräusch hatte aufgehört, aber Piso hörte, wie Männer aus einem Boot stiegen und es ans flache Ufer zogen. Er deutete zum leicht abschüssigen Gelände der Werft weiter links. »Sie kommen an Land, dort drüben.«

»Zwischen uns und den anderen Schiffen und den Wachen«, wisperte Metilius erschrocken. »Wir sind auf uns gestellt und in der Unterzahl. Am besten, wir bleiben, wo wir sind. Die können ja nicht wissen, dass wir hier liegen.«

»Und du willst sie einfach davonkommen lassen, was auch immer sie vorhaben?«, entgegnete Piso außer sich. »Los, zieh den Dolch. Mir nach.«

»Was hast du vor?«

»Wir müssen näher heran, dann wissen wir vielleicht, wie viele es sind, und können Alarm schlagen.«

»Den Abend hatte ich mir anders vorgestellt«, grummelte Metilius, folgte Piso aber trotzdem.

Die anderen Schleien ließen sie liegen. Reine Verschwendung, wahrscheinlich würden sich Dulcius und die anderen beklagen, aber Piso wollte in einer so gefährlichen Situation nicht die Fische mitschleppen. Er war froh, dass sie keinen Wein getrunken hatten, und schlich weiter in Richtung der Werft, wo sich die aufgebockten, halb fertigen Schiffsrümpfe als Umrisse im Zwielicht abzeichneten. Kurz darauf gelangten die beiden an den ersten Rumpf, ohne auf irgendjemanden gestoßen zu sein.

»Ist wahrscheinlich sicherer, wenn wir auf der Seite der Befestigungsanlagen bleiben«, flüsterte Piso. »Wenn wir dem Wasser zu nah kommen, laufen wir denen vielleicht in die Arme. Aber auf der anderen Seite können wir zur Not noch zum Lager rennen.«

Metilius schnitt eine Grimasse. »Das schmeckt mir nicht. Wir beide gegen wer weiß wie viele?«

»Glaubst du, mir schmeckt das, verflucht? Aber es ist unsere Pflicht, etwas zu tun. Denkst du, Tullus würde einfach untätig rumsitzen?«

»Natürlich nicht, aber er ist ja auch ein richtiger Held.«

»Und du bist einer seiner tapferen Männer.« Piso klopfte seinem Kameraden leicht auf die Schulter und hoffte, dass Metilius ihm die Unruhe nicht anmerkte. »Wir müssen uns beeilen«, zischte er. »Bleib dicht hinter mir, aber duck dich. Falls wir uns trennen müssen, warte nicht auf mich. Lauf zurück zum Dock, alarmier die Wachen dort.«

»Klar.« Metilius klang nicht begeistert, aber entschlossen.

Mit neuem Mut schlich Piso weiter zum Bug des ersten, halb fertigen Schiffsrumpfs. Kleine Lichtpunkte verrieten, wo die Wachen lagerten, eine Viertelmeile entfernt, bei dem neu angelegten Dock. Dahinter deuteten sich die Wehrgänge des Lagers vor dem sternenklaren Nachthimmel an. Tausende Männer, dachte Piso, aber die könnten genauso gut in Rom sein. Mühsam rang er seine Furcht nieder. Lange spähte er in die Dunkelheit zu seiner Rechten – von dort waren die platschenden Geräusche gekommen – und war frustriert, als er nur die großen Rahmen und die Schiffsrümpfe erkennen konnte. Allmählich beschlich ihn der Gedanke, dass er sich alles bloß eingebildet hatte.

»Was war das?«, wisperte Metilius. »Da! Hörst du?«

Zuerst vernahm Piso gar nichts, doch dann – leise Männerstimmen, ganz in der Nähe, weiter rechts in Richtung Ufer. Sein Magen verkrampfte sich, doch er biss die Zähne zusammen. »Komm.«

Wie zwei Diebe stahlen sie sich in Richtung der Stimmen, die eindeutig hinter dem zweiten großen Schiffsrumpf zu hören waren. Piso ging auf die Knie und kroch unter dem umgedrehten Rumpf hindurch, dichtauf gefolgt von Metilius. Im Schutz der gewölbten Spanten konnten sie sehen, was auf der anderen Seite auf Kniehöhe geschah. Piso hörte den eigenen Herzschlag. Er sah die Beine von mindestens zehn Männern. Sie trugen die üblichen germanischen Tuchhosen, manche gemustert, manche gestreift – das konnten nur Stammeskrieger sein, und gewiss führten sie Böses im Schilde. Seine Befürchtungen bestätigten sich, als er die Unbekannten in der Volkssprache der Germanen sprechen hörte. Angestrengt lauschte er.

»Warte!«, flüsterte jemand eindringlich. »Wir sollen die Schiffe gleichzeitig in Brand stecken. Dann brennen möglichst viele, ehe die Römer zum Löschen kommen.«

Piso hielt den Atem an und wünschte, das ganze Contubernium wäre bei ihnen. Selbst wenn sie nur zu sechst mit Dolchen kämpften, hätten sie ein halbes Dutzend Krieger erledigen können. Mit den anderen wären sie bestimmt auch fertiggeworden. Doch Piso erkannte schnell, dass ein solches Vorhaben gescheitert wäre, da in diesem Moment noch mehr Beine zu sehen waren. Er deutete auf die Nachzügler und hatte einen ganz trockenen Mund.

Metilius nickte grimmig. Unten am Ufer hatten mindestens zwei Boote angelegt, wenn nicht gar mehr. Es war Zeit, das Weite zu suchen und Alarm zu schlagen, denn jeden Augenblick könnten sie entdeckt werden. Piso deutete mit dem Daumen über der Schulter an, den Rückweg anzutreten, und war froh, dass Metilius ein »Ja« mit den Lippen formte.

Womit sie allerdings nicht gerechnet hatten, war, dass einer der Krieger sich absonderte, weil er seine Blase entleeren musste. Piso erschrak, als der Mann keine drei Schritte entfernt anfing, den Schiffsrumpf nebenan in hohem Bogen anzupinkeln. Den Speer hatte er gegen das Gerippe aus Spanten gelehnt. Obwohl Piso und Metilius versuchten, lautlos rückwärts zu kriechen, bemerkte der Krieger etwas.

Plötzlich drehte er sich halb zu ihnen um, den Schwanz noch in der Hand, entdeckte Piso und starrte ihn für die Dauer eines Herzschlags mit offenem Mund an. Piso durchzuckte es heiß. Dann löste er sich aus der Starre, schnellte mit gezücktem Dolch unter dem Rumpf hervor und stürzte sich auf den Mann. Er spürte die warme Pisse des Kerls am Bein, aber ihm blieb keine Zeit für Abscheu – die Furcht blendete alles andere aus.

Piso hatte wahllos zugestochen und den Krieger am Bauch erwischt. Ein Schmerzensschrei zerriss die nächtliche Stille, und der Mann geriet ins Taumeln. Piso behielt den Überblick, trat hinter sein Opfer und schnitt ihm geistesgegenwärtig die Kehle durch. Blut spritzte auf die Spanten und vermischte sich mit den Spuren der Pisse. Piso ließ den Mann zu Boden gleiten.

»Wenn dir dein Leben lieb ist, dann nichts wie weg!«, rief er Metilius zu, der ihn wie ein Tölpel anstierte. »Los, runter zum Dock!«

Die Dolche in Händen, rannten sie fort vom Fluss, um den Kriegern zu entwischen. Offenbar hatten die Germanen ihren toten Gefährten entdeckt, denn erste Rufe hallten durch die Nacht. Piso glaubte, Schritte zu hören, und hoffte, dass die Krieger zuerst um das Heck und nicht um den Bug liefen.

Fortuna war ihnen gewogen, denn als Piso und Metilius auf Höhe der vorderen Steven der umgedrehten Schiffsrümpfe scharf in Richtung Dock abbogen, war niemand unmittelbar hinter ihnen. Die Feuer der Wachen in einiger Entfernung dienten ihnen als Orientierung in der Dunkelheit.

Die wütenden Rufe im Rücken, erhöhten Piso und Metilius das Tempo noch einmal und rannten um ihr Leben. Sie hatten etwa hundert Schritte hinter sich, ohne auf Feinde zu stoßen. Piso traute sich, einen Blick über die Schulter zu werfen. Ein Fluch entwich ihm. Die Krieger hatten ihn und Metilius zwar nicht weiterverfolgt, waren aber zu ihrem ursprünglichen Vorhaben übergegangen. Erste kleine Flammen leckten an den Schiffsrümpfen empor. Im unsteten Licht wurden Gestalten sichtbar, die weitere Fackeln entzündeten, um andere halb fertige Schiffe anzustecken.

»Los, Beeilung!«, rief er.

»War noch nie ein guter Läufer«, keuchte Metilius, blieb aber in etwa auf Pisos Höhe.

Erst jetzt entdeckten die Wachen an den Feuern sie, aber vermutlich nur deshalb, weil der Schein von den brennenden Schiffsrümpfen zu sehen war.

»Halt! Wer da?«, rief sie jemand an, der nicht allzu mutig klang.

»Wir sind Legionäre wie ihr!«, brüllte Piso.

Doch der Wächter ging darauf nicht ein – vielleicht war es seiner Angst geschuldet, jedenfalls schleuderte er sein Pilum auf Piso und Metilius. Piso erschrak, als der Speer durch die Luft rauschte und zwischen ihnen stecken blieb.

Entsetzt blieb Piso stehen, weil er befürchtete, dass die anderen Wachen ebenfalls ihre Speere schleudern würden. Die Hände am Mund wie zu einem Trichter gewölbt, schrie er aus Leibeskräften: »WIR SIND RÖMER WIE IHR! LASST UNS ZUM FEUER!«

»Ihr seid Römer?«, lautete die verdutzte Antwort.

»Ja, doch, verflucht!«, brüllte Piso und wagte sich wieder ein paar Schritte weiter vor.

»Wie lautet denn die Parole?«

»Das weiß ich doch nicht, zum Hades!« Piso verlor allmählich die Geduld mit diesen Narren.

»Dann seid ihr vielleicht doch Germanen – bleibt, wo ihr seid, bei Mars!«

Piso riss der Geduldsfaden. »Wie viele dreckige Germanen sprechen so gut Latein wie ich, du Schwanz? Siehst du die Flammen da hinten? Da brennen unsere Schiffe! Eine Schar Krieger ist mit Booten gekommen, und jetzt wollen wir zu eurem Vorgesetzten, damit endlich etwas geschieht. Wenn du nicht der Tölpel sein willst, der zuließ, dass der Feind die Hälfte von Germanicus' Flottille abfackelt, dann lass uns endlich vorbei!«

Der Wächter zögerte nur kurz, ehe er grollend rief: »Also gut, aber schön langsam, hört ihr? Und ich will Eure Hände sehen!«

Die Freunde tauschten wütende Blicke, hielten sich aber an die Aufforderung.

Sie stießen auf vier unruhige Legionäre, drei von ihnen hielten ihre Pila bereit. Der Soldat, der den Speer geworfen hatte, stand mit gezücktem Gladius da. Der Mann konnte noch nicht lange in der Armee sein, denn er sah blutjung aus.

»Namen und Einheit«, verlangte er.

»Marcus Piso und Caius Metilius, Zweite Centurie, Erste Kohorte der Fünften Legion«, leierte Piso die Antwort voller Ungeduld herunter. »Wir waren früher in der Achtzehnten. Das heißt, dass wir uns vor Jahren durch den Saltus Teutoburgiensis gekämpft haben, während du noch an der Brust deiner Mutter genuckelt hast, Mann! Gestandene Soldaten wie wir brauchen uns von euch Maden nicht anzählen zu lassen, klar?«

Das Selbstvertrauen des jungen Legionärs erhielt weitere Risse. »Ich halte mich nur an die Vorschriften«, sagte er und sah hilfesuchend seine Kameraden an, die Piso und Metilius inzwischen mit mehr Respekt begegneten.

»Du kannst froh sein, dass du ein miserabler Speerwerfer bist«, gab Piso verstimmt zurück. »Also, bringt uns jetzt zu eurem Offizier, es sei denn, ihr wollt alle Schiffe brennen sehen!«

Das Lagerfeuer spendete nicht viel Licht, dennoch sah man, dass dem jungen Soldaten die Röte ins Gesicht geschossen war. »Hier entlang«, bot er an.

Piso war erleichtert, als der diensthabende Optio unverzüglich handelte, nachdem Piso sein Anliegen vorgebracht hatte. Es war Zufall, dass soeben eine Patrouille von später Fahrt zurückgekehrt war. Der Centurio, der von Bord ging, schickte seine Centurie Marinesoldaten sofort zu den zwanzig Legionären, die sich um den Optio geschart hatten. Ohne Rüstung und Waffen konnten Piso und Metilius sich nicht beteiligen, doch sie verfolgten, wie sich die kleine Abteilung im Laufschritt auf den Weg zu den brennenden Schiffsrümpfen machte.

»Folgt mir, Männer!«, brüllte der Centurio.

Die Stammeskrieger flohen zu ihren Booten, als sie die gut hundert Mann starke Truppe sahen. Es kam zu einem kurzen, aber heftigen Kampf, den Piso jedoch nicht mit eigenen Augen sah. Aber als die Legionäre unter geringen Verlusten zurückkehrten, erfuhr er, dass es den Soldaten gelungen war, ein Leck in eins der Boote zu schlagen, worauf es noch in Ufernähe gesunken sei. Einer Handvoll Kriegern war die Flucht gelungen, die anderen waren tot. Zwölf Schiffsrümpfe seien angezündet worden, berichtete der Centurio und betonte, dass der Schaden noch viel höher ausgefallen wäre, wenn sie, Piso und Metilius, nicht gewesen wären. Die Freunde tauschten zufriedene Blicke.

»Gute Arbeit, Jungs«, lobte sie der Centurio und klopfte ihnen auf die Schultern. »Wer ist euer Centurio?«

»Centurio Tullus, Zweite Centurie, Erste Kohorte, Fünfte Legion, Herr«, antwortete Piso voller Stolz.

»Oh, Tullus kenne ich«, sagte der Centurio und nickte. »Ein sehr guter Offizier. Und er spricht gut von seinen Männern.« Piso und Metilius wurde das allmählich ein wenig unangenehm, und daher traten sie von einem Bein aufs andere. Der Offizier lachte. »Ihr werdet für euer beherztes Einschreiten belohnt, Männer. Ich sorge dafür, dass Tullus davon erfährt.«

»Habt Dank, Herr!«, riefen beide wie aus einem Munde.

»Dann zurück ins Lager mit euch«, befahl der Centurio. »Ein paar Becher Wein habt ihr euch zumindest schon einmal verdient, denke ich. Eure Kameraden sind bestimmt gespannt, was ihr zu erzählen habt.«

Die beiden salutierten und machten sich auf den Weg zum mächtigen Osttor von Castra Vetera. Sie hatten ein Stück des Weges zurückgelegt, als Piso der Fisch einfiel.

»Verflucht, Dulcius und die anderen werden nicht gerade begeistert sein, wenn wir mit leeren Händen zurückkommen.«

»Ach, zum Hades mit denen!«, rief Metilius und lächelte durchtrieben. »Wir haben genug zu erzählen. Die können einen Becher Wein mit uns trinken, wenn sie uns zuhören wollen.«

»Genau. Was für ein Zufall, dass wir zur richtigen Zeit am richtigen Ort waren, wie?«

»Danken wir Fortuna, dass du nicht schon eingenickt warst. Ich hätte wahrscheinlich alles verschlafen.«

»Dahinter steckt bestimmt Arminius«, meinte Piso. »Wenn das stimmt, reicht sein Arm schon ganz schön weit. Er muss die örtlichen Stämme zu dem Brandanschlag angestiftet haben.«

»Vielleicht ist Arminius gar nicht verantwortlich dafür. Die Usipeter und die Marser hassen Rom genauso sehr wie die anderen Stämme auch. Hast du schon den Angriff auf Germanicus vergessen?«

»Stimmt.« Piso musste an Degmar denken und hatte ein mulmiges Gefühl. Tullus hatte ihnen erzählt, dass der junge Marser der Mordbande angehört hatte. Ganz gleich, ob Degmar nun dabei war oder nicht, der Brandanschlag wie auch der Überfall auf den Feldherrn bedeuteten, dass die Germanen im Einzugsbereich des Rhenus nicht müde wurden, ihrem Hass auf Rom Ausdruck zu verleihen. Bislang war Piso siegesgewiss gewesen, wann immer er an den kommenden Feldzug gedacht hatte. Inzwischen beschlich ihn das Gefühl, dass er sich in diesem Punkt ein bisschen zu sicher gewesen war.

Wenn es ihnen nur möglich wäre, ein Gebet an den Adler zu richten. Wehmut erfasste ihn.

7. KAPITEL

Piso ging mit seinen fünf Zeltgenossen über eine der Hauptachsen des Legionslagers. Es war früher Abend, einen Tag nach den Ereignissen an der Werft. Die Männer hatten ihren täglichen Dienst hinter sich. In der Baracke hatten die Kameraden tatsächlich überlegt, ob es möglich wäre, dem Legionsadler Respekt zu zollen. Aber so aufregend diese Vorstellung anfangs gewesen war, die Realität war ernüchternd, als das Hauptquartier in Sichtweite kam.

Gewöhnliche Legionäre durften das Sacellum nicht aufsuchen – jedenfalls hatte Piso nie gehört, dass ein Soldat davon erzählt hätte. Allerdings fragte sich Piso, ob es wirklich eine Vorschrift gab, die einem Legionär den Besuch des Fahnenheiligtums ausdrücklich untersagte.

In ihrer Unterkunft in den Baracken war Piso die Idee großartig vorgekommen, zumal sie sich zu sechst Wein gegönnt hatten. Sie hatten sich vorgenommen, dem Aquila Ehre zu erweisen und ihn um Beistand für den kommenden Feldzug zu ersuchen. Nicht wenige Soldaten glaubten, dem Adler wohnte eine geheime Kraft inne, und wenn alles gut liefe, würde der Aquila ihnen eine sichere Rückkehr ermöglichen.

Jetzt indes verließ Piso der Mut. Es lag nicht allein am Regen, der durch die Tuniken ging, sondern auch an den Leibwachen, die die Eingänge der Principia bewachten. *Eine selten dämliche Idee im Weinrausch*, dachte Piso zerknirscht. Hilfesuchend sah er Metilius an, der jedoch genauso verunsichert wirkte. Da Piso sich vor den anderen nichts anmerken lassen wollte, schritt er weiter aus.

Hundert Schritte waren sie noch vom Haupteingang entfernt, als Metilius einknickte. »Ist das überhaupt klug?«

Mit dieser Frage löste sich der Knoten.

»Wir werden nicht mal einen Fuß über die Schwelle setzen«, meinte Dulcius.

»Selbst wenn, der nächstbeste Offizier wird uns zur Rede stellen«, sagte Calvus düster, ein hoch aufgeschossener Mann, der immer mit seinen langen Armen schlenkerte. Er war das jüngste Mitglied des Contuberniums und hatte in Italia auf einem Landgut gearbeitet. Piso mochte den Kameraden, da er stets freundlich und redefreudig war und jedem auf die Nase band, wie froh er war, in die Legion eintreten zu können. Eine Seuche hatte nämlich fast den gesamten Viehbestand in der Heimat dahingerafft, daher war Calvus aus schierer Verzweiflung zur Armee gegangen.

Die beiden anderen grummelten vor sich hin und waren ebenfalls unschlüssig.

Piso nahm all seinen Mut zusammen. »Lasst es uns wenigstens versuchen! Für die kommenden drei Tage stellen die Jungs der Fünften die Wachen, schon vergessen? Los, kommt.« Mit diesen Worten marschierte er weiter, in der Hoffnung, die Kameraden bei ihrem Ehrgeiz zu packen. Wer blieb schon gern feige zurück? Doch nach zehn Schritten merkte er, dass immer noch keiner Anstalten machte, ihm zu folgen. Die ersten Schweißperlen lösten sich an seinem Haaransatz. Zwölf Schritte. Fünfzehn.

»Ach, du verfluchter Hund!«, schimpfte Metilius vor sich hin und schloss zu Piso auf.

Piso schenkte ihm ein durchtriebenes Grinsen. Auch die anderen folgten ihnen.

»Wenn die uns zusätzliche Stunden aufbrummen, dann besorgst du den Wein«, hörte er Calvus grollen. Als Rekrut verfügte er noch nicht über viel Sold, dennoch war er spendabel mit seinem Wein.

»Einverstanden«, sagte Piso. »Aber dann gibt's nur das billige Zeug. Edler Tropfen wäre eine Verschwendung bei euch Barbaren.«

Die Frotzeleien hörten auf, als sie sich dem Eingang näherten. Vor den hohen Flügeltüren standen vier Wachen, steif und unbewegt. Piso hatte einen Moment überlegt, sich ins Gebäude zu stehlen, da eben ein Fuhrwerk durchs Tor gerumpelt war, aber die Wachen standen zu beiden Seiten des imposanten Eingangs.

»Und, schon irgendwelche Ideen?«, fragte er, ohne jemanden direkt anzusprechen.

»Vielleicht sagen wir ihnen die Wahrheit?«, schlug Calvus vor. Doch seine Miene verdüsterte sich, als er Beschimpfungen über sich ergehen lassen musste.

»Die riechen, dass wir gezecht haben, und dann sagen sie uns, dass wir uns verziehen sollen«, meinte Piso und nagte am Winkel der Unterlippe.

Es gab weitere Vorschläge, aber keiner sah vielversprechend aus. Pisos Zuversicht schwand.

»He, da hinten ist Tubero!«, rief Metilius.

Der Legat näherte sich dem Hauptquartier aus entgegengesetzter Richtung. Diejenigen, die ihn kommen sahen, taten mit einem Mal beschäftigt, in der Hoffnung, nicht von Tubero angesprochen zu werden. Der Mann war stets übellaunig und galt als arroganter Emporkömmling. Alle hassten ihn, zumal er dafür bekannt war, drakonische Strafen zu verhängen. Die Überlebenden der Achtzehnten hatten allen Grund, kein gutes Haar an dem Legaten zu lassen. Vor Jahren hatte Tubero, damals noch Tribun, Tullus und eine Schar aus dessen Einheit auf eine höchst riskante Mission geschickt, in dem Wissen, dass die Soldaten bei diesem Einsatz wahrscheinlich den Tod finden würden.

»Kommt, hauen wir ab«, raunte Metilius den anderen zu. »Wenn Tubero einen von uns erkennt, dürfen wir ein Jahr lang die Latrinen reinigen.«

Die Kameraden stimmten ihm zu, nur Piso verzog den Mund zu einem Lächeln. »Im Gegenteil, Brüder, Tubero liefert uns den Vorwand, den wir brauchen.«

»Hast du noch einen Weinschlauch geleert, den wir nicht gesehen haben, du Narr?« Metilius deutete in Richtung der Baracken. »Los, Rückzug, Jungs.«

Piso schüttelte den Kopf. »Wir warten einen Augenblick, bis der Schwanz im Hauptquartier verschwunden ist. Und dann erzählen wir den Wachen, dass unser ganzes Contubernium bestraft werden soll. Wir sagen einfach, dass Tubero uns in seine Amtsstube zitiert hat und ein Exempel an uns statuieren will.«

»Du weißt doch gar nicht, was Tubero vorhat«, warf Dulcius ein. »Vielleicht trifft er sich nur kurz mit einem Stabsoffizier.«

Piso grinste wieder. »Aber das wissen die Wachen ja nicht.«

»Das ist mir zu heiß«, sagte Metilius und blickte sich verunsichert um. »Wenn Tubero rauskriegt, dass wir gelogen haben, um in die Principia zu kommen …«

»Das kriegt der nicht spitz. Fortuna ist auf unserer Seite, ich weiß es! Ich spüre es!« Piso sah seine Kameraden einen nach dem anderen an. Dulcius und ein weiterer Soldat schienen gewillt, mitzukommen, aber Metilius und die Übrigen zögerten. »Ihr wollt doch auch vor dem Adler beten, oder nicht?«, fragte Piso scharf.

»Klar«, erwiderte Calvus.

»Dann ist das eure einzige Chance.« Piso ahmte Tullus' Tonfall auf dem Übungsgelände nach.

»Ach, verflucht.« Piso war überrascht, als Calvus sich zu ihm gesellte.

Metilius verdrehte die Augen. »Hoffentlich hast du recht mit Fortuna, Piso!«

Zuversichtlich setzte Piso den Weg zum Eingang fort, äußerlich gefasst, aber in Wirklichkeit aufgeregt.

Zu seinem Erstaunen nahmen die Wachen ihm seine Ausrede ab. Einer der vier zeigte sich sogar mitfühlend. »Tubero war gerade in mieser Stimmung, Brüder. Ich wünsche euch, dass er gleich besser drauf ist, wenn ihr antanzen müsst.«

Piso bedankte sich im Namen der Kameraden und bedeutete ihnen, ihm ins Innere des Gebäudes zu folgen. Kaum hatte er den Eingangsbereich hinter sich gelassen und drei Schritte auf dem Innenhof gemacht, da erkannte er, wie töricht und leichtsinnig sein Vorhaben war. Die Principia war das Herzstück des Legionslagers. Kein Wunder also, dass überall Stabsoffiziere in kleineren Gruppen zusammenstanden oder von einer Amtsstube zur anderen wechselten. Schreiber und andere Bedienstete kamen ihren jeweiligen Aufgaben nach, aber je länger Piso auf die weichen Hände und tadellos sauberen Tuniken der Angestellten blickte, desto klarer wurde ihm, dass er und die Kameraden fehl am Platze waren.

Hin und wieder tauchte ein gewöhnlicher Legionär auf. Zwei Soldaten fegten den überdachten, von Kolonnaden gesäumten Gang, der sich an drei Seiten des weitläufigen Innenhofs entlangzog. Aus einer der hinteren Amtsstuben stolzierte ein Quartiermeister, gefolgt von vier Legionären, die eine eisenbeschlagene Truhe schleppten.

Es war nur eine Frage der Zeit, bis sie auffallen würden, wie Piso sehr wohl wusste. Verflucht, sechs angetrunkene Legionäre, die nicht einmal genau wussten, was sie hier wollten –

»Nur nicht stehen bleiben.« Metilius gab Piso einen leichten Schubs. »Wenn du hier Wurzeln schlägst und nur blöd gaffst, spricht uns bestimmt einer an. Du musst entschlossener dreinblicken, dann hält uns auch keiner auf.«

Metilius hat recht, dachte Piso, aber er kam sich trotzdem wie ein Verbrecher vor, der auf frischer Tat ertappt worden war. Mit gesenktem Blick überquerte Piso den Innenhof und hielt auf die große Halle zu, die dem Eingang gegenüberlag. Gemessenen Schrittes umrundeten sie eine Gruppe Tribune, ohne aufzufallen. Allerdings wurden sie kurz darauf von einigen Schreibern kritisch beäugt, doch die Zivilisten hielten sich mit Bemerkungen zurück.

Jeder hier hat einen ganz bestimmten Grund, hier zu sein, dachte Piso und schluckte. Er blickte sich aufmerksam um. Falls Tubero irgendwo auftauchte, mussten sie Reißaus nehmen.

Sein Herzschlag beschleunigte sich, als einer der beiden Soldaten, die bei den Kolonnaden fegten, fragend herüberblickte. Doch der Kamerad sagte nichts, sondern schüttelte den Kopf, als wollte er sagen: »Ist doch Irrsinn!« Vorsichtshalber mied Piso den Blick des Legionärs.

Metilius sprach dicht an Pisos Ohr. »Und was willst du jetzt zu den Wachen drüben vor der Halle sagen? Ganz zu schweigen von den Wachen vor dem Fahnenheiligtum.«

Inzwischen wünschte Piso, vom Erdboden verschluckt zu werden. Es war mehr als Glück gewesen, die Wachen vor dem großen Eingang zu überzeugen, sie passieren zu lassen, aber bei den anderen Wachen auf Fortunas Beistand zu setzen grenzte tatsächlich an Irrsinn. »Ich weiß es noch nicht, verflucht!«, gab er zischend zurück.

»Dann solltest du dir vielleicht schleunigst was überlegen, Mann!« Metilius fiel ein wenig zurück, sodass Piso exponiert an der Spitze der kleinen Schar blieb.

Piso ging einfach weiter, aus purer Hartnäckigkeit, aber er hatte einen ganz trockenen Mund und spürte ein Krampfen in der Magengegend.

Umso erstaunter war er, als sich abzeichnete, dass Fortunas Wohlwollen andauerte. Denn Piso kannte eine der beiden Wachen vor dem Eingang zur Halle – der Kerl schuldete ihm noch Geld von einem Würfelspiel. Der Soldat zählte zu den hartgesottenen Spielern im Lager, der stets aufs Glücksspiel setzte, in letzter Zeit indes ziemlich klamm war. Piso hatte ihm an einem Abend, an dem sie ordentlich gezecht und gespielt hatten, einen Vorschuss gewährt. Und genau das sollte ihm in diesem Augenblick zum Vorteil gereichen. Piso atmete erleichtert auf.

»Gaius«, sagte er leichthin und hob die Hand zum Gruß. »Wir sind auf dem Weg zum Sacellum, um den Standarten zu huldigen.«

Gaius war von diesem Vorhaben nicht sonderlich begeistert. Sein unruhiger Blick glitt zu dem Kameraden auf der anderen Seite der mächtigen Doppeltür. »Wer hat euch die Erlaubnis dafür gegeben?«, forschte er nach.

»Komm, lass uns rein, und wir vergessen das Sümmchen, das ich dir geliehen habe«, sagte Piso so leise wie möglich. »Weigerst du dich, breche ich dir beim nächsten Mal den Arm!«

Gaius schluckte, sein Adamsapfel zuckte auf und ab. »Ist schon in Ordnung!«, rief er seinem Kameraden zu. »Ihr Centurio schickt sie.« Dann bedachte er Piso mit einem anklagenden Blick, trat aber zur Seite. »Aber beeilt euch, ihr Erpresser!«

Das wollte Piso sich nicht zweimal sagen lassen. Rasch bedeutete er seinen Kameraden, ihm ins Innere zu folgen.

Einmal, als das Wetter zu schlecht gewesen war, um die Männer draußen antreten zu lassen, hatten Piso und die anderen der Reihe nach ihren Sold in der großen Halle erhalten, aber er schaute sich jedes Mal wieder ehrfürchtig in dem eindrucksvollen Gebäude um.

Der saalartige, rechteckig angelegte Raum wurde von zwei Säulenreihen beherrscht, die das Gewicht der hohen Dachkonstruktion trugen. In den Nischen zwischen den Säulen standen lebensgroße bemalte Statuen, die jeweils die Mitglieder der Herrscherfamilie darstellten. Die größte Statue, ein lebensechtes Abbild von Tiberius, ragte vor den rückwärtigen Türen auf, hinter denen das Sacellum lag. Jenseits einer weiteren Tür verbarg sich der stets gut verschlossene Raum, in dem der Sold für die Legionäre in Truhen aufbewahrt wurde.

Piso war selbst überrascht, dass sie so weit gekommen waren, und blieb stehen, um sich zu sammeln. Unweigerlich neigte er das Haupt vor der Statue des Herrschers, als wolle er ein Gebet sprechen.

»Was hast du dem Kerl eben gesagt?«, wollte Metilius wissen.

»Nicht weiter wichtig«, erwiderte Piso, da er den Schlüssel zu seinem Erfolg nicht preisgeben wollte.

Metilius bestaunte die hohe, imposante Statue, die den Princeps darstellte. »Gut, aber zweimal wirst du denselben Trick nicht anwenden können, mein Freund. Die beiden Wachen drüben bei dem Durchgang zum Fahnenheiligtum sehen nämlich so aus, als würden sie Ausschau nach Arminius persönlich halten.«

Piso sah in die Richtung, in die Metilius blickte. Seine Freude nahm ab. Die ernst dreinblickenden Wachen würden zweifellos wissen wollen, was die sechs unausgeschlafen wirkenden Legionäre hier zu suchen hatten. Sehr viel länger durften Piso und die anderen nicht bei der großen Statue herumlungern, ohne Argwohn zu erregen – sie mussten handeln. Piso bildete sich schon ein, das leise, aber gehässige Kichern der Fortuna zu hören.

»Piso!« Das war Dulcius' Stimme.

Piso hatte einen bitteren Geschmack auf der Zunge, als er Tubero entdeckte, der soeben den hohen Saal hinter ihnen betrat. Drei Stabsoffiziere folgten ihm. Piso nahm all seine Willenskraft zusammen und tat weiterhin so, als bete er andächtig vor der Statue des Herrschers. Erleichterung erfasste ihn, als Tubero eine Amtsstube linker Hand betrat, doch damit waren die Probleme der sechs Legionäre nicht aus der Welt. Sollten sie es riskieren, das Fahnenheiligtum zu betreten, oder sich doch besser zurückziehen, wie Hunde mit eingekniffenem Schwanz? Letztere Vorstellung bestärkte Piso nur in seinem Entschluss. Er wandte sich seinen Kameraden zu. »Wir sind so kurz davor. Wir können nicht zurück!«

Keiner der Kameraden reagierte. Das Schweigen rief Pisos Zorn hervor. »Ihr Feiglinge!«, zischte er. »Kommt ihr jetzt mit oder nicht?«

Schlussendlich nickten sie zögerlich.

»Dann mir nach.« Piso holte tief Luft, umrundete die Statue und hielt auf die nächsten beiden Wachen vor dem Durchgang zu.

»Nennt mir euer Begehr!«, verlangte einer der Wächter.

»Gut, euch zu sehen, Brüder«, begann Piso überaus freundlich und deutete auf seine Kameraden. »Wir sind Soldaten der Fünften wie ihr. Viele von uns waren früher in der Achtzehnten, unter Varus. Ihr kennt bestimmt unseren Centurio Tullus.« Als die beiden Männer nickten, schöpfte Piso neuen Mut. »Wir möchten dem Adler gern Respekt zollen.«

Der ältere der beiden Wächter reckte das Kinn vor. »Das ist nicht üblich.«

Piso setzte ein breites und wie er hoffte gewinnendes Lächeln auf. »Trotzdem sind wir hier.«

Die Wachen sahen alles andere als begeistert aus. »Keiner von euch ist Offizier.«

»Der Adler bedeutet uns Legionären genauso viel wie unseren Offizieren. Vielleicht sogar noch mehr als unseren Vorgesetzten«, fügte er mutig hinzu, in der Hoffnung, die beiden Wächter würden sich solidarisch zeigen.

Die Miene des älteren Wächters war mit einem Mal nicht mehr so streng. »Mag ja sein, aber ich habe noch nie gehört, dass welche aus den Fußtruppen hier einfach so reinschlendern. Habt ihr nicht gesehen, wie viele hohe Tiere hier herumlaufen, Brüder? Wenn die rauskriegen, dass ich und mein Gefährte euch reingelassen haben, sind wir am Arsch. Aber richtig am Arsch, versteht ihr? Ich gebe euch einen Rat: Haut ab, bevor euch einer erwischt, denn sonst geht's euch an den Kragen.«

Piso sank das Herz. Er warf Metilius einen Blick zu, der jedoch nur ratlos mit den Schultern zuckte. Die anderen Kameraden sahen betreten zu Boden. Es käme Irrsinn gleich, die Wachen überwältigen zu wollen. Die Folge wäre eine brutale Strafmaßnahme.

»Tubero ist dort drüben«, sagte der Wächter. »Wenn ihr ihm nicht in die Arme laufen wollt, haltet euch bei der Statue von Tiberius links.«

Die Enttäuschung saß tief. *Was kann man schon von Fortuna erwarten*, dachte er, *erst lässt sie uns so weit kommen, um uns dann der Länge nach in den Dreck zu stoßen.*

»Wir haben es zumindest versucht«, sagte er zu Metilius. »Besser als nichts.«

»Stimmt«, murrte Metilius.

Als sie sich zum Gehen wandten, sah Piso zu seinem Entsetzen, dass Tubero in ihre Richtung kam. Zwar hatte der Tribun die einfachen Legionäre noch nicht gesehen, aber er würde sie jeden Augenblick entdecken. Es wäre unbedeutend, ob er sie nun erkannte oder nicht: Dieser Mann war so auf Disziplin versessen, dass er sie bestrafen würde, nur weil sie die Halle betreten hatten.

»Los, kommt«, flüsterte Piso und schlich zu der Seite der Statue, um nicht in Tuberos Blickfeld zu geraten. »Beeilung!«

Piso kam ganze fünf Schritte weit, bis er mit jemandem zusammenstieß: Es war Tullus. Zu Tode erschrocken blieb Piso stehen und versuchte noch, möglichst so zu sprechen, dass sein Centurio nicht den Wein in seinem Atem wahrnahm. »Bitte um Entschuldigung, Herr.«

Tullus zog die Stirn in Falten und fasste Piso scharf ins Auge. »Piso? Du hier?«

»Herr.« Piso starrte auf die gemusterten Fliesen.

»Was, beim Hades, hast du mit deinem ganzen Contubernium hier zu suchen?«

Zögerlich schaute Piso auf und beschloss, dass es keine gute Idee wäre, zu einer Lüge zu greifen. »Wir wollten den Adler sehen, Herr.«

Die Falte zwischen Tullus' Brauen vertiefte sich. »Ihr seht die Legionsstandarte draußen auf dem Übungsgelände.«

»Ja, Herr, aber wir wollten im Sacellum beten, Herr. Wollten dem Adler sagen, dass wir bis zum letzten Atemzug für ihn kämpfen werden. Und dass der Feind ihn nicht in die Finger bekommen wird.« Verunsichert und in dem Glauben, dass Tullus ihnen aufbrummen würde, während des ganzen Sommers Latrinengräben ziehen zu müssen, senkte Piso wieder den Blick. »Ich wollte auch für unseren alten Adler beten, Herr. Das ist alles – mehr wollten wir nicht.«

Zu Pisos Überraschung fing Tullus an zu lachen.

»Gute Gründe, das Sacellum aufzusuchen, Brüder. Ihr seid gute, tapfere Soldaten. Folgt mir«, befahl er.

Die Wachen wagten es nicht, das Ansinnen eines Offiziers von Tullus' Rang zu hinterfragen, und keine zwanzig Atemzüge später betraten ein ehrfürchtiger Piso und dessen Kameraden das Fahnenheiligtum, gefolgt von Tullus. Keiner sagte ein Wort. Wie auf geheime Absprache traten die Männer äußerst leise auf und versuchten zu verhindern, dass ihre beschlagenen Sohlen einen Laut auf dem reinen Mosaikboden verursachten.

Das Licht der zahlreichen Öllampen ergoss sich über das Silber und Gold der Standarten. Hier im Sacellum wurden nicht nur die beiden Legionsstandarten aufbewahrt, sondern auch die Feldzeichen jeder Einheit, ob Infanterie und Kavallerie.

Pisos Blick fiel zunächst auf die vertrauten Abbilder des Herrschers, auf die Metallscheiben, Lorbeerkränze und Speerspitzen der jeweiligen Feldzeichen, doch dann glitt sein Blick unweigerlich zu den exponiert stehenden Legionsstandarten.

Sie standen für sich, abseits der anderen, unbedeutenderen Feldzeichen. Die symbolträchtigen goldenen Vögel ruhten in eigens dafür zugeschnittenen Holzverkleidungen. Die Aquilae sahen identisch aus und waren nur anhand der Nummern voneinander zu unterscheiden, die in den rechteckigen Sockel eingraviert waren, auf dem die Vögel saßen.

Von Ehrfurcht ergriffen, traten Piso und die Kameraden vor die Standarte mit der eingravierten »V«.

Die Ader an Pisos Hals pulsierte sichtbar. Natürlich war der Aquilifer schon einmal an ihnen vorbeimarschiert, aber noch nie war Piso einem Adler so nah gewesen wie jetzt, nie hatte er Zeit und Muße gehabt, den Vogel aus nächster Nähe betrachten zu können.

Der Aquila hockte auf einem querliegenden Donnerkeil, die Schwingen nach oben ausgebreitet. Nie hatte Piso eine kunstvollere Nachbildung eines Adlers gesehen, der immer schon sinnhaft eine erhabene Majestät besaß. Der strenge, leicht hochtrabende Blick bohrte sich in Piso und erfüllte ihn mit Staunen und Respekt.

Wer bist du?, schien der Aquila zu fragen.

Ich bin Soldat der Fünften Legion, antwortete Piso in Gedanken.

Warum bist du hier?

Um dir Respekt zu zollen, erwiderte Piso.

Wirst du mir folgen, bis in den Tod?

Es wäre mir eine Ehre.

Er erhielt keine Antwort, doch Pisos Stolz regte sich. Er hatte seine Seele vor dem Vogel ausgebreitet und die Wahrheit gesprochen. Es durfte nicht noch einmal zu einer Katastrophe wie vor sieben Jahren kommen. Falls nötig, würde Piso in den Tod gehen, für den Adler. Ebenso seine Zeltgenossen.

Piso neigte das Haupt und trat einen halben Schritt von der hohen Standarte zurück. Die Kameraden taten es ihm gleich, einer nach dem anderen. Sie hatten ihre Huldigung beendet, und Tullus nickte anerkennend.

»Seid ihr so weit?«, fragte er leise.

»Ja, Herr.« Pisos Bewunderung für seinen Centurio kannte keine Grenzen. »Ich kann Euch nicht genug danken, Herr. Dass wir hierher durften – nun, wir stehen für immer in Eurer Schuld. Ich danke Euch, Herr.«

Seine Kameraden überschlugen sich ebenfalls in Dankesbekundungen. »Ja, Herr, danke« – »Habt Dank, Herr.«

Tullus musterte die Männer mit wachem, ernstem Blick. »Nach meinem Dafürhalten hat es jeder einzelne Soldat verdient, vor dem Adler zu beten.« Ein kleines Lächeln huschte über sein Gesicht, das dadurch einen Moment jünger wirkte. »Aber jetzt nichts wie zurück in die Baracken.«

»Was ist mit Tubero, Herr?« Pisos Furcht meldete sich zurück. »Wenn er uns hier sieht …«

»Überlasst den Legaten mir.« Tullus' Stimme hatte einen unerbittlichen Ton angenommen. »Klar?«

»Ja, Herr!« Piso war so überglücklich, er hätte weinen mögen.

8. KAPITEL

Etwa zehn Tage später saß Tullus auf seinem Pferd und betrachtete seine Centurie und den Rest der Ersten Kohorte, die auf dem Übungsgelände außerhalb der Befestigungen von Castra Vetera angetreten waren. Der ranghöchste Centurio, der Primus Pilus Bassius, ritt langsam die Reihen der Legionäre ab. Nicht nur Tullus' Kohorte war angetreten, auch die neun anderen Kohorten der Legio v hatten Aufstellung bezogen. Die Zweite Centurie stand neben der Ersten, dahinter gruppierten sich, jeweils zu zweit, die übrigen Einheiten.

Rechts von Tullus aus gesehen hatte sich die Einundzwanzigste Legion versammelt. Vier weitere Legionen waren eingetroffen, ebenso ein Dutzend Auxiliareinheiten. Die riesige freie Fläche vor dem Lager, die selten ganz ausgenutzt wurde, war nun vollständig von Truppen in Beschlag genommen. Ein beeindruckender Anblick, bedeutete dieses Truppenaufgebot doch die Eröffnung des diesjährigen Feldzugs. Zuvor waren bereits andere Armeeeinheiten aufgebrochen – der Legat Gaius Silius hatte sich an die Spitze einer starken Streitmacht gesetzt, um die Chatten zu bezwingen, während der Großteil der berittenen Einheiten und etliche Kohorten Infanterie vom Rhenus aus ins Mare Germanicum gesegelt waren, mit dem erklärten Ziel, an den Ufern der Amisia an Land zu gehen. Von dort aus sollten die Truppen nach Süden vorrücken, genau wie Tullus und seine Männer im Jahr zuvor.

Die Soldaten auf dem Paradeplatz verkörperten Germanicus' Hauptarmee und wurden von ihm persönlich angeführt. Ihre erste Aufgabe bestand darin, die Belagerung von Aliso aufzuheben, eines der wenigen Marschlager der Römer östlich des Rhenus. Seit einiger Zeit belagerten feindliche Stammeskrieger das Lager, das einst von Lucius Caedicius geleitet worden war.

Schäfchenwolken zogen über den frühmorgendlichen Himmel, sacht getrieben vom leichten Wind. Tullus war innerlich ausgeglichen. Die Wetterbedingungen waren gut, kaum Änderungen im Vergleich zu den letzten Tagen, kein Regen in Sicht. Bei kühlerem, gemäßigtem Wetter fiel den schwer bepackten Legionären der angestrebte Tagesmarsch von zwanzig Meilen leichter. Kein Zweifel, im Verlauf der nächsten Monate würden sie mit hohen Temperaturen zu kämpfen haben. Schwere Zusammenstöße mit den Stämmen unter Arminius' Führung standen ihnen bevor.

Umso besser, wenn meine Männer zu Beginn nicht so sehr schwitzen müssen, dachte Tullus.

Noch hatte Germanicus sich nicht blicken lassen, aber ein Feldherr brauchte sich am Tag des Abmarschs nicht vor seinen Truppen zu zeigen. Fünf Tage zuvor hatte er vor den Legionen gesprochen und die Legionäre auf glorreiche Siege in diesem Frühjahr und Sommer eingestimmt. Die Soldaten hatten ihm zugejubelt.

An diesem Tag würde Germanicus das Lager erst verlassen, wenn sich die Vorhut und ein Großteil der gewaltigen Marschkolonne samt Tross in Bewegung setzte. Germanicus blieben noch ein paar Stunden, die er im Kreise seiner kleinen Familie verleben würde. Vor dem Herbst würden die Truppen nicht zum Rhenus zurückkehren.

Unweigerlich kam Tullus Sirona in den Sinn. Er unterdrückte ein Lächeln. Zwei Tage war es her, da hatte sich das Werben für Tullus ausgezahlt, denn seine Angebetete hatte ihn gefragt, ob er nicht die Nacht über bei ihr bleiben wolle, anstatt in seine Unterkunft im Lager zurückzukehren. Das lange Warten hatte sich für ihn gelohnt, wie er sich erneut vor Augen führte.

Bei den Göttern, wie gern hätte er Sirona und Artio an diesem Tag gesehen, aber so etwas stand nur hohen Stabsoffizieren zu – wie so oft überschattete die Pflicht alle anderen Bedürfnisse und Wünsche. Außerdem war Tullus sich gar nicht so sicher, ob Sirona einem förmlichen Abschied zugestimmt hätte. Nach der gemeinsamen Nacht hatte sie ihn gebeten, die Taverne zu verlassen, ehe Artio aufwachte. Es war gerade noch Zeit für ein paar Küsse gewesen.

Zum zweiten Mal in seinem Leben – das erste Mal war ein Jahr her und hatte mit denselben Leuten zu tun – verspürte Tullus Bedauern, in den Krieg ziehen zu müssen. Artio und Sirona waren ihm so teuer wie eine eigene Familie – sie *waren* seine Familie. Es fiel ihm schwer, sie zurücklassen zu müssen. Selbst den Betteljungen aus der Siedlung hatte er inzwischen ins Herz geschlossen. Einst hätte Tullus gelacht, wenn ihn jemand gefragt hätte, ob er an den Ruhestand denke. Nie hätte er sich vorstellen können, die Legionen zu verlassen, in denen er schon so viele Jahre seines Lebens diente. Doch inzwischen gefiel ihm die Vorstellung, sich mit Sirona und dem Mädchen häuslich niederzulassen – ja, er würde das Geld, das er zur Seite gelegt hatte, einsetzen und sich als Geschäftsmann versuchen.

Schlussendlich verbannte er jegliche Vorstellungen von einem zivilen Leben aus seinen Gedanken. *Jeden Abend vor dem Einschlafen werde ich an Sirona und die Kleine denken*, dachte er, aber in der übrigen Zeit würden die Dinge so verlaufen, wie sie immer in der Armee verliefen. Seine Männer standen an erster Stelle, bis zu jenem Tag, an dem sie wieder über die Brücke am Rhenus marschierten – mochten die Götter geben, dass die Stämme dann niedergerungen waren, Arminius nicht mehr lebte und seine alte Legion ihren Adler wiedererlangte.

Tullus' Blick glitt zu dem Adler der Fünften, den der Aquilifer trug. Dieser Standartenträger, den man leicht an dem Raubtierfell am Helm und dem Schuppenpanzer erkennen konnte, hatte die heilige und bedeutende Aufgabe, den Adler zu tragen. An einem Tag wie diesem würde er an der Spitze der Legion marschieren, in den Reihen der Ersten Kohorte. Da an diesem Tag die Legio v die Vorhut bilden sollte, würde der Aquilifer das gesamte Heer in den Krieg führen.

Selbst Tullus, der sich nach dem Schicksal seiner alten Legion immer noch nicht ganz mit der Fünften identifizieren konnte, verfolgte stolz, wo sich im Augenblick der Adler befand: Majestätisch und erhaben schaute der goldene Vogel auf die Soldaten herab. *Er ist bereit für die Ehre, uns anzuführen*, ging es Tullus durch den Kopf. *Er ist bereit für den Kampf. Wie ich und meine Soldaten auch. Wie alle Legionäre, die hier stehen und warten.*

Hörner erklangen von den Befestigungsanlagen. Tullus atmete lange aus. Das Warten hatte ein Ende. Germanicus hatte das Signal zum Abmarsch der Truppen gegeben. Die Cornicines der Fünften gaben das Signal weiter, dann folgten die Bläser der anderen Legionen. Die Kohorten der Auxiliareinheiten hatten oftmals ihre eigenen Blasinstrumente, ähnlich hielten es die Spähtrupps, die als Erste aufbrechen würden – eine Mischung aus Plänklern, Reitern und leichter Infanterie. Ein ohrenbetäubender Lärm brach los, als sich die ersten Truppen in Bewegung setzten. Trommeln wurden geschlagen, während die Hornbläser die Carnyxes ertönen ließen, begleitet vom rauen Gesang der Männer. Bald erreichten die Spähtrupps die Brücke unten am Fluss.

»Hört sich an wie tausend Katzen, die erdrosselt werden«, stellte Bassius murrend fest, als er mit seinem Pferd zu Tullus aufschloss. Der Primus Pilus war ein hagerer Mann mittleren Alters mit grauem kurz geschorenen Haar und einem schiefen Mund, da er einst von einem Schwertstreich gezeichnet worden war. Aber Bassius war zäh, furchtlos und ein ausgezeichneter Anführer. Alle begegneten diesem Primus Pilus mit Respekt, vor allem Tullus. »Vielleicht sogar zweitausend Katzen«, fügte er im selben Tonfall hinzu.

»Ja, Herr, mit zweitausend liegt Ihr sicher richtig«, pflichtete ihm Tullus bei und zuckte bei dieser Kakophonie zusammen.

»Aber alle sind gute Kämpfer, und in ihren Reihen findet sich kein verräterischer Hund wie Arminius.«

Bassius gab das Zeichen zum Abmarsch. Die Erste Kohorte rückte vor und folgte den Spähtrupps in Richtung Brücke. Der Primus Pilus drückte seinem Pferd die Schenkel in die Flanken und blieb auf Höhe seiner marschierenden Soldaten.

Tullus war an Bassius' linker Seite. Er würde sich seiner Centurie anschließen, wenn dieses Gespräch beendet war.

»Es ist hilfreich, dass ihre Frauen und Familien auf dieser Seite des Flusses leben, Herr«, sagte er in leicht zynischem Ton. In dieser Region kamen die Männer der Auxiliareinheiten aus Gallia und Germania superior oder inferior, und ein Großteil hatte sich im Umfeld der römischen Legionslager entlang des Rhenus angesiedelt.

»Ja, das ist schon ein Unterschied. Nur wenige Männer werden zu Verrätern, wenn ihre Familien im Schatten der römischen Lager leben – in der Höhle des Löwen, sozusagen«, sagte Bassius. »Aber auch Soldaten der Hilfstruppen, deren Familien woanders leben, sind seit Arminius' Hinterhalt loyal geblieben. Die meisten Kämpfer der Chauken, der Friesen, selbst einige der Cherusker. Was hältst du von diesen Leuten?«

»Nach dem Vorfall am Saltus Teutoburgiensis brauchte ich lange, bis ich überhaupt irgendeinem Krieger der Hilfstruppen über den Weg traute, Herr. Letzten Endes war es Flavus, Arminius' Bruder, der meine Vorurteile widerlegte.«

»Flavus ist in der Tat ein tapferer Mann. Steht loyal zum Reich, und so verhalten sich auch seine Streiter. Warst du nicht an seiner Seite, als Segestes befreit und Thusnelda entführt wurde?«

»Ganz recht, Herr. Wir hatten Zeit zum Plaudern. Und bei dieser Gelegenheit erzählte Flavus mir, wie er zu seinem Bruder steht. Im Grunde konnten sich die beiden noch nie leiden – sie sind wie Hund und Katze.«

»Kommt in den besten Familien vor. Man streitet, ist sich uneins, überwirft sich«, meinte Bassius und schüttelte den Kopf. »Die Bande aber, die uns Soldaten zusammenhalten, sind viel verlässlicher. Sie werden durch Schweiß, Blut und Opfer geformt, sie sind stärker als Metall. So ist es immer schon gewesen, und so wird es auch bleiben, wie?«

»Ja, Herr«, erwiderte Tullus und nahm die Männer der eigenen Einheit mit Stolz in Augenschein.

»Einmal Soldat, immer Soldat. Was mich betrifft, so hoffe ich, dass ich in meiner Rüstung sterbe.«

»Ihr denkt nicht an den Ruhestand, Herr?«

»Wieso sollte ich? Ich liebe meine Männer und meine Legion. Ich habe keine Frau, keine Kinder, und meine Brüder und Schwestern, die noch nicht gestorben sind, leben alle in Italia. Zuletzt habe ich meine Geschwister vor zwanzig Jahren gesehen. Die Legio V ist meine Familie, so ist es in all den Jahren gewesen.« Bassius musterte Tullus mit einem fragenden Blick. »Ich dachte, dass es bei dir ähnlich aussieht.«

»Das ist auch grundsätzlich so, Herr, aber nachdem die Achtzehnte vernichtet wurde, hat sich das Leben für mich nachhaltig verändert. Natürlich kann ich mir noch vorstellen, bis zum bitteren Ende in meiner Rüstung auszuharren, aber in letzter Zeit spiele ich immer häufiger mit dem Gedanken, mich eines Tages in der Nähe von Vetera niederzulassen. Wer weiß, vielleicht heirate ich noch auf meine alten Tage.«

Bassius zog eine Braue hoch. »Also ist doch etwas an den Gerüchten dran«, meinte er und grinste. »Kann es sein, dass es sich bei der Frau, an die du denkst, um die Betreiberin der Taverne ›Ochse und Pflug‹ handelt?«

»Weiß denn jeder in der verfluchten Legion Bescheid, was ich tue?«, rief Tullus ein wenig erschrocken aus.

»Zumindest jeder Centurio, so viel steht fest«, antwortete Bassius und lachte. »Aber es freut mich für dich, Tullus. Sirona ist eine tüchtige, gute Frau.«

»Das ist sie, Herr«, sagte Tullus und freute sich über Bassius' anerkennende Worte. »Aber wir müssen einen Krieg gewinnen, ehe ich sie wiedersehen kann.«

»Ja, erst müssen wir Arminius zur Strecke bringen.«

»Und zwei Adlerstandarten finden.«

»Wenn uns das während des Feldzugs gelingt, dann opfere ich Mars einen Stier«, sagte Bassius mit wehmütigem Blick.

»Ich schließe mich Euch an, Herr«, gelobte Tullus. »Vielleicht bleibt noch ein Stier für Fortuna übrig.«

»Ich habe vor ein paar Jahren aufgegeben, dieser alten, unzuverlässigen Vettel zu opfern. War sie dir besser gewogen?«

»Ein oder zweimal, Herr.« Es klang leicht zynisch, aber während des Blutbads vor sieben Jahren hatte Tullus zu Fortuna gebetet. In diesem furchtbaren Albtraum hatte Tullus gleich mehrmals wider alle Erwartungen überlebt – seither fragte er sich, ob die Göttin tatsächlich wohlwollend auf ihn herabgeblickt hatte.

Ob sie es allerdings wieder tun würde, stand noch in den Sternen.

9. KAPITEL

Jemand hustete. Ein Geräusch, das die Stille durchbrach. Tullus, der bisher gen Osten geblickt hatte, drehte sich wütend zu seinen Soldaten um, die sich im Schutz der Bäume neben der befestigten Straße versteckten, die nach Aliso führte.

»Still, sag ich!«, befahl er zornig zischend. »Der Nächste, der auch nur einen Mucks macht, wird sich wünschen, nie geboren worden zu sein!«

Anderthalb Tage waren seit dem Abmarsch von Vetera vergangen. Das alte Marschlager Aliso lag keine Meile entfernt. Die Spähtrupps hatten gemeldet, dass das Lager von einigen Tausend Stammeskriegern berannt wurde. Obwohl Germanicus' Streitmacht jenen Angreifern um ein Vielfaches überlegen war, befürchtete der Feldherr, in eine Falle zu geraten. Daher hatte die gesamte Marschkolonne weiter westwärts Halt gemacht. Eine starke Patrouille sollte die Lage vor Ort erkunden.

Tullus hatte den Oberbefehl über zwei Centurien Legionäre, fünfzig Krieger der Chauken und drei Turmae Kavallerie. Ein Dutzend Cornicines aus anderen Einheiten hatten sich – mit Genehmigung ihrer jeweiligen Offiziere – unter die Fußtruppen gemischt. Etwa drei Meilen war die Patrouille unter dunkelgrauem Wolkenhimmel marschiert, ehe Tullus den Befehl gab, die Straße zu verlassen. Das offene Gelände voraus ließ ihn zu dieser Vorsichtsmaßnahme greifen. Seither warteten sie im Schutz der Bäume.

Immer wieder suchte Tullus die Fichten, jungen Buchen und Eichen ab, die jenseits der offenen, aber trügerisch sumpfigen Fläche wuchsen.

»Also, ich kann nichts entdecken«, raunte er dem Anführer der Späher in der Volkssprache zu. »Du etwa?«

»Ich sehe auch nichts«, antwortete der griesgrämige Chauke. Tullus rümpfte die Nase bei dem schlechten Atem dieses Mannes. »Wie ich sagte, da sind keine Krieger weit und breit.«

Die Antwort des Chauken ärgerte Tullus, obwohl er sich inzwischen daran gewöhnt hatte, dass die germanischen Krieger einem römischen Offizier nicht den Respekt entgegenbrachten, der in der Armee üblich war.

»Wie kannst du dir da so sicher sein?«, hakte er nach.

»Waren erst gestern dort drüben«, lautete die Antwort. »Da war niemand, also ist da auch jetzt keiner.«

»Das ergibt doch keinen Sinn«, murmelte Tullus. »Die Krieger, die Aliso belagern, müssten längst wissen, dass Germanicus auf dem Vormarsch ist.«

»Das wissen sie auch.« Der Mann grinste und entblößte seine fleckigen Zähne. »Es geht um Mut.«

»Wie meinst du das?«

»Krieger aus drei Stammesverbänden greifen Aliso an«, erklärte er leise. »Und nun will jeder Stamm beweisen, dass seine Krieger die Besten und Tapfersten sind.«

»Aha, und das heißt, dass der Stamm feige ist, der Wachen aufstellen lässt?«

Der Chauke lachte leise. »Genau.«

»Das ist doch dumm«, meinte Tullus und schnaubte verächtlich. »Dann können sich die Feinde ja unbemerkt anschleichen.«

Der Krieger antwortete mit einem Schulterzucken. »So läuft es bei den Stämmen eben. Mut ist wichtiger als alles andere.«

»Wenn Arminius hier wäre, hätte er Wachen entlang der Straße aufgestellt.«

»Arminius.« Der Krieger spie zu Boden und murmelte irgendetwas in seinen Bart.

»Was sollte das eben?«

Der Chauke sah Tullus in die Augen, und Härte lag in seinem Blick. »Arminius hat viel zu viel von einem Römer. Er hat sein wahres Stammesherz verloren.«

Diese Einschätzung von einem Verbündeten war beunruhigend.

»Du dienst doch auch Rom und befolgst Germanicus' Befehle, Chauke«, rief Tullus ihm ins Bewusstsein. »Du kämpfst auf unserer Seite.«

»Ja.«

»Aber dein Herz bleibt das eines Stammeskriegers?«

»Natürlich«, sagte der Krieger und bedachte Tullus mit verächtlichem Blick.

Tullus gab sich geschlagen. Es hatte keinen Sinn, über die Gedankengänge dieses Kriegers nachzudenken oder sich den Kopf über die Treue der Chauken zu zerbrechen. Für einen Offizier gab es dringendere Angelegenheiten, etwa die Patrouille. Wenn sie es bis nach Aliso schaffen wollten, müssten sie das offene Gelände wohl oder übel überqueren. Selbst wenn sich der Späher irrte, gab es vermutlich nur wenige Wachen, die die Nachrichten weitergeben würden. Daher könnte Tullus die gesamte Patrouille weitermarschieren lassen. Diesen Vorsatz im Blick, gab Tullus den Befehl, die Deckung zu verlassen.

Zwei Drittel der berittenen Einheiten bildeten die Spitze, durchsetzt von Spähern der Chauken. Tullus marschierte mit seiner Centurie und den Bläsern hinterdrein, sein Pferd hatte er in der Marschkolonne zurückgelassen. Die zweite Centurie rückte nach. Diese Einheit wurde von einem stets gut aufgelegten Centurio namens Potitius befehligt. Die Nachhut bildete die letzte Turma.

»Haltet die Augen offen, Brüder«, schärfte Tullus seinen Männern ein. »Sobald ihr etwas seht, sagt es mir. Besser, es gibt falschen Alarm, weil irgendwo ein Reh wegspringt oder eine Wildente auffliegt, als dass ein germanischer Speer in unsere Richtung schwirrt.«

Da Aliso nicht mehr allzu weit entfernt lag, war den Soldaten bewusst, dass sie jederzeit in einen Hinterhalt geraten könnten. Daher sagte auch niemand ein Wort, als die Einheiten die offene, morastige Fläche überquerten, die vom Farbspiel des Heidekrauts, des wilden Sumpfrosmarins und Johanniskrauts geprägt war. Langstieliger Bach-Nelkenwurz nickte im leichten Wind. Hier und da warteten Kraniche an trüben Wasserlachen auf Beute und beäugten die vorbeiziehenden Reiter und Fußtruppen aus schwarzen runden Augen. Die Wolken, dunkelgrau und gesättigt, drückten auf die Landschaft. Leichter Regen setzte ein. Tullus' Laune verschlechterte sich.

Die Szenerie ähnelte jener Gegend, in der sich Arminius' Hinterhalt zugetragen hatte. Tullus musste auch an die Pontes longi denken, an jenen Dammweg im sumpfigen Gelände, wo es im Jahr zuvor zu heftigen Kämpfen mit den Stammeskriegern gekommen war. Reiner Zufall, dachte Tullus. Eine Gegend sieht aus wie die andere. Damit hatte er nicht ganz unrecht, denn im Umkreis von dreihundert Meilen herrschten sumpfiges Terrain und wasserreiche Gebiete vor. Wenn es regnete, was keine Seltenheit war, ähnelte ein Abschnitt in diesem von allen Göttern verlassenen Land dem anderen. Die Späher hatten betont, es gäbe hier keine Wachposten, also blieb Tullus nichts anderes übrig, als das hinzunehmen. Dennoch, Unruhe regte sich in ihm. Es gelang ihm indes, sein mulmiges Gefühl im Zaum zu halten, aber es dauerte ihm einfach zu lange, das offene Gelände zu überqueren. Zwar näherten sie sich mit jedem Schritt den gegenüberliegenden Bäumen, aber Tullus rechnete jeden Augenblick mit einem Hagel Speere oder dem Anschwellen des gefürchteten Barritus.

Doch seine Befürchtungen waren offenbar unbegründet. Abgesehen von dem aufgeregten Tschilpen einer Amsel war nichts zu hören. Tullus trug den Chauken auf, auszuschwärmen und nach Feinden Ausschau zu halten. Mit dem Rest der Patrouille wartete er auf die Rückkehr der Krieger.

Das Warten auf offenem Gelände schmeckte ihm nicht, doch er schritt an der Centurie entlang und tauschte sich mit den Männern aus oder erteilte ihnen Ratschläge.

»Es gibt nichts Schlimmeres als zu lockere Laschen oder Riemen an euren Caligae, wenn's hart auf hart kommt«, predigte er zum tausendsten Mal in seiner Karriere. »Riemen, Gürtel, Kinnriemen, Schulterstücke und Haken eurer Kettenhemden – überprüft das alles, Männer, immer wieder. Schaut auch, ob bei euren Kameraden alles richtig sitzt. Prüft nach, ob ihr den Gladius leicht aus der Scheide ziehen könnt. Sorgt dafür, dass die Kettenhemden sitzen und nicht scheuern. Und wenn ihr mal pissen müsst, dann tretet jetzt aus.«

Die letzten Worte nahmen immer wieder einige Männer zum Anlass, sich zu erleichtern, was natürlich die anderen dazu veranlasste, mit Spott und derben Witzen über die »Pisser« herzuziehen. Amüsiert verfolgte Tullus das übliche Gehabe seiner Männer. Das Frotzeln und die zotigen Sprüche wirkten sich stets gut auf die Moral in der Truppe aus. Auf diese Weise dachten die Männer nicht mehr in erster Linie an den Kampf, der von jetzt auf gleich losbrechen könnte.

Es dauerte nicht lange, und die Späher der Chauken kehrten zurück.

»Nirgends irgendwelche Krieger«, berichtete der Späher mit dem fauligen Atem in einem Tonfall, in dem ein »ich-hab's-dir-ja-gesagt« mitschwang. »Und jetzt?«

»Wir schlagen uns durch die Bäume in Richtung Aliso durch«, stellte Tullus klar. »Auf welcher Seite auf der Straße nach Aliso ist man besser geschützt?«

Der Chauke beriet sich mit seinen Leuten. »Auf der linken.«

»Dann halten wir uns grundsätzlich links. Aufsteigen und uns nach«, wandte er sich an die Reiter der Turmae. »Ihr wartet auf weitere Befehle.« Dann bedeutete er Potitius, ihm und seiner Einheit zu folgen. Zum Chauken gewandt, sprach er: »Bring uns zu dem Lager.«

Sie hatten einen Weg von einer Dreiviertelmeile in unwegsamem Gelände vor sich, sodass Umsicht und Ausdauer gefragt waren. Es verlangte den Männern einiges ab, möglichst leise zu sein, aber bei mehr als zweihundert Männern knackten im Unterholz immer wieder Zweige. Es war völlig undenkbar, sich lautlos fortzubewegen. Laub raschelte, hier und da wurde leise geflucht, wenn wieder jemand gegen einen umgestürzten Baum gestoßen war. Waffen klirrten leise, ein Pilum schlug gegen den Rand des Schilds, der Soldat, der durch Husten aufgefallen war, hustete auch jetzt wieder. Allmählich machte sich Tullus Sorgen, dass sie zu laut waren. Immer wieder gab er das Zeichen zum Haltmachen und lauschte auf etwaige Geräusche: Warnrufe feindlicher Wachen, fluchtartiges Aufbrechen gegnerischer Späher in Richtung ihres Lagers.

Doch er hörte nichts dergleichen, und so kamen sie dem Lager näher und näher, bis erste Geräusche in der Ferne zu vernehmen waren. Stimmen und Rufe zumeist, aber auf die Distanz war es schwer zu sagen, ob es sich um Römer oder Germanen handelte. Pferde wieherten. Plötzlich war auch Gesang zu hören. Bislang keine Anzeichen, die auf einen Kampf hindeuteten, was Tullus nachdenklich machte. Wenn es stimmte, was die Späher meldeten, so hielt die Besatzung des Lagers aus. Gut möglich, dass die Belagerer einen erneuten Angriff vorbereiteten, aber Tullus hielt es für wahrscheinlicher, dass die Krieger in ihrem Lager johlten oder den täglichen Aufgaben nachkamen. Das wiederum bedeutete, dass die Patrouille jeden Moment entdeckt werden könnte. Denn die Krieger verzogen sich in den Wald, um ihre

Notdurft zu verrichten, um zu jagen oder um sich mit Frauen zu vergnügen.

Es war, als hätte Fortuna – übellaunig wie eh und je – Tullus' Gedanken gelesen und daraufhin boshaft gekichert. Keine zehn Herzschläge später spazierte ein halbes Dutzend Krieger ahnungslos in Sichtweite durch das Dickicht weiter voraus. Sie trugen Speere, aber keine Schilde, und es war offenkundig, dass sie etwas suchten, das sie später am Feuer zubereiten könnten. Noch scherzten sie untereinander, doch schließlich blieben sie abrupt stehen, ein Ausdruck von Schrecken auf den Gesichtern.

»Alle Mann, Schilde bereithalten! Die ersten drei Reihen nach links. Vierte, fünfte und sechste Reihen rechts von mir! Die anderen beziehen Aufstellung dahinter. JETZT!« Tullus ging noch ein paar Schritte in Richtung der Feinde. »Bereit, den Tod zu finden, ihr Hurensöhne?«, brüllte er in der germanischen Volkssprache, die er ein wenig sprechen konnte. Derweil beschimpften die Späher der Chauken die Gegner in ihrer eigenen Sprache.

Die erschrockenen Krieger – von den gemusterten Tuchhosen nach zu urteilen Usipeter – flohen einer nach dem anderen. Einer von ihnen schleuderte seinen Speer in Tullus' Richtung. Kein schlechter Wurf: Die Spitze durchschlug den Scutum und kam auf der anderen Seite gut einen Finger breit zum Vorschein. Fluchend warf Tullus den Schild fort und verlangte einen Ersatzschild aus den hinteren Reihen. In der Zwischenzeit waren die feindlichen Krieger geflohen. Die Speere der Chauken sirrten hinter ihnen durch die Luft.

»Wir müssen weg, zurück zum Heer«, schlug der Sprecher der Späher vor und deutete mit einer Kopfbewegung in die Richtung, aus der sie gekommen waren. »Zu viele Krieger, gegen die wir kämpfen müssen.«

»Du denkst, die verfolgen uns?«, fragte Tullus und hatte wieder vor Augen, wie schlimm es um ihn und seine Männer gestanden hatte, als sie in Arminius' Hinterhalt geraten waren.

Wieder nur Schulterzucken aufseiten des Chauken. »Vielleicht, vielleicht auch nicht. Wir gehen jetzt, dann haben wir bessere Chancen, rechtzeitig wegzukommen.«

Der Chauke gab sich gefasst, aber Tullus ahnte, dass der Mann seine Furcht zu überspielen versuchte. Da die Jäger, die sie eben erst aufgescheucht hatten, Hals über Kopf die Flucht ergriffen hatten, sagte er mit fester Stimme: »Sie haben keine Wachposten aufgestellt. Diese Krieger müssen davon ausgehen, dass wir die Vorhut von Germanicus' Armee sind.« Dann gab er seinen Legionären den Befehl, ihm zu folgen, und schlich weiter in Richtung Lager.

Die Späher der Chauken gehorchten, wenn auch missmutig.

Bald erreichte Tullus den Waldrand und somit die Stelle, an der zuvor die Jäger aufgetaucht waren. Der Anblick, der sich ihm bot, schien von einer wohlwollenden Fortuna ins rechte Licht gerückt worden zu sein. Die Krieger, die auf die Patrouille gestoßen waren, rannten um ihr Leben. Etliche hundert Schritte voraus ragten die Befestigungsanlagen von Aliso empor, stark und robust – Tullus konnte die römischen Wachen oben auf dem Wehrgang ausmachen. Offenbar hatte man auf die Schnelle weitere Schanzarbeiten begonnen, aber die Erdwälle waren noch zu niedrig und ungenügend gesichert.

Näher am Waldrand standen, so weit das Auge reichte, die Zelte der Krieger ohne erkennbare Ordnung kreuz und quer auf offenem Gelände. Rauchfäden stiegen von den Lagerfeuern empor. Die Belagerer saßen in kleineren Gruppen zusammen, faulenzten, schärften ihre Klingen, kochten oder unterhielten sich. Andere vertrieben sich die Zeit mit Wettkämpfen und feuerten Krieger an, die sich im Ringkampf maßen. Pferde grasten friedlich in einiger Entfernung. Tullus entdeckte auch eine Anzahl Schafe.

Immer noch keine Spur von germanischen Wachen. Größer hätte der Gegensatz zu einem römischen Marschlager nicht ausfallen können. Fehlten nur noch Frauen und Kinder. Doch Augenblicke später sah er mehrere Frauen, die Kleidung in größeren Zubern wuschen. Zu ihren Füßen krabbelten Kleinkinder.

Sein Blick fiel erneut auf die Schar der Jäger, die immer noch rufend in Richtung der Zelte liefen. Die ersten Krieger im Lager drehten die Köpfe, aber niemand schien zu begreifen, was die Jäger weiter oben im Wald gesehen hatten. Tullus erkannte, dass sich eine Gelegenheit auftat. Eine riskante zwar, aber er war willens, sie wahrzunehmen. Germanische Stammeskrieger zählten zu den tapfersten Gegnern, auf die Tullus bislang gestoßen war, aber bisweilen waren sie auch so unberechenbar und leicht einzuschüchtern wie eine Herde Vieh, die von einem Unwetter überrascht wird. Eilig lief er zurück zu seiner Patrouille.

»Potitius!«, rief er laut über die Köpfe seiner Centurie hinweg. »Zwei Mann sollen die berittenen Einheiten holen! Sobald sie hier eintreffen, sollen sie links und rechts von unserer Position aus angreifen. Sag ihnen, sie sollen auf die Hörner achten, die zum Rückzug blasen.«

»Die Kavallerie holen, Angriff linke und rechte Flanke, auf die Signale der Bläser achten …«, wiederholte der Centurio für sich. »Und was machen *wir?*«

»Angreifen natürlich!«, schrie Tullus. »Die Germanen sind vollkommen verwirrt, und die Kerle, die wir aufgeschreckt haben, können nicht wissen, dass wir nur eine Patrouille sind. Wir könnten Germanicus' Armee sein, gekommen, um ein Schlachtfest zu feiern! Wir SIND Germanicus' Armee!« Als er merkte, dass seine Männer einander verdutzt ansahen, holte er weiter aus und schritt vor ihnen auf und ab. »Wenn wir dieses Lager dort unverzüglich angreifen, wird Panik ausbrechen – ich *weiß* es.«

Pisos Miene hellte sich auf. »Deshalb also die ganzen Hörner, Tubae und Bucinae, Herr!«

»Ganz genau, Piso«, erwiderte Tullus mit einem bösen Lächeln. Als er einst mit einer zusammengewürfelten Schar Legionäre aus Aliso geflohen war, in den Wirren nach der Schlacht im Saltus Teutoburgiensis, hatten die Römer die zahlenmäßig überlegenen Verfolger mit einem ähnlichen Trick getäuscht. »Blast zum Vorrücken, aus allen Tubae, und schon werden die Wilden dort unten denken, Germanicus' acht Legionen sind herangerückt. Alle Bläser sollen sich hier einfinden! Potitius, deine Centurie bezieht unmittelbar neben meiner Aufstellung. Rasch!«

Während Tullus auf Potitius' Soldaten wartete, ließ er die grinsenden Bläser aus den Legionen antreten. »Ihr werdet zusammen mit mir bis zum Waldrand vorrücken. Dann blast ihr zum Angriff, so laut ihr nur könnt, alle Bucinae und Tubae gemeinsam. Verstanden?«

»Wie lange geben wir die Signale, Herr?«, fragte einer der Bläser.

»Bis ich euch sage, dass es reicht. Ich will, dass sich die Krieger in die Hosen scheißen vor Angst. Werdet ihr das schaffen?«

»Ja, Herr«, kam es wie aus einem Mund. Die Bläser sahen einander verschwörerisch an, ein Glitzern lag in ihren Augen.

Tullus nickte ihnen zufrieden zu. Inzwischen hatte Potitius seine Männer in Position gebracht.

»Bleibt auf Höhe meiner Männer«, ordnete Tullus an. Dann gab er seiner Einheit das vereinbarte Zeichen und machte sich auf den Weg zum Lager, genügend Bläser in den eigenen Reihen. *Möge deine gute Laune anhalten, Fortuna*, bat er im Stillen. *Ich mache es dir beizeiten gut.*

Kaum waren sie am Waldsaum angekommen, zeichnete sich ein Grinsen auf Tullus' Gesicht ab. Die Jäger waren im Lager angekommen, riefen wild durcheinander und zeigten in Richtung der Römer, aber noch hatte sich die drohende Gefahr nicht groß herumgesprochen. Der Großteil der Krieger kochte weiter vor sich hin oder plauderte an den Feuern. Tullus hoffte, dass sich sein Plan in die Tat umsetzen ließ. Er sprach zu den Bläsern gewandt.

»Blast, Männer, als würde euer Leben davon abhängen.«

Tan-tara-tara. Tan-tara-tara. Tief und anhaltend ertönten die Hörner, hell und schmetternd die Tubae und Bucinae. Immer und immer wieder schwollen die Tonfolgen an und ab, während Tullus das Lager mit bangem Blick im Auge behielt. Allmählich blickten immer mehr Krieger voller Furcht und überrascht zum Wald herüber. Derweil machten sich die verängstigten Jäger daran, möglichst viele im Lager auf das drohende Unheil vorzubereiten.

Tan-tara-tara. Tan-tara-tara.

Nach der zehnten Tonfolge aus den Schalltrichtern der Blasinstrumente spürte Tullus, dass der Boden vibrierte. Die Kavallerie kam. Perfekter Zeitpunkt. Tullus schnalzte mit der Zunge.

»Vorwärts!«, befahl er. »Potitius, du bleibst links von mir. Deine Männer sollen sich in einer Reihe aufstellen. Die Feinde sollen denken, wir seien zu Tausenden gekommen. Vorrücken im Schritttempo. Bläser, gebt weiter die Signale, bis euch die Lunge brennt!«

Tan-tara-tara. Tan-tara-tara. Tan-tara-tara. Tan-tara-tara.

Die Soldaten verließen den Schutz des Waldes und blickten auf ein heilloses Durcheinander. Schreie und Rufe – voller Angst, voller Wut – kamen aus dem Lager der Germanen. Nicht *ein* Krieger war auf die Schnelle kampfbereit. Tullus sah, dass viele Männer und einige Frauen in östlicher Richtung flohen. Sie ließen ihre Zelte und ihr Hab und Gut zurück und rannten um ihr Leben. Diejenigen, die schnell genug bei den Pferden waren, schwangen sich auf die Rücken der Tiere und sprengten davon. Selbst in die Herde Schafe kam Unruhe.

»VORWÄRTS!«, brüllte Tullus. »FÜR ROM!«

»FÜR ROM!«, schrien seine und Potitius' Legionäre.

Sie hatten eine Entfernung von etwa fünfzig Schritten zurückgelegt, als Tullus' berittene Einheiten aus dem Dickicht des Waldes brachen. Sofort erhöhten die Turmae das Tempo, teilten sich auf und hielten unter Kriegsrufen auf das Lager zu. Wieder Schreie des Entsetzens inmitten des Lagers. Tullus konnte sich ein Grinsen nicht verkneifen und schritt siegesgewiss aus. Mit den diszipliniert vorrückenden Fußtruppen und der Kavallerie auf beiden Flügeln konnten sie diesem unorganisierten Haufen einen gehörigen Schrecken einjagen. Germanicus' Armee stand mehr als einen Tagesmarsch entfernt, aber das konnten die Krieger nicht wissen – sie hatten keine Ahnung, wie verwundbar die Patrouille im Grunde war.

Fünfzig Atemzüge später zeichnete sich ab, dass sein waghalsiges Spiel Früchte trug. Sämtliche Krieger liefen in östlicher und südlicher Richtung davon. Sie nahmen sich nicht einmal die Zeit, sich zu formieren oder zum Gegenangriff überzugehen.

Im selben Moment schwangen die Torflügel von Aliso auf, und eine stramm marschierende Kohorte und mehrere Turmae verließen das Lager. Der Lagerkommandant wagte einen Ausfall, da auch er davon ausging, die Legionen seien eingetroffen. Tullus hüpfte das Herz, während seine Männer in lauten Jubel ausbrachen. Sie hatten allen Grund zu jubeln, aber Tullus gab sich keinen Illusionen hin. Den Sieg hatte er einem Trick zu verdanken – einem cleveren Trick, wohlgemerkt. Aber unter anderen Umständen waren die Stammeskrieger gefürchtete Kämpfer, die nichts und niemanden fürchteten, nicht einmal den Tod.

Sie würden wiederkommen, mit Tausenden ihrer Stammesgenossen, und den Zeitpunkt ihres Angriffs würden sie bestimmen, vermutlich auch den Ort eines neuen Hinterhalts. Viele Legionäre würden ihr Leben lassen, so viel stand schon jetzt fest.

Wenn Germanicus nicht aufpasste, würde Arminius einen zweiten, ebenso fürchterlichen Hinterhalt vorbereiten.

10. KAPITEL

Es war ein nasser Frühlingsmorgen. Den ganzen Tag und die ganze Nacht hatte der Regen auf die Zelte im Lager geprasselt. Die zuvor festen Wege waren schlammig und rutschig, kaum ein Krieger konnte ein Feuer entfachen. Nur langsam zogen die schweren Wolken weiter, der Regen tropfte noch von den Ästen und Zweigen. Mehrere dicke Tropfen klatschten Arminius in den Nacken. Er schritt zwischen den Zelten seiner Krieger auf und ab und tat sein Bestes, um die Stimmung ein wenig aufzuhellen.

Seine Kleidung war klamm und feucht, er hatte Hunger und war immer noch müde von der unruhigen Nacht. Es war schwer, sich nicht in dieser üblen Laune zu verlieren, zumal harte Zeiten bevorstanden. Arminius wusste gar nicht, womit er zuerst anfangen sollte. Der diesjährige Feldzug der Römer währte noch nicht lange – Germanicus' Heer hatte den Rhenus vor einem Monat überquert, und seither war den Römern so gut wie alles gelungen. Zugegeben, die Usipeter, die Aliso belagert hatten, wären Germanicus' Legionen ohnehin nicht gewachsen gewesen. Aber die Krieger hatten es offenbar nicht für nötig befunden, ihr Lager mit Wachen abzusichern. Als dann unvermutet irgendeine Patrouille aufgetaucht war, hatten die Krieger das Weite gesucht, ohne die Stärke des Feindes einschätzen zu können.

So ist das eben, dachte Arminius verstimmt, *wenn man verkatert aus dem Zelt wankt und den Überblick verloren hat.* Er schüttelte den Kopf. Die Usipeter hatten sich wie Trunkenbolde benommen, die aus Versehen aufs Gemüsebeet des Nachbarn pissten – dabei hätten sie wissen müssen, dass der Feind herangerückt war. Es wäre Zeit genug gewesen, einen geordneten Rückzug tiefer in die Wälder zu organisieren. Von dort aus hätten die Usipeter die Römer immer wieder in kleineren Verbänden angreifen können: schnelle Vorstöße, genauso schnelle Rückzüge. Stattdessen waren sie wie die Hasen gelaufen, bis zu Arminius' Kriegern. Eine gute Nachricht gab es trotzdem, denn die Usipeter hatten bei der Flucht nur geringe Verluste zu beklagen.

Aber die Usipeter waren mit ihrem Missgeschick nicht allein. Keine zehn Tage war es her, dass sich die Angrivarier gegen Rom erhoben hatten, ohne sich zuvor mit Arminius abzusprechen. Sein Plan hatte vorgesehen, dass sich die Krieger unbemerkt dem Stammesverband der Cherusker anschließen, um die Römer über die genaue Stärke im Ungewissen zu lassen. Germanicus hatte unverzüglich reagiert und eine starke, schnelle Truppe in das Gebiet der Angrivarier entsandt, bestehend aus Kavallerie und Plänklern. Seither waren die Nachrichten unzuverlässig. Selbst wenn sich der Kampf gegen die Römer richtete – was Arminius nur befürworten konnte –, waren die Angrivarier eine Weile mit dem Aufstand beschäftigt und würden sich den Cheruskern unter Arminius' Führung vorerst nicht anschließen können.

»Ho, Osbert!« Arminius blieb bei dem Zelt eines seiner tapfersten Krieger stehen. Osbert war ein stämmiger Mann mit Fassbrust, der keiner Rauferei und keinem Trinkgelage abgeneigt war, aber an diesem Morgen sah er aus, als hätte er die ganze Nacht Bierkrüge geleert. Seine Augen waren blutunterlaufen, in seinen Barthaaren klebten Essensreste – wenn nicht gar Überbleibsel der eigenen Kotze.

»Ging's hoch her letzte Nacht?«, fragte Arminius.

»Ja«, krächzte Osbert und rieb sich die Schläfen. »Wurde schon hell im Osten, als wir's gut sein ließen.«

Osberts Zeltgefährten, drei an der Zahl, sahen nicht viel besser aus. Mit einem Seufzer ging Arminius weiter. Die meisten Krieger, die er traf, hatten ebenfalls gezecht und waren völlig übernächtigt, wie Arminius in dem Abschnitt seiner Stammeskrieger im Lager feststellen musste. Wäre es nach ihm gegangen, hätte er seinen Männern geraten, sich nicht dieser maßlosen Zecherei hinzugeben, aber er würde nichts erreichen, wenn er sie jetzt zur Vernunft rief. Wie Gerulf oftmals betont hatte: Arminius war nicht der Herr seiner Krieger. Um ehrlich zu sein, er konnte seinen Männern das Verhalten kaum verübeln.

Die römische Armee lagerte mehr als dreißig Meilen entfernt, gemessen an der Fluglinie eines Vogels, aber mehr als fünfzig Meilen, wenn die Soldaten die vorhandenen Wege benutzten. Es würde weder an diesem noch am nächsten Tag zum Kampf kommen, selbst wenn Arminius es gewollt hätte.

Während er und Germanicus Katz und Maus spielten, wie sie es seit Tagen handhabten, waren all diejenigen, die nicht als Späher oder kleinere Stoßtrupps unterwegs waren, zur Untätigkeit verdammt. Das betraf den Großteil von Arminius' Heer. Solange es warm und trocken war, konnten die Männer jagen oder die Angriffstaktiken üben, die Arminius ihnen mit Maelos Unterstützung abverlangte. Doch bei Regen blieb den Männern kaum etwas anderes übrig, als in den Zelten auszuharren, bei Bier und Würfelspielen.

»Arminius! Wo ist Arminius?« Ein Krieger kam gelaufen, aus Richtung der Marser, die in der Nähe lagerten.

»Ich bin hier!«, rief Arminius und hob eine Hand. Er wartete, bis der Mann bei ihm war, und hoffte insgeheim, dass der Marser nicht von einem Überraschungsangriff der Römer berichtete. »Sei gegrüßt«, sagte er zu dem Krieger, einem schlanken Mann mit wippendem Schnauzbart. »Was für Neuigkeiten bringst du uns?«

»Einer unserer Spähtrupps ist zurück. Vor zwei Tagen gerieten sie mit den Römern aneinander, als es dunkel wurde. Der Kampf ging gut für uns aus, sie machten sogar einige Gefangene – Chatten zumeist, aus den Hilfstruppen. Aber einer ist ein römischer Offizier.«

»Wahrlich gute Nachrichten.« Arminius spürte, dass sich seine Laune besserte.

»Mallovendus meinte, du würdest dabei sein wollen, wenn sie verhört werden«, fügte der Krieger hinzu.

»Mallovendus hat recht. Bring mich zu ihm.« Auf dem Weg fragte er den Boten noch weiter aus, erfuhr aber nichts Wichtiges mehr, da die Gefangenen gerade erst ins Lager geschafft worden waren. Dennoch, Arminius' Aufregung nahm bei jedem Schritt zu. Zwar wusste er nicht, ob er etwas Brauchbares erfahren würde, aber da die Römer sich selbst und ihre Kameraden bis zum letzten Atemzug verteidigten, kam es selten vor, dass Gefangene gemacht wurden.

Als sie das Lager der Marser betraten, erblickten sie eine beträchtliche Anzahl Krieger, die einen großen Kreis gebildet hatten. Die Männer, die weiter hinten standen, stellten sich auf die Zehenspitzen, um besser sehen zu können. Einige Krieger grummelten, als Arminius sich einen Weg durch die Menge bahnte, doch sobald man ihn erkannte, verstummte der Protest.

Arminius erreichte die Mitte der Versammlung und sah Mallovendus in Begleitung eines Dutzends abgekämpfter Krieger. Vor einem Feuer knieten die Gefangenen, gefesselt an Händen und Füßen. Acht insgesamt, sieben Stammeskrieger und der Römer. Er hatte keinen Helm mehr, trug aber ein Kettenhemd und den typischen Militärgürtel. Arminius konnte nirgends Phalerae oder Torques an der Rüstung entdecken, was die Hoffnung, einen Centurio erwischt zu haben, erheblich minderte. Enttäuschung machte sich in Arminius breit.

»Du bist ja schneller hier, als eine Krähe zum Kadaver fliegt!«, rief Mallovendus mit dröhnender Stimme.

»Danke, dass du mir Bescheid gesagt hast«, sprach Arminius und nickte dem Krieger zu, der ihn ins Lager der Marser geführt hatte. »Habt ihr schon was von ihnen erfahren?«

»Wir haben sie schon ein bisschen rangenommen, aber noch habe ich keine großen Fragen gestellt.« Mallovendus' Lächeln war kalt, seine Zähne blitzten.

Arminius trat zu den Gefangenen. »Das sind alles Chatten?«

»Ja«, erwiderte Mallovendus.

»Es waren Chatten, die geholfen haben, meine Frau zu entführen. Krieger der Chatten sorgten dafür, dass ich nie mein Kind zu Gesicht bekommen werde. War etwa einer von euch Hurensöhnen an jenem Tag in meiner Siedlung?«

Mit eiskaltem Blick musterte Arminius einen nach dem anderen. Der Blick eines Gefangenen, eines dünnen Burschen, huschte kurz nach rechts. Arminius war dieser gehetzte Blick nicht entgangen.

»Donar hat meine Gebete erhört!«, rief er und deutete anklagend auf drei Männer, denen dieser Blick gegolten haben könnte. »Mir scheint, einer oder mehrere von euch waren an dem Überfall beteiligt, das denkt zumindest euer Freund hier.« Sein bohrender Blick fiel auf den dünnen Burschen. »Wer war dabei?«

»Ich weiß nicht, wovon du sprichst«, wich der Mann aus.

»Das war die falsche Antwort«, kam es grimmig von Arminius, der dem Mann im selben Augenblick einen heftigen Tritt vor die Brust verpasste. Da er gefesselt war, konnte er das Gleichgewicht nicht halten und fiel stöhnend mit dem Gesicht nach unten in den Dreck.

Arminius atmete bewusst langsamer und versuchte, seinen Zorn zu zügeln. Am liebsten hätte er diese elenden Gestalten hier am Feuer foltern lassen, aber sein Verlangen nach Rache an denen, die Thusnelda entführt hatten, musste warten. Er durfte seine Belange nicht über die der anderen stellen. Viel wichtiger war es, etwas über Germanicus' Vorhaben zu erfahren. Daher trat er vor den Römer und spürte, dass Mallovendus aufmerksam jede seiner Bewegungen verfolgte. Da wusste er, dass dies die richtige Entscheidung war. Der Schein musste gewahrt bleiben, die Rache musste warten.

»Name. Rang. Kohorte. Legion«, fuhr er den Offizier auf Latein an, einen erstaunlich jungen Mann mit langer, gerader Nase.

»Du sprichst unsere Sprache«, sagte der Offizier sichtlich verwundert. Doch dann schien er zu begreifen. Das Erstaunen wich Furcht. »Du bist – Arminius«, brachte er leiser hervor.

»Scharf beobachtet«, antwortete Arminius trocken. »Deinen Namen will ich wissen. Deinen Rang. Kohorte, Legion.«

»Gnaeus Aelius Gallus, Optio, Dritte Centurie, Neunte Kohorte, Legio XXI.«

Erneut musste Arminius seine Enttäuschung wie bittere Galle herunterschlucken. Dies war ein rangniederer Offizier aus einer der hinteren Kohorten. Unwahrscheinlich, dass dieser Mann irgendetwas von Germanicus' Absichten wusste, geschweige denn etwas von Thusneldas Verbleib im fernen Italia. Argwöhnisch musterte Arminius den jungen Optio. Könnte es sein, dass dieser Gallus ihn in Bezug auf den wahren Rang belogen hatte?

Der Mann mochte Mitte zwanzig sein, also zu jung für den Rang eines Centurios. Sein Kettenhemd war stellenweise rostig oder angelaufen, was nicht ungewöhnlich bei Legionären auf Feldzügen war. Allerdings wusste er von früher, dass die Centurionen in den vorderen Kohorten stets auf derlei Dinge achteten und eine Vernachlässigung der Ausrüstung nicht durchgehen ließen. Falls Gallus in einer der vorderen Kohorten diente, gäbe er ein schlechtes Beispiel ab. Daher kam Arminius zu dem Schluss, dass der Mann die Wahrheit sagte. Vermutlich wäre der Versuch, brauchbare Informationen aus ihm herauszupressen, vertane Zeit. Der Römer war allerdings längst verbranntes Fleisch, Arminius würde nicht verhindern können, dass die Marser ihre Gefangenen folterten und töteten. Es war ihm gleichgültig. Dennoch musste er die entsprechenden Fragen stellen. »Was hat Germanicus als Nächstes vor?«

»Du wirst mich töten lassen, ganz gleich, was ich sage.« Der Offizier klang resigniert.

»Ich habe genug mit den Kriegern zu tun«, ließ Arminius ihn wissen. »Aber meine Verbündeten hier werden dich töten, gewiss. Und es wird ein langsamer und qualvoller Tod, würde ich sagen.«

Gallus sah aus, als müsste er sich jeden Moment übergeben. »Wenn ich dir sage, was ich weiß, kannst du mir dann einen schnellen Tod ermöglichen?«

»Das kann ich«, erwiderte Arminius.

Gallus starrte den Cherusker an, als versuchte er herauszufinden, ob er log. Schließlich zuckte er mit den Schultern. »Es heißt, die Armee ist auf dem Weg zu dem Tropaeum, das Germanicus' Vater Drusus errichten ließ.«

»Tropaeum?« Arminius konnte mit diesem griechischen Ausdruck nicht sofort etwas anfangen.

»Eine Art Altar, geschmückt mit zusammengetragenen Helmen, Schilden, Speeren, Rüstungen der Feinde. Drusus' Tropaeum wurde errichtet aus den Beutestücken von den Markomannen. Ich weiß nicht genau, wo es liegt, aber ich glaube, von hier aus im Norden oder Nordosten. Das Tropaeum soll den entferntesten Punkt markieren, den eine römische Armee je auf germanischem Boden erreicht hat, so heißt es.« In Gallus' letzten Worten schwang ein Anflug von Stolz mit.

»Ah, jetzt weiß ich, was du meinst«, sagte Arminius, und seine gute Laune meldete sich zurück. Er warf einen Blick auf Mallovendus, der kein Latein verstand. »Es scheint, Germanicus marschiert zu jenem Altar, den sein Vater vor mehr als zwanzig Jahren errichten ließ. Du weißt schon, das Denkmal am westlichen Ufer der Albis, auf dem Territorium der Dolgubnier?«

»Ja. Dieses Denkmal steht in der Ödnis und wurde vor Jahren von den Einheimischen dort niedergerissen.« Mallovendus schüttelte ungläubig den Kopf. »Was bringt es Germanicus, einen Haufen rostigen Metalls während des Feldzugs aufzusuchen?«

»Vermutlich strebt er den Ruhm seines Vater an. Er wird die Götter anrufen, und das wäre an einem solchen Ort eine bedeutende Geste«, sinnierte Arminius. »Wir kennen den Grund nicht, aber dieser Marsch führt seine Legionen gut hundert Meilen weiter nach Osten. Weitere Stämme werden sich uns anschließen, nicht nur die Dolgubnier, denn kein Stamm in der Region wird hinnehmen, dass die Römer durch seine Gebiete marschieren. Ich wette, dass auch die Semnonen längst unruhig sind – es bieten sich uns etliche Gelegenheiten, gegen die Römer zu kämpfen. Wenn es uns gelingt, Germanicus zu einem der Flüsse abzudrängen, sagen wir in Richtung der Alara oder der Amisia, hätten wir einiges erreicht. Unsere Krieger auf der einen Seite des Flusses, die Römer auf der anderen …«

»Du meinst, wir greifen sie an, während sie den Fluss überqueren?« Ein Lächeln huschte über Mallovendus' Gesicht. »Germanicus ist kein Narr. Er wird unsere List durchschauen.«

Arminius tat diese Bemerkung mit abfälliger Geste ab. »Wie dem auch sei, wir treiben diesen Hund in die Enge. Dann fallen wir über seine Soldaten her, wie wir es schon einmal getan haben.« Er umschloss die geschlossene Faust der Linken mit den Fingern der anderen Hand. »An Flucht wird nicht zu denken sein.«

»Hört sich gut an«, sagte Mallovendus und grinste. »Sollen wir den Römer noch härter rannehmen?«

»Das bringt nichts, er hat keinen hohen Rang.«

»Dann dürfte es dir gefallen, die anderen hier zu befragen«, stellte Mallovendus nüchtern fest und zeigte auf die drei Krieger, die Arminius bereits zuvor ins Auge gefasst hatte.

»Stimmt, wenn du erlaubst?«

»Mach mit ihnen, was du willst. Wenn sie tatsächlich der Schar angehörten, die deine Frau raubten, dann – nun …« Mallovendus' Miene nahm einen harten, mörderischen Ausdruck an. »Meine Männer würden sich mit den anderen begnügen, und mit dem Römer.«

»Ausgezeichnet.« Arminius zog seinen Dolch, während er sich von Gallus entfernte. Die drei Krieger, auf die er es abgesehen hatte, wanden sich hilflos auf den Knien. Einer von ihnen winselte um Milde, ehe Arminius überhaupt bei ihm war. Doch Arminius sagte kein Wort. Grimmig griff er dem Mann in den Haarschopf und zog seinen Kopf zu sich. Der Krieger versuchte sich zu wehren und stieß abgehackte Schreie aus, als Arminius seine Klinge zum Einsatz brachte. Zunächst sah man nur wenig Blut, umso lauter wurde das Schreien, bis schließlich ein Augapfel – feucht schimmernd und blutig – zu Boden fiel. In stummem Entsetzen starrten die beiden anderen Krieger auf die kleine Kugel.

»Das ist nur der Anfang«, sagte Arminius in verbindlichem Ton, ließ sein Opfer jedoch nicht los. »Also, heraus mit der Sprache. War einer von euch an dem Überfall auf meine Siedlung beteiligt? Habt ihr gesehen, wie meine Frau Thusnelda entführt wurde? Oder habt ihr den Römern sogar dabei geholfen, diesen Hund Segestes zu befreien? Wird's bald?«

Die beiden schauten zitternd zu ihm auf, worauf Arminius die Spitze des Dolchs unterhalb des anderen Auges seines Opfers ansetzte. »Also?«, verlangte er.

»Arminius!«, schrie Gallus dazwischen.

Der Cherusker drehte den Kopf. Die Marser hatten den Römer zu Boden gedrückt und hielten ihn an Armen und Beinen fest. Einer der Marser zog an dem Lederschurz des Optios und hielt ein Messer in der anderen Hand – Arminius war sofort klar, was die Marser vorhatten. Doch er hatte für den jungen Offizier nur ein höhnisches Grinsen übrig.

»Was willst du?«

»Du hast mir einen schnellen Tod versprochen!«, rief Gallus mit schriller Stimme.

»Es war gelogen«, gab Arminius barsch zurück und drehte dem Optio den Rücken zu.

»NEIIIN!«, schrie Gallus, und sein Protest ging in hohe, spitze Schreie über, als der Krieger das Messer ansetzte.

Arminius hatte kein Mitgefühl mit dem Gefangenen. Gallus hatte einen schmerzvollen Tod verdient, wie alle Römer, die es wagten, den Rhenus zu überqueren, um germanische Gebiete mit Feuer und Schwert zu überziehen. Germanicus und seine Legionen gingen brutal und rücksichtslos gegen die Stämme vor, daher würde Arminius ihnen eine Lektion erteilen. Die Römer wussten, worauf sie sich einließen, also sollten sie am eigenen Leib erfahren, was es hieß, die Cherusker gegen sich aufzubringen!

Aber zuvor hatte Arminius die Möglichkeit, sich an einigen Kriegern zu rächen, die seine Frau geraubt hatten. Eine solche Gelegenheit hätte er nie für möglich gehalten. Jetzt würde er es genießen, würde den Akt der Vergeltung in die Länge ziehen, würde es auskosten, Rache zu üben …

11. KAPITEL

Die Wolken hingen niedrig über der Landschaft, der Sprühregen wollte nicht aufhören. Schwärme kleiner Fliegen waberten in der feuchten Luft, Mücken fanden jede bloße Hautstelle. Piso marschierte mit seinen Kameraden in den Reihen der Ersten Kohorte der Fünften Legion. Die Füße taten ihm weh, besonders der linke. Unter dem Ballen hatte sich eine neue Blase gebildet, vielleicht sogar zwei – genau konnte er es nicht sagen. Eine neue Blase von vielen, machte er sich resigniert bewusst. Er traute sich nicht, die Formation während des Marschs zu verlassen, um den Fuß zu begutachten. Besser wäre es später, im Lager. Es blieb ihm daher nichts anderes übrig, als den Schmerz zu ertragen.

Er wusste nicht recht, worüber er sich am meisten Gedanken machen sollte. Über die Blasen, alte wie neue, über den schmerzenden Rücken oder über die zahllosen wunden Stellen, an denen sein neuer Schuppenpanzer scheuerte. Dagegen verblassten die Mückenstiche und der aufdringliche Geruch der klammen Kleidung. Pisos Kameraden erging es nicht groß anders, sie saßen alle im selben Boot. Ein schwacher Trost. Den Mund zu halten wäre daher ein guter Vorsatz. Diejenigen, die ewig murrten oder jammerten, wurden heruntergeputzt oder zur Zielscheibe des Spotts. Hatten die Kameraden erst einmal ein Opfer gefunden, hackten sie tagelang auf einem herum, bis sie sich ein neues Opfer suchten, aber das dauerte manchmal.

An diesem Tag marschierte die Fünfte Legion in der Mitte

der Kolonne, die sich über Meilen erstreckte. Es war sicherer als in der Vorhut, und allein darüber war Piso schon froh. Die Einheit, die an der Spitze marschierte, wurde häufig in Scharmützel verwickelt und musste kurze, gezielte Vorstöße des Feindes abwehren. Selbst wenn man bei diesen kleineren Gefechten nicht verletzt oder getötet wurde, drückte die Taktik des Gegners aufs Gemüt. Wenn die Germanen sich doch endlich in offener Schlacht stellen würden, wünschte Piso zum wiederholten Mal. Aber Arminius war schlau. *Dieser Fuchs weiß genau, auf was er sich einlassen darf*, dachte Piso. Tullus hatte erklärt, dass ein Mann wie Arminius den richtigen Moment zum Zuschlagen abpasste. »Seine Krieger werden uns so lange Nadelstiche versetzen, bis unsere Moral am Boden ist«, hatte Tullus gesagt.

Piso hielt sich nicht für abergläubisch, aber er traute sich nicht, laut auszusprechen, dass die gegenwärtige Lage unschöne Parallelen zu dem Hinterhalt auf Varus' Legionen aufwies. Erinnerungen an die Überfälle auf Caecinas Armee im Jahr zuvor kehrten mit Wucht zurück. Caecina war noch einmal mit einem blauen Auge davongekommen, Varus indes hatte eine Niederlage erlitten, über die noch kommende Generationen sprechen würden. Seit den Feldzügen nach Parthia unter Crassus und später unter Marcus Antonius hatte Rom nicht mehr so viele Legionen verloren, wie Metilius oft betonte. Piso war ein Spieler, aber die gegenwärtige Lage lud nicht zum Wetten ein – man scheute sich, das eigene Leben aufs Spiel zu setzen. Nicht, dass Piso oder die Kameraden ein Mitspracherecht gehabt hätten. Germanicus hatte einen Entschluss gefasst, und die Armee hatte ihm Folge zu leisten.

Die Legionen marschierten nach Norden, vielleicht eher Nordosten, ihr Ziel war ein in Vergessenheit geratenes Denkmal, von dem Piso nie etwas gehört hatte.

»Wohin gehen wir noch gleich, zum Hades?«, fragte er.

Wie aus dem Nichts tauchte Tullus auf, was häufiger vorkam,

sehr zum Schrecken der Legionäre. Der Centurio passte sich Pisos Schritten an und sagte: »Zu Drusus' Tropaeum. Das ist ein Denkmal, das er nach seinem glorreichen Sieg über die Markomannen errichten ließ. Es wurde vor fünfundzwanzig Jahren erbaut. Da wirst du noch im Dreck gespielt haben, schätze ich.« Er bedachte Piso mit einem durchdringenden Blick.

»Da war ich zwei Jahre alt«, sagte Piso und hasste es, als die Kameraden in Hörweite ihn mit plärrenden Geräuschen kleiner Kinder aufzogen.

»Verstehe«, meinte Tullus, »dann hat dir deine Mutter also den Rotz von der Nase gewischt, während ich dort war, bei Drusus. Damals war ich Optio, und Fenestela gehörte noch zu den gewöhnlichen Legionären. Mehrfach mussten wir uns gegen die Angriffe der Markomannen zur Wehr setzen. Viele meiner Kameraden fanden den Tod, mögen die Götter ihnen ewige Ruhe gewähren. Doch wir zahlten es den Markomannen heim, das könnt ihr mir glauben. Das Lachen war ihnen bald gründlich vergangen. Das Tropaeum ist heute alt und verfallen, vermutlich haben die Wilden es in den vergangenen Jahren eingerissen. Trotzdem bleibt es ein heiliger Ort für Rom. Wenn Germanicus verlangt, dass wir es aufsuchen und das Denkmal in seine einstige Pracht zurückversetzen, dann werden wir genau das tun, Männer. Mit einem Lächeln auf dem Gesicht, habt ihr verstanden?«

»Ja, Herr«, sagte Piso und wünschte, er hätte den Mund gehalten. »Ich freue mich schon darauf, die Stätte zu sehen.«

»Das ist die richtige Antwort!«, rief Tullus. Mit der Andeutung eines Lächelns auf den Lippen – oder wohl eher einer Grimasse – schritt er kräftiger aus und entfernte sich.

Piso erntete höhnische Sprüche und Beleidigungen, aber das war er gewohnt und teilte seinerseits kräftig aus. »Als ob einer von euch scharf darauf ist, dieses Ding zu finden«, gab er barsch zurück, als Tullus außer Hörweite war.

Metilius stieß ein böses Kichern aus. »Natürlich wollen wir das nicht, aber wir wurden auch nicht dabei erwischt, dass wir uns beschweren.«

»Du aber schon«, betonte Dulcius und brachte es wieder einmal auf den Punkt.

Aber Piso war mit den anderen noch nicht fertig. »Wenn wir überhaupt noch was finden, dann wohl nur verrostete Waffen und verfaulte Schilde …«

»Besser, man hat ein festes Ziel vor Augen als gar keins«, meinte Metilius. »Und unterwegs findet Germanicus vielleicht den geeigneten Ort, um Arminius in offener Schlacht zu stellen.«

Metilius hat recht, dachte Piso. Sie standen inzwischen wieder tief im Feindesland, die Nachschublinien wurden von Tag zu Tag länger. Daher brauchten sie ein festes Ziel, eine Aufgabe. Und solange sich der Feind nicht blicken ließ, war Drusus' Tropaeum das Ziel.

Am Abend desselben Tages saßen Piso und die Kameraden um das Feuer und hatten sich zusätzlich ihre Decken um die Schultern gelegt. Die bloßen Füße wärmten sie an den glühenden Scheiten. Es war zwar Frühling, aber die Nächte waren immer noch kalt und nass. Gegessen hatten sie genug: flache, in der Asche gebackene Brote und eine Lammkeule, die Metilius beschafft hatte – »befreit«, wie er gesagt hatte. Er hatte das Fleisch schlichtweg Männern aus einer anderen Kohorte abgeluchst. Inzwischen ging Pisos Weinschlauch am Feuer von Mann zu Mann.

»Immer nur *einen* Schluck, du Hund«, fuhr Piso Dulcius an, der an dem Schlauch nuckelte wie einst an der Brust der Mutter. »Mein Wein, meine Regeln. Gib ihn her!«

Dulcius reichte ihn herüber, aber mit sichtlichem Widerwillen.

»Ich bin an der Reihe«, knurrte Piso und schlug dem gierigen Metilius auf die Finger. Dann nahm er einen langen Schluck, tat sein Bestes, den essigartigen Geschmack zu überspielen, und gab den Balg mit einem warnenden Blick an Metilius weiter. »Ein Schluck, verstanden?«

Sein Kamerad verzog den Mund nach dem ersten Schluck. »Nicht gerade ein großer Jahrgang, wie?«

»Wenn's dir nicht schmeckt, dann lass es einfach«, gab Piso zurück und entriss seinem Freund den Weinschlauch. »Nimm doch deinen eigenen.«

»Da liegt sein Balg«, meinte Dulcius und deutete auf den Haufen mit Ausrüstung.

»Aha, trinkst also lieber meinen Wein als deinen«, hielt Piso ihm vor.

»Aber nur, weil er noch billigere Pisse kauft als du«, sagte Rufus, ein anderer Mann ihrer Zeltgemeinschaft.

Schallendes Lachen brach los, und Metilius schmollte. »Also will keiner was davon?«, fragte er spitz. »Auch gut.«

»Das haben wir nicht gesagt«, rief Piso, griff hinter Metilius und schnappte sich den Schlauch Wein. Er ignorierte Metilius' Protest, nahm einen Zug, ehe er den Schlauch an den Mann rechts von ihm weitergab. »Kannst ihn wiederhaben, wenn er leer ist«, sagte er zu Metilius.

»Bastarde.« Metilius ahnte, dass es sinnlos war, hinter dem Schlauch herzulaufen, daher beschränkte er sich darauf, laut zu protestieren, wenn die Kameraden zu lange tranken. Niemand schenkte ihm Gehör – jedem war das Gleiche schon unzählige Male widerfahren, in der einen oder anderen Abwandlung: Mal ging es um ein Stück Käse, dann um Schinken oder eben um einen Balg mit essigsaurem Wein.

»Gut, wenn alle bester Laune sind!«, rief Tullus mit dröhnender Stimme. Unangekündigt war er aus den Schatten näher ans Lagerfeuer getreten, noch immer in Rüstung, den Vitis in der

Rechten. Doch als die Männer sich anschickten aufzuspringen, bedeutete er ihnen, wieder Platz am Feuer zu nehmen. »Immer mit der Ruhe, Brüder.«

Die sechs Legionäre entspannten sich und freuten sich, ihren Centurio zu sehen, trotzdem waren sie in seiner Gegenwart ein wenig unbeholfen, denn man wusste ja nie, was in den Köpfen der Offiziere vorging …

»Und, wollt ihr mir keinen Schluck anbieten?«, fragte Tullus und warf einen Blick auf die Weinschläuche, die gerade die Runde machten.

»Sicher, Herr, natürlich, Herr«, plapperte Dulcius los, stand auf und reichte Tullus Pisos Balg. »Hier, kostet davon.«

Tullus probierte kurz, ließ den Schlauch aber schnell wieder sinken. »Das ist schäbiges Zeug«, sagte er und verzog das Gesicht. »Das ist alles, was du mir anbieten kannst, Dulcius?«

»Ist nicht meiner, Herr. Gehört Piso.«

»Aha, und ich dachte, du wärst ein Mann mit kultiviertem Geschmack, Piso«, sagte Tullus, steckte den Pfropfen zurück in die Öffnung und warf Piso den Balg zu. »Hast du den aus Verrucosus' Spelunke?« Damit bezog er sich auf den Betreiber einer schmierigen, heruntergekommenen Taverne in Vetera.

»Nein, Herr, ist junger Wein, das ist alles«, erwiderte er mit einem Augenzwinkern. »Kostet von Metilius' Wein – der ist sogar noch schlimmer.«

Alle schauten zu, während Tullus aus dem zweiten Schlauch trank – Metilius traute sich kaum hinzusehen. Auch jetzt verzog der Centurio das Gesicht. »Bei Bacchus' Eiern! Metilius, das ist wirklich widerlich, verflucht!«

»Ihr habt das Zeug runtergeschluckt, Herr«, entgegnete Metilius, während sich die Kameraden amüsierten und ihn aufzogen. »Dann kann er nicht so schlecht gewesen sein.«

»Nur ein Narr schenkt Wein umsonst aus, wenn er weit von der nächsten Taverne entfernt ist«, antwortete Tullus und nahm noch einen Schluck. Er blickte sich am Feuer um, nachdenklich, abschätzend. »Hattet ihr genug zu beißen heute Abend?«

»Ja, Herr«, erwiderten Piso und die Kameraden. Die Lammkeule erwähnte niemand, in einvernehmlicher Abmachung. Vermutlich hätte Tullus ein Auge zugedrückt, wenn er gewusst hätte, dass sie das Fleisch bei einer anderen Einheit stibitzt hatten, aber Piso wollte es nicht drauf ankommen lassen.

Tullus nahm gegenüber von Piso Platz. »Seid ihr bereit für den Marsch morgen? Bereit zu kämpfen?«

Alle bejahten es laut und vernehmlich, wussten sie doch, dass Tullus das hören wollte.

»Die letzten Tage waren frustrierend, ich weiß, aber wir werden Arminius in die Enge treiben«, verkündete er im Ton der Gewissheit. »Der Tag wird kommen, und dann wird Germanicus uns zu einem großen Sieg führen. Diesmal wird Fortuna uns beistehen, auch Mars – ich spüre es. Und wir werden dabei sein, inmitten der heftigsten Gefechte, Brüder, um sicherzustellen, dass diese germanischen Hurensöhne das Schicksal erleiden, das sie verdient haben.«

Piso und die anderen stimmten ihm begeistert zu. »Roma Victrix!« – »Mars Ultor!« – »Germanicus!«

»Sobald Arminius besiegt ist, werden diejenigen von uns, die in der Legio XVIII dienten, ihre Ehre zurückerlangen. Vielleicht finden wir unseren alten Legionsadler wieder.« Tullus' Blick schweifte zu den Flammen, und mit einem Mal wirkte die Miene des Centurios entrückt im Licht- und Schattenspiel des kleinen Feuers.

Piso schöpfte neuen Mut. »Gibt es neue Berichte von unseren Spähern, Herr? Weiß man etwas über den Verbleib der Standarten?«

Die Falten auf Tullus' Stirn vertieften sich. »Nein.«

Betretenes Schweigen senkte sich herab. Vorsichtig studierte Piso die Mienen der Kameraden und sah, dass die Gefährten genauso ratlos, wenn nicht gar beunruhigt waren. Denn wer vermochte schon zu sagen, ob sie überhaupt je die Standarten der Siebzehnten und Achtzehnten Legion wiederfinden würden?

Erneut gingen die Weinschläuche am Feuer herum, vorerst der einzige Trost für die Legionäre weitab von den Lagern westlich des Rhenus. Als ein Balg bei Tullus ankam, trank der Centurio lange, ehe er den Schlauch an den nächsten Mann weiterreichte, ohne ihn anzusehen, denn sein Blick ruhte nach wie vor auf dem Feuer.

Piso beobachtete seinen Centurio aus dem Augenwinkel und spürte, dass eine neue Sorge an ihm nagte. Die Kameraden aus der alten Einheit wussten, dass ihr Centurio von dem Hinterhalt des Arminius eine im Innern schwärende Wunde davongetragen hatte. Das war Piso nie so klar gewesen wie in diesem Moment. Tullus war ein innerlich zerrissener Mann. Er würde keine Ruhe finden, *konnte* keine Ruhe finden, wie Piso erkannte, bis der Adler der alten Legion wieder sicher in römischem Besitz war.

Auch Piso war der Ansicht, dass Arminius und dessen Verbündete eine Niederlage erleiden würden, aber was das Auffinden der Standarten betraf, war er sich nicht so sicher. Gewiss verwahrten die Stämme die erbeuteten Standarten irgendwo tief im Hinterland, standen die Feldzeichen doch sinnbildlich für die Macht und die Stärke Roms. Vermutlich hatten die Krieger die Adlerstandarten an einen noch sichereren Ort geschafft, nachdem der Aquila der Neunzehnten Legion von den Römern zurückerbeutet worden war.

Als erfahrener Centurio war Tullus der Rückhalt seiner Männer, der Fels, an dem sie Halt fanden, der Mann, auf dessen Führung sie sich verließen. Nicht nur Piso begegnete Tullus mit unverhohlener Ehrfurcht. Bislang hatte Piso nie darüber nachgedacht, dass auch ihr Centurio womöglich menschliche Schwächen hatte, umso nachdenklicher machte es ihn nun, als er sah, wie niedergeschlagen und bedrückt Tullus in die Flammen stierte, keine sechs Schritte von ihm entfernt. Eine namenlose Verlorenheit lag in Tullus' Blick, etwas Gequältes. Seine Schulterpartie wirkte nicht mehr so stramm und straff, sondern drohte nach vorn zu sinken. Das gefiel Piso ganz und gar nicht.

Von den Gefahren, die von den Germanen ausgingen, einmal abgesehen, was mochte die Zukunft einem Mann wie Tullus bringen?, überlegte Piso. Nicht viel, wenn der Adler der Achtzehnten Legion nie gefunden würde. Sirona und Artio waren ihm ans Herz gewachsen, doch selbst diese beiden geliebten Menschen wären nicht imstande, die Verletzung in seinem Innern zu heilen.

»Wir finden ihn, Herr«, sprach Piso plötzlich in die Stille.

Tullus schaute auf. »Wie?«

»Wir werden uns den Aquila zurückholen, Herr, das gelobe ich bei meinem Leben. Ich und meine Brüder hier, wir werden alles dafür geben, ist es nicht so, Jungs?« Piso sah die Kameraden der Reihe nach an, und sein Blick schien keinen Widerspruch zu dulden.

»Natürlich, Herr«, meldete sich Metilius zu Wort. Auch die anderen brachten zum Ausdruck, wie viel ihnen an der Standarte lag. »Der Adler kommt zu uns zurück, Herr.« – »Ganz bestimmt, Herr.« – »Daran gibt es nichts zu rütteln, Herr.«

»Die ganze Kohorte teilt diese Zuversicht, Herr«, fuhr Piso fort, obwohl er sich in diesem Punkt überhaupt nicht sicher war. Aber mit einem Mal spürte er, dass es fortan seine Bestimmung war, auch den anderen Legionären klarzumachen, wie viel Tullus die Rückeroberung der Adlerstandarte bedeutete. Er hatte eine Aufgabe, die es zu erfüllen galt. Er gelobte es im Stillen. Wenn Tullus auch von den anderen hörte, wie wichtig ihnen der Adler war, dann könnte es vielleicht helfen.

Ein kurzes, müdes Lächeln schlich über Tullus' verspannte Miene. »Ihr seid tapfere Jungs. Ein Offizier könnte sich keine besseren Soldaten wünschen.« Den Mund wie unter Schmerzen verzogen, stand er auf und bedeutete den Männern, dass sie nicht seinetwegen aufzustehen brauchten. »Macht nicht mehr zu lange. Morgen wartet ein langer Marsch auf uns.« Mit diesem Rat verschwand er in der Dunkelheit, nicht in Richtung des nächsten Lagerfeuers, sondern in Richtung seines Zelts. Pisos Sorgen kehrten zurück.

12. KAPITEL

»Bei allen Göttern, dort ist es!«, rief Tullus und deutete mit seinem Vitis voraus. »Seht ihr? Dieser Hügel ist von Menschenhand gemacht, wenn ich mich nicht irre.«

Fenestela hatte seine Position am Ende der Centurie verlassen und trat zu Tullus. Kritisch betrachtete er den kleinen Hügel, der sich in einer Entfernung von einigen Hundert Schritten auffällig von der Umgebung abhob. Junge Bäume begrenzten die unteren Ausläufer der Erhebung. »Bei Dianas linker Titte, ich glaube, du hast recht!«, rief er staunend.

»Habe ich nicht meistens recht?«, feixte Tullus.

Seit dem Gespräch am Lagerfeuer bei Piso und dessen Kameraden waren zehn Tage vergangen. Während die Hälfte der gewaltigen Armee einen Halbkreis zur Abwehr der Feinde bildete, durchkämmten die übrigen Legionen, darunter auch die Fünfte, die von sanften Hügeln geprägte Landschaft in der Nähe des Flusses Albis. Hier, zweihundertfünfzig Meilen östlich des Rhenus und einhundert Meilen vom kalten, feindseligen Mare Germanicum entfernt, kam man sich vor wie am Ende des Erdkreises. Seit zwei Tagen schon suchten die Soldaten die Überbleibsel von Drusus' Tropaeum. In diese verlassene Gegend hatte sie Flavus geführt, Arminius' Bruder, da er die Gebiete an der Albis kannte. Das Territorium der Cherusker lag nicht allzu weit entfernt.

»Verflucht seist du …«, entfuhr es Fenestela halblaut, ehe er laut ein »Herr« hinzufügte, da andere Legionäre in der Nähe standen.

Tullus lachte leise und war keineswegs empört. »Wer hätte gedacht, dass es uns noch einmal hierher verschlägt, wie? Falls ich recht habe«, fügte er hinzu. »Weißt du noch, als wir hier zuletzt waren …«

Er hielt inne und dachte zurück an die harten Gefechte, in die seine Einheit einst verwickelt worden war – unter Drusus. Seither war eine ganze Generation junger Männer herangewachsen.

Bei Jupiter, ich werde alt, durchfuhr es Tullus. Die Markomannen hatten gekämpft wie alle germanischen Stämme: tapfer und ausdauernd. Ein zäher Feind. Die Krieger hatten den Tod nicht gefürchtet, auch dann nicht, als sich abzeichnete, dass ihr Kampf erfolglos sein würde …

»War ein verflucht harter Kampf.« Fenestelas Gesichtsausdruck blieb seltsam starr. »Wir verloren mehr als ein Dutzend Männer unserer Centurie.«

»Ja, so war's.« Tullus entwich ein Seufzen. Mit einem Mal machte er sich bewusst, wie viele Männer er im Laufe seiner langen Dienstzeit schon verloren hatte. Einige Kämpfe lagen so lange zurück, Tullus konnte sich nicht mal mehr an die Gesichter einzelner Legionäre erinnern. Und wieder kehrte ein Gefühl von Schuld zurück, weil Tullus glaubte, er hätte mehr Männern das Leben retten müssen, auch wenn ihm dies in der Hitze des Gefechts nicht möglich gewesen war. Dieses unwillkommene schlechte Gewissen lauerte in den dunklen Nischen seiner Seele und kam immer dann zum Vorschein, wenn er in gedrückter Stimmung war oder wenn er an Orten wie diesem stand.

Ein Kribbeln lief über seine Arme. Fast glaubte er, aus dem Augenwinkel schemenhafte Gestalten durchs Dickicht huschen zu sehen, wie Geister, die zu neuem Leben erwachten. Energisch blinzelte Tullus diese Trugbilder fort. Die einzigen Gestalten, die er sah, waren seine Legionäre der Fünften, die in der Marschformation ausharrten. *Es sind gute Männer*, dachte er. Gute Soldaten. Er würde dafür sorgen, dass sie lebend nach Vetera zurückkehrten.

Fenestela deutete auf den Hügel. »Gehen wir hin und schauen nach, ob deine alten Augen recht haben oder nicht, wie?«

»Mit meinen Augen ist alles wie immer, verflucht«, grummelte Tullus und drohte Fenestela mit dem Vitis – halb im Spaß, halb im Ernst, doch da war sein Optio bereits auf dem Weg zum Ende der Centurie.

Tullus gab das Kommando, den Marsch fortzusetzen.

Eine Stunde später stand Tullus oben auf dem Hügel und wartete auf Germanicus. Er hatte den richtigen Riecher gehabt. Denn auf der Kuppe des Hügels war er auf den inzwischen umgestürzten Stamm einer Eiche gestoßen, an dem noch ein altes, verrostetes Kettenhemd hing. Je länger man sich im Umkreis der künstlichen Erhebung umschaute, desto mehr Speerspitzen und Schildbuckel fielen einem ins Auge. Helme und Schwerter, die einst angehäuft worden waren, fanden sich nur selten – nur wenige germanische Krieger konnten sich derart kostspielige Ausrüstung leisten. Daher hatten die Krieger die wertvollen Rüstungsgegenstände im Laufe der Jahre fortgetragen. Kettenhemden waren ebenfalls heiß begehrt und deshalb nicht mehr an Ort und Stelle auffindbar. Auch Drusus hatte nach seinem Sieg über die Markomannen die Leichen der Feinde im Umfeld des Tropaeums liegen lassen, doch später hatten die Krieger ihre Toten fortgeschafft und bestattet. Zur selben Zeit hatten sie den Altar des Drusus eingerissen und die erbeuteten Waffen mitgenommen, die den alten Baum geziert hatten.

Tullus' Soldaten und der Rest der Kohorte waren zufrieden. Die anstrengende Suche war zu Ende, sie hatten die Stätte des Tropaeums gefunden. Bassius hatte drei Centurien befohlen, einen Halbkreis um den Hügel zu formen und die Gegend in östlicher und südlicher Richtung im Auge zu behalten, während der Rest der Kohorte auf das Eintreffen des Feldherrn wartete. Die Männer durften sich nicht setzen, aber Tullus und die anderen Centurionen hatten den Legionären gestattet, die Schilde abzusetzen und die Wurfspeere gegen die Bäume zu lehnen.

Heilige Stätte hin oder her, die Soldaten genossen die Gelegenheit, sich endlich ausruhen zu können. Proviant und Wein wurden verteilt. Die Männer flachsten und unterhielten sich in kleineren Gruppen. Einige nutzten ihre Schilde als Tisch, ließen die Würfel rollen oder spielten Latrunculi. Witze kursierten, zotige Sprüche fielen, aber alles in gedämpftem Ton. Denn die Soldaten standen an einem heiligen Ort, auch wenn sich die Natur den einst mühsam aufgeschütteten Hügel längst zurückerobert hatte und kaum noch etwas von dem Altar und den Insignien des Sieges zu sehen war.

Zweimal ertönte die schrille Pfeife.

Auf dieses Signal hatte Tullus gewartet. Bassius war mit dem Vorschlag einverstanden gewesen, dass Fenestela einige Hundert Schritte entfernt darauf achtete, ob Germanicus auftauchte. Mit den kurzen, schrillen Tönen der Pfeife ließ er Tullus wissen, dass der Feldherr im Anmarsch war.

»Germanicus kommt!«, rief Tullus seinen Männern zu. »Schilde und Speere aufnehmen, ihr faulen Hunde! Aufstellung in der Centurie!«

Kaum hatten die Männer vernommen, dass ihr verehrter Feldherr nahte, griffen sie eilig nach der Ausrüstung. Derweil schritt Tullus an der Einheit auf und ab und trieb diejenigen an, die seiner Ansicht nach nicht schnell genug Aufstellung bezogen. Unter den kritischen Blicken der anderen Centurionen formierten sich auch die beiden anderen Centurien. Als Hufschlag von Pferden zu hören war, hatten die Legionäre einen Kreis um die Erhebung gebildet und richteten ihre Blicke auf den höchsten Punkt des Hügels. Absichtlich hatten die Centurionen eine Lücke in der Formation gelassen, um dem Feldherrn und der Eskorte freien Zugang zum Heiligtum zu ermöglichen. Die Legionäre standen stramm, hatten die Scuta linker Hand abgestellt und die Pila in der Rechten. Ein würdiger, stattlicher Anblick. Tullus war es zufrieden.

Er hatte sich nicht von der umgestürzten Eiche oben auf dem Hügel wegbewegt, neben der noch einige Schildbuckel und Speerspitzen verstreut langen – rostig und angelaufen nach all den Jahren im Freien.

Germanicus' Auftritt verlief so, wie Tullus es erwartet hatte. Der Feldherr trug seine Paradeuniform und ritt einen edlen grauen Hengst, dessen Zaumzeug verziert war. Obwohl die Armee seit Tagen auf dem Marsch war, glänzte Germanicus' Brustpanzer, als wäre er gerade erst geschmiedet worden. Der scharlachrote Busch auf seinem Helm sah aus, als hätte man das Rosshaar eben erst gefärbt. *Von Kopf bis Fuß ein Oberbefehlshaber*, dachte Tullus.

Germanicus war nicht allein gekommen. Im Gefolge befanden sich die üblichen Stabsoffiziere, Leibdiener und Prätorianer. Germanicus stieg vom Pferd und führte es am Zügel bis zu der Stelle, wo Tullus ihn erwartete. Tullus salutierte.

»Mein Feldherr!«, rief er.

Germanicus' strenger Ausdruck verflüchtigte sich.

»Centurio Tullus. So sehen wir uns also wieder.«

»Ja, Herr.«

Germanicus' Blick ruhte bereits auf den Überbleibseln vergangenen Ruhms, vor allem auf den Schildbuckeln in unmittelbarer Nähe der umgestürzten Eiche. Wie selbstverständlich reichte er Tullus die Zügel seines Pferdes, um sich besser an Ort und Stelle umschauen zu können.

»Du denkst also, dass dies die Stätte des Tropaeums ist, das mein Vater errichten ließ.«

»Zuerst war ich mir nicht ganz sicher, Herr. Ich dachte, die Überreste der Waffen seien aus einem anderen Grund hier, aber dann entdeckten wir die alte Eiche. Schließlich habe ich mich hier oben in Ruhe umgeschaut …« Tullus deutete nach Osten. Zwischen den Wipfeln der Buchen und schlanken Fichten, die die Osthälfte des Hügels einnahmen, war das schillernde Band der Albis zu sehen, etwa eine halbe Meile entfernt. »Diesen Anblick vergisst man nicht so schnell.«

Germanicus sah Tullus verwundert an. »Ich wusste gar nicht, dass du schon früher hier warst.«

Ihr habt mich nie gefragt, dachte Tullus. »Es war mir eine Ehre, Drusus dienen zu dürfen, Herr.«

»Hattest du je Gelegenheit, mit ihm zu sprechen?« Ein wehmütiger Unterton lag in dieser Frage.

»Nein, Herr. Ich war nur ein Optio – es gab keinen Grund, dem Feldherrn zu begegnen. Natürlich sah ich ihn oft, und einmal kämpfte ich unweit seiner Position. Er war ein großer Anführer.«

»So heißt es.« Germanicus' Miene wurde kummervoll. »Ich kann mich nur dunkel an ihn erinnern. Die stärksten Eindrücke blieben bei seinem Begräbnis.«

»Er ging zu früh von uns, Herr. Jeder Soldat trauerte damals nach Drusus' Tod. Der Tumulus in Mogontiacum dient der Nachwelt als Beweis.« Tullus konnte sich noch gut erinnern, vor Jahren in dieser Stadt gewesen zu sein. Damals hatte er zugesehen, wie die dort stationierten Truppen einen Wettkampf rund um den Kenotaph des Drusus abhielten.

»Mein Onkel Tiberius erzählte mir einmal, mein Vater habe geplant, mit seiner Armee noch weiter nach Osten vorzustoßen. Kannst du dich an ein solches Ansinnen erinnern?«

»Ja, einst war davon die Rede, Herr. Das Wetter war gut. Es gab genug Zeit, eine Schiffsbrücke über die Albis zu errichten.«

»Dazu ist es nie gekommen. Weißt du, warum?«

Zögerlich suchte Tullus Germanicus' Blick und fragte sich, ob der Feldherr die Antwort nicht längst kannte.

»Gerüchten zufolge träumte Drusus einst von einem riesenhaften Weib aus dem Stamm der Sueben, Herr, einer böswilligen Geistererscheinung. Sie verriet ihm, das Schicksal verbiete ihm, die östlichen Ufer der Albis zu betreten.« Tullus zügelte sich, denn er verspürte nicht den Wunsch, die letzten Worte dieser Geisterfrau zu wiederholen. Drusus hatte sich einem Priester anvertraut, der die Prophezeiung der riesenhaften Frau später in Umlauf brachte, sodass sich die Worte innerhalb der Legion wie ein Lauffeuer verbreitet hatten.

»Sie weissagte ihm, dass das Ende seiner Tage gekommen sei«, sagte Germanicus mit belegter Stimme. »War es nicht so?«

»Ja, Herr, so trug es sich zu.«

Tullus senkte den Blick, den Kopf voller missliebiger Erinnerungen. Sobald das Tropaeum errichtet worden war, hatte Drusus den Befehl gegeben, das Lager abzubrechen und den Rückmarsch zum Rhenus anzutreten, der Hunderte Meilen entfernt lag. Doch der Marsch durch Feindesland erwies sich von Beginn an als mühsam und war voller Widrigkeiten. Wölfe folgten den Legionen und heulten in der Dunkelheit außerhalb der befestigten Marschlager. Nacht für Nacht fielen helle Sterne vom Himmel. Eines Abends hieß es, zwei Jungen seien schweigend an den Zeltreihen vorbeigeritten, obwohl es Kindern untersagt war, ein Marschlager zu betreten. Mehr als einmal gellte das Wehklagen von Frauen durch die Nacht – als hätte man ihnen die Kinder weggenommen –, doch als man bei den Zelten des Trosses nachfragte, was es mit diesem nächtlichen Wehklagen auf sich habe, wusste niemand im Tross, woher diese unheimlichen Laute gekommen waren.

»Das war ein zermürbender Rückmarsch, Herr«, sprach Tullus, »und es wurde nicht besser. Schließlich stürzte Euer Vater schwer vom Pferd …«

Germanicus machte mit einer Hand eine Art Abwehrzauber gegen das Böse.

Es kam höchst selten vor, dass ein Mann unmittelbar nach einem Sturz vom Pferd starb, dennoch war dies Drusus' Schicksal gewesen, wie Tullus sich erinnerte. Vielleicht war der Feldherr tatsächlich einem bösen Geisterwesen begegnet.

»Wie das Schicksal auch immer für meinen Vater ausfiel, ich selbst habe nur Visionen von Siegen«, erklärte Germanicus und sah unverwandt in Richtung der Albis. »Es wäre mir eine Freude, meine Legionen in diesem Sommer weiter gen Osten zu befehligen, aber das ist nicht meine Absicht. Erst muss ich Arminius und die aufständischen Stämme niederwerfen. Wir werden so lange hierbleiben, bis das Tropaeum wieder seine alte Form hat und aufs Neue geweiht werden kann, doch dann werden wir unsere Jagd fortsetzen.«

»Ein guter Plan, Herr.« Tullus war froh, dass Germanicus das Ende seines Vaters mit Fassung trug und eine weihevolle Zeremonie für das Tropaeum im Sinn hatte. Auf diese Weise würde nicht nur Drusus Ehre zuteil, sondern auch den Soldaten, die während Arminius' Hinterhalt ihr Leben lassen mussten.

»Die Männer werden die Gladiatorenkämpfe genießen«, erklärte Germanicus.

»Ihr denkt an Spiele wie bei den großen Begräbnisriten, Herr?«

»Mein Bruder und ich, wir hielten diese Spiele vor einigen Jahren zu Ehren unseres Vaters ab, aber diese Stätte hier ist passender als Rom – ja, hier mögen die Spiele stattfinden, denn hier endete Drusus' Feldzug. Die Götter werden mit Wohlwollen auf solche Opfer herabblicken.« Ein unberechenbares Glimmen lag in Germanicus' Augen. »Wie viele Gefangene haben wir?«

»Über die genauen Zahlen bin ich nicht im Bilde, Herr. Eintausend, vielleicht zweitausend?« Für diese germanischen Stammeskrieger hatte Tullus kein Mitgefühl übrig. An ihren Händen klebte das Blut römischer Legionäre.

»Einst ließ Spartacus vierhundert Gefangene gegeneinander antreten, bis nur noch einer übrig blieb. Dieser Überlebende – ein hochrangiger Centurio – musste die Nachricht der Niederlage nach Rom tragen. Ich lasse mich nicht von einem entlaufenen Sklaven übertrumpfen«, fuhr Germanicus fort und schritt auf und ab, als würde er eine Rede vor dem Senat halten. »Fünfhundert Krieger werden teilnehmen. Mit ihrem Tod werden sie den Schatten meines Vaters ehren, auf dass wir göttlichen Beistand erwirken, um Arminius zu besiegen.«

Tullus war beeindruckt. Er hatte schon vergessen, wie rücksichtslos Germanicus sein konnte. »Und der letzte Kämpfer wird die Nachricht Arminius überbringen, Herr?«

»Ja.« Germanicus' Ton war hart wie Granit. »Dann muss sich Arminius dem Kampf stellen, wenn er kein Feigling ist.«

13. KAPITEL

»Germanicus hat *was* getan?«, brüllte Arminius. Es war später Vormittag, und der Cherusker stand mit bloßem Oberkörper und bis zu den Knien im Fluss in der Nähe seines Lagers, um sich zu waschen. Maelo war mit einigen Kriegern am Ufer erschienen, im Schlepptau einen Mann, der von Germanicus persönlich ins Lager der germanischen Krieger entsandt worden war.

»Er ließ fünfhundert Krieger gegeneinander antreten und zwang sie, bis zum Tod zu kämpfen«, wiederholte Maelo in düsterem Ton. »Alle Überlebenden mussten wieder gegeneinander antreten, und so ging es weiter. Dieser Mann hier ist der einzige Überlebende.«

Arminius starrte auf die Gestalt, die einige Schritte hinter Maelo darauf wartete, vorgelassen zu werden. Ein großer Krieger, der abgekämpft dastand. Das stumpfe Haar fiel ihm ins Gesicht. Seine Tunika und die Hose waren zerrissen, stellenweise waren die zahllosen Schnittwunden unter der zerfetzten Kleidung zu erahnen.

Es grenzt an ein Wunder, dass der Mann noch aufrecht stehen kann, dachte Arminius, und dunkel aufschießender Zorn erfasste ihn. »Wie heißt er?«

»Tudrus. Er ist Dolgubnier.«

Dieser fremde Krieger konnte kein Verwandter jenes Mannes sein, der einst zu Arminius' treusten Gefolgsleuten gehört hatte, aber allein der Name weckte in dem Cherusker traurige Erinnerungen an den Tod des alten Tudrus, den die Römer auf dem Gewissen hatten. Unbändige Wut regte sich in ihm angesichts der Grausamkeit des römischen Feldherrn. In grimmigem Schweigen watete Arminius ans Ufer. Dort trocknete er sich mit seiner alten Tunika ab und warf sich eine saubere über. Dann winkte er Tudrus zu sich.

Bei jedem Schritt, den der Krieger machte, durchzuckte es den Cherusker. Aus einer großen Wunde an der rechten Flanke floss Blut, auch andere Verletzungen waren noch nicht verheilt. Die Nase des Mannes sah gebrochen aus, ein Auge war dunkel verfärbt und halb zugeschwollen.

»Arminius«, stieß er heiser hervor. Für einen kurzen Moment sah er Arminius direkt an, ehe er den Blick senkte und auf seine dreckverkrusteten Füße schaute.

»Nur ein Narr würde sagen, wie gut es sich trifft, dass sich unsere Wege kreuzen, aber gleichwohl heiße ich dich willkommen«, sagte Arminius in seinem charismatischsten Ton. »Du bist also Tudrus vom Stamm der Dolgubnier, wie ich hörte.«

»Der bin ich.«

»Du wirst durstig sein. Oder etwas essen wollen. Ein Heilkundiger wird sich deine Wunden ansehen.«

»Ich bin vierzig Meilen gelaufen, um dich zu finden. Wasser nehme ich gern.«

»Und du bringst uns eine Nachricht von Germanicus?« Er wünschte, der römische Feldherr stünde hier vor ihm, nicht dieser gequälte Krieger. Mit Genugtuung hätte er Germanicus getötet, langsam und qualvoll.

»Ja.« Nichts vermochte den Kummer in diesem einen Wort zu verdecken.

Arminius füllte seinen Wasserschlauch im Fluss und reichte dem Mann den Schlauch. Tudrus trank gierig, wie ein Mann, der eine Ödnis durchschritten und kein einziges Wasserloch gefunden hatte. Zum Dank nickte er Arminius zu und ließ sich dann unter Stöhnen zu Boden sinken.

Arminius setzte sich zu dem erschöpften Dolgubnier.

»Die Dolgubnier sind nicht stark genug, um gegen Germanicus zu kämpfen«, sagte Tudrus, »aber wer ist den Römern schon gewachsen? Aber wir taten unser Bestes, griffen kleinere Patrouillen an und überfielen Fourage-Einheiten, während unsere Frauen und Kinder in Richtung der Albis flohen. Vor zehn Tagen griff die Schar, der ich angehörte, einen römischen Spähtrupp an, dessen Stärke wir unterschätzt hatten. Die meisten meiner Gefährten wurden erschlagen. Ich bekam einen Schlag auf den Kopf und kann mich deshalb an nichts mehr erinnern. Heute wünschte ich, ich wäre mit meinen Gefährten an Ort und Stelle gestorben.« Verbitterung beherrschte die Stimme des Kriegers.

»Aber du lebst«, sagte Arminius, begierig darauf, jedes Detail zu hören.

»Ja. Ich wurde versklavt, auch die anderen armen Kerle, die den Römern in die Hände fielen. Zusammengebunden wie Vieh…«, Tudrus rieb sich den Nacken, wo die groben Stricke gescheuert hatten, »… mussten wir hinter der letzten Kohorte marschieren. Wir schluckten den Staub der Legionäre und traten dauernd in die Scheiße der Maultiere. Jeder, der zu fliehen versuchte, wurde erschlagen. Es war ein dummer, sinnloser Tod, daher wartete ich auf eine bessere Gelegenheit. Bis zum großen Grenzfluss ist es ein weiter Weg, dachte ich. Irgendwann, so glaubte ich, würde mir die Flucht gelingen.« Er machte eine abfällige Handbewegung. »Die Lage änderte sich, als wir an die Albis kamen. Offenbar war Germanicus überwältigt von der Vorstellung, an der Stelle zu stehen, an der sein Vater einst vor fast drei Jahrzehnten stand. Also gab sich dieser Hurensohn von einem Feldherr mit nichts Geringerem zufrieden als mit blutigen Spielen.«

»Und zu diesem Zweck wählte er fünfhundert Kämpfer aus«,

sagte Arminius und malte sich den Ort aus, der einer Arena nachempfunden war.

»Genau. Die Römer haben inzwischen einige Tausend Gefangene gemacht – sie hatten also die Wahl. Centurionen kamen und begutachteten uns wie Tiere auf dem Markt. In die engere Wahl kamen nur die größten und kräftigsten Männer. Man führte uns unverzüglich zum Fuß des Hügels, wo einst Drusus' Altar gestanden hatte. Unterdessen hatten die Legionäre eine große Fläche mit ihren Schilden abgegrenzt. Fünfzig von uns mussten den ersten Kampf bestreiten. Germanicus hatte uns befohlen, dass wir uns alle einen Gegner suchen mussten, denn sonst drohte uns der Tod am Kreuz. Als der Befehl übersetzt wurde, weigerten sich einige der Männer. Sofort sonderte man sie aus und kreuzigte sie in Sichtweite der behelfsmäßigen Arena. Die anderen gehorchten notgedrungen und nahmen die Waffen, die in die Arena geworfen wurden. Natürlich wagte eine Schar daraufhin einen Ausfall, um Germanicus zu töten, doch sie wurden abgeschlachtet, mit Speeren und Pfeilhageln. Diejenigen, die übrig geblieben waren, erhielten noch einmal die Gelegenheit, dem Befehl Folge zu leisten. Also blieben sie und kämpften. Und starben.« Tudrus seufzte.

Bei den Göttern, Germanicus ist gerissen, dachte Arminius. »Und du hast auch gekämpft?«

»Ja. Die Sieger jeder Runde durften sich eine Weile ausruhen, dann mussten sie erneut ran. Wir kämpften weiter, bis nur noch ich übrig war.« Tudrus sprach fast tonlos, sein Blick war starr zu Boden gerichtet. »Man fesselte mich unweit von Germanicus' Platz, und schon wurden die nächsten fünfzig Krieger auf den Kampfplatz getrieben. Später folgte die nächste Gruppe und immer so weiter. So ging es über Stunden, und schließlich waren nur noch zehn von uns am Leben. Wir kämpften weiter, bis nur noch fünf übrig waren. Fünf von fünfhundert!« Tudrus' Stimme erstarb.

Arminius und Maelo hatten wie gebannt zugehört, ergriffen von dem schrecklichen Bericht. Beide sahen Tudrus unverwandt an, aber als sich dann ihre Blicke trafen, sah der eine die unbändige Wut in den Augen des anderen.

»Germanicus ließ einen Offizier eine Münze werfen. Auf diese Weise sollte entschieden werden, wer von uns fünf zusehen sollte, während die letzten beiden Paare gegeneinander antraten«, fuhr der Dolgubnier fort. »So handhabten sie es, als noch drei lebten. Man kann wohl sagen, dass ich im Vorteil war, denn ich *gewann* beide Male, wenn die Münze geworfen wurde. Deshalb durfte ich mich zwei Runden ausruhen, während die anderen armen Schweine keine Verschnaufpause hatten. Der letzte Krieger, gegen den ich kämpfen musste, war so müde, er konnte kaum noch das Schwert in der Hand halten.« Tudrus stieß ein kurzes, freudloses Lachen aus. »Ich bescherte ihm zumindest ein schnelles Ende.«

»Dir blieb keine andere Wahl«, sagte Arminius.

Tudrus sah ihn gequält an. »Jeder Mann hat die Wahl.«

»Sie hätten dich ans Kreuz geschlagen, wenn du dich geweigert hättest.«

»Das stimmt. Ich hätte mir aussuchen können, gleich zu Beginn mit den anderen zu sterben, aber ich tat es nicht. Stattdessen erschlug ich acht Krieger. Acht aus meinem eigenen Stamm. Wie soll ich damit leben?«, fragte er und stützte den Kopf schwer in die Hände. »Wie stehe ich heute da?« Seine Stimme wurde brüchig.

»Als Überlebender«, sagte Arminius und dachte, dass er genauso gehandelt hätte. »Was hat Germanicus dir mit auf den Weg gegeben?« Er musste das fragen.

»Er sagte, seine Legionen sind bereit. Und sie warten nur darauf, dass du und die in Unzucht geborenen Bastarde, die dir nachfolgen, den Mut aufbringen, sich im Kampf zu stellen. Das sollte ich dir überbringen«, schloss er müde.

Das Blut rauschte in Arminius' Ohren. Da ihm bewusst war, dass andere Krieger zuhörten, atmete er tief durch und fragte: »Wohin führt Germanicus seine Truppen?«

»Soweit ich weiß, marschiert er westwärts, um sich mit den Truppen zu vereinigen, die die Angrivarier niederwerfen sollten«, sagte Tudrus.

Diese Information ergibt Sinn, dachte Arminius. Die alte Ruhe überkam ihn, während er überlegte, wie er sich nun verhalten sollte. Germanicus' Ziel war *er*, daher hätten die Legionen nichts davon, die Albis zu überqueren und die Gebiete im Osten mit Krieg und Verwüstung zu überziehen. Weiter im Norden lag die See, im Nordwesten siedelten die Verbündeten der Römer. Im Süden würden die Legionen nur noch tiefer in Feindesland geraten – ein Unterfangen, das selbst für einen waghalsigen Strategen wie Germanicus zu riskant wäre. Demnach blieben nur der Westen und der Südwesten als mögliche Stoßrichtungen der großen Armee.

»So geht unser Katz-und-Maus-Spiel also weiter«, sinnierte er. »Gut. Die Zeit ist auf unserer Seite, nicht auf Germanicus'.«

»Er wird erneut versuchen, dich überhastet in die Schlacht zu locken«, gab Maelo zu bedenken.

»Das stimmt, aber er wird damit keinen Erfolg haben. Früher oder später werden wir seine Legionen an der geeigneten Stelle überfallen, und dann werden wir kämpfen, bei Donar!« Arminius stand auf und legte Tudrus eine Hand auf die Schulter. »Du hast richtig gehandelt. Ich danke dir. Lass dich von unseren Heilkundigen versorgen. Dann gönn dir Ruhe. Nimm dir so viel Essen und Bier, wie du brauchst.«

Tudrus schien die letzten Worte nicht gehört zu haben. »Wirst du die Götter um Rat fragen, ehe die Lager abgebrochen werden?«

Arminius war nie ein beständiger Verehrer der Götter gewesen, doch Donar hatte ihm beigestanden im Kampf gegen Varus'

Legionen, dessen war er sich sicher. Außerdem wäre es hilfreich, die Traditionen zu pflegen. »Ja, vermutlich. Wieso fragst du?«

Tudrus rappelte sich auf. Er war gut eine Handspanne größer als Arminius und bot trotz seiner Verletzungen einen eindrucksvollen Anblick. »Weil ich mich dem Gott hingeben werde. Donar. Mein Leben für den Erfolg in der Schlacht.«

Erschrocken entgegnete Arminius: »Du bist erschöpft, du weißt nicht, was du …«

Doch Tudrus schnitt ihm das Wort ab. »Mein Weib starb vor zwei Jahren, kurz nachdem unser Kind am Fieber starb. All meine Kampfgefährten sind tot oder versklavt. Für mich gibt es keinen Grund mehr zu leben, Arminius. Ich werde hängen, an einem Baum. Ich gebe mein Fleisch für Donars Raben, auf dass sie ein Festmahl bekommen. Möge mein Opfer den Donnergott milde stimmen.«

Arminius' Blick glitt zu Maelo, der nur mit den Schultern zuckte, als wollte er sagen: »Warum nicht?« Schließlich wanderte Arminius' Blick zurück zu dem Dolgubnier. »Bist du dir sicher?«

»Ich war mir nie sicherer. Wenn du es mir nicht erlaubst, hänge ich mich trotzdem auf. Für mich gibt es nichts mehr auf dieser Welt.« Seine Stimme klang nüchtern, fast tonlos.

Das wäre ein gewaltiges Opfer, dachte Arminius. Den Bräuchen zufolge erlangten diejenigen die Aufmerksamkeit der Götter, die sehenden Auges in den Tod gingen. Gewiss würde Donar mit einem wohlmeinenden Lächeln auf Tudrus' Tod herabblicken – auf seinem von Blitzen umzuckten und von Gewitterwolken umkränzten Thron. Arminius war fest davon überzeugt, dass ein solches Opfer aus freien Stücken einem zweiten Kampf zum Erfolg verhelfen würde.

»Was ist nun?«, fragte Tudrus, und seine blutunterlaufenen Augen ruhten auf Arminius.

Ein schlechtes Gewissen plagte den Cherusker, glaubte er doch, dass die Verletzungen Tudrus' Geist benebelt hatten.

Er braucht Ruhe und Pflege, dachte er. *Dann wird er schon bald wieder zu Verstand kommen und den Wunsch verspüren, sein Leben fortzusetzen.* Arminius vertiefte diesen Gedanken einen Moment lang. »Du machst uns ein großzügiges Angebot. Ich werde mit den Priestern reden.«

Ein Zucken lief über Tudrus' Wange, vielleicht war es auch der Ansatz eins Lächelns. »Dann überzeuge die Priester mit deinen Worten, Arminius vom Stamm der Cherusker. Donar sieht uns zu.«

Arminius nickte und spürte, wie ihm der Schweiß in den Nacken lief.

Der Abend senkte sich über das Land, und in den Tiefen des Waldes unweit des Lagers herrschte bereits ein trügerisches Zwielicht. Eine seltsame, für die Jahreszeit untypische Kühle lag in der feuchten Luft. Überall im Wald waren Vogelstimmen zu hören, nur nicht in diesem Abschnitt.

Arminius und Maelo warteten am Rand einer feuchten Lichtung. Im Schatten der Bäume, deren Stämme mit Schädeln von Rindern – und von Menschen – verziert waren, standen sämtliche Anführer der verbündeten Stammesverbände. Niemand sagte ein Wort, dafür war die Atmosphäre zu unheimlich, obwohl alle begierig darauf waren, der Zeremonie beizuwohnen. Arminius war darauf bedacht, sich äußerlich nichts anmerken zu lassen, aber auch er war von Unruhe erfüllt.

In der Mitte der freien Fläche stand ein Altar, aus Stein gehauen und überzogen von geheimnisvollen Runen. Neben dem großen Felsblock lagen zwei Legionäre mit aufgeschlitzten Kehlen. Mit ihrem Opfertod war die Zeremonie eröffnet worden. Priester hatten anhand der Fließrichtung des Blutes erste Weissagen herausgelesen. Als Nächstes hatte das rituelle Verbiegen von Schwertklingen und Speerspitzen begonnen. Große silberne

Kessel waren mit Hämmern bearbeitet worden. Diese Opfergaben würde man alsbald in einen geheiligten Weiher werfen.

Umringt von Akolythen, intonierte ein alter Priester in roter wallender Robe Gebete an Donar. Abseits aller anderen und völlig nackt stand Tudrus und blickte in Richtung des Priesters. Sein Leib war von zahllosen Wunden entstellt. Man hatte ihm die Hände auf dem Rücken zusammengebunden – verletzlicher hätte er nicht aussehen können, und trotzdem stand der Krieger stolz und aufrecht da und reckte das Kinn vor, als wolle er allen Anwesenden kundtun, dass er bereit sei, in den Tod zu gehen.

Der alte Priester, eine leicht nach vorn gebeugte Gestalt, der so alt und grau aussah, als entstamme er einem anderen Zeitalter, hielt in seinem Singsang inne. Die Anspannung auf der Lichtung war mit Händen zu greifen. Arminius spürte, wie sich sein Pulsschlag beschleunigte.

Der Priester trat vor und legte Tudrus eine klauenartige Hand auf den Unterarm. »Bist du ein frei geborener Mann?«

»Ja«, antwortete Tudrus laut und für alle vernehmlich.

»Nenn mir deinen Namen.«

»Ich bin Tudrus, vom Stamm der Dolgubnier.«

»Und du trittst aus freien Stücken vor den Gott?«

»Ja, wenn Donar mein Opfer annimmt.«

Ein kaltes Lächeln zeichnete sich auf dem Gesicht des Priesters ab. »Das hängt ab von der Art deines Todes, Tudrus vom Stamm der Dolgubnier. Entweicht dir nur ein Laut, ehe du dieses Leben hinter dir lässt, wird Donar missgestimmt sein. Deiner Seele wird der Zutritt zur Halle der Krieger verwehrt, und du wirst dazu verdammt sein, auf ewig in der Unterwelt zu wandeln.«

Tudrus verspannte sich. »Ich verstehe.«

Arminius war es gleich, ob Tudrus' Seele in alle Ewigkeit verflucht war – alles, was zählte, war die Gunst der Gottheit. *Wappne dich in deinem Mut, Tudrus*, dachte er. *Sei stark, denn sonst wird dein Opfer mir nicht dienen.*

Der Priester machte eine kurze Kopfbewegung, worauf ein Akolyth Tudrus zu dem Ast einer ausladenden Buche geleitete, der weit in die Lichtung ragte, keine zwanzig Schritte von Arminius entfernt. Dort hing bereits ein Strick herab, das untere Ende zu einer Schlinge gewirkt.

Tudrus nickte Arminius kaum merklich zu, als wolle er sagen: »Dies tue ich für dich.«

Arminius wusste die Geste zu würdigen und erwiderte das Nicken. Erneut regte sich sein Gewissen, aber er rang es nieder. *Donar, nimm den Tod dieses Mannes an*, betete er. *Gewähre mir den Sieg über Germanicus.*

Tudrus neigte das Haupt und ließ sich von dem Akolythen den Strick um den Hals legen. Die Gefährten des Akolythen kamen näher, nahmen das lose Ende des Stricks und zogen es stramm. Tudrus wappnete sich.

»Bist du bereit, der Gottheit zu begegnen, Tudrus?«, hallte die Stimme des Priesters vom Altar herüber.

»Ja«, lautete die feste Antwort.

Der Priester gab einen Befehl, worauf die Akolythen alle zugleich zogen. Tudrus' Körper schwebte eine Handspanne über dem Waldboden. Sein Gesicht war schmerzverzerrt, sein massiger Körper zuckte von einer Seite zur anderen, aber kein Laut kam ihm über die Lippen.

Als die Akolythen erneut zogen, kräftiger als zuvor, pendelte Tudrus so hoch über dem Boden, dass ein zehnjähriger Junge unter ihm hätte durchlaufen können. Sein Gesicht lief dunkelrot an, die Adern am Kopf traten hervor. In seinem Todeskampf zuckte Tudrus vor und zurück, aber immer noch drang kein Laut aus seinem verzerrten Mund. Die Augen traten aus den Höhlen, doch Tudrus suchte Arminius' Blick, so kam es dem Cherusker jedenfalls vor.

Arminius war von Unruhe erfasst und gleichzeitig wie gebannt, aber er hielt dem Blick des Dolgubniers stand, spürte er doch das brennende Verlangen, Tudrus' Ende möge lautlos und der Gottheit gefällig sein.

Die meisten Männer, die auf diese Weise gehängt wurden, starben schnell, aber der Dolgubnier war aus härterem Holz geschnitzt. Arminius hatte siebenmal bis fünfzig gezählt, doch Tudrus wand sich immer noch an dem Strick. Übelkeit überkam Arminius. Tudrus' Todeskampf war so schwer, dass ihm letzten Endes doch noch Schmerzenslaute entweichen würden.

Aber er blieb stumm.

Als Arminius im Stillen bei Fünfhundert angelangt war, bewegte sich Tudrus nicht mehr. Sein Körper erschlaffte. Urin lief ihm über die bloßen Schenkel, den Anwesenden stieg der Geruch von Scheiße in die Nase. Das Gesicht des Kriegers war derart geschwollen und verfärbt, dass keiner mehr zu sagen vermochte, ob Tudrus den Frieden gefunden hatte, nach dem er sich gesehnt hatte.

Arminius' Blick huschte zu dem alten Priester. »Und?«, wollte er rufen, aber jäh aufschießender Aberglaube hinderte ihn daran, die Zeremonie zu unterbrechen.

Gestützt auf einen der Akolythen, schlurfte der alte Priester zu der leicht pendelnden Leiche des Kriegers. Mit einem dürren Finger stieß er den Leichnam an, und alle Anwesenden hielten den Atem an. Arminius verspannte sich.

»Dieser Krieger starb in Würde«, verkündete der Priester. »Donar findet Wohlgefallen an diesem Opfer!«

Erleichterung durchströmte Arminius. Der Sieg würde zu seinen Gunsten ausfallen.

TEIL II

Sommer, 16 n. Chr.

Tief in Germania Magna

14. KAPITEL

Der Nachmittag verging, die Sonne brannte vom klaren Himmel auf die germanischen Stammesgebiete. Die hohen Temperaturen, die nach dem viel zu kühlen Frühjahr zunächst willkommen waren, wurden von Tag zu Tag unangenehmer. Stechmücken schwirrten um Pisos Kopf und piesackten nicht nur ihn, sondern auch die Kameraden, die im Augenblick knietief in den Wassern der Visurgis standen und den kühlen Fluss genossen. Auf Tullus' Geheiß füllten die Männer ihre Wasserschläuche auf.

Seit den blutigen Spielen am Fuße des Tropaeums waren sechs Tage verstrichen, und inzwischen befand sich Germanicus' Armee hundert Meilen westlich von der heiligen Stätte zu Ehren von Drusus. Früher am Tag hatten die Truppen die Visurgis überquert und lagerten nun eine halbe Meile westlich des Ufers. Vier großflächige Lagerplätze, die noch nicht fertiggestellt waren, sollten ausreichend Platz für acht Legionen und die Hilfstruppen bieten. Germanicus ließ der Legio V und der Legio XXI die Ehre zuteilwerden, im selben Lager wie er und die Prätorianer sein zu können.

Am Vortag hatte Pisos Kohorte zusammen mit vier weiteren Einheiten mit dem Bau der Verteidigungsanlagen begonnen – mit den Gräben und dem Wall –, daher fiel ihnen an diesem Tag die leichtere Pflicht zu, Wache zu schieben, während die übrigen Legionäre im Schweiße ihres Angesichts die Fossae aushoben und den Befestigungswall errichteten.

Aus Pisos Sicht hätte es nicht besser laufen können, da er und die Gefährten am Fluss Wache halten durften und somit Zeit und Muße hatten, die Wasservorräte aufzufüllen und sich ein wenig im Fluss abzukühlen. Zwar berichteten die Spähtrupps, dass Arminius und seine Krieger die nähere Umgebung unsicher machten, aber die Germanen hielten sich nach wie vor auf der anderen Seite des Flusses auf. So spät am Tage noch über den Fluss zu setzen barg Gefahren – eine halbe Kohorte Bogenschützen aus den Auxiliareinheiten stand unweit von Piso und den Kameraden bereit, und Germanicus' Armee lagerte keine Meile entfernt.

Unangekündigt bespritzte jemand Piso von hinten. »He!«, rief er, wirbelte herum und sah Dulcius, der sich vorsichtshalber in Sicherheit brachte. Piso schickte seinem Gefährten eine sprühende Welle hinterher. Doch Dulcius teilte erneut aus und ließ die Hand klatschend ins Wasser fahren, sodass Piso wieder unter einer sprühenden Fontäne stand. Die anderen Kameraden sahen einander nur kurz an und beteiligten sich dann an der Wasserschlacht. Eine Weile herrschte Chaos. Der ausgelassenste Moment war vielleicht der, als Metilius Dulcius von hinten die Beine wegzog, sodass Dulcius mit dem Arsch im seichten Flusswasser landete und einmal komplett von Kopf bis Fuß nass wurde.

Schlussendlich beendete Piso das Treiben. »Tullus oder ein anderer Offizier könnte uns sehen«, gab er zu bedenken. »Passen wir lieber auf.«

Keinen Augenblick zu früh nahmen sie ihren Wachdienst wieder auf.

»Ich habe euch genau gesehen, ihr Maden!«, brüllte Tullus und watete durch das seichte Wasser am Ufer in Richtung von Piso und den anderen. »Ihr solltet die Wasserschläuche füllen! Und nicht wie übermütige Halbwüchsige im Wasser herumtollen! Beeilung!«

Wir haben doch nichts gemacht, dachte Piso zerknirscht, aber das sagte er natürlich nicht. Daher drückte er den Balg unter Wasser und wartete, bis er voll Wasser war. Sowie der Korken richtig saß, hängte Piso sich den Schlauch über die linke Schulter und begann, den zweiten zu füllen.

»Tullus hätte das auch gemacht, wenn er normaler Legionär wäre«, raunte Piso Metilius zu, der unmittelbar neben ihm im Wasser stand.

»Was war das?« Tullus kam schnurstracks auf Piso zu.

»Nichts, Herr«, antwortete Piso und wünschte, er hätte den Mund gehalten.

»Hör auf, den Unschuldigen zu mimen, Piso!« Tullus ließ den Vitis mit Wucht aufs Wasser klatschen.

Da Piso befürchtete, den Stock beim nächsten Mal zu spüren zu bekommen, suchte er neue Ausflüchte. »Ich habe nur laut gedacht, wann es wohl endlich zum Kampf mit Arminius kommt, Herr.« Er schluckte und hoffte, sein Centurio möge diese Lüge hinnehmen.

»Dafür ist genug Zeit, wenn ihr heute Abend am Feuer sitzt«, donnerte Tullus. »Bis dahin haltet ihr gefälligst die Klappe und macht das, was ich euch sage, und zwar zügig! Das gilt auch für alle anderen, ihr elenden Hunde! Los, wird's bald!«

Alle machten sich schleunigst daran, die Aufgabe zu Ende zu bringen, während Tullus ihnen mit versteinerter Miene zusah und den Vitis sichtbar hochhielt. Erst als die Männer auch den letzten Schlauch der Einheit nachgefüllt hatten und zum Rest der Kohorte zurückgestapft waren, wandte Tullus seinen strengen Blick von den Legionären. Er kehrte ihnen den Rücken zu und suchte das gegenüberliegende Ufer mit wachem Blick ab. An dieser Stelle war der Fluss nur etwa hundert Schritte breit und nicht besonders tief: Die Truppen hatten diese und drei andere Furten genutzt, um auf das westliche Ufer überzusetzen.

»Was hat der bloß?«, wisperte Piso und zog die Stirn kraus.

»Arminius ist meilenweit entfernt. So melden es jedenfalls die Späher.«

»Ja, er ist unruhiger als sonst«, pflichtete Metilius ihm bei. »Vielleicht weiß er was, was wir nicht wissen können. Oder er hat irgendeine Eingebung.«

»Kann sein.« Unzufrieden schlenderte Piso ein wenig auf und ab. Wenn Tullus sich Sorgen machte, dann sollten die Männer seiner Einheit besser auch auf der Hut sein. Von da an achtete er nicht weiter auf das Gerede seiner Zeltgenossen, sondern behielt seinerseits das andere Ufer im Auge.

Eine Stunde geschah so gut wie nichts, und die meisten Soldaten in diesem Abschnitt hatten längst aufgehört, dem Pfad am anderen Ufer irgendeine Beachtung zu schenken. Sie achteten auch nicht auf die niedrig fliegenden Eisvögel und die kreisrunden Wellen, die immer dann entstanden, wenn Fische nach oben schossen und über dem Wasser nach Insekten schnappten.

Piso hingegen stand schon so lange steif da, dass ihm der Nacken wehtat. Immer wieder schaute er hinüber zu dem Pfad, den Bäumen und dem Buschwerk entlang der Visurgis. Nichts und niemand würde ihn von seinem Wachdienst abbringen – dafür hatte Tullus' Unruhe gesorgt. Da war es fast eine Erleichterung, als plötzlich im schrägen Licht der untergehenden Sonne wie aus dem Nichts Reiter auf dem Pfad am östlichen Ufer erschienen.

»Feind in Sicht!«, rief Piso aus voller Kehle.

Es war, als läge eine knisternde Anspannung in der Luft. Einige Soldaten griffen nach ihren Schilden und Speeren, ehe Tullus und Fenestela überhaupt den Befehl dazu gegeben hatten.

»Gib das Signal ›Feind in Sicht‹!«, rief Tullus dem Bläser zu und schritt vor seiner Centurie auf und ab, den Blick immer noch auf die Reiter geheftet.

Auch in den anderen Centurien hatten die Männer die Reiter entdeckt, sodass bald andere Bläser Signale gaben. Als die Schar Reiter, vielleicht fünfzig an der Zahl, den Ufergürtel erreichte, hatten sich die Centurien formiert: zwei Einheiten breit, drei tief. Auf diese Weise blockierten die Fußtruppen die Furt der Visurgis. Beiderseits der Formation hatten die Bogenschützen der Auxiliareinheiten Aufstellung bezogen, die Pfeile schussbereit.

Eine eigenartige Ruhe lag über allem, während die beiden verfeindeten Einheiten einander beäugten.

»Das ist Arminius, oder ich bin Lagerpräfekt«, zischte Piso, hatte er doch einen edel gekleideten bärtigen Mann auf einem kastanienbraunen Pferd erspäht.

»Bei den Hängetitten von Fortuna«, entfuhr es Metilius. »Du hast recht. Was der wohl will?«

»Das wissen nur die Götter«, sagte Piso und hoffte, Tullus würde den Befehl geben, die Furt zu durchqueren. Es wäre riskant bei dem Gewicht der Ausrüstung, aber Piso war zu allem bereit. Dort drüben – einen Pfeilschuss entfernt – war der elende Bastard, der für den Tod von so vielen Legionären verantwortlich war.

Sprachlos beobachteten die Legionäre, wie Arminius die Hand am Mund zu einem Trichter formte und auf Latein rief: »Heda, Römer! Ist euer Feldherr in der Nähe?«

Bassius, der ranghöchste Offizier der Legion, trat einige Schritte vor. »Welcher Wilde verlangt nach ihm?«, rief er.

Man konnte deutlich sehen, dass Arminius den Mund zu einem Lächeln verzog, sodass seine Zähne sichtbar wurden. »Ich hatte vergessen, was für Rüpel Römer sein können«, spöttelte er. »Ihr nennt mich einen Wilden, dabei seid ihr es, die Frauen und Kinder abschlachten!«

Die Drohungen und Beleidigungen seiner Begleiter hallten über den Fluss.

»Ich sehe dich, Arminius, du verräterischer Hund!«, rief Tullus und trat zu Bassius. »Komm rüber und stell dich zum Kampf! Du gegen mich, wie wäre das?«

Piso und Metilius tauschten aufgeregt Blicke. Arminius war

der Jüngere, doch die Gefährten waren davon überzeugt, dass im Zweikampf ihr Centurio den Sieg davontragen würde. Damit wäre der Gerechtigkeit endlich Genüge getan.

»Centurio Tullus – welch angenehme Überraschung!«, antwortete Arminius und deutete eine spöttische Verbeugung an. »Nein, ich bin nicht gekommen, um mich im Zweikampf zu messen, bedaure, auch wenn mir dies ausgesprochen gut gefallen würde. Ich wünsche meinen Bruder Flavus zu sprechen. Ist er bei euch?«

»Es geht dich einen Dreck an, ob er hier ist oder nicht!«, gab Bassius barsch zurück.

»Haut ab und verzieht euch in euer stinkendes Dorf!«, rief Tullus. »Und wenn du dort ankommst, kannst du ja versuchen, das faule Geschmeiß, das dir nachfolgt, zum Kämpfen zu überreden.«

»Habt ihr den Mut verloren, nachdem wir euch zuletzt in den Arsch getreten haben?«, fügte Bassius hinzu. Sein Blick glitt von rechts nach links. »BOGENSCHÜTZEN! LEGT AN!«

Arminius verspannte sich, doch er machte noch keine Anstalten, sich zurückzuziehen. Ebenso wenig seine Begleiter, die jedoch unruhiger wirkten als zuvor. »Ich komme in friedlicher Absicht!«, rief er über das Wasser.

»Feuert doch endlich«, zischte Piso. »Los, Bassius, gib den Befehl. Töte den Hurensohn, und der Krieg ist vorüber. Tullus sagt doch auch, dass es in ganz Germania keinen anderen Anführer wie Arminius gibt …«

Zehn Herzschläge vergingen, aber Bassius gab den Befehl nicht.

»Also werdet ihr meinen Bruder nicht holen?«, fragte Arminius.

»Sag ›NEIN‹«, murmelte Piso vor sich hin, doch zu seiner Überraschung steckten Bassius und Tullus die Köpfe zusammen und berieten sich.

Kurz darauf rief Bassius mit lauter Stimme: »Warten wir ab, was Germanicus sagt. Wirst du solange warten?«

»Mir scheint, ich habe keine andere Wahl«, lautete Arminius' steife Antwort. »Vorausgesetzt, eure Bogenschützen haben ruhige Hände.«

»Sie feuern, wenn ich es ihnen befehle«, rief Bassius.

Die unverhohlene Drohung zeigte Wirkung, denn Arminius zog sich mit den anderen Reitern so weit vom Ufer zurück, dass Pfeile ihnen nichts mehr anhaben konnten.

Während sich die germanischen Reiter drüben unter Verwünschungen neu formierten, schickten die Legionäre ihrerseits lautstarke Beleidigungen und spöttische Bemerkungen ans andere Ufer.

Piso war gar nicht davon erbaut, als er sah, dass ein Meldereiter ganz in der Nähe den Auftrag erhielt, den Feldherrn ausfindig zu machen.

»Warum macht ihr das …?«, fragte er halblaut, ohne jemanden direkt anzusprechen.

»Germanicus ist der Oberbefehlshaber – er muss bei wichtigen Angelegenheiten gefragt werden, denke ich«, sagte Metilius und nahm einen Schluck aus dem Wasserschlauch.

»Der wird das Gleiche sagen wie Tullus«, mutmaßte Piso. »Dass er abhauen soll.«

Piso irrte sich. Nach einer Weile kehrte der Bote zurück und überbrachte die Nachricht, dass Germanicus Flavus gestattete, mit seinem Bruder zu sprechen. Bassius gab dies an Tullus weiter, der einerseits zufrieden war, andererseits argwöhnisch blieb.

Wen wundert's?, dachte Piso.

Die Schützen der Auxiliareinheiten hielten ihre Position, aber während der Abwesenheit des Meldereiters hatten einige Bogenschützen ihre Pfeile abgefeuert – ob dies auf Geheiß eines böswilligen Bassius' geschehen war, vermochte Piso nicht einzuschätzen. Jedenfalls waren die Pfeile einige Längen vor Arminius in den sandigen Boden eingedrungen, als klarer Beweis, dass die germanischen Reiter immer noch in Reichweite der Bogenschützen waren. Trotz der offenkundigen Gefahr war Arminius erneut bis ans Ufer geritten, um mit Bassius zu reden. Als habe er die Schützen herausfordern wollen, abermals auf ihn zu zielen, ging es Piso durch den Kopf.

»Wo bleibt Flavus?«, rief Arminius schließlich.

»Der kommt gleich«, erwiderte Bassius. »Komm doch rüber und warte hier auf ihn!«

»Für wie dumm haltet ihr mich eigentlich?«, rief Arminius und lachte. »Ich bleibe, wo ich bin, und wenn ich mit meinem Bruder spreche, werden sich eure Bogenschützen zurückziehen. Die Versuchung wäre für einen übereifrigen Offizier zu groß, eine Salve zu befehlen. Vielleicht hast du das sogar im Sinn und willst es ausnutzen, wenn ich abgelenkt bin, Primus Pilus!«

Piso hatte insgeheim gehofft, Bassius würde Arminius sagen, er solle sich zum Hades scheren, aber dazu kam es nicht. Mit säuerlicher Miene schickte der Primus Pilus einen Soldaten ans Ende der Kohorte. Kurz darauf zogen sich die Bogenschützen als Einheit zurück. Derweil stieg Arminius vom Pferd und blieb am Ufer stehen. Doch er beobachtete die Römer mit kalten, wachen Augen.

Piso hatte das Gefühl, vor Aufregung nicht ruhig auf der Stelle stehen zu können. Er spürte das Verlangen, zu handeln. »Was glaubt ihr, wie stehen unsere Chancen, wenn wir versuchen ihn zu überrumpeln – wir könnten ihn überraschen!«

Metilius gab ein Schnauben von sich. »Er säße auf seinem Pferd, ehe wir die Hälfte des Flusses erreicht haben, und das weißt du. Kennst du einen, der schneller als ein Pferd läuft?«

»Schon gut, schon gut.« Enttäuscht spuckte Piso ins Wasser. »Aber mir kribbelt es in den Fingern …«

»Die Bogenschützen waren die einzige Möglichkeit, aber die sind abgezogen. Warten wir ab, was sich die beiden Brüder zu sagen haben.«

Piso nickte und merkte, dass er gespannt war, Zeuge dieser ungewöhnlichen Begegnung zu werden.

Die Sonne war am westlichen Horizont noch ein wenig tiefer gesackt, als Flavus aus Richtung des Lagers geritten kam.

Piso kannte den Cherusker vom Sehen – die meisten wussten, wer der Mann war. Der blonde, stämmige Krieger fiel auf, zumal er ein einnehmendes Wesen besaß. Ihm fehlte ein Auge – eine alte Kriegsverletzung –, und dennoch konnte er einen mit nur einem Auge derart streng fixieren, dass die meisten seinem Blick auswichen. Als Kohorten-Kommandant einer Auxiliareinheit – und natürlich als Bruder des Arminius – nahm er in Germanicus' Armee eine besondere Stellung ein.

Flavus kam für diesen Anlass in glänzender Rüstung und Helm und trug seine Tapferkeitsabzeichen sichtbar für alle und jeden zur Schau. Auf Bassius' Höhe hielt er sein Pferd an, um sich kurz mit dem Primus Pilus auszutauschen. Und die ganze Zeit tat er so, als wäre sein Bruder am anderen Ufer der Visurgis Luft.

»Arminius kocht vor Wut«, sagte Piso und stieß Metilius in hämischer Freude an. »Sieh nur.«

Allein Arminius' Haltung sprach Bände. Mit finsterer Miene stand er da, die Arme vor der Brust verschränkt, doch er beschwerte sich nicht. Kurz darauf stieg Flavus vom Pferd, überließ einem Legionär aus der Ersten Kohorte die Zügel und schlenderte gemächlich zum Flussufer.

»Sei gegrüßt, Bruder!«, rief Arminius. »Bist du wohlauf?«

»Ich war wohlauf, bis ich deiner ansichtig wurde«, antwortete Flavus. »Was willst du, Verräter?«

»Du schimpfst *mich* einen Verräter?«, rief Arminius. »Ich bin nicht derjenige, der sein eigenes Volk vergessen hat. Die Abzeichen, die du so stolz zur Schau trägst, diese kleinen Anhängsel, die Rom dir überlässt, sind nichts anderes als Ausdruck der Sklaverei. Hier stehe ich, als stolzer freier Mann, du aber bist ein treuloser Bastard, der in römischen Diensten allmählich fett und faul wird und keine Schwielen mehr an den Händen hat – du bist nichts anderes als Germanicus' Schoßhund.«

»Anders als du habe ich Wort gehalten, Eidbrecher! Wenn du gekommen bist, um mich zu beleidigen, habe ich dir nur eines zu sagen: Der Tag deines Schicksals naht.« Flavus deutete hinauf zum Himmel. »Donars Raben ziehen dort ihre Kreise, auch wenn du sie noch nicht sehen kannst.« Bei diesen Worten kehrte er dem Fluss den Rücken zu und entfernte sich vom Ufer.

Noch wäre Zeit für ein paar kühne Männer gewesen, weit ins Wasser zu waten und Arminius mit Wurfspeeren zu durchbohren, überlegte Piso und hoffte, entweder Bassius oder Tullus würden den Befehl dazu geben. Doch dieser Befehl blieb aus – offenbar hatte Germanicus angeordnet, die Begegnung der beiden Brüder sei gleichbedeutend mit einer Art Waffenstillstand. Nach Pisos Dafürhalten hatte der Feldherr hier eine große Chance vertan. Er selbst, ein einfacher Legionär, vermochte nichts auszurichten.

Flavus war auf halbem Weg zu seinem Pferd, als Arminius erneut die Stimme hob.

»Was ist mit Thusnelda geschehen?« Die Verachtung, die er Flavus entgegengebracht hatte, war verflogen – sein Tonfall war nahezu flehend.

Der blonde Cherusker warf einen Blick zurück über die Schulter. Ein Ausdruck von Bedauern, vielleicht gar Traurigkeit, huschte über seine vom Krieg gezeichneten Züge. »Sie wird respektvoll behandelt und lebt in einer Villa in Ravenna.«

»Und mein Kind?« Wehmut und Sehnen lagen in Arminius' Stimme.

»Sie gebar dir einen Sohn.«

»Ich habe einen Sohn«, sagte Arminius und senkte den Kopf

andächtig. »Einen Sohn.« Sein Blick wanderte wieder zu der Stelle, wo Flavus stand. »Welchen Namen hat sie ihm gegeben?«

»Thumelicus. Er wächst und gedeiht und krabbelt schon, wie ich hörte.«

»Wird man sie je freilassen?«

»Die Antwort darauf kennst du so gut wie ich, Bruder«, erwiderte Flavus mit einem verächtlichen Blick. »Wenn du dein Heer auflöst und dich Germanicus unterwirfst, dann verspreche ich dir, mich für dich und die Deinen einzusetzen.«

»Genauso gut könnte ich mein Haupt vor dem Richtblock des Henkers beugen!«, rief Arminius empört, und Zorn loderte in seinen Augen. »Germanicus bleibt die Bedeutung der Milde verschlossen! Frag die Marser, die Chatten oder die Angrivarier!«

Arminius' Begleiter, die näher ans Ufer getreten waren, um die Unterhaltung besser hören zu können, stimmten ein wütendes Rufen an.

»Tötet Germanicus!«, rief einer von ihnen auf Latein. »Tod dem Tiberius!«

Flavus verlor allmählich die Geduld.

»Gib mir die Zügel!«, rief er und entriss sie dem verdutzten Legionär, der das Pferd gehalten hatte. Dann schwang er sich auf den Rücken des Tiers und lenkte es noch einmal zum Fluss. »Bleib, wo du bist, Bruder, dann können wir die Sache ein für alle Mal entscheiden.«

»Ein guter Vorschlag!«, rief Arminius und lenkte sein Pferd ebenfalls zum Fluss. »Wir waren noch Kinder, da habe ich dich schon gehörig durchgeprügelt! Daran hat sich nichts geändert!«

Pisos aufkeimende Hoffnung, jeden Augenblick Zeuge eines harten Kampfes in der Mitte des Flusses zu werden, zerschlug sich, als Bassius Flavus anbrüllte, er solle sich gefälligst vom Ufer zurückziehen. Als der blonde Cherusker offenbar nicht hörte, schickte Bassius Tullus los, der eilig zum Fluss lief. Als hochrangiger Centurio konnte er es sich herausnehmen, dem Präfekten einer Ala einmal kräftig auf den Oberschenkel zu schlagen. Damit sicherte sich Tullus Flavus' Aufmerksamkeit, auch wenn der blonde Cherusker den Centurio mit feurigem Blick aus nur einem Auge musterte.

Piso und die anderen konnten nicht verstehen, was die beiden unten am Fluss sagten, aber es war offensichtlich, dass Flavus aufgebracht und alles andere als zufrieden war. Er machte eine obszöne Geste in Arminius' Richtung, der inzwischen wieder auf dem Pferd saß.

»Unser Kampf wird warten müssen!«, rief Flavus.

»Feigling!«, reizte Arminius ihn.

»Verräter!«, schoss Flavus ebenso gehässig zurück.

»Geh zurück zu Germanicus und küss ihm die Füße, du willenloser Wurm!«

Flavus setzte zu einer wüsten Beleidigung an, doch Tullus unterband das mit einer scharfen Bemerkung, die indes nicht bis an Pisos Ohren drang. Schließlich riss der blonde Cherusker das Pferd herum und ritt zurück zum römischen Lager, ohne sich noch einmal zu Arminius umzudrehen, der nicht müde wurde, eine Beleidigung nach der anderen zu ersinnen.

»Hol die Bogenschützen!«, rief Bassius, worauf einer der Legionäre in dieselbe Richtung lief, die Flavus eingeschlagen hatte. Doch als die Schützen in Richtung Flussufer marschierten, hatte Arminius seine Schimpftirade bereits eingestellt. Allerdings zog er sich nicht sofort zurück, sondern besaß die Dreistigkeit, sich zunächst mit seinen engsten Beratern am Ufer zu besprechen.

Dieses selbstgefällige Gehabe schmeckte den Legionären gar nicht. Unmut machte sich in den Reihen der Soldaten breit, erste Rufe wurden laut. Einige verließen die Formation und traten ans Ufer. Die anderen Centurionen und Optios pfiffen die Männer jedoch sofort wieder zurück.

»Ist schon ein durchtriebener Bastard«, knurrte Piso, den es immer noch in den Fingern juckte, Arminius nachzusetzen.

»Das ist er«, sagte Tullus, der aus irgendeinem Grund schon wieder gehört hatte, was Piso gesagt hatte. »Und er versucht, uns unterschwellig zu beeinflussen. Achtet nicht weiter auf diese Made. Er wird sich schon verziehen, wenn die Bogenschützen eintreffen.«

Tullus sollte recht behalten, und kurze Zeit später überhäuften die Legionäre Arminius und dessen Begleiter mit Flüchen und Beschimpfungen, als sich die Germanen gemächlich zurückzogen. Kaum dass die Schützen entlang des Ufers Stellung bezogen hatten, befahl Bassius die erste Salve. Häme machte sich in den Reihen der Legionäre breit, als sich der betont langsame Rückzug der Germanen in eine überhastete Flucht verwandelte.

»Da haben sie, was sie brauchen!«, rief Metilius.

Piso hatte seine Zweifel. Dass sich Arminius aus der Reichweite der Schützen zurückzog, bedeutete noch nicht, dass er ein Feigling war – im Gegenteil. Das Selbstvertrauen und die Überheblichkeit des Cheruskers waren mit Händen zu greifen gewesen. Piso zerbrach sich den Kopf, als der Befehl kam, zurück zum Lager zu marschieren.

Was hatte dieser schlaue Fuchs Arminius jetzt wieder ersonnen?

15. KAPITEL

Tullus war bereit und fieberte dem Kampf geradezu entgegen. Seine Soldaten, seine Kohorte waren bereit. Die Legion saß wie auf heißen Kohlen – wie die gesamte Armee. Einen Tag zuvor waren sich Arminius und Flavus an den Ufern der Visurgis begegnet, und inzwischen meldeten die Späher entlang des Flusses, dass sich Arminius' Krieger am anderen Ufer sammelten. Germanicus' Antwort hatte nicht lange auf sich warten lassen – die gesamte Armee hatte entlang des Ufers Aufstellung bezogen, kampfbereit.

Tullus war natürlich vertraut mit dem langsamen, zeitraubenden Formieren der Männer angesichts der Umgebung und der enormen Anzahl an Soldaten, trotzdem hatte es ihm unter den Nägeln gebrannt, endlich tätig zu werden. Seit der Begegnung der so ungleichen Brüder unten am Fluss brannte das Verlangen nach Vergeltung in Tullus stärker als zuvor.

Endlich hatte das Warten ein Ende. Die Soldaten hatten in vier langen Reihen Aufstellung bezogen. Ihre Blicke waren nach Osten gerichtet, zur anderen Seite des Flusses. Langsam stieg die Sonne ihrem Zenit entgegen, das Wiehern der aufgeregten Pferde legte sich, die Rufe der Offiziere waren verhallt. Eine eigenartige Ruhe lag über den Soldaten, nirgendwo gruben sich noch genagelte Sandalen in den Untergrund.

Am anderen Ufer der Visurgis steigerten sich die Germanen in wüste Rufe und Beschimpfungen hinein, auf römischer Seite blieb es indes ruhig. Tullus war diese Ruhe vor dem Sturm vertraut, dennoch krampfte sich einem bei der trügerischen Stille der Magen zusammen. Bis zu sechzigtausend Soldaten warteten darauf, gegen Arminius' Heer in die Schlacht zu ziehen. Der Tod würde reiche Ernte einfahren, und zwar schon bald.

Alles Mögliche stürmte in diesem Moment auf Tullus ein. Die Fußtruppen der Auxiliareinheiten bildeten die vorderen Reihen, in diesem Falle eine Mischung aus Kriegern der Räter, Vindeliker und Gallier. Die Fünfte Legion stand zwar in der Mitte der zweiten Reihe, aber Tullus sah nichts als Hilfstruppen vor sich. Daher musste er sich auf die Befehle verlassen, die bis zur Fünften durchgegeben wurden, oder auf die wenigen Nachrichten, die die Meldereiter überbrachten. Seine Ungeduld nahm weiter zu.

Fenestela stapfte vom hinteren Ende der Centurie zu Tullus, in ähnlich missgelaunter Stimmung. »Schon was Neues?«

»Leider nein.«

Fenestela fluchte. Schließlich meinte er: »Arminius setzt darauf, dass wir den Fluss überqueren, oder? Die Wälder drüben auf seiner Seite wären passend für einen Hinterhalt.«

»Deshalb wird ja auch die Kavallerie nach drüben geschickt«, sagte Tullus.

Fenestela strich sich den Bart, sagte aber nichts.

Reiter sind taktisch beweglicher als Fußtruppen, dachte Tullus, aber das bedeutete nicht, dass diese Taktik ohne Risiken war. Da Germanicus ahnte, was auf dem Spiel stand, hatte er zwei hochrangige Offiziere beauftragt, den Zangenangriff zu befehligen: Den Legaten Stertinius und Aemilius, den Primus Pilus der Ersten Legion. Die batavische Reiterei sollte beiden Einheiten unmittelbar folgen, mit der Maßgabe, Arminius in der Mitte zu bedrängen.

Mars, bring ihnen den Sieg, betete Tullus. *Mach, dass wir bald zu ihnen stoßen können. Gemeinsam werden wir Arminius zermalmen.*

»Ist die Kavallerie schon los?«

»Das hätten wir gehört«, antwortete Tullus in gereiztem Ton.

Dunkel schwollen die Signale der Tubae an. Der Boden begann zu erbeben, als sich kurz darauf die berittenen Einheiten in Bewegung setzten – allerdings konnte Tullus die Reiter von seiner Position aus nicht sehen.

Fenestela lächelte dunkel. »Los geht's – endlich.«

»Und wir dürfen weiter warten«, grummelte Tullus.

»Zumindest hast du Arminius' Aufstellung sehen können«, meinte sein Optio. »Erklär mir noch mal, was er vorhat.« Nachdem sich Tullus' Einheit formiert hatte, hatte Bassius Tullus gestattet, das Schlachtfeld auszukundschaften. Fenestela indes hatte bei den Männern bleiben müssen.

Tullus war dankbar für die Unterbrechung gewesen und beschrieb Fenestela nun, was er zwei Stunden zuvor von einer erhöhten Stelle unten am Fluss hatte sehen können.

»Drüben reicht freies, offenes Gelände bis zum Fluss, zu beiden Seiten schließen sich Wälder an, zumeist Eichen und Buchen. Arminius' Krieger haben sich offenbar am Ende des offenen Geländes formiert, den Wald im Rücken.«

»Aber er wird in den Waldstücken beiderseits der Ebene Krieger postiert haben, oder nicht?«

»Vermutlich. Stertinius und Aemilius sollten beim Vorrücken lieber die Augen offen halten«, sagte Tullus und rieb sich die Knöchel der rechten Hand. Er hatte keinen Zweifel daran, dass sie den Germanen zahlenmäßig überlegen waren, aber bei einem Mann wie Arminius wusste man nie …

Kurz darauf jubelten die Männer der Auxiliareinheiten unten am Fluss, als die Bataver auf beiden Flügeln losritten. Aus der Ferne drang der Barritus der Germanen herüber. Der Schlachtgesang klang weder laut noch bedrohlich, trotzdem stiegen unliebsame Erinnerungen in Tullus hoch. Da er befürchtete, die Kriegsrufe könnten die Moral seiner Männer untergraben, schritt er vor seiner Centurie auf und ab. Keinen Augenblick zu früh. Ob es nun an dem Barritus lag oder nicht, seine Männer wirkten unruhig.

»Ihr seid tapfere Legionäre!«, rief er. »Bleibt bei mir, dann schaffen wir es!«

»Wann werden wir endlich kämpfen, Herr?«, hörte er Calvus' Stimme.

»Schneller, als du denkst«, ließ sich ein Soldat aus den hinteren Reihen vernehmen.

Einige kicherten, aber offenbar versuchten sie nur, die eigene Unsicherheit zu überspielen.

Tullus brachte mit erhobener Hand Ruhe in die Einheit. Die Bemerkungen verstummten.

»Alles hängt davon ab, was den Reitern widerfährt!«, rief er. »Wenn alles glattläuft, werden sie die feindliche Formation durchbrechen. Daraufhin wird Germanicus den Auxiliareinheiten den Befehl zum Vorrücken geben. Könnte durchaus sein, dass sie die Linien der Germanen durchbrechen – und unsere Aufgabe übernehmen, sozusagen.«

»Hoffen wir's«, kam es unbestimmbar aus der Mitte der Centurie.

»Genug jetzt!«, rief Tullus barsch. Es stellte ihn zufrieden, als er hörte, dass etliche Legionäre in den hinteren Reihen dem Schuldigen mit harschen Worten zusetzten. »Sollten die Auxiliareinheiten Hilfe benötigen«, erklärte Tullus weiter, »werden wir mit den drei anderen Legionen übersetzen.«

Calvus nickte Tullus entschlossen zu. *Er ist noch Rekrut, aber tapfer*, dachte Tullus. *Möge Fortuna beschließen, dass das genügt, ihn am Leben zu lassen.*

»Denkt immer daran, was wir geübt haben, Männer«, sagte Tullus eindringlich. »Bleibt dicht bei euren Kameraden. Zielt gut, sobald ihr die Speere schleudert. Stoßt ihr auf den Feind, haltet die Schilde hoch. Vergesst nicht, den Schildbuckel einzusetzen – das ist eine Waffe, nicht nur eine polierte Fläche, die bei Paraden zur Geltung kommt oder euch als Spiegel dient. Ich hab gesehen, wie du dich manchmal wie ein Pfau betrachtest, Antonius«, sagte er und deutete auf einen Soldaten, der sich selbst für den hübschesten Kerl in der ganzen Centurie hielt.

Tullus ließ zu, dass Antonius eine Weile die Beleidigungen der Kameraden ertragen musste, ehe er fortfuhr: »Brecht eurem direkten Gegner die Nase mit dem Schildbuckel, dann ist er so benommen, dass ihr ihm die Klinge in den Leib rammen könnt. Selbst wenn er sich wegduckt, präsentiert er euch den ungeschützten Hals, sodass ihr ihm die Kehle aufschlitzen könnt. Ist gar nicht so schwer, glaubt mir.« Er zwinkerte den Männern in vorderster Reihe zu.

Seine Legionäre setzten ein raubtierähnliches Grinsen auf, und schon war das zuvor spürbare Unbehagen verflogen.

Doch ein gewisses Maß an Ungewissheit kehrte zurück, als jede Menge Geräusche in der Luft lagen. Pferde sprengten vorbei, Männer riefen durcheinander. Hornstöße schallten weit über den Fluss. Im selben Zuge schwoll der Barritus der Germanen an. Der Wind trug erste Schreie herüber, Waffenklirren setzte ein. Weiter vorn feuerten die Kämpfer der Auxiliareinheiten ihre berittenen Gefährten an.

Tullus schöpfte neue Zuversicht – der Kampf verlief gut, zumindest im Augenblick. Dennoch, die innere Anspannung nahm weiter zu. Um sich abzulenken, wandte er sich wieder an seine Männer und malte ihnen aus, dass die Feinde wie die Hasen laufen würden, sobald die Centurien vorrückten.

Kurz darauf brach Jubel aus, als Germanicus den Fluss überquerte, geschützt von vier Kohorten Prätorianern, denn der Feldherr wollte mit eigenen Augen sehen, was am anderen Ufer geschah. Die Fußtruppen der Verbündeten, die als Nächstes vorrücken sollten, stimmten Gesänge in ihren Sprachen an und bliesen in ihre fremdartigen Hörner und Kriegstrompeten.

Derweil traten Tullus' Soldaten von einem Bein aufs andere, ein jeder wollte nichts anderes als dieses Warten hinter sich lassen. Immer wieder trug er den Männern auf, die Ausrüstung zu überprüfen. Zum Pissen durfte keiner mehr austreten, daher musste man die Blase dort leeren, wo man stand, oft zum Unwillen der unmittelbaren Nachbarn. Die zornigsten Blicke erntete Calvus. Zwar musste er nicht pinkeln, dafür übergab er sich aber schwallartig und verteilte seine Kotze im Nacken des Vordermanns – ausgerechnet Piso. Dieser fuhr wütend herum und verpasste Calvus ein blaues Auge.

Tullus tat so, als habe er diesen Zwischenfall übersehen. Pisos Wut war nachvollziehbar. Tullus lachte in sich hinein, als er hörte, dass Piso dem armen Kerl befahl, an diesem Abend seinen Schuppenpanzer zu säubern. »Und du schrubbst so lange, bis alles heller glänzt als am ersten Tag, hast du mich verstanden, du Stück Scheiße?«

»Tut mir leid«, nuschelte Calvus, krebsrot vor Verlegenheit.

»Das kommt ein bisschen zu spät«, knurrte Piso. »Hab ich da noch Brot oder Brei im Nacken kleben, du Mistkerl?«

Calvus schüttelte jämmerlich den Kopf.

Piso schaute wieder geradeaus, während Calvus noch eine ganze Weile Beleidigungen über sich ergehen lassen musste.

Tullus nahm sich vor, am Abend so zu tun, als rieche Piso immer noch nach Erbrochenem – selbst wenn das gar nicht stimmte. Ein bisschen Spaß musste eben sein.

Die Zeit floss träge dahin. Das Lärmen auf der anderen Seite der Visurgis hielt an, doch niemand vermochte zu sagen, wer im Augenblick die Oberhand hatte. Tullus vermutete, dass die Germanen tapfer gegen die Reiterei aushielten, denn die Auxiliareinheiten waren immer noch nicht in die Schlacht geschickt worden. Kein gutes Zeichen – die römischen Alae hätten inzwischen durchbrechen müssen.

Tullus wusste aus Erfahrung, dass die Reiterei nur dann schlagkräftig war, wenn sie schnelle Erfolge erzielte. Lange Scharmützel an einer Stelle erwiesen sich für die Reiter oft als nachteilig.

Bald stießen die Männer der Hilfstruppen vorn ein allgemeines *AHHHH* der Enttäuschung aus. Demnach lief nicht alles nach Plan, wie Tullus sich in grimmigem Schweigen bewusst machte. Er hielt die Anspannung nicht länger aus. Daher befahl er Fenestela, ihn zu vertreten, und schritt dann auf die erstbeste Lücke in der Formation der Auxiliartruppen zu. Dort angekommen, stellte sich Tullus auf die Zehenspitzen und versuchte, sich einen Überblick über das zähe Ringen von Fußtruppen und Kavallerie am anderen Ufer zu verschaffen, als die Cornicines im Umfeld von Germanicus zum Rückzug bliesen.

»Was ist geschehen, Herr?«, rief Piso, als er zu seinen Männern zurückkehrte.

»Frag im Hades nach, verflucht!«, schimpfte Tullus. »Bestimmt nichts Gutes!«

Einige Stunden danach machten unterschiedliche Versionen des Geschehens die Runde im Marschlager. Tullus ahnte, dass es sich dabei hauptsächlich um Gerüchte handelte, und hielt sich mit seiner Meinung zurück. Zunächst wollte er mit jemandem sprechen, der den Verlauf des Kampfes aus nächster Nähe verfolgt hatte.

Eine Weile lungerte er am Haupttor herum, bis er zufällig einen Bekannten erblickte, einen Optio, den alle nur Eisenfaust nannten. Tullus hatte nie einen besseren Faustkämpfer gesehen, obwohl der Soldat schon Ende dreißig war. Eisenfaust wusste zu berichten, dass die beiden Einheiten der Reiterei den Fluss ohne Schwierigkeiten überquert und den Feind dann sofort auf den Flanken attackiert hatten. Kurz darauf waren die Bataver durchs flache Flussbett gesprengt, an der Spitze ihr charismatischer Anführer Chariovalda. In gestrecktem Galopp hatten sie auf Arminius' Heer zugehalten, worauf sich eine kleine berittene Schar der Feinde hastig zurückzog, um auf der offenen Ebene nicht unter die donnernden Hufe der Bataver zu geraten. Die Bataver, siegesgewiss, hatten nachgesetzt, aber dann zu spät erkannt, dass es eine Falle war.

»Als sie der fliehenden Reiterschar nachsetzten, tauchten Hunderte Krieger auf. Wie aus dem Nichts, aber es war klar, dass sie sich zwischen den Bäumen versteckt hatten«, berichtete Eisenfaust weiter. »Es war ein Gemetzel, Herr, aber man kennt ja die Bataver. Sie formierten sich neu und kämpften wie wilde Tiere. Viele ließen ihr Leben, aber sie erschlugen etliche ihrer Feinde. Chariovalda fiel in dem Gemenge, mit vielen Edlen seines Volkes, doch der Rest hielt aus, bis wir den Feind gänzlich zurückdrängten.«

»Kein Wunder, dass Germanicus zum Rückzug blasen ließ«, bemerkte Tullus.

»Es war die richtige Entscheidung, Herr«, pflichtete Eisenfaust ihm bei. »Für die Legionen war zu wenig Raum, um abseits des Kampfgeschehens vorzurücken, da sich plötzlich weitere Krieger aus dem Wald lösten. Aber morgen ist auch noch ein Tag, oder nicht? Das passiert uns nicht zweimal.«

»Genau«, meinte Tullus und war erleichtert, dass die Verluste auf römischer Seite verhältnismäßig gering ausgefallen waren. Allerdings fragte er sich, wie die weiteren Befehle aussehen mochten.

Bei Einbruch der Dunkelheit hatten die Meldegänger immer noch keine Befehle aus Germanicus' Kommandantenzelt überbracht, was aber nicht sonderlich überraschte. Denn Germanicus war dafür bekannt, die taktische Vorgehensweise in Ruhe zu überdenken, zumal sie es mit einem cleveren, verschlagenen Gegner zu tun hatten. Es war durchaus denkbar, dass Arminius seine Krieger bis zum Morgengrauen abzog, um eine andere Stelle für einen Hinterhalt zu suchen. Möglich war auch, dass die Germanen auf der Ebene am Fluss Gräben zogen und abdeckten, um die Reiter in eine Falle zu locken. Selbst ein Angriff auf die Marschlager der Legionen war nicht ausgeschlossen.

Obwohl es unter den gegebenen Umständen ratsam war, abzuwarten, was der Morgen brachte, hatte Arminius' Auftauchen Tullus' Wunsch nach Rache aufs Neue befeuert. Rückblickend ahnte er, dass sie während des Zusammentreffens mit Flavus hätten handeln müssen. Diese Gelegenheit hatte Germanicus ungenutzt verstreichen lassen. Tullus ärgerte sich überdies, dass die Schlacht nicht an diesem Tag entschieden worden war.

Als sich der Mond am Himmel blicken ließ, zog sich Tullus, reizbar und missgelaunt, in den Abschnitt des befestigten Lagers zurück, der seiner Centurie zugeteilt worden war. Der Feldherr hatte die Anzahl der Wachen verdoppeln lassen. Alle fünfzig Schritte stand ein Bogenschütze auf den Wehrgängen.

Tullus saß vor seinem Zelt, stierte in die zunehmende Dunkelheit und fragte sich, was sich Arminius in diesem Moment im Lager der Krieger ausdachte. Die Spähtrupps hatten gemeldet, dass die Cherusker keine zwei Meilen entfernt lagerten.

Früher hätte Tullus um Erlaubnis gebeten, einen kleinen Stoßtrupp anzuführen, um den Anführer der Cherusker zu ermorden, aber inzwischen fühlte er sich zu alt dafür. Da niemand genau wusste, wo sich Arminius im Augenblick aufhielt, wäre eine solche Mission schon zum Scheitern verurteilt gewesen, ehe sie angefangen hätte. Nein, die beste Gelegenheit, Arminius zu erschlagen, böte sich ihnen in offener Schlacht.

Tullus hatte seinen Platz am Feuer verlassen und stand kurze Zeit später auf dem befestigten Wall, den Blick in eine unbestimmte Ferne gerichtet.

»Glaubt Ihr, wir kämpfen morgen, Herr?« Pisos Gestalt schälte sich aus dem Zwielicht, seine glänzende Rüstung – zweifellos Calvus' Verdienst – war im Schein des Mondes schon auf fünfzehn Schritte zu sehen.

»Hängt ganz von Germanicus ab«, erwiderte Tullus ziemlich barsch, »und gesprochen habe ich schon länger nicht mehr mit ihm.«

»Verstehe, Herr«, sagte Piso hörbar enttäuscht und setzte seinen Weg fort, in Richtung des nächsten Wachpostens.

Tullus blickte hinab in den Graben vor dem Wall, ehe er den Blick in die Ferne schweifen ließ, dorthin, wo sich im Schutz der Dunkelheit die Ebene jenseits der Visurgis erstreckte. Im Umkreis des Lagers hatten die Pioniere sämtliche Bäume gefällt, damit sich der Feind nicht heimlich anschleichen konnte. Ein Teil der Baumstämme war zu Feuerholz verarbeitet worden oder verstärkte die Pila muralia entlang des Wallsystems.

Am Nachthimmel zogen nur wenige Wolken vorüber, sodass das helle Mondlicht den Wachen half, Ausschau nach dem Feind zu halten. Sosehr Tullus seine Augen auch anstrengte, er konnte nichts Auffälliges entdecken: keine Bewegungen, keine Schemen im Zwielicht. In der Ferne war eine Eule zu hören, kurz darauf wurde der einsame Schrei in noch weiterer Ferne aufgegriffen.

»Wer da?« Es war Piso. Seine Stimme klang angespannt, aufgeregt.

»Was ist?« Tullus' Blick flog zu Piso, dann wieder zum Graben.

»Ich hab was gesehen, Herr, keine zweihundert Schritte entfernt.«

Einmal mehr verfluchte Tullus seine Augen, die wahrlich nicht mehr zu einem jungen Mann gehörten. Erneut spähte er in die Dunkelheit. Diesmal sah er die Gestalt, die sich in geduckter Haltung dem breiten Graben näherte. Tullus war kurz davor, Alarm zu schlagen, doch er sah nur diesen einzelnen Späher, sonst niemanden.

Ein Krieger allein würde kaum Schaden anrichten – es konnte nur ein Germane sein, da sich zu dieser Stunde keine römischen Soldaten mehr außerhalb der befestigten Wälle aufhielten. Dennoch war es ratsam, auf alles vorbereitet zu sein.

»Sag dem nächsten Bogenschützen, er soll einen Brandpfeil entzünden«, zischte Tullus in Pisos Richtung. »Auf mein Kommando feuert er in den Graben und setzt das Holz in Brand.«

Zwischen den Krähenfüßen zur Abwehr der Feinde hatte man bündelweise trockene Zweige gelegt. Im Falle eines nächtlichen Angriffs setzte man diese Zweige in Brand, um den Feind besser sehen zu können.

Funken stoben neben Piso, als sich der Bogenschütze daranmachte, den vorbereiteten Brandpfeil mit dem Feuerstein zu entzünden.

Tullus hielt erneut Ausschau nach der Gestalt und entdeckte den Späher dann etwa hundert Schritte entfernt. Laut rief er den Mann an, zuerst in der Volkssprache, dann auf Latein. »HALT!«

Der Mann hielt in seinen Bewegungen inne. »Ich – unbewaffnet – ich – kommen in Frieden«, rief er zurück, in schlechtem Latein. *Also kein Römer*, dachte Tullus.

»Bleib, wo du bist«, befahl er.

Eine kleine Flamme züngelte neben Piso. Der Bogenschütze hatte das Pech an der Pfeilspitze entzündet.

»Schieß!«, rief Tullus.

Eine gelbliche Feuerspur zog sich vom Wehrgang bis in den Graben. Einen Moment lang drohte die Flamme zu ersterben, doch dann lebte sie im leichten Wind auf und entzündete die knochentrockenen Zweige.

Tullus wartete, bis der Schein der Flammen hell genug war, bevor er erneut rief: »Heb die Hände hoch! Komm langsam näher, damit ich sehen kann, was du machst!«

Der Mann gehorchte. Er kam nur langsam näher. Vorsichtshalber hatte Tullus aber den erstbesten Cornicen kommen lassen. Inzwischen waren weitere Bogenschützen und Wachposten alarmiert und standen bereit. Als der Mann auf dreißig Schritte herangekommen war, rief Tullus erneut: »HALT!«

Der Mann war eher klein und schmächtig, trug eine zerschlissene Tunika und eine schmutzige Hose. Das schmale, verhärmte Gesicht deutete auf harte Lebensumstände hin. Gehorsam hielt er die Arme in die Höhe und schaute mit einem Ausdruck von Niedergeschlagenheit hinauf zum Wall.

»Ich – warte«, sagte er mit starkem Akzent auf Latein.

»Das sollst du auch, verflucht!«, grollte Tullus und schaute über die brennenden Zweige im Graben hinweg. »Seht ihr noch andere?«, wandte er sich an Piso und den Wachposten auf der anderen Seite.

Beide reckten die Hälse und verneinten dann. Auch Tullus konnte keine Bedrohung entdecken.

»Geh langsam weiter«, warnte er den Mann. »HALT!«, befahl er, als der Germane unmittelbar am Rand des Grabens stand.

Dieser Mann stellt keine Bedrohung dar, beschloss Tullus. »Bleibt wachsam. Haltet die Augen offen, falls sich doch noch Feinde nähern«, sagte er zu Piso und den anderen Wachen.

»Was willst du?«, verlangte Tullus laut.

»Ich – Chatte – möchte sprechen.«

»Das sehe ich! Deine Leute werden dich einen Verräter nennen, weil du vor uns stehst – warum hast du dich von ihnen abgesetzt?«

Der Mann blickte sich gehetzt um. »Ich – geflohen mit Gefährten – ich zu viel getrunken – ich sollte zurück zu Siedlung – hat Anführer gesagt …«

Achte auf die, die du vergraulst, Arminius, ging es Tullus mit einiger Befriedigung durch den Kopf. Die äußere Erscheinung des Mannes deutete darauf hin, dass er die Wahrheit sagte, zumindest was das Zechen betraf.

»Gut, du kommst also zu uns. Warum?«, bohrte Tullus nach.

»Ich habe Information – über Arminius' Pläne.«

Der Mann hatte Tullus bislang nicht sonderlich interessiert, doch mit einem Mal spürte er, dass seine eigene Aufregung zunahm. Er sah zu Piso. »Irgendetwas gesehen?« Piso schüttelte den Kopf. Auch die übrigen Wachen auf dem Wall hatten nichts Auffälliges bemerkt. Falls Arminius einen Angriff plante, so wäre die Ausführung verflucht stümperhaft.

Tullus dachte nach. Dann befahl er dem Mann, zum nächsten Tor zu gehen, kletterte die Leiter am Wall hinab und machte sich auf den Weg, den Germanen zu treffen.

16. KAPITEL

Mit Pech eingeschmierte Fackeln, deren spitze Enden im Boden saßen, erleuchteten den Eingang zu Germanicus' riesigem Zelt. Um das gesamte Kommandozelt standen in regelmäßigen Abständen Prätorianer, ein jeder hatte eine Fackel neben sich. Seit dem Anschlag auf den Feldherrn in Vetera hatte Germanicus nichts an diesen Vorsichtsmaßnahmen geändert, er wurde Tag und Nacht bewacht. Tullus fand dies nicht übertrieben, sondern beruhigend – Germanicus bedeutete ihm viel. Nicht nur, dass der Feldherr Tullus' Karriere wiederbelebt hatte, er war darüber hinaus vor allem ein ausgezeichneter Anführer. Es brauchte einen Mann wie Germanicus, den gefährlichen Cherusker zu bezwingen und dessen Heer zu vernichten – aus Tullus' Sicht gehörte noch die Rückeroberung des Adlers der Legio XVIII zu den erklärten Zielen.

Allerdings erstreckte sich Tullus' Respekt vor dem Neffen des Herrschers nicht auf die Leibwachen. Die Prätorianer erhielten im Vergleich zum einfachen Legionär einen ungeheuer hohen Sold, hatten aber oft wenig Kampferfahrung. Trotzdem hielten sich diese Soldaten meist für etwas Besseres, was sie nicht selten Centurionen spüren ließen. Das war nur einer der Gründe, warum Prätorianer bei den Legionären unbeliebt waren.

Tullus hielt geradewegs auf die beiden Wachen zu, die den Zelteingang bewachten. Der Chatte, den er zuvor auf Waffen untersucht hatte, eilte hinterdrein, gefolgt von Piso und Metilius, die vorsichtshalber die Hände auf ihren Schwertgriffen hatten.

»Halt!«, bellten beide Prätorianer wie aus einem Munde.

Tullus kam der Aufforderung nach, musterte die Wachen jedoch mit scharfem, unfreundlichem Blick.

»Nenn uns deinen Namen, deinen Rang und dein Begehr«, fuhr ihn der Größere der beiden an, ein massiges Ungetüm, zwei Handspannen größer als Tullus.

»Centurio Tullus, Zweite Centurie, Erste Kohorte, Fünfte Legion. Ich wünsche, den Feldherrn zu sprechen.«

Der hünenhafte Prätorianer sah seinen Kameraden an und zog fragend die Braue hoch. »Der will den Kommandanten sprechen, zu dieser Stunde?« Sein kalter Blick glitt zurück zu Tullus. »Ist ein bisschen spät, Centurio.«

Tullus hatte das Gefühl, dass dem Hünen das Wort »Centurio« spöttisch über die Lippen gekommen war. Allmählich regte sich in ihm die alte Wut gegenüber Dickschädeln wie diesem.

»Mir ist durchaus bewusst, dass ich zu vorgerückter Stunde komme. Aber ich bringe wichtige Neuigkeiten«, gab er barsch zurück.

»Wir haben unsere Anweisungen, Herr. Der Feldherr hat sich bereits für die Nacht zurückgezogen.« Die Überheblichkeit im Tonfall dieses Mannes war für Tullus unerträglich.

»Er wird aber trotzdem hören wollen, was dieser Mann hier zu sagen hat.« Bei diesen Worten deutete er mit dem Daumen über die Schulter auf den Gefangenen.

Verachtung lag im Blick des Prätorianers, als er den Krieger musterte. Dann sah er von Piso zu Metilius und richtete seine Aufmerksamkeit schließlich wieder auf Tullus.

»Aha«, grummelte er, »dieser Wilde da hat also etwas zu sagen, Herr?«

»Ganz genau«, erwiderte Tullus, und sein Zorn wallte erneut auf.

»Ich kann mir nicht vorstellen, dass der Feldherr geweckt werden möchte, nur um sich dieses Stück Dreck anzusehen, Herr.«

Tullus war mit seiner Geduld am Ende. »Das kannst du dir also nicht vorstellen, wie?«, sagte er spöttisch. »Kein Wunder!«

Der Prätorianer zog die Stirn kraus. »Ich …«

»Halt dein Maul, du aufgeblasene Made!« Tullus setzte sein gesamtes Stimmvolumen ein. »Ich war schon Centurio, als du dir noch nicht selber den Arsch abwischen konntest, Mann. Während du deine Rüstung auf Paraden zur Schau gestellt hast, habe ich mein Leben in einer Schlacht nach der anderen aufs Spiel gesetzt und mehr Feinde erschlagen, als du dir überhaupt vorstellen kannst! Germanicus kennt mich, und dieses Stück Dreck, wie du sagst, ist ein Deserteur aus Arminius' Lager! Daher rate ich dir, den Feldherrn zu wecken, und zwar JETZT!«

Der massige Prätorianer suchte nach Worten, bekam aber keinen Satz mehr auf die Reihe. Auch sein Gefährte war sprachlos.

»Hast du mich verstanden, du nutzloses Stück Scheiße?«, donnerte Tullus.

»Ja, Herr.« Ein letztes Mal blickte der Hüne zu seinem Kameraden, als wolle er sagen »Was soll ich machen?«, und verschwand dann im Innern des Zelts.

Tullus wartete und tat so, als wäre der zweite Wächter gar nicht da. Sowohl Piso als auch Metilius schienen froh zu sein – *das dürfte meinen Jungs gefallen*, dachte er, *wenn die Prätorianer zurechtgestutzt werden*.

Kurz darauf tauchte der Hüne wieder auf und meldete einsilbig, Tullus möge auf einen Stabsoffizier warten. Dann trat der Offizier auch schon aus dem Zelt und war noch damit beschäftigt, den beschlagenen Gürtel zu richten. Der Mann mochte Anfang dreißig sein, war dünn und hatte sich das Haar mit Öl zurückgestrichen. Er begegnete Tullus mit einem kleinen Lächeln – unter anderen Umständen wäre dieser Offizier vermutlich abweisender gewesen – und fragte dann auffallend höflich: »Du bist der Centurio Tullus?«

»Der bin ich, Herr.« Tullus bereitete es großes Vergnügen, als er sah, dass sich Unbehagen auf dem Gesicht des hünenhaften Prätorianers zeigte. *Ja, genau, ich könnte deine Karriere hier und jetzt beenden, wenn ich dieses Zelt betrete*, dachte er. *Nimm das, du Made*.

Die leicht hochmütige Miene des Stabsoffiziers löste sich weiter auf. »Und du hast Neuigkeiten für den Feldherrn?«

Tullus deutete auf den Chatten. »Dieser Mann kommt aus Arminius' Lager, Herr. Ich denke, Germanicus möchte hören, was er zu sagen hat.«

»Wie du meinst«, sagte der Offizier und rümpfte die Nase. »Du und der Wilde, ihr kommt mit mir.«

Der Stabsoffizier führte Tullus und den verängstigten Krieger durch einen Vorraum, der mit Teppichen ausgelegt war. Bemalte Statuen von Mars, Juno und Minerva – die heilige Trias der Gottheiten – standen in angedeuteten Nischen und schienen jeden Schritt der Besucher zu verfolgen. Der Geruch von schwelenden Dochten hing in der Luft, was Tullus vermuten ließ, dass die Öllampen auf den brusthohen bronzenen Ständern bis eben noch gebrannt hatten. Aller Wahrscheinlichkeit nach hatte Germanicus noch gar nicht geschlafen.

Sie folgten dem Offizier durch einige abgetrennte Bereiche und kamen an weiteren Nischen vorbei, von denen eine dem Herrscher Tiberius vorbehalten war. In einer anderen Ecke entdeckte Tullus ein Lararium, einen kultischen Schrein, den man in fast allen römischen Häusern antraf. Der nächstfolgende Bereich innerhalb des riesigen Zeltes war einem Speiseraum nachempfunden, mit drei bequemen Sitzbänken und einem niedrigen Tisch. *So leben die Mächtigen*, dachte Tullus. Selbst auf Feldzügen speiste Germanicus ähnlich luxuriös wie in den Palästen Roms. Die Soldaten indes saßen im Freien und konnten froh sein, wenn sie ein Feuer hatten.

Der Offizier blieb vor einem üppig gerafften wollenen Vorhang stehen, der vom Muster her einem Mosaik ähnelte. Davor hielten zwei weitere Prätorianer mit unbewegter Miene Wache. Der Stabsoffizier nickte den Männern zu und machte sich dann mit einem Hüsteln bemerkbar. »Herr?«

»Wer ist da?«, forderte Germanicus von der anderen Seite des Vorhangs.

»Centurio Tullus ist hier bei mir, Herr. Er bringt einen germanischen Krieger mit, der angeblich wichtige Neuigkeiten hat.«

»Schick Tullus zu mir.«

»Sofort, Herr.« Der Offizier gab Tullus mit einer Geste zu verstehen, dass er eintreten sollte.

Der Krieger der Chatten sah alles andere als zuversichtlich aus.

»Keine Sorge, dir tut keiner was.« Tullus hob den Vorhang an.

Bei dem Raum dahinter handelte es sich nicht um Germanicus' Schlafbereich, wie Tullus erleichtert feststellte, sondern um einen weiteren Vorraum, um Gäste zu empfangen. In einer Ecke stand die bemalte Büste eines streng dreinblickenden Tiberius, mit Hängebacken wie im richtigen Leben, der über alles und jeden zu wachen schien. Entlang der Wände standen lange, bequeme Sitzbänke. Auf einem Schreibpult aus Eichenholz, dessen Beine in geschnitzten Löwenhäuptern endeten, stapelten sich Dokumente neben Tintenfässchen mit Atramentum und ehernen Stili. Die Tischoberfläche wies bronzene Einlegearbeiten auf, wie Tullus auf den zweiten Blick bemerkte.

Ein müde aussehender Germanicus schaute von der Schreibarbeit auf, als Tullus eintrat. Der Feldherr trug eine Tunika mit breitem Purpurstreifen am unteren Saum. Auch ohne Brustpanzer und Helm besaß er eine Ausstrahlung, die einem Respekt abverlangte.

»Ich hätte mir denken können, dass du es bist«, sagte er, als Tullus grüßte.

Tullus wusste nie recht, ob Germanicus einfach so scherzte oder mit seinem Gegenüber ein Spielchen trieb – wahrscheinlich traf meistens beides zu –, daher sagte er fast ein wenig undeutlich: »Tut mir leid, wenn ich störe, Herr. Ich wäre nicht gekommen, wenn es nicht so dringlich wäre.«

Germanicus lächelte breit. »Worum geht es?«

Tullus erklärte kurz und knapp, was es mit dem Krieger der Chatten auf sich hatte, ehe er den Germanen hereinholte. Der Feldherr hörte ruhig zu und zog leicht eine Braue hoch.

»Dies ist Germanicus, unser Feldherr und Statthalter der römischen Gebiete entlang des Rhenus, er ist der Neffe des Herrschers Tiberius. Er gehört zu den bedeutendsten Männern im gesamten Reich«, sagte Tullus zu dem Krieger, ehe er ihn eindringlich aufforderte, dem Feldherrn Respekt zu zollen. »Knie nieder, Mann!«, zischte er.

Der Krieger tat, wie ihm geheißen, auch wenn es unbeholfen aussah.

Verärgert drückte Tullus diesem Wurm von einem Germanen, der sich wohl selbst allen anderen gleichgestellt fühlte, den Kopf weiter nach unten, sodass der Chatte gezwungen war, die Beschaffenheit der Teppiche zu betrachten, die den Boden bedeckten.

»Du rührst dich erst, wenn du dazu aufgefordert wirst«, schärfte er ihm ein, auf Latein, dann – etwas holpriger – in der Sprache der Völker entlang des Rhenus.

»Was hast du mir denn da für einen armseligen Wicht angeschleppt, Centurio?«, merkte Germanicus trocken an.

»Da habt Ihr recht, Herr«, pflichtete Tullus ihm bei. »Aber an seiner Geschichte muss etwas Wahres dran sein. Er spielt gern und scheint rauflustig zu sein, und wie es aussieht, hat ihm sein Anführer befohlen, Arminius' Lager zu verlassen und in seine

Siedlung zurückzukehren. Missgelaunt machte er sich auf den Weg, allerdings zu unserem Marschlager, Herr.«

»Du da!«, fuhr Germanicus den Mann an.

Tullus raunte ihm zu: »Sieh den Feldherrn an!«, worauf der Chatte den Blick hob.

»Ja, Herr?«, fragte er auf Latein.

»Sag mir, was du weißt.«

Ermuntert von Tullus' Nicken, fing der Krieger an. Wenn man dem Chatten Glauben schenken durfte, hatte sich Arminius für die kommenden Tage für den Ort entschieden, an dem er gegen die Legionen kämpfen würde – oder es zumindest versuchen wollte. In dieser Nacht würden sich die Stammesführer mit Arminius in einem heiligen Hain treffen, der Donar geweiht war, um den Donnergott um göttlichen Beistand während des Unterfangens zu bitten.

»Aber da ist noch mehr«, eröffnete der Krieger ihnen. »Er hat außerdem vor, euer Lager anzugreifen. Im Schutz der Dunkelheit, falls möglich.«

Germanicus hatte schweigend zugehört. Verunsichert blickte der Krieger hastig zu Tullus, der ihm zu verstehen gab, abzuwarten.

»Was denkst du, Centurio?«, wandte sich der Feldherr an ihn.

Tullus war einen Moment lang überrumpelt, denn was zählte seine Einschätzung? »Herr?«

»Sagt er die Wahrheit?«

Tullus spürte den verzweifelten Blick des Kriegers. Wenn er nun verneinte, würde den Mann ein schnelles Ende ereilen. Aber das machte Tullus nichts aus – wenn der Krieger log, hatte er den Tod verdient. Viel wichtiger war es indes, Germanicus mit Rat zur Seite zu stehen. Zehn Herzschläge vergingen.

»Ich denke, er spricht die Wahrheit, Herr«, sagte Tullus schließlich. »Wenn er uns nur etwas vorspielt, so vermag er sich gut zu verstellen.«

»Das wäre auch meine Schlussfolgerung gewesen.« Germanicus nickte. »Aber nehmen wir an, dass er auf Arminius' Geheiß hier ist – was dann?«

»Mir scheint, dass Euch dann mehrere Möglichkeiten bleiben, Herr. Ihr bräuchtet Euch nicht auf den Ort einzulassen, den Arminius vorgibt, denn Ihr könntet ihm zuvorkommen und ihn an einem anderen Ort stellen. Auf den nächtlichen Angriff können wir uns vorbereiten. Unter Caecina kam es zu einem ähnlichen Angriff, mit schweren Verlusten auf gegnerischer Seite. Und wenn dieser Mann die Wahrheit sagt, wie wir vermuten, dann seid Ihr Arminius einen Schritt voraus.«

Abermals senkte sich Schweigen herab, das Tullus nicht zu brechen wagte. Er hatte gesagt, was er dachte – der Rest lag bei Germanicus. Da der Krieger zu ahnen schien, dass sein Schicksal an einem dünnen Faden hing, senkte er den Blick.

»Wie ich hörte, sind die Männer beunruhigt von den Ereignissen des heutigen Tages«, bemerkte Germanicus unvermutet. »Würdest du mir da zustimmen?«

»Ich kann nur für meine eigenen Soldaten sprechen, Herr«, sagte Tullus, »aber sie sind ein wenig neben der Spur. Nichts, worüber man besorgt sein müsste – es ist keineswegs so wie vorigen Herbst. Die Männer werden morgen kämpfen, wenn Ihr es anordnet.«

»Gut.« Germanicus erhob sich und bedachte den knienden Krieger mit einem nachdenklichen Nicken. »Ich glaube dir, Mann. Du wirst hier im Lager bleiben, bewacht von zwei Legionären, bis wir wirklich wissen, ob deine Geschichte der Wahrheit entspricht. Sollten sich die Dinge so entwickeln, wie du es darstellst, wirst du entlohnt werden. Falls du aber gelogen hast …«

»Tausend Dank, Herr«, rief der Chatte. »Ich – nicht gelogen. Ihr werdet sehen.«

Germanicus überließ den Krieger den Prätorianern, die ihn abführten.

Da Tullus damit rechnete, ebenfalls wegtreten zu dürfen, war er umso überraschter, als Germanicus sagte: »Begleite mich ein wenig.«

»Herr?«

»Ich möchte einen kleinen Spaziergang durchs Lager machen.«

Tullus spürte die ersten Anzeichen von Unruhe. »Jetzt, Herr, zu dieser Stunde?«

»Ja, Centurio, ich möchte wissen, wie die Stimmung unter den Männern ist, insbesondere bei den Auxiliareinheiten. Dann weiß ich, ob ihre Moral nach den heutigen Ereignissen tatsächlich gelitten hat. Denn es war ein Desaster«, betonte der Feldherr zu Tullus' Erstaunen. »Chariovalda war ein Narr, und zu viele Männer fanden den Tod, seinetwegen. Er hatte die ausdrückliche Anweisung, Arminius in der Mitte anzugreifen und alle Finten oder Attacken kleinerer Verbände zu ignorieren. Es war eine simple Falle – ein Kind hätte das geahnt –, aber der Bataver lief geradewegs hinein. Dieser Wirrkopf.«

Tullus zog es vor, zu schweigen.

Augenblicke später lachte Germanicus. »Ich wette, du hättest deinen Befehl genau ausgeführt.« Er wehrte spielerisch ab, als Tullus sich anschickte, darauf etwas zu erwidern. »Du brauchst nicht zu antworten. Hättest du den Angriff geleitet, würden wir heute Nacht unseren Sieg feiern, glaube mir. Also, wirst du mich nun begleiten?«

»Es wäre mir eine Ehre, Herr. Aber nehmt meinen Mantel«, schlug Tullus vor und löste die Fibel an seinem Paludamentum. »Er ist ziemlich abgetragen, aber umso besser für Euch, denn dann hält man Euch nicht für den Feldherrn.«

»Aber du müsstest dich auch unkenntlich machen, Centurio.«

»Zwei meiner Männer warten draußen, ich leihe mir von einem das Paenula.«

»Ich kümmere mich darum.« Germanicus senkte die Stimme. »Wir verlassen das Zelt am hinteren Eingang.«

»Und was ist mit Euren Wachen, Herr?«

»Was soll mit denen sein?« Eine fast kindliche Abenteuerlust leuchtete in Germanicus' Augen. »Ich bin nicht in Gefahr. Ich weiß ja dich an meiner Seite.«

»Ja, Herr«, sagte Tullus in einem Ton, der viel selbstbewusster klang, als er sich tatsächlich fühlte.

Wenn Germanicus etwas zustieße, würde man ihm, Tullus, schwere Vorwürfe machen.

17. KAPITEL

Arminius schob die in Stiefeln steckenden Füße etwas näher ans Feuer und legte sich den Mantel enger um die Schultern. Es war spät geworden – nahezu Mitternacht. Ab und an war das leise Wiehern eines Pferds zu hören, auch gedämpfte Stimmen aus den Zelten in der Nähe. Ein Käuzchen rief aus einer der in Dunkelheit liegenden Baumkronen.

Die Nachtluft war frisch, doch es war fast windstill. Jede Atemwolke, die er ausstieß, verflüchtigte sich hinauf zum klaren Himmel. Dort prangte eine helle, weißlich gelbe Mondscheibe und machte die Sterne zu unbedeutenden Lichtpünktchen.

Arminius hatte sich über Stunden mit Maelo über den Kampf an diesem Tag unterhalten. Beide Krieger waren frustriert, da man eine große Gelegenheit ungenutzt hatte verstreichen lassen. Wäre auch der Rest der Kavallerie auf Arminius' Trick hereingefallen, so hätte Germanicus gewiss die Legionen über den Fluss geschickt, um den Reitern zu Hilfe zu kommen. Auf der Ebene wären die Legionäre jedoch in die Zange genommen worden, da in beiden Waldabschnitten Tausende Krieger gelauert hatten. Es wäre ein Gemetzel geworden. Aber Germanicus hatte wieder einmal unter Beweis gestellt, dass er nichts überhastet anging, und seine Legionäre waren diszipliniert wie eh und je gewesen, sodass es auf römischer Seite lediglich bei den Batavern zu hohen Verlusten gekommen war. Auch die Alae, die dem Reitervolk zu Hilfe geeilt waren, hatten Männer verloren.

»Nicht alles lief schlecht«, meinte Arminius. »Immerhin musste Germanicus schneller über die Visurgis zurück, als ihm lieb sein konnte. Also ein Rückzug, der eines Feldherrn unwürdig ist, denke ich. Seine Männer werden gesehen haben, dass ihr Anführer sich nur mit Mühe und Not retten konnte. Allein das dürfte ihrer Moral zugesetzt haben.«

»Was für ein Jammer mit diesem Hurensohn von einem Chatten, wie?«, grummelte Maelo. »Wenn die Römer ihm seine Geschichte abkaufen, weiß Germanicus von unserem Vorhaben, das Lager anzugreifen.«

Arminius nickte finster. Einer der Anführer der Chatten hatte ihnen erzählt, einer der Männer sei aus dem Lager verbannt worden, weil er Unruhe stiftete und zu viel zechte. Anstatt in die Siedlung zurückzukehren, sei der Krieger jedoch in Richtung der römischen Marschlager davongeschlichen. Ein Wachposten hatte ihn noch gesehen, dann war der Mann in der Dunkelheit verschwunden.

»Vielleicht hat er sich auch den Hals gebrochen«, meinte Maelo und trank schlürfend aus seinem Weinschlauch.

»Ich vermute, dass er in diesem Moment vor Germanicus steht und alles ausplaudert, was er weiß.«

»Dann blasen wir also den Angriff ab?«

Am Abend waren Arminius' Befehle weitergegeben worden. Mehr als zwei Drittel seines Heeres standen bereit, um die römischen Marschlager noch vor Sonnenaufgang anzugreifen. Der Rest sollte allen Feinden auflauern, die aus den Lagern flohen.

»Nein. Wir müssen zuschlagen, solange das Eisen heiß ist. Die Anführer sind begierig darauf, endlich anzugreifen. Auch die Krieger.« Arminius spürte Maelos Blick. »Keine Sorge, die Stümperei vom letzten Jahr wird sich nicht wiederholen. Ich schicke Späher los, die die Lager auskundschaften sollen. Falls sich abzeichnet, dass die Römer von unserem Vorhaben wissen, blasen wir die ganze Sache ab.«

Maelo atmete erleichtert auf. »Idistaviso scheint mir ein gutes Terrain für die Schlacht zu sein, wenn es hart auf hart kommt.«

»Was fehlt, ist der Fluss, aber es dürfte genügen, so Donar will«, sprach Arminius und strich über seinen gestutzten Kinnbart. Selbst wenn der Angriff auf die Lager erfolgreich verliefe, würden die Krieger keinen endgültigen Sieg davontragen. Dafür waren die Befestigungen zu gut, ganz zu schweigen von der Truppenstärke der Römer. Aber wenn Germanicus anbiss und sich aus dem Lager locken ließe, würde die eigentliche Schlacht auf den Feldern von Idistaviso stattfinden, auf einer Ebene also, die einige Meilen entfernt lag. Der Wald grenzte an allen Seiten an diese Ebene.

Arminius' Plan sah vor, die Krieger in dem Wald im Osten aufzustellen, sodass sie von dort aus sowohl den flachen Abschnitt des offenen Geländes als auch das höhere Terrain kontrollieren konnten. Germanicus' Truppen wären auf einer Strecke von einer Viertelmeile auf offenem Feld, wenn sie bis zu Arminius' Kriegern vorstoßen wollten, und diese Zeitspanne könnten die anderen Krieger nutzen, um die römischen Legionen auf beiden Seiten anzugreifen.

Doch Arminius machte sich nichts vor. Es würde zu kleineren Scharmützeln kommen, kein Vergleich also zu den Vorteilen, die die Krieger vor nunmehr sieben Jahren hatten, als Varus in den Hinterhalt geriet. All das war Arminius natürlich bewusst, aber er konnte nicht den ganzen Sommer zögern und zaudern. Die Stammesführer wurden allmählich ungeduldig.

»Was glaubst du, wie unsere Chancen stehen? Wird der Kampf ausgeglichen sein? Sind wir leicht im Vorteil?« Maelo sprach nüchtern.

»Ich weiß nicht, ob wir groß im Vorteil sind.« Arminius lachte bitter auf. »Aber es könnte ausgeglichen sein, wenn Donar uns beisteht.«

»Hatte Tudrus' Opfer überhaupt eine Bedeutung, frage ich mich manchmal.«

»Wer weiß das schon?« Arminius war mit einem Mal unbehaglich zumute, befürchtete er doch, Donar könne durchschaut haben, dass bei Tudrus' Opfer die eigennützigen Beweggründe des Cheruskers im Vordergrund gestanden hatten. »Die Götter tun das, was ihnen beliebt.«

»So ist es immer gewesen. Wir sind in ihrer Hand.«

»Aber eine Sache können wir noch tun«, betonte Arminius, als er jemanden sah, der in ihre Richtung kam.

»Wer ist das?«, zischte Maelo und griff nach seinem Schwert.

»Ganz ruhig. Das ist ein Krieger der Usipeter, mit dem ich erst kürzlich sprach. Er spricht Latein fast akzentfrei.«

»Wie?«, rief Maelo verwundert und spuckte den Schluck Wein wieder aus, den er gerade erst genommen hatte.

»Vor unserem Hinterhalt für Varus lebte der Mann in Vetera. Stell dir vor, damals hat seine Mutter für seinen Unterhalt gezahlt. Sie glaubte, ein Krieger, der Latein kann, würde schneller in der Rangfolge bei den Auxiliareinheiten aufsteigen.«

»Können wir ihm trauen?«

»Der Bursche kommt aus einer guten Familie, er ist treu, so hörte ich es jedenfalls von den Stammesführern.«

»Was genau hast du vor, Arminius?«

Der Cherusker ging darauf nicht ein. Als der Besucher in Rufweite kam, winkte Arminius ihm zu. »Gut, dich zu sehen, Gervas.«

Gervas trat in den Schein des Feuers und kniff die Augen ein wenig zu. Er war ein spindeldürrer Jüngling von etwa zwanzig Sommern, hatte ein blasses Gesicht und trug eine dunkelbraune Tunika über den gemusterten Hosen, die charakteristisch für seinen Stamm waren.

»Arminius.« Er nickte Maelo kurz zu, der den stummen Gruß auf dieselbe Weise erwiderte.

Arminius deutete an, dass auf der Decke beim Feuer noch Platz war. »Ich habe dich schon erwartet.«

Gervas wirkte leicht verunsichert, als er sich setzte. »Komm ich zu spät?«

»Keineswegs. Dies ist genau die richtige Stunde für deinen Auftrag.«

»Hättest du die Güte, mir das zu erklären?«, wandte sich Maelo missgelaunt an den Cherusker.

»Sag du es ihm, Gervas«, sagte Arminius.

»Viele römische Soldaten dürften nach dem heutigen Kampf unzufrieden sein. Wäre es da nicht gut, sie noch ein wenig zu beunruhigen?« Gervas grinste durchtrieben. »Mit Arminius' Erlaubnis werde ich zu den römischen Lagern reiten und mit den Wachen sprechen. Ich biete jedem Legionär und Soldaten der Auxiliartruppen, der sich unserer Sache anschließt, Frauen, Geld und Land.«

»Auf der anderen Seite des Flusses sind bis zu sechzigtausend Römer«, warf Maelo ein. »Willst du jeden Einzelnen davon fragen?«

Gervas sah wieder so verunsichert aus wie vorher.

»Maelo hat immer an allem etwas auszusetzen«, sagte Arminius mit einem Lächeln. »Fahr fort.«

»Einige meiner Freunde sprechen ein bisschen Latein«, sagte Gervas. »Sie reiten zu den anderen Lagern und machen das Gleiche wie ich.«

Maelo stieß ein verächtliches Schnauben aus.

»Ein bisschen mehr Begeisterung, mein Freund«, neckte Arminius ihn. »Zugegeben, auf diese Weise werden wir nicht viele Legionäre auf unsere Seite ziehen. Aber die Streiter aus den Hilfstruppen dürften ziemlich unzufrieden sein. Denn sie haben ja mit eigenen Augen gesehen, wie die Bataver abgeschlachtet wurden.«

»Meinetwegen«, murrte Maelo. »Einen Versuch ist es wert,

aber ich denke immer noch, dass es besser wäre, eines der Lager in Brand zu setzen.«

»Das wird uns kaum gelingen«, gab Arminius verstimmt zurück. »Wir tun alles, was in unserer Macht steht, um das Ungeheuer zu bezwingen, das Rom heißt. Und da hilft es immerhin, ein wenig Unruhe in die Reihen der Soldaten zu bringen, Zwietracht zu säen, wenn du so willst.«

»Also gut.« Maelo war aufgestanden und ging in Richtung der nächsten Baumgruppe. »Meine Blase meldet sich.«

Arminius beobachtete Gervas. »Mit diesem Plan haben wir nichts zu verlieren. Wenn nur ein halbes Dutzend der Hilfstruppen desertiert, hat sich die Mühe schon gelohnt. Berichte mir, sobald du zurück bist, ganz gleich, zu welcher Stunde.«

»Das werde ich.« Gervas blieb indes noch sitzen und erhob sich nicht.

»Gibt es noch etwas?«, fragte Arminius überrascht.

»Ja.« Er räusperte sich nervös. »Es ist nichts, aber da ist was, das mir Sorgen macht.«

»Sprich«, forderte Arminius ihn aufmunternd auf.

»Erinnerst du dich an die Versammlung, die Mallovendus vor einigen Monaten einberief? Damals einigten sich die Stammesführer darauf, dir zu folgen.«

»Natürlich erinnere ich mich«, sagte Arminius. Er hatte sich durchgesetzt, obwohl Gerulf sein erklärter Widersacher gewesen war. Außerdem hatte er die Nacht mit der drallen Witwe verbracht, allein das würde er nicht so schnell vergessen …

»An jenem Abend starb ein Mann, den ich sehr mochte – er gehörte zu dem Kreis der Stammesführer. Er war der Vetter meines Vaters, Gerulf hieß er. Er hatte mich großgezogen, nachdem meine Eltern vor etlichen Jahren bei einem Brand in unserem Langhaus ums Leben gekommen waren.«

Arminius war es neu, dass Gerulf ein Blutsverwandter von Gervas gewesen war, doch er gab sich unbeeindruckt.

»Ja, ich weiß, eine traurige Sache damals. Er muss betrunken in eine Schneewehe geraten sein, als er zum Pissen rausging – war es nicht so?«

»So wurde es erzählt.« Gervas' Miene verspannte sich. »Es gibt da aber noch eine andere Version.«

»Und die wäre?«, erkundigte sich Arminius leichthin.

»Es gab da einen Mann in Mallovendus' Siedlung, einen Graubart, der an die neunzig Sommer und Winter überlebt hatte, so hieß es immer.«

»Und was war mit diesem Graubart?«

»Er starb vor einem Monat. Es war die Kälte.«

»Was für ein Jammer«, log Arminius. »War sein Geist noch klar, ehe er den letzten Atemzug tat?« Er sah, dass Maelo vom Pinkeln zurückkam, aber in einer Entfernung von etwa zehn Schritten hinter Gervas stehen blieb. Gervas entging, dass Arminius seinem Vertrauten mit einer kleinen Geste zu verstehen gab, sich vorerst zurückzuhalten. »In diesem hohen Alter sind nur die Wenigsten noch klar im Kopf.«

»Es stimmt, er wurde vergesslich«, räumte Gervas ein. »Aber an eine Sache an jenem Abend konnte er sich genau erinnern.« Gervas sprach mit einem Mal zögerlicher, als müsse er sich seine Worte zurechtlegen. »Er war draußen, um sich zu erleichtern. Da er Bedenken hatte, in den tiefen Schnee zu fallen, stützte er sich mit einer Hand an der Hauswand ab, um ihn herum war es stockfinster. Ein dünner Mann kam aus Mallovendus' Langhaus und blieb keine zwanzig Schritte entfernt stehen, um zu pissen.«

»Die meisten von uns sind zwischendurch raus, um in den Schnee zu pissen. Mallovendus war ein freigiebiger Gastgeber. Der Gerstensaft floss an jenem Abend in Strömen.«

Arminius ahnte, was Gervas im Begriff war zu erzählen. Ebenso Maelo – der bereits die Hand um den Griff seines Dolches legte. Doch Arminius gab ihm erneut zu verstehen, nicht unüberlegt zu handeln.

»Lass mich raten. Der Alte hat Gerulf erkannt?«

Gervas' Stirn erhielt steile Falten. »Das denke *ich*, aber warum glaubst du das?«

Arminius zuckte wie unbeteiligt die Schultern. »Weil du von Gerulf gesprochen hast.«

»Der alte Mann sah noch mehr, nämlich jemanden, der auch aus Mallovendus' Langhaus kam und der Maelo ähnlich sah. Diese Person pirschte sich von hinten an Gerulf heran. Dann drückte er ihm eine Hand auf den Mund und zerrte ihn zwischen zwei Langhäuser.« Gervas funkelte Arminius an und schaute sich nach Maelo um, der sich wie eine Katze tiefer in die Schatten zurückzog.

»Denkst du, Gerulf wurde fortgezerrt und abgestochen?«, fragte Arminius mit gespielter Überraschung.

»Allem Anschein nach, ja.«

»Genauso gut könnte es ein Scherz gewesen sein, unter Freunden, oder nicht? Krieger spielen sich untereinander immer Streiche – man rangelt, misst sich im Kampf …«

»Ich denke, hier war es anders«, beharrte der junge Mann. »Der Graubart hatte Angst, doch er blieb und spähte von der Tür seines Hauses weiter in die Dunkelheit. Kurze Zeit darauf sah er, wie die Gestalt zu Mallovendus' Langhaus zurückschlich. Als die Tür aufging, fiel kurz das Licht auf das Gesicht des Mannes.« Gervas' Stimme zitterte leicht, als er fortfuhr. »Er war davon überzeugt, dass es Maelo war.«

»Ich bezweifle, dass der Alte seinen eigenen Sohn auf zehn Schritte hätte erkennen können, ganz zu schweigen von jemandem, den er nicht kannte und der viel weiter von ihm entfernt war.« Arminius ließ sich weiterhin nichts anmerken und sprach immer noch freundlich. »Er wird so gebrechlich gewesen sein, dass er gewiss froh war, das kurze Stück von seiner Strohmatte bis nach draußen geschafft zu haben.«

»Am nächsten Tag sah er, dass Maelo mit Mallovendus sprach.

Da war er sich sicher, dass es der Krieger war, den er in der Nacht gesehen hatte.« Gervas sprach nun hartnäckiger, fast verstockt.

»Warum sollte Maelo einen Mann wie Gerulf umbringen?«

»Ich dachte, das würdest du mir beantworten.« Gervas sah Arminius bei diesen Worten nicht direkt in die Augen.

»Komm schon«, sagte der Cherusker und verbarg seinen Zorn. »Es mag stimmen, dass Gerulf mich nicht mochte, auch Maelo nicht, aber deswegen würde keiner von uns an Mord denken. Das ginge zu weit.« Er sah Gervas weiterhin gelassen an.

»Aber der Graubart war sich sicher, dass es Maelo war, der Gerulf getötet hat!«

Arminius setzte ein gewinnendes Lächeln auf. »Selbst wenn er Maelo gesehen hat, was bedeutet das? Einmal an jenem Abend kehrte Maelo zum Langhaus zurück, mit einem Schlauch Wein. Ich wollte noch gemeinsam mit Mallovendus einen heben. Vielleicht hat der Graubart Maelo gesehen, als dieser mit dem Wein zurückkam.«

Gervas senkte den Blick. »Vielleicht hast du recht.«

»Gerulf war ein tapferer Mann – sein Tod schmerzt noch immer«, sagte Arminius und dachte bei sich: *Gut, dass ich diesen Hurensohn los bin. Hoffentlich nimmt dir dieser Junge die Geschichte ab, denn sonst muss Maelo auch noch ihn in den Tod schicken …*

»Ja, der Schmerz sitzt tief«, sagte Gervas leise.

Arminius schwieg einen Moment, ehe er sagte: »Du solltest jetzt besser gehen. Deine Mission wird zwei Stunden oder mehr in Anspruch nehmen, und der Mond hat seinen Zenit überschritten. Bei Anbruch der Dämmerung wirst du nicht in der Nähe eines römischen Lagers sein wollen.«

Maelo nutzte den Augenblick, langsam zum Feuer zurückzukommen, wobei er eine gequälte Miene aufsetzte. »Verflucht, was für ein Reißen im Gedärm, sag ich euch. Hab ich was verpasst?«

»Wir haben nur noch mal abgesprochen, was ich den Römern

sagen soll«, meinte Gervas und warf Arminius einen Blick zu, als wolle er sagen: »Bitte verrate nichts von meinem Verdacht!«

»Möge Donar dich führen«, sagte Arminius, als Gervas sich auf den Weg machte.

»Und, hat er dir das abgenommen?«, wisperte Maelo.

»Ich denke, ja, größtenteils jedenfalls, aber einige Zweifel blieben.«

»Am besten halte ich die Ohren offen. Es könnte Schwierigkeiten geben, wenn dieser Bursche anfängt, seinen Verdacht weiterzuerzählen.«

»Im Augenblick haben wir größere Sorgen als diesen Gervas«, sagte Arminius. Er warf Maelo einen wissenden Blick zu. »Wenn es hart auf hart kommt, werden wir auch ihn beseitigen müssen.«

18. KAPITEL

»Behaltet lieber die Kapuze auf, Herr«, riet Tullus dem Imperator.

Es war ihnen gelungen, das Zelt zu verlassen, ohne die Aufmerksamkeit der Prätorianer zu erregen, sodass sie sich unbemerkt auf den Weg in Richtung der Auxiliareinheiten machen konnten. Die Körpergröße des Feldherrn konnte man indes nicht verbergen, aber Tullus gab sich schon damit zufrieden, wenn Germanicus sich halbwegs das Gesicht verhüllte, um unerkannt tiefer ins Lager vorzudringen.

»Es gibt wohl keine andere Möglichkeit.« Der Feldherr klang etwas unwillig.

»Ich fürchte, nein, Herr. Jeder im Lager kennt Euch.«

»Stimmt.« Schließlich fügte sich Germanicus.

Zu vorgerückter Stunde waren die breiten Wege des Marschlagers verwaist, doch bei den Zelten der Männer war immer noch Bewegung. Im hellen Mondlicht konnte man genau sehen, wo welche Kohorte lagerte, auch die Zeltreihen der einzelnen Centurien zeichneten sich klar ab. Germanicus, der es kaum abwarten konnte, die Männer zu belauschen, strebte schon bald den ersten Zeltreihen entgegen.

»Wenn Ihr zu den Hilfstruppen wollt, schlage ich diesen Weg vor, Herr«, riet Tullus ihm. »Auf dem Weg dorthin könnt Ihr gewiss schon eine Menge aufschnappen.«

»Diese Soldaten sind von der Zwanzigsten, nicht wahr?«

Tullus spähte hinüber zur nächsten Standarte. »Ja, Herr.«

»Nun, diese Soldaten haben allen Grund, mich nicht zu mögen.«

»Ihr meint, wegen der Meuterei, Herr?«

»Ja.« Doch in Germanicus' Blick lag kein Bedauern. »Es gab keine andere Möglichkeit, dieser Sache Herr zu werden, wie man es auch dreht und wendet. Hätten wir mit den Rädelsführern nicht kurzen Prozess gemacht, hätte sich der Aufstand ausgebreitet wie Wundbrand.«

Der Aufstand der Legionäre war blutig niedergeworfen worden, Hunderte Männer waren in den Lagern entlang des Rhenus erschlagen worden, ob schuldig oder unschuldig. Tullus hatte die Befehle des Imperators ausgeführt, um den Frieden in Vetera wiederherzustellen – seither tauchten die blutigen Ereignisse jener Tage ab und an in seinen Träumen auf, denn an jenem Tag war er zum ersten Mal in seiner Laufbahn gezwungen gewesen, die Klinge gegen römische Legionäre zu richten. Doch selbst jetzt, anderthalb Jahre später, vermochte er nicht zu sagen, wie man der Rebellion anders und effektiver hätte begegnen können.

»Bist du anderer Ansicht, Centurio?«

Tullus erschrak, als er merkte, dass Germanicus das Schweigen als Missbilligung gedeutet hatte. Er suchte den Blick des Feldherrn.

»Keineswegs, Herr. Jene Tage waren schrecklich, aber Männer, die ihre Offiziere erschlagen und ihrem Feldherrn trotzen, dürfen nicht am Leben bleiben. Seither ist viel Wasser durch den Rhenus geflossen – die Soldaten haben unter Eurem Kommando etliche Monate in Germania Magna verbracht und viele Stämme in der Schlacht besiegt. Einer der Adler ist wieder dort, wo er hingehört. Die Männer wissen diese Erfolge zu schätzen. Sie werden Euch folgen, wohin auch immer. Hört nur genau hin, Herr, und Ihr werdet es sehen.«

Germanicus sah zufrieden aus.

Tullus war sich fast sicher, dass er mit seiner Einschätzung richtiglag, aber er wurde trotzdem unruhig, während sie die langen Zeltreihen der Zwanzigsten abschritten, insbesondere der Fünften Kohorte.

Als Erstes stießen sie auf die Zelte der Vierten Centurie. Sie unterschieden sich kaum von den Unterkünften der anderen Einheiten. An einem Ende standen die Zelte für die drei rangniederen Offiziere, daneben das große Zelt für den Centurio, dann folgten zehn Zelte der Einheit, jedes bewohnt von den einzelnen Contubernien.

Tullus ahnte, dass es schwierig würde, unbemerkt an den Unterkünften der Offiziere vorbeizukommen – ganz gleich ob Optio, Tesserarius oder Centurio, die Offiziere nahmen Vorübergehende eher in Augenschein als der gemeine Soldat. Doch Germanicus konnte aufatmen – die Zelteingänge bei den Offizieren waren geschlossen.

Vor dem Zelt des ersten Contuberniums brannte ein kleines Feuer. Drei Gestalten, in Decken gehüllt, lagen dort, gestützt auf die Ellbogen. Keiner schaute auf, keiner bemerkte Germanicus oder Tullus.

»Und ich sag dir, Sextus, du hast dir was geholt bei einer der Huren, zu der du immer gehst«, sagte der Mann, der am dichtesten am Zelt lag.

»Ja, ist was faul, wenn du beim Pissen das Gefühl von kleinen Tonscherben hast«, stimmte ein anderer zu. »Darüber klagst du schon, seit wir aus Vetera los sind.«

Tullus blickte auf den dritten Mann, der sichtlich unzufrieden aussah.

»Was soll ich denn machen?«, jammerte dieser.

»Geh zu einem Medicus«, drängte ihn der eine.

»Dann bin ich ja gleich unten durch in der Centurie«, kam es von dem Soldaten, der in Nöten zu sein schien.

Tullus ahnte, was die Männer als Nächstes sagen würden,

und musste sich zurückhalten, als einer grummelte: »Das bist du doch sowieso schon, Sextus!«

»Beklagen sich die Männer häufiger über diese Dinge?«, fragte Germanicus, als sie außer Hörweite waren.

»Ja, Herr. Männer bleiben Männer, und vor einem Feldzug ist in den Bordellen mehr los als sonst. Also steigt das Risiko, sich mit irgendetwas anzustecken.«

»Das wusste ich nicht.« Germanicus wirkte nicht verdrießlich, sondern eher leicht verwundert.

»Macht Euch keine Gedanken, Herr. Es ist unsere Aufgabe, also die Aufgabe meiner untergebenen Offiziere – und der Feldärzte natürlich –, sich mit diesen Unpässlichkeiten und Krankheiten zu befassen. Aber keine Sorge, dieser Mann wird morgen kämpfen.«

»Was macht dich da so sicher?«

Tullus lachte fast grimmig. »Es gibt nicht viel, wozu man die Männer mit dem Vitis nicht antreiben kann, Herr. Ein Soldat muss wirklich krank sein, ehe ein Centurio ihn ins Valetudinarium schickt.«

Unterdessen waren sie an zwei weiteren Zeltgemeinschaften vorbeigekommen, beim nächsten hatten sich die Männer bereits schlafen gelegt. Die Männer des fünften und sechsten Zelts saßen jeweils um ihre kleinen Feuer, ließen die Würfel rollen oder tranken billigen Wein. Einer der Legionäre bemerkte Germanicus und Tullus und rief ausgelassen: »He, Freunde! Habt ihr Lust auf ein Würfelspiel?«

»Mein Geldbeutel ist leider leer«, sagte Tullus absichtlich schlecht gelaunt, wie er es unzählige Male von seinen Jungs gehört hatte. »Und der von meinem Bruder hier auch, nichts zu machen.«

»Ich frage mich, ob Germanicus auch mal mit seinen Stabsoffizieren spielt«, sagte einer der Männer, der dichter am Feuer saß.

»Wenn ja, dann spielen die sicher um Aurei!«, rief ein anderer.

Germanicus verspannte sich, worauf Tullus ihn am Ellbogen berührte.

»Einfach weitergehen, Herr«, sagte er eindringlich.

Zu seiner Erleichterung kam der Imperator der Aufforderung nach.

»Ich sag euch, der verplempert seinen Abend nicht wie wir Tölpel«, gab der Soldat zurück, der sie zuvor angesprochen hatte. »Germanicus wird längst schön in seiner Decke liegen, ihr wisst schon, der Schönheitsschlaf vor dem Kampf morgen.«

Die Männer gaben ihre Zustimmung, weitere Bemerkungen fielen.

»Germanicus ist ein guter Feldherr – ist nicht so aufgeblasen wie viele andere da oben.«

»Und er bewahrt einen kühlen Kopf – als die Bataver aufgerieben wurden, geriet er nicht in Panik.«

»Wenn's morgen zum Kampf kommt, zeigen wir diesen Wilden, wo's langgeht, damit sie diesen Tag nicht vergessen, was?«, rief einer der Legionäre. »Germanicus wird stolz auf uns sein.«

»Seht Ihr, Herr?«, wisperte Tullus. »Alle bringen Euch Achtung entgegen.«

Ein Lächeln breitete sich auf dem Gesicht des Feldherrn aus. »Ja, offenbar.«

Nachdem sie eine Stunde durch das Lager gestreift waren, stand fest, dass die Soldaten insgesamt nicht groß anders über ihren Feldherrn dachten als die Männer am ersten Lagerfeuer. Selbst die Kämpfer der Auxiliareinheiten konnten es kaum abwarten, in die Schlacht zu ziehen, brannten sie doch auf Rache für den Tod der Kameraden, die niedergemacht worden waren.

Kaum waren sie zu Germanicus' Zelt zurückgekehrt, als ein Bote ihnen mitteilte, draußen vor dem Wall seien germanische Krieger, die jedem Soldaten aus den Wachmannschaften auf Latein Land, Frauen und Geld anboten, der sich bereiterklärte, die Seiten zu wechseln. Germanicus hatte allen Grund zum Lachen, als er erfuhr, was die Wachen den dreisten Kriegern geantwortet hatten: Sie würden sich die Frauen und das Land sowieso holen, allerdings als Kriegsbeute. Sichtlich entspannt entließ der Feldherr Tullus, ohne ihn in die Pläne für den kommenden Tag einzuweihen.

Da Tullus vor Neugierde platzte, nahm er all seinen Mut zusammen und fragte: »Werden wir morgen gegen Arminius kämpfen, Herr?«

»Die Offiziere erhalten ihre Befehle bei Tagesanbruch.«

»Ja, Herr«, sagte Tullus und rang seine Enttäuschung nieder. Mit knappem Gruß verabschiedete er sich und strebte dem Ausgang zu.

Gerade war er an den beiden Prätorianern vorbei und hatte den Vorhang im Rücken, als Germanicus hinter ihm herrief: »Ruh dich aus, Tullus. Achte darauf, dass deine Klinge morgen scharf ist.«

19. KAPITEL

Arminius kochte innerlich vor Wut. Noch in derselben Nacht war ein sichtlich enttäuschter Gervas ins Lager zurückgekehrt und hatte zerknirscht gemeldet, dass das Vorhaben ein Reinfall gewesen war.

Seit Anbruch des Morgens hatte Arminius' Laune immer weiter abgenommen. Es kostete ihn Kraft, eine freundliche Miene aufzusetzen, während er die Krieger ermunterte, erneut über die Visurgis zu setzen. Sie waren viel zu spät dran, wie er sehr wohl wusste. Am Abend zuvor hatte er versucht, den Stammesführern klarzumachen, dass ein Angriff auf die römischen Lager nur dann von Erfolg gekrönt wäre, solange sich die Krieger den Wällen im Schutz der Dunkelheit näherten. Denn in den Stunden vor Anbruch der Dämmerung schliefen die Legionäre noch, und die Wachen waren hundemüde. *Doch dort lungern die Krieger herum*, dachte er und blickte voller Zorn hinauf zur Sonne, die ihren morgendlichen Lauf am Himmelszelt begonnen hatte.

Seine Cherusker waren zur vereinbarten Stunde bereit gewesen, doch die anderen Stämme waren nicht am Treffpunkt außerhalb des Lagers erschienen. Arminius knirschte mit den Zähnen. Eine Weile hatte er gewartet, da er seinen Verbündeten mit Nachsicht begegnen wollte.

Als sich abzeichnete, dass sie nicht kommen würden, schickte er zunächst Boten los, doch inzwischen hatten sie bereits wertvolle Zeit verloren. Es dauerte einfach zu lange, bis die Boten in dem großen Lager die Zelte der einzelnen Anführer gefunden hatten. Etliche von ihnen mussten erst noch geweckt werden, was erneut Zeit kostete.

Arminius traute seinen Ohren nicht, als der Bote ihm meldete, die meisten Anführer seien noch in ihre Decken gehüllt gewesen. Einer der Stammesführer der Brukterer hatte sogar zugegeben, die Nacht durchgezecht zu haben, um auf den Sieg anzustoßen. Kein Wunder also, dass viele Krieger es ihren Anführern gleichgetan hatten und nun ebenfalls verkatert waren.

Im Nachhinein war Arminius froh, dass Maelo ihn davon abgehalten hatte, dem Anführer der Brukterer den Schädel einzuschlagen. Auf diese Weise hätte Arminius zwar seinem Zorn Luft gemacht, sein Bündnis mit den Brukterern wäre indes von da an beendet gewesen.

Der Cherusker hatte von Beginn an geahnt, dass es zwecklos sein würde, die römischen Marschlager anzugreifen. Die Wachen waren weder taub noch blind, und bei Tageslicht konnten die Krieger den Moment der Überraschung nicht für sich in Anspruch nehmen. Für einen Erfolg fehlten ihnen die entscheidenden Stunden vor Tagesanbruch.

Inzwischen kümmerte es Arminius auch nicht mehr, ob der verbannte Chatte nun Germanicus erreicht hatte oder nicht. Die Stammesführer jedoch hatten darauf bestanden, das erste Lager anzugreifen, denn sie wollten die verpasste Gelegenheit wiedergutmachen. In jenem Moment hatte Arminius die Geduld verloren und die Stammesführer vor allen Kriegern gemaßregelt. Trotzdem hatten sich etliche Germanen auf den Weg in Richtung der Römer gemacht. Arminius rang um Fassung. Doch schließlich hatte die Vernunft gesiegt. Der Angriff wurde abgeblasen, als die ersten Hornstöße im Lager zu hören waren.

Wenigstens haben wir keine Männer verloren, versuchte Arminius sich über die verpasste Gelegenheit hinwegzutrösten.

Allerdings fragte er sich, ob er Germanicus den Vorteil überlassen hatte. Selbst bis hierher, zum Ufer des Flusses, drang das höhnische Gejohle der Legionäre, während sich die Krieger unverrichteter Dinge zurückzogen. Die Stammesführer, denen er zuvor eine Standpauke gehalten hatte, mieden tunlichst seinen Blick. Einige waren jedoch so dreist, ihm wütende Blicke zuzuwerfen, als wäre er schuld an diesem jämmerlichen Versagen.

Bedenken fraßen sich in Arminius' Herz, gleichzeitig versuchte er sich mit der Gewissheit zu beruhigen, dass sich ihm in den vergangenen Wochen bis zu fünfunddreißigtausend Mann angeschlossen hatten. Genug also, um Germanicus eine Niederlage beizubringen. Mochten einige der Anführer auch schlecht auf ihn zu sprechen sein, der Hass der Krieger auf Rom war so groß, dass jeder Einzelne von ihnen mit Eifer kämpfen würde.

Die Ebene von Idistaviso eignete sich für Arminius' Pläne und lag nicht weit entfernt von jenem leicht ansteigenden Gelände, auf dem tags zuvor die Bataver aufgerieben worden waren – zwischen der Visurgis und einer kleineren Hügelkette.

Noch am Vortag hatte Arminius die Beschaffenheit der Ebene auf sich wirken lassen. Im Westen wurde die Ausdehnung von Idistaviso vom Fluss begrenzt, im Osten ging die Ebene in leichte, bewaldete Anhöhen über. Im Norden wie im Süden lag das Gelände wiederum höher, sodass man beinahe von einer Art Talkessel sprechen konnte. Die Legionen würden nicht alle Platz finden auf der Ebene, demnach würden die Römer ihre zahlenmäßige Überlegenheit nicht ausspielen können. Die Krieger indes konnten von gleich drei Seiten über die Römer herfallen.

Der Sieg wird unser sein, dachte Arminius. Dennoch, ein nagender Zweifel rief ihm ins Bewusstsein, dass er womöglich den größten Fehler seines Lebens machte.

Die nächsten zwei Stunden vergingen wie verschwommen. Arminius ritt hierhin und dorthin, besprach sich mit den anderen Anführern und gab Anweisungen, wie die Krieger sich zusammenrotten sollten. Keine leichte Aufgabe, obwohl man sich zuvor darauf geeinigt hatte, dass die Krieger aller Stämme auf Arminius' Befehle hören würden. Immer wieder hinterfragten die Anführer seine Taktik, und abermals musste Arminius die richtigen Worte finden, um die letzten Zweifler auf seine Seite zu ziehen. Wieder wurde wertvolle Zeit vergeudet – mit Worten der Besänftigung und des Schmeichelns.

Innerlich jedoch brannte Arminius in seinem eigenen Zorn. Ein ums andere Mal sprengte er von einer Stammesgruppe zur nächsten, hektisch und voller Unmut, bis sein Pferd sich sträubte. Doch Maelo war erneut zur Stelle und überließ Arminius das eigene Ross.

»Nur zu«, versuchte er ihn aufzumuntern. »Tu, was du tun musst. Ich warte hier, bei unseren Kriegern.«

So machte sich Arminius wieder auf den Weg, um sich mit Mallovendus abzustimmen. Denn dem Anführer der Marser kam eine wichtige Rolle zu. Mallovendus' gestandene Leibwächter zählten zu den besten Kriegern in Arminius' Aufgebot. Der Marser hatte zugesagt, zusammen mit den Brukterern und dem Restaufgebot der Angrivarier das Zentrum zu halten. Somit würden diese Krieger die Wucht des römischen Vorstoßes abwehren müssen. Unmittelbar hinter den Verbänden unter Mallovendus' Führung sollten die Cherusker auf den geeigneten Augenblick zum Losschlagen warten. Arminius hatte ein leicht ansteigendes, bewaldetes Gelände für seine Krieger auserkoren, sodass die heranrückenden Römer nicht imstande wären, diese zweite Angriffswelle rechtzeitig auszumachen.

Mallovendus stand gut hundert Schritte vor seinen Männern, ein Zeichen, mit dem der Marser unterstreichen wollte, dass er vor nichts und niemandem Angst hatte. Der Rotschopf strahlte

Gelassenheit aus und hatte seine Leibwachen dazu ermuntert, einen Wettstreit im Speerwurf auszutragen, ganz so, als habe man sich anlässlich eines Festes in einem der Dörfer versammelt.

Nichts deutete darauf hin, dass eine blutige Schlacht bevorstand. Die Männer neckten einander, es wurde gelacht und gescherzt. Wetten wurden entgegengenommen. *Fehlen nur noch der Wein und ein Spanferkel über dem Feuer*, dachte Arminius, als er vom Pferd stieg, halb belustigt, halb besorgt.

»Und, wer gewinnt?«, fragte er leichthin.

Mallovendus wandte sich ihm mit einem Grinsen zu. »Bis jetzt ist es ziemlich ausgeglichen. Diese beiden dort haben ihre Frameae hundertachtzig Schritte geschleudert.« Nicht ohne Stolz deutete er auf zwei Krieger, die bei dieser Wärme mit bloßem Oberkörper angetreten waren. Einer war flachshaarig und von schlanker Gestalt, doch kräftig, der andere war ein Riese mit zotteligem Haar und beinahe so stämmig wie Mallovendus. »Sind immer schon Rivalen gewesen.«

Unterdessen schritt der Hüne mit sauertöpfischer Miene vor den anderen auf und ab und gab für alle hörbar bekannt, er werde den nächsten Speer so weit schleudern, dass der flachsblonde Konkurrent nach Hause gehen könne. Sein Gegner gab sich gelassen und hielt die Goldmünze hoch, die er zu setzen bereit war. Die versammelten Krieger jubelten, was den hünenhaften Mann nur noch weiter in Rage brachte. Die Hände zu Fäusten geballt, ging er auf seinen Gegner los, worauf die anderen Leibwachen alle Mühe hatten, einen handfesten Streit zu unterbinden. Diejenigen, die auf höhere Wetteinsätze spekuliert hatten, nahmen diesen Wutausbruch zum Anlass, den Zuschauern weitere Münzen abzuschwatzen.

Tan-tara-tara. Tan-tara-tara.

Vom Fluss her waren die Hornsignale der Römer zu hören.

Mallovendus unterband den Wettstreit sofort.

»Genug jetzt, ihr Narren!«, brüllte er. »GENUG!«

Die beiden Rivalen ließen voneinander ab, eher widerwillig, wie es Arminius schien. Die Menge der versammelten Marser wurde ruhiger, denn die trampelnden Schritte genagelter Sohlen ließen keinen Zweifel, dass die Legionen heranmarschierten. Erneut hallten die Signale weithin hörbar über die Ebene. Hufschlag mischte sich unter den Rhythmus der Schritte. Der Wind wehte die Rufe der Offiziere herüber.

Arminius spürte, wie die eben noch ausgelassene Stimmung kippte. Verflogen waren die Scherze und die Wetten angesichts des sportlichen Wettkampfs. Wenn die Anführer jetzt nicht achtgaben, könnte die Moral der Männer ins Bodenlose fallen.

Das war auch Mallovendus nicht entgangen. Zu Arminius' Erleichterung bedeutete er ihm, das Wort zu ergreifen.

»Sprich du zu ihnen«, raunte er dem Cherusker zu.

Arminius ließ sich nicht zweimal bitten und erhob die Stimme.

»Wahrlich ein rühmlicher Wettstreit. Ihr gehört zu den besten Kriegern, die ich kenne!«

Mallovendus' Leibwachen gefiel dieses Lob. Sie grummelten etwas in ihre Bärte und wechselten zufriedene Blicke. Selbst der Hüne und der flachsblonde Speerwerfer schienen sich wieder beruhigt zu haben.

»Aber jetzt wird es Zeit, dass wir den Wettstreit ruhen lassen, Männer!«, fuhr Arminius entschlossen fort. »Bald hat jeder von euch die Gelegenheit, seinen Speer auf einen römischen Soldaten zu schleudern. Werft eure Frameae so weit wie diese beiden hier«, er deutete auf die beiden Kontrahenten, »und Hunderte Feinde werden fallen, ehe sie bis zu uns vorstoßen. Im Hagel unserer Speere werden etliche Legionäre ihre Schilde einbüßen, was sie zur leichten Beute für euch macht. Seid ihr bereit für den Kampf? Bereit, das Blut der Römer fließen zu lassen?«

»JAAAA!«

Arminius reckte sein Spatha empor. Das Sonnenlicht spiegelte sich auf der blank polierten Klinge. Jeder Krieger konnte die Waffe sehen, und selbst wenn nicht alle seine Worte verstanden, so würden sie spüren, was gesprochen wurde: Worte des Kampfes, des Blutes.

»TOD!«, brüllte er. »TOD!«

»TOD! TOD! TOD!«, brüllten die Leibwachen. Auch Mallovendus schrie sich die Seele aus dem Leib, bis die Schlagadern an seinem Hals deutlich hervortraten.

Arminius platzierte sich gut sichtbar für alle vor seinen Kriegern und hielt das Langschwert empor. Aller Augen waren auf ihn gerichtet – er spürte die erwartungsvollen Blicke der Männer. »TOD! TOD! TOD!«

Als der Schlachtruf von gleich drei Seiten aus vielen tausend Kehlen bekräftigt wurde, schien es für einen Moment so, als fahre Donnergrollen über die Ebene von Idistaviso. Die Krieger begannen, mit ihren Speeren gegen die Schilde zu schlagen – ein dumpfer Rhythmus, der einem bis in den Magen fuhr.

»TOD! TOD! TOD!« *Klack, Klack, Klack*. »TOD! TOD! TOD!«

Arminius sträubten sich die Nackenhaare. Donar blickte wohlwollend auf sie herab – deutlich spürte der Cherusker den Blick der Gottheit.

Dann komm, Germanicus, dachte Arminius. *Komm und stirb!*

20. KAPITEL

Germanicus' Armee hatte den Fluss überquert und marschierte in Richtung einer Ebene, die an drei Seiten von leicht ansteigenden, bewaldeten Hügeln begrenzt wurde. Die Germanen nannten diese Ebene Idistaviso – so hatte Tullus es seinen Männern erklärt. Dort wartete Arminius mit seinen Kriegern – und genau dort würden die Germanen eine herbe Niederlage erleiden.

Tullus' Männer hatten ihrem Centurio zugejubelt, als er sie auf den Kampf eingeschworen hatte. Trotz der kräftezehrenden Hitze waren die marschierenden Legionäre voller Erwartung. Witze wurden gemacht. Piso weigerte sich, auf einen römischen Sieg zu wetten – das stehe ja außer Frage, meinte er, daher könne man keinen hohen Gewinn einstreichen –, doch im Gegenzug bot er an, vier zu eins darauf zu setzen, Arminius werde am Ende des Tages erschlagen auf dem Schlachtfeld liegen.

Zum zweiten Mal innerhalb weniger Tage war Tullus unmittelbar hinter den Fußtruppen der Auxiliarkämpfer und konnte es kaum abwarten, auf den Feind zu stoßen. Es war seit jeher Sitte, dass sich die Hilfstruppen als Erste in den Kampf stürzten und den Gegner zermürbten, während die wertvolleren Legionäre abwarteten, aber seit der Niederlage des Varus hatte Tullus auf eine Gelegenheit gewartet, Arminius in einer offenen Schlacht zu stellen. Doch es steckte noch mehr hinter diesem Eifer, wie Tullus sehr wohl wusste – bislang hatte er auf diese Konfrontation hingelebt, sieben Jahre lang.

Rastlos und schwitzend schritt er jetzt vor seiner Centurie auf und ab und blieb schließlich zwischen zwei Einheiten, als die Truppen den Befehl zum Vorrücken erhielten.

»Bereit, Brüder?«, fragte er und suchte die Blicke seiner Männer. »Seid ihr bereit, eure gefallenen Kameraden aus der Siebzehnten, Achtzehnten und Neunzehnten zu rächen? Seid ihr bereit, ein Blutbad anzurichten?«

»Ja, Herr!« – »Wir zeigen es denen, Herr!« – »Kann es kaum abwarten, Herr!«

»Auf ein Wort, Herr.« Fenestela tauchte plötzlich neben Tullus auf.

Tullus blieb stehen und sah die Soldaten an sich vorbeiziehen. Bei Jupiter, wie er diesen Marschrhythmus liebte. Die Schritte und das leise Klirren der Rüstungen und Waffen erfüllten die Luft und waren wie ein leichtes Vibrieren im eigenen Körper – ein spürbarer, fast greifbarer Beweis für die Schlagkraft der Legionen.

»Was ist denn?«

»Lass es gut sein«, raunte sein Optio ihm zu. »Wenn du weiter so schwadronierst, beunruhigst du die Jungs noch.«

Tullus' Wut flammte auf, doch er verkniff sich eine harsche Bemerkung. Fenestela war nicht nur sein Optio, sondern auch sein bester Vertrauter und Freund.

»Was geht dir durch den Kopf?«

»Ich war auch mit im Wald, schon vergessen? Ich habe auf diesen Tag genauso lange gewartet wie du, Tullus. Aber die Leidenschaft geht mit dir durch – muss die Hitze sein, wahrscheinlich. Beruhige dich. Atme tief durch. Die Männer tun, was sie tun müssen. Sie verehren dich. Sie folgen dir bis ans Ende der Welt.«

Für einen ansonsten eher wortkargen Menschen war dies eine lange Rede. Tullus nahm wahr, wie die Gesichter der Männer an ihm vorbeizogen. Viele nickten ihm ernst und entschlossen zu, einige lächelten siegesgewiss, bei anderen sah das Lächeln aus wie ein raubtierartiges Grinsen.

Tullus hüpfte das Herz. »Das sind alles gute Männer.«

»Du hast sie zu dem gemacht, was sie sind, Tullus. Du allein. Sie gehören zu den besten Legionären in der ganzen verfluchten Armee – wie einst unsere Kameraden in der Legio XVIII. Heute geben sie unseren gefallenen Brüdern ihren Stolz zurück. Hab keine Angst.«

»Ja«, sagte Tullus und merkte, dass er einen Kloß im Hals hatte. Er nickte Fenestela dankbar zu. »Du hast recht.«

»Sprich noch einmal zu ihnen, wenn der Kampf unmittelbar bevorsteht.«

»Du brauchst mir nicht zu sagen, wie ich meine Aufgabe zu erfüllen habe, du Hund.« Tullus warf seinem Optio einen finsteren Blick zu, doch das war nur gespielt.

»Ich hatte so meine Bedenken, die Sonne könnte dein ohnehin schon verwirrtes Hirn versengt haben, alter Mann«, gab Fenestela mit Unschuldsmiene zurück.

»Verzieh dich, Optio!«, befahl Tullus und unterdrückte ein Grinsen. »Zurück auf deine Position.«

»Ja, *Herr!*«

So marschierten sie weiter und hörten alsbald das tiefe Dröhnen des Barritus. Ob es nun an der guten Laune der Männer lag oder daran, dass der Schlachtgesang aus der Ferne kam, jedenfalls hatte das tief anschwellende Brummen kaum Auswirkung auf die Moral der Männer.

»Die müssen sich wohl Mut ansingen, wie?«, meinte Metilius und brachte die Kameraden zum Lachen. »Die Hurensöhne scheißen sich schon vor Angst ein, wenn sie sehen, wie viele wir sind.«

Tullus musste grinsen. Es hätte keinen größeren Gegensatz zu der Stimmung von vor sieben Jahren geben können. Damals, im strömenden Regen und auf völlig aufgeweichtem, matschigem Untergrund, hatte der Barritus der Germanen die Moral der Legionäre aufgezehrt, bis nur noch eine namenlose Furcht in den Herzen der Männer übrig geblieben war. In jenen schicksalsträchtigen Tagen hatte der Feind kaum je ein Gesicht gehabt, sodass viele Soldaten den tief dröhnenden Gesang übernatürlichen Erscheinungen zugeschrieben hatten: Geisterwesen, die durch die Wälder irrten.

Auch an diesem Tag, auf der Ebene von Idistaviso, kündigte der Barritus die Schlacht an.

Noch während der Schlachtgesang weiter anschwoll, hielten die Auxiliareinheiten abrupt an. Da Tullus nicht sehen konnte, was weiter voraus geschah, vermutete er, dass sich die ersten Einheiten am östlichen Ende der Ebene befanden.

Die Anführer der Hilfstruppen – und Führer der einzelnen Stammesverbände – gaben erste, lautstarke Befehle. Hörner erklangen, Trommeln wurden geschlagen. Die Kämpfer der Auxiliareinheiten stießen Kriegsrufe in gallischer Sprache aus. An Tullus' Ohren drangen verschiedene germanische Dialekte, von denen er nur Bruchstücke verstand. Die Männer der Hilfstruppen begannen, mit den Füßen aufzustampfen, Waffen wurden gegen Schildränder geschlagen.

Das Lärmen und Schlagen dauerte eine Weile an. Tullus hatte es nicht anders erwartet. Vor dem Blutvergießen pflegten die Kämpfer auf beiden Seiten dieses martialische Ritual, um Mut zu schöpfen und um die eigene Furcht vor dem Tod zu vertreiben. Ein jeder bereitete sich innerlich darauf vor, dem Feind gegenüberzutreten, ein jeder wusste, dass er bei diesem Schritt den Tod finden könnte. Ein letztes Mal machten sich die Krieger bewusst, dass ihr eigenes Leben vom Zusammenhalt der Kämpfenden abhing. Sobald sich die Krieger nicht mehr gegenseitig schützten, stand ihnen ein schmähliches Ende bevor.

Plötzlich erstarb der Barritus. Auch der Lärm, den die Kämpfer der Hilfstruppen veranstaltet hatten, ebbte ab.

So fängt es also erneut an, dachte Tullus und spürte, dass er feuchte Hände bekam. *Fortuna, sei uns an diesem Tag gewogen. Ich habe dir in den zurückliegenden Jahren genug Widder und Stiere geopfert – und ich verspreche dir weitere Opfergaben, wenn wir den Sieg davontragen.*

Viele in den Reihen der Centurie räusperten sich oder spien aus. Einige murmelten Gebete. Das war bei den Auxiliareinheiten nicht anders, doch die Reihen blieben geschlossen. Alle waren bereit für den Kampf.

Dann hallten Kriegsrufe der Germanen über die Ebene, aus Tullus' Sicht weit hinter der Position der Hilfstruppen.

»Sie kommen«, raunte Tullus seinen Männern zu. Seine Kieferpartie verspannte sich.

Von diesem Moment an schien die Zeit langsamer zu vergehen, doch viele nachfolgende Ereignisse brannten sich Tullus gleichsam ins Gedächtnis, glasklar und feurig.

Das Zentrum der feindlichen Linien griff die Hilfstruppen offen an – anders war das Lärmen voraus nicht zu deuten. Die Meldereiter überbrachten dieselbe Nachricht und schärften den Centurionen ein, sich mit den Einheiten bereitzuhalten.

Ein wildes Gemetzel setzte ein, als die Stammeskrieger auf die vorderen Reihen der Auxiliarkräfte prallten. Die Formation der Hilfstruppen schwankte, doch sie hielt und rückte ein Stück weit vor. Gleichzeitig signalisierten die Bucinae rechts und links, dass die Kavallerie lossprengte, um die Germanen auf den Flanken anzugreifen. Die außen wartenden Kohorten bekamen es auf ihrer offenen Flanke mit Kriegern zu tun, die auf beiden Seiten aus der bewaldeten Anhöhe angriffen. Derweil konnten die Soldaten der Fünften Legion – eingepfercht in der Mitte der zweiten Linie – nichts anderes tun als abzuwarten. Voller Anspannung lauschten sie den Schreien und dem Waffenklirren des Getümmels.

Die Anspannung fraß sich in Tullus' Gemüt. Er entdeckte dieselben Anzeichen in den Mienen seiner Soldaten. Einer hatte sich übergeben – der Gestank von Scheiße und Pisse hing in der Luft.

Legionär Calvus, rotwangig und schwitzend, murmelte ein und dasselbe Gebet vor sich hin. Selbst Fenestela, der sich kurz zu Tullus gesellte, wirkte verunsichert.

»Bald sind wir dran«, wisperte er Tullus zu.

»Hoffen wir's«, antwortete Tullus, denn er hasste dieses Abwarten. Es war unwahrscheinlich, dass er Arminius auf dem Schlachtfeld begegnen würde, dennoch bat er die Götter im Stillen, ihm diese Genugtuung zu verschaffen. Tullus hätte sämtliche Ersparnisse gegeben, wenn er im Gegenzug Arminius in den Dreck schicken könnte.

Ja, ich würde mein Leben für dieses Ziel geben, dachte er, *wenn ich nicht bereits gelobt hätte, den Adler der Achtzehnten wiederzufinden*. Es wäre ihm ein Genuss, Arminius zu töten, aber sehr viel bedeutsamer blieb der Wunsch, den Legionsadler wieder in Händen halten zu können.

Tullus sah, wie die Reihen der Auxiliareinheiten vor und zurück wogten, doch insgesamt machten sie Boden gut. Zehn Schritte kämpften sie sich in dem Getümmel vor, dann noch einmal weitere fünf, schließlich schafften sie wieder zwanzig Schritte. Jubel brandete auf inmitten der Hilfstruppen. Die Hornstöße der gallischen Carnyxes waren zu hören. Mitten in dem Gedränge und Gewühl schrien die Anführer der gallischen Streiter heiser ihre Befehle.

Tullus' Männer begannen, sich leise zu unterhalten. Zwei Legionäre wichen einen halben Schritt zurück.

»Zurück in die Formation!«, bellte Tullus. »Wir sind auch bald an der Reihe, Brüder – schon sehr bald. Ihr wisst, auf was es ankommt. Überprüft noch einmal die Riemen an euren Caligae. Lasst euch von eurem Hintermann bestätigen, dass die Riemen der Rüstung richtig sitzen. Zieht den Gladius ein Stück weit heraus. Trinkt einen Schluck gegen die Trockenheit im Mund.«

Mit diesen Worten schritt er vor seiner Centurie auf und ab und achtete genau darauf, dass die Männer seine Anweisungen auch umsetzten.

»So ist's gut, Männer«, ermunterte er sie alle paar Schritte. »Wenn der Kampf beginnt, bleibt ihr auf einer Höhe. Achtet darauf, dass ihr eure Nebenmänner links und rechts nicht aus den Augen verliert. Behaltet eure Kameraden immer im Blick, schützt sie, wie sie euch schützen werden. Denkt immer an das, was wir ständig geübt haben. Schild anheben, Schwert bereit zum Stoß. Setzt den Schildbuckel als Schlagwaffe ein, stecht zu, sobald ihr eine Lücke seht.«

Die Auxiliareinheiten vor Tullus rückten weiter vor und schafften diesmal bis zu fünfzig Schritte. Erneut kam es vereinzelt zu Jubelrufen in ihren Reihen. Erste Lücken taten sich zwischen den einzelnen Einheiten auf, sodass das Schlachtfeld breiter wurde.

Tullus' Aufregung nahm zu, als sich auch die hintersten Hilfstruppen in Bewegung setzten. Doch noch kam kein Befehl von Germanicus für die Legionäre der Fünften. Tullus entdeckte den Feldherrn, der auf einer Höhe mit Tullus' Kohorte war, allerdings weiter linker Hand. Vom Rücken seines Pferdes aus hatte der Imperator vermutlich einen Überblick über das Kampfgeschehen – daher vertraute Tullus darauf, dass Germanicus seine Befehle gut abwägen würde.

Dennoch, selbst diese Gewissheit vermochte Tullus' Eifer nicht zu zügeln. Nach wie vor brannte er darauf, bis zum Feind vorzudringen. Er wagte einen Blick hinauf zum Himmel. Die Sonne stand hoch, allerdings nicht mehr im Zenit. Es mochte eine Stunde nach Mittag sein, vielleicht gar zwei. Also noch genügend Zeit, um die Germanen ein für alle Mal zu besiegen, führte sich Tullus vor Augen.

Sein Blick kehrte zurück zum irdischen Geschehen. Das Sonnenlicht war einfach zu grell, selbst wenn man die Augen zusammenkniff. Doch plötzlich erregte eine Bewegung am Himmel seine Aufmerksamkeit. Daher blickte er wieder nach oben, beschattete die Augen mit einer Hand. Fast hätte sein Herz einen Schlag ausgesetzt. Hoch oben am Firmament schwebte ein großer Vogel gen Osten, mit breiten ausgestreckten Handschwingen und charakteristischen Schwanzfedern. Ein Adler.

Es ist ein Adler, dachte Tullus ungläubig und spürte gleichzeitig, wie ihn eine tiefe Freude durchströmte. Kein anderer Vogel in diesen Breiten hatte eine solch eindrucksvolle Spannweite. Plötzlich nahm er weitere dieser stolzen Vögel am Himmel wahr, und ein staunendes Lachen entwich seinen Lippen. Es waren vier. Nein, fünf, sechs – *acht insgesamt*. Symbole der Legionen. Die majestätischen Vögel flogen stellvertretend für Germanicus' Armee. Aus Tullus' Sicht konnte es keinen eindrucksvolleren Beweis für das Wohlwollen der Götter geben.

»Schaut nur!«, rief er im Brustton der Überzeugung und deutete hinauf. »Seht doch!«

Die ersten Legionäre blickten hinauf zum Himmel, hielten den Atem an. Plötzlich zeigten immer mehr Soldaten zum Himmel. Die Aufregung setzte sich fort, Gebete wurden gesprochen.

»Das ist ein göttliches Zeichen!«, hörte Tullus Piso rufen. »Ein Zeichen von Jupiter!«

»Sehr ihr das, Brüder?« Tullus war außer sich vor Begeisterung. »*Acht* Adler im Gleitflug! Sie schweben über Arminius' Heer hinweg! Sie sind wie die Schutzgeister unserer Legionen!«

»ROMA!«, begannen seine Männer zu skandieren. »ROMA!«

Immer mehr Soldaten entdeckten die majestätischen Vögel, und schon bald wogte der Schlachtruf über alle Einheiten hinweg: »ROMA! ROMA!«

Auch Germanicus hatte offenbar die Adler gesehen. *Jetzt muss er den Befehl geben*, dachte Tullus voller Ungeduld.

Zwanzig fiebrige Herzschläge später gaben die Tubae das Signal zum Vorrücken. Es würde eine chaotische Angelegenheit, so viel stand für Tullus fest, denn die Legionäre mussten sich ihren Weg bahnen, vorbei an den Einheiten der Hilfstruppen, aber das war die Mühe wert. Zwischenzeitlich war der Schlachtenlärm in den »ROMA! ROMA!«-Rufen untergegangen. Fast hatte es den Anschein, dass jeder Legionär der gesamten Armee mit eingestimmt hatte.

Auf die Schnelle besprach Tullus sich mit Bassius, dem Primus Pilus. Die Taktik war klar. Die sechs Centurien würden sich durch die erstbeste Lücke zwischen den Auxiliareinheiten wühlen. Waren sie erst einmal näher am Feind, würden sie auffächern und sich in Sturmkolonnen formieren – dem gefürchteten Cuneus.

»Wenn wir mit voller Wucht auf den Feind prallen, durchbrechen wir ihre Reihen!«, rief Bassius, und ein wildes Glimmen kam in seine Augen.

»Ja, Herr!« Als Centurio hatte Tullus die gefährlichste Position einzunehmen, genau an der Spitze der Sturmkolonne. Doch anstatt Furcht verspürte er eine eigenartige Hochstimmung. Hier stapften sie nicht durch aufgeweichten, morastigen Boden, hier kämpften sie nicht im sumpfigen Gelände ums nackte Überleben – dies war eine offene Schlacht. Und keiner beherrschte eine Feldschlacht so gut wie die römischen Legionen. Auf diesen Moment hatte Tullus gewartet. Diese Gelegenheit würde er mit beiden Händen ergreifen.

»Meine Jungs stehen bereit!«

»Mögen uns die Götter den Sieg schenken.« Bassius nickte Tullus gemessen zu. »Wir sehen uns später, Centurio.«

»Ja, bei einem Becher Wein, Herr.«

Keiner der beiden wusste, ob der jeweils andere den Tag überleben würde, aber der Aberglaube verbot es, irgendetwas anderes zu wünschen als den bestmöglichen Ausgang.

Tullus wartete, bis sich Bassius und dessen Soldaten in Bewegung setzten. Dann griff er zu der Pfeife, die er um den Hals trug und gab drei kurze Signale. Seine Männer reagierten sofort, waren sie doch an die Signale gewöhnt.

»Wir folgen den römischen Vögeln, Brüder!«, rief er. »Ist nicht die Zeit für Vergeltung gekommen?«

Die Legionäre brüllten zustimmend.

»Schilde anheben. Pila bereithalten. Mir nach!«

Den Scutum in der Linken, schritt Tullus hinter Bassius' Erster Centurie her.

Gefahr und Tod lauerten voraus, doch Tullus hatte sich in all den Jahren nicht mehr so lebendig gefühlt wie an diesem Tag.

21. KAPITEL

Die Sonne brannte mit erbarmungsloser Hitze, mit gleißendem Licht. Piso schwitzte wie ein Tier, sein Mund war so trocken wie ein Kanten Brot, der seit einem Monat verschimmelte. Sein Herz schlug so schnell, als hätte er einen Zehn-Meilen-Lauf hinter sich, und in der linken Hand war der rechteckige Schild zu einem Stück Blei mutiert. Das Metall, das Piso am Leib trug – Helm, Rüstung, Speerspitze – war so heiß, dass man sich fast die Finger daran verbrannte. Doch es kümmerte ihn nicht. Er befand sich an der Spitze der Sturmkolonne, in einer Position, die mit großer Ehre verbunden war.

Tullus bildete die eigentliche Spitze, Piso und Metilius liefen unmittelbar hinter ihm. Dulcius, Calvus und ein weiterer Zeltgenosse bildeten die dritte Reihe hinter Piso und Metilius. Vier Mann bildeten die nächste Reihe, fünf die übernächste und immer so weiter: insgesamt elf Reihen Soldaten, in Dreiecksformation. Nur wenige Schritte trennten die Männer voneinander. Den Platz brauchte man, um den Speer schleudern zu können. Sobald alle Pila zum Einsatz gekommen waren, rückte man in der Formation enger zusammen.

Kurz darauf hatten sie die Hilfstruppen hinter sich gelassen und erblickten zum ersten Mal das eigentliche Schlachtfeld. In diesem Moment zogen sich die Kämpfer auf beiden Seiten wie in stiller Übereinkunft zurück, um ein wenig auszuruhen, Wasser zu trinken und die Verwundeten zu bergen. Piso starrte auf die jetzt freie Fläche, die sich zwischen den beiden Fronten aufgetan hatte. Überall Tote und Verletzte, überwiegend Germanen. Keine fünfzig Schritte entfernt lauerten Arminius' Krieger, in einer langen Linie, viele Reihen tief. Das Heer der Germanen erstreckte sich beinahe von einer Anhöhe zur anderen.

Obwohl die Krieger hohe Verluste zu beklagen hatten, deutete nichts auf einen Rückzug hin. Die Formation der Germanen hielt, Stammesführer schritten vor den Kämpfern auf und ab, riefen, gestikulierten und bedachten die Römer mit obszönen Gesten.

»Die wollen so sein wie Tullus«, sagte Piso zu Metilius. »Aber keiner von denen taugt halb so viel wie unser Centurio.«

Beide sahen zu ihrem Offizier hinüber. Tullus blickte starr geradeaus, konzentriert, gefasst. Fast hatte es den Anschein, als lächelte er, aber es war ein Grinsen, bei dem die Zähne zu sehen waren. Keinen Moment ließ er den Feind aus den Augen. Piso musste an einen Wolf denken, der sich die Beute in einer Herde Schafe ausguckte.

»Sieben Jahre hat er auf diesen Augenblick gewartet. Kein Wunder, dass er bis in die Haarspitzen bereit ist«, meinte Metilius und suchte kurz Pisos Blick. »Geht mir auch so.«

»Und mir erst«, erwiderte Piso.

Er spürte, dass die Kameraden hinter ihm genauso dachten und fühlten. Die Legionäre drückten die Schäfte ihrer Wurfspeere auf den harten Boden, traten von einem Bein aufs andere. Keiner war so töricht, aus der Keilformation auszuscheren, andererseits konnten sie es kaum abwarten, endlich vorzurücken. Alle wollten die Entscheidung herbeizwingen, auf den Feind treffen. Piso spürte es. Selbst Calvus wirkte voller Tatendrang.

»Die Kohorten zu meiner Linken sind jeden Moment in Stellung, Tullus!« Das war Bassius' Stimme, der die Sturmkolonne links von Tullus übernommen hatte. »Seid ihr bereit?«

»Ja, Herr«, antwortete Tullus, doch es glich einem Knurren.

»Die anderen Centurien, und die Kohorte dahinter – wie steht es um die?«

»Augenblick, Herr.« Tullus sicherte sich die Aufmerksamkeit des Centurios der Dritten Centurie, der Bassius' Frage weitergab.

Die unerbittliche Hitze machte Piso und den anderen zu schaffen. Er stellte sich vor, wie es wäre, die Rüstung fortzuwerfen und nackt in der Visurgis zu baden, die keine Meile hinter ihnen lag. Doch ein solches Vergnügen musste warten. *Erst müssen wir dieses Gemetzel überleben*, dachte Piso.

»Sind alle bereit, Herr!«, rief Tullus. »Auf Euren Befehl!«

»VORWÄRTS!«, brüllte Bassius daraufhin und unterstrich den Ruf mit einem langen Pfeifenton.

»VORRÜCKEN!« Tullus deutete mit gezücktem Gladius auf die Feinde. »Zusammenbleiben, Brüder!«, rief er und rückte vor.

»Los geht's«, wisperte Piso und umfasste den Griff seines Speers fester. »Endlich, verflucht.«

Fünf Schritte legten sie zurück. Zehn. Die feindlichen Krieger nahmen die Bewegung wahr und formierten sich straffer. Derweil näherten sich die Legionäre einem Bollwerk aus Schilden, hinter dem zornige, wutverzerrte Gesichter zu erahnen waren. Die ersten Frameae der Germanen flogen über den Schildwall hinweg.

Tullus brüllte den Befehl, den Hagel mit den Schilden abzuwehren. Alle Soldaten auf den Außenseiten duckten sich hinter ihren Scuta, die anderen Männer hielten ihre Schilde über die Köpfe. *Klack. Klack. Klack.* Wie Hagel prasselten die Speere auf die römischen Legionäre herab. Pisos Schild erhielt keinen Treffer, ebenso wenig die von Metilius und Tullus. In unmittelbarer Nähe hörte Piso niemanden aufschreien.

»Reißt die Speere aus euren Schilden, wenn sie getroffen wurden!«, schrie Tullus. »Noch ist Zeit dafür!«

Als sie weitere zehn Schritte hinter sich gelassen hatten,

glaubte Piso, das eigene Herz könnte ihm jeden Moment in der zu engen Brust platzen. Auf eine Entfernung von dreißig Schritten wurde es gefährlich, da die Speere unvermindert auf die Legionäre hagelten. Es war an der Zeit, die eigenen Pila zu schleudern.

Doch Tullus brachte die Männer noch etwas dichter an den Feind heran, ehe er den lange überfälligen Befehl gab. »Pila bereithalten! WERFT!«

Piso riss den rechten Arm zurück, eine Bewegung, die ihm nach all den Jahren Übung in Fleisch und Blut übergegangen war. Längst hatte er sich einen stämmigen Krieger mit dichtem Bart ausgeguckt und zielte auf ihn. Sein Speer überwand die kurze Distanz nach nur zwei Wimpernschlägen. Piso sah das Blut spritzen, als die vierkantige Eisenklinge den Gegner über den Schildrand traf und den Hals zerfetzte.

»Hab ihn erwischt!« Pisos Jubelruf ging in den Schreien und dem Getöse unter, als die Wurfspeere der Kameraden einschlugen. Auf diese kurze Distanz konnte selbst ein Anfänger wie Calvus sein Ziel nicht verfehlen. Die Salve der Legionäre hinterließ deutliche Lücken in der Linienformation der Germanen, und Tullus war bereit. Er schärfte seinen Männern ein, zusammenzurücken, und verfiel in einen leichten Trab. »MIR NACH!«, brüllte er.

Piso passte sich dem neuen Schritttempo an und blinzelte den Schweiß fort, der ihm in die Augen lief. Drei Schritte, fünf, acht. Die Krieger schrien ihnen Verwünschungen entgegen und hoben ihre bemalten Schilde an – Speerspitzen lugten über die Ränder vieler Rundschilde hinweg. Die Germanen zeigten Stärke.

»Jupiter, du Größter und Bester. Jupiter, du Größter und Bester …« Calvus, einige Reihen hinter Piso, wiederholte dieses Flehen in hohem, aber zornigem Ton. Es blieb keine Zeit, ihm zu stecken, dass er das Maul halten sollte. Daher versuchte Piso, über diese Stimme hinwegzuhören.

»Folgt mir, Brüder!«, brüllte Tullus.

Mit enormer Wucht prallten sie in die germanischen Linien, etwa in der Mitte der Formation.

Piso stieg über einen am Boden liegenden Mann hinweg – vielleicht war es der Bärtige, den er mit dem Pilum erwischt hatte –, überwand den nächsten Körper, hielt den Blick geradeaus und wich Tullus nicht von der Seite. Wer ins Straucheln geriet, riskierte, den tödlichen Hieb zu erhalten, daher rammte Piso seinen Schild gegen den Schild des erstbesten Gegners. Der Kerl mochte nicht älter als achtzehn sein, in seinen Augen lag die blanke Furcht, doch er stemmte sich so gut es ging gegen Piso. Es war ein einseitiger Kampf. Piso warf das Gewicht seiner Rüstung und des eisenumrahmten Scutums in diesen Zusammenprall.

Er hörte, wie Holz splitterte, als der Schildbuckel den Weidenschild des Jünglings zertrümmerte. Dem Germanen blieb die Luft weg. Noch hielt er den Rest des Schilds in der rechten Hand, doch dann verlor er den Halt und kippte zurück. Der junge Kerl lag noch nicht ganz auf dem Rücken, da hatte Piso ihm bereits den Gladius in den Hals gerammt.

Piso blieb keine Zeit, über seinen Gegner nachzudenken, wichtig war nur, dicht bei Tullus zu bleiben und Metilius und Dulcius im Rücken zu wissen. Schon bekam er es mit dem nächsten Feind zu tun, einem Krieger, der sich brüllend und mit bloßer Brust in das Getümmel warf. Piso erhaschte einen Blick auf die grün und braun gemusterte Tuchhose des Germanen.

Ihre Schilde prallten gegeneinander, worauf der Germane mit seinem Speer auf Pisos Kopf zielte. Reflexartig duckte sich Piso hinter seinem Scutum und spürte den Luftzug am Ohr, gleichzeitig stieß er blind mit seinem Schwert zu. Dem Germanen entwich ein Schmerzensschrei.

Siegesgewiss setzte Piso nach und merkte, dass die Klinge in den ungeschützten Leib des Gegners glitt. Dann richtete er sich wieder auf und sah, dass der Mann mit der bloßen Brust Schild und Speer fallen gelassen hatte. Mit beiden Händen hatte er Pisos Klinge abwehren wollen, die ihn an der Flanke erwischt hatte. Piso zog den Schwertarm zurück, was seinen Gegner die Finger kostete, und stach erneut zu, diesmal höher, unter den Rippenbogen. Der Mann in der gemusterten Hose schnappte nach Luft wie ein Fisch auf dem Trockenen und starb.

»Hilf mir, Bruder!« Das war Dulcius' Stimme.

Piso blickte nach links. Sein Kamerad war in einen heftigen Kampf gegen zwei Krieger verwickelt, die beide mit Speeren bewaffnet waren. Einer der beiden, der Dulcius am ärgsten zusetzte, stand mit dem Rücken zu Piso und konnte daher die Klinge nicht sehen, die seinem Leben ein Ende bereitete.

»Kommst du mit dem anderen klar?«, schrie Piso in dem Gemenge.

»Ja!«, lautete die knappe Antwort.

Schon richtete Piso den Blick wieder nach vorn. Daher bekam er mit, wie Tullus einen Gegner so heftig mit dem Schildbuckel rammte, dass der Germane gegen den Hintermann zurücktaumelte und mit diesem zu Boden ging. Schnell wie ein Raubtier war der Centurio bei den beiden und trat mit den genagelten Sohlen seiner Caligae nach den Kriegern, während er gleichzeitig mehrfach mit rot gefärbter Klinge zustach. Die Schreie der Männer erstarben in gurgelnden Lauten. Tullus schaute nur kurz zurück.

»Seid ihr bei mir?«, brüllte er über die Schulter.

»Ja, Herr!«, riefen Piso und Metilius wie aus einem Munde.

»WEITER!« Vor Tullus tat sich eine Lücke auf. Mit wenigen Schritten war er dort. »Ihr Maden!«, schleuderte er den erstbesten Kriegern entgegen. »Bereit zu sterben?«

Drei Germanen, die vom Äußeren her Verwandte hätten sein können, sahen einander verunsichert an. Einer von ihnen erwiderte etwas, ehe sie zu dritt zum Angriff übergingen, alle zugleich auf Tullus.

Wenn der Centurio fällt, *kommt der Cuneus zum Erliegen*, dachte Piso erschrocken. »Metilius!«

»Ja?«

»Siehst du die drei Hurenböcke da?«

»Klar!«

Piso blieb dicht an Tullus' linker Flanke und sah aus dem Augenwinkel, dass Metilius den Centurio auf der rechten Seite schützte. Dulcius begriff den Ernst der Lage und schloss unmittelbar zu Piso auf, um ihm den Rücken freizuhalten. Derweil rückten auch Calvus und die anderen Kameraden rechtzeitig nach.

Der erste Krieger starb, als Metilius ihm das Schwert in die linke Augenhöhle stieß. Helle Gewebeflüssigkeit vermischte sich mit Blut und Hirnmasse, als der Legionär die Klinge drehte und tiefer in den Schädel rammte. Metilius fluchte, da er sein Schwert nicht schnell genug frei bekam, während die anderen beiden Krieger herankamen und mit ihren Speeren auf Tullus einstachen. Vielleicht hatte Tullus einen Hauch zu spät reagiert, denn ein Speer erwischte ihn am Helm, sodass sein Kopf zurückflog.

Piso verfolgte dies aus dem Augenwinkel. Mit einem Fluch versenkte er seine Klinge in der Armbeuge des ersten Angreifers, der gerade Tullus am Helm getroffen hatte. Pisos Stich war geradlinig und vorhersehbar, aber tödlich. Sowie er das Schwert zurückzog, schoss das Blut aus den zerfetzten Gefäßen, ehe der Germane zu Boden ging und wie ein aufgespießter Eber um sich schlug. Derweil nutzte der zweite der vermeintlichen Verwandten Tullus' Desorientierung und rammte ihn, sodass der Centurio zurückwankte. Mit einem Schrei des Triumphs riss der Krieger den Speer hoch und war im Begriff zuzustechen, genau oberhalb von Tullus' Schildrand.

Piso konnte nicht überblicken, warum Metilius nicht zur Stelle war, um den Stoß zu verhindern, er ahnte jedoch, dass sein eigener Arm nicht lang genug war, um den Germanen aufzuhalten.

Piso steckte in der Zwickmühle: Scherte er jetzt aus der Keilformation aus, gelang es ihm womöglich, Tullus zu retten, er würde aber eine Lücke hinterlassen, in die der nächste Feind stürmen könnte. Diesen Vorwurf wollte er sich nicht gefallen lassen – andererseits würde Tullus sterben. Piso zögerte, unschlüssig, aber in dem Bewusstsein, dass er JETZT handeln musste.

Das Gesicht des zweiten Angreifers nahm einen Ausdruck von Schmerz an. Ein hoher Laut entwich seinen Lippen, ehe der Mann vornübersackte und aus Pisos Blickfeld verschwand.

»Nimm dies, du Stück Dreck!«, knurrte Tullus und befreite seine Klinge, die er dem Gegner verdeckt in den Oberschenkel gestoßen hatte. »Und das!«, brüllte er, während er den Mann mit einem präzisen Stoß in den Mund tötete.

Piso hätte vor Erleichterung aufschreien mögen. Da er sich schämte, nicht rechtzeitig bei seinem Centurio gewesen zu sein, stammelte er: »Bitte um Nachsicht, Herr, ich …«

»Heb dir das für später auf, Piso!«, rief Tullus wie auf dem Übungsplatz. »VORWÄRTS!«

Einmal mehr staunte Piso über Tullus' Ausdauer und machte sich bewusst, dass sein Centurio nur knapp mit dem Leben davongekommen war. Von da an nahm er sich vor, seinem Anführer nicht mehr von der Pelle zu weichen, wie ein Floh, der sich im Fell eines Hundes festsetzt.

Die Sturmkolonne drängte weiter vor. Angesichts der Wucht des Vorstoßes wichen die ersten Krieger hilflos zurück. Die Moral der Legionäre hielt, neue »ROMA!«-Schlachtrufe hallten über die Köpfe der Germanen hinweg.

Die Keilformation gewann an Tempo. Tullus, immer noch an der Spitze, kämpfte wie ein Besessener und schlug einen Gegner nach dem anderen zu Boden. Piso und Metilius blieben dicht hinter ihm, auch wenn ihnen das Atmen schwerfiel. Doch jeder Einzelne kam seiner Pflicht nach. Hinter Piso rückten die Kameraden nach, kraftvoll, unnachgiebig. Es war ein einziges Hauen und Stechen.

»Weiter!«, brüllte Tullus. »Lasst nicht nach! Druck erhöhen! Sie geben nach!«

Die Soldaten in seiner Formation kämpften sich weiter vor, mit dem Instinkt und dem Heißhunger von Jagdhunden. Tapfere Krieger starben unter den Klingen der Römer oder stürzten schreiend auf den zerfurchten Boden. Auf Dauer konnte die feindliche Linie der Wucht des Angriffs nicht standhalten. Furcht verzerrte die Gesichter der Germanen, die ersten Krieger liefen um ihr Leben. Wer zu langsam war, fiel wie reifes Korn unter der Sichel.

Erneut hatten die Legionäre zehn Schritte Boden gutgemacht. Weitere Krieger fanden den Tod. Tullus tötete einen Stammesführer und enthauptete ihn mit einem einzigen harten Streich. Mit Wucht schleuderte er das abgetrennte Haupt über die Reihen der Gegner hinweg – der Kopf drehte sich in der Luft um die eigene Achse, ehe er blutsprühend im Gemenge abtauchte.

Diejenigen Krieger, die Zeugen dieses grässlichen Anblicks geworden waren, erstarrten gleichsam und hatten ihren Kampfeswillen verloren. Der Mut der Germanen schwand zusehends, Schrecken und Todesangst hielten Einzug, und viele Krieger warfen ihre Waffen fort und flohen. Wer ins Straucheln geriet, wurde schlichtweg überrannt oder zu Tode getrampelt.

Tullus drängte weiter vor und hielt das Tempo, dem der Feind in diesem Abschnitt des Gefechts nichts mehr entgegensetzen konnte.

»Tötet die Verletzten, lasst keinen am Leben, aber stoßt weiter vor!«

Piso war von derselben irrsinnigen Freude beseelt, die er zuletzt verspürt hatte, als Arminius' Heer an den Pontes longi an Schlagkraft verloren hatte. Jeden Augenblick nämlich würden Tullus und die anderen Centurionen den Befehl geben, den fliehenden Feinden nachzusetzen. Daher erschrak Piso beinahe, als ein scharfer Pfeifenton den Befehl zum Haltmachen gab. Dulcius, der mit dieser Wendung nicht gerechnet hatte, prallte von hinten gegen Piso.

Andere Soldaten waren ebenfalls überrascht, als Tullus über die Schulter rief: »HALT!«

Die Sturmkolonne kam zum Stehen.

»Aber sie rennen um ihr Leben, Herr!«, protestierten einige.

»Das sehe ich, ihr Maden!«, bellte Tullus. »Aber Arminius wird weitere Krieger im Schutz des Waldes bereithalten. Wir werden denen nicht einfach so in die Arme laufen. Atmet durch, Männer. Versorgt eure Wunden. Trinkt einen Schluck – aber haltet die Formation!« Tullus schaute von links nach rechts, um sich einen Überblick zu verschaffen.

Pisos Blase war zum Bersten voll. Wieso hatte sie sich so schnell wieder füllen können?, wunderte er sich verärgert. Schon stellte er sich auf die derben Scherze der Kameraden ein, war dann aber insgeheim froh, als er hörte, wie sich manch einer an Ort und Stelle erleichterte. Auch er pisste im Stehen. Dann sah er zu Metilius. »Bist du verletzt?«

»Ein Kratzer am Arm.«

Piso besah sich die Verletzung und legte Metilius vorsichtshalber einen Verband an.

»Bei dir alles in Ordnung, Dulcius?«, wandte er sich an den nächsten Kameraden.

»Ja. In unserer Reihe ist alles gut. Hinter uns ist einer verletzt, aber nicht allzu schlimm.«

Kurz darauf wussten sie, dass sie in ihrer Centurie zwei Männer verloren hatten, sechs waren ernsthaft verwundet. Tullus jedoch grinste, als er die Zahlen hörte.

»Nur geringe Verluste – wir haben uns tapfer geschlagen. Bassius hat auch haltgemacht«, ließ er die Männer wissen. »Auch die Centurie rechts von uns. Also halten wir gemeinsam diese Position.«

Piso warf einen Blick auf die zurückweichenden Feinde. Etliche flohen Hals über Kopf, und schon bald waren auch die letzten zwischen den Bäumen verschwunden. Genau dort lauerte für die Römer die neue Gefahr, wie Piso sehr wohl erkannte. Furcht durchzuckte ihn, als er begriff, wie nah die Gefahr war.

Denn der Gegenangriff der Germanen begann unmittelbar nach der Flucht der Krieger. Hunderte unverbrauchte Kämpfer lösten sich aus dem Zwielicht zwischen Buchen und Fichten und liefen die leichten Anhöhen hinunter zur Ebene. Doch diesmal griffen sie nicht überstürzt an, sondern formierten sich auf ganzer Linie. Das Sonnenlicht blitzte auf den Speerspitzen auf. Viele Krieger trugen Kettenhemden, was bedeutete, dass die Legionäre es mit Arminius' besten Streitern zu tun bekommen würden. Immer mehr Krieger tauchten auf den Anhöhen auf, bis sich einige tausend Germanen in Sichtweite der römischen Sturmkolonnen versammelt hatten. Fast zeitgleich setzte der dröhnende Barritus ein.

Als die Germanen vorrückten, berührte Metilius grimmig das phallusartige Amulett, das er um den Hals trug.

»Es ist noch nicht vorüber«, raunte er.

22. KAPITEL

Voller Zorn verfolgte Arminius den Verlauf der Schlacht von der linken Flanke seines Aufgebots. Zunächst hatten sich die Krieger der Marser und Chatten tapfer geschlagen, und obwohl sie sich von den vorrückenden Hilfstruppen hatten zurückdrängen lassen, waren die Kämpfer bereit, in den überfälligen Gegenangriff überzugehen.

Doch das unerwartete Auftauchen einiger Adler hoch oben am Himmel hatte sich als äußerst nachteilig erwiesen, als unheilbringend geradezu. Kurz darauf hatten sich die Sturmkolonnen der Römer in Bewegung gesetzt und eine solche Wucht aufgebracht, dass Arminius' Krieger diesem Vorstoß nichts hatten entgegensetzen können. Selbst wenn der Cherusker in vorderster Reihe gewesen wäre – auch er hätte die Linie nicht halten können. Jetzt beobachtete er, wie seine Krieger um ihr Leben rannten. Die Formation, die Augenblicke zuvor noch so eindrucksvoll ausgesehen hatte, war zerbrochen.

Er verfluchte Donar dafür, dass die mächtigen Vögel am Himmel zu sehen gewesen waren, ehe er vor sich hin schimpfte, dass alles hätte anders laufen können, wenn das Wetter umgeschlagen wäre. Wieso hatte die Gottheit die Römer nicht erneut mit Sturm und Regen geschlagen, wie damals, vor sieben Jahren?

Wir folgen Dir, Donar, und dies ist Dein Land, dachte Arminius. *Hilf uns, und nicht den Eindringlingen.*

Weitere Krieger fielen im Zentrum der germanischen Aufstellung. Bald waren auch jene erschlagen, die noch ausharrten und Widerstand leisteten. Signale schallten über die Ebene, neue Kohorten rückten vor und hielten geradewegs auf das Gemetzel zu.

Bitterkeit erfasste den Cherusker, doch er verdrängte das Gefühl. Noch war die Schlacht nicht vorüber. Mit einem Blick über die Schulter vergewisserte er sich, dass Hunderte Krieger bereitstanden – die besten Streiter hatte er zurückgehalten, als schlagkräftige Reserve, trugen doch die meisten der Männer Kettenhemden. Trotzig und stolz lösten sich die Krieger aus dem Schatten des Waldrandes, sodass sich das Sonnenlicht auf den Ösen der Kettenpanzer fing. Die Legionäre in der vordersten Sturmkolonne waren erschöpft, sie würden einem Angriff dieser erprobten Krieger nicht standhalten.

Arminius fasste Mut, als er Maelo unter den Kämpfern an vorderster Front erspähte. Wenn es einem gelingen konnte, die Römer zurückzutreiben, dann seinem Stellvertreter und Vertrauten.

Eigentlich hatte sich auch Arminius unter seine Schar aus Veteranen mischen wollen, aber als Taktiker musste er den Überblick über das Heer behalten. Zu seinem Verdruss hatte er sich erneut mit den verfluchten Stammesführern herumärgern müssen, diesen starrsinnigen Tölpeln. Daher hatte er sich zuletzt auf der linken Flanke wiedergefunden, kurz bevor die nächste Angriffswelle einsetzte.

Arminius hatte die römischen Linien zweimal attackiert, insbesondere die leicht bewaffneten Bogenschützen, Auxiliartruppen allesamt. Seine Krieger rannten mit erhobenen Schilden und erreichten die Bogenschützen, ohne große Verluste zu erleiden. Doch in den Reihen der Schützen brach Chaos aus. Die Formation löste sich fast vollständig auf.

Noch ein Sturmlauf, und wir haben sie, dachte Arminius. *Wenn es uns dann gelingt, in die Formation dahinter vorzustoßen, wird Panik ausbrechen*. Der Sieg rückte in greifbare Nähe.

Allerdings bereitete es ihm Sorgen, dass längst nicht alle Legionen von Germanicus in die Schlacht eingegriffen hatten. Doch der Angriff, den er nun im Sinn hatte, sah vielversprechend aus.

Der Cherusker machte sich daran, die Krieger um sich zu scharen, die ihm im Augenblick auf der Flanke zur Verfügung standen: Eine Mischung aus Angrivariern, Sugambrern und Brukterern. Beflügelt von den Erfolgen während des Angriffs auf die Bogenschützen, jubelten sie und kamen Arminius' Aufruf mit Begeisterung nach. Kurz darauf hatte Arminius sich hoch zu Ross mit einer größeren Schar Reiter in der Mitte des Aufgebots positioniert und gab das Signal.

Mit donnernden Hufen hielten die Reiter auf die verbliebenen Bogenschützen zu, gefolgt von den Kriegern zu Fuß. Noch einmal stieg eine Salve Pfeile in den Himmel, aber sie hatte längst nicht mehr die Durchschlagskraft wie zu Beginn der Schlacht. Arminius konnte sich zwar selbst mit dem Rundschild schützen, nicht aber sein Ross. Ein verletztes Pferd könnte seinen Reiter abwerfen, sodass Arminius im schlimmsten Fall unter die Hufe der anderen Pferde geraten würde.

Einige seiner Kameraden wurden getroffen, doch Arminius blieb verschont. Den Blick unverwandt geradeaus gerichtet, sprengte er auf eine Lücke in der brüchigen Formation der Bogenschützen zu: zwischen einem Mann mit schmalem Gesicht, der vor Angst wie erstarrt war, und einem Veteranen, der unverdrossen einen Pfeil nach dem anderen abfeuerte.

Der schmalgesichtige Kerl ließ den Bogen fallen, als Arminius in die Lücke galoppierte. Der Veteran war so sehr damit beschäftigt, den nächsten Pfeil auf die Sehne zu legen, dass er zu spät aufschaute. Ein fataler Fehler. Mit einem einzigen Hieb durchschlug der Cherusker den Bogen und erwischte den Schützen an der Schädeldecke.

Mit einem letzten Blick auf den Mann mit dem schmalen Gesicht, der keine Gefahr mehr darstellte, ritt Arminius tiefer in die Gruppe der desorientierten Bogenschützen. Einer der Gegner geriet unter Arminius' Pferd und schrie wie von Sinnen, doch da ließ der Cherusker den Rand seines Schildes bereits auf den Kopf des nächsten Schützen krachen. Auch dieser Schädelknochen knackte wie eine reife Nuss. Ohne zu zögern spießte Arminius auf der rechten Seite einen Gegner mit dem Schwert auf, der beinahe einen Pfeil aus nächster Nähe abgefeuert hätte.

Der Cherusker wühlte sich mit seinem Pferd weitere fünfzehn Manneslängen in das Getümmel und sah, dass die anderen Reiter folgten. Hartnäckig teilte er mit dem Spatha aus, erschlug zwei Feinde und verstümmelte einen weiteren.

Der ohnehin lahme Widerstand der Schützen kam gänzlich zum Erliegen, als sich die Krieger zu Fuß unter die Reiter mischten. Die meisten Bogenschützen ergriffen die Flucht, da kaum ein Schütze im Nahkampf bestehen konnte. Arminius und seine Gefährten mähten die Gegner zu Dutzenden nieder. Es war ein Gemetzel.

Schließlich scharte er seine Männer erneut um sich. Denn da die Römer unterdessen neue Kohorten entsandt hatten, käme es Unvorsichtigkeit gleich, die fliehenden Bogenschützen zu verfolgen, ohne sich zuvor zu sammeln. Als er dann jedoch sah, dass einige Krieger ungeachtet der Gefahr begannen, die Toten zu plündern, kochte er vor Zorn. Wieder verlor er kostbare Zeit.

»Bewegung, ihr Hunde!«, rief er. »Wir müssen diesen Bastarden jetzt nachsetzen, ehe sie sich neu formieren können – jeden Moment schickt uns Germanicus neue Truppen auf den Hals!«

Missgelaunt gehorchten die Leichenfledderer und bezogen Aufstellung. Arminius schöpfte neuen Mut. Bislang hatte er auf diesem Flügel wenig Opfer zu beklagen, und die Krieger lechzten nach dem Blut der Römer. Weitere Krieger kamen aus dem Schutz des Waldes, angezogen von der Aussicht, dem Feind eine Niederlage beizufügen.

»Bereit?«, rief er.

»JAAA!«, brüllten seine Männer.

Arminius hatte schon den Schwertarm emporgereckt, um das Zeichen zum Vorrücken zu geben, als vertraute Laute an seine Ohren drangen.

Nein, dachte er. *NEIN!* Er reckte den Hals und spähte hinweg über die versprengten Bogenschützen, die das Weite suchten. Das Sonnenlicht blendete, aber die Staubwolken voraus verrieten Arminius genug. Neue römische Truppen marschierten heran – ob es sich nun um weitere Hilfstruppen oder reguläre Kohorten handelte, vermochte er auf die Schnelle nicht zu sagen. Doch er wusste, dass er diese Einheiten aufhalten musste. Wenn die Römer seine Krieger auf einer Seite zurückwarfen, drohte in diesem Abschnitt eine Niederlage.

»Sie bringen Verstärkung!«, rief er. »Wartet auf mein Kommando!«

»Nur zu, Arminius!«, hörte er eine ihm bekannte Stimme. »Die Usipeter sind mit dir!«

Plötzlich entdeckte Arminius Gervas, zum ersten Mal an diesem Tag. Ein Lächeln breitete sich in seinem verschwitzten Gesicht aus.

»Und wie steht es um die Sugambrer und die Brukterer?«, rief er. »Sind auch sie bereit?«

»JAAA!«, kam es aus tausend Kehlen.

Arminius senkte den Schwertarm und zeigte auf die herannahenden Römer. Nur die Götter wussten, wohin ihn dieser Angriff führen würde – er konnte nur hoffen, dass er Erfolg haben würde und dass Maelo mit den anderen Kriegern siegreich wäre. Irgendwo im Getümmel würden sie zusammenfinden, um einen Sieg herbeizuführen, der ruhmreicher sein würde als der Hinterhalt vor vielen Jahren tief in den Wäldern.

Arminius verspürte einen stechenden Schmerz an der Oberlippe – sein letzter Gegner hatte ihm kurz vor seinem Tod eine Schnittwunde zugefügt. Auch an der rechten Wade war der Cherusker verletzt, eine größere Wunde, die wie Feuer brannte. Blut lief ihm in den Stiefel, doch Arminius versuchte, das Pochen auszublenden. Verbissen kämpfte er weiter, getrieben von dem Wunsch, dieses Gefecht für sich zu entscheiden. Die anderen Reiter waren bei ihm, aber abseits seiner Schar drohten die Formationen auf beiden Flügeln zu brechen.

Der Cherusker vermochte nicht mehr zu sagen, wie viel Zeit vergangen war, seitdem die Infanterie der Auxiliartruppen vorgerückt war, um den bedrängten Bogenschützen zu Hilfe zu eilen. Der Vorstoß der eigenen Abteilung war zum Stillstand gekommen, zumal beide Seiten auf flachem, offenem Gelände aufeinandergeprallt waren, die Reiter aber die Wucht des Galopps eingebüßt hatten. Allerdings musste Arminius seinen Kriegern zugutehalten, dass die Auxiliareinheiten keinen Bodengewinn für sich verbuchen konnten – sie waren sogar einige Längen zurückgewichen.

Doch der Erfolg der Germanen war nur von kurzer Dauer gewesen.

Mit verkniffener Miene verfolgte Arminius, wie ein Offizier der Hilfstruppen eine Sturmkolonne zusammenstellte. Augenblicke später riss dieser Keil eine Lücke in die Linie seiner Krieger. Die ersten Gegner jubelten, worauf weitere Auxiliarkämpfer nachdrängten.

Arminius' Krieger setzten den Kampf zwar mit grimmiger Entschlossenheit fort, aber die Wucht des Angriffs war dahin – ganz so, als schwappten sanfte Wellen über sandiges Ufer. *Verflucht*, dachte Arminius. *Wir haben verloren, zumindest in diesem Abschnitt.*

Die Zeit zum Rückzug war gekommen. Wenn Arminius jetzt zögerte, würden seine Krieger vollständig aufgerieben. Der Cherusker hasste Rom mit jeder Faser seines Leibes, aber selbst er musste widerwillig anerkennen, mit wie viel Druck die römischen Soldaten ihren unterlegenen Gegnern nachsetzten. Die Disziplin der Römer kam erneut zum Tragen.

Es liegt immer an ihrer verfluchten Disziplin, dachte er und schüttelte enttäuscht den Kopf. Schließlich riss er den blutbesudelten Schwertarm in die Höhe und deutete zurück.

»Rückzug!«, brüllte er. »Mir nach! Kämpft euch den Weg zurück frei!«

Keiner begehrte gegen diesen Aufruf auf, und spätestens da wusste Arminius, dass die Entscheidung richtig gewesen war.

Gervas gehörte zu dem Dutzend Reiter, das auf Arminius' Höhe blieb. Gemeinsam griffen sie noch einmal die Kämpfer in unmittelbarer Nähe an, damit sich die Kameraden, die zu Fuß kämpften, allmählich zurückziehen konnten. Als die Auxiliartruppen mitbekamen, dass der Widerstand der Germanen nachließ, verdoppelten sie ihre Anstrengungen noch. Arminius verlor fünf Reiter in dem heftigen Gefecht. Die Männer wurden von den Pferden gerissen und gerieten unter die Hufe der eigenen Tiere, die nach und nach von allen Seiten eingeschlossen wurden.

Da Arminius erkannte, dass er den Feind nicht mehr länger aufhalten konnte, riss er das Pferd an den Zügeln herum und hielt auf den Waldrand zu. Womöglich gelänge es ihnen, sich dort neu zu formieren. Ein Wunschtraum, wie Arminius mit zunehmender Verbitterung erkannte. Nur bei Cannae – vor mehr als zweihundert Jahren – waren systematisch zurückweichende Soldaten erfolgreich ins Gefecht zurückgekehrt, aber der Cherusker hatte nicht so verlässliche Streiter wie die afrikanischen Söldner, die einst Hannibal zum Sieg verholfen hatten.

»Sieh nur!«, entfuhr es Gervas.

Donnernder Hufschlag drang an Arminius' Ohren. Verwundert blickte er zurück. Überall Infanterie, nirgends Reiter zu sehen.

»Dort! Weiter rechts!«, schrie Gervas.

Arminius folgte Gervas' ausgestrecktem Arm. Ihm sank das Herz. Auf der rechten Flanke hatte Germanicus einen Teil seiner Kavallerie entsandt, wiederum Hilfstruppen, die nun ihrerseits auf Arminius' Krieger zuhielten. Ein cleverer Zug. Denn viele der zurückweichenden Krieger ahnten nicht, dass ihnen Reiter im Nacken saßen.

Einige Herzschläge später zeigte sich, dass die römische Kavallerie den Winkel ihres Angriffs genau bedacht hatte. Kein Zweifel, jeden Moment würden die Reiter die Krieger erreichen – kaum einer konnte sich noch in Sicherheit bringen, selbst Arminius' Reiter liefen Gefahr, aufgerieben zu werden.

Der Cherusker schob das Schwert zurück in die Scheide – was sich im vollen Ritt als recht schwierig erwies – und hielt sich eine Hand gegen die schmerzende Oberlippe. Sofort rieb er sich Wangen und Stirn mit dem eigenen Blut ein.

Besser, ich entkomme unerkannt, anstatt hier niedergemacht zu werden, dachte er, zuckte aber sogleich angesichts des schmachvollen Rückzugs zusammen. Als er das Schwert dann wieder zog, spürte er, dass ihn jemand beobachtete – verstohlen blickte Arminius nach rechts und ahnte, dass Gervas genau verfolgt hatte, was er getan hatte. Doch Arminius ritt weiter, mit einer Mischung aus Scham und Unbehagen. Die Strecke zurück zum Waldrand war zwar nicht lang, der Ritt dorthin kam Arminius jedoch wie eine halbe Ewigkeit vor.

Mit wildem Geschrei setzten die Reiter der Auxiliareinheiten Arminius' Kriegern nach. Das Sonnenlicht tanzte auf den Spitzen ihrer Speere. Arminius' Männer verließ der Mut. In panischer Hast rannten sie um ihr Leben. Zu allem Überfluss geriet Arminius in das unübersichtliche Gedränge – Männer stoben desorientiert in Richtung Wald, Verletzte und Tote blieben auf dem ausgedörrten, rissigen Boden der Ebene zurück.

Arminius konnte nicht anders, er musste langsamer reiten.

Mehr als einmal stieß er Männer mit Fußtritten von sich, die um Hilfe baten und sich hinter ihm auf den Rücken des Pferds schwingen wollten.

Ich sterbe doch nicht hier unter all den Narren, dachte er voller Wut. Als sich plötzlich weiter vorn eine Lücke in dem Gewühl auftat, schöpfte Arminius noch einmal Hoffnung. Er spürte, dass er mit dem Leben davonkommen und den Kampf an anderer Stelle fortsetzen könnte.

Im selben Moment sprengten etwa zwanzig römische Reiter von rechts heran und hatten es auf Arminius und dessen Gefährten abgesehen. Weitere Reiter folgten in einigem Abstand.

Das ist erst die Vorhut, durchzuckte es Arminius. *Sie wollen die fliehenden Krieger zermürben und aufhalten, bis die Kavallerie ihre volle Schlagkraft aufbieten kann.*

»Wir müssen durchbrechen!«, rief er Gervas zu, ehe er versuchte, die Aufmerksamkeit der anderen Reiter und Krieger zu erhalten, die ebenfalls in dem Gedränge steckten. Die Männer blickten erwartungsvoll, aber auch erschrocken zu ihm auf. »Ein Ausfall ist unsere einzige Chance!«, bekräftigte er und ahnte, dass keine große Hoffnung mehr bestand.

»Ich folge dir.« Gervas sah entschlossener aus denn je.

»Wir auch«, kam es von den drei Reitern, die auf Arminius' Höhe waren. Die Krieger zu Fuß ließen nach und nach erkennen, dass sie noch nicht aufgeben wollten.

In Arminius stritten Stolz, Furcht und Verzweiflung. Es war denkbar, dass er jeden Augenblick sterben würde. Womöglich wäre das die passende Strafe dafür, dass er Donar keinen Respekt gezollt hatte. »Seid ihr bereit?«

Ohne die Antwort abzuwarten, drückte Arminius dem Pferd die Knie in die Flanken. Das Schwert in der Rechten, den Schild schützend in der Linken, brachte er etwa ein Fünftel der Distanz zu den feindlichen Reitern hinter sich, ehe die Reiter reagierten.

Sofort kamen sie ihm und seinen Männern entgegen. Aus dem Augenwinkel nahm Arminius wahr, dass weitere feindliche Reiter auftauchten – noch eine Einheit der Auxiliartruppen.

Als sie näher kamen, erkannte er, dass es Chauken waren. Einst hatte ein Teil dieses Stammes zu ihm gestanden, doch viele dieser Krieger waren dem römischen Reich von jeher treu ergeben.

Was für eine Ironie, dass ich von Germanen erschlagen werde und nicht von römischen Legionären, dachte er. Der Tod war das einzige Schicksal, das der Cherusker akzeptieren würde – nichts konnte so schlimm sein wie die Gefangenschaft. Seine Häscher würden ihm nie gestatten, seine Frau und seinen Sohn wiederzusehen, nein, in Ketten würde man ihn durch Rom schleifen, vor Tausenden von Zuschauern, die ihn mit Schmährufen und Verwünschungen überziehen würden. Da wäre der Tod das rühmlichere Ende.

Schließlich versetzte Arminius sein Pferd in leichten Trab, denn er hatte sich bereits einen Gegner ausgeguckt, einen leicht untersetzten Reiter, dessen Rundschild von einem schlangenförmigen Muster überzogen war.

Schon riss der Reiter den Arm zum Wurf zurück. Der Gefährte unmittelbar neben ihm, offenbar ebenfalls ein erfahrener Krieger, hatte ihn auch kommen sehen. Es war töricht gewesen, Donar zu verfluchen, wie Arminius nunmehr voller Reue erkannte. Die Götter waren immer diejenigen, die zuletzt lachten.

Aber einen von denen reiße ich mit in den Tod, beschloss er und vermutete, dass er es mit dem leicht untersetzten Reiter aufnehmen sollte.

Arminius war keine zehn Schritte mehr von seinem Gegner entfernt, als dieser ihn offenbar erkannte. »Arminius?«

»Ja«, gab Arminius knurrend zurück und hatte bereits zum Schlag ausgeholt.

Plötzlich riss der Reiter sein Pferd herum, sodass für Arminius der Weg zum rettenden Wald frei war.

»Los!«, drängte der Reiter ihn. »Nun mach schon!«

Arminius ließ sich nicht zweimal bitten. Er nickte dem untersetzten Reiter dankbar zu und sprengte davon.

23. KAPITEL

Auf der Ebene von Idistaviso wischte sich Tullus zum hundertsten Mal seit Tagesanbruch den Schweiß von der Stirn. Als er den Arm senkte, sah er, dass die sonnengebräunte Haut am Unterarm einen Stich ins Rote ging.

Kein Wunder, dass wir uns in dieser Hitze alle einen Sonnenbrand holen, dachte er. Am kommenden Tag würden die sonnenverbrannten Partien anfangen zu schmerzen. Vorher müsste er noch etwas gegen die staubtrockene Kehle unternehmen. Seine Lippen waren spröde und rissig. Tullus war heiser von all den Befehlen.

Die Muskeln in beiden Armen zuckten vor Überanstrengung. Schild und Schwert zugleich zu führen laugte einen Mann früher oder später aus. Nacken, Schultern und unterer Rücken waren verspannt und schmerzten, das ganze Kettenhemd drückte wie eine Hülle aus Blei.

Mit einem Pochen meldete sich die alte Verletzung in der linken Wade zurück – nicht zum ersten Mal stellte sich Tullus vor, dass ihm dort eine boshafte Vettel eine Nadel ins Fleisch bohrte. Aber all das ertrug er gern, solange das Gemetzel der zurückliegenden sechs Stunden endlich ruhte. Sie hatten gesiegt. Stolz erfüllte Tullus, denn aus seiner Centurie waren nur sechs Mann gefallen.

Der Lauf der Sonne senkte sich am westlichen Horizont, die schlimmste Hitze ließ nach. Die Schlacht an sich war seit geraumer Zeit zu Ende. Zwei Legionen und die Reiterei jagten die versprengten Feinde noch in östlicher und südlicher Richtung, und die Bogenschützen unten am Fluss machten sich einen Spaß daraus, Krieger zu treffen, die in den Baumkronen Schutz suchten. Sprachen vermengten sich, während römische Legionäre und gallische oder germanische Kämpfer aus den Reihen der Auxiliartruppen unter den Gefallenen nach Beute suchten. Hunderte verletzte Krieger klagten dem blauen Himmel ihr Leid. Bald würde auch der Letzte unter ihnen verstummen, ahnte Tullus doch, dass die Legionäre nicht in der Stimmung waren, Milde walten zu lassen.

Seine Männer hatten sich bewährt und die Stellung gehalten, als die Cherusker aus dem Wald über die Anhöhe gestürmt waren. Gemeinsam mit den anderen Sturmkolonnen hatten sie den Vorstoß der Krieger zum Stillstand gebracht und Hunderte erschlagen oder verwundet. Die Cherusker indes hatten ebenfalls Erfolge zu verzeichnen – Bassius war tot, seine Sturmkolonne hatte viele Opfer zu beklagen. Trotzdem hatte der Feind von diesem Teilerfolg kaum profitiert, denn insgesamt hatten die Keilformationen nicht nachgegeben, hatten sich Schritt um Schritt weiter nach vorn gekämpft und den Gegner aufgerieben. Bald war der Kampfeswille der Germanen zum Erliegen gekommen.

Die Centurionen der nachrückenden Einheiten hatten das Geschehen richtig eingeschätzt und ihre Männer ebenfalls in Sturmkolonnen antreten lassen. Die Cherusker mussten zurückweichen, da sie dieser tödlichen »Säge« der Römer nicht gewachsen waren.

Einmal hatte Tullus geglaubt, er habe Maelo gesehen, der an einem Abschnitt der Front versuchte, einen Gegenangriff einzuleiten. Dieser Angriff war letzten Endes gescheitert, aber Tullus war zu weit entfernt gewesen, um die Gesichter in den Reihen der Feinde erkennen zu können. Offenbar war es Maelo gelungen, in den Wirren des Rückzugs der Cherusker abzutauchen.

Tullus hoffte, dass Maelo und Arminius unter den Toten waren, aber das würde er erst glauben, wenn er ihre Leichen mit eigenen Augen gesehen hatte.

Von einer berittenen Einheit der Chauken erfuhr Tullus, Arminius habe einen Angriff auf die Bogenschützen auf der rechten Flanke geleitet. Später, so berichtete ein Chauke weiter, habe sich Arminius zurück zum Wald durchgeschlagen, als der Angriff zu scheitern drohte.

Tullus horchte auf und versuchte, mehr aus dem Informanten herauszubekommen, doch die Chauken wurden einsilbig. Einer von ihnen zuckte nur mit den Schultern und meinte: »Arminius ist fort, mehr können wir nicht sagen.«

Argwohn regte sich in Tullus, da ihm das Verhalten der Chauken eigenartig vorkam, aber er wusste selbst nicht genau, was ihn gestört hatte. Als er dem Chauken nachrief, Germanicus werde davon erfahren, zuckte der Mann erneut mit den Schultern und blieb ihm eine Antwort schuldig.

»Diese elenden Wilden«, schimpfte Tullus. »Der Hälfte von ihnen kannst du nicht über den Weg trauen.« Allerdings wusste er im selben Moment, dass das nicht ganz der Wahrheit entsprach. Die Auxiliartruppen, Infanterie wie Kavallerie, hatten sich tapfer geschlagen. Arg erwischt hatte es die Bogenschützen, doch letzten Endes waren ihnen die Räter, Vindeliker und Gallier zu Hilfe geeilt, die tags zuvor ihre Positionen vor Tullus' Centurie eingenommen hatten.

Tullus wusste nicht, ob die Chauken Arminius absichtlich hatten entkommen lassen. Für sie sprach indes, dass sie die zurückweichenden Cherusker auf dem rechten Flügel des Schlachtfelds fast vollständig aufgerieben hatten.

Auch die römischen Legionäre hatten ihren Anteil am Ruhm. Denn sie waren es gewesen, die die Linie des Feindes im Zentrum und auf der linken Flanke durchbrochen hatten. Daraufhin waren viele Krieger geflohen.

Alles in allem ein guter Tag – ein Tag, an dem der Stolz der Armee wiederhergestellt wurde. Das galt insbesondere für jene Soldaten, die sieben Jahre zuvor erlebt hatten, wie ihre Legionen ausgelöscht worden waren.

Wenn mir heute noch einer meldet, dass Arminius erschlagen wurde und der Adler der Achtzehnten gefunden wurde, erkläre ich diesen Tag zum Festtag, dachte Tullus.

Aber er wusste, dass er seine Zeit nicht mit diesem Wunschdenken vertrödeln durfte. Arminius hatte eine herbe Niederlage einstecken müssen. Fürs Erste würde das genügen.

Germanicus hatte angeordnet, ein Tropaeum errichten zu lassen, um den Sieg gebührend zu feiern. Noch vor Sonnenuntergang wollte er an Ort und Stelle eintreffen, um sich über den Fortgang der Arbeiten zu informieren.

Tullus schlenderte an seinen Männern vorbei, die immer noch damit beschäftigt waren, bei den Toten nach wertvollen Gegenständen zu suchen, die man auf dem Altar des Tropaeums präsentieren könnte – natürlich steckten sich alle irgendwelche Gegenstände ein, weil sie sie selber behalten wollten. Tullus ließ sie gewähren.

Besonders begehrt bei dieser sengenden Hitze waren allerdings Schläuche mit Wasser. Als die Schlacht vorüber war, hatte kaum noch ein Legionär einen Tropfen Wasser gehabt. Längst hatte Tullus Männer aus zwei Zeltgenossenschaften mit leeren Schläuchen zurück zur Visurgis geschickt, aber sie waren noch nicht zurückgekehrt.

Bald entdeckte er Piso neben der Leiche eines edel gewandeten Stammesführers. »Schon was gefunden, Piso?«

Piso hielt einen silbernen Halsreif hoch. »Das hier, Herr!«

»Der dürfte dich eine Weile mit gutem Wein versorgen«, sagte Tullus und zwinkerte ihm zu. »Aber gib Acht, dass Metilius dir nicht mehr davon aus den Rippen leiert als ihm zusteht, hörst du?«

»Das hab ich gehört, Herr«, meinte Metilius, der in diesem Moment in Richtung Tropaeum ging, die Arme beladen mit Schwertern der Germanen. »Ich habe genügend Münzen in meinem Geldbeutel, um mir selber einen guten Jahrgang zu kaufen.«

»Dann gibst du mir also bald einen aus, wie?«, rief Tullus.

»Wäre mir eine Ehre, Herr.«

»Für jeden von uns, Herr«, fügte Piso hinzu. »Das wisst Ihr doch.«

Tullus schenkte seinen Männern ein Lächeln. Sie alle, ob verschwitzt, blutverschmiert oder verdreckt, bekundeten ihre Bereitschaft, ihrem Centurio einen Becher Wein zu spendieren.

»Ihr seid gute Jungs!«, rief er ihnen zu.

Sie jubelten ihm laut zu, auch wenn die meisten von ihnen kaum noch eine Stimme hatten.

»TUL-LUS! TUL-LUS! TUL-LUS!«

Die Männer aus den anderen Einheiten sahen verwundert herüber, denn bislang hatten die Jubelrufe Roma, Germanicus oder Tiberius gegolten.

»Glaubt ja nicht, ihr könntet euch auf diese Weise vor der Arbeit drücken, ihr Maden! Es gibt jede Menge zu tun!« Tullus' Tonfall war um einiges sanfter als sonst. *Ich verweichliche noch*, dachte er, aber ihm wurde leicht ums Herz, wenn er sah, wie seine Männer spurten und sich an die Arbeit machten, ohne dass er sie groß ermahnen musste.

Mehr als eine Stunde verging. Von Norden her strich eine kühle Brise über die Ebene und vertrieb ein wenig die Hitze. Tullus beaufsichtigte die Arbeiten rund um das Tropaeum, das Gestalt annahm. Soldaten aus verschiedenen Legionen hatten von Anfang an daran gearbeitet.

Tullus hatte eine stattliche Eiche auserkoren – den Baum, den Jupiter bevorzugte – und fällen lassen. Eifrig hatten die Soldaten alle Äste abgeschlagen und den Stamm so zersägt, dass ein Pfahl übrig blieb, der so groß wie zwei Mann und so dick wie Tullus' Oberschenkel war. Dann schnitzte man einen starken Ast zurecht und befestigte ihn mit Stricken am oberen Drittel des Pfahls.

Von einer der Anhöhen schleppten die Soldaten größere Steine herbei und schichteten sie zu einem großen Haufen auf. Tullus hatte die Stelle ausgesucht, an der die Cherusker nachgegeben hatten und geflohen waren. Natürlich gab es etliche Stellen auf dem Schlachtfeld, wo der Feind die Flucht ergriffen hatte, aber Tullus war nun einmal die Aufgabe zugefallen, die Errichtung des Tropaeums zu beaufsichtigen. Er wusste immer noch nicht, warum man ihn dafür bestimmt hatte. Nach Bassius' Tod war er zwar der ranghöchste Offizier der Fünften, aber Germanicus hätte zwischen vielen anderen Offizieren aus anderen Legionen wählen können.

Er vermutete, die Wahl war deshalb auf ihn gefallen, weil er während Varus' Feldzug durchs Feuer gegangen war. Früher hätte er das Angebot womöglich abgelehnt, heute aber nicht. Irgendwie fühlte es sich richtig an, dass er, ein Veteran des Saltus Teutoburgiensis, der am heutigen Sieg beteiligt war, den Vortritt erhielt. Es berührte ihn, dass Legionäre aus anderen Einheiten offenbar genauso dachten. Es war nicht lange her, da hatten sie ihr Werkzeug beiseitegelegt, damit Tullus' Männer das Tropaeum fertigstellen konnten.

Das große Holzkreuz war mit einem Kettenhemd drapiert worden, oben auf den aufrechten Pfahl hatte man einen Helm gesteckt, den man einem toten Stammesführer der Angrivarier abgenommen hatte. Blut klebte an den Ösen des Kettenpanzers, und die Kalotte des Helms wies deutliche Einkerbungen von einer Schwertklinge auf. Über die linke Schulter hatte man dem imaginären Kämpfer einen Waffengurt gehängt, von dem ein Schwert in einer silberbeschlagenen Scheide herabhing. Den

»linken Arm« zierten zwei hexagonale, zersplitterte Schilde. Am Fuße des Kreuzes hatten die Legionäre Dutzende Helme, Schwerter und Schilde zusammengetragen. Noch lag das hölzerne Kreuz am Boden, doch durch zwei Löcher, die man durch den quer verlaufenden Balken gebohrt hatte, führten die Männer nun Stricke.

Piso und seine Kameraden waren zwar hundemüde, standen aber trotzdem bereit, das schwere Holzkreuz in eine aufrechte Position zu hieven. Hunderte Legionäre und Offiziere hatten sich versammelt, sie alle wollten Zeugen dieses feierlichen Triumphs über Arminius' Heer werden. Man hatte Dutzende Gefangene zu der Stätte des Tropaeums geschleift. Gedemütigt und gefesselt knieten sie in gebührendem Abstand, nicht wenige von ihnen waren verwundet.

Ein klirrendes Geräusch ließ Tullus aufhorchen. Als er sich umdrehte, sah er Fenestela, der sich einen Weg durch die Menge bahnte und Ketten hinter sich herzog. Vier Legionäre folgten ihm, ebenfalls beladen mit Ketten.

»Was schleppt ihr da an, zum Hades?«, rief Tullus.

»Ketten, Herr«, lautete Fenestelas trockene Antwort. »Jede Menge.«

»Das sehe ich«, grummelte Tullus und hörte über das unterdrückte Kichern einiger Soldaten hinweg. »Würdest du mir das bitte erklären, Optio?«

»Bin mit einigen Männern durch den Wald dort gestreift, Herr«, antwortete Fenestela. »Wir wollten sichergehen, dass die Feinde auch wirklich fort waren. Die Ketten lagen im Wald, eine Viertelmeile von hier. Wir fanden auch Proviant und Wasser und andere Ausrüstungsgegenstände.«

»Glaubst du, die Germanen wollten *uns* in Ketten legen?«

»Allem Anschein nach ja, Herr.«

»Diese überheblichen Wilden!«, ereiferte sich Tullus und hielt eine Kette an einem Ende hoch. »Seht ihr das, Brüder? Hiermit wollten uns die Cherusker binden, wenn sie uns besiegt hätten!«

Wütende Rufe wurden laut, und als immer mehr Soldaten ihrem Unmut Luft machten, dauerte es nicht lange, bis sich aus den Rufen ein Chorus herausschälte, der »TUL-LUS!« und »GER-MA-NI-CUS!« skandierte.

»Er hätte zu keinem besseren Zeitpunkt kommen können«, rief Tullus, als er Hufschlag hörte. »Euer Feldherr kommt!«

»GER-MA-NI-CUS! GER-MA-NI-CUS! GER-MA-NI-CUS!« Der Jubel kannte keine Grenzen.

Die Menge, die mit dem Rücken zur Visurgis stand, teilte sich und ließ eine Schar Reiter durch. An der Spitze ritt Germanicus, gefolgt von Caecina, Tubero und weiteren Stabsoffizieren. Tullus und Fenestela schlugen die Hacken zusammen und salutierten angemessen.

Germanicus sah auch jetzt noch wie ein Feldherr aus, obwohl er beinahe so verdreckt war wie seine Soldaten und genauso stark schwitzte. *Er ist unser siegreicher Anführer*, dachte Tullus.

»Dieser Triumph gebührt Tiberius, Tullus, nicht mir«, sprach der Feldherr, doch er lächelte, um zu zeigen, dass die Jubelrufe ihm dennoch gefielen.

Im fernen Rom wusste Tiberius bislang nicht einmal, dass diese Schlacht stattgefunden hatte. Nie hatte der Herrscher Interesse an Germanicus' Armee bekundet – das wusste so gut wie jeder. *Ich schweife ab ins Politische*, dachte Tullus und rief sich in Erinnerung, was sich gehörte.

»Wie Ihr befehlt, Herr!« Dann brachte er seine Soldaten mit einer Hand zum Schweigen und rief: »TI-BE-RI-US!«

Die Legionäre waren zuerst verdutzt, ehe sie begriffen, um was es ging. »TI-BE-RI-US!«, riefen sie. »TI-BE-RI-US!«

Germanicus nahm die Rufe mit einem kleinen, anerkennenden Nicken zur Kenntnis und stieg vom Pferd. Sofort eilte ein Diener herbei und hielt die Zügel fest. Dann gab der Imperator sowohl Tullus als auch Fenestela zu verstehen, ihn bei dem kleinen Rundgang beim Tropaeum zu begleiten.

Tullus freute sich insgeheim, als er sah, dass Tubero seinen Zorn nur mühsam im Zaum halten konnte, da nicht er, der Legat, das Tropaeum begutachten würde, sondern ein Centurio. Der überhebliche Emporkömmling hasste es, wenn Germanicus ihn überging und stattdessen einen rangniederen Offizier zu seinem Begleiter erkor.

Verflucht seist du, Tubero, dachte Tullus. *Du arroganter Hurensohn.*

Germanicus ließ sich Zeit, bückte sich hier und da, um Waffen oder Helme zu inspizieren. Schließlich ruhte sein Blick auf dem blutverschmierten Kettenhemd und dem zerbeulten Helm des imaginären Kriegers.

Tullus war bislang zufrieden gewesen mit der Arbeit am Tropaeum, aber plötzlich erfasste ihn eine gewisse Unruhe.

»Vielleicht hätten wir das Schlachtfeld noch einmal absuchen sollen«, raunte er seinem Optio zu. »Bestimmt gibt es irgendwo bessere Trophäen.«

»Dafür ist es wohl zu spät«, gab Fenestela ebenso leise zurück. Tullus' wütenden Seitenblick quittierte er mit einer Unschuldsmiene.

»Ein hübscher Anblick«, lautete Germanicus' Kommentar. Dann nickte er Piso und dessen Gefährten knapp zu, die wie Tölpel grinsten.

Erleichterung durchströmte Tullus. Vorsichtig warf er einen Blick auf den Imperator.

»Soll ich dann den Befehl geben, Herr?«

»Tu das, Centurio.«

»Hebt an, Brüder!«, rief Tullus.

Beherzt machten sich Piso und die Kameraden an die Arbeit. Gemeinsam hoben sie das schwere Kreuz ein Stück weit an, bis der Fuß in das vorbereitete Loch gesenkt werden konnte. Vier

Mann, zwei auf jeder Seite, legten sich das Kreuz auf die Schultern, während Piso und Metilius nach den Stricken griffen. Auf »drei« zogen sie die Stricke stramm. Die vier Soldaten hielten das Kreuz im Gleichgewicht, bis der Fuß fest im Loch verankert werden konnte.

Jubel brandete auf, als das Holzkreuz in die aufrechte Position kam. Rasch stapelten Piso und die Gefährten weitere schwere Steine am Fuß des Kreuzes, damit es genügend Halt bekam. Schließlich zogen sie die Stricke aus den Seitenarmen und traten beiseite.

Germanicus schnippte mit den Fingern, worauf ein Schreiber herbeieilte, eine Pergamentrolle in der Hand. Eine erwartungsvolle Stille senkte sich herab, als der Feldherr das Schriftstück entrollte – selbst Tullus war gespannt bis in die Fingerspitzen.

»Dieser Altar wurde errichtet, um den großen Sieg des heutigen Tages zu feiern. Wir widmen ihn dem Ruhm der Gottheiten Mars, Jupiter und Augustus. An dieser Stelle wurden die germanischen Stämme geschlagen – zu Tausenden fielen sie unter unseren Klingen. Die Cherusker, die Angrivarier, die Marser und die Sugambrer, die Usipeter, die Chatten, die Brukterer und die Dolgubnier – sie alle wurden vernichtet von der siegreichen Armee von Tiberius Cäsar!« Germanicus blickte sich um, fing die Blicke der Umstehenden ein. »Das habt ihr vollbracht – ein jeder von euch!«

»TI-BE-RI-US! TI-BE-RI-US! TI-BE-RI-US!«

Germanicus lauschte dem neu aufbrandenden Jubel mit zufriedener Miene.

Tullus nutzte den Moment, um die Stabsoffiziere zu beobachten. Caecina und die meisten anderen sahen zufrieden aus, Tubero jedoch hatte eine Leichenbittermiene aufgesetzt.

Dieser Schwanz kann es nicht verwinden, dass ich neben dem Imperator stehe, dachte Tullus mit Genugtuung. Einem Mann wie Tubero würde es sich wohl nie erschließen, warum Germanicus sich damit aufhielt, seine Soldaten über Gebühr zu loben. Dem Legaten entging, dass der Feldherr seine Legionäre auf diese Weise noch enger an sich band.

Nach und nach ebbten die Rufe der Soldaten ab. Als es wieder ruhig war, hob Germanicus erneut an.

»Unsere Verluste waren heute gering, den Göttern sei Dank. Weniger als tausend unserer Soldaten fielen, während der Feind zur Ader gelassen wurde und bis zu siebenmal so viele Opfer zu beklagen hat. Ein herber Verlust für uns ist der Tod von Bassius, Primus Pilus der Fünften Legion. Er war ein ausgezeichneter Offizier, der dem Reich seit fast vierzig Jahren diente. Er wird nie in Vergessenheit geraten.« Germanicus neigte das Haupt in stiller Anerkennung.

Die versammelten Legionäre taten es ihrem Feldherrn gleich und gedachten des Gefallenen, auch die Stabsoffiziere zollten Bassius Respekt.

Tullus' Kummer kehrte zurück. *Ruhe in Frieden, Bassius, alter Gefährte*, dachte er. Er hatte längst beschlossen, Bassius' Leichnam am selben Abend am Fuße des Tropaeums zu verbrennen. Ein Begräbnis stand außer Frage. Die örtlichen Stammeskrieger würden den Altar in den kommenden Wochen wieder abtragen und nicht davor zurückschrecken, die Leiche auszugraben und zu schänden. Stattdessen würde Tullus mit seiner Einheit zusehen, wie die Flammen Bassius' Leichnam langsam verzehrten, denn die Feuerbestattung hatte in Rom eine lange Tradition. In Vetera würde er für den Primus Pilus einen edlen Gedenkstein anfertigen lassen, den der Steinmetz an der Straße zum Legionslager aufstellen würde. Dafür wollte Tullus sorgen.

»Da sich unsere Armee weiterhin im Krieg befindet, braucht die Legio V einen neuen Primus Pilus.«

Tullus blieb fast das Herz stehen, als der Feldherr ihn direkt ansah.

»Ich kenne keinen Offizier, der besser dafür geeignet wäre,

diesen Rang zu bekleiden, als Centurio Lucius Cominius Tullus.«

Lautstark gaben die Legionäre ihre Zustimmung. Tubero hingegen sah aus, als hätte er soeben eine Wespe verschluckt.

Tullus war all das zutiefst peinlich, daher senkte er den Blick und schaute zu Füßen des Imperators auf den Boden.

»Tritt näher, Centurio!«, rief Germanicus.

Tullus trat vor, wobei er sich bewusst machte, wie verschmutzt und blutbesudelt er von den zurückliegenden Kämpfen war.

»HERR!«, rief er laut und vernehmlich und salutierte.

Germanicus ließ seinen Blick zunächst über die versammelten Männer gleiten, ehe er sprach: »Kraft meines Amtes ernenne ich dich zum Primus Pilus der ruhmreichen Legio V!«

Während die Legionäre ihre Begeisterung mit lauten Rufen kundtaten, fügte Germanicus hinzu: »Mögest du diesen Rang so gut bekleiden wie einst Bassius!«

»Ich werde mein Bestes geben, Herr!«

»Das weiß ich.« Germanicus lächelte milde.

»Eine Bitte hätte ich noch, Herr.« Tullus wusste, dass es gewagt war, das Wort zu ergreifen, aber man musste das Eisen schmieden, solange es heiß war.

Germanicus zog fragend eine Braue hoch. »Ja?«

»Ich möchte Euch bitten, einige meiner Männer in die Erste Centurie zu verlegen, Herr. Die Soldaten, die mit mir in der Achtzehnten dienten.« Tullus befeuchtete seine spröden Lippen.

»Du hast diesen Soldaten einst das Leben gerettet, daher steht es mir nicht zu, sie von dir zu trennen.« Ehrliche Anerkennung lag in Germanicus' Blick. »Nimm so viele Männer mit in die Erste, wie es dir beliebt.«

»Habt Dank, Herr.« Tränen brannten Tullus in den Augen. Es war nur richtig, dass Piso, Metilius und die restlichen Männer der Achtzehnten diesen Sieg mit ihm teilten, wie er sich bewegt bewusst machte.

24. KAPITEL

Piso und die Kameraden lagen vor ihrem Zelt. Es war viel zu heiß, daher wollte keiner im engen, stickigen Zelt schlafen. Es war spät geworden – die Sonne war schon vor Stunden untergegangen, und die Legionäre waren gerade erst vom Schlachtfeld zurückgekehrt. Die Gespräche hielten nicht lange an. Die Zeltgemeinschaft hatte einen streunenden Hund aufgenommen, den die Männer Macula nannten. Der schwarz-weiße Mischling schlief bereits, seine Beine zuckten im Traum.

Den Tag werden wir nicht so schnell vergessen, dachte Piso und genoss das Schwindelgefühl, das der Wein mit sich brachte. Die Begeisterung nach dem Sieg über die Germanen wirkte noch lange nach, besonders stolz war Piso aber, dass er daran beteiligt gewesen war, das Tropaeum vor den Augen des Imperators fertigzustellen. Fortuna schien bester Laune zu sein – wie ließe sich sonst erklären, dass Tullus zum Primus Pilus ernannt worden war und Pisos Contubernium fortan zur Ersten Centurie gehörte?

Die Legionäre hatten ihre Offiziere gebeten, alle Gefallenen verbrennen zu dürfen, damit die Leichen nicht von den örtlichen Stammeskriegern geschändet werden konnten. Tullus war einverstanden gewesen. Nachdem man aus dem Marschlager Dolabrae geholt hatte, waren Bäume gefällt worden. Der Gestank von verbranntem Fleisch war zwar widerlich gewesen, aber Tullus hatte dafür gesorgt, dass es ausreichend Wein gab. Noch Stunden nach Sonnenuntergang waren die Legionäre auf dem

Schlachtfeld geblieben und hatten gezecht, voller Stolz angesichts des hart erkämpften Siegs, aber auch bedrückt angesichts der gefallenen Kameraden.

Es war Metilius, der das schläfrige Schweigen brach. »War doch passend, wie wir sie auf die letzte Reise geschickt haben, oder nicht? Bassius hätte das gutgeheißen …«

»Ja, besser, du wirst verbrannt als von den Wilden ausgebuddelt zu werden, so viel steht fest«, stimmte Piso zu, doch in Gedanken war er bei Vitellius. Nach der Schlacht an den Langen Brücken ein Jahr zuvor hatten sie ihren Kameraden an einer einsamen Stelle begraben, in der Hoffnung, niemand werde je Vitellius' Grab finden.

»Wir konnten Vitellius damals nicht mit Feuer bestatten«, murmelte Metilius, der Pisos Gedanken offenbar erraten hatte. »Es war Herbst, schon vergessen? Dauerregen. Selbst wenn wir ein Feuer hätten machen können, hätte der Qualm die Feinde angelockt.«

Piso seufzte. Sie hatten keine andere Wahl gehabt, aber es schmerzte immer noch, dass sie Vitellius' Leichnam irgendwo in der Wildnis im Boden versenkt hatten. Gute Soldaten wie er dürften gar nicht sterben, ging es ihm durch den Kopf. Verbitterung erfasste ihn, wenn er nur an einen Mann wie Tubero dachte, der durchs Leben ging, ohne je zu Schaden zu kommen. Kein Soldat in der Legion mochte diesen hochnäsigen und rücksichtslosen Mann. Die Arroganz war nicht einmal das Schlimmste, der Kerl war obendrein ein Hitzkopf und dumm – einmal wären Tullus und zwanzig Mann beinahe ums Leben gekommen, weil Tubero sie auf eine aussichtslose Mission geschickt hatte. Wieso war nicht Tubero gestorben?, fragte sich Piso.

Plötzlich regte sich in ihm sein zweites, boshaftes Ich. Wenn es ihm gelänge, diesen verhassten Legaten zurechtzustutzen, würde Tullus sich ins Fäustchen lachen – solange er nicht wusste, dass Piso dahintersteckte. Zugegeben, der derbe Scherz würde

Vitellius auch nicht mehr lebendig machen, aber drüben im Schattenreich würde er gewiss lächeln. Als Erstes fiel Piso ein, er könnte den Sattelgurt des Legaten anritzen, auf dass er riss, aber das war natürlich zu gewagt. Selbst wenn sich Tubero bei einem Sturz nur verletzte, er würde alles daransetzen, den Schuldigen zu finden, und die Strafe würde hart ausfallen. Viel besser wäre es, den Legaten zu erniedrigen, beschloss Piso, auch wenn ihm die Manipulation am Sattelgurt besser gefiel. Ja, der Legat musste gedemütigt werden …

Doch sosehr er sich auch den müden, vom Wein berauschten Kopf zerbrach, Piso wollte einfach nichts Gutes einfallen. Metilius schnarchte schon neben ihm, und bald übermannte die Müdigkeit auch Piso. Er war fast eingeschlafen, als ihn ein fauliger Geruch zurückholte. Als er begriff, dass der Hund gefurzt hatte, schnitt Piso eine Grimasse und drehte sich auf die andere Seite. Dann breitete sich ein Grinsen in seinem Gesicht aus.

Mit einem Mal wusste er, wie er Tubero eins auswischen könnte.

»Du willst *was* machen?«, zischte Metilius ungläubig.

Als Piso merkte, dass Tullus auf sie aufmerksam geworden war, beachtete er seinen Kameraden absichtlich nicht. Es war früh am Morgen, und die Erste, die Dritte und die Fünfte Centurie marschierten zur Visurgis, um Wasser für die ganze Kohorte zu holen. Nach der Schlacht trieben viele Leichen der Feinde im Fluss, daher schickte Tullus seine Männer weiter flussaufwärts.

»Irgendwann werden wir frisches Wasser finden«, erklärte er.

Piso schwieg, bis die Einheit eine geeignete, nicht verseuchte Stelle am Ufer gefunden hatte, wo man die Wasserschläuche füllen konnte. Erst dann brach er sein Schweigen. »Wir müssen Tubero eine Lektion erteilen«, sagte er zu Metilius, während sie den ersten von zahllosen Schläuchen füllten.

Metilius warf ihm einen resignierten Blick zu. »Die meisten dieser arroganten Stabsoffiziere hätten eine Lektion verdient, aber dazu wird es nicht kommen. Genauso gut könntest du versuchen, die Sonne an ihrem Lauf zu hindern. Die da oben machen, was sie wollen, Piso, und wir müssen tun, was sie sagen. So ist's immer schon gewesen, und so wird es auch bleiben.«

»Mein Plan wird aufgehen«, meinte Piso und grinste.

Metilius verdrehte die Augen. »Jetzt erzähl mir nicht, dass du schon was unternommen hast ...«

»Pst! Ich bin doch nicht blöd.« Piso vergewisserte sich, dass niemand in Hörweite war, und flüsterte dann: »Macula hat mich auf die Idee gebracht.« Er grinste wieder, als er merkte, dass Metilius ihn fragend ansah. Schließlich flüsterte er seinem Kameraden etwas ins Ohr.

»Hast du jetzt vollkommen den Verstand verloren?« Einige Soldaten am Ufer schauten verdutzt zu ihnen herüber, daher senkte Metilius die Stimme. »Aber wie willst du das anstellen?«

Wieder flüsterte Piso ihm etwas zu.

»Da sind doch Wachen!«

»Die ihre Runden drehen. Solange wir den Zeitpunkt richtig abwarten, kommen wir rein und wieder raus, ohne dass uns einer sieht.«

»WIR?«

»Ganz recht, wir.« Piso bedachte Metilius mit einem durchtriebenen Lächeln. »Denn du wirst mir dabei helfen.«

Der Tag verging quälend langsam und war wieder unerbittlich heiß. Zu Hunderten durchkämmten Germanicus' Späher die Gegend, Auxiliareinheiten zu Fuß und zu Pferde. Sie sollten herausfinden, wo sich Arminius und dessen Verbände aufhielten. Als die Spähtrupps am späten Nachmittag zurückkehrten, meldeten sie, der Cherusker lagere keine fünf Meilen entfernt.

Tullus hatte es immer schon verstanden, Leuten möglichst viele Informationen zu entlocken, und so erfuhr er von einigen Galliern, dass die Germanen damit beschäftigt waren, eine Art Wall zu errichten. Dieser Information schenkten Piso und seine Kameraden wenig Beachtung, denn sie waren froh, dass offenbar keine unmittelbare Vergeltung der Germanen bevorstand.

»Ruht euch aus, Männer«, hatte Tullus ihnen geraten. »Morgen oder übermorgen kommt es zum Kampf, merkt euch das.«

Doch bis dahin überließ er seine Soldaten sich selbst, daher lungerte Piso mit seinen Gefährten im Schatten des Zelts, um nicht in der sengenden Sonne hocken zu müssen.

Piso hatte Macula neben sich, da der Hund entscheidend für den geheimen Plan war. Die Männer der Zeltgemeinschaften schwatzten und überlegten, was als Nächstes geschehen würde. Würde sich Arminius erneut einem offenen Kampf stellen? Und wenn ja, wo genau? Würden die beiden verschollenen Adlerstandarten tatsächlich noch diesen Sommer gefunden? Bedeuteten die acht Adler, die tags zuvor am Himmel zu sehen gewesen waren, dass die Römer nach dem nächsten Gefecht den endgültigen Sieg über die Germanen erringen würden?

Zweimal am Nachmittag schlenderte Piso, der den Hund in der Obhut von Metilius gelassen hatte, entspannt zum Zentrum des Marschlagers, als befände er sich auf den Straßen von Vetera.

Tuberos riesiges Zelt stand neben den Unterkünften der Tribune, ganz in der Nähe des Kommandantenzelts. Piso näherte sich den Wachen vor dem Zelt des Tribuns und tat so, als wolle er Wetten abschließen auf den Ausgang der Schlacht am kommenden Tag. Wohlweislich traute er sich nicht zu Tuberos Zelt – je weniger Hinweise es gäbe, desto größer war die Chance, dass man ihm nie auf die Schliche kommen würde.

Falls ich überhaupt Erfolg habe, dachte er.

Er warf einen vorsichtigen Blick auf die Wachen vor Tuberos

Zelt. Die sechs Soldaten waren auf der Hut und ließen nicht erkennen, dass Nachlässigkeit in ihrem Denken vorkam. Piso schluckte, erkannte er doch, wie gefährlich sein Vorhaben bei Lichte betrachtet war. Trotzdem setzte er seinen kleinen Rundgang fort und spähte auf diese Weise heimlich aus, was sich rund um die Zelte der Stabsoffiziere tat.

Bald fand er heraus, dass die Wachen bei Sonnenuntergang abgelöst würden, die neuen Wachen würden bis Tagesanbruch Dienst tun. Vor dieser Gewissheit reifte sein Plan: Der beste Zeitpunkt zum Handeln tat sich auf, wenn die Wachen müde waren. Deshalb käme nur die Zeit kurz vor Sonnenuntergang infrage. Zu dieser Stunde wäre Tubero sicher noch im Hauptquartier beschäftigt. Wenn Piso sich vor Sonnenaufgang ins Zelt stahl, wachte der Legat vielleicht auf und rief die Wache, weil sich ein Legionär unerlaubterweise in den Schlafbereich geschlichen hatte. Piso wollte nicht weiter darüber nachdenken, wie die Strafe für dieses Vergehen ausfallen mochte.

Die Zeltgenossen ahnten nichts und wussten bloß, dass Piso und Metilius »einen Auftrag hatten«. Piso hoffte, dass den Gefährten nichts zustieß, falls man ihn oder Metilius erwischte. Allerdings wäre das Wohlergehen der Kameraden ihre geringste Sorge, wenn die Sache schieflief, wie Metilius Piso verdeutlichte.

»Uns passiert schon nichts«, wiegelte Piso ab und betete, er möge recht behalten.

Kurz bevor er und Metilius sich auf den Weg machen wollten, nahmen die Ereignisse eine unerwartete und dramatische Wende. Wieder einmal ging Piso hinter Macula her und war im Begriff, das nächste Stück Kot aufzuheben, das er zu den anderen, noch warmen Würstchen legen wollte, die er in ein altes, zerschlissenes Tuch gewickelt hatte.

»Was treibst du da?«

Beim Klang von Tullus' Stimme erschrak Piso. Er drehte sich um und setzte eine Unschuldsmiene auf. »Hundescheiße aufzuheben ist wirklich nicht schön, Herr, aber immer noch besser, als reinzutreten.«

»Ist abends besonders mies, Herr«, fügte Metilius rasch hinzu. »Barfuß – Ihr wisst schon.«

»Ja, Scylax kackt, wo es ihm gerade passt«, sagte Tullus in verständnisvollem Tonfall. Scylax war der kleine Hund, den Artio damals auf dem Schoß gehabt hatte, als er das Mädchen rettete. Inzwischen lebte der Hund auch in Sironas Schänke. Jeder Mann in der Kohorte kannte das Tier und mochte es. »Klebt widerlich an den genagelten Sohlen, nicht?«

»Ja, Herr, genau«, antworteten Piso und Metilius wie aus einem Munde.

Der Centurio nickte ihnen zu und ließ sie allein.

Piso atmete langsam aus.

»Wir können es uns immer noch anders überlegen«, flüsterte Metilius Piso zu. »Keiner wird über uns lästern. Du und ich, wir sind die Einzigen, die von der Sache wissen.«

Piso zögerte einen Moment, doch dann reckte er trotzig das Kinn empor – er sah Tuberos arrogante Miene und erinnerte sich, dass der Legat dauernd versuchte, Tullus Steine in den Weg zu legen.

»Du kannst ja hierbleiben, wenn du nicht willst. Ich mach das allein.«

»Ach, verflucht seist du, Piso«, schimpfte Metilius leise. »Das schaffst du nicht allein.«

»Ach ja, und wieso nicht?« Piso legte das Cingulum ab und band sich einen schlichten Ledergürtel um, damit die Wachen nicht das leise Klirren der runden Metallbeschläge und die mit Anhängern versehenen Lederstreifen hörten. Dann bückte er sich und nahm das lose verschnürte Paket mit Scheiße. »Bis nachher dann«, sagte er zu den anderen Kameraden.

Er erntete neugierige Blicke, doch Metilius kam nicht mit.

Enttäuschung regte sich in Piso, als er zunächst fünfzig, dann hundert Schritte vom Zelt aus zurückgelegt hatte. Metilius war stets ein verlässlicher Waffenbruder gewesen – er hätte Piso begleiten müssen, auch wenn er anderer Meinung war.

»Du bist und bleibst ein dämlicher Bastard«, grollte Metilius, der urplötzlich an Pisos linker Seite erschien.

Piso erschrak fast, grinste aber dann. »Du kommst also mit?«

»Du verbockst die ganze Sache, wenn ich dich allein gehen lasse.«

Pisos Grinsen wurde breiter, bis er plötzlich stehen blieb. Ein Gedanke ließ ihn zurückschrecken. »Wenn Tubero doch in seinem Zelt sein sollte, blasen wir die Sache ab.«

»Klar. Brauchst du mir nicht zu sagen, Mann.«

»Und wenn hinter dem Zelt jemand ist, gehen wir einfach weiter.«

»Wenn uns auch nur ein Wächter komisch anguckt, lassen wir's sein.«

Die Aussicht auf Erfolg war so dürftig, dass Piso erneut Zweifel kamen. »Vielleicht wär's doch besser, wenn …«

Zu seiner Überraschung schob Metilius ihn weiter. »Wir ziehen das jetzt durch. Für Tullus und Vitellius.«

Piso versuchte zu schlucken, aber sein Mund war staubtrocken. Wieder schlenderte er an der Rückseite von Tuberos Zelt entlang und drückte sich den Beutel mit Scheiße an den Bauch. Weiter links war eine Außenwand des riesigen Zelts zu sehen, das während des Feldzugs als Hauptquartier diente.

Dreißig Schritte entfernt, an der Ecke des Zelts, kniete Metilius und tat so, als müsse er die Riemen an seiner Sandale richten. Tatsächlich war das die beste Stelle, um die Wachposten im Blick zu behalten. Sie hatten ausgerechnet, dass Piso etwa hundert Herzschläge Zeit hätte, ins Zelt zu schleichen, ohne gesehen zu werden – er zählte bereits im Stillen und war bei fünfundachtzig angelangt. Wenn er erst einmal im Innern des Zelts war, hätte er genügend Zeit, seine Aufgabe zu erledigen, solange er auf seinen Pulsschlag hörte und den Augenblick abpasste, wenn die Wachen auf ihrer Runde vorbeigingen.

Zeit genug, dachte Piso säuerlich. Das kam doch Irrsinn gleich. Tubero war zwar nicht im Zelt, aber Piso lief Gefahr, plötzlich von irgendeinem Bediensteten entdeckt zu werden. Abermals zögerte er. Sein Mut schwand, ehe er wieder zunahm. Es gibt kein Zurück, redete er sich ein. Die Würfel waren gefallen.

Vorsichtig schaute sich Piso um, ehe ihn sein Mut wieder verließ. Als er niemanden sonst sah außer Metilius, ging er in die Hocke, hob die Außenwand des Zelts an und spähte ins Innere. Er hatte einen abgetrennten Vorraum erwischt, hinter dem er den Bereich vermutete, der als Speiseraum diente. Piso sah Tische, die mit sauberen Tellern, geschliffenen Gläsern und Besteck eingedeckt waren. Reisigbesen lehnten in einer Ecke. Verzierte Lampenständer aus Bronze bildeten eine Reihe. Da Piso niemanden hörte, schob er sein Bündel ins Innere, rollte unter der angehobenen Wand hindurch und ließ die Außenhülle aus Leder hinter sich wieder herabfallen.

Er schwitzte jetzt schon wie ein Tier vor Aufregung. Die stickige Luft im Innern des Zelts tat ihr Übriges. Doch es war der Angstschweiß, der Piso auf der Stirn stand, weil er sich tatsächlich in dieses Wagnis begeben hatte.

Beruhige dich, redete er sich ein, *atme tief durch*.

Jeden Moment müsste draußen die Wache vorbeigehen, wenn er richtig im Geiste gezählt hatte. Keine zwanzig Pulsschläge später verrieten die gemessenen Schritte und das leise Klirren der Rüstung draußen, dass er mit seiner Vermutung richtiglag.

Ich bin drin, frohlockte Piso trotz seiner Angst. *Dann nichts wie los.* Von Neugierde getrieben, kroch er zu dem Vorhang, der diesen Vorraum von dem nächsten Bereich abtrennte.

Es handelte sich um den Speiseraum, in dem sich im Augenblick auch niemand aufhielt. Flackernde Öllampen sorgten für ein behagliches Licht. Drei Sofas gruppierten sich einladend um einen niedrigen Tisch. Piso lauschte noch einen Moment auf Geräusche, ehe er sich in den Raum stahl, das Bündel in der Hand. Es gab zwei Ausgänge. Aus einer Richtung hörte er Stimmen. Daher hielt er sofort auf den anderen Ausgang zu und spähte kurz durch den Spalt zwischen den Vorhängen. Hoffnung keimte in ihm auf. Das musste der Aufenthaltsbereich sein, in dem sich der Legat ausruhte, daher war die Wahrscheinlichkeit groß, dass es sich bei dem Raum dahinter um den Schlafbereich handelte.

Piso blieb keine andere Wahl, als weiterzugehen. Auf Zehenspitzen schlich er an gepolsterten Lehnsesseln und einer bemalten Statue einer halb nackten Diana vorbei, bis er zum Durchgang im hinteren Bereich kam. Das Schicksal war ihm gewogen – auch in dem Bereich hinter diesem Vorhang war niemand.

Die Holztruhen ließen die Vermutung zu, dass er Tuberos private Gemächer erreicht hatte. Vorsichtig hob er den Deckel einer verzierten Truhe an und entdeckte gefaltete Tuniken. Einem plötzlich Einfall folgend, ließ er ein Stück Scheiße aus dem Bündel auf die Wäsche plumpsen. Das fand er so amüsant, dass er bei der nächsten Truhe genauso unverfroren verfuhr und eine edle weiße Toga mit Unrat verunzierte.

Voll neuen Mutes stahl er sich durch den Vorhang in den nächsten Abschnitt des weitläufigen Zelts und jubelte innerlich, als er sah, dass es sich um Tuberos Schlafgemach handelte. Ein Großteil des Raums wurde von einem breiten hölzernen Bett beansprucht, die gesamte Einrichtung sah edel und hochwertig aus. Hier standen mehr Möbelstücke als in Pisos altem Elternhaus. Der Standesunterschied zwischen einem Mann wie Tubero und ihm, einem einfachen Legionär, hätte nicht drastischer ausfallen können, sodass Piso Verbitterung verspürte. Metilius hatte recht. Er und die Kameraden würden ihr ganzes Leben lang am unteren Ende der Gesellschaft leben, während Leute wie Tubero ein luxuriöses Leben an der Spitze führten.

In missgünstiger Laune schmierte Piso drei Scheißhaufen in Tuberos Bettlaken, ehe er die dekorierte Decke sorgsam wieder darüber zog. Das Beste hatte er sich für den Schlussakt aufgehoben. In der Hoffnung, dass nicht etwa ein Bediensteter, sondern Tubero persönlich als Erster eintreten würde, legte er den letzten Scheißhaufen unmittelbar vor den Durchgang zwischen den schweren Vorhängen. Es war Zeit, das Zelt zu verlassen. Allerdings wusste Piso nicht, wo die patrouillierenden Wachen im Augenblick waren – er hatte längst nicht mehr im Kopf mitgezählt.

Kaum war er wieder im Bereich, in dem gegessen wurde, als Fortuna – böse kichernd – zuschlug. Denn im selben Moment betrat genau gegenüber ein Bediensteter den Raum, allerdings unterhielt er sich noch über die Schulter mit jemandem und sah Piso daher nicht. Erschrocken ging Piso auf alle viere und kroch unter einen Tisch. Von dort aus verfolgte er mit angehaltenem Atem, wie der Diener am Tisch vorbeiging, und zwar so nah, dass Piso den Mann an den Waden hätte berühren können.

»Komm sofort zurück, ich brauche dich hier!«, rief jemand von nebenan. Piso konnte nur vermuten, dass sich dort die Küche befand.

»Komm ja schon«, grummelte der Diener und sog plötzlich hörbar die Luft ein. Er schien wie ein Tier zu schnuppern. »Hat Tubero wieder einen Hund?«

»Hab keinen gesehen«, kam es von nebenan. »Warum?«

»Hier riecht's, als hätte hier ein Hund hingeschissen.«

Sowie der Bedienstete wieder durch den Vorhang verschwunden war, atmete Piso auf und lachte sich ins Fäustchen. Wenn der Geruch bereits hier für Unmut sorgte, dann würde es in Tuberos Schlafgemach zehnmal so schlimm stinken. Gar nicht auszudenken, wenn der elende Kerl am Durchgang in den Scheißhaufen träte – wie gern hätte Piso das mit eigenen Augen gesehen.

Nachdem es Piso gelungen war, das Zelt des verhassten Legaten unbemerkt zu verlassen, hätte er nichts lieber getan, als irgendwo in der Nähe zu warten. Es hätte ihm eine diebische Freude bereitet, Tuberos Flüche zu hören, wenn er in die Scheiße trat oder die verschmutzten Laken entdeckte, von den Kleidungsstücken in den Truhen ganz zu schweigen. Es wäre Piso den Sold eines Monats wert gewesen, wie er Metilius anvertraute. »Sogar von zwei Monaten«, fügte sein Freund hinzu und bog sich vor Lachen. Es war zu riskant gewesen, länger als nötig bei den Zelten zu bleiben. Allein ihre Anwesenheit in diesem Bereich des Lagers hätte die Wachen stutzig werden lassen, daher eilten sie zurück zu den Zelten ihrer Centurie. Doch sie grinsten und kosteten ihren Erfolg aus, auch wenn sie noch nicht wissen konnten, wie der Legat reagieren würde.

Ihre Kameraden wollten natürlich wissen, was los war, aber Piso und Metilius verrieten ihr Geheimnis erst, nachdem die Gefährten bei ihrem Leben geschworen hatten, kein Wort zu verraten. Die Heiterkeit nahm kein Ende, immer wieder machte einer der Kameraden einen Scherz. Macula schaute derweil verdutzt von einem zum anderen und wurde von den Männern mehr verhätschelt als je zuvor.

In der folgenden Nacht schlief Piso wie ein Kind, das über die Freude an einem geglückten Streich eingeschlafen war. Als das Signal zum Wecken ertönte, brauchte er einen Moment, ehe er begriff, was er getan hatte. Ein Kichern entwich ihm.

Metilius öffnete ein Auge. »Was ist?«

»Ich hoffe, Tubero hat noch ein sauberes Laken«, wisperte Piso.

Beide krümmten sich vor Lachen.

»Raus aus den Decken, ihr Maden!« Fenestela schlug mit seinem Stab auf die Lederhaut des Zeltdachs. Dann steckte er seinen Schädel ins Innere und funkelte die Legionäre an. »Was ist hier so verflucht lustig?«

»Nichts, Herr.« Piso kroch aus dem Zelt, gefolgt von Metilius und dem Rest des Contuberniums.

»Lüg mich nicht an, Piso. Ihr kichert wie Kinder, ich hab's genau gehört.« Fenestela bohrte ihm das eine Ende seines Stabs in die Brust. »Also, was war so lustig?«

Piso fühlte sich überrumpelt und begann zu stottern, da ihm auf die Schnelle nichts einfiel. »Ich, äh – wir …«

»Wir haben uns nur vorgestellt, wie Calvus nach dem Feldzug in Vetera ins Bordell will, Herr«, mischte sich Metilius ein und sprach betont laut.

Die Kameraden spielten das Spiel mit, auf Kosten von Calvus, der puterrot anlief, weil er gleich von einer ganzen Flut von Bemerkungen überrollt wurde.

»Der kriegt dann sowieso keinen hoch.« – »Oder er kommt, ehe er die Sachen ausgezogen hat.« – »Der holt sich sonst was bei den Huren.« So lauteten die erträglicheren Kommentare, die sich Calvus gefallen lassen musste.

Fenestela hörte sich das alles an und hatte Mühe, ernst zu bleiben. Dann strafte er Piso mit einem argwöhnischen Blick und schritt weiter zum nächsten Zelt.

»Willst du, dass die Sache auffliegt?«, fuhr Metilius Piso an.

»Nein, natürlich nicht«, wehrte sich Piso, gleichermaßen verlegen wie wütend.

»Dann leg dir fürs nächste Mal eine Lüge zurecht, du Tölpel, anstatt hier herumzustottern …«

Kurz nach der Frühmahlzeit machte das Gerücht die Runde, Tubero sei außer sich vor Zorn. Piso wusste, dass ein übler Scherz dieser Größenordnung eine harte Strafe nach sich ziehen würde, doch bislang hatte er seine Bedenken beiseitegeschoben. Mit einem Mal aber brannte sich ihm ins Bewusstsein, was er getan hatte. So unruhig er und Metilius auch waren, sie konnten nichts anderes tun, als abzuwarten, in der Hoffnung, dass selbst diejenigen, die womöglich ahnten, was sich zugetragen hatte, den Mund halten würden. Denn keiner konnte den Legaten ausstehen.

Wenig später tauchte ein Bote auf und schritt die Centurien ab. Als der Mann fort war, ließ Tullus die Männer vor den Zelten antreten.

»Wie es aussieht, hat sich irgendein gemeiner Nichtsnutz in das Zelt unseres Legaten geschlichen und Hundescheiße in dessen Schlafgemach verteilt«, verkündete er in scharfem Ton. »Die Scheiße war in Tuberos Bett, auf seiner Wäsche – überall.«

Piso hatte alle Mühe, den Blick geradeaus zu halten und sich die Freude nicht anmerken zu lassen. Einige Kameraden glucksten, doch dann rissen sie sich am Riemen. Wer jetzt lachte, würde Tullus' Zorn zu spüren bekommen.

»Tubero kocht vor Wut. Er ist außer sich! Jeder Centurio in der Legion ist in diesem Augenblick damit beschäftigt, herauszufinden, ob irgendjemand weiß, wer für diese niederträchtige Tat verantwortlich ist.« Tullus' Blick bohrte sich in die Augen seiner Männer, während er die Reihe der Legionäre abschritt. »Wer etwas dazu zu sagen hat, der möge vortreten!«

Niemand rührte sich, keiner trat vor und bekannte sich schuldig.

Inzwischen machte sich Piso ernsthaft Sorgen. Was für ein Narr er doch gewesen war! Er hatte nicht nur unüberlegt, sondern kurzsichtig gehandelt, denn ein solches Vergehen könnte die Todesstrafe nach sich ziehen …

Ein zweites Mal schritt Tullus die Reihe ab und verstand es erneut, jeden Soldaten einzeln und mit strengem Blick einzuschüchtern.

Angst schnürte Piso die Kehle zu, als der Centurio näher kam. Als Tullus schließlich langsam an Piso und Metilius vorbeiging, nahm Piso den eigenen Herzschlag wie ein Dröhnen in den Ohren wahr. Doch es gelang ihm, den Blick in eine unbestimmte Ferne zu richten. Erleichterung durchströmte ihn, als der Centurio weiterging.

»Ich bin stolz und froh, dass keiner aus meiner Einheit an dieser Tat beteiligt war«, sagte Tullus, ließ aber seinen Vitis unaufhörlich auf eine Beinschiene klacken – um auch dem Letzten zu verdeutlichen, wer hier das Sagen hatte. »Aber vergessen wir die Sache jetzt, es gibt wichtigere Dinge. Haltet euch bereit. Germanicus wird seine Armee in Bewegung setzen, um Arminius zu stellen. Wir werden in einer Stunde aufbrechen.«

Aufregung erfasste die Legionäre. Plötzlich hatte es jeder eilig, die Riemen an den Caligae stramm zu ziehen oder in das Subarmalis zu schlüpfen. Die Männer gingen noch einmal ihre Ausrüstung durch, griffen zu Kettenhemd und Schwert. Piso machte sich mit besonderem Eifer an die Vorbereitungen und traute sich vorerst nicht, ein Wort mit Metilius zu wechseln. Das würde er nachholen, sobald Tullus außer Hörweite war.

»Hast du Macula irgendwo gesehen?«

Piso zuckte zusammen. Er hatte gar nicht mitbekommen, dass Tullus hinter ihm stand.

»Macula, Herr?« Piso krampfte sich der Magen zusammen, als er sich umschaute. »Nein.«

»Mein Diener hat ihn in die Obhut eines Maultiertreibers gegeben, drüben im Tross«, sagte Tullus leise. »Ist sicher besser, wenn diejenigen, die Hunde haben, für eine Weile *keine* Hunde haben, nicht wahr?«

Er weiß es!, dachte Piso und versuchte, seine Angst herunterzuschlucken. *Er weiß es, verflucht!*

»Ja, Herr«, sagte er und erkannte zu spät, dass jeder, der einen Hund hatte, verhört werden könnte.

»Macula kann zurückkommen, wenn Gras über die Sache gewachsen ist.«

»Wenn Ihr meint, Herr«, erwiderte Piso und ging auf Nummer sicher.

»Das war mordsgefährlich, was du da getan hast«, raunte Tullus ihm zu, ehe er hinzufügte: »Aber gut ausgeführt.«

Piso wusste immer noch nicht, ob es ratsam wäre, seine Schuld einzugestehen, und setzte eine Unschuldsmiene auf.

»Was zu tun, Herr?«, tastete er sich vor.

»Mir kannst du nichts vormachen, Made!«, fuhr Tullus ihn an, hielt die Stimme aber immer noch gesenkt. »Schleichst dich mit einem Bündel voller Hundescheiße in Tuberos Zelt! Einen besseren Plan hätte ich nicht aushecken können.«

Piso bekam weiche Knie. Tullus wusste es also, aber es schien ihn zu freuen! Offenbar würde sein Centurio ihn nicht ans Messer liefern.

Aber Tullus war noch nicht fertig. Er bohrte Piso den Vitis in die Brust. »So etwas Dummes wirst du nie wieder tun, haben wir uns verstanden?«

»Nein, Herr, ich meine – ja, Herr«, stammelte Piso und spürte, dass seine Hochstimmung rapide abfiel.

»Ich kann es mir nicht leisten, einen guten Soldaten wie dich oder Metilius zu verlieren, auf diese Weise.« Er bedachte ihn mit einem wissenden Blick. »O ja, ich weiß, dass er dir geholfen hat. Ihr beide steckt unter einer Decke, ihr haltet zusammen wie Pech und Schwefel. Außerdem hat Fenestela euch heute Morgen lachen hören.«

Piso senkte den Blick und scharrte leicht mit einer Sandale im Boden. Er hoffte, dass das Strafmaß, das Tullus im Sinn hatte, nicht allzu hart ausfiel.

»Das werde ich dir nicht vergessen.«

Piso traute seinen Ohren nicht und stierte Tullus verdutzt an.

»Was glotzt du so?«, fuhr Tullus ihn an, mit jeder Faser seines

Leibes der Centurio. »Germanicus erwartet, dass ihr fertig seid und in die Schlacht zieht! Also an die Arbeit, oder du bekommst meinen Vitis zu spüren!«

Piso verbarg sein Grinsen, als er sich beeilte, dem Befehl nachzukommen. Sie hatten es geschafft, und Tullus ließ es durchgehen! Für diesen Streich hatte sich die Mühe gelohnt.

25. KAPITEL

Die Morgendämmerung brachte wieder einen klaren Himmel mit sich. Am östlichen Horizont war die Sonnenscheibe noch nicht zu sehen, aber es wurde bereits wärmer. Es würde wieder ein sengend heißer Tag werden, wie die beiden Tage zuvor, die seit dem Sieg der Römer bei Idistaviso vergangen waren. Einige Meilen ostwärts vom Schlachtfeld saß Arminius dicht vor seinem Zelt auf einem dicken umgestürzten Baumstamm. Das linke Bein ausgestreckt, sah er zu, wie der Heilkundige den Verband abnahm, den der Cherusker um die Wade trug.

Furcht bemächtigte sich seiner, als der Stoff – steif von getrocknetem Blut – abgenommen wurde. Arminius schloss die Augen, weil er nicht mehr hinsehen wollte. Den Verband trug er seit dem Ende der Schlacht – er war so sehr damit beschäftigt gewesen, das Bündnis der Stämme zu bewahren, dass er bislang keine Zeit gefunden hatte, die Wunde versorgen zu lassen.

Nach wie vor war er davon überzeugt, dass Germanicus in diesem Sommer besiegt werden könnte. Dafür brauchten sie nur das passende Gelände. Wider alle Erwartungen hatte Maelo eine geeignete Stelle ausfindig gemacht, einige Meilen vom jetzigen Lagerplatz entfernt. Arminius, von neuem Mut beseelt, hatte sein ganzes Charisma aufgeboten, um die Stammesführer erneut für seine Sache zu gewinnen. Das Ergebnis war, dass viele tausend Krieger in dem Lager geblieben waren und auf Rache an den Römern brannten.

Das Bein pochte schmerzhaft. Von plötzlicher Unruhe erfasst, öffnete Arminius die Augen. Hatte er zu lange gewartet? Würde er einen hohen Preis zahlen müssen, weil er es versäumt hatte, den Heilkundigen um Rat zu fragen? Von der Wunde ging zwar kein übler Geruch aus, außerdem war der Schmerz auszuhalten, aber die Stelle könnte dennoch eitern. Über die Jahre hatte Arminius immer wieder erleben müssen, dass Krieger an den Folgen von Entzündungen starben, obwohl einige der Wunden kleiner als seine gewesen waren. Alles begann mit diesen scheinbar harmlosen Entzündungen. Dann eiterten die Wunden, später breitete sich eine unheilvolle Röte an den jeweiligen Gliedmaßen aus. Als Nächstes kamen die gefürchteten Fieberschübe, die den Leib schwächten, zuletzt der Wundbrand.

Bei den Göttern, betete Arminius, lasst mich nicht auf diese Weise sterben. Ein Prickeln wie tausend Nadelstiche huschte das Bein empor, als der Heilkundige die letzte Bahn Stoff abwickelte.

»Und?«, fragte Arminius.

Anstatt zu antworten, hielt sich der Heilkundige, ein freundlicher alter Marser, der vom Alter her Arminius' Vater hätte sein können, den verkrusteten Verband an die Nase und roch daran.

Arminius rechnete schon mit dem Schlimmsten. »Ist alles zu spät?«

Der Alte warf einen Blick auf Maelo, der neben Arminius stand. »Ist er immer so halsstarrig?«

»Ja, meistens«, meinte Maelo und lachte leise.

Arminius beugte sich derweil wütend vor, um die Wunde zu betrachten, eine nicht allzu tiefe Schnittwunde außen an der Wade. Die Wunde war rot gerändert, aber das Gewebe in unmittelbarer Nähe sah nicht ungesund verfärbt aus. Die Wunde sonderte eine klare Flüssigkeit ab, bislang konnte der Cherusker keinen Eiter sehen. Erleichterung machte sich breit.

»Es ist also nicht so schlimm!«

»Jedenfalls noch nicht«, lautete die Antwort des Heilkundigen. Er klopfte Arminius auf die Finger. »Nicht anfassen!«

Arminius musste seinen Zorn zügeln. Es gab ohnehin nicht mehr genügend Heiler, um all die Verwundeten zu versorgen, und dieser Mann war angeblich einer der besten.

Vorsichtig tastete der Alte mit den Fingerkuppen über den Rand der Wunde. Er lächelte, als er hörte, wie Arminius vor Schmerz die Luft einsog.

»Das kannst du also fühlen. Gut. Wie ist es an dieser Stelle?« Er drückte auf das Gewebe, drei Fingerbreit vom Schnitt entfernt.

»Schmerzt, aber nicht sehr.«

»Und hier?« Der Heiler ertastete Arminius' Kniekehle.

»Da spüre ich nichts.« Er musterte den Alten. »Was ein gutes Zeichen ist, nicht wahr?«

»Es sieht recht gut aus, wenn man bedenkt, dass du unermüdlich auf den Beinen bist und dich nur zum Schlafen hinlegst. Ich habe dir gesagt, dass du dich so oft wie möglich hinlegen sollst.«

»Leichter gesagt als getan, wenn man ein ganzes Heer zusammenhalten muss und Stammesführer überzeugen will«, entgegnete Arminius gereizt. »Wie lange dauert es, bis die Wunde verheilt ist?«

»Du meinst ganz? Einen Monat. Sie kann wieder aufgehen, wenn du das Bein zu sehr beanspruchst.«

Arminius ließ ein sarkastisches Schnauben vernehmen. »Ich wusste, dass du so etwas in der Art sagen würdest. Aber Germanicus wird leider nicht auf mich warten.«

Der Heilkundige gab einen schnalzenden Laut von sich und kramte in seinem Weidenkorb. Dann öffnete er einen Tiegel, in dem er eine Salbe aufbewahrte, die einen stechenden Geruch absonderte. Vorsichtig verteilte er einen dünnen Film auf der Wunde.

»Tu das, was du tun musst, aber merk dir, dass die Wunde

wieder bluten kann, je länger du stehst oder gehst. Selbst vor der Gefahr des Wundbrands bist du nicht gefeit.«

»Ich werde auf meinem Pferd sitzen.«

Dafür hatte der Heilkundige nur einen verächtlichen Blick übrig. »Als ob das was ändert, und das weißt du. Was den Kampf betrifft, nun …«

»Ich danke dir, dass du die Wunde versorgt hast, alter Mann, aber ich kann mich nicht ausruhen. Germanicus' Armee ist in der Nähe. Uns steht eine weitere Schlacht bevor, und ich muss zur Stelle sein, um die Stämme anzuführen. Wenn ich nicht da bin, dann …« Er hielt inne, unwillig, die Bedenken in Worte zu fassen, die ihm seither zusetzten, befürchtete er doch, dass seine Krieger, die ohnehin bereits vor zwei Tagen verloren hatten, nicht durchhielten, wenn die Heere erneut aufeinandertrafen. »Versorg die Wunde, so gut du es vermagst, und überlass den Rest den Göttern.«

Der Alte brummte etwas in seinen Bart, während er einen frischen Verband anlegte. »Das dürfte für einen Tag reichen, sofern du dir Ruhe gönnst. Falls nicht, dann hilft dir das hier weiter.« Er reichte Maelo frisches Verbandszeug und einen kleinen Tiegel mit der Salbe. »Du weißt, wie das geht?«

»Ich habe schon manche Wunde versorgt, ja«, meinte Maelo.

Die Knie des Alten knackten, als er aufstand. »Dann ist meine Arbeit hier getan.«

»Du sollst deinen Lohn erhalten«, sagte Arminius und griff nach seiner Börse.

»Germanicus zu besiegen wäre mir Lohn genug.« Schmerz lag in den Augen des alten Mannes.

»Du hast letztes Jahr deine Familie verloren?«, fragte Arminius. Die Legionen hatten viele Siedlungen der Marser verwüstet und ein Blutbad angerichtet.

»Meine Frau – wir waren zweiunddreißig Sommer verheiratet.«

»Mir hat man die Frau geraubt«, sagte Arminius, und dunkle Erinnerungen regten sich in ihm. »Sie lebt zwar noch, aber ich werde sie nie wiedersehen.«

»Ich habe gehört, was die Römer dir angetan haben. Das war grausam.« Mit tränenfeuchten Augen suchte der Alte Arminius' Blick. »Versprich mir, dass du Germanicus' Legionen vernichten wirst.«

Arminius war gerührt und nickte. »Ich werde alles tun, was in meiner Macht steht.«

»Mehr kann ich nicht verlangen«, murmelte der Heiler und schlurfte davon.

»Er würde kämpfen, wenn er noch die Kraft dazu hätte«, sagte Arminius, als er dem Alten nachschaute.

»Ja, Rache ist ein starkes Gefühl«, meinte Maelo. »Es nährt einen wie die Frucht der Felder.«

Arminius glaubte, Thusneldas Gesicht zu sehen, dicht vor seinem, sie bot ihm ihre Lippen zum Kuss. Schließlich blinzelte er und vertrieb die Bilder, die nur schmerzhafte Erinnerungen wachriefen. Er war sogar froh, als Maelo ihm eine Hand auf die Schulter legte.

»Ich kann nur ahnen, wie schwer das für dich ist. Ich kann wahrscheinlich froh sein, dass ich weder Weib noch Kinder habe.«

»Sicher wirst auch du dir einen Sohn wünschen«, sagte Arminius und versuchte, einen leichten Ton zu finden. »Ich kann mir sehr gut vorstellen, wie hier ein kleiner Maelo herumtollt und Unheil anrichtet, wohin er auch tritt.«

»Eines Tages vielleicht. Erringen wir zuerst einen Sieg, wie?«

»Ja.«

Arminius zog mit einem Zweig Linien im Boden und skizzierte die umliegende Gegend, durch die sich der Erdwall zog, an dem die Männer gearbeitet hatten. Diesen Wall nannten sie »Angrivarierwall«, da er sich auf dem Stammesgebiet der Angrivarier befand. Noch plagten sich die Krieger zu Hunderten mit den Schanzarbeiten, doch am kommenden Tag sollte das Werk vollendet sein. Der Wall bot den Kriegern eine leicht erhöhte Position, um es mit den heranrückenden Römern aufzunehmen, zumal auf der einen Seite der Fluss mit sumpfigem Gelände lag, auf der anderen Seite der Wald.

»Gehen wir noch einmal meinen Plan durch, ehe wir uns mit den Stammesanführern abstimmen.«

Die Mittagssonne brannte am nächsten Tag auf sie herab, bevor Germanicus' Armee losmarschiert war. Obwohl die Römer über ihre Späher wussten, wo Arminius' Krieger lagerten, hatten sie die Gelegenheit verstreichen lassen, das direkte Gefecht zu suchen. Derweil hatten Arminius' Späher bereits vor Stunden gemeldet, dass die Legionen auf dem Marsch in ihre Richtung waren.

Arminius hielt sich im Schatten der Bäume auf, die das Schlachtfeld an einer Seite säumten, und wartete auf die Ankunft des Feindes. Nicht mehr lange, und er würde Zeuge, wie die römischen Legionen Gefechtsformation einnahmen. Ein langwieriger Prozess, der Arminius jedoch vertraut war, hatte er doch während seiner Dienstjahre in der römischen Armee an vielen Schlachten teilgenommen.

Als Erstes kamen die Auxiliartruppen, eine Mischung aus Bogenschützen, Schleuderern und leichter Infanterie – sogenannte Plänkler. Die Legionen bildeten die nächste Einheit dahinter, an diesem Tag insgesamt vier an der Zahl. Unter ihnen befand sich Germanicus inmitten seiner Leibwache aus Prätorianern. Weitere vier Legionen bezogen im Hintergrund Aufstellung. Mehrere Alae schützten die Flanken.

Es war eine riesige Armee. Da Arminius' Heer bereits herbe Verluste erlitten hatte, konnten die Römer inzwischen bis zu zehntausend Mann mehr aufbieten als die Germanen. Aber das allein gab nicht den Ausschlag, wie er sich selbst einredete. Die Römer hatten nicht den Bewegungsspielraum, den sie benötigten, waren sie doch von sumpfigem Gelände und dichtem Wald eingezwängt. Am Durchmarsch hinderte sie der Erdwall, den die Krieger in mühsamer Arbeit aufgeworfen hatten. Wenn es gut für die Römer lief, dann würde es ihnen womöglich gelingen, ein Drittel ihrer Schlagkraft einzusetzen.

Maelo trat zu ihm. »Schaffen wir das?«

»Du sagst immer, was du denkst«, meinte Arminius in leicht zynischem Ton.

Maelo zuckte mit den Schultern. »Ich wüsste nicht, warum ich es nicht sagen sollte.«

»Ja, wir können es schaffen, wenn alles nach Plan läuft.«

»Hoffen wir, dass es uns gelingt, den Feind zurückzudrängen. Acht Legionen werden wir wohl kaum auslöschen können. Sonst hätten wir schon längst den Sieg davontragen müssen …«

Arminius ließ die harsche Realität von Maelos Worten auf sich wirken. »Mag sein, aber wenn sich Germanicus heute eine blutige Nase holt, ist sein Feldzug zu Ende. Seine Nachschublinien können die Distanz nicht mehr lange überwinden. Sobald er seine Streitmacht teilt, setzen wir den Legionen auf dem Rückzug einzeln zu. Ich sage dir, früher oder später wird Rom einsehen, dass wir die Legionen immer wieder auf die gleiche Weise in Empfang nehmen, wenn sie den Rhenus überqueren.«

»Das wird knapp.« Maelos Blick haftete auf dem riesigen Heeresaufgebot.

»Das Leben war noch nie leicht.« Arminius stieß Maelo mit dem Ellbogen an.

Sein Gefährte lachte leise. »Vermutlich nicht.«

»Also weißt du, was du zu tun hast?«

»Hältst du mich für einen trotteligen Alten?« Maelo wurde wieder ernst, als er Arminius' gefurchte Stirn sah. »Ich werde an dieser Stelle warten. Mit meinen Reitern greife ich den Feind auf der Flanke an, während die Römer auf deine Stellungen am Erdwall zuhalten. Meine Krieger bilden die zweite Angriffswelle, den Zeitpunkt zum Losschlagen lege ich fest.« Maelo sah seinen Freund nachdenklich, fast besorgt an. »Aber die Wucht des Angriffs werden deine Männer abwehren müssen.«

»Sollen sie nur kommen. Wir sind bereit.«

Trotz des nüchternen Tons wurde Arminius seine letzten Zweifel nicht los. Doch er verdrängte Bedenken dieser Art. Ort und Zeitpunkt für die Schlacht standen fest, beide Heeresaufgebote hatten Aufstellung bezogen. Jeden Augenblick würde die Schlacht beginnen. Es gab nicht mehr viel zu tun, als ein letztes Gebet an Donar zu schicken und den Kriegern zu vertrauen.

Der pochende Schmerz setzte wieder ein, als Arminius an den Rand des Erdwalls trat. Ein klebriges Gefühl in seinem Stiefel verriet ihm, dass die Wunde wieder zu bluten begonnen hatte. Doch er achtete nicht weiter darauf, da die Taten seiner Krieger ihm neue Kraft verliehen.

Der Bereich vor dem Wall war übersät von toten und verwundeten Legionären. Der Kampf tobte seit einer Weile, und seither hatten die Römer zwei massive Angriffe auf den Wall unternommen. Beide Versuche waren fehlgeschlagen, und nun hatte sich der Feind zurückgezogen, um sich neu zu formieren.

Staubwolken zeigten an, aus welcher Richtung frische Einheiten heranmarschierten. Reiter galoppierten mal hierhin, mal dorthin und übermittelten Befehle.

Die Krieger, die in Rufweite von Arminius standen, Angrivarier und Cherusker, waren bester Laune. Einige nutzten die Unterbrechung, sprangen auf der anderen Seite vom Wall und plünderten die toten Legionäre und Soldaten der Hilfstruppen aus. Begehrte Beutestücke waren Kettenhemden, Wasserschläuche und andere Wertgegenstände. Auf Arminius' Geheiß ließen seine Männer die verletzten Legionäre am Leben.

»Nicht einmal die Römer mögen es, über ihre eigenen Kameraden hinwegzusteigen, wenn sie noch leben und jammern!«, rief er vom Wall aus und erntete höhnisches Lachen.

»Nehmt so viele Speere mit, wie ihr könnt«, fügte er hinzu. »Auch Pila und Schilde. Weitersagen!«

Die Männer unmittelbar vor dem Wall grinsten und signalisierten, dass sie verstanden hatten.

Arminius blinzelte bei dem grellen Licht und schaute nach rechts, genau zu der Stelle, wo der aufgeworfene Wall abfiel und in das sumpfige Gelände überging. Tage vor dem Kampf hatte er angeordnet, der Wall müsse bis in die Marsch gebaut werden, aber die Krieger, die an jenem Tag die Arbeit taten, hatten alsbald damit aufgehört, da sie nicht im Dreck wühlen wollten. Später hatte Arminius die Angelegenheit wieder vergessen, weil er so viele Dinge gleichzeitig erledigen musste, bis ihm der Schwachpunkt unmittelbar vor dem Gefecht wieder eingefallen war. Da war es bereits zu spät gewesen. Daher war ihm nichts anderes übrig geblieben, als Mallovendus und dessen beste Männer aufzufordern, die Stelle zu halten.

Natürlich hatten die Römer schon bald erkannt, dass am Ende des Walls eine Lücke klaffte. Germanicus, gerissen wie ein Fuchs, entsandte daraufhin vier Kohorten, die zu Beginn der Schlacht einen Angriff auf jene Stelle wagten.

Tatsächlich war das sumpfige Gelände der anhaltenden Hitze wegen fester als sonst, sodass die Legionäre einigermaßen akzeptable Bedingungen für den Kampf vorfanden. Ein heftiges Gefecht folgte, und obwohl Mallovendus' Männer ihr Bestes gaben, mussten sie Stück um Stück zurückweichen. Arminius erfuhr davon von einem Boten und schickte sofort seine Reserve, um Mallovendus zu Hilfe zu kommen.

Die fünfhundert Krieger der Cherusker hatten die Lücke

schließlich gesichert, aber auch sie waren am Ende ihrer Kräfte. Hätten sich die Römer in diesem Moment nicht auf ganzer Linie zurückgezogen, wären die vier Kohorten womöglich durchgebrochen, um die Germanen auf der rechten Flanke zu schwächen. Doch die Legionäre waren zunächst gezwungen, sich zurückzuziehen, denn sonst wären sie von den anderen Truppenteilen abgeschnitten gewesen.

Aber Arminius ahnte, dass die Römer an jener Schwachstelle nachsetzen würden. Das war so sicher wie die Rache einer zurückgewiesenen Frau. Arminius fragte sich erneut, ob er nicht besser an jenem Abschnitt das Kampfgeschehen bestimmen sollte, hielt es dann jedoch für wenig ratsam. Er war hier gefragt, für alle sichtbar, im Zentrum des Kampfes. Mallovendus würde sein Bestes geben, zumal die Krieger an der Schwachstelle unterdessen tote Legionäre auf einen Haufen geworfen hatten – ein grässliches Bollwerk zur Abschreckung nachrückender Soldaten.

Arminius verfolgte das Geschehen auf der linken Flanke. Dort verbarg sich Maelo mit Reitern und weiteren Fußtruppen. Aber bei der Staubentwicklung und auf die Distanz war es kaum möglich, den Überblick zu behalten, daher wusste Arminius nicht, was sich während der letzten Angriffswelle dort abgespielt hatte.

Inzwischen wurde nach der Unterbrechung sichtbar, wie viele Kämpfer gefallen waren. Da sich das Sonnenlicht an etlichen Stellen auf Rüstungen und Kettenpanzern fing, vermutete Arminius, dass es sich bei dem Großteil der Gefallenen um Legionäre handelte.

Maelo geht voll in seiner Rolle auf, dachte er mit dunkler Befriedigung. Wenn es weiterhin so gut lief, war ein Sieg in greifbarer Nähe.

Er schloss die Augen und betete. *Mein Dank für Deine Hilfe, großer Donar. Bleib bei uns*. Als es in der Ferne grummelte, fasste Arminius neuen Mut, hielt er dieses Geräusch doch für einen Fingerzeig des Donnergottes.

Auf gegnerischer Seite riefen Offiziere Befehle. Das Knirschen von Hunderten von Sandalen war zu hören. Staub stieg auf, Kohorten rückten vor. Einheiten der Kavallerie setzten sich auf der rechten Flanke der Römer in Bewegung.

»Sie kommen!«, rief Arminius den Männern unten vor dem Wall zu. »Kommt zurück!«

»Noch ist Zeit«, erwiderte ein stämmiger Krieger, der sich Brust und Arme bemalt hatte.

Auf einmal nahm Arminius ein Schwirren in der Luft wahr. Die Geräusche ähnelten dem Summen, das ein Schwarm Bienen macht. Verdutzt starrte er hinüber zu den römischen Stellungen. Männer in schlichten Tuniken und ohne Rüstung reihten sich vor den Kohorten auf. Wieder lag ein Sirren in der Luft, das an Intensität zunahm. Augenblicke später gruben sich die ersten Geschosse in die Erde des Walls.

»Schleuderer!«, brüllte Arminius. »Feindliche Schleuderer! Sofort zurück hinter den Wall!«

Der stämmige Krieger hatte noch sein überhebliches Grinsen im Gesicht, als ihn ein Stein seitlich am Kopf traf. Das Grinsen wich einem überraschten Ausdruck, ehe die Züge des Mannes erstarrten. Er sank tot zu Boden. Ein Zufallstreffer, denn noch hatten sich die Schleuderer nicht auf die Entfernung eingestellt.

Für die anderen Krieger vor dem Wall war dies wie ein Weckruf. Hastig kletterten sie zurück in den sicheren Bereich hinter dem Schanzwerk. Arminius ordnete an, dass sich die Krieger gut dreißig Schritte zurückzogen. Bald entstand ein bunt gescheckter Schildwall aus hexagonalen Schilden und erbeuteten Scuta, hinter dem die Männer in Deckung gingen.

Das Schwirren wurde beängstigend, dumpfe Laute zeigten an, wo die Geschosse aufschlugen. Als die Schleuderer die Probephase hinter sich hatten, kamen die Salven in gleichmäßiger Folge. Es war wie ein Hagelsturm, der auf ein Barackendach prasselte. Arminius war froh, einen Schild zur Hand zu haben.

Der Tod des stämmigen Kriegers war überraschend gekommen, aber ab einer gewissen Distanz waren die hühnereigroßen Bleigeschosse tödlich. Dank des Schildwalls gab es jedoch kaum Verluste.

»Sollen sie doch ihre Geschosse schleudern!«, rief ein kräftig gebauter Jüngling. Er warf einen verstohlenen Blick in Arminius' Richtung. »Ist das alles, was die Römer aufbieten?«

Arminius spähte durch die Lücke zwischen zwei Schilden. Hinter den Schleuderern schoben Legionäre große hölzerne Wurfmaschinen nach vorn.

»Diese Salven waren erst der Anfang«, stieß er zwischen zusammengebissenen Zähnen hervor.

»Der Anfang?« Der Junge sah ihn verwundert an.

»Als Nächstes kommt der Beschuss von schwerer Artillerie.«

Das Grinsen des Jungen schwand, unglückliches Schweigen folgte.

Arminius kannte die Abläufe und konnte die Geräusche einschätzen. Daher wusste er, dass die Legionäre in einiger Entfernung die Torsionsgeschütze in Gang setzten. Bislang hatte er nie darüber nachgedacht, wie es sich anfühlen mochte, das Ziel dieser todbringenden Maschinen zu werden. Wenn ihn die Erinnerung nicht trog, gab es in jeder Legion fünfundfünfzig Geschütze – kleinere Katapulte und zerlegbare Ballistae, die auf Karren transportiert wurden. Er hatte den Geschmack bitterer Galle im Mund.

»Aufpassen, Männer!«, rief er.

26. KAPITEL

Tullus hatte es von Anfang an nicht geschmeckt, als er sah, dass er mit seinen Männern auf das Gelände marschieren sollte, das von sumpfigen Flächen und Wald eingefasst war. Diese Landschaft erinnerte ihn allzu sehr an jene Pfade und Schneisen, auf denen die Legionen des Varus einst in den Hinterhalt gerieten.

Es war offenkundig, auf welche Taktik sich der Anführer der Cherusker verlegt hatte. Aber dieser Tag sollte anders verlaufen als jene Schreckenstage, rief Tullus sich in Erinnerung. Hier würde ein Gefecht auf offenem Gelände stattfinden. Germanicus war ein guter Feldherr, weitaus fähiger als Varus, und die Armee, die der Imperator ins Feld führte, war dem Aufgebot der Germanen zahlenmäßig weit überlegen. Denn Arminius hatte bereits Tausende Männer verloren. All diese Umstände trugen dazu bei, dass Tullus etwas ruhiger wurde, dennoch blieb er auf der Hut.

Mehr als eine Stunde verging, und immer noch schmorten Germanicus' Soldaten in der sengenden Sonne. Zwei Angriffe hatte es auf die feindlichen Stellungen gegeben. Der Kampf war nicht so verlaufen, wie es sich ein römischer Legionär wünschte. Etliche Soldaten der Hilfstruppen und Legionäre waren gefallen. Es war ungemein schwer, eine erhöhte Stellung zu berennen.

Arminius' Männer hatten einen Wall aufgeworfen, auf dem die Verteidiger die Angreifer um eine Manneslänge überragten, und trotz der Rückschläge hatte die Moral keinen Schaden genommen. Germanicus hatte dafür gesorgt, dass alle von jenem Vorstoß erfuhren, den die vier Kohorten zuvor unternommen hatten, und zwar an einer Stelle, an der der Verlauf des Walls in das Marschland überging, weit auf dem linken Flügel. Diese Schwachstelle sollte bei dem nächsten Sturmlauf erneut berannt werden, doch zunächst verrichteten die Schleuderer und die Torsionsgeschütze ihr Handwerk, um den Feind zu zermürben. Germanicus hatte darüber hinaus seine Prätorianer-Kohorten sowie vier Legionen in den Kampf geschickt.

Abermals verspürte Tullus eine prickelnde Begeisterung, die Übermut, wenn nicht gar Irrsinn gleichkam. Noch hatten er und seine Männer nicht die Schwerter gezogen, aber das würde nicht mehr lange dauern – viel besser war die Aussicht, dass Germanicus die Armee anführen würde.

Tullus wandte sich an seine Soldaten. »Heute ist unser Tag. *Unser* Tag! Ich fühle es in den Knochen!«

»Aber wie sollen wir den Wall der Feinde überwinden, Herr?«, fragte Calvus.

Diese Frage stellen sich wohl im Augenblick die meisten, dachte Tullus. Er warf einen Blick auf Piso. »Erinnerst du dich an den riesigen Baum, den die Krieger im Wald als Bollwerk auf den Pfad hatten stürzen lassen?«

»Ja, Herr.« Wie hätte Piso das je vergessen können? Es war der dritte Tag, als das Gemetzel bereits fast vorüber war. Verschmiert von Matsch und Blut, völlig erschöpft und demoralisiert, waren Piso und die Kameraden Tullus gefolgt, weil – nun, weil ihr Centurio kein anderer als Tullus war und den Männern keine Ruhe gönnte. Schließlich schien kein Weiterkommen möglich, da die Germanen eine riesige Buche gefällt hatten, die quer über dem Pfad lag und den Fluchtweg versperrte. Von allen Seiten dröhnte der Barritus herüber, und Hunderte Krieger machten sich bereit, die letzten überlebenden Legionäre auszulöschen – dann gab Tullus völlig unerwartet den irrsinnigen

Befehl, das Hindernis zu stürmen und zu überwinden. Und sie hatten es tatsächlich geschafft und waren auf die andere Seite gelangt.

»Dann erzähl Calvus, wie es war«, forderte Tullus Piso auf und ließ ein entschlossenes Grinsen folgen. »Erzähl es den anderen.«

»Wir bilden eine Art Testudo vor dem Wallabschnitt«, erklärte Piso und war stolz, das Vorgehen beschreiben zu dürfen. »Das Bollwerk ist mannshoch, also dürften zwei Reihen genügen. Die erste Reihe stemmt sich gebückt gegen den Wall, die Scuta über den Köpfen. Die zweite Reihe geht dahinter auf die Knie, die Schilde ebenfalls erhoben. Der Rest von uns läuft über die Schilde, als müssten wir Treppenstufen überwinden. Ganz einfach.«

Den Kameraden gefiel die Aussicht.

»Klug überlegt«, meinte Calvus.

»Der gute alte Tullus«, rief ein anderer Soldat.

»Dass ich noch mal an einer Testudo teilnehme«, fügte ein anderer, der nicht zu sehen war, aus den hinteren Reihen hinzu.

Die Männer grinsten, andere kicherten.

»Ich habe die anderen Kohorten von dieser Taktik in Kenntnis gesetzt, auch in den anderen Legionen wissen die Centurionen, wie wir das Hindernis angehen müssen!«, rief Tullus. »Wir werden alle mithilfe der Testudo angreifen. Diese verfluchten Wilden werden gar nicht wissen, wie ihnen geschieht!«

Piso und die Kameraden jubelten, und als kurz darauf zum Angriff geblasen wurde, hielten die Soldaten mit neuem Elan auf die feindliche Befestigung zu.

»Die Prätorianer sind bei uns, Brüder!«, rief Tullus, während er seitlich an seiner Centurie vorbeischritt. »Seht euch diese arroganten Kerle an!«

Schmähungen stiegen in die Luft.

»Polierte Rüstungen und glänzende Helme – schätze, in deren Reihen ist kein einziger Veteran.« – »Haben die ihre Schwerter je benutzt?« – »Und dann dieser Sold! Aufgeblasene Hurensöhne sind das!«

Die Prätorianer hörten die Beleidigungen und blickten finster herüber, aber da sie wussten, dass Tullus zum Primus Pilus ernannt worden war, wagten sie es nicht, auf die Schmähungen zu reagieren. Das würden sie erst tun, sobald der Centurio außer Hörweite war.

Die gegenseitigen Beleidigungen, mit denen sich die Prätorianer und die einfachen Legionäre überhäuften, waren eine willkommene Ablenkung auf dem langen Weg zum Wall der Feinde.

Schließlich verstummten die Streithähne, denn inzwischen erreichten sie das Terrain, auf dem viele tote und verwundete Kameraden lagen. Ein schrecklicher, aber vertrauter Anblick für einen Soldaten, doch das Wehklagen der Verwundeten und Verstümmelten ging allen nachrückenden Soldaten an die Nieren.

Tullus versuchte, seine Gedanken auf den Angriff zu richten, während Hilferufe, das Flehen um Wasser und das Stöhnen der Sterbenden seine Ohren erreichten. Zahllose Fliegen stoben von den klaffenden Wunden auf. Weit aufgerissene, starre Augen und freiliegende, feucht glänzende Darmschlingen boten einen grässlichen Anblick. Am Himmel kreisten bereits die ersten Bussarde, angelockt von den untrüglichen Anzeichen für ein Festmahl.

»Mutter«, stöhnte ein Soldat der Hilfstruppen, der am Bauch von einem Speer durchbohrt worden war. »Mutter …« Ein Legionär hockte am Boden und blickte starr auf seinen blutigen Arm, dem die Hand fehlte. »Heiße Würstchen, vier für ein As«, murmelte er vor sich hin und begann, den Armstumpf wie ein Kind im Schoß zu wiegen. Das Blut sickerte nur noch aus der Verletzung, es würde nicht mehr lange dauern, dann wäre er verblutet. »Heiße Würstchen, vier für ein As. Heiße Würstchen, vier für ein As.« Tullus wurde diese Worte nicht los, sie setzten sich in seinem Kopf fest.

Hundert Schritte waren die Legionäre noch von dem Bollwerk entfernt, als die germanischen Krieger oben entlang des Walls ihren Kriegsruf anstimmten. *HUUUUMMMMMMMMM! HUUUUMMMMMMMMM!* Die ersten Speere wurden geschleudert, stiegen in die Luft und fielen herab auf die vorrückenden Legionäre und Prätorianer. Hier und da vernahm Tullus Schreie, aber weiter entfernt. Aus seinen Reihen war niemand verletzt. Das könnte sich rasch ändern.

»Schilde hoch!«, brüllte er. »Weiterlaufen, Brüder!«

Sechzig Schritte lagen noch zwischen den Einheiten und dem Wall, als die Frameae wie Hagel fielen. Ob schmale oder breite Klingen, blattförmig oder beinahe dreieckig, die Speere fraßen sich in die Schilde der Legionäre. Immer wieder kam es vor, dass ein Speer die Lücke zwischen zwei Schilden fand. Schreie und Flüche folgten, doch meist glitten die Spitzen an den Rüstungen der Männer ab.

Tullus blieb gefasst. Jeden Augenblick würde der Beschuss der Germanen zum Erliegen kommen. Bald hatten sie den Fuß des Walls erreicht. Diejenigen in den hinteren Reihen, die noch intakte Schilde hatten, konnten sie zu den Kameraden nach vorn durchgeben. Wer Zeit und Mut hatte, riss die Speere aus dem eigenen Schild.

Nach dreißig Schritten ebbte der Speerregen ab. Nackte Berserker schritten auf dem Wall auf und ab, schlugen sich mit den Fäusten gegen die Brust und überzogen die Römer mit Beleidigungen. Einer der Wilden streckte den Römern den blanken Arsch entgegen, die schlimmste Form der Verachtung. Andere Krieger grölten daraufhin. Der Barritus schwoll an, lauter als zuvor. *HUUUUMMMMMMMMM! HUUUUMMMMMMMMM!*

»Lasst sie nur krächzen, Brüder!«, rief Tullus. »Das kümmert uns einen Scheißdreck!«

»JAAAAAAAA!«, brüllten die Männer in unmittelbarer Nähe.

»Wurfspeere bereithalten! Zielt hoch!«, befahl er. »Jeder, wie er kann! Werft!«

Die Männer schwitzten und rissen ihre Wurfarme zurück. Einfacher war eine solche Aktion auf dem Übungsgelände, aber trotzdem traf die Salve eine große Anzahl feindlicher Schilde. Von den Schreien nach zu urteilen, waren einige Krieger verletzt.

Tullus drosselte das Tempo etwas und wiederholte die Befehle. »Am Fuß des Walls laufen die Soldaten vorn bis zum Bollwerk. Ihr arbeitet zu viert. Zwei Mann aus jeder Gruppe stemmen sich gegen den Wall, die Schilde über dem Kopf. Die nächsten knien dahinter, die Schilde ebenfalls schützend über den Köpfen, leicht geneigt. Gebt das durch, Männer!«

»Ja, Herr!« – »Machen wir, Herr!« – »Wir sind bereit, Herr!«

»Sobald die ›Rampen‹ fertig sind, stürmen die Männer in der nächsten Reihe los, auch zu viert. Wenn sie oben sind, folgen die anderen dicht dahinter und immer so weiter.«

Erneut ließen die Männer erkennen, dass sie begriffen hatten.

Sie näherten sich dem Wall, wobei sie in etwa auf einer Höhe mit den anderen Kohorten blieben. Nur fünfzehn Schritte trennten sie noch von dem Fuß des Bollwerks.

Während der Barritus über die Köpfe der Legionäre hinwegdröhnte, gaben die Berserker alles, um die Römer einzuschüchtern. Der ausgedörrte Boden reflektierte die Hitze, und in den Schwall heiße Luft mischten sich Gerüche der widerwärtigsten Art: Blut, Pisse und Unrat. In der sengenden Sonne verbrannte die bloße Haut, die Helme und Rüstungsteile wurden so heiß, dass man sie kaum noch anfassen konnte.

»Gleich haben wir's geschafft, Brüder!«, rief Tullus. »Wir sind fast da!«

Zehn Schritte. Sosehr sie sich auch Mühe gaben, aus Versehen traten die Legionäre immer wieder auf ihre gefallenen Kameraden. Einige von ihnen lebten noch, doch Tullus hielt den Blick starr geradeaus gerichtet. Im Augenblick zählten nur die Männer seiner Centurie, seiner Kohorte …

Einem der Berserker schien die Sonne das Hirn verbrannt

zu haben, denn er sprang vom Wall, um sich den herannahenden Legionären in den Weg zu stellen. Er landete jedoch ungeschickt, taumelte und konnte Pisos schnellen Schwertstich nicht abwehren. Piso hatte nicht einmal die Formation verlassen, und die Klinge glitt zwischen zwei Rippen und kam wieder heraus. Der Berserker war nicht imstande, sich zu seiner vollen Größe aufzurichten, sackte auf die Knie, als wolle er beten, ehe Piso ihn mit einem heftigen Stoß des Scutums zu Boden schlug. Der Germane lag rücklings da und stierte zu seinem Bezwinger hinauf.

»Das war für deine Dummheit!«, knurrte Piso und zertrat im selben Moment dem Hünen das Gesicht mit der genagelten Sohle seiner Sandale. Seine Kameraden jubelten ihm zu.

»Erste Reihe, bereithalten!«, rief Tullus. »VORWÄRTS!« Er selbst schützte sich mit seinem Schild gegen etwaige Speere und beobachtete den Vorstoß seiner Männer. Sofort teilten sich die zwölf Mann in drei Vierergruppen auf, ehe jeweils zwei jeder Gruppe zum Wall eilten und die Schilde hochstemmten, während die anderen beiden jeder Viererformation dahinter knieten und ebenfalls die Schilde hochhielten.

»Zweite Reihe, los!« Tullus brannte schon darauf, den brüllenden Feinden über die Rampe entgegenzurennen, aber er musste erst noch abwarten, bis der Großteil seiner Centurie den Wall erstürmte.

Er hörte, wie Metall auf Metall krachte. Ein Mann schrie. Dann fluchte jemand in der Volkssprache der Stämme. Ein dumpfer Laut verriet, wo ein Schildbuckel zugeschlagen hatte.

»ROMA!«, brüllte eine Stimme. »Stirb, Hurensohn!«

Jemand stürzte von oben herab, ein Körper schlug dicht neben Tullus auf. Ein zweiter folgte. In der Hoffnung, dass es nicht die eigenen Männer waren, schickte er die dritte Reihe los.

Sowie die ersten zwölf Soldaten aus seinem Blickfeld verschwunden waren, gab Tullus den Männern der ersten Rampen

Befehl, Platz zu machen. Piso und Metilius waren unter den Männern, die Gesichter puterrot von der Anstrengung.

»Bereit?«, fragte Tullus.

»Ja, Herr«, kam es keuchend von Metilius.

Tullus klopfte ihm auf die Schulter.

Schon waren die frischen »Rampen« in Stellung. Tullus scharte Piso, Metilius und die beiden anderen um sich, da er gemeinsam mit ihnen den Wall erstürmen wollte. Er zog den Gladius.

»Fünfte Reihe, bereithalten!«, schrie er. Zu den vieren gewandt: »Mir nach, Männer!«

Tullus erhaschte einen Blick auf den oberen Verlauf des Walls, als seine genagelten Sohlen über den ersten Schild donnerten. Der Kampf wurde erbittert geführt. Bereits vierundzwanzig Legionäre waren an diesem Abschnitt nach oben gestürmt, doch kaum welche hatten überlebt. Tullus sah einen weiteren Römer hinabstürzen. Erste Bedenken erfassten ihn. *Habe ich den Männern zu viel zugemutet?*, schoss es ihm durch den Kopf, während er den zweiten Schild erklomm, kurzzeitig auf der Oberfläche ins Rutschen geriet und endlich einen Fuß auf den Wall setzen konnte. Aber es blieb keine Zeit, den Moment zu genießen, denn die Furcht war übermächtig. Der Soldat unmittelbar vor ihm stieß noch einen hohen Laut aus – dann war er tot.

Kaum war der Legionär zu Boden gesackt, sprang Tullus in die Lücke und hatte gerade noch Zeit, den graubärtigen Krieger aufzuspießen, der seinen Speer nicht schnell genug aus dem gefallenen Legionär herausziehen konnte. Graubart stürzte, die Augen weit aufgerissen, und Tullus machte einen Satz nach vorn und stach dem nächsten Germanen aufs Geratewohl ins Gesicht. Zähne splitterten, ein Schwall Blut schoss aus dem Mund, ehe der Krieger mit einem furchtbaren Gurgeln starb. Da Tullus befürchten musste, zu schnell zu weit vorgeprescht zu sein, trat er einen halben Schritt zurück, bis er wieder an beiden Seiten Legionäre wusste.

Der unmittelbar nächste Krieger wagte sich nicht so forsch an Tullus heran, vermutlich deshalb nicht, weil er Zeuge geworden war, wie schnell hintereinander der Centurio zwei seiner Gefährten erschlagen hatte. Aber genau diese Vorsicht wurde dem Germanen zum Verhängnis. Als er kurz nach unten sah, um sich zu vergewissern, dass er nicht über ein Bein oder einen Arm stolperte, rammte Tullus ihn mit dem Schildbuckel. Der Krieger torkelte zurück, und Tullus spürte, dass seine Männer nachgerückt waren – endlich Verstärkung.

»Kleine Keilformation!«, schrie er.

Einen Mann an jeder Seite, drängte Tullus vorwärts. Die Krieger in unmittelbarer Nähe wichen ein Stück weit zurück, sodass Tullus drei Schritte nachsetzen konnte. Dann musste er es mit einem Kämpfer aufnehmen, der einen Kriegsruf ausstieß und mit dem Speer zum Stoß ausholte. Tullus sah, wie dem Germanen die kurzen Zöpfe um die Stirn flogen, sah die wutverzerrte Miene, den schiefen Mund.

Tullus kannte die passende Antwort auf diese ungestümen Angriffe. Er ging leicht in die Knie, zog den Kopf ein, sodass er gerade noch über den Rand des Scutums spähen konnte, und stieß dem Krieger den Gladius in den Unterleib, ehe der Speerstoß erfolgen konnte. Aber er stieß nicht zu fest zu, nur so weit, dass sich die Klinge nicht am Rückgrat verfing und womöglich stecken blieb. Rasch drehte Tullus die Klinge von rechts nach links und zog sie wieder zurück. Der Mann hatte keine Stimme mehr, als er zu Boden fiel.

Tullus' Blick huschte nach rechts und zurück. Die Krieger in Reichweite der Schwerter wirkten verschreckt – das sah er ihnen an.

»Größeren Keil bilden!«, brüllte er. »VORWÄRTS!« In dem Vertrauen, dass seine Jungs ihm den Rücken deckten, schritt er aus.

Ein Berserker warf sich Tullus in den Weg. Doch er starb Augenblicke später, als Tullus und Piso ihm gleichzeitig die Schwerter in die Brust rammten. Weitere Krieger tauchten auf, tapfer, obwohl sie sahen, was Tullus' Klinge anrichtete. Aber Tullus dachte nicht mehr nach, was er tat, er war wie von Sinnen. Ein Teil von ihm malte sich aus, jeder Gegner, der sich ihm in den Weg stellte, sei Arminius.

Seit jener Niederlage und jenem Blutbad in den sumpfigen Wäldern hatte Tullus auf den Moment hingelebt, den Anführer der Cherusker in den Dreck zu schicken. Es störte den Centurio nicht, dass Arminius überall und nirgends sein könnte, denn jeder Krieger stand stellvertretend für den verhassten Cherusker.

Töte nur genug von diesem Drecksgesindel, dachte Tullus, ganz vereinnahmt von dem Kampfeszorn, *und irgendwann hast du Arminius vor der Klinge!*

In diesen schweißtreibenden Augenblicken, in dem man die Zeit um sich herum vergaß, schienen die Götter Tullus mit neuer Kraft zu segnen. Seine altbekannten Beschwerden – im unteren Rücken, im Nacken, in der linken Wade – waren wie weggeblasen. Fast fühlte er sich wieder wie ein Zwanzigjähriger, seine Muskeln fühlten sich hart wie Metall an, sein Herz pumpte so viel Blut wie das eines Stiers.

Jeder Krieger, der es mit ihm aufnahm, starb. Ob groß, klein, beleibt oder dünn, jung oder alt, es tat nichts zur Sache – Tullus erschlug sie alle. Während er einen nach dem anderen ins Reich des Todes schickte und sah, dass Arminius nicht unter den Erschlagenen war, drängte er weiter vor, als würde die Klinge des Gladius ein Eigenleben führen. Das scharfe Schwert – die lebendige Verlängerung seines nicht müde werdenden Arms – sehnte sich danach, tief ins Fleisch und die Eingeweide der Feinde einzudringen. Der Gladius konnte es nicht abwarten, auch das nächste Gesicht zu verunstalten, auch dem nächsten Mann die Kehle aufzuschlitzen.

Tullus' Kraft schien auch auf Piso und Metilius überzugehen – die beiden Legionäre fochten Schulter an Schulter mit ihrem Centurio –, und auch sie kämpften wie Titanen aus längst vergangenen Zeitaltern. In den Reihen, die nachrückten, waren ebenso unermüdliche Kämpfer. Mit einem solchen Centurio an der Spitze konnte jeder Mann den Sieg spüren.

Tullus kämpfte sich weiter vor, wusste er doch, dass sich Angst – wenn sie erst einmal ausbrach – mit der Geschwindigkeit eines Feuers ausbreitete, das sich durch ein Haus aus Holz fraß.

Treib die Germanen hart genug zurück, und sie brechen.
Wenn sie brechen, dann fliehen sie auch.
Fliehen sie, ist der Sieg unser.

27. KAPITEL

Tullus' unerbittlicher Vorstoß – und das irre Flackern in seinen Augen und den Blicken seiner Männer – zeigte alsbald Wirkung. Denn die Krieger wichen weiter zurück, lösten sich von diesem Abschnitt, um es mit anderen, weniger kampfwütigen Legionären aufzunehmen. Andere zogen sich ganz zurück, um endlich der Reichweite von Tullus' Schwertarm zu entkommen.

Zehn Schritte kämpfte sich Tullus vor, dann weitere zehn. Die Reihen der Stammeskrieger lichteten sich – Tullus sah zwischendurch die freie Fläche hinter den Verteidigern. Er konnte nicht sehen, dass Fenestela und andere Soldaten seiner Einheit ihre eigenen Sturmkeile gebildet hatten. Auch sie stießen tief in die Reihen der Germanen vor und verdoppelten dadurch die Opferzahl der Verteidiger. Der Durchhaltewille der Krieger erhielt erste Risse. Weder Tullus noch sein Optio bekamen mit, dass Germanicus mit seinen Prätorianer-Kohorten weitere Schneisen in das Bollwerk aus Feinden fraß.

Als Tullus schließlich auf der anderen Seite des Walls über die nicht so steil abfallende Böschung nach unten stürmte, glaubte er einen Moment lang, dass sie es bereits geschafft hatten, dass die Germanen genug hatten. Doch er hatte die Rechnung ohne Maelo gemacht. Wie aus dem Nichts tauchte er auf, aus den Schatten des Waldrands, hundert Krieger oder mehr im Rücken.

Zuletzt hatte Tullus Arminius' Stellvertreter vor sieben Jahren zu Gesicht bekommen, aber es gab kein Vertun. Es war Maelo.

Tullus' Cuneus würde den wuchtigen Angriff der Feinde abwehren müssen. Schon hatten es an die zwanzig von Maelos Kriegern auf Tullus' Formation abgesehen, doch Maelo blieb vorerst im Hintergrund.

»Rechts schwenkt. Durchhalten!« Tullus war auf der Hut, blieb an der Spitze des Keils. Seine Männer folgten ihm, und als die Krieger angriffen, hatten sie es auf Tullus, den Centurio, abgesehen, dessen Hand rot von Blut war und der im Blutrausch kämpfte, wie es die Germanen sonst nur von ihren Berserkern kannten.

Gleich den ersten Angreifer streckte er zu Boden, indem er ihm die Klinge durch die Wange stieß. Die nächsten beiden fielen Pisos und Metilius' Schwertern zum Opfer. Doch obwohl die ersten Krieger wie reifes Korn fielen, drängten immer neue nach. Und sie stellten eine weitaus größere Gefahr als gewöhnliche germanische Kämpfer dar, da sie Kettenhemden und Helme trugen und stabile Schilde aufboten.

Tullus und seine Männer, müde von dem bisherigen Verlauf der Attacke, hätten zurückweichen müssen.

Hätten …

Tullus' Muskeln schrien schon vor Erschöpfung. Der Rücken tat ihm weh, als hätte er den ganzen Tag in einer Schmiede den Hammer bei der Esse geschwungen. Der Schweiß lief ihm in die Augen, rief ein Brennen hervor, und sein Mund war so trocken wie der Boden eines alten ausgedienten Weinfasses.

Stich zu und stoß mit dem Schildbuckel, stich zu und stoß mit dem Schildbuckel – im Augenblick maß er sich mit einem Krieger, der einen eigenartigen konisch zulaufenden Helm trug. Der Mann war um viele Jahre jünger als er und offenbar noch frisch – er hätte als Sieger aus diesem Zweikampf hervorgehen müssen. Doch ihm fehlte die jahrelange Erfahrung, ebenso wie Tullus' weiß glühendes Verlangen nach Vergeltung.

»Hurensohn!«, knurrte Tullus in der Volkssprache und überlegte, welche Schimpfwörter er noch aufzubieten hatte, die der Gegner auch verstand. »Schweinehund, elender Ziegenbesteiger!«

Das Gesicht des Kriegers war wutverzerrt, und es war der Zorn, der ihn vorschnellen ließ – genau das hatte Tullus geplant. Ihre Schildbuckel krachten gegeneinander, beide versuchten sie, den jeweils anderen mit dem Schwert zu erwischen. Die Klingen fanden ihr Ziel, doch die Spitzen verfingen sich in den Ösen der Kettenhemden, ohne Schaden anzurichten. Als der Krieger den Schwertarm zurückriss, um erneut zuzuschlagen, versetzte Tullus ihm einen weiteren harten Stoß mit dem Schild. Der Augenblick war perfekt. Der Krieger wurde zurückgedrückt und war mit seinem Schlag in Verzug. Nun schnellte Tullus seinerseits vor und traf den Germanen genau oberhalb des Kettenhemds an der ungeschützten Halsbeuge.

Als er die Blutspritzer auf den Wangen spürte, lachte er wie von Sinnen.

Er lachte immer noch, als er den nächsten Krieger tötete, dann den übernächsten. Eine kurze Pause trat ein, da Tullus' nächster Gegner zögerte. Aus dem Augenwinkel sah Tullus, wie Metilius zu Boden ging, getroffen von dem Speer eines hünenhaften Germanen. Calvus eilte in die Lücke, doch auch er konnte nicht standhalten und fiel. Sofort rückte ein weiterer Legionär nach – Tullus konnte nicht sehen, wer es war –, schon griff der Krieger erneut an, knurrend wie ein Wolf.

Besorgt um Metilius' Zustand, stach Tullus zu und erwischte den Germanen in der Achselhöhle, ehe dieser erneut mit dem Speer zustechen konnte. Tullus wollte sich um Metilius kümmern, aber noch während der große Germane zu Boden fiel, stand plötzlich Maelo vor ihm.

Die Zeit schien langsamer zu vergehen.

»Maelo!«, entfuhr es Tullus heiser, doch er legte all seinen Hass in diesen einen Namen.

»Wusste ich doch, dass *du* es bist!«, spie Maelo ihm entgegen und stieß blitzschnell mit dem Speer zu.

Tullus riss den Kopf nach rechts. Maelos Speerspitze rauschte dicht an Tullus' Wange vorbei und fuhr zurück. Tullus antwortete mit dem Standard-Angriff eines römischen Legionärs und stieß erst mit dem Schwert, unmittelbar danach mit dem Schildbuckel zu, doch Maelo war wieselflink und tänzelte außer Reichweite. Voller Verachtung starrten sie einander an.

»Wo ist euer Schwachkopf von Anführer?«, rief Tullus. »Versteckt er sich zwischen den Bäumen? Warum kämpft er nicht?«

Maelo antwortete darauf nicht. Mit katzenartigen Bewegungen schlich er sich heran. Zweimal zuckte sein Speer gefährlich vor, beide Male verfehlte er Tullus' Gesicht nur knapp.

Tullus hielt dagegen, schlug mit seinem Schild zu, stach blitzschnell zu. Seine Schwertspitze verfing sich in Maelos Kettenhemd. Tullus versuchte, seinen Gegner mit einem Kopfstoß zu treffen, aber Maelo sah die Bewegung voraus und duckte sich weg. Dann machte Maelo einen Satz nach vorn und rammte gleichzeitig den Schild zu Boden. Tullus hätte gebrochene Zehen davongetragen, wenn er mit dieser Taktik nicht vertraut gewesen wäre. Dennoch hatte Maelos Schildrand die Sohle von Tullus Sandale vorn getroffen, sodass Tullus den Fuß nicht zurückziehen konnte. Kaum hatte Maelo den Schild wieder ein Stück weit angehoben, stieß er zu.

Tullus wusste, dass er riskierte, verstümmelt zu werden, dennoch musste er die Chance nutzen. Ohne den Fuß zu bewegen, richtete er sich zu voller Größe auf und stieß über den oberen Rand des Scutums zu. Glühender Schmerz durchzuckte ihn, als Maelos Klinge ihn am Fußrücken traf. Doch Tullus biss die Zähne zusammen und stach mit dem Gladius zu. Maelo, noch leicht vornübergebeugt, erstarrte, als Tullus ihm die Klinge tief in den Nacken rammte. Als Tullus den Arm zurückriss, sackte Maelo stumm in den Dreck.

Mit dieser Taktik hatte Tullus einen hohen Preis gezahlt. Der Schmerz im Fuß raubte ihm fast das Bewusstsein. Voller Furcht wagte er einen Blick über den Rand des Schilds. Seine Sandale war hinüber, der Lederriemen vorn zerfetzt. Aus der Wunde unmittelbar hinter den Zehen quoll Blut.

»Alles in Ordnung, Herr?«, hörte er Piso neben sich.

»Ja«, gab er knapp zurück. *Ich muss durchhalten*, dachte er.

Im unmittelbaren Umkreis ließ das Kampfgeschehen ein wenig nach, aber weiter rechts tobte der Kampf weiterhin. Die Prätorianer versuchten durchzubrechen.

»Wie steht's um Metilius?«, fragte er.

»Ich schaff das schon, Herr«, krächzte jemand, ehe Piso antworten konnte.

Tullus war froh, Metilius' Stimme zu hören. Der Legionär hockte aschfahl am Boden und hielt sich den rechten Arm. Tullus war derart erleichtert, dass er den eigenen Schmerz einen Moment lang vergaß.

»Ich dachte schon, du wärst tot!«

»Wäre ich auch, Herr, wenn der Hund mich woanders getroffen hätte.« Metilius deutete auf ein kleines Loch an seinem Kettenhemd, auf Höhe der rechten Schulter. »Der Kerl war so stark wie Herkules. Hab mir was gebrochen, da bin ich mir sicher.«

»Immer noch besser als auf halbem Weg in die Unterwelt!« Tullus nickte Metilius anerkennend zu.

»Calvus ist es weniger gut ergangen, Herr.« Piso stand vor dem toten Kameraden, Tränen in den Augen. Der Speer des Hünen hatte an Calvus' Hals eine klaffende Wunde gerissen. Fliegen machten sich bereits über das geronnene Blut her, liefen über die starren, weit aufgerissenen Augen. Seine spröden Lippen waren leicht geöffnet, als versuche er, einen letzten Atemzug zu tun.

»Er wird gar nicht mitbekommen haben, was ihn getroffen hat, der arme Kerl«, sagte Tullus. Dann verbannte er Calvus aus seinen Gedanken und blickte sich nach Feinden um – es bestand keine direkte Gefahr, es gab nur Tote in unmittelbarer Nähe. Er rief nach Fenestela. Der Optio tauchte auf und sah so blutverschmiert und erschöpft aus, wie Tullus sich fühlte. Doch er war unversehrt. Die beiden Freunde tauschten einen kurzen Blick. Erleichterung regte sich in Tullus.

»Ich brauche einen Bericht. Beeil dich. Sag den anderen Centurionen Bescheid«, sagte Tullus.

Wie sich herausstellte, hatte seine Centurie herbe Verluste erlitten, aber es hätte schlimmer sein können. Zehn Mann waren tot oder würden nicht mehr lange leben. Fünf der insgesamt elf Verwundeten würden erst wieder im kommenden Frühjahr kämpfen können, die anderen sechs mussten baldmöglichst zum Capsarius. Wenn es gut lief, würden sich die Männer schon bald wieder zu den Kameraden gesellen können, die im Augenblick bei Tullus standen.

»Sechsundvierzig Männer bereit, ihre Pflicht zu tun, Herr«, meldete Fenestela und salutierte. Als er Tullus' schmerzverzerrte Miene sah, musterte er ihn und entdeckte die Wunde am Fuß. »Du bist ja verletzt!«, rief er.

»Ein Kratzer.«

»Zieh die Sandale aus. Lass mich mal sehen.«

»Keine Zeit.« Die Riemen zu öffnen dauerte zu lange. »Ich komme schon klar.«

»Bist du sicher? Es blutet noch.«

»Nur ein bisschen.« Der Blutverlust würde ihn nicht umbringen, aber der Schmerz erreichte neue Höhen. Tullus merkte, dass er das Gewicht seines Körpers nicht mehr auf den linken Fuß verlagern konnte. Dem Feind nachzusetzen schien kaum noch möglich, ganz zu schweigen vom Kampf.

»Ich sollte besser einen Blick drauf werfen«, sagte Fenestela hartnäckig, aber besorgt.

»Vergiss es!«

»Ja, *Herr!*« Sein Optio wurde wieder förmlich, funkelte Tullus aber wütend an.

Unmittelbar nachdem sich Tullus den Bericht über die Zahl der Verluste innerhalb der eigenen Kohorte angehört hatte – dreiundfünfzig Tote, achtzig Verletzte –, traf ein Bote von Germanicus' Position ein.

Der Feind war auf dem linken Flügel überrannt worden, und die Einundzwanzigste und mehrere Auxiliareinheiten setzten den Fliehenden nach. Die anderen Legionen erhielten die Weisung, nach rechts zu schwenken und – zwei Kohorten breit – auf den Waldrand zuzuhalten, der an das Schlachtfeld grenzte. Dorthin hatten sich Arminius und die besten seiner Krieger zurückgezogen. Allerdings hatte sich der Feind noch nicht auf ganzer Linie zurückgezogen, wie die Meldereiter berichteten, denn die Prätorianer-Kohorten waren nach wie vor in heftige Kämpfe verwickelt.

»Wir haben was zu feiern, Jungs!«, rief Tullus seinen Männern zu, während die vom Boten überbrachten Befehle mit den entsprechenden Signalen der Bläser durchgegeben wurden. »Wir haben den Feind zurückgedrängt, und zwar *vor* den aufgeblasenen Prätorianern. Die ruhmreiche Fünfte!«

Er sah, wie die Soldaten stolz die Brust vorstreckten. »FÜNFTE! FÜNFTE! FÜNFTE!«

Als die Männer aus den anderen Centurien Tullus' Worte hörten, griffen sie das Rufen auf. Und während sich Tullus' Einheit wieder in Bewegung setzte, sprang der Ruf »FÜNFTE!« auch auf andere Kohorten über, sodass die Legionäre sogar den Kampflärm übertönten, der von anderen Abschnitten herüberwehte.

Tullus blieb in der vordersten Reihe seiner Einheit und versuchte, das gewöhnliche Schritttempo einzuhalten, aber er humpelte und fluchte in einem fort. Den Schmerz konnte er eine Weile verdrängen, er achtete auch nicht auf die blutigen Abdrücke, die er mit seiner Sandale bei jedem Schritt hinterließ, und zählte im Stillen mit. Auf diese Weise schaffte er hundert Schritte. Mühsam schleppte er sich weitere hundert Schritte. Komm schon, dieselbe Strecke schaffst du auch noch, trieb er sich selbst an, aber als er fünfhundert Schritte hinter sich gebracht hatte, wurde selbst ihm klar, dass er den Kampf verlieren würde.

Nie war er erleichterter gewesen, als er das Signal zum Haltmachen vernahm. Schweiß lief ihm über das Gesicht, mit beiden Armen stützte er sich auf den abgestellten Schild. Schon wieder sammelte sich Blut um seine linke Sandale.

Verflucht noch mal, dachte er.

»Alles in Ordnung, Herr?«, erkundigte sich Piso.

»Ja«, gab Tullus zurück, weniger überzeugend als zuvor. Es widerstrebte ihm, sich einzugestehen, dass er in seinen Bewegungen arg beeinträchtigt war, aber er ahnte, dass er beim nächsten Kampf seinen Auftrag nicht mehr in vollem Umfang erfüllen könnte. Dabei ging es ihm gar nicht um das eigene Leben, viel beunruhigender war für ihn die Vorstellung, dass er womöglich das Leben seiner Männer aufs Spiel setzte – er hatte die Verantwortung für seine Einheit, aber wenn es hart auf hart kam, könnte er vielleicht nicht mehr die Kameraden in unmittelbarer Nähe schützen.

»Optio, zu mir!«, rief er.

Fenestela stapfte nach vorn, finster dreinblickend wie immer. »Bin zur Stelle, *Herr!*«

»Tritt näher«, befahl er verstimmt. Noch nie hatte er während einer Schlacht das Kommando an Fenestela abgeben müssen. Sein Stolz machte ihm zu schaffen. *Ich bin der Primus Pilus, bei Jupiter!*, dachte er. Er senkte die Stimme. »Ich kann nicht mehr laufen, verflucht.«

Fenestelas verdrießliche Miene verflüchtigte sich. »Dein Fuß?«

»Blutet immer noch, und ich kann nicht mehr gehen. Wenn es wieder zum Kampf kommt, sterbe ich schneller als Calvus.

Oder einer der Jungs fällt, weil ich ihn nicht richtig schützen kann.«

»Ist nicht deine Schuld«, raunte Fenestela ihm zu.

»Eine verfluchte Verletzung am Fuß!«

»Du büßt vielleicht noch dein ganzes Bein ein«, schoss Fenestela zurück. »Besser, du ziehst dich jetzt zurück, ehe du dir noch mehr Schaden zufügst.«

Er hat recht, dachte Tullus. »Du übernimmst die Centurie. Das Kommando über die Kohorte hat fortan der Centurio der Zweiten Centurie. Sag ihm Bescheid.«

»Und was ist mit dir?«

»Ich humpele nach hinten, weg von der Front. Irgendwo hinter den Einheiten werde ich wohl auf einen Capsarius treffen.«

»Ich gebe dir sechs Mann als Eskorte mit.«

Tullus hatte die Widerworte schon auf der Zunge, verstummte dann aber, als er das streitlustige Funkeln in Fenestelas Augen sah.

»Also gut.« Verzweifelt angesichts der misslichen Lage, sah er, wie sein Optio zu Piso trat und dem Legionär etwas zuflüsterte. Piso blickte einmal kurz zu Tullus herüber und erntete Tullus' düsteren Blick.

»Nachricht für den Primus Pilus!«, rief jemand.

Tullus sah den Prätorianer, der etwa fünfzig Schritte entfernt die Stellung der Legio v abschritt und Ausschau nach dem Befehlshaber hielt.

»Hier!«, rief Tullus ihm zu.

Der Prätorianer war nicht älter als Mitte zwanzig, mit schmalem Gesicht und tiefliegenden, nachdenklichen Augen. Er hatte Blutspritzer am rechten Unterarm, vermutlich hatte er ganz vorn mitgekämpft. Er salutierte knapp vor Tullus.

»Befehle von Germanicus, Herr.«

»Sprich.« *Ich frage mich, was der Imperator wohl sagen wird, wenn ich das Feld räumen muss*, dachte Tullus beschämt.

»Frische Legionen rücken vor, Herr. Die Legio v und die Legio xxi sollen sich zurückziehen. Die Schlacht wird sich bis Sonnenuntergang hinziehen, sagt der Feldherr, und wir müssen die Marschlager in Angriff nehmen. Die Legio v und die Legio xxi werden mit den Schanzarbeiten beginnen.«

Tullus warf den Kopf in den Nacken und lachte befreit auf. »Optio – Piso braucht niemanden zu begleiten.«

Fenestela begriff, was der Grund für die Heiterkeit war, und grinste. »In Ordnung, Herr.«

Der Bote sah etwas verwundert vom Primus Pilus zum Optio. »Was darf ich dann melden, Herr?«

»Melde dem Imperator, dass sich die Legio v geehrt fühlt, bei der Anlage der Marschlager zu helfen.«

Als sich der Prätorianer zum Gehen wandte, schaute Tullus zum Himmel hinauf. *Dank sei Dir, Fortuna*, dachte er. Das kam genau im passenden Moment.

28. KAPITEL

Arminius hatte sich tiefer in den Schutz der Buchen und Fichten zurückgezogen und wähnte sich in etwa auf halber Höhe der Gefechtsformation seiner Krieger – zumindest hoffte er, dass die Linien hielten.

Die Lage war unübersichtlich und verwirrend, und zwar seitdem die römische Artillerie den Wall unter Beschuss genommen hatte. Die Moral der Stammeskrieger hatte arg gelitten. Dabei waren gar nicht so viele Männer von den Steinen oder Bolzen getötet worden, auch nicht von den schwirrenden Geschossen der Schleuderer, aber der Beschuss hatte Panik ausgelöst. Furcht machte sich in den Reihen der Krieger breit, nach und nach kam Unordnung in die Formation. Doch Arminius konnte es seinen Männern nicht verübeln. Wer bewahrte schon einen kühlen Kopf, wenn es Steine und Bleigeschosse hagelte, die einem die Schädeldecke zertrümmerten?

Nachdem die Artillerie verstummt war, hatten sich die Krieger tapfer formiert, und zunächst hatte es vielversprechend ausgesehen, da die Männer den Wall auf seiner gesamten Länge hielten. Tausende kampfbereite Krieger standen auf dem Bollwerk, mannshoch über den Römern. Viele Hundert Kämpfer brachten Verstärkung an jenem Abschnitt des Walls, der zum Sumpf hin abfiel, darunter bis zu fünfzig Berserker.

Aber Arminius hatte nicht damit gerechnet, dass die Legionäre mit neuem Feuereifer angreifen würden. Offenbar hatte es sie beflügelt, als sie sahen, welche Wirkung der Beschuss des Bollwerks erzielte, und als sich dann Germanicus mit seinen Prätorianern in die Angriffsformation eingereiht hatte, waren die Legionäre wie im Blutrausch losgestürmt. Dass die Römer zuvor viele Hundert Soldaten bei zwei misslungenen Attacken verloren hatten, schienen die Legionäre längst wieder vergessen zu haben.

Besser wäre es gewesen, wenn ich selbst dort am Wall gekämpft hätte, dachte Arminius düster. *Soll das verfluchte Bein ruhig bluten! Wäre ich auf dem Wall geblieben, wir hätten der Angriffswelle getrotzt, verflucht!*

Eine Weile hatten seine Krieger standgehalten, hatten den Legionären getrotzt, hatten sie zurückgeschlagen, während die Römer verzweifelt versuchten, den Wall zu erklimmen. Zunächst glaubte Arminius, alles verliefe bestens, doch dann machte er den ersten Fehler. Als offenkundig wurde, dass die im Wald positionierten Krieger die Römer nicht wie vereinbart auf der Flanke angriffen, schickte Arminius zunächst einen Boten. Als er dann jedoch keine Antwort erhielt, hatte er sich selbst auf den Weg gemacht.

Zornig ließ er die Rechte in die offene linke Hand klatschen. *Ich hätte es wissen müssen.* Ohne seine Ausstrahlung, ohne seine Führung war es unausweichlich gewesen, dass die Legionäre einen Fuß auf das Bollwerk bekamen. Seit Anbeginn der Zeiten kämpften Soldaten mit größerem Eifer, wenn sie ihren Anführer in der Nähe wussten.

Sein zweiter Fehler war gewesen, Maelo während seiner Abwesenheit nicht das Kommando über die Krieger zu überlassen. Natürlich hatte Arminius genau das vorgeschlagen, aber die anderen Stammesführer hatten wütend protestiert. Als Grund führten sie an, Maelo führe keinen Stamm.

»Warum soll er uns dann sagen, was wir zu tun haben?«, hatte sich ein Stammesführer ereifert.

Arminius versuchte sich dennoch durchzusetzen und nahm

die Auseinandersetzung in Kauf, verzweifelt und stark beeinträchtigt vom Schmerz in seinem Bein. Er ließ nichts unversucht, die Anführer zu überreden, verlegte sich auf Schmeicheleien, verlor aber letzten Endes die Geduld. Vermutlich hätte er seinen Willen bekommen, aber da die Stammesführer unzufrieden waren und murrten, musste Arminius befürchten, dass die Krieger ohne wahren Eifer in den Kampf gehen würden. Er hatte es nicht fassen können, dass die Stammesführer derart verbohrt sein würden, und war in den Wald geritten, um den Flankenangriff einzuleiten.

Seither war er nicht zum Angrivarierwall zurückgekehrt. Er hatte alle Hände voll zu tun gehabt, die Verteidigung des Waldrands zu organisieren. Zu allem Überfluss verlor er wertvolle Zeit, da er auch hier mit starrköpfigen Stammesführern verhandeln musste, die nicht auf seinen Rat hören wollten.

Geschwächt von der Beinverletzung und erschöpft von der drückenden Hitze, brauchte Arminius eine halbe Ewigkeit, um die Dinge zu seiner Zufriedenheit zu regeln. Er hatte das Gefühl, dass Donar seiner spottete, denn die Lage im Zentrum verschlechterte sich zusehends. Trotz des grellen Sonnenlichts – es blendete, zumal Arminius im Wald stand – und der Staubwolken, die das Schlachtfeld einhüllten, war selbst ihm klar, dass es den Römern an mehreren Abschnitten gelungen war, den Wall zu erstürmen. Schlimmer noch: Die Soldaten hielten die Breschen, was wiederum bedeutete, dass zahllose Legionäre nachdrängten. Arminius' Hoffnung schwand. Wie es schien, waren die römischen Soldaten alle aus ein und demselben Holz geschnitzt. Sie kämpften mutiger als Löwen. Diszipliniert und dickköpfig. Diese Bastarde würden nicht aufgeben.

Arminius ertappte sich dabei, dass er unentschlossen war. Die Gedanken überschlugen sich in seinem Kopf, einerseits wollte er handeln, andererseits lähmte ihn der Schmerz.

Gerade als er beschloss, zum Bollwerk zurückzukehren, ereilte ihn eine Nachricht von Maelo. Germanicus' Prätorianer-Kohorten kämpften auf dem Wall, aber sie waren nicht allein. Soldaten aus anderen Legionen hatten das Bollwerk ebenfalls erstürmt.

»Maelo will mit der Reserve angreifen«, meldete der Bote. »Er wird sein Bestes geben, sagt er, aber es wird hart.«

In Gegenwart der Krieger, die die Worte des Boten gehört hatten, gab Arminius sich siegessicher, tief im Innern aber flammten seine schlimmsten Befürchtungen auf. Er kannte Maelo. Bei jedem anderen hätte man die Nachricht so verstehen können, dass der Ausgang des Kampfes auf Messers Schneide stand, aber aus Maelos Mund hörte es sich wie ein Abschied für immer an. Kummer befiel den Cherusker. Sein Freund war so gut wie tot.

Aber Arminius wusste, dass er sich nicht von seinem Kummer übermannen lassen durfte. Noch war die Schlacht nicht verloren, und es war an der Zeit, sich mit eigenen Augen davon zu überzeugen, was sich am Angrivarierwall abspielte.

Er drückte seinem Pferd die Knie in die Flanken und näherte sich dem Waldrand. Die Krieger machten ihm Platz. Grimmig dreinblickend, zollten sie ihm schweigend Respekt. Manche nickten ihm knapp zu, andere reckten trotzig das Kinn vor oder neigten leicht den Kopf zur Seite. Niemand jubelte. Keiner drohte lautstark damit, die Römer abzuschlachten. Sogar die Berserker, die noch lebten, waren ungewöhnlich still. Arminius, tief in Gedanken versunken und von Unruhe erfüllt, schenkte keinem der Krieger Beachtung.

»Du hast uns den Sieg versprochen!«, rief jemand. »Danach sieht's aber im Augenblick nicht aus!«

»Kann ich bestätigen«, grollte ein verdrießlich dreinblickender Krieger, der nur wenige Schritte von Arminius entfernt stand. »Germanicus hat acht Legionen da draußen, und er hat nur drei oder vier gebraucht, um den Wall zu stürmen. Wir sind etwa zehntausend hier im Wald, oder? Wir könnten eine oder zwei Legionen besiegen, aber acht?«

Arminius verlor vollständig die Geduld.

»Wenn sich eure verfluchten Anführer an meine Befehle gehalten hätten, hier *und* auf dem Wall«, schrie er, »dann wäre ich an der Stelle gewesen, an der man mich gebraucht hätte – dort drüben! Ihr Narren solltet die Römer auf der Flanke angreifen, während die Verteidiger auf dem Wall die Kohorten zurückschlugen. Hättet ihr euch an die Abmachung gehalten, ihr elenden Bastarde, dann würdet ihr jetzt wohl kaum dem Tod ins Angesicht schauen!«

Dem eben noch mürrisch dreinblickenden Krieger blieb der Mund offen stehen.

Arminius strafte den Mann mit einem verächtlichen Blick und sah das Entsetzen in den Mienen der anderen Krieger.

»Ich sage, wie es ist«, rief er, »und ihr wisst, dass es wahr ist!« Er schnalzte mit der Zunge und trieb sein Pferd an. Ein Prickeln lief ihm über den Rücken, deutlich spürte er, dass die Blicke Hunderter auf ihn gerichtet waren. Den Groll der Männer konnte er fühlen. Er hatte den Waldrand noch nicht erreicht, als einer der Krieger seinem Unmut als Erster Luft machte.

»Du stehst nicht über uns, Arminius vom Stamm der Cherusker!«

Arminius drückte den Rücken durch und tat so, als hätte er diese Bemerkung überhört, aber es blieb nicht bei dieser einen Beschwerde.

»Glaubst du, du bist hier König der Stämme, du Hund?« – »Hochnäsiger Bastard!« – »Thusnelda kann froh sein, dass sie dich nicht mehr am Hals hat!«

Arminius' Blickfeld verengte sich, er glaubte, Schlieren vor den Augen zu haben. Zornig riss er das Pferd herum.

»Wer war das? WER HAT DAS EBEN GESAGT?«, schrie er und lenkte das Pferd ohne Rücksicht in die Menge der Krieger.

Der Unmut der Männer war beinahe wieder verstummt. Nur wenige trauten sich, dem Cherusker in die Augen zu sehen, und diejenigen, die seinem brennenden Blick standhielten, schauten alsbald betreten zu Boden, verlegen sogar. Einige murmelten etwas. »Thusnelda war eine gute Frau.« – »Schrecklich, sie einfach so aus seinem Leben zu reißen.«

Arminius achtete nicht weiter auf das Gemurmel. Von Zorn getrieben, mit bebenden Nasenflügeln und wild pochendem Herzen schaute er von einer Seite zur anderen.

»Wer war das eben?«, verlangte er. »Wer wagt es, mich zu beleidigen? Zeig dich, du Stück Dreck!«

Daraufhin stellte sich Arminius ein breitschultriger Krieger in den Weg. Offenbar ein Brukterer, dem Muster der Tuchhose nach zu urteilen. Schweiß glänzte auf seiner bloßen Brust. Von seiner linken, prankenartigen Hand baumelte ein zerbeulter hexagonaler Schild. Die Speerspitze war blutverschmiert. Dunkel funkelte der Mann Arminius an.

»Das habe ich gesagt!«

»Du warst das also?«

»Ja.« Der Krieger stellte sich breitbeinig auf. »Ich.«

»Du Missgeburt, du Dreckskerl, der Ziegen besteigt!«

Der Krieger öffnete den Mund, um etwas zu erwidern. Er sah Arminius' Schwert gar nicht heransausen, spürte die Klinge erst, als die Schneide ihm die Schädeldecke zerfetzte, und da war es längst zu spät. Gräuliches Gewebe und Blut flogen umher. Der Mann sackte in sich zusammen, seine Lippen zuckten kurz, als versuche er immer noch, einen Satz hervorzubringen. Das Stück Schädeldecke, mit Haut und Haaren, landete zehn Schritte weiter auf dem Waldboden. Als der Tote aus der knienden Position zur Seite fiel, stoben die Krieger erschrocken auseinander.

»Hat noch jemand vor, etwas gegen meine Frau zu sagen?« Arminius hielt die Zügel mit der freien Hand und lenkte sein Pferd so, dass es tänzelnd einen Kreis inmitten der Krieger beschrieb.

Niemand sagte ein Wort.

»Gut.« Er beugte sich vor und spie auf den toten Krieger.

»Hätte ich Zeit, würde ich ihm noch den Schwanz abschneiden, aber wir haben eine Schlacht zu gewinnen. Das heißt, falls ihr noch den Mumm dafür habt.« Er ließ sie seinen bohrenden Blick spüren und sah voller Genugtuung, dass fast alle zu Boden schauten.

»Wollt ihr nun kämpfen, oder wollt ihr wegrennen wie die Memmen?«, rief er. »Wer fliehen will, sollte es jetzt tun!«

Arminius wurde wieder ruhiger, aber das nachfolgende Schweigen war trügerisch. Erst da begriff er die Tragweite seines Handelns.

Ich bin zu weit gegangen, durchfuhr es ihn heiß. *Ich hätte sie alle verlieren können*. Die Furchen auf seiner Stirn legten sich. Arminius versuchte, aufmunternder zu schauen.

Zehn weitere Herzschläge vergingen.

»Ich laufe nicht einfach davon.« Es war Gervas, der mit lauter Stimme sprach. »Die Römer haben zu viele aus meinem Volk erschlagen. Ich könnte mich nie wieder in den Siedlungen blicken lassen, wenn ich jetzt fliehen würde.«

»Ich bleibe auch!«, riefen zwei seiner Gefährten wie aus einem Munde.

»Ich auch«, stimmte jemand anders zu, der weiter links von Arminius stand, dessen Gesicht aber in der Menge nicht auszumachen war.

Die Stimmung schlug um, unvorhersehbar wie der Wind. Hatten sich die Krieger eben noch in Arminius verbissen, um ihrem Unmut Luft zu machen, so richteten sie ihr Augenmerk jetzt auf die Dinge, die wichtig waren. Zwar begann niemand, laute Schlachtgesänge anzustimmen, wie der Cherusker es sich gewünscht hätte, aber viele Krieger schlugen mit den Speerschäften gegen die Schilde.

Arminius' Erleichterung wich rasch neuen Bedenken.

Seine Krieger würden den Kampf suchen, aber wären sie auch imstande, den Feind zu bezwingen?

29. KAPITEL

Tullus saß mit grimmiger Miene in der Nähe des Verteidigungsgrabens des Marschlagers, das noch im Bau war. Die Sonne brannte immer noch vom Himmel, die Hitze war unerträglich. Fliegen umschwirrten die blutige Sandale und kehrten immer wieder beharrlich zurück, ganz gleich, wie oft er sie verscheuchte.

Etwa eine Stunde war verstrichen, seitdem Germanicus' Befehl durchgegeben worden war. Wenn man den Gerüchten hinter dem Schlachtfeld Glauben schenken durfte, dann waren Arminius' Krieger zurückgeschlagen worden. Eine beruhigende Nachricht, doch Tullus' Enttäuschung wuchs, da er nicht am Kampf hatte teilnehmen können.

Um ihn herum stöhnten die Verwundeten. Jammern und unterdrückte Schreie vermischten sich mit den Stimmen der Capsarii. So gut es ging versuchten sie zunächst, die Schwerverletzten zu versorgen, die in einer Reihe nebeneinander auf dem harten Boden lagen.

Sobald die Träger wieder einen Verwundeten angeschleppt hatten, machten sie kehrt und eilten zurück zum Schlachtfeld. Während die Hälfte der Legionäre den Fossa zog, standen die übrigen Soldaten Wache und schirmten den ausersehenen Lagerplatz vor möglichen Feinden ab. Andere Legionäre waren seit Stunden damit beschäftigt, frisches Wasser von der Visurgis zu holen.

Tullus war es inzwischen gleichgültig, ob die Soldaten ihn untätig herumsitzen sahen. Ein Medicus ordinarius war auf dem Weg zu ihm, um den Fuß im Freien zu untersuchen, da die Zelte für das Valetudinarium noch nicht aufgestellt worden waren. Wie so oft, handelte es sich auch bei diesem Medicus um einen Griechen. Er hatte einen dunklen Teint, sah ungemein dünn aus, war fast ganz kahl und wirkte gehetzt. Die Spitze seiner Zunge kam zum Vorschein, während er vorsichtig versuchte, Tullus die Sandale auszuziehen.

»Sagt mir, wenn der Schmerz zu groß wird, Herr«, sprach er.

»Es schmerzt wie verrückt, egal was Ihr macht«, erwiderte Tullus und verzog das Gesicht.

»Ich habe Papaverum dabei ...«

»Macht einfach weiter.« Tullus biss die Zähne zusammen.

Der Medicus zuckte mit den Schultern. »Ich werde die Riemen alle durchtrennen müssen, Herr.«

»Macht das. Sie ist sowieso hin.« Ein Paar neue Caligae kämen ihm ohnehin gelegen. Falls Fortuna nicht in schlechter Stimmung war, würde er an dieser Fußverletzung nicht sterben, aber denkbar war, dass seine Karriere nun bald zu Ende sein würde. Ein Soldat, der nicht mehr marschieren konnte – und sei es ein Primus Pilus –, war in der Armee nicht mehr zu gebrauchen.

Trotz dieser Bedenken hatte sich Tullus mit der Suche nach einem Medicus Zeit gelassen, bis der Platz für das Marschlager feststand. Fenestela hatte ihm in den Ohren gelegen, die Wunde endlich versorgen zu lassen, aber Tullus hatte keine Eile gehabt.

»Es gibt hier Männer, die viel schwerer verwundet sind, *Optio*«, hatte Tullus gegrummelt und damit der Unterhaltung ein Ende gesetzt.

Kurz darauf nutzten die Soldaten die Karren, auf denen die Zelte transportiert wurden, um die Verletzten vom Schlachtfeld zu holen. Es war ein Kommen und Gehen. Derweil berichteten die Maultiertreiber, der Kampf werde mit aller Härte geführt, aber es stimmte: Die Germanen zogen sich zurück. Aus Tullus'

Sicht stand dem Sieg nichts mehr im Wege. Aber das sprach er nicht laut aus.

»Hades!« Der Schmerz schoss ihm ins linke Bein.

»Bitte um Nachsicht, Herr. An einer Stelle hatte sich der Riemen mit dem Blut verklebt. Ich musste einmal ziehen.« Der Medicus wusch sich die Hände in der bronzenen Schale, die er mitgebracht hatte, und nahm dann ein Tuch, das ihm ein Capsarius reichte.

»Jetzt blutet es wieder!«, sagte Tullus in vorwurfsvollem Ton.

»Das ließ sich nicht vermeiden, Herr. Das säubert die Wunde.«

Tullus wagte einen Blick auf den Fuß, aber weil sich der Grieche halb über das Bein beugte, konnte Tullus kaum etwas sehen. Daher lehnte er sich wieder zurück und stützte sich mit beiden Händen ab. Halb aus Unmut, halb aus Langeweile blickte er sich forschend um.

»Du da!«, rief er.

Einige der Soldaten in der Nähe, die den Graben aushoben und nur von der Hüfte aufwärts zu sehen waren, schauten sich verdutzt um.

»Ja, du!«, polterte Tullus und deutete auf einen Mann mit abstehenden Ohren, den er aus der Dritten Centurie der eigenen Kohorte kannte. »Ich sehe dich, Drückeberger! Pack richtig an und schwing den Spaten ordentlich, oder ich mache dir Beine! An die Arbeit, das gilt für euch alle!«

Die Legionäre in Rufweite legten sich ins Zeug, und schon bald wurde der Rhythmus der Dolabrae und Spaten schneller.

Der Medicus seufzte und lenkte Tullus' Aufmerksamkeit wieder auf den Fuß.

»Und?«, wollte Tullus wissen. »Wie schlimm ist es?«

»Ich habe schon Schlimmeres gesehen, Herr.« Der Medicus tastete die Wunde ab, worauf Tullus die Luft zwischen den Zähnen einsog.

»Ach ja? Ich auch! Wie stark ist der Fuß verletzt?« Tullus

wollte schon fragen, ob er von nun an hinken würde, aber eine plötzliche Angst lähmte seine Zunge.

»Vierter und fünfter Zeh sind unversehrt, Herr. Der große Zeh und der dritte sind zerfetzt von der Klinge. Ich werde versuchen, das zu nähen.« Dann hielt der Grieche einen blutigen Stummel in der Hand, den Tullus nicht zuordnen konnte. »Der zweite Zeh – seht selbst, er ist so gut wie amputiert worden.«

Erst da begriff Tullus, dass der Medicus tatsächlich den abgetrennten Zeh in der Hand hielt.

»Verrotte im Hades, Maelo!«, schnaubte er.

Vom Griechen erntete er einen fragenden Blick.

»Der Krieger, dem ich das hier zu verdanken habe, hieß Maelo.«

Der Grieche sah ihn verwundert an. »Ihr kanntet ihn sogar beim Namen, Herr?«

»Ja, das war Arminius' Stellvertreter. Ich bin ihm mehrmals begegnet, ehe er zum Verräter wurde.«

»Demnach ist er jetzt tot, Herr?«

»Ja. Er verpasste mir diese Wunde, aber im Gegenzug konnte ich ihn im entscheidenden Moment treffen.« Tullus beugte sich erneut vor, um den lädierten Fuß zu betrachten. In die Nase stieg ihm ein Geruch von reifem Käse – die ungewaschenen Füße – und der metallene Geruch von Blut. Kein schöner Anblick. Schwarzrote Flecken und halb geronnenes Blut verunstalteten den Fuß vom Rist bis zu den Zehen. Viel konnte man nicht erkennen, abgesehen von dem halben zweiten Zeh. »Sieht furchtbar aus«, meinte er und spürte eine neue Woge Unbehagen.

»Die Blutung lässt nach, Herr. Ein gutes Zeichen. Ich weiß, dass Ihr Euch nicht an meine Anordnung halten werdet, Euch Ruhe zu gönnen …«, der dünne Grieche machte ein fast unglückliches Gesicht, »… sobald ich fertig bin, lege ich einen festen Verband an, der hoffentlich hilft. Ein paar Tage müsst Ihr ihn täglich wechseln, um sicherzugehen, dass sich nichts entzündet.«

Furcht zog sich mit einem Prickeln über Tullus' Rücken. *Fortuna, bitte verschone mich mit einer Entzündung. Alles, nur keinen Wundbrand.* »Womit muss ich rechnen? Ich bin ein Centurio der alten Schule, müsst Ihr wissen. Ich marschiere oft mit meinen Männern.«

»Ich fürchte, Ihr werdet für den Rest Eures Lebens ein wenig humpeln, Herr. Ihr werdet auch eine Art Lederkappe um den halben Zeh tragen müssen, aber ich sehe keinen Grund, warum Ihr nicht mehr marschieren könnt, sobald alles gut verheilt ist.«

Tullus hätte den Medicus umarmen können. »Ich danke Euch«, sagte er. »Habt Dank.«

»Ich tue nur, was getan werden muss, Herr.«

»Ja, sicher.« Tullus hüstelte. »Wenn ich zuvor etwas – rüde war – Ihr versteht das sicher, nicht wahr? Ich hatte Bedenken. Die Armee bedeutet mir alles. Wenn ich aus dem Dienst scheiden müsste, eines verfluchten Zehs wegen …« Tullus versagte die Stimme. Einerseits schämte er sich für die aufbrausende Art, andererseits wunderte er sich, was er dem Medicus alles anvertraute.

»Ich verstehe, Centurio.«

Tullus sah dem Medicus zögerlich in die Augen, entdeckte aber nichts als Mitgefühl. Er nickte.

Rasch und sicher säuberte der Grieche die Wunde mit Acetum, nähte die zerfetzten Zehen wieder zusammen und legte einen strammen Verband an.

»So, das wär's. Wenn Ihr mich dann entschuldigen würdet, Herr? Ich werde anderswo gebraucht.«

»Gewiss.«

Der Medicus ordinarius machte sich auf den Weg zu den Verwundeten, gefolgt von seinem Capsarius.

»Medicus!«, rief Tullus.

Der dünne Mann drehte sich um. »Ja, Herr?«

»Wie heißt Ihr?«

»Arimnestos.«

»Ich danke Euch, Arimnestos.«

Der Grieche sah zufrieden aus, hob die Hand zum Abschied und machte sich andernorts an die Arbeit.

Tullus war sich selbst überlassen. Vorerst durfte er den Platz nicht verlassen, den Fuß nicht belasten.

Während die Männer unter Fenestelas strengen Blicken unermüdlich schufteten, hob Tullus die Überbleibsel der Sandale auf. Sie war völlig unbrauchbar. Daher trug er Piso auf, einem der Gefallenen die Caligae abzunehmen. Die linke Sandale passte zwar nicht genau, aber für den Übergang musste das genügen. Der verletzte Fuß erhielt auf diese Weise noch etwas mehr Halt, obwohl Tullus darauf achtete, die Riemen nicht zu stramm festzuziehen. Mit etwas Zuspruch wäre er vielleicht imstande, wieder einen Fuß vor den anderen zu setzen.

Er ließ sich von Piso aufhelfen, aber sowie Tullus das Gewicht auf den linken Fuß verlagerte, raubte ihm der pulsierende Schmerz fast den Verstand. Nach einer Pause versuchte er es erneut und schaffte vorsichtig einige Schritte. Zehn Schritte in die eine Richtung, zehn in die andere, bis er sicher sein konnte, dass die Wunde nicht erneut blutete. Er hatte ein Gefühl, als hätte der Hufschmied den Fuß mit seinem größten Hammer bearbeitet, aber auch das kümmerte Tullus nicht mehr. Er war wieder auf den Beinen, und nur das zählte.

30. KAPITEL

Der Himmel verdüsterte sich. Das Licht der untergehenden Sonne verlieh den schmalen Wolkenbändern rosarote bis rötliche Farbschattierungen. Zu Hunderten schwirrten Schwalben am Abendhimmel und stießen herab, um Insekten zu fangen. Ihre hohen Laute riefen einem in Erinnerung, dass Sommer war.

Piso hätte den Schwalben stundenlang zuschauen mögen, doch der Schlaf drohte ihn zu übermannen. Er lag lang ausgestreckt neben dem Zelt, hundemüde, erschöpft. Der Kampf in der sengenden Hitze raubte einem die Kraft, aber damit nicht genug: Die Anlage von Wall und Graben stellte eine ebenso ermüdende Knochenarbeit dar. Er war derart ausgelaugt, dass er nicht einmal richtig um Calvus trauern konnte.

Der Nachmittag war verstrichen, als sich die letzten Germanen zurückzogen. Inzwischen waren viele der römischen Truppen in den Lagern eingetroffen, doch die Marschkolonnen vom Schlachtfeld rissen immer noch nicht ab. Die Soldaten sahen ausgemergelt aus. Immer wieder erzählten die Männer, dass etliche Kameraden zusammengebrochen waren, nicht der Erschöpfung und der Hitze wegen, sondern aus Mangel an Wasser.

Piso hatte selbst noch einen trockenen Mund, stützte sich auf einem Ellbogen ab und nahm einen Schluck aus seinem Ziegenbalg. Vor Tagesanbruch würden einige Einheiten erneut zur Visurgis marschieren, um frisches Wasser zu holen – Piso nahm sich vor, Tullus um Erlaubnis zu bitten, zwölf Kameraden mitnehmen zu dürfen. Wenn sich die Gelegenheit auftat, hatte Piso vor, ein Bad im Fluss zu nehmen – es wäre sicher eine Wohltat, sich endlich das verkrustete Blut, den Dreck und den Staub vom Leib zu waschen.

Er setzte sich auf, als ihm der angenehme Geruch von gebackenem Brot in die Nase stieg.

Metilius war mit dem Kochen an der Reihe, aber seit der starken Prellung am Schlüsselbein war er in der Bewegung stark eingeschränkt und konnte nur einen Arm richtig nutzen. Im Lazarett hatte der Medicus ordinarius ihn bald wieder zurück zum Contubernium geschickt.

»Ich bin in besserer Verfassung als die meisten armen Schweine im Valetudinarium«, hatte er fast triumphierend gesagt, und seither schien sich Metilius sogar in seiner Rolle als Invalide zu gefallen. Nicht, dass er es offen auskostete, aber er machte sich einen Spaß daraus, die Kameraden zu piesacken. »Na los doch, Dulcius«, stichelte er. »Die Brotfladen da brennen ja gleich an!«

»Ja, Metilius hat recht«, sagte Piso, der nichts dagegen hatte, ein bisschen für Zwietracht unter den Kameraden zu sorgen.

Dulcius, dessen Wangen dank der Sonne und der Hitze am Feuer noch stärker gerötet waren als sonst, setzte eine finstere Miene auf.

»Hier!«, maulte er beleidigt und hielt Metilius eine lange eherne Zange hin. »Mach's doch selber. Eine gesunde Hand wirst du doch noch haben, oder?«

»Die brennen an, Mann!«, schimpfte Metilius stattdessen und zeigte auf die Fladenbrote, ohne die Zange eines Blickes zu würdigen.

Unter derben Flüchen nahm Dulcius eines der ungesäuerten Fladenbrote, die auf den flachen Steinen dicht bei der Glut lagen. Brot war das Grundnahrungsmittel auf Feldzügen und wurde zumeist auf Steinen gebacken, mit Glut bedeckt, oder neben dem Feuer auf Steinen gebacken, dann jedoch musste es in regelmäßigen Abständen gedreht werden, damit es von allen Seiten genug Hitze erhielt. Eine Aufgabe, die Geschick und Geduld erforderte.

»Da, fang!« Dulcius warf Metilius das heiße Brot zu, worauf Metilius nur zwei Möglichkeiten blieben: Kopf einziehen und ausweichen oder sitzen bleiben, auf die Gefahr hin, das heiße Brot an den Kopf zu kriegen. Der Fladen schlug hinter Metilius auf dem Boden auf.

»Jetzt ist es nicht nur angebrannt, sondern auch noch schmutzig, du Narr!«, schimpfte Metilius, aber die anderen bogen sich vor Lachen.

»Als hättest du das noch nie gemacht«, meinte Piso, als sich die Heiterkeit legte.

Vorsichtig nahm Metilius das Fladenbrot, säuberte es auf dem Schoß und blickte finster vor sich hin.

»Piso, das ist für dich.« Dulcius warf ein zweites Brot in die Luft.

Piso fing es auf, auch wenn er sich ein bisschen die Finger verbrannte, ehe er es auf den Schoß plumpsen ließ. An manchen Stellen war es verkohlt, an anderen noch nicht ganz durch, und trotzdem schmeckte es besser als so manch andere Mahlzeit, die es unterwegs gab.

»Hat einer Wein dabei?«, fragte er in die Runde beim Feuer.

»Ja, ich«, antwortete Metilius, klang aber immer noch sauer.

»Dann her damit!«, forderte Piso ihn auf.

»Genau, bin schon ganz ausgedörrt!«, rief Dulcius.

Metilius rückte den Schlauch nur widerstrebend heraus. Dann stand er auf und ging um das Feuer, immer auf Höhe des Weinschlauchs. Als Dulcius die Hand danach ausstreckte, schnappte Metilius ihm den Balg vor der Nase weg.

»Du kriegst keinen Schluck, du Schwanz, bis ich ein anderes Brot habe. Und zwar das beste – das da vorn.«

Mürrisch reichte Dulcius ihm mit der Zange ein gut durchgebackenes Fladenbrot. Metilius, der den Weinschlauch wohlweislich hinter sich abgestellt hatte, nahm das Brot mit einem Grinsen entgegen.

»Na also«, meinte er und schob Dulcius den Schlauch mit einer Sandale zu. »Aber nur einen Schluck, verstanden?«

Dulcius, stets verschlagen, holte hinterm Rücken seinen tönernen Becher hervor und goss sich großzügig ein, als Metilius gerade in sein Brot biss.

»Dank dir, Bruder«, sagte Dulcius und stellte den deutlich leichteren Schlauch wieder auf dem Boden ab.

Erst da begriff Metilius, dass Dulcius ihn übers Ohr gehauen hatte. »Du Stück Dreck!« In der gesunden Hand das Brot, konnte Metilius nur halbherzig nach dem Becher greifen. Dulcius lachte und drehte sich weg, trat dabei aber aus Versehen ins Feuer. Funken stoben, Scheite knackten – Dulcius sprang wie angestochen vom Feuer weg und schrie auf, mehr erschrocken als ernsthaft verletzt.

Piso und die anderen, schließlich auch Metilius, kamen aus dem Lachen nicht heraus. Dulcius stampfte mit der qualmenden Sandale mehrfach auf den Boden, trank aber gleichzeitig gierig aus dem Becher.

»Das würde ich gern auf der Bühne sehen!«, rief Piso und wischte sich die Lachtränen von den Wangen. »Ihr beide solltet Schauspieler werden, wenn ihr die Armee verlasst. Ich sehe schon die Anschlagtafeln: ›Metilius und Dulcius – Hanswurste, Akrobaten und erstklassige Narren. Drei Aufführungen täglich‹.«

Sowohl Metilius als auch Dulcius gaben ihm mit eindeutigen Gesten zu verstehen, was sie von diesem Vorschlag hielten. Piso grinste nur und zuckte mit den Schultern. »Zu viel mehr wäret ihr sowieso nicht zu gebrauchen – wollt ihr nicht doch mal drüber nachdenken?«

»Wer ist zu was nicht zu gebrauchen?«, vernahmen sie Tullus' dröhnende Stimme. Er trat zum Feuer, zog aber den linken Fuß nach.

Piso erklärte, um was es ging. Er war heilfroh, Tullus wohlauf und – bis auf den Fuß – unverletzt zu sehen. Alle in der Kohorte hatten sich schon Sorgen wegen der Fußverletzung gemacht, wie Piso wusste.

»Schön, Euch wieder auf den Beinen zu sehen, Herr«, sagte er.

»Da muss mehr kommen als eine Fleischwunde, wenn man mich aufhalten will.« Tullus sah die Kameraden am Feuer einen nach dem anderen an. »Immer das Gleiche mit euch. Wie lange muss ich noch hier stehen, bis ihr mir was zu trinken anbietet? Und glaub nicht, ich hätte den Weinschlauch eben nicht gesehen, Metilius!«

Rasch holte man dem Centurio einen Becher und füllte ihn bis zum Rand. Tullus nickte zum Dank und wartete, bis die Legionäre aufgestanden waren, die Becher in Händen. Er prostete den Männern zu.

»Auf Calvus. Auf all die anderen gefallenen Kameraden. Viel zu viele haben heute ihr Leben gelassen. Wir werden sie nicht vergessen.«

»Auf Calvus«, sagte Piso. Zwar hatte er sich mit dem schlaksigen Bauern nicht angefreundet, aber der Tod des Kameraden schmerzte trotzdem. »Auf die toten Kameraden.«

Alle leerten ihre Becher. Ernst sahen sie einander an.

Worte sind nicht nötig, dachte Piso. Er und seine Kameraden waren am Leben. Das war wichtiger als der Sieg.

»Bald ertönen die Signale.« Tullus lachte grimmig in sich hinein, als er spürte, dass sich die Männer verspannten. »Aber keine Sorge. Germanicus will zu den Truppen sprechen – zuerst in diesem Marschlager. Wir sollen uns alle auf dem Intervallum einfinden.« Auf der freien Fläche im Zentrum des Lagers war man sicher vor feindlichem Beschuss, außerdem bot sie genügend Platz, um die Kohorten antreten zu lassen.

Piso atmete erleichtert auf. »Was ist der Grund, Herr?«, fragte er schließlich.

»Das weißt du so gut wie ich, Piso«, erwiderte Tullus streng, ehe er die Andeutung eines Lächelns erkennen ließ. »Keine Angst, das hat nichts mit Macula zu tun.«

»Ja, Herr.« Piso errötete und fragte sich, ob Tullus ahnte, dass er nach dem Hund geschaut hatte. Der Maultiertreiber, dem Tullus das Tier anvertraut hatte, sorgte gut für Macula, aber es würde noch dauern, bis der Hund zur Centurie zurückkehren durfte. Tubero würde nie vergessen, was man ihm angetan hatte.

Obwohl sie längst ihre Rüstungen abgelegt hatten, schwitzten die Männer, als sie die Waffen umschnallten und sich formierten. Auch in den anderen Zeltreihen machten sich die Männer der Kohorte fertig zum Abmarsch.

Angeführt von Tullus und Fenestela, gingen sie in gemäßigtem Schritttempo in Richtung Intervallum. Soldaten aus anderen Einheiten schenkten den Männern wenig Beachtung, sie waren viel mehr am Kochen oder Essen interessiert.

Auf den notdürftig angelegten Wegen im Lager war es ruhig. Meldereiter kamen und gingen, hier und da waren Legionäre zu sehen, die Besorgungen machen mussten oder zu ihrem Leidwesen zum Latrinendienst abkommandiert worden waren.

Piso lag mit seiner Vermutung richtig, dass Tullus mit der Einheit absichtlich früh aufgebrochen war, um auf dem Intervallum einen guten Platz zu ergattern. Denn er führte seine Männer zu einer Stelle unweit des Walls, direkt neben dem Haupttor. Fackeln brannten oben zwischen den Pila muralia. Vor dem Wallabschnitt beim Tor brannte ein großes Feuer, dessen Schein weit ins Innere des Lagers fiel.

Die Prätorianer waren bereits mit einer Centurie angetreten. Etwa zweihundert andere Legionäre warteten in Sichtweite des Tors – *da haben also noch andere Offiziere einen guten Platz haben wollen*, dachte Piso.

Tullus blieb vor dem großen Feuer stehen und blickte einmal zu dem Wehrgang hinauf, der sich vom Tor über den Wall zog. Dann nickte er dem Offizier der Prätorianer zu, der in der Nähe stand, einem Optio, dessen arg ramponiertem Helm der Helmbusch fehlte.

Der Optio salutierte. »Primus Pilus.«

»War ein harter Kampf heute«, ließ sich Tullus vernehmen. »Wie ich hörte, habt ihr euch tapfer geschlagen.«

»Für uns lief es recht gut, Herr«, antwortete der Optio.

Zehn Herzschläge vergingen, bis klar wurde, dass der Optio keine Anstalten machte, Tullus' Soldaten lobend zu erwähnen, obwohl diese Legionäre den Wall der Feinde als Erste erstürmt hatten.

Tullus' Miene verfinsterte sich angesichts dieser offenkundigen Missachtung. Schließlich warf er einen Blick über die Schulter und rief: »Ihr seid tapfere Jungs. Besser als *alle* anderen Einheiten!«

»Die verfluchten Prätorianer«, raunte Piso Metilius zu, der dem Optio heimlich eine obszöne Geste machte.

Kurz darauf ertönten die Signale, mit denen die zwei Legionen des Lagers offiziell zum Intervallum gerufen wurden.

Der wolkenlose Himmel hatte sich verdunkelt. Die ersten Sterne waren zu erahnen. Zeit verging. Nur am westlichen Horizont war noch ein Lichtstreif zu sehen.

Schon bald wurde es Piso und den Kameraden langweilig, obwohl sie sich einen guten Platz gesichert hatten. Plötzlich hatte Piso wieder einen seiner böswilligen Einfälle. Der üble Scherz auf Kosten des Legaten hatte ihn sogar noch angespornt, weitere Aktionen zu starten, doch diesmal nahm er die Missachtung seitens des Optios der Prätorianer zum Anlass.

»Herr?«, fragte er.

Tullus zog eine Augenbraue hoch. »Was ist?«

»Bitte um Erlaubnis, zum Latrinengraben zu gehen, Herr.«

»Aber Beeilung.«

»Ja, Herr.« Piso ging nicht auf Metilius' geflüsterte Frage ein und scherte aus der Formation aus, ehe er demonstrativ auf die Latrinen zuhielt.

Pisos Vorhaben dauerte dann doch länger als erwartet. Als er zurückkehrte, war auch das letzte Licht des Tages verloschen. Beide Legionen waren angetreten. Noch hatte niemand gejubelt – Germanicus war bislang nicht eingetroffen, daher atmete Piso auf. Er war noch rechtzeitig gekommen. Tullus zürnte ihm bestimmt, da er zu lange fort gewesen war, aber mehr brauchte Piso nicht zu befürchten. Wohlweislich mied er die Blicke der Offiziere, während er an den Reihen der Soldaten vorbeihuschte und immer in Richtung des großen Feuers lief, zu seiner Centurie.

»Wo, beim Hades, warst du denn so lange?«, zischte Metilius, als Piso sich zwischen den Männern hindurchzwängte.

»Hast du die Scheißerei, oder was?« Dulcius grinste. »Dann bin ich ja froh, dass du weit weg warst.«

Die hämischen Bemerkungen wollten nicht abreißen. Piso blieb seinen Kameraden eine Antwort schuldig. Noch wollte er nichts preisgeben und die anderen schmoren lassen, auch wenn ihnen das nicht schmeckte.

Es dauerte nicht lange, bis Tullus ihn erspäht hatte, obwohl Piso in der sechsten Reihe stand. »Wo warst du so lange, heraus damit?«, fuhr er ihn über die Köpfe der anderen an.

»Bitte um Nachsicht, Herr. Durchfall.« Sofort kicherten die Kameraden wieder. *Das kann ich mir jetzt noch tagelang anhören*, dachte Piso, aber es war ihm gleichgültig. Er hatte zu dieser Notlüge greifen müssen, alles andere hätte das lange Fernbleiben nicht rechtfertigen können.

Tullus hatte die Stirn krausgezogen und war im Begriff, weitere Fragen zu stellen, doch dazu kam er nicht.

Germanicus traf ein. Sofort hob lauter Jubel an. Tausende Caligae stampften auf den Boden. Die Prätorianer standen stramm. Der Schein des Feuers und der Fackeln spielte auf Germanicus' Rüstung, als er über die Leiter auf den Wehrgang stieg. Hochgewachsen, gebieterisch und von eindrucksvoller Gestalt, blickte er über die Massen hinweg.

»GER-MA-NI-CUS!« Die Rufe wurden noch lauter.

Der Gegensatz zwischen dem Imperator und den verdreckten, blutverschmierten Legionären hätte nicht deutlicher ausfallen können. Sein Muskelpanzer war auf Hochglanz poliert, die scharlachroten Federn des Helmbuschs standen tadellos, die rote seidene Schärpe, das polierte Leder. Alles an Germanicus' Erscheinung strahle Macht, Wohlstand und Status aus. Die Rufe wurden leiser, Stille legte sich über das Intervallum, doch anstatt das Wort zu ergreifen, wollte Germanicus offenbar die Spannung noch erhöhen.

Was für ein Feldherr, dachte Piso voller Stolz. *Unser Feldherr!*

»Soldaten Roms!« Germanicus' Stimme schallte über die Soldaten hinweg. »Die heutige Schlacht war lang und hart!«

Die Legionäre nickten grimmig, viele klopften einander auf die Schultern oder grummelten zustimmend.

»Trotz der Hitze, der äußeren Bedingungen und der Entschlossenheit der Feinde habt ihr obsiegt. Ihr seid die wahren Söhne Roms! Ich verneige mich vor eurer Tapferkeit, eurer Durchsetzungskraft, eurer Hingabe!« Germanicus streckte beide Arme aus, die Handflächen zeigten nach oben.

Piso jubelte mit all den anderen, bis sich seine Stimme überschlug.

Der Feldherr, ruhig und gefasst wie immer, wartete, bis der Jubel abnahm.

»Viele von euren Brüdern sind heute gefallen, aber ihr Opfer wird immer in unserer Erinnerung bleiben. Bei Tagesanbruch werden wir all unsere Toten auf dem Schlachtfeld suchen und bestatten, seien es Legionäre oder Kämpfer der Hilfstruppen. Die Feuer der Bestattung werden meilenweit zu sehen sein, als Warnung an die Wilden, dass wir immer noch tief in ihrem Territorium stehen. Nach unserer Rückkehr zum Rhenus werden wir jedem gefallenen Kameraden einen Gedenkstein zubilligen – die Kosten werde ich übernehmen. Die Familien der Gefallenen werden eine Geldzahlung erhalten. Diejenigen, die verwundet wurden und aufgrund der Schwere der Verletzung nicht mehr in der Armee dienen können, erhalten ebenfalls eine Geldsumme. Auch ihr, die ihr heute Abend hier versammelt seid, sollt entlohnt werden – bei der nächsten Soldzahlung wird jeder Einzelne von euch eine Zuwendung von fünfundsiebzig Denarii erhalten.«

Jubel brandete auf, als die erfreuten Legionäre ihren Dank und ihre Begeisterung zum Ausdruck brachten.

Als Nächstes ließ Germanicus die Truppen wissen, dass der Sommerfeldzug beendet sei, was wiederum Begeisterung auslöste. Als dann Fuhrwerke eintrafen, beladen mit den Weinvorräten des Imperators, kannte der Jubel keine Grenzen mehr. Nur wenigen fiel auf, dass der Feldherr die Leiter inzwischen wieder nach unten gestiegen war und das Lager durch das Haupttor verließ, in Begleitung seiner Prätorianer-Garde.

»Den Sold von drei Monaten als Zuwendung und einen Schlauch Wein auf Kosten unseres Feldherrn – nicht schlecht für eine Schlacht, wie?«, rief Metilius.

»Darauf sollten wir anstoßen, und zwar *hiermit*«, sagte Piso verschwörerisch und zauberte einen Weinschlauch hervor, den er bislang verborgen gehalten hatte. Da es dunkel geworden war, hatte keiner der Kameraden den »Bauch« von Piso bemerkt. Er hatte den Balg unter der Tunika getragen, nur gehalten vom Gürtel. »Hier.« Er bot Metilius einen Schluck an.

»Du hattest gar nicht die Scheißerei – du hast das hier geklaut, oder?«

Piso zuckte nur mit den Schultern und gab sich unbeeindruckt.

Metilius wischte sich den Mund ab und reichte den Balg an Dulcius weiter. »Wo hast du das her?«, fragte er Piso. »Doch wohl nicht aus Tuberos Zelt?«

»Selbst ich bin nicht so dämlich, noch einmal so ein Wagnis einzugehen. Der Schlauch kommt von …« Piso brach den Satz ab, da er von Metilius einen Ellbogen in die Rippen bekam.

Zu spät. Tullus hatte den Weinschlauch bereits beschlagnahmt – woher der Centurio jetzt schon wieder so urplötzlich aufgetaucht war, vermochte Piso nicht zu sagen.

»Du warst gar nicht beim Latrinengraben, Piso.« Tullus hatte einen bedrohlichen Ton angeschlagen. »Von wem hast du den Wein geklaut?«

»Ist meiner, Herr. Ich bin zurück, um ihn zu holen – ich dachte, wir könnten alle auf Germanicus anstoßen, meine Zeltgemeinschaft, meine ich. Ihr wisst ja, weil er uns heute zum Sieg geführt hat und so …« Pisos Stimme wurde immer leiser.

Tullus baute sich direkt vor Piso auf. »Glaubst du, ich merke nicht, was hier vorgeht? Glaubst du, dein Centurio ist von gestern, verflucht?«

»N-Nein, Herr.« Pisos Mund war mit einem Mal trocken. Die Kameraden standen stocksteif da und blickten zu Boden. Diebstahl innerhalb der Legion war ein Verbrechen, das wussten sie alle. Seit jeher stand darauf die Todesstrafe, das Fustuarium: Der Schuldige wurde von seinen eigenen Zeltgenossen zu Tode geprügelt. Viel häufiger jedoch sah man von der Todesstrafe ab und verurteilte den Schuldigen zu Peitschenhieben oder behielt dessen Sold ein. Dennoch, das bedeutete nicht, dass die Todesstrafe nicht doch verhängt werden konnte.

Tullus brachte sein Gesicht dicht an das von Piso. »Sag mir jetzt nicht, dass du diesen Wein von einem Kameraden aus der Fünften geklaut hast, Legionär Piso.«

»Natürlich nicht, Herr!«

»Hör auf mit ›natürlich nicht‹, du Made!« Tullus bohrte Piso den Zeigefinger in die Brust. »WO HAST DU DAS HER, MANN?«

»Aus einem Zelt der – Prätorianer, Herr.«

Es kam höchst selten vor, dass einem Centurio die Worte fehlten. Verblüfft nahm Piso wahr, wie Tullus den Mund öffnete und wieder schloss.

»Verstehe«, meinte er dann, »verstehe.«

Pisos Furcht erreichte neue Höhen. Das war es dann wohl. Je nachdem wie lange er bei einem Fustuarium bei Bewusstsein blieb – man würde ihn niederknüppeln und so lange mit Fäusten und Fußtritten traktieren, bis ihm schwarz vor Augen würde. Zum Schattenreich war es dann nur noch ein Katzensprung …

Umso erstaunter war Piso, als er sah, wie Tullus den Weinschlauch hochhielt. »Wenn du den von diesen Schwanzlutschern hast, möchte ich ihn zuerst probieren.«

Pisos Blick schoss zu Metilius, als Tullus einen Schluck nahm. Was hatte das nun wieder zu bedeuten?, versuchte er Metilius stumm zu fragen. Doch Metilius zuckte nur mit den Schultern und sah Piso mit großen Augen an.

»Ah, gar nicht übel. Besser als die Pisse, die ihr euch hier teilt, so viel steht fest«, sagte Tullus und schnalzte mit der Zunge.

»Ich – äh, ja, Herr«, stammelte Piso und hatte immer noch keinen Schimmer, wie die Sache für ihn ausgehen mochte.

Seelenruhig nahm Tullus noch einen Schluck. Alle sahen wie versteinert zu, verdutzt, verunsichert.

Plötzlich knallte Tullus Piso den Weinschlauch vor die Brust. Piso umfasste den Lederbalg instinktiv und starrte seinen Centurio fassungslos an.

»Vernichte den Schlauch, wenn er leer ist, Legionär Piso«, schärfte Tullus ihm ein. »Und zwar irgendwo anders, nur nicht in der Nähe unserer Zeltreihen, verflucht. Kannst du dir das merken?« Tullus entfernte sich vom Feuer, drehte sich aber noch einmal um. »Wenn wir wieder in Vetera sind, dann zahlst du die Runden im Ochsen und Pflug. Und zwar den ganzen Abend, verstanden?«

»Ja, Herr.« Es gab keinen Zweifel mehr. Piso traute sich, ein Grinsen aufzusetzen. Sie hatten wirklich den besten Centurio in der ganzen verfluchten Armee.

31. KAPITEL

Blasse Schlieren am östlichen Horizont kündigten den Sonnenaufgang an, doch noch herrschte die Dunkelheit über das Land. Die Luft war kühl, erfrischend geradezu nach all den heißen Tagen. Leichter Nebel hing über dem offenen Gelände. Auf Grashalmen glitzerte der Tau, er tropfte von dem Bachnelkenwurz, der die Landschaft in dieser Gegend prägte. In der Düsternis vor Tagesanbruch wirkten die Bäume noch größer und bedrohlich. Hier und da ästen Rehe in Zweier- oder Dreiergruppen auf Lichtungen, wagten sich vorsichtig und grazil aus den Schatten der Wälder. Immer wieder schauten sie sich um und hielten Ausschau nach Gefahr.

Arminius ritt in Begleitung von Gervas und einem Dutzend Krieger zurück zum Schlachtfeld am Angrivarierwall. Die Krieger waren auf der Hut und zuckten beim kleinsten Geräusch zusammen, doch er schaute weder nach rechts noch nach links, denn großer Kummer drückte ihn nieder, der immer wieder von grenzenloser Wut überlagert wurde.

Bislang hatte er sich keine Ruhe gegönnt. Nach der verlorenen Schlacht am Vortag war er so erschöpft gewesen, dass er kaum noch sprechen konnte. Doch ein segensreicher Schlaf hatte sich nicht eingestellt. Daran änderte auch die Dunkelheit nichts, die sich herabsenkte, oder der Mond, der stumm seinen Lauf nahm.

Aufgewühlt und durchpulst von dem brennenden Verlangen nach Vergeltung, hatte Arminius die Bahn verfolgt, die der

Mond am Nachthimmel zeichnete. So lag er also wach, während die Eulen aus dem Wald riefen und das Stöhnen der verwundeten Krieger die Dunkelheit mit weiteren, unheimlichen Lauten erfüllte. Angesichts der Chancen, die man vertan hatte, hatte er sich den Kopf zermartert und sich die ganze Nacht schweißnass auf dem Lager gewälzt.

Entsprechend missgelaunt und unausgeschlafen war er jetzt. Mit müden Augen suchte er den Boden nach Spuren ab, nach Anzeichen des Feindes. Zwischendurch schaute er sich nach seinen Begleitern um, die nach seinem Dafürhalten viel zu langsam waren.

»Was ist, ihr Hurensöhne?«, schimpfte er. »Wo bleibt ihr?«

Verlegen schlossen die Männer auf, sagten indes kein Wort.

Es brachte Unglück, wenn man zu einem Schlachtfeld zurückkehrte, auf dem man besiegt worden war, so kannte Arminius es von jeher. Außerdem war es gefährlich. Der östliche Horizont färbte sich bereits rötlich. Möglich, dass Germanicus keine Wachen auf dem Gelände hatte aufstellen lassen, aber die Römer würden in den Morgenstunden zurückkommen, das war so sicher wie die Nacht, die auf den Tag folgte.

Doch die Aussicht auf Gefahr schreckte den Cherusker nicht ab, im Gegenteil, sie schien ihn noch anzuspornen. Irgendwo dort lag Maelo steif und kalt beim Wall. Arminius durfte seinen Freund und Vertrauten nicht einfach zurücklassen, er musste verhindern, dass Maelo Beute der Aasvögel wurde.

Nichts anderes trieb Arminius in diesem Moment an, sein ganzes Denken war darauf ausgerichtet, die Leiche seines Freundes zu finden. Maelo hatte die Bestattung eines Kriegers verdient, denn er war nicht nur ein überaus mutiger, loyaler Mann gewesen, sondern nahezu der Einzige, dem Arminius in all den Jahren hatte blind vertrauen können.

All den anderen Erschlagenen würde diese Ehre nicht zuteil, wie Arminius wusste, während ihm die ersten Boten der Verwesung in die Nase stiegen. Kurz darauf waren die ersten Toten zu erahnen, und mit diesem Anblick kamen die Fliegen. Ganze Schwärme von grünlich und bläulich schillernden Schmeißfliegen stiegen auf, darunter große Totenfliegen, die er bisher nur selten gesehen hatte. Sie schwirrten umher, ehe sie sich wieder auf den Leichen niederließen. Arminius drehte sich der Magen um, wenn er nur daran dachte, was für ein Gestank über der Landschaft liegen würde, wenn erst die Nacht anbrach.

Da der eigentliche Kampf weiter entfernt getobt hatte, mussten diejenigen, die hier lagen, geflohen sein. Doch ehe sie sich in Sicherheit bringen konnten, waren sie an ihren Verletzungen krepiert. Womöglich waren sie auch von Legionären erschlagen worden, die den Fliehenden nachgesetzt hatten.

Was tat es noch zur Sache? Sie alle lagen dort, mit steifen Gliedmaßen, blutüberströmt und starrten mit leeren Augen zum Himmel hinauf, der allmählich heller wurde. Andere lagen mit dem Gesicht nach unten im Gras oder halb in matschigen Pfützen. Keiner von ihnen würde sich je wieder rühren. Einige lagen einzeln, andere zu zweit oder in kleineren Gruppen, aber alle waren sie vereint in der kalten Umarmung des Todes. Einige Krieger lagen verdreht unter Bäumen, von Pfeilen durchbohrt – der Beweis, dass einige Krieger als Zielscheiben für die Bogenschützen der Römer hatten herhalten müssen.

Diese Dreckskerle, die sich Rom andienen, dachte Arminius.

Je weiter sie ritten, desto unübersichtlicher wurde die Anzahl der Toten, und schon bald musste sich Arminius mit seinem Pferd einen Weg durch die verstreut liegenden Leichen bahnen. Zwischendurch scheute das Pferd. Der Gestank des Todes – eine Mischung aus verrottenden Leibern und Exkrementen – war unerträglich. Doch Arminius trieb das Pferd gnadenlos an. Er selbst schenkte den Toten keine Beachtung, glaubte er doch zu wissen, dass Maelo woanders gefallen sein musste.

Lautes Grunzen erregte Arminius' Aufmerksamkeit. Erneut

krampfte sich sein Magen zusammen, als eine Rotte Wildschweine durch den Wald zog und sich an den Toten gütlich tat. Angewidert spie der Cherusker aus, machte aber keine Anstalten, die Tiere zu verscheuchen – sie würden ohnehin zurückkommen, sobald er fort wäre.

Sein Entschluss, Maelo zu finden, verfestigte sich. Seinem Freund sollte kein Tier ein Stück Fleisch aus den Rippen beißen, kein Aasvogel sollte Maelo ein Auge aushacken. Auch vor Verstümmelungen seitens der Legionäre wollte Arminius seinen Freund bewahren. Die Schmeißfliegen sollten keine Eier ablegen, im verwesenden Fleisch keine Maden wimmeln. Nein, Maelo sollte das Schicksal erspart bleiben, unter einem kalten Himmel allmählich zu verfaulen, bis das Fleisch an den Knochen verrottete.

Gewiss, Maelo würde verrotten, aber tief in der Erde, nachdem die passenden Worte gesprochen wären. Sie würden ihn in edle Kleidung hüllen, würden ihm Waffen und Rüstung von dem besten Waffenschmied mit ins Grab geben, auf dass Maelo der Cherusker als tapferer, hochgestellter Krieger in die andere Welt hinüberwechselte.

Wir werden deiner bis spät in die Nacht gedenken, mein Freund, bis das Licht der Sterne im Morgengrauen verblasst, dachte Arminius, und Kummer und Trauer zerrten an seinem Gemüt. *Wir werden dich nie vergessen – du bist der Bruder, den ich mir immer gewünscht habe.*

Abermals scheute das Pferd. Arminius fluchte und holte schon mit der Gerte aus, bis er merkte, dass sie in Sichtweite des Walls gekommen waren. Sofort klopfte er dem Tier auf den Hals, da es ihn reute, so aufbrausend reagiert zu haben. Das Tier schnaubte, immer noch beunruhigt von all den Eindrücken des Schlachtfelds.

Da Arminius wusste, dass man ihn im Freien sehen könnte, ließ er sich ein wenig Zeit und suchte die Ebene mit wachen Augen ab. Als er keine Spur vom Feind entdeckte, richtete er sein Augenmerk auf die unmittelbare Umgebung.

Auf einer Strecke von etwa hundert Schritten vor dem Bollwerk lagen zumeist nur römische Soldaten – Legionäre wie auch Männer aus den Auxiliareinheiten. Auf und hinter dem Wall lagen Stammeskrieger und Legionäre, aber die Zahl der Krieger überwog. Jenseits der hundert Schritte vom Wall nahm die Zahl der toten Römer auffällig ab. Der schonungslose Beweis, wie unterschiedlich hoch die Verluste auf beiden Seiten ausgefallen waren.

Doch Arminius verdrängte seinen Zorn. Sie mussten Maelo finden, und zwar bald. Er stieg ab und reichte die Zügel einem der Begleiter, der auf die Pferde achten sollte. Den übrigen Männern trug er auf, ebenfalls nach Maelo Ausschau zu halten.

»Wir teilen uns auf – bilden zwei Gruppen.« Er deutete voraus. »Die eine Gruppe fängt dort drüben an, die anderen kommen mit mir.«

Als er noch in Diensten Roms stand, hatte er an vielen Schlachten teilgenommen, aber das Massaker, das er und seine Krieger einst in den Wäldern angerichtet hatten, gehörte zu den größten Schlachten, an denen er mitgewirkt hatte. Bislang war die Blutschneise des Saltus Teutoburgiensis der einzige Schlachtort gewesen, den er später noch einmal aufgesucht hatte. Zwar war er den Anblick der Toten gewohnt – er wusste, wie schmachvoll dieser Anblick sein konnte –, aber die Stätte entlang des Angrivarierwalls war kaum zu ertragen. Damals waren neun von zehn Toten Römer gewesen. Hier jedoch war es genau umgekehrt. Zorn und Trauer regten sich in seiner Brust, das Atmen wurde ihm schwer in dieser verpesteten Luft.

Das hast alles du angerichtet, hörte er eine innere Stimme schreien. *Du bist verantwortlich für dieses Gemetzel*, für die Auswüchse entlang dieser riesigen Schlachtbank.

Arminius weigerte sich, dieser Vorstellung weiteren Raum zu

geben. Sie durfte sich nicht verfestigen. Es wäre ohnehin alles so gekommen. Irgendwann hätte Germanicus in diesem Sommer den Fluss überquert.

Selbst wenn ich tot gewesen wäre, dachte Arminius, *hätte sich dieser Hurensohn an den Stämmen gerächt – er hätte sie sich einzeln vorgeknöpft und zermahlen wie unter einem Mühlstein. Wenn die Stammesführer auf mich gehört und von Anfang an das gemacht hätten, was ich verlangte, hätten wir hier siegen können. Alles hätte so laufen können wie bereits vor sieben Jahren. Germanicus' Armee war zwar zu groß, aber die Krieger hätten so viele von ihnen niedermetzeln können, bis der Feldzug zum Erliegen gekommen wäre. Blutig und zerschlagen hätten sich die Römer zum Rhenus zurückziehen müssen – und unterwegs hätten die Stämme ihnen zugesetzt, auf jeder Meile des langen Rückmarschs.*

Arminius' Gedanken drehten sich einmal mehr um die Frage, ob er nicht doch auf eine andere Taktik hätte zurückgreifen sollen oder ob es nicht besser gewesen wäre, einen anderen Ort für die Schlacht auszuwählen. Doch er kam wieder zu dem Schluss, dass alles andere auch nichts gebracht hätte, nicht mit dieser Anzahl an Kriegern, nicht mit diesen starrköpfigen Stammesführern. Alles lief auf eine Wahrheit hinaus, die schwer verdaulich war. Am klügsten wäre es wohl gewesen, die Schlacht gar nicht anzustreben. Die Stämme hätten während des Sommers versuchen sollen, den Römern in kleinen Scharmützeln zuzusetzen. Überfälle auf Spähtrupps und kleinere Patrouillen, auch den Nachschublinien hätten sie auflauern können.

Auf der anderen Seite hätte diese eher zurückhaltende Herangehensweise bedeutet, dass sich das angestrebte Bündnis der Stämme nach und nach aufgelöst hätte. Die einzelnen Volksstämme, heißblütig und tapfer, wie sie waren, hätten den Plünderungen der Römer nicht tatenlos zugesehen. Auf eigene Faust hätten sich die Stämme den Legionen entgegengestellt – und verloren. Deshalb waren die Kämpfe der vergangenen Tage aus

Arminius' Sicht doch richtig gewesen. Wenn sich die Stämme nur an seine Anweisungen gehalten hätten, wäre die Schlacht am Angrivarierwall womöglich anders ausgegangen.

Arminius ahnte, dass die Niederlage ernsthafte Folgen für ihn haben könnte. Vermutlich waren die Stammesführer nicht mehr gewillt, ihm Gehör zu schenken. Angesichts des Blutbads drohte das ohnehin lockere Bündnis zu scheitern. Besiegte Krieger zeigten schnell mit dem Finger auf den vermeintlich Schuldigen, dabei vergaßen sie, dass sie nur deshalb verloren hatten, weil sie seine Befehle nicht befolgt hatten.

Ihr Narren, dachte Arminius. Sie erkannten immer noch nicht – oder wollten es nicht wahrhaben –, was zu der Niederlage geführt hatte: mangelnde Disziplin und die engstirnige Missachtung der Befehle.

»Was ist?« Gervas tauchte an Arminius' linker Seite auf.

Erst da merkte Arminius, dass er seine Gedanken offenbar laut ausgesprochen hatte. »Nichts«, log er.

Es war eigenartig, dass Gervas, ein Krieger eines anderen Stammes, seine Nähe suchte. Andererseits war es kaum verwunderlich, wie Arminius überlegte – der Jüngling hatte Gerulf verloren, den Mann, der ihm wie ein Vater gewesen war. Die anderen Anführer der Usipeter waren tapfere Männer, aber sie vermochten es nicht, den weit verzweigten Stamm zu einen. Nicht einer stach aus der Menge heraus, die Usipeter hatten eben keinen Mallovendus wie die Marser.

Oder einen wie mich, dachte Arminius, *denn ich führe die Stämme.*

Daher war es nur allzu verständlich, dass sich ein junger Krieger wie Gervas von der Führungskraft und dem Charisma des Arminius angezogen fühlte.

Ich muss ihn mir auf Dauer nur ein wenig zurechtbiegen, dachte Arminius, *dann könnte aus dem Jungen ein passabler Stellvertreter werden.* Schuld schlich sich in Arminius' Herz. Hier stand er an der Stätte des Blutes und dachte an einen treuen Gefolgsmann, und dabei war Maelo noch nicht einmal einen ganzen Tag tot.

»Sieh nur!«

Arminius blickte ruckartig nach rechts. Einer der Krieger stand unmittelbar am Fuße des Bollwerks.

»Was ist?«, rief Arminius ihm zu.

»Dort drüben. Am anderen Ende der Ebene.«

Arminius kniff die Augen zusammen und spähte in die Ferne, aus der am Vortag Germanicus' verfluchte Armeen herangerückt waren. Verräterische Staubwolken stiegen auf, aus Richtung der Visurgis. Der Cherusker fluchte. Das konnten nur römische Truppen sein.

»Sie wollen ihre Toten holen, verflucht.«

»Wir sollten besser verschwinden«, rief einer der älteren Krieger, ein Mann mit grauem Bart und silbergrauem Haar, den Arminius schon von Kindheit an kannte. Einige Männer stimmten dem Krieger zu. Nicht aber Gervas, wie Arminius auffiel.

»Wir haben Maelo noch nicht gefunden«, sagte Arminius und funkelte die Begleiter an.

»Wenn wir hierbleiben, werden wir nichts anderes finden als den Tod«, gab der ältere Krieger zurück und hielt Arminius' Blick mühelos stand.

»Habt ihr keinen Mumm mehr?«, rief Arminius. »Die Römer sind über eine halbe Meile entfernt.« Dann legte er die Hände wie einen Trichter an den Mund und rief der anderen Gruppe zu: »Wir haben noch Zeit! Sucht weiter!«

Die Krieger gehorchten, eingeschüchtert von Arminius' Wut, auch der ältere Krieger, allerdings grummelte er vor sich hin.

Gestern hast du Dein Angesicht abgewandt, Donar, dachte Arminius. *Hier bitte ich Dich nur um eine kleine Gunst. Lass mich die Leiche meines Freundes finden.*

Etwa zwanzig Atemzüge später glaubte er, dass die Gottheit sein Gebet erhört hatte. Arminius erblickte einen Toten, der von hinten sehr viel Ähnlichkeit mit Maelo aufwies. Braunes Haar, auch der Körperbau passte. Unter einem Kettenhemd war der Stoff einer Tunika zu erahnen. Dann die grob gesponnene dunkelgrüne Hose.

Aufgeregt drehte Arminius den Toten auf den Rücken. Enttäuschung erfasste ihn. Er sah auf einen Blick, dass es nicht sein Freund sein konnte, auch wenn dieser Tote von einer klaffenden Wunde im Gesicht entstellt war und verkrustetes Blut und Dreck an Mund und Kinn klebten.

Ruhe in Frieden, dachte Arminius und ließ den Toten wieder zu Boden gleiten.

Drei weitere Tote untersuchte er, dann waren es fünf. Acht. Immer noch weigerte er sich, einen Blick auf die herannahenden Römer zu wagen. *Verflucht seien sie*, dachte er. *Sollen sie nur kommen, diese Dreckskerle. Ich töte sie alle!*

Er wusste, dass seine Worte Irrsinn gleichkamen, aber in seinem Kummer gab er einer verrückten Starrköpfigkeit Raum.

»Die Römer haben uns entdeckt. Ich bleibe nicht länger hier und sterbe für nichts und wieder nichts. Kommt ihr mit?«, wandte sich der ältere Krieger an die anderen. Alle stimmten zu, außer Gervas.

Arminius' Zorn brach sich Bahn. »Ihr bleibt, wo ihr seid!«, brüllte er. »Ich habe keinem von euch die Erlaubnis gegeben, sich zu entfernen!«

»Nimm das hier für deine Erlaubnis!«, spie der ältere Krieger und machte eine obszöne Geste. »Als ich dich das letzte Mal sah, warst du ein Führer der Cherusker – und kein König oder römischer Centurio! Und ich war ein freier Mann – kein Sklave oder verfluchter Legionär!« Mit einem unwirschen Laut wandte er sich ab und ging zurück zu den Pferden.

Die anderen folgten ihm. Als die Krieger der zweiten Gruppe das sahen, machten auch sie kehrt. Die beiden Krieger, die sich bislang um die Pferde gekümmert hatten, wollten sich auch nicht länger der Gefahr aussetzen. Etwas verlegen riefen sie Arminius zu, sie hätten sein Pferd und Gervas' Pferd angebunden, damit die beiden Tiere nicht den anderen folgten.

»Ihr dämlichen, dickköpfigen, feigen Bastarde!«, schrie Arminius, bis die Schlagader an seinem Hals hervortrat. »Sie müssten es doch eigentlich besser wissen, wie alle tapferen Krieger!«, schimpfte er vor sich hin. »Sie haben zu gehorchen, haben mir Folge zu leisten!« Ganz vereinnahmt von seinem Zorn, entging ihm, dass ein seltsamer Ausdruck in Gervas' Miene kam.

Arminius setzte die Suche nach Maelo allein fort, stieß weitere Flüche aus und ballte die Hände zu Fäusten.

»Maelo würde das nicht wollen – er würde nicht wollen, dass du dein Leben wegwirfst«, meinte Gervas.

»Was weißt du schon?«, fuhr Arminius ihn an und dachte: *Es ist gar nicht lange her, da war Maelo kurz davor, dir die Kehle durchzuschneiden und deine Leiche im Wald zu verscharren.* »Geh doch! Geh nur, du brauchst nicht zu sterben!«

»Ich bleibe.«

»Wie du meinst.« Arminius zuckte schicksalsergeben mit den Schultern. Der Tod wäre eines Tages eine willkommene Erlösung. Sein Heer war zerschlagen worden, hatte sich zurückziehen müssen, Tausende seiner Krieger waren gefallen. Was von seiner Streitmacht übrig geblieben war, würde sich in den kommenden Tagen auflösen. Die Krieger würden sich wie geprügelte Hunde zurückziehen in ihre Dörfer, in der Hoffnung, die Römer mögen sie endlich in Frieden lassen.

Wenn erst der lange, dunkle Winter käme, würden die Überlebenden in ihren Langhäusern hocken, warm und vorerst sicher. Sie würden reden und saufen und anfangen zu grübeln. Dann würden sie einen Sündenbock suchen.

Arminius konnte sich nicht vorstellen, dass sich die Stammesführer noch einmal darauf einigen würden, seine Führungsrolle anzunehmen. Nicht nach dieser Niederlage. Selbst sein Onkel

Inguiomerus würde sich vermutlich weigern, seine Krieger erneut unter Arminius' Befehl zu stellen, und falls Germanicus' Legionen im nächsten Frühjahr wieder den Fluss überquerten – und das würden sie –, wäre der Widerstand mäßig. Alle Versuche, die Römer abzuwehren, würden scheitern.

Hätte Arminius die Gewissheit gehabt, in seiner Siedlung Frau und Kind wiederzusehen, hätte es sich vielleicht gelohnt, einen Blick in die Zukunft zu werfen, aber er hatte keine Familie mehr. Seine Frau und ihr gemeinsamer Sohn waren Gefangene, weit entfernt in Italia. Für ihn hätten sie genauso gut tot sein können. Wenn er jetzt erschlagen würde, hätte sein Leiden ein Ende. Er würde Maelo auf der anderen Seite begegnen, somit hätte er Gesellschaft während des langen Wartens auf Thusnelda.

»Hier!«

Arminius drehte sich um und staunte. Gervas stand vor Maelos blutüberströmter Leiche. Arminius krampfte sich das Herz zusammen, als er seinen Freund so bleich dort liegen sah. Gräulich. Tot.

»Du hast ihn gefunden«, hauchte er.

»Hol die Pferde!«, rief Gervas.

Arminius starrte Gervas an, betäubt von Trauer.

»Hol die Pferde. Jetzt!«

Arminius gehorchte und stolperte wie ein Betrunkener zu den Tieren. Aus dem Augenwinkel sah er die römischen Reiter, die näher kamen. Die Stimme des Offiziers wehte herüber.

»Wartet noch!«, rief der Reiter auf Latein. »Es könnte eine Falle sein!«

Ungehindert führte Arminius die Pferde zu Gervas. Gemeinsam hievten sie Maelos steifen Körper auf den Widerrist des kräftigeren Tieres. Dann saßen auch sie auf, und als sie den Pferden die Knie in die Flanken drückten, schaute sich Arminius noch einmal um und lächelte. Donars Schild verlieh ihnen Schutz. Wie hätte man es sich sonst erklären können, dass fünfzig römische Berittene sich weigerten, zwei kampfmüde Germanen zu verfolgen?

Maelo würde also doch in angemessener Weise bestattet werden.

TEIL III

Sommer, 16 n. Chr.

Tief in Germania

32. KAPITEL

Es war spät. Nach einem weiteren, unerträglich heißen Tag kündigte sich eine ruhige, warme Nacht an. Tausende Sterne standen am Himmelszelt. In dem Legionslager, in dem Tullus und seine Männer untergebracht waren, herrschte friedliche Ruhe. Wachen patrouillierten auf den Wällen, doch die meisten Soldaten hatten sich schlafen gelegt.

Tullus indes nicht. Er war rastlos, außerdem tat sein halber Zeh weh. Gedankenversunken stand er auf einem der Wehrgänge, allein und für sich. Seine Augen hatten sich an die Dunkelheit gewöhnt, und so spähte er in die Ferne, wobei er auf jedes noch so kleine Geräusch achtete. Er fragte sich, ob Arminius den Mut für einen Überraschungsangriff hatte.

Doch es blieb ruhig. Alles war so, wie es sein sollte. Der Schrei der Eule kam aus dem nahe gelegenen Wald. Wasser plätscherte über die flachen Steine des Bachlaufs. Hier und da raschelte es leise im Unterholz. Kleine Nagetiere huschten hierhin und dorthin, auf der Suche nach Nahrung. Nichts, das einen aufhorchen ließe.

Seitdem die Legionen Arminius' Aufgebot an dem Bollwerk aufgerieben hatten, war fast ein Monat verstrichen – die Germanen nannten die Sperre Angrivarierwall, so hörten die Römer es zumindest von den Gefangenen, die sie gemacht hatten.

Seither war vieles geschehen, aber sosehr seine Männer es sich auch gewünscht hatten, sie waren noch nicht in Castra Vetera.

Sie waren nicht außer Gefahr. Mehr als hundert Meilen lagen noch zwischen dem Marschlager und der Sicherheit, die der Rhenus als Grenzfluss bot. Arminius' Bündnis war zwar zerbrochen, aber das bedeutete nicht, dass alle Stämme das Knie vor Rom gebeugt hatten. Weit gefehlt …

»Diese tapferen, starrsinnigen Bastarde«, murmelte Tullus zu sich selbst. »Ein Volk sollte wissen, wann es besiegt ist.«

»Ach, ja? Würdest du dich ergeben? Ich nicht.« Die Leitersprossen knarrten unter Fenestelas Sohlen. »Wir würden bis zum bitteren Ende kämpfen.«

»Ja, würden wir«, erwiderte Tullus und seufzte. Arminius und dessen Stamm waren mörderische Wilde, doch ihr Widerstand war nachvollziehbar. Die Römer drangen in ihre Stammesgebiete vor, um ihre Herrschaft zu festigen, nicht andersherum.

»Wieder mal Selbstgespräche?«, stichelte sein Optio leise. »Soll 'ne Angewohnheit der Alten sein.«

»Wen nennst du hier *alt?*«, gab Tullus scharf, aber nicht hitzig zurück.

Fenestela stützte sich mit den Unterarmen auf den Schanzpfosten ab, die die Legionäre in den Wall gerammt hatten. »Kommt mir wie gestern vor, dass wir in dieser Gegend waren, mit Drusus, weißt du noch?«

»Ist ein Vierteljahrhundert her, verflucht, wie? Bei den Göttern, wie die Zeit rennt.«

»Sieh uns an. Die Bärte fast grau.«

»Von uns beiden hat nur einer einen grauen Bart, und das bin nicht ich!«

»Du hast bis jetzt nicht begriffen, wofür so ein Bart taugt, was?« Fenestela strich sich durch das struppige rötliche Haar am Kinn. »Ist warm im Winter, die Frauen stehen drauf, und mir verleiht so ein Bart die rechte Würde.«

»Träum weiter, du Trottel«, sagte Tullus und musste lachen, als er Fenestelas Grinsen sah.

Eine Weile standen sie in einvernehmlichem Schweigen nebeneinander und teilten sich den Weinschlauch, den Fenestela mitgebracht hatte.

»Bist du hier oben, weil du nicht schlafen kannst?«, brach Fenestela schließlich das Schweigen.

»Ja.«

»Denkst du immer noch an den Adler?«

Tullus schnaubte. »Ist das so offenkundig?«

»Mir brauchst du nichts vorzumachen.« Ein Glitzern lag in seinen Augen, als er sich Tullus zuwandte. »Geht mir doch genauso wie dir.«

Keiner brauchte den Gedanken weiter auszuführen. Arminius war besiegt, seine Krieger waren in alle vier Winde verstreut. Dennoch, einige Stämme setzten den Widerstand fort – zuerst waren es die Angrivarier gewesen, nachdem sie vom Feldzug des Arminius zurückgekehrt waren, jetzt hatten sich die Chatten und Marser erhoben – aber Germanicus' riesige Armee würde einen Stamm nach dem anderen in die Knie zwingen. Den meisten Soldaten genügte das, doch bei allen Veteranen der Siebzehnten und Achtzehnten blieb eine schwärende Wunde in der Seele. Die vermissten Adler waren nicht wieder aufgetaucht. Die Zeit lief ihnen davon. Ein Monat noch, vielleicht anderthalb, und die meisten Legionen kehrten zurück in ihre befestigten Lager entlang des Rhenus. Gewiss, im kommenden Frühling würden erneut Einheiten den Fluss überqueren, um Aufstände niederzuschlagen, aber das brachte die Adler auch nicht zurück.

»Stellen wir uns der Wahrheit. Unser Adler ist womöglich für immer verloren. Arminius wird vielleicht nie in Gefangenschaft geraten oder erschlagen.« Fenestela spie über die Schanzpfosten.

»Ja«, grummelte Tullus, der seit dem Sieg am Angrivarierwall an fast nichts anderes als den Aquila der Legio XVIII gedacht hatte. Als Centurio war er nur ein kleiner Teil in Germanicus' riesiger Armee und hatte seine Pflicht zu erfüllen. Ihm blieb nur übrig, die Götter zu bitten, den Ausgang des Sommerfeldzugs günstig zu beeinflussen.

»Was wirst du tun, wenn das der Fall sein sollte?«, fragte Fenestela.

Tullus legte seinem Optio einen Arm um die Schultern. »Ich danke den Göttern, dass es dich gibt – und all die einst in Ungnade gefallenen Männer der Legio XVIII. Ihr elenden Kerle seid noch am Leben, obwohl so viele in den Tod gingen. Das bedeutet sehr viel. Sehr viel.«

»Weise gesprochen.« Fenestela musste sich räuspern.

Tullus hielt den Weinschlauch hoch. »Auf die Freunde und Kameraden.« Er nahm einen Schluck, ehe er den Schlauch Fenestela reichte.

»Auf die Freunde und Kameraden.« Fenestela nahm zwei Schlucke, dann noch einen.

Tullus atmete bewusst lange ein und aus. Ein und aus. In all den langen, bitteren Jahren nach dem Hinterhalt im Wald hatte er sich mit nichts anderem zufriedengegeben als mit dem Verlangen nach Vergeltung und dem Wunsch, den alten Legionsadler wiederzufinden. Alles andere wäre Verrat an den Toten gleichgekommen. Die Realität aber zwang Tullus, die eigenen Wünsche zurückzuschrauben.

Während des Sommerfeldzugs hatte er sein Bestes gegeben. Germanicus konnte Erfolge verzeichnen und hatte sich gut geschlagen – besser als alle Feldherren, die nach Drusus über den Rhenus gesetzt hatten –, aber alle Trophäen hatte er nicht erringen können.

So ist das Leben nun mal, dachte Tullus. *Mag sein, dass einem Mann sein Schicksal nicht gefällt, aber er weiß, damit umzugehen. Und nimmt es hin*. Wer das nicht akzeptierte, den fraß allmählich die eigene Verbitterung innerlich auf – wie Würmer in einem verrottenden Leichnam.

Tullus wollte nicht zu einem alten Grantler werden, der Trost im Wein suchte und allen und jedem sein Leid klagte, bis niemand mehr etwas mit ihm zu tun haben wollte.

»Ich habe mir überlegt, dass ich Piso zum Tesserarius befördere, wenn wir wieder in Castra Vetera sind. Was denkst du?« Der Tesserarius der Centurie war bei dem Kampf am Bollwerk der Germanen gefallen.

»Keine schlechte Idee. Ist ein guter Soldat, hat sich in all den Jahren gemacht. Manchmal neigt er zu Dummheiten, aber das gibt sich, wenn man ihm erst Verantwortung überträgt.«

»Also hätten wir das geklärt«, sagte Tullus zufrieden. »Ich könnte dich sogar vorschlagen für die Stelle eines Centurio.«

Unglaube und Schrecken gruben sich in Fenestelas Züge. »Das kannst du dir schenken, verflucht!«

»Würde dir das nicht gefallen?«, meinte Tullus so unschuldig wie möglich.

»Ihr wisst, dass mir das nicht gefallen würde, *Herr*. Zu viel Verantwortung.« Er fluchte, als Tullus anfing zu glucksen. »Was ist daran so lustig, verflucht?«

»Damit kann man dich immer so schön ärgern«, lachte Tullus und wischte sich die Tränen aus den Augen.

»Ach, verpisst Euch, *Herr!*«

Tullus drückte seinem Freund den Weinschlauch gegen den Bauch. »Ich hau mich hin. Wie sieht's bei dir aus?«

Nach einem langen Schluck ließ Fenestela den Balg sinken. »Ich auch. Der hier ist leer.«

Am nächsten Morgen war Tullus froh, dass er einen klaren Kopf hatte. Als Primus Pilus konnte niemand von ihm verlangen, die Männer bei der Arbeit zu beaufsichtigen – die Wachen zum Beispiel, die am Haupttor und einzelnen Abschnitten des Walls Dienst schoben –, aber mittlerweile hatte er den Soldaten, die seinem Befehl unterstanden, schon so lange auf die Finger geschaut, dass er aus reiner Gewohnheit nach dem Rechten sah.

So kam es, dass er um die Mittagsstunde am Tor Zeuge wurde, wie ein erschöpfter, von Matschspritzern übersäter Meldereiter auf einem ausgelaugten Pferd eintraf. Die Nachhut bildeten dreißig Berittene, die ebenfalls arg mitgenommen aussahen. Tullus stieg die Leiter vom Wehrgang nach unten und stellte sich dem Reiter, der durchs Tor wollte, in den Weg.

»Sei gegrüßt!«, rief Tullus.

Der Reiter salutierte zwar vorschriftsmäßig, schien aber nicht anhalten zu wollen. Seine Miene verfinsterte sich, als Tullus die Zügel des Pferds zu fassen bekam.

»Ich bringe wichtige Nachrichten für die Legaten!«, empörte er sich.

»Ich bin Primus Pilus der Fünften, du Wurm.« Tullus lächelte kalt. »Das bedeutet, dass du mich mit *Herr* anreden darfst!«

»Bitte um Nachsicht, Herr. Wenn Ihr mich dann jetzt durchlassen würdet?«

Unbehagen erfasste Tullus. »Es ist doch nichts Schlimmes passiert, oder? Ist Germanicus wohlauf?«

Der Feldherr war vor einigen Tagen mit einem Teil seiner Truppen an Bord der Naves actuariae gegangen. Sein Plan sah vor, in Sichtweite der Küste auf dem Mare Germanicum zu segeln, um dann den Schutz des Flevo Lacus zu suchen.

»Sturm zog auf, Herr. Germanicus ist in Sicherheit, aber viele Transportschiffe der Flotte sanken oder wurden auf offene See abgetrieben. Hunderte sind ertrunken.«

Tullus war einmal mehr erleichtert, dass man seine Männer nicht auf die Schiffe beordert hatte.

»Den Göttern sei Dank, dass unser Feldherr wohlauf ist. Wo ist er im Augenblick?«

»Im Stammesgebiet der Chauken. Aber er marschiert in unsere Richtung.«

»Und wir sollen ihm entgegenkommen?«

»Das kann ich nicht sagen, nicht hier, Herr.«

»Gewiss. Reite weiter.« Tullus machte dem Mann Platz.

Der Meldereiter salutierte respektvoll und lenkte sein Pferd in Richtung der Zelte der Stabsoffiziere. Die Ala folgte ihm.

Tullus blickte hinauf zu Fenestela, der oben auf dem Wall stand. »Hast du das gehört?«

»Ja, Herr. Wie gut, dass Germanicus nichts widerfahren ist.«

»Ganz recht«, erwiderte Tullus. Das Letzte, was die Armee jetzt gebrauchen konnte, war der Verlust ihres charismatischen Führers.

»Da kommt noch ein Meldereiter, Herr!«, rief Fenestela aufgeregt.

Tullus hatte soeben seinen Fuß auf die unterste Sprosse der Leiter gesetzt, trat aber nun wieder zum Tor. Dieser Reiter schien ihn zu erkennen und zügelte sein Pferd, als sich Tullus ihm in den Weg stellte.

»Herr!«

»Kommst du von weit her?«

»Aus dem Süden, Herr. Die Marser haben sich zusammengerottet und greifen unsere Patrouillen an.« Der Blick des Boten glitt zum Zentrum des Lagers, denn dort lag sein Ziel, das Hauptquartier.

»Na, dann los«, sagte Tullus. »Tubero und die anderen Legaten wollen sicher gern deine Nachricht hören.«

Er schaute dem Meldereiter und dessen Begleitschutz nach, ehe er zu Fenestela auf den Wehrgang kletterte. Sie wechselten grimmige Blicke.

»Also vorerst kein Castra Vetera«, sagte Tullus.

33. KAPITEL

Arminius träumte von Maelo, von Blut und Tod – jede Nacht. Im Traum sah er, wie sein Freund lebte und lachte, um dann im nächsten Moment von einem namenlosen Römer abgestochen zu werden. Und jedes Mal versuchte Arminius, Maelo mit einem Ruf zu warnen, und kämpfte sich weiter zu seinem Freund vor, um den tödlichen Hieb abzuwehren. Aber jedes Mal misslang ihm der Versuch, und er wachte auf, schweißgebadet und schwer atmend. Um diesem Albtraum nicht erneut ausgesetzt zu sein, versuchte er wach zu bleiben, aber irgendwann übermannte ihn der Schlaf, und die Schrecken setzten wieder ein.

Das Blut, das im Traum floss, lief nicht nur über Maelos Leib, sondern sickerte aus den Wunden Tausender, die am Angrivarierwall gefallen waren. Blut troff von den spitzen Schnäbeln der Raben, klebte an den Rüsseln der Wildschweine. Verkrustetes Blut füllte Furchen und Risse im staubigen Boden. Arminius' Arme waren blutverschmiert, sein ganzer Körper wies Blutflecken auf. Fasste er sich an die Wangen, färbten sich seine Fingerspitzen rot. Ob es nun das eigene Blut war oder das der Feinde, konnte er nie ergründen, aber im Traum vermochte er nicht, das Blut von seinen Händen zu waschen, sosehr er sich auch abmühte.

Manchmal sah er Thusnelda und den gemeinsamen Sohn auf dem Schlachtfeld, neben all den gefallenen Kriegern. Sein Herz krampfte sich in solchen Augenblicken zusammen, und er streckte die Hand nach Thusnelda aus, aber seine geliebte Frau war immer zu weit von ihm entfernt, sie hörte auch nie sein Rufen, sein Flehen.

Am Schlimmsten war es für ihn jedoch, dass er nie das Gesicht seines Sohns sehen konnte. Der Junge war immer halb von seiner Mutter verdeckt, manchmal von den Falten ihres langen Gewands. Einmal aber trat er im Traum näher an die beiden geliebten Menschen heran und hätte beinahe seinem Sohn über die Wange streicheln können – der Kleine hatte ihm das Gesicht zugewandt –, aber dann weckte ihn eine Wache und meldete ihm einen Boten, der spät eingetroffen war.

Als sich Arminius später wieder auf seine Strohmatte legte und darauf hoffte, die Traumbilder abermals aufleben zu lassen, war der Himmel bereits blassgrau, und das Lager erwachte zu neuem Leben. Der Schlaf wollte sich nicht mehr einstellen, und Arminius hätte schwören können, das dröhnende Lachen des Donnergottes zu hören.

Auch Gerulf suchte ihn in den nächtlichen Visionen heim. Verdrießlich dreinblickend und mit schneidender Stimme fiel er wortgewaltig über Arminius her und warf ihm vor, nach der Königswürde greifen zu wollen. Er schimpfte ihn einen miserablen Anführer und bezichtigte ihn der Hochnäsigkeit.

»Du bist tot«, sagte Arminius im Schlaf, und musste dann mit ansehen, wie Gerulf ihm dreist ins Gesicht lachte.

»Ermordet von Maelo, aber mein Blut klebt auch an deinen Händen, Arminius«, rief die geisterhafte Erscheinung, »auch das Blut Tausender Krieger! Wir hätten nie auf dich hören dürfen.«

»Wärt ihr mir nicht gefolgt, wäre das gesamte Land bereits Teil des Römischen Reichs!«, schrie Arminius ihn dann an.

Aber wie es schien, schenkte Gerulf ihm kein Gehör.

In einer Abwandlung des Albtraums brach sich Arminius' Zorn Bahn. Er warf sich auf Gerulf, befeuert von dem Verlangen, den Kerl zu töten. Gerulf lachte indes nur und entwand sich ihm mit Leichtigkeit. Ganz gleich, wie hartnäckig Arminius ihm nachsetzte, der Mann war ihm immer einen Schritt voraus.

Arminius wachte auf und griff mit beiden Händen in die Luft. Er war allein. Blasses Licht sickerte durch die Zeltnähte – die Dämmerung kündigte sich an. Er war derart aufgewühlt, dass er schrie, aus Wut, Trauer und Verzweiflung. Mit beiden Fäusten schlug er sich gegen den Kopf, genoss den Schmerz sogar, wünschte, dieser Schmerz könne seinen Qualen ein Ende bereiten.

Sein Blick fiel auf sein Schwert.

Bring es jetzt zu Ende, durchzuckte es ihn. *Stoß die Klinge tief in deinen Leib, wie Varus es einst tat. Der Schmerz wird heftig sein, aber kurz, dann lässt er nach. Schuld und Scham werden verblassen. All die Narren, die mich umgeben, werden verschwinden.*

Von Verzweiflung überwältigt, zog Arminius das Spatha halb aus der Scheide. Die Klinge schimmerte matt, die Schneide wies zahllose Scharten auf, war aber dennoch scharf. Sie würde ihm ein rasches Ende bereiten.

Feigling, hörte er eine Stimme in seinem Kopf. *Wenn du dich jetzt tötest, wird Donar bestimmen, dass dir nie ein Platz in der Ruhmeshalle der Helden zugewiesen wird.* Denn diejenigen, die nach einer Niederlage den Schwanz einzogen, diejenigen, die stets den leichten Weg suchten, verdienten es nicht, einen Platz neben den Helden zu erhalten, neben den tapferen Kriegern, die in der Schlacht starben und tapfer bis zum Ende aushielten. *Tu es, wenn du willst, Schwächling, aber wisse, dass du dann niemals Maelo auf der anderen Seite begegnen wirst, auch nicht deiner Familie, wenn die Zeit für sie kommt, auf die andere Seite zu wechseln.*

Seine Qualen würden andauern, und irgendwann würde er einen Weg finden, damit zu leben. Das Leben war hart, wie er sich vor Augen führte. Und unerbittlich. Bisweilen kam man in den Genuss der göttlichen Gunst, doch die Götter nahmen auch.

Ja, manchmal bauen sie uns auf, aber meistens lächeln sie müde über unsere Schrullen, lachen über unser Missgeschick und sehen tatenlos zu, wie wir durch unser elendes Dasein stolpern. Uns bleibt nichts anderes übrig, als durchzuhalten. Wir mühen uns weiter ab, solange noch Kraft in unseren Leibern ist.

Arminius schlug den Zelteingang zurück. Stille lag über dem Lager, die Luft vor Tagesanbruch war angenehm. Das Lager hatte nicht mehr die eindrucksvolle Größe – geblieben waren nur die Cherusker –, dennoch erfüllte der Anblick ihn mit Stolz.

Noch sind wir nicht besiegt, dachte er. *Meine Krieger sehen in mir den Anführer, sogar mein Onkel Inguiomerus. Wir werden den Kampf gegen Rom fortsetzen und nichts unversucht lassen, unsere Freiheit zu verteidigen.*

Augenblicklich kehrte die alte Verzweiflung zurück. Es war rühmlich und richtig, Pläne für die Zukunft zu schmieden, aber im Grunde konnten die Cherusker nicht viel ausrichten. Diesen Sommer noch einmal den Kampf mit den Legionen zu suchen stand außer Frage. Erschöpft und gezeichnet von den bisherigen Gefechten, zählten die Cherusker nicht mehr als viertausend Speere – die Unverletzten. Weitere tausendfünfhundert würden ihre Verletzungen überleben, aber viele würden nie wieder in ihre Siedlungen zurückkehren. Anderen Stammesverbänden war es noch schlechter ergangen – mehr als die Hälfte der Angrivarier war ausgelöscht worden. Mallovendus' Krieger hatten ebenso hohe Verluste zu beklagen.

Arminius konnte nicht recht einschätzen, was die anderen Stammesführer jetzt von ihm dachten. Da Germanicus' Legionen offenbar darauf aus waren, den Stämmen einzeln zuzusetzen, hatte es kein gemeinsames Lager mehr gegeben, um die Wunden zu lecken. Die Stämme waren in ihre Siedlungsgebiete zurückgekehrt, wie geprügelte Hunde, die sich jaulend in ihre Hütten verzogen. Aber ob die Stammesgebiete Schutz vor der römischen Armee boten, war alles andere als gewiss.

Informanten innerhalb der Auxiliareinheiten – es gab immer noch einige Spitzel, auf die Arminius zählen konnte – hatten berichtet, ein Teil von Germanicus' Armee sei wieder unterwegs, um die Chatten anzugreifen. Mallovendus, einer der wenigen Stammesführer, die sich noch mit Arminius getroffen hatten, machte sich deswegen große Sorgen.

»Sei froh, Arminius. Dein Volk lebt weit entfernt vom Rhenus, und die Römer können nicht dauerhaft ihren befestigten Lagern am Grenzfluss fernbleiben. Für die Marser ist das anders. Auch für die Usipeter«, hatte er besorgt hinzugefügt und dabei einen Blick auf Gervas geworfen, der nachdenklich und unglücklich genickt hatte.

Hoffnung flackerte in Arminius' Herzen auf. Gervas würde zu ihm stehen, wenn es darauf ankam, die Stämme zu einen. Zumindest hatte der junge Krieger das angedeutet, ehe er gegangen war.

Gewiss, die Usipeter waren nicht mehr zahlreich, der Kampf gegen Rom hatte den Stamm viel Kraft und Blut gekostet, aber wenn man Bündnispartner brauchte, kam man nicht umhin, bei einem Stamm zu beginnen.

Wenn es nur so einfach wäre! Arminius rieb sich die geröteten Augen. Wenn der Sommer dem Herbst Platz machte, würden sich einige der Stämme, die ihn bislang unterstützt hatten, der Übermacht aus Rom beugen. Allerdings wusste er aus eigener Erfahrung, dass derartige Vereinbarungen nicht in Stein gemeißelt waren. Einst zählten auch die Cherusker zu den Verbündeten Roms, bis Varus am Saltus Teutoburgiensis in einen Hinterhalt geriet. Dennoch, Arminius musste damit rechnen, dass die Stämme, die unlängst eine herbe Niederlage erfahren hatten, nicht mehr bereit wären, an einem neuen, groß angelegten Aufstand teilzunehmen.

Arminius machte sich die bittere Lage bewusst. Sein gerade gefasster Entschluss geriet ins Wanken. Natürlich war es kaum verwunderlich, dass zwei Sommer heftiger Gefechte und schwerer Verluste den Stämmen den Willen zum Weiterkämpfen genommen hatten. Daher ahnte Arminius, dass er die Stammesführer nicht noch einmal für seine Sache gewinnen würde, auch wenn ihm in den vergangenen Jahren sein Charisma stets zum Vorteil gereicht hatte.

Ich brauche Hilfe, dachte er. Gervas könnte ihm beistehen, aber er war zu jung. Vor Männern, die doppelt so alt waren wie er, würde sich der Usipeter nicht durchsetzen können. Mallovendus wäre der Richtige, aber dafür müsste der Marser noch einmal Arminius' Führungsanspruch akzeptieren.

In Gedanken durchlebte er nochmal jenen Abend, als er das Bündnis schmiedete. Damals hingen die Stammesführer an seinen Lippen, und sein Name hallte bis zu den Dachsparren. Der Adler, glitzernd und gebieterisch trotz der Gefangenschaft, hatte die versammelten Krieger in seinen Bann gezogen – das machtvolle Symbol der römischen Niederlage unter Varus.

Arminius lachte, als er sich bewusst machte, wie einfach es oft war, andere zu überzeugen. Die Krieger würden ihm zuhören, wenn er ihnen noch einmal einen Legionsadler präsentierte.

Den Aquila, den er einst den Brukterern überlassen hatte, hatten Germanicus' Soldaten zurückerobert, blieben noch die Standarten im Besitz der Marser und Chauken. Doch Arminius zögerte bei dem Gedanken, das Siedlungsgebiet der Chauken aufzusuchen. Inzwischen standen etliche der Krieger aufseiten Roms. Außerdem hatten die Chauken ihm schon einmal eine Absage erteilt, als er die Stammesältesten für seine Sache gewinnen wollte. Die Marser hingegen hassten Rom, und Mallovendus war immer noch gut auf ihn, Arminius, zu sprechen.

Der Entschluss stand für ihn fest. Befriedigung erfüllte ihn. Er würde Mallovendus überreden, ihm den Legionsadler zu überlassen. Falls sich der Anführer der Marser dagegen sperrte, würde Arminius zu anderen Methoden greifen.

34. KAPITEL

Inzwischen standen die Legionen tief im Feindesland und waren sowohl von der Küste als auch von schiffbaren Flüssen so weit entfernt, dass über die Nachschublinien keine Getreidelieferungen mehr durchkamen. Daher war Piso auf Patrouille, genauer gesagt auf der Suche nach Vorräten.

Seitdem Germanicus nach dem Desaster an der Küste mit seinen Soldaten wieder zur Hauptarmee gestoßen war, war der tägliche Bedarf an Lebensmitteln rasant gestiegen. Starke Einheiten durchkämmten das Land, mit der Maßgabe, Getreidevorräte, Vieh und andere Lebensmittel zu finden und zu beschlagnahmen.

Diese Aufgabe fiel im Wesentlichen den Auxiliareinheiten zu, aber da diese Vorstöße nicht ausreichten, um den Bedarf an Nahrung zu decken, wurden auch Legionäre zur Beschaffung von Nahrungsmitteln herangezogen.

Als Primus Pilus brauchte Tullus diese Pflicht nicht zu übernehmen, somit seine Männer auch nicht, aber aus seiner Sicht war es an der Zeit, dem Alltag der Marschlager und der Eintönigkeit während der Märsche zu entkommen. Er musste auf andere Gedanken kommen, den Kopf freikriegen, hatte er in Pisos Gegenwart fallen lassen.

»Hätte ich gewusst, wie viel Schreibarbeit der Posten eines Primus Pilus mit sich bringt, hätte ich die Beförderung nicht angenommen, Brüder«, hatte er im Kreise einiger Legionäre bekannt und damit die Männer zum Lachen gebracht.

Das war vor einigen Stunden gewesen. Etwa acht Meilen von der Marschsäule entfernt durchkämmte Tullus' Centurie gemeinsam mit einer zweiten Einheit den Landstrich, im Schlepptau ein Dutzend Fuhrwerke, die von Maultieren gezogen wurden.

Die Mittagsstunde brach an, und erneut stiegen die Temperaturen, sodass es den Männern unter den Rüstungen rasch zu warm wurde. Die Luft flimmerte in der Hitze, der feste Boden strahlte die Wärme ab. Pisos Haut juckte, insbesondere an den Stellen, an denen die Rüstung scheuerte: an der Halsbeuge, wo das verknotete Focale die Haut vor dem scheuernden Schuppenpanzer schützen sollte. Mit einem Finger fuhr er sich über den Hals und zupfte den Schal zurecht. Die wollene Kleidung unter der Rüstung waren die Legionäre gewohnt, aber je wärmer es während des Marsches war, desto anstrengender wurde es.

Piso hätte lieber einen wolkenverhangenen Himmel gehabt, mit leichtem Regen und kühlen Temperaturen. Missmutig schielte er zur brennenden Sonnenscheibe hinauf. Allerdings machte er sich im selben Augenblick bewusst, dass er sich genauso heftig beschweren würde, wenn das Wetter schlecht wäre und Regen das Vorwärtskommen behinderte.

Die Kameraden in Pisos Nähe unterhielten sich leise, um sich die Zeit zu vertreiben und um die Furcht zu verdrängen, die jedem Legionär während einer Patrouille im Nacken saß. Im Augenblick beklagte sich Metilius über die dürftige Ausbeute der zurückliegenden Stunden.

»Wie viele Gehöfte haben wir gesehen, frag ich euch – zehn?« Er sah die Kameraden fragend an.

»Neun«, meinte Piso einsilbig.

»Zehn«, hielt Dulcius dagegen und grinste.

Metilius stierte finster vor sich hin. »Ach, wen interessiert's? Aber die Karren sind nicht mal zu einem Viertel gefüllt.«

»Wir sind für die Wilden hier wie ein Schwarm Heuschrecken«, meinte Piso. »Sie wollen den Winter über nicht verhungern, also verstecken sie alles vor uns.«

»Tun die dir etwa leid?«, hakte einer der Soldaten aus einer hinteren Reihe spöttisch nach.

»Wer war beim Saltus Teutoburgiensis dabei, du Hund – du oder ich?«

»Sollte ja keine Beleidigung sein«, sagte der Legionär und zuckte ein wenig zusammen, als Piso ihn mit einem wütenden Blick bedachte.

»Dann pass auf, was du sagst«, grummelte Piso. Mit der Bemerkung hatte der Kamerad bei ihm einen wunden Punkt getroffen. Wären sie bei den Gehöften oder in den Langhäusern auf Krieger gestoßen, hätte Piso nicht gezögert, die Gegner in den Tod zu schicken. Doch die einzigen Menschen, die sie bislang getroffen hatten, waren Alte, Lahme oder Kranke, die ihre Häuser nicht verlassen konnten oder wollten. Nicht alle waren jetzt tot, aber einige. Die Legionäre hatten all diejenigen erschlagen, die auch nur eine Andeutung von Widerstand hatten erkennen lassen. Durchbohrt von Klingen oder Schwertspitzen oder zu Tode getrampelt, lagen die Siedler nun in ihrem Blut.

Piso hatte gesehen, wie ein Graubart mit einem Holzbalken zu Tode geprügelt worden war. Und was die Frauen betraf, die meisten waren vergewaltigt worden, auch wenn ihnen Zähne fehlten oder die Brüste schlaff am Leib hinabhingen. Tullus und Fenestela hießen diese Taten nicht gut, aber sie konnten nicht überall zugleich sein.

»Im Winter verhungern oder heute unter unseren Klingen krepieren – wo ist da der Unterschied?«, fragte Metilius.

Darauf wusste Piso keine Antwort. Vielleicht war das der Grund, warum Tullus niemanden bestraft hatte. Wahrscheinlich war der schnelle Tod besser als langsames Verhungern in den dunklen Monaten des Winters. Und der Hungertod stand vielen germanischen Siedlern bevor, denn Germanicus hatte angeordnet, dass der Weizen und Roggen, der noch auf den Feldern stand, abgebrannt werden sollte.

»Wenn wir das Getreide nicht bekommen, sollen es die Wilden auch nicht haben«, hatte Tullus zu Beginn der Patrouille gesagt.

Ach, verflucht seien sie alle, dachte Piso. Wieso konnten sich die Germanen nicht endlich ergeben, die römische Herrschaft anerkennen und den Kampf einstellen? Dann wäre diese Patrouille nicht mehr nötig, der ganze Feldzug wäre überflüssig. War es denn so schwer, Steuern zu zahlen und den Herrscher in Rom als Gott zu verehren? Abertausende Menschen im römischen Reich taten dies und konnten in Frieden leben. *Also wollen die Germanen den dornigen Weg gehen*, dachte Piso. *Sie werden untergehen, wie alle Völker, die sich gegen Rom stellen.*

»Denkst du, die Marser kämpfen wieder gegen uns?«, fragte Metilius.

Nach mehreren Überfällen auf römische Patrouillen rückte Germanicus mit mehr als der Hälfte seiner Armee zum Siedlungsgebiet der Marser vor. Die Fünfte, gemeinsam mit anderen Legionen, war Teil dieses Vorstoßes.

»Es wäre dumm, wenn sie sich uns widersetzten. Wir sind ihnen sechsfach überlegen, wenn die Berichte der Späher stimmen. Ich sag euch, die Dreckskerle ergeben sich, wenn wir dort sind.« Piso wünschte sich, dass das Kämpfen ein Ende nähme. Seine Zeltgenossen vermutlich auch. Der Feldzug dieses Sommers war zwar nicht sehr lang gewesen, aber hart und unerbittlich. Gewiss, die Legionäre würden kämpfen, wann immer es nötig wäre, aber viel sehnlicher wünschten sich die Männer, endlich zum Rhenus zurückzumarschieren, ohne weitere Kameraden zu verlieren.

»Wenn sie sich nicht ergeben, kriegen die Bastarde, was sie verdienen.« Metilius bleckte die Zähne, was Piso nicht behagte.

»Piso!«

Tullus' Ruf verhinderte, dass Piso sich weiter in diesen Gedanken verlor. »Herr?«

»Ein Hof, dort drüben!« Tullus deutete nach links. In einer Entfernung von einer Viertelmeile war ein Langhaus zu erkennen, umgeben von kleinen Feldern und kleineren Nebengebäuden. »Nimm zwanzig Mann und ein Fuhrwerk. Sieh nach, was es dort zu holen gibt. Dann folgt ihr uns.«

Piso streckte voller Stolz die Brust raus. Es kam höchst selten vor, dass ihr Centurio einen Legionär aus der Menge hervorhob, und Pflichten dieser Tragweite fielen für gewöhnlich Fenestela zu oder einem der anderen untergeordneten Offiziere.

»Ja, Herr!«

Piso scherte aus und rief Metilius und Dulcius und die beiden anderen Zeltgenossen zu sich. Dann wählte er die restlichen Männer aus drei Contubernien aus. Einen Mann schickte Piso zum Ende der Patrouille. Er sollte der kleinen Schar mit einem der Karren über den schmalen, von Furchen durchzogenen Pfad folgen, der bis zu dem Langhaus führte.

»Aufstellung, vier Mann breit, fünf Reihen tief!«, befahl er. »Mir nach!«

Piso war etwas mulmig zumute, weil bislang keine Verantwortung dieser Art auf seinen Schultern gelastet hatte. Doch er ließ sich nichts anmerken und führte den kleinen Trupp in Richtung des Hofs.

Es dauerte keine zwanzig Schritte, da fingen die Kameraden an zu tuscheln.

»Habt ihr das gehört, Brüder?«, meinte Metilius. »Wie ein Optio!«

»Optio?«, fragte Dulcius in gespieltem Ernst. »Das war der Tonfall eines echten Centurio!«

»Nein, er wird direkt zum Tribun befördert, wusstet ihr das noch gar nicht?«, rief einer aus der Gruppe und konnte sein Lachen nicht unterdrücken.

Piso musste mit sich selbst ringen und zu einer Entscheidung finden. Schließlich kam er zu dem Schluss, dass es besser wäre, die kleinen Flämmchen des Aufbegehrens sofort zu ersticken, ehe ein Flächenbrand entstand. Zumal er ahnte, dass Tullus jeden seiner Schritte beobachtete.

»Genug jetzt!«, brüllte er. »Haltet die Augen gefälligst offen und die Wurfspeere bereit! Dort drüben in dem Langhaus könnten sich Krieger versteckt halten.«

Auf der kleinen Weidefläche vor dem Langhaus blökte ein Kalb nach seiner Mutter, die ganz in der Nähe graste.

»Oh, hört nur, Brüder!«, rief Metilius in spöttischem Ton. »Das war der Schlachtruf der Krieger!«

Die anderen prusteten und stießen sich gegenseitig an.

Piso hatte die Nase voll und fuhr wütend herum. »Halt dein Maul, verflucht, Metilius!«

Metilius erwiderte darauf nichts und presste die Lippen aufeinander. Piso bedachte die anderen Kameraden einen nach dem anderen mit einem anklagenden Blick. Einige wirkten verdrießlich und streitlustig, aber sie sagten nichts. Die meisten mieden seinen Blick, was Piso insgeheim erfreute.

Tullus' Stimme hallte in Pisos Kopf nach. *Disziplin. Es steht und fällt mit der Frage der Disziplin. Aber das begreifen die Männer irgendwann …*

Schließlich warf er wieder einen Blick auf die Kuh und das Kalb und fragte sich, warum die durchaus wertvollen Tiere nicht irgendwo versteckt gehalten wurden. Langsam trottete die Kuh zu ihrem Kalb, angelockt von dem Blöken. Doch das Muttertier hinkte, und als Piso genauer hinsah, erkannte er, dass das linke Fesselgelenk hinten geschwollen war. Die Kuh lahmte und hatte offenbar nicht in den Wald laufen können, und das Kalb war geblieben, da es noch nicht ohne die Milch der Mutter auskam.

Piso umfasste den Schaft seines Pilums fester. »Irgendjemand wird zurückgeblieben sein, um nach den beiden Tieren zu schauen – haltet die Augen offen!«

Diesmal ließen die Kameraden keine spöttischen Bemerkungen mehr fallen. Piso teilte den kleinen Trupp in drei Gruppen und schickte zwei davon zu den Nebengebäuden, während er selbst mit sechs Mann auf das Langhaus zuhielt.

Es war nicht so groß wie manch andere Langhäuser in der Gegend, und dem halb verrotteten Dach und der schief hängenden Tür nach zu urteilen, hatte sich schon seit Längerem keiner mehr richtig um die Instandhaltung des Gebäudes gekümmert. Hier und da bröckelte der Lehmbewurf von den Flechtwänden.

Pisos Unruhe legte sich ein wenig – offenbar handelte es sich hier nicht um einen Hof, den ein Vater mit vielen kräftigen Söhnen bewirtschaftete. Vermutlich waren die Bewohner schon alt und so gebrechlich wie die Kuh auf dem Stück Weide.

Piso wusste, dass er keinen der germanischen Dialekte beherrschte, aber er hatte sich bislang bei den Händlern am Rhenus immer verständlich machen können.

»Ist jemand zu Hause?«, rief er, als sie noch zwanzig Schritte von der windschiefen Tür entfernt waren. »Kommt heraus!«

Er erhielt keine Antwort, daher ging Piso weiter auf das Langhaus zu. Ein kurzer Blick zu den Kameraden verriet ihm, dass die beiden anderen Gruppen bei den Nebengelassen nicht in Gefahr waren. Zehn Schritte von der Schwelle entfernt wiederholte er die Frage und den Befehl. »Rauskommen!«

Ein leises Geräusch aus dem Innern des Hauses drang nach draußen, aber in der Tür erschien niemand.

Piso fuhr sich mit der Zunge über die spröden Lippen.

»Formieren! Wurfspeere bereithalten.«

Die Kameraden gehorchten, und Piso rief erneut: »Raus mit euch! Wenn ihr unbewaffnet seid, habt ihr nichts zu befürchten!«

Schleppende Schritte im Innern veranlassten ihn, sein Pilum

fester zu umfassen. Er war auf der Hut. Die Kameraden taten es ihm gleich, ihre Mienen waren angespannt.

Beinahe hätte Piso aufgelacht – erleichtert und verwundert zugleich –, als ein gebückt gehender weißhaariger Alter zur Tür kam und diese vollends öffnete. Er trug eine zerschlissene Tunika und eine gemusterte Hose und stützte sich schwer auf einen Stock. Piso schätzte den Mann auf den ersten Blick auf mindestens achtzig.

Der Alte sah Piso aus geröteten Augen an, die tränten.

»Tötet mich«, krächzte er, »aber verschont meine Enkel.«

Piso verspannte sich aufs Neue. »Enkel? Wie viele sind es denn? Wo stecken sie?«

»Es sind drei.« Er deutete mit einer leichten Kopfbewegung ins Haus. »Hier, bei mir.«

»Sag ihnen, sie sollen rauskommen!«, gab Piso scharf zurück, denn er hatte wahrlich nicht vor, sich in das Halbdunkel des Langhauses zu wagen. »Auf der Stelle!«

»Ihr werdet sie also nicht töten?«

»Wir sind auf der Suche nach Proviant und Vorräten«, erklärte Piso. »Niemandem wird ein Leid geschehen.« Mit festem Blick musterte er den Alten. »Aber wenn wir gezwungen sind, das Haus zu durchsuchen …«

Der Alte stieß einen langen, müden Seufzer aus. »Ich weiß.« Er drehte den Kopf zur Seite und rief über die Schulter. »Kommt her, Jungs. Langsam. Ihr habt nichts zu befürchten.«

Wieder Geräusche im Innern. Piso hörte den eigenen Herzschlag, aber dann lächelte er, als ein etwa sieben Jahre alter Bengel mit lockigem Haar ins Freie trat und gegen das Sonnenlicht blinzelte. Er suchte sofort Schutz bei seinem Großvater und starrte Piso und die anderen Legionäre ängstlich und erschrocken an.

Kurz darauf erschien noch ein Junge, der dem Siebenjährigen ähnlich sah, allerdings war er stämmiger und um einige Jahre älter. Er stierte Piso feindselig, fast trotzig an, blieb auf der Türschwelle stehen und hielt eine alte Framea umklammert.

»Leg das weg!«, fuhr ihn der Alte an.

»Lass den Speer fallen!«, befahl Piso.

Doch der Junge gehorchte nicht. »Ihr habt meinen Vater ermordet!«, schrie er.

»Wir haben hier niemanden getötet!«, stellte Piso ruhig klar und versuchte, den Vorwurf an sich abprallen zu lassen. »Also, lass den Speer fallen und stell dich zu deinem Bruder neben deinen Großvater!«

»Männer wie ihr habt meinen Vater erschlagen, bei den Langen Brücken! Er kam nie wieder nach Hause. Verflucht seid ihr alle!« Tränen liefen dem Jungen über die Wangen, dann hob er drohend den Speer.

»Halt!«, rief Piso. Zu spät bekam er die Reaktion der Kameraden mit. Zu spät drehte er sich um und konnte den Befehl nicht mehr rechtzeitig geben. Drei Pila flogen an Piso vorbei und brachten den Jungen zu Fall – er lag verdreht am Boden, erlegt wie ein wildes Tier.

»Ihr verfluchten Bastarde!«, schrie Piso die Kameraden an. »Er hätte nicht geworfen! Dafür hatte er zu viel Angst!«

Er hörte, wie die Kameraden protestierten, ehe eilige Schritte näher kamen. Piso wirbelte halb herum. Jenseits der Türschwelle war eine hastige Bewegung zu erahnen, dann stürmte ein untersetzter Jüngling ins Freie. Er warf einen kurzen Blick auf seinen toten Bruder, setzte zum Wurf an und schleuderte sein Framea auf Piso.

Piso riss seinen Schild einen Augenblick zu spät hoch und wurde am Hals getroffen. Hunderte Lichtblitze stoben in seinem Blickfeld auseinander, ein jäh aufschießender, lähmender Schmerz blendete alle anderen Wahrnehmungen aus.

Er kippte zur Seite und fiel. Den Boden, auf dem er rücklings aufschlug, spürte er bereits nicht mehr, aber dafür sah er das blau gespannte Himmelszelt und ganz deutlich die gelbliche Scheibe der Sonne. Bei den Göttern, was für ein schöner Anblick! Weitere Gedanken wollten sich nicht einstellen, da alles um ihn herum dunkel wurde. Er versuchte noch, eine Hand zu heben, um den Speer herauszuziehen, aber die Bewegung überforderte ihn.

»Piso! Piso!«, hörte er jemanden rufen, die Stimme hallte in seinem Kopf nach, als befände er sich in einem langen, nicht enden wollenden Gang.

Hatte da Metilius nach ihm gerufen? Nein, Vitellius? Piso konnte die Stimmen nicht mehr auseinanderhalten.

Er ließ los, gab jeglichen Widerstand auf.

35. KAPITEL

Die Sonne hatte den Erdboden im Lauf des zurückliegenden Monats ausgedörrt und hart wie Stein werden lassen, daher hörte Tullus die stampfenden Schritte der genagelten Sohlen, ehe er überhaupt die Männer sah. Zuerst glaubte er, es wäre einer der Soldaten ganz in seiner Nähe, und drehte sich um. Keine Warnrufe, kein Gebrüll von germanischen Kriegern. Dann vermutete er, dass einer der Karren ein Rad verloren hatte oder die Speichen gebrochen waren. Oder aber ein Meldereiter war von der Marschsäule eingetroffen, mit neuen Befehlen.

Ein Gefühl von Unbehagen und böser Vorahnung stellte sich ein, als er sah, dass Metilius und Dulcius an der marschierenden Patrouille vorbei in seine Richtung hasteten, mit puterroten Gesichtern.

»Halt!«, rief Tullus den marschierenden Soldaten zu. Dann ging er den beiden Männern entgegen. »Was ist los?«

Die beiden Legionäre blieben schwer atmend vor ihm stehen und sahen einander an, als wolle keiner der beiden das Wort ergreifen.

Kalte Angst bemächtigte sich Tullus. »Was geht hier vor, im Hades?«

»Es ist Piso, Herr.« Metilius' Lippen bebten, er senkte den Blick.

»Piso ist …«, stieß Dulcius außer Atem hervor. »Er ist …« Auch er war nicht mehr imstande, seine Gefühle unter Kontrolle zu bringen. Er wandte sich halb von Tullus ab, mit Tränen in den Augen.

»… tot?«, brachte Tullus den Satz mit heiserer Stimme zu ende. »Piso ist *tot?*«

Beide nickten.

Sie haben den Verstand verloren, oder ich träume das alles nur, dachte Tullus. Seine Kieferknochen mahlten, er biss die Zähne so fest aufeinander, dass es schmerzte.

Metilius brach in Tränen aus. Dulcius sah mit einem Mal aus, als müsste er sich übergeben.

Mit einer Hand wischte sich Tullus über die Stirn und atmete tief ein.

»Patrouille mit mir! Die Wagen bleiben hier!«, rief er. »Bleibt an meiner Seite«, sagte er zu den beiden. »Ich will alles hören …«

Tullus hatte schon so viele Schlachten erlebt, dass die einzelnen Ereignisse in seiner Erinnerung wie Farbkleckse verliefen. Doch der Anblick, der sich ihm vor dem Langhaus bot, brannte sich in sein Gedächtnis – er würde diese Bilder bis an sein Lebensende nicht vergessen.

Der lebhaft blaue Himmel und die klar umrissene Sonne. Die Stille in der Luft, die schwer und gesättigt wirkte, wenn man einatmete. Der schmale, zerfurchte Weg zum Gehöft. Die Buchen, die dem Langhaus an einer Seite Schatten gaben. Die lahmende Kuh, die ihr Kälbchen säugte. Dann seine Männer: trauernd, die Köpfe gesenkt, die Mienen wie erstarrt vor Schreck.

Drei Tote lagen vor dem Eingang zum Langhaus. Ein etwas plump wirkender Junge, daneben ein älterer Bursche an der Schwelle zum Erwachsensein und – *Piso*. Blutige Speere lagen verstreut herum. Am Boden kniete jämmerlich ein steinalter Mann und hielt einen kleinen Jungen mit lockigem Schopf in den Armen.

Tullus' Herz krampfte sich zusammen, als er vor Pisos Leiche stand. Wieder war ein Mann aus der Achtzehnten von ihnen gegangen, wieder ein Toter, der nicht entlang des Rhenus bestattet werden konnte, wieder ein Legionär, den der Tod vorzeitig aus dem Leben gerissen hatte und der seinen Lebensabend nicht als Veteran auf einem Gut irgendwo in Italia verbringen durfte.

Ein Gefühl von Müdigkeit und Trostlosigkeit lähmte Tullus. Niemand hätte Piso in der Not beistehen können, nicht einmal die besten Ärzte Roms. Die Wunde am Hals war so groß, dass Piso verblutet war, ehe ein Mann bis zwanzig zählen konnte.

Verbittert sah Tullus die Legionäre an, die beim Haus gewartet hatten, während Metilius und Dulcius zu ihm gerannt waren. »Irgendetwas gefunden?«

»Eine kleine Menge Getreide, Herr. Einen Schinken. Ein bisschen Gemüse. Und die Kuh mit dem Kalb, natürlich.«

Piso ist für nichts und wieder nichts gestorben, dachte Tullus, ließ sich aber nicht anmerken, wie sehr ihn diese Erkenntnis aufwühlte.

»Sorgt dafür, dass die Vorräte auf die Karren geladen werden, schlachtet das Vieh, dann steckt ihr den Hof in Brand.«

»Ja, Herr. Was machen wir mit den Gefangenen?«

Tullus funkelte den alten weißhaarigen Germanen an, der ebenso leise weinte wie sein jüngster Enkel. Doch Tullus blieb davon ungerührt. Es war, als wäre das Mitleid, das er noch am Tag zuvor für die Siedler in der Gegend empfunden hatte, nie da gewesen. Er hatte den Geschmack von kalter Asche im Mund.

»Kreuzigt sie.« Kaltblütig wiederholte er die Worte in der germanischen Mundart, die er kannte.

Der Alte schrie jäh auf. Die Angst übertrug sich auf den Jungen, der wieder zu wimmern anfing.

Dulcius konnte sein Entsetzen nicht verbergen. »Sogar den Jungen, Herr?«

»Ihr habt mich verstanden, verflucht!«, brüllte Tullus, und Speichel flog ihm um den Mund. »Diese beiden elenden Wichte sind nicht anders als der Drecksbengel, der Piso tötete! Sie würden dasselbe tun, wenn ihr ihnen den Rücken zukehrtet. Schlagt sie beide ans Kreuz – den Jungen zuerst, damit der alte Nichtsnutz zusehen kann. Fangt an damit!«

36. KAPITEL

Die letzte Strecke des langen Ritts war am schlimmsten gewesen. Arminius und seine etwa hundert Begleiter wussten zwar, wie man den Römern auswich, aber auf den letzten fünf Meilen bis zu Mallovendus' Siedlung mussten sie ihr ganzes Geschick aufbieten, um nicht von römischen Patrouillen entdeckt zu werden.

Der Feind stand tief im Land, in manchen Gebieten wimmelte es nur so von Römern. Auxiliareinheiten, Fußtruppen wie auch Kavallerie durchkämmten die Gegend auf der Suche nach feindlichen Stammeskriegern. Reguläre Patrouillen zogen plündernd durch die Siedlungsgebiete, raubten Vieh und Vorräte, brannten Höfe nieder und wehrten alle Gegenangriffe ab, die Arminius' kleine Schar unternahm.

Schlussendlich hatte Arminius seinen Trupp geteilt und einen Treffpunkt in den Wäldern unweit von Mallovendus' Dorf vereinbart. So warteten sie, bis es dunkel wurde, und vertrieben sich die Zeit damit, die Klingen ihrer Schwerter zu wetzen. Die meisten jedoch saßen untätig und übellaunig herum und verscheuchten die lästigen Stechfliegen.

Arminius wusste nicht, wohin mit seiner Wut, denn er hasste es, wie ein Dieb durch die Wälder schleichen zu müssen. Dies war schließlich germanisches Siedlungsgebiet, nicht römischer Grund und Boden!

Schweigend machte er sich bei Einbruch der Dunkelheit gemeinsam mit Osbert und zwanzig Kriegern auf den Weg zum

Dorf der Marser. Die Siedlung lag verlassen da, zumindest hatte es den Anschein, aber Arminius wollte nicht zu viel aufs Spiel setzen und seine Männer schonen. Durchaus denkbar, dass die Römer längst hier waren und eine Falle gestellt hatten.

Doch seine Bedenken waren unbegründet. Nicht ein Legionär weit und breit. Nur bei wenigen Langhäusern stiegen Rauchfäden aus der Öffnung im Dach. Nirgends spielten Kinder, das alltägliche Leben im Dorf war zum Erliegen gekommen. Stille lag über der Siedlung, kein Hund bellte, keine jungen Burschen lungerten herum, keine Graubärte hockten zusammen, um über längst vergangene Zeiten zu plaudern.

Arminius und seine Gefährten waren bereits tief im Lager, ehe überhaupt jemand ihr Kommen bemerkte.

»Halt!« Die Ösen eines Kettenhemds klirrten, als sich ein großer Krieger aus dem Schatten einer Dachtraufe löste. Er senkte den Speer abweisend. »Nennt mir eure Namen und den Grund eures Kommens!«

Nur eine Wache? Arminius' erster Gedanke war, dass es offenbar schlecht um Mallovendus bestellt war. Dann jedoch überlegte er und erkannte, dass ihm der Mangel an Wachen zum Vorteil gereichen könnte, falls sich Mallovendus als widerspenstig erweisen sollte.

»Ich bin Arminius vom Stamm der Cherusker«, sagte er, »und bin gekommen, um mich mit deinem Anführer zu beraten.«

Der Wächter trat näher und musterte Arminius. Dann grinste er. »Du bist es wirklich.«

»Sagte ich ja«, stellte Arminius trocken fest. »Und, ist Mallovendus da?«

»Ja. Tritt ein. Ich werde dich ankündigen.«

Arminius nahm nur Osbert mit und folgte dem Wächter über die Schwelle ins Innere des Langhauses.

Der Duft von gebratenem Fleisch bestürmte seine Nase, ein Ziehen ging durch seinen Magen. Seit Tagen hatte er nur hartes

Brot und Käse gegessen. Aber der Geruch von der Feuerstelle war das Einzige, was ihn noch an seinen letzten Besuch erinnerte, als er ein willkommener und gern gesehener Gast gewesen war. Jetzt war das Langhaus fast verwaist – gerade einmal sechs Krieger saßen auf Pelzdecken und unterhielten sich leise. Ein gelangweilt dreinblickender Sklave kümmerte sich um das Stück Fleisch, das über dem offenen Feuer briet. Etwas abseits bereiteten Frauen offenbar eine Mahlzeit vor.

Mallovendus saß allein an dem großen Tisch, an dem einst die Stammesführer über das weitere Vorgehen beraten hatten. Müde stierte der Rotschopf in einen Krug.

Arminius trat leise an den Tisch. »Mallovendus.«

Der Anführer der Marser hob ruckartig den Kopf, und Erstaunen beherrschte seine Miene. »Arminius?«

»Ja, ich bin es.« Arminius glaubte, Wohlwollen in Mallovendus' Blick zu sehen, aber da war noch mehr – war es Vorsicht oder gar so etwas wie Argwohn?

»Was für eine unerwartete Freude. Sei willkommen!« Mallovendus erhob sich und zog seinen Gast in ungestümer Begrüßung an seine Fassbrust. Auch Osbert kam in den Genuss dieser Umarmung. »Kommt nur, setzt euch zu mir!« Mallovendus schnippte mit den Fingern. »Bringt Becher und mehr Bier.« Zu Arminius gewandt sprach er: »Du bist sicher nicht allein gekommen. Hast du deine Krieger draußen?«

»Ein paar, ja.«

»Ich habe kaum zu hoffen gewagt, dass du deine ganze Schlagkraft mitgebracht hast.«

Arminius war im Begriff, etwas zu sagen, aber Mallovendus unterband dies mit einer wohlmeinenden Geste.

»Du brauchst dich nicht zu rechtfertigen. Selbst wenn wir beschlossen hätten, weiter gegen die Römer zu kämpfen, würdest du das Leben deiner Männer vergeuden, wenn du dich uns anschließen wolltest. Mein Volk ist geschwächt.« Er rief dem

Wächter etwas zu. »Arminius' Begleiter sollen reinkommen. Schlechte Zeiten hin oder her, Gäste heißen wir hier immer noch willkommen.«

»Meinen Dank.« Arminius beobachtete, wie seine Männer das Haus betraten. Sofort war ihm klar, dass er mit seinem Aufgebot den Kriegern des Gastgebers dreifach überlegen war. Doch das schien den Anführer der Marser nicht weiter zu beunruhigen, falls es ihm überhaupt aufgefallen war.

Arminius fasste neuen Mut. *Ich werde mir den Adler holen, auf die eine oder andere Weise*, dachte er.

»Deine Siedlung liegt fast wie ausgestorben da«, begann er leichthin. »Sind die Bewohner in die Wälder geflohen?«

»So ist es. Die Römer sind in der Nähe, dazu noch in großer Zahl. Für die Menschen hier ist es die beste Lösung, Schutz zu suchen.« Mallovendus war sichtlich erbost und ließ sich anmerken, wie verzweifelt die Lage war. »Euer Weg hierher wird nicht leicht gewesen sein. Die Legionäre ziehen wie eine Rattenplage durchs Land.«

Arminius machte eine beschwichtigende Handbewegung. »Meine Schwierigkeiten sind nichts im Vergleich zu den Gefahren, die deinem Volk drohen. Hat Germanicus versucht, dich und andere Stammesanführer zu Verhandlungen zu zwingen?«

»Alle Nachbarn im Umkreis, die nicht erschlagen wurden, mussten einen Treueeid auf den Herrscher ablegen. Wer sich weigerte, wurde hingemetzelt, mitsamt den Angehörigen.« Mallovendus schlug mit der Faust auf den Tisch. »Ich bin der Nächste. Heute traf ein römischer Bote ein und forderte mich auf, gleich morgen bei Germanicus vorstellig zu werden.«

»Wirst du der Aufforderung Folge leisten?«

Mallovendus seufzte. »Mir bleibt keine andere Wahl, Arminius. Bei dir mag es anders sein. Mein Volk sieht dem Tod ins Angesicht. Selbst wenn wir jetzt einem schmählichen Ende entgehen, unser Land liegt nah am Rhenus – wir werden immer in Gefahr sein. Ich werde mein Knie beugen und das Strafmaß annehmen, das Germanicus festsetzt. Du würdest dasselbe tun.«

»In der Tat, das würde ich«, räumte Arminius ein und war erneut froh, dass zwischen dem Kernland der Cherusker und der Grenze zum Römischen Reich Hunderte Meilen lagen.

»Vergib mir, dass ich nicht so frohgelaunt bin wie sonst. Ich sollte ein besserer Gastgeber sein.« Der Rotschopf nahm der Witwe, mit der Arminius im Winter das Lager geteilt hatte, die Krüge ab und schob sie weiter in die Mitte des Tischs. Dann prostete er seinen Gästen zu. »Auf bessere Tage.«

»Auf bessere Tage«, sagte Arminius und trank. Als er spürte, dass die Witwe ihn verstohlen musterte, regte sich Verlangen in seiner Lendengegend. Vielleicht wäre später noch ein wenig Zeit für ein Liebesspiel im Stroh. Doch vorerst verdrängte er die verlockende Aussicht. Er durfte die Fleischeslust nicht über sein eigentliches Ziel stellen: den Legionsadler.

Mallovendus leerte seinen Krug. Dann wischte er sich mit dem Handrücken über den Mund, stieß einen Rülpser aus und schenkte der kleinen Runde nach. Seine Miene wurde sehr ernst.

»So willkommen du bist, Arminius, was führt dich zu mir?«

Der Cherusker hatte sich die Worte längst zurechtgelegt.

»Wir wurden diesen Sommer immer wieder besiegt, aber das bedeutet noch nicht, dass unser Kampf gegen Rom zu Ende ist. Bald wird sich eine neue Gelegenheit ergeben, die Legionen vernichtend zu schlagen.«

»Mag sein.« Mallovendus sog seinen Schnauzbart zwischen die Lippen. »Eines Tages, vielleicht. Aber meine Leute sind des Kämpfens überdrüssig. Ich kann nichts versprechen …«

»Ich bin nicht gekommen, um die Marser zu bitten, Speere zu entsenden.« Arminius senkte seinen Blick in Mallovendus' Augen. »Ich möchte den Adler haben, den ich dir und deinem Volk nach dem Sieg über Varus schenkte.«

»Ah, deswegen bist du gekommen.« Schläue kam in Mallovendus' Blick. »Warum wendest du dich nicht an die Chauken?«

»Ihr Siedlungsgebiet liegt zu weit abseits.«

»Doch der Weg dorthin birgt weniger Gefahren.«

»Um ehrlich zu sein, die meisten ihrer Anführer sind nicht mehr gut auf mich zu sprechen.«

»Woran könnte das liegen?«

Arminius' Antwort war ein Schulterzucken. »Ich bat sie mehrfach um Unterstützung, doch ihre Krieger zogen es vor, für Rom zu kämpfen. Um den Anführern zu verdeutlichen, wie es im Augenblick um das Verhältnis der Cherusker zu den Chauken bestellt ist, schickte ich den Kopf des Boten in einem Korb zurück.«

Mallovendus pfiff leise durch die Zähne, doch in seinem Blick flackerte etwas auf. »Du bist ein Narr, Arminius!«

»Mein Temperament ging mit mir durch.«

»Nur ein ganz klein wenig«, spöttelte Mallovendus. »Merk dir, was ich dir sage, Arminius, du wirst die hitzköpfige Reaktion noch bereuen.«

»Und wenn schon?« Wieder zuckte Arminius mit den Schultern.

»So bist du also zu *mir* gekommen …« Mallovendus ließ den Satz bewusst offen ausklingen.

»Ja«, lautete die knappe Antwort.

Sie starrten einander in die Augen. Zeit verstrich, keiner der beiden sagte ein Wort. Schlussendlich begriff Arminius, dass der Anführer der Marser nicht klein beigeben würde. Daher versuchte er es zunächst auf anderem Wege.

»Besiegte neigen dazu, ihre früheren Erfolge zu vergessen. Ich brauche den sichtbaren Beweis, dass wir die Römer einst vernichtend geschlagen haben.«

Mallovendus schüttelte bedauernd den Kopf. »Ich verstehe, was du meinst, aber ich kann dir den Adler nicht überlassen.«

Arminius hatte Mühe, ruhig und sachlich zu bleiben. »Warum nicht?«

»Germanicus ist ein rücksichtsloser Bastard, wie alle Römer. Er wird uns erdrückende Forderungen stellen, wird uns harte Strafen auferlegen. Der Adler ist unser Pfand. Die Römer werden ihre Standarte wiederhaben wollen, daher werden sie bereit sein, einen entsprechenden Preis dafür zu zahlen.«

»Nein! Ich verbiete dir, den Adler in einer Art Tauschhandel einzusetzen!«

Alle Freundlichkeit war aus Mallovendus' Gesichtszügen gewichen. »Sag mir nicht, was ich in meinem eigenen Haus zu tun und zu lassen habe, Cherusker!«

Wieder starrten sie einander an, und Arminius dachte: *Ich könnte ihm meinen Dolch zwischen die Rippen rammen, ehe er Zeit hat, den Krug abzustellen.* Aber er wusste, dass er in diesem Fall nie erfahren würde, wo der Adler aufbewahrt wurde, daher nickte er, trank einen Schluck Bier und sagte: »Es war nicht meine Absicht, dich zu beleidigen.«

»Gewiss nicht.« Mallovendus setzte ein Lächeln auf, doch es reichte nicht bis zu seinen Augen.

»Ich werde mich wieder auf den Weg machen. Hab Dank für das Bier.« Arminius stand auf.

»Bleib und iss mit uns.« Es klang nicht überzeugend.

»Danke, aber ich muss weiter.« Arminius fing kurz Osberts Blick auf und gab seinem Getreuen das vereinbarte Zeichen, ein langsames Senken des Kinns. Sofort schlenderten Arminius' Männer zu den wenigen Marsern, aber langsam und unauffällig. Derweil stellte sich Arminius hinter Mallovendus, der noch am Tisch saß, und hielt ihm den Dolch an die Kehle.

Der Anführer der Marser erstarrte. »Du wagst es, einen Dolch unter meinem Dach zu ziehen und auf mich zu richten?« Es klang wie ein ungläubiges, heiseres Flüstern.

»Du lässt mir keine Wahl«, sagte Arminius.

Mallovendus verspannte sich, ganz so, als würde er jeden Moment aufspringen, doch Arminius drückte dem Rotschopf mit kaltblütiger Ruhe die Klinge ein wenig tiefer in die Haut, sodass der erste Tropfen Blut aus der Wunde sickerte.

»Überleg dir gut, was du tust!«, zischte Arminius. »Deine Männer sind auch des Todes!«

»Du Stück Dreck!«, zischte Mallovendus, aber er machte keine Anstalten mehr, sich zu widersetzen. »Dann tu, was du tun musst. Aber ich werde dir nie verraten, wo der Adler versteckt ist.«

»Ach, nein?« Arminius sah zu Osbert hinüber. »Nimm dir den jüngsten Krieger dort vor – den Blondschopf. Stich ihm die Augen aus.«

Ein Schrei entrang sich Mallovendus' Kehle. Arminius war darauf gefasst, schlang dem großen rothaarigen Mann von hinten einen Arm um den Hals und übte noch mehr Druck mit der Klinge aus.

»Nur zu«, wisperte Arminius an Mallovendus' Ohr. »Ich schicke dich gern auf die andere Seite.«

Mallovendus fügte sich, brodelnd vor Zorn. Mit Genugtuung verfolgte Arminius, wie der junge blonde Krieger, der sich wehrte und vor Wut brüllte, zum Tisch gezerrt und mit dem Rücken auf die Tischplatte gedrückt wurde. Das Messer in der Hand, schaute Osbert zu Arminius auf.

»Also, wo ist der Adler?«, verlangte Arminius.

»Donar soll dich holen, du Hurensohn!«, brüllte Mallovendus.

Arminius gab Osbert mit einem Nicken zu verstehen, dass er handeln sollte. Bedrohlich beugte sich Osbert über sein Opfer.

Leise Schritte näherten sich dem Tisch. Arminius spürte, dass jemand hinter ihm stand. Es konnte keiner der Marser sein – sie wurden alle von seinen Kriegern bewacht.

Vorsichtig warf Arminius einen Blick über die Schulter, lockerte indes nicht den Griff, da er befürchtete, der massige Rotschopf könne jeden Moment aufspringen. Ehe er die Person erkennen konnte, verspürte er ein Stechen am Rücken. Die Spitze eines Messers bohrte sich durch den Stoff seiner Tunika, tief unten auf der rechten Seite.

»Mein Mann sagte mir einst, dass hier die Leber sitzt.«

Die Witwe sprach die Worte mit eiskalter Berechnung, nichts war geblieben von der verführerischen Stimme, als sie in jener Winternacht in Arminius' Armen gelegen hatte.

»Wenn man fest genug zustößt, hört es nicht mehr auf zu bluten. Ein langsamer Tod, sagte mein Mann, und kein angenehmer.«

Arminius lachte. »Das würdest du nicht tun.« Kaum waren ihm die Worte über die Lippen gekommen, als die Witwe ihm die Klinge tiefer ins Fleisch bohrte.

Er schrie auf. Mehrere seiner Krieger griffen zu den Waffen, bereit, ihm beizustehen.

»Stell mich nicht auf die Probe«, schärfte ihm die Witwe ein.

»Bleibt, wo ihr seid!«, wies er seine Männer an. Widerwillig senkten die Krieger der Cherusker die Waffen.

»Gib den Jungen frei«, sagte die Witwe. »Deine Männer werden die Siedlung verlassen, ohne viel Aufhebens.«

»Und was wird aus mir?«, fragte Arminius nicht ohne einen Anflug von Furcht in der Stimme angesichts der Entschlossenheit der Frau.

»Du bleibst hier, als Pfand«, sagte Mallovendus, und seine Stimme klang wieder fester.

»Sobald meine Krieger fort sind, wirst du mir die Kehle durchschneiden.«

»Nicht jeder ist ein so verräterischer Hund wie du, Arminius.« Langsam, aber unaufhaltsam entwand Mallovendus sich Arminius' Umklammerung. Seine Miene war starr, sein Blick voller Hass und Kälte. »Da wir einst freundschaftliche Bande pflegten, werde ich dich ziehen lassen, unversehrt. Dies gelobe ich vor Donar, dem Herrn über den Donner.«

Arminius sah Mallovendus lange und tief in die Augen, doch er entdeckte keine Anzeichen von Täuschung. Dann nickte er und nahm es hin, der Unterlegene zu sein, auch wenn er das in seiner schwelenden Wut nicht wahrhaben wollte.

»Lass ab von dem Jungen, Osbert. Reite mit den Männern zurück zu unserem Lager. Ich komme dann nach.«

Osbert zögerte, doch Arminius brüllte ihn ungehalten an: »Tu, was ich sage! Oder dieses irre Weib spießt mich auf.«

Osberts Miene verfinsterte sich, doch er befolgte die Aufforderung. Sowie er mit den anderen Kriegern verschwunden war, entfernte sich die Witwe einige Schritte von Arminius, machte aber eine spöttische Bemerkung zu seiner Männlichkeit. Die Krieger der Marser lachten in sich hinein und umstellten Arminius sofort, doch Mallovendus hielt Wort. Keiner krümmte dem Anführer der Cherusker auch nur ein Haar. Man stellte ihm sogar ein Brett mit Brot und geröstetem Fleisch hin.

Grummelnd fügte sich Arminius in sein Schicksal. Das Essen schmeckte wie fade Asche. Verzweiflung gehörte nicht zu den Gefühlsregungen, die Arminius vertraut waren, doch in diesem Moment konnte er sich niemanden vorstellen, der verzweifelter war als er, denn ohne den verheißungsvollen Adler stand es schlecht um sein Vorhaben, neue Verbündete unter den unlängst besiegten Stämmen zu finden.

37. KAPITEL

In der warmen Morgensonne saß Tullus auf seinem Pferd und wartete gemeinsam mit den höherrangigen Offizieren der fünf Legionen. Versammelt waren neben seiner eigenen Legion vier weitere, die Germanicus auserkoren hatte, um den Marsern eine Lektion zu erteilen.

Auf Äckern und offenen Weideflächen hatte die Fünfte Aufstellung bezogen. Dicht gedrängt standen die Männer, Kohorte für Kohorte. In Sichtweite lag die größte bekannte Siedlung der Marser, das Heimatdorf des Anführers Mallovendus.

Seit Pisos Tod waren drei Tage vergangen, und die Armee hatte ihr Ziel erreicht. Der Marsch selbst war nicht ohne Zwischenfälle verlaufen. Immer wieder hatten die Marser in kleineren Verbänden die Marschkolonnen angegriffen. Tullus konnte die Wut der Stammeskrieger nachvollziehen, da Germanicus angeordnet hatte, jedes Gehöft und jedes Dorf unterwegs niederzubrennen.

Die Legionäre hatten die Angriffe abgewehrt und den Feinden hohe Verluste zugefügt, in einem Fall war eine Schar der Marser bis auf den letzten Mann niedergemacht worden. Tullus war mit seiner Einheit an den Scharmützeln beteiligt gewesen. Sie hatten keine Gefangenen gemacht, zu groß waren bei den Kameraden Trauer und Wut, weil Piso nicht mehr unter ihnen war.

Die Landstriche, die von den Legionen verwüstet wurden, waren nahezu entvölkert. Der Weg zu Mallovendus' Siedlung ging auf den letzten Meilen in ordentlich verlegte Bohlen über, da das Gelände sumpfig war, aber über dem Wald und den Feldern hatte eine unheimliche Stille gelegen. Keine Menschenseele war mehr auf den Gehöften unterwegs, kein Laut drang aus den Wäldern. Nur die Späher der Auxiliareinheiten hatten noch Siedler gesichtet, die in die tiefen Wälder der Umgebung flohen.

Die Legionäre mutmaßten schon, dass die größere Siedlung der Marser längst aufgegeben worden war, doch dann war ein Unterhändler aufgetaucht. Er hielt einen Mistelzweig als Zeichen des Waffenstillstands in der Hand und überbrachte die Nachricht, dass Mallovendus bereit sei, Germanicus oder dessen Stabsoffiziere zu empfangen, um Verhandlungen aufzunehmen.

Germanicus rechnete zunächst mit einer Falle und befahl der Kavallerie, den Umkreis der Siedlung und das Dorf selbst auszukundschaften. Eine Weile später berichteten die Boten, die Siedlung selbst sei verwaist, nur vor Mallovendus' Langhaus hätten sich etwa hundert Krieger versammelt. Bei dieser Nachricht atmeten die Legionäre auf.

Germanicus blieb skeptisch und wollte keine Risiken eingehen, daher hatte er die Fünfte Legion zu der Siedlung geschickt, um bei den bevorstehenden Verhandlungen für Sicherheit zu sorgen. Die übrigen Legionen hingen etwas zurück, konnten aber unverzüglich angefordert werden, falls Gefahr im Verzug war.

Tullus, der immer noch Piso nachtrauerte, war enttäuscht, als sich abzeichnete, dass die Marser keinen Widerstand leisten würden. Er brannte darauf, noch mehr Feinde zu erschlagen. Piso allein war so viel wert wie tausend von diesen Bastarden, dachte er voller Grimm. Nein, Pisos Tod stellte einen Verlust dar, der durch nichts wiedergutzumachen war.

Er war hundemüde, hatte einen schalen Geschmack im Mund und Kopfschmerzen von dem Wein, den er sich am Abend zuvor genehmigt hatte. Daher war er reizbar und fragte sich mit wachsender Ungeduld, wann sich Germanicus endlich blicken ließe. Tullus selbst stand es nicht zu, als Wortführer aufzutreten, auch keinem der Primi Pili der anderen Legionen. Selbst der Legat Tubero, der keine zwanzig Schritte entfernt unter seinem verzierten Helm schwitzte, musste warten und sich in Geduld üben.

Kurze Zeit darauf kündigten Hornstöße die Ankunft des Feldherrn an. Germanicus sah aus, als wäre der Kriegsgott Mars persönlich zur Erde hinabgestiegen. Der Imperator trug seine Paraderüstung mit Beinschienen, einen polierten Muskelpanzer, eine rote Schärpe und einen aus Silber getriebenen Helm. Langsam lenkte er sein stattliches Ross vorbei an den Offizieren und bedachte jeden von ihnen mit einem anerkennenden Nicken.

»Hat Mallovendus sich schon blicken lassen?«, rief er schließlich Tullus zu.

»Nein, Herr, ich vermute, er wartet darauf, dass Ihr ihn auffordert, sich zu zeigen.«

Germanicus lächelte dünn. »Dann gib das Signal, Centurio Tullus.«

Ein Dutzend Bläser stand bereit. »Gebt das Signal!«, befahl Tullus.

Der hohe, schmetternde Klang der Tubae ertönte – ein Signal, das in allen Sprachen klar und verständlich war: Zeig dich! Mallovendus hatte das Geschehen vermutlich aus sicherer Entfernung verfolgt, denn er tauchte keine dreißig Herzschläge später auf, in Begleitung einer kleinen Schar Krieger.

So ist's recht, du Wurm, dachte Tullus. *Komm, wenn dein Herr dich ruft*.

»Er muss allein kommen, wenn er mit mir reden will«, sagte Germanicus. »Sorg dafür, Centurio Tullus.«

»Herr.« Unter anderen Umständen hätte Tullus es für Selbstmord gehalten, allein zu einer Gruppe feindseliger Germanen zu reiten. Heute indes erfüllte es ihn mit tiefer Genugtuung, den Kriegern zu zeigen, wie selbstbewusst ein römischer Centurio war. Falls die Männer angriffen, hätte er die Chance, Mallovendus in den Dreck zu schicken, einen Helfershelfer des verhassten Arminius. Sollte er selbst den Tod finden, würde er den Weg nehmen, den auch Piso, Vitellius und all die anderen toten Kameraden in die andere Sphäre genommen hatten. Da er sich während der letzten Tage ohnehin in düsterer Gemütsverfassung befand, hatte er keine Angst vor einer möglichen Konfrontation. Er drückte dem Pferd die Knie in die Flanken und versetzte das Tier in einen leichten Trab.

Er ritt bis zu den Kriegern, die in einer Reihe Aufstellung vor ihrem Anführer bezogen hatten, und genoss es, als er sah, dass die Männer zusammenzuckten und unwillkürlich einen halben Schritt zurücktaten.

»Wo ist Mallovendus?«, rief er in der Volkssprache.

»Ich bin hier«, erwiderte ein massiger rothaariger Kerl mit groben Gesichtszügen, der ein angelaufenes Kettenhemd und eine dunkelgrüne Hose trug. »Und wer bist du?«

Tullus ignorierte diese Frage. »Germanicus will dich sprechen – allein. Keine Ehrengarde. Keine Krieger. Keine Waffen.«

Mallovendus lief bei dieser offenkundigen Missachtung vor Zorn rot an. Doch er nickte schließlich.

»Folge mir«, befahl Tullus und riss sein Pferd so schneidig herum, dass einige der Krieger hastig ausweichen mussten. Er ritt davon, ohne sich noch einmal umzuschauen, und genoss die hasserfüllten Blicke der Germanen, die er spürte. Womöglich verfolgten nicht mehr als hundert Krieger das Geschehen vom Rand der Siedlung aus, aber keiner von ihnen würde je den demütigenden Anblick vergessen, denn ihr Anführer musste als Bittsteller zu Fuß und ohne Waffen zu Germanicus gehen. Tullus hatte keinen Zweifel, dass sich dieser Moment und die damit verbundene Botschaft im Stamm der Marser und darüber hinaus herumsprechen würde.

Widerstand ist zwecklos. Rom ist übermächtig. Beugt eure Knie vor dem Herrscher oder tragt die Konsequenzen.

»Du bleibst bei mir, Primus Pilus«, sagte Germanicus, worauf Tullus sein Pferd auf eine Höhe mit Germanicus' prächtigem Ross brachte. »Ich traue diesem Wilden nicht, auch wenn er allein kommt.«

»Ist mir eine Ehre, Herr.«

Mallovendus blieb in gebührendem Abstand vor dem Imperator stehen. Er nickte zum Gruß. »Germanicus.«

»Du bist Mallovendus?«, verlangte der Feldherr zu wissen und deutete auf einen Dolmetscher, einen Offizier der Hilfstruppen, der Chauke war.

»Der bin ich.« Mallovendus' Latein war schlecht, aber immerhin konnte er sich verständlich machen.

»Dein Volk hat sich nicht damit zufriedengegeben, sich Arminius' Aufstand anzuschließen, deine Krieger greifen immer noch meine Legionäre an.« Germanicus machte keinen Hehl aus seinem Unmut.

Es dauerte einen Moment, bis der Dolmetscher für Mallovendus übersetzt hatte und dann dessen Worte wiedergab.

»Er bittet Euch um Vergebung«, sagte der Chauke. »Es war ein Fehler, zu den Waffen zu greifen und gegen Rom zu kämpfen. Seinem Volk tut es ebenfalls leid.«

»Aha, es tut ihm *leid?*« Auf Germanicus' Miene lag pure Verachtung. »Sag das meinen toten Legionären! Wird ein ›es tut mir leid‹ die Fuhrwerke zurückbringen, die zerstört wurden, oder die Ausrüstung, die verbrannt wurde?«

Mallovendus schüttelte den zotteligen Kopf, als der Übersetzer Germanicus' Worte wiedergegeben hatte. Hernach achtete der Marser darauf, den Blick gesenkt zu halten, wenngleich er die Hände ständig zu Fäusten ballte und wieder öffnete.

Nur zu, dachte Tullus und hatte die Hand am Griff des Gladius. *Versuch's doch, du Made.*

»Dein Volk wird für den Verrat zahlen müssen«, sprach Germanicus. »Wir verlangen Münzen. Vieh. Pelze. Sklaven. Der Gesamtwert unserer Forderungen wird Tausend mal Tausend Denarii betragen.«

Der Dolmetscher übertrug dies.

»Zu viel!«, brachte Mallovendus mit starkem Akzent auf Latein vor. »Mein Volk – nicht reich.«

Germanicus lachte kalt auf. »Treibst du nicht auf, was ich verlange, Narr, wirst du den Zorn meiner Legionen zu spüren bekommen.«

Die beiden stierten einander an. Mallovendus kochte sichtlich vor Zorn, spürte indes, dass er machtlos war. Germanicus setzte eine abweisende, verächtliche Miene auf.

»Ich habe etwas, das Ihr wollt«, sagte der Marser schließlich in seiner Sprache.

Tullus hatte verstanden und beugte sich bereits neugierig vor, doch Germanicus musste warten, bis der Dolmetscher fertig war.

»Was könntest du schon haben, was mich interessieren könnte?«, gab der Feldherr höhnisch zurück.

»Aquila«, sagte Mallovendus. »Ich habe – Adler.«

Für Tullus schien die Zeit zum Stillstand gekommen zu sein. Er verspannte sich und biss sich aus Versehen auf die Innenseite der Wange, sodass er Blut im Mund schmeckte. Er fixierte Mallovendus mit kaltem Blick.

»*Du* hast den Adler?«

Mallovendus nickte, und der Chauke antwortete für den Marser auf Latein: »Er sagt, er hat einen der Adler von Varus' Legionen.«

Die Stabsoffiziere, die in der Nähe standen, lauschten aufgeregt. Derweil schlug Tullus' Herz wie ein Schmiedehammer in seiner Brust.

»Beweise es mir«, verlangte Germanicus.

Der Übersetzer gab die Worte in der Volkssprache wieder.

Mallovendus verneinte mit einem Kopfschütteln und erwiderte etwas.

»Er wird es beweisen«, erklärte der Chauke für ihn, »aber nur, wenn sein Volk ein Viertel der verlangten Summe zahlen muss.«

Germanicus richtete sich kerzengerade im Sattel auf. »Sie werden alles zahlen, was wir fordern, bis auf den letzten Denarius, oder sie werden niedergemacht!«

Doch Mallovendus gab nicht nach. »Wenn ihr sie alle tötet«, sagte der Chauke, »werdet Ihr den Adler niemals zurückbekommen.«

Schweigen. Die Verhandlungen stockten. Mallovendus schien keine Mühe zu haben, Germanicus' brennendem Blick standzuhalten.

Tullus räusperte sich. »Darf ich sprechen, Herr?«

Germanicus sah ihn an. »Sprich, Centurio.«

Tullus wandte sich lautstark an Mallovendus, in der Sprache der Germanen am Rhenus. »Welcher Adler ist es? Zu welcher Legion gehörte der Aquila, von dem du sprichst?«

»Der Achtzehnten.«

Tullus musste sich an den Zügeln festhalten, um nicht im Sattel zu schwanken. Ihn schwindelte. Wie aus großer Ferne bekam er mit, dass der Chauke Mallovendus' Antwort ins Lateinische übersetzte. Die Marser hatten seinen alten Legionsadler! Er war zum Greifen nahe – es konnte nicht anders sein. Nach all den Jahren …

»Centurio, geht es dir gut?«, erkundigte sich Germanicus.

Tullus blinzelte und zwang sich zu einem Lächeln. »Mir geht es ausgezeichnet, Herr.«

»Das ist dein Adler, nicht wahr?«

»Ja, Herr.« Tullus' Stimme klang belegt. Er wollte auf seinen Feldherrn einreden, wollte Germanicus überreden, Mallovendus' Bedingungen zu akzeptieren, doch sein Stolz hinderte ihn daran, seine Gefühle offenzulegen. Stattdessen presste er die Lippen aufeinander und schob das Kinn leicht vor, in der Hoffnung, dass der Imperator die Bedeutung des Adlers genauso hoch einschätzen würde.

Germanicus' Blick glitt von Tullus zu Mallovendus und zurück, ehe er in eine unbestimmte Ferne sah.

Hoch oben stieß ein Bussard einen heiseren Schrei aus, als wolle er die Verhandlungen der Menschen weit unter ihm verhöhnen.

Während Tullus den Anführer der Marser musterte, kam ihm eine mögliche Lösung in den Sinn. *Foltern wir den Bastard, bis er preisgibt, wo der Adler ist.* Ein Gedanke, der Tullus im Augenblick gefiel, doch dazu würde es nicht kommen.

Germanicus dachte pragmatisch. Er würde auf der Herausgabe der Standarte bestehen und so viel Tribut einfordern, wie die Marser aufbringen könnten.

»Du wirst uns den Adler übergeben und fünfhunderttausend Denarii zahlen«, sagte Germanicus und bestätigte damit Tullus' Vermutung.

Als Mallovendus Einwände machen wollte, schnitt Germanicus ihm brüsk das Wort ab. »Du bist nicht in der Position, zu verhandeln! Wenn du mein Angebot zurückweist, werden meine Legionen deine Siedlung dem Erdboden gleichmachen. Dein Volk wird versklavt oder vernichtet, wir werden nicht einmal die Alten und die Kinder verschonen. Dies gelobe ich vor Mars und Jupiter.«

Ungeduldig wartete Tullus, bis der Chauke übersetzt hatte.

Mallovendus deutete eine Verbeugung an. »Also gut.«

Germanicus setzte eine triumphierende Miene auf. Tullus hüpfte das Herz in der Brust. Nach all den Schrecken, die er hatte durchleben müssen, würde der Aquila der Legio XVIII zurückkehren.

»Die Standarte wird hier ganz in der Nähe aufbewahrt«, sprach der Marser.

»Wird sie bewacht?«, wollte Tullus wissen.

»Von zehn Kriegern und einem Priester.«

Tullus hätte vor Freude laut jubeln mögen.

Dann spürte er, dass Germanicus' Blick auf ihm ruhte. »Ich denke, dieses Unternehmen solltest du anführen, Centurio Tullus. Bist du bereit?«

Tullus salutierte und drückte den Rücken durch. »Nichts hätte ich mir sehnlicher im Leben gewünscht, Herr.«

38. KAPITEL

In einer Entfernung von weniger als zwei Meilen verharrte Arminius in seinem Versteck ganz in der Nähe von Mallovendus' Siedlung. Die ganze Nacht hatte er überlegt, wie er es anstellen könnte, den Anführer der Marser zu zwingen, den Aufbewahrungsort des Legionsadlers preiszugeben. Vieles war ihm durch den Kopf gegangen, doch letzten Endes verwarf er sämtliche Möglichkeiten.

Gewiss wäre er erfolgreich gewesen, wenn er Mallovendus' Langhaus mit den Kriegern gestürmt hätte. Die Cherusker hätten den Kampf für sich entschieden, aber viele wären ums Leben gekommen. Außerdem wäre vielleicht auch Mallovendus erschlagen worden und hätte somit sein Geheimnis mit in den Tod genommen.

Verbittert machte sich Arminius bewusst, dass ihm nichts anderes übrig bliebe, als nach Hause zurückzukehren. Womöglich würde es ihm gelingen, im Herbst oder Winter neue Verhandlungen mit den Chauken zu führen. Eine schwache Hoffnung – wenn man bedachte, dass er einen ihrer Boten hatte hinrichten lassen. Aber an welche Hoffnung sollte er sich sonst klammern? Arminius schaute sich auf der Lichtung um. Die Zelte waren abgebaut, die Nachtlager zusammengerollt.

»Können wir dann?«

Seine Krieger gaben murmelnd ihre Zustimmung.

»Wir werden uns aufteilen, wie bisher. Mallovendus sagt, die

Armee von Germanicus lagert südlich von der Siedlung, also wenden wir uns zunächst nach Norden. Unser Treffpunkt heute Abend wird …«

Arminius brach den Satz ab und lauschte. Jemand näherte sich der Lichtung, allerdings nicht leise. Zweige knackten, Laub raschelte. Waren das Römer? Oder Krieger der Marser? Alles war denkbar in diesen unruhigen Zeiten.

»Verteilt euch! Angriff nur, wenn ich es sage«, befahl er und versteckte sich im Gebüsch am Rand der Lichtung.

Unverzüglich hatten sich seine Krieger tiefer in den Wald zurückgezogen und bildeten einen Halbkreis um die Lichtung, um notfalls sofort zuschlagen zu können.

Arminius wagte kaum zu atmen, während er Ausschau nach dem Störenfried hielt. In seinem Kopf überschlugen sich die Fragen. War es ein Trick, um seine Aufmerksamkeit auf ein oder zwei Personen zu lenken, während andere Krieger aus dem Wald angriffen? Hatte Mallovendus es sich doch anders überlegt?

Arminius' Verwunderung nahm zu, als ein unbewaffneter Krieger, den er nicht kannte, aus dem Dickicht trat. Er hielt beide Hände hoch, um zu zeigen, dass er in friedlicher Absicht kam. Der Mann hatte dunkles Haar, war kräftig gebaut und trug eine schlichte braune Tunika über der gemusterten Tuchhose, wie sie bei den Marsern verbreitet war.

»Ich suche Arminius vom Stamm der Cherusker!«, rief er aufs Geratewohl, als er die Mitte der Lichtung erreichte.

»Wer bist du?«, rief Arminius aus seinem Versteck.

»Ich bin Degmar. Ich bringe wichtige Neuigkeiten.«

»Hat Mallovendus dich geschickt?«

Der junge Krieger schüttelte den Kopf. »Er weiß nicht, dass ich hier bin.«

Zweifel blieben bei Arminius. »Bist du allein?«

»Ja.« Degmar hatte sich inzwischen orientiert und ahnte, wo Arminius sich versteckte. »Bist du das, Arminius?«

Der Cherusker trat auf die Lichtung.

»Gut, dich zu sehen.« Degmar nickte ihm respektvoll zu.

»Warum bist du hier?«, verlangte Arminius, nach wie vor argwöhnisch.

»Nicht alle Marser sind damit einverstanden, das römische Joch zu akzeptieren.« In Degmars Augen funkelte Zorn. »Einige von uns wollen weiterkämpfen, wollen einen zermürbenden Krieg aus den Tiefen der Wälder führen. Mallovendus will davon nichts wissen. Aber du bist aus anderem Holz geschnitzt, Arminius.«

»Du willst dich uns anschließen?«, fragte Arminius und dachte bei sich: Ein Krieger mehr wird uns auch nicht viel bringen.

»Zum Teil.«

Arminius wurde ungehalten. »Du vergeudest meine Zeit.«

»Ich weiß, wo der Adler aufbewahrt wird.«

Arminius schnellte einen Schritt vor, ungläubig, gespannt. »Woher weißt du davon?« Seine Augen verengten sich.

Der junge Marser lächelte. »Eines Abends schlich ich den Kriegern nach, die den Adler bewachen sollten.« Er hielt inne. »Wie ich hörte, brauchst du den Adler, um die Stämme erneut zu einen, um den Kampf gegen Rom fortzusetzen. Das ist doch deine Absicht, oder nicht?«

»Bis ich meinen letzten Atemzug tue«, gelobte Arminius. »Wenn wir einen Legionsadler haben, wäre das der sichtbare Beweis, dass die römische Armee zu schlagen ist – und vernichtet werden kann!«

Degmar nickte zufrieden. »Dann sollten wir uns beeilen. Ich konnte erst zu dir, nachdem sich Mallovendus auf den Weg zu Germanicus gemacht hatte. Das ist eine Stunde her. Nur die Götter wissen, zu was für Zugeständnissen Mallovendus sich hat überreden lassen.«

»Bring uns zu dem Adler!«, rief Arminius. »Wir dürfen keine Zeit verlieren!«

39. KAPITEL

Tullus war tief im Wald und bahnte sich seinen Weg über einen schmalen, überwucherten Trampelpfad. Zwischen den Bäumen wuchsen Brombeerranken, die Tullus die Sicht nahmen, aber nach seinem Dafürhalten hatten sie bereits zwei der insgesamt drei Meilen zurückgelegt, von denen Mallovendus gesprochen hatte. Das Sonnenlicht filterte durch das dichte Laub der Baumkronen und warf ein tänzelndes Muster auf den Boden. Eichen und Buchen beherrschten diesen Teil des Waldes. Einige Schritte entfernt gluckerte ein kleiner Bachlauf, dessen Ufer von moosüberwachsenen Steinen begrenzt wurden.

Im Schatten der Bäume bestand die Welt aus allen erdenklichen Grüntönen, die bei klarem Wetter beruhigend auf das Gemüt wirkten. Kein Vergleich zu dem düsteren, verregneten Hades, durch den Tullus in Varus' Armee durch die sumpfigen Wälder gestapft war.

Mit den neuen Sandalen hatte er guten Halt, seine Kleidung war trocken. Niemand rechnete an diesem Tag mit Regen, da keine Wolken am Himmel zu sehen gewesen waren. Jupiter schien guter Laune zu sein, was Tullus nicht verwunderte. Denn ein verloren geglaubter Legionsadler würde in Kürze wieder in römischen Besitz übergehen. Das wiederum bedeutete, dass sich Tullus und die Seinen auf Jupiters Schirmherrschaft verlassen konnten.

Tullus grinste. Dies war die Stunde Roms.

Hinter Tullus folgten zwei Centurien Legionäre, ein Mann hinter dem anderen. Noch in Rufweite näherten sich auf Pfaden etwas tiefer im Wald zwei weitere Marschsäulen dem Versteck. Chauken liefen voraus, in kleinen Gruppen, um das Gelände zu erkunden. Sie hatten den Auftrag, Tullus unverzüglich zu melden, sobald sie auf Wachen der Marser stießen. Bislang hatten sie keine Menschenseele getroffen, was für Mallovendus' Aussagen sprach. Dieser Bereich des Waldes galt als heilig, hatte der Anführer der Marser erklärt, und es brachte Unheil, wenn man sich ohne Erlaubnis oder Wissen der Priester dort aufhielt.

Tullus und die Centurien würden lediglich auf einen Priester stoßen, der den Aufenthaltsort des Adlers bewachte, verstärkt durch zehn ausgewählte Stammeskrieger. Der Ausgang dieser Mission schien bereits festzustehen.

Tullus konnte sich gar nicht erinnern, wann er das letzte Mal so beschwingt und federnden Schrittes gelaufen war, obwohl sein Fuß lädiert war. Verflogen war die gedrückte Stimmung der vergangenen Tage. Germanicus hatte es ihm gestattet, den Aquila zu holen – damit ging für Tullus ein lang ersehnter Traum in Erfüllung.

Krrruk.

Tullus hielt abrupt inne. Ein Prickeln lief ihm über die Arme, als der Rabe erneut krächzte. *Krrruk. Krrruk.* An sich war es nichts Ungewöhnliches, einen Raben zu hören – es waren keine seltenen Vögel in dieser Gegend –, doch hier, im heiligen Hain der Marser, haftete diesen harschen, immer gleichen Lauten etwas Mystisches an, als wären die Götter der Germanen anwesend. Doch Tullus kämpfte gegen diese innere Unruhe an. Ein elender Vogel würde ihn nicht davon abhalten, das zu nehmen, was ihm zustand. Nichts und niemand würde ihn jetzt noch aufhalten. Kurz munterte er noch einmal die Männer hinter sich auf, ehe er seinen Weg fortsetzte.

Er hatte es sich nicht bewusst vorgenommen, doch von da an trat Tullus vorsichtiger auf, fast hatte es den Anschein, als wolle er den Rest der Strecke schleichenden Schrittes zurücklegen. Als plötzlich einer der Späher der Chauken aus dem Dickicht brach, zog Tullus blitzschnell das Schwert. Trotz aller Entschlossenheit, die innere Unruhe blieb.

»Nicht Feind«, sagte der Krieger auf Latein, ein hagerer Chauke mit eingefallenen Wangen und einem nahezu zahnlosen Mund. »Freund.«

»Dann schleich dich nicht so an!«, fuhr Tullus ihn an und ärgerte sich, dass er den Späher nicht hatte kommen hören. »Hast du Neuigkeiten?«

»Wir – gleich da.« Er suchte nach den richtigen Worten. »Heilige Stätte – dort drüben.«

Tullus' Herzschlag beschleunigte sich. »Hast du den Adler gesehen?«

Nur Kopfschütteln. »Ist versteckt. Sehe – Krieger und Priester.«

»Wie viele waren es?«

»Neun Marser. Ein Priester.«

»Mallovendus sprach von zehn Wachen.«

Schulterzucken. »Vielleicht einer – schläft. Oder muss scheißen bei Bäumen. Oder Mallovendus sich irrt.«

Tullus' Ansicht nach machte ein Krieger mehr oder weniger keinen Unterschied. Er nickte dem Chauken zu und schickte Boten zu den anderen Centurien, die haltmachen sollten, bis sich Tullus mit den anderen Centurionen abgesprochen hatte. Sie durften jetzt keinen Fehler machen. Alle wussten, was sie zu tun hatten, auf dass die Mission erfolgreich verliefe.

Tullus stand im Kreis der anderen Centurionen. Der hohlwangige Chauke war an seiner Seite geblieben und im Augenblick damit beschäftigt, den Schrein der Marser – eine andere Bezeichnung dafür fiel Tullus nicht ein – mit der Stiefelspitze im lockeren Boden zu skizzieren.

Der Zeichnung nach zu urteilen beherrschten drei steinerne Altäre das Innerste der heiligen Stätte. Ganz in der Nähe hatte der Chauke einige kleinere Holzhütten gesehen, dazwischen Zelte, Verschläge und Feuerstellen. Da der Späher gemeldet hatte, dass der Aquila nicht zu sehen war, wurde die Standarte offenbar in einer der Hütten aufbewahrt. Tullus war davon überzeugt, dass es nicht anders sein konnte. Die Unterkünfte nutzten vermutlich die Wachen und der Priester.

»Zeig uns noch einmal, wo genau die Wachen untergebracht sind«, forderte Tullus den Chauken auf.

Der Krieger nahm einen Stock zur Hand und erweiterte die Skizze. »Pfad zu heilige Stätte hier. Zwei Wachen.« Er deutete auf das Symbol für Feuerstelle. »Fünf hier, kochen, sitzen. Hier ein Zelt. Zwei Wachen, wetzen Klingen. An diesem Altar der Priester betet.«

»Und die Lichtung ist etwa zweihundert Schritte breit, sagst du?«, hakte Tullus nach.

»Ja.«

Für Tullus stand die Vorgehensweise fest. Er schickte Centurien aus nördlicher, westlicher und südlicher Richtung zu der heiligen Stätte. Er selbst würde sich dem Ort mit seinen Einheiten von Osten nähern. Das vereinbarte Signal sollte ein scharfer Pfiff aus seiner Pfeife sein.

»Keiner dieser Dreckskerle darf uns entkommen, verstanden?« Eindringlich sah er die Centurionen an und war beruhigt, dass sie gelassen nickten.

»Dann zurück zu euren Männern. Wir sehen uns nachher, bei dem Adler.« Leise fügte er hinzu: »Roma Victrix!«

Die Offiziere wiederholten die Worte feierlich, als ein anderer Späher der Chauken in vollem Lauf durch das Unterholz jagte.

Schwer atmend und schweißüberströmt blieb er vor Tullus stehen und keuchte: »Jemand in Wald!«

Tullus verspürte ein Stechen in der Herzgegend. »Was hat es damit auf sich? Sprich, Mann!«

»Geräusche – weiter Süden. Große Schar näher kommen – in Richtung heilige Stätte.«

»Mallovendus, der verräterische Hund«, zischte Tullus und tauschte Blicke mit den anderen Centurionen. »Zurück zu euren Soldaten! Zur Lichtung, so schnell ihr könnt! Wenn ihr dort seid, sichert den Adler, um jeden Preis! LOS!«

Schon eilte er zu seiner Einheit.

Tullus konnte Pisos Geist über seinen Schultern spüren, während er lief. Warum nur hatte er an jenem Tag ausgerechnet Piso das Kommando über die kleine Schar Legionäre gegeben? Fenestela hätte die Situation souverän gemeistert – sein Optio hätte geahnt, wo die Gefahren lauerten, er wäre darauf gefasst gewesen, dass der letzte der drei Jungen womöglich einen Angriff wagte. Aber was geschehen war, war geschehen. Es nutzte nichts, immer wieder darüber nachzudenken. Dennoch, wie oft hatte er sich bislang gewünscht, es wäre an jenem Tag alles anders bei dem Gehöft verlaufen. *Ich bin ein Narr*, dachte er. *Ein alter Narr.*

Doch von einer Sache war er überzeugt. Wenn er Pisos Schatten hinter sich hätte sehen können, so hätte dieser bestimmt gelächelt. *Gebt Acht, Herr*, hätte der Schatten womöglich an Tullus' Ohr geflüstert, *wenn Ihr bei der Auffindung des Adlers versagt, bringt Ihr Schande über mich und die gefallenen Kameraden.*

Fluchend erhöhte Tullus sein Tempo, bis er den hohlwangigen Krieger erneut erblickte. Dornenranken schlugen Tullus ins Gesicht und rissen an dem Busch auf seinem Helm. Die Dornen hinterließen Kratzer auf seinen Wangen wie von einer krallenartigen Hand, doch Tullus merkte das gar nicht.

Was hätte er nicht alles gegeben, um zwanzig Jahre jünger zu sein? Die Legionäre hinter ihm hielten mühelos Schritt, sie schienen das Gewicht ihrer Rüstung und Waffen kaum zu spüren, als wäre es nur die Hälfte von Tullus' Last. Je länger er lief, desto deutlicher spürte er, dass die Knie schmerzten. Die Muskeln in seinen Beinen schmerzten beinahe so wie seine Hüften. Ein Ziehen ging durch seinen Schultergürtel, das Gewicht des Helms und des Scutums verlangte ihm einiges ab. Doch Pisos Geist und die Vorstellung, jeden Augenblick den Adler wiederzusehen, trieben Tullus an. Nur so konnte er das unsichtbare eherne Band ignorieren, das sich um seinen Brustkorb spannte und ihm das Atmen erschwerte. Nur so gelang es ihm, die alte Vettel zu vergessen, die ihm eine Nadel in die Wade stach – ganz zu schweigen von dem verstümmelten Zeh.

Die Augen auf den unebenen Pfad gerichtet, stieß er gegen den hohlwangigen Chauken. Die Legionär unmittelbar hinter Tullus schaffte es gerade noch, nicht gegen seinen Centurio zu prallen.

»Hört Ihr?«, sagte der Chauke.

Tullus lauschte. Kalte Furcht bemächtigte sich seiner, als Rufe und Schreie durch den Wald gellten. Das war kein Latein. »Was für Krieger sind das – Marser?«

»Weiß nicht.«

»Wie viele?«

Tullus erntete ein Schulterzucken.

»Dann weiter.« Tullus schob den Chauken vor sich her.

»Es könnten – viele sein. Zu viele …«, sagte er zögerlich.

»Das ist mir scheißegal. Lauf, oder du bekommst das hier zu spüren!« Tullus zeigte auf den Gladius am Gürtel.

Der Krieger gehorchte, wenn auch widerwillig.

Die kurze, unfreiwillige Verschnaufpause hatte Tullus wieder zu Kräften kommen lassen. Die Gewissheit, dass der Legionsadler in greifbarer Nähe war, beflügelte ihn. Der alte Stolz regte sich. Inzwischen war es Tullus gleichgültig, auf wie viele Wilde sie stoßen würden. Vierhundert der besten Soldaten des Reichs waren bei ihm, darunter sämtliche Veteranen der Achtzehnten. Jeder von ihnen würde wie ein Halbgott kämpfen, um die Standarte wiederzuerlangen.

Als sie aus dem Dickicht brachen, herrschte weiter voraus auf der Lichtung heilloses Durcheinander. Von den zwei Wachen, mit denen der Chauke gerechnet hatte, keine Spur. Ein dürrer bärtiger Priester stand auf einem der steinernen Altäre, schwenkte seinen Krummstab und rief Befehle. Von einem Rand der Lichtung zum anderen hatten sich Krieger in einer Reihe aufgestellt und blickten grimmig in Tullus' Richtung. Die meisten trugen Kettenhemden.

Hinter der Kampflinie eilten weitere Krieger zwischen Hütten und Verschlägen hin und her. Jenseits des Durcheinanders ging die Lichtung wieder in tiefen Wald über. Tullus erkannte, was die Krieger im Sinn hatten. Wenn es den Germanen gelang, die Legionäre lange genug aufzuhalten, könnten sie mit dem Adler im Dunkel des Waldes verschwinden. Die Standarte wäre wieder verloren, womöglich für immer.

»Erste Centurie, aufteilen! In Formation, zwanzig Mann breit, drei Glieder tief. LOS!« Die Zweite Centurie erreichte den Rand der Lichtung. Tullus wiederholte die Befehle und warf gleichzeitig einen verzweifelten Blick in Richtung der Hütten und Verschläge. Plötzlich erregte eine Bewegung bei einer der Hütten seine Aufmerksamkeit. Eine bärtige Gestalt schleppte etwas fort, Metall blitzte auf. Tullus blieb keine Zeit mehr.

»Erste Centurie, Keil bilden. Mir nach! Zweite Centurie, in Keilformation gehen. Folgt mir!« Er wusste nicht, ob der Befehl tatsächlich bei der Zweiten Centurie angekommen war, daher griff er zu der kleinen Pfeife und gab das Signal zum Angriff für die ganze Kohorte.

Ungeduld brodelte in Tullus hoch, während die Soldaten

ihm nacheilten. Metilius und Dulcius waren unmittelbar hinter ihm. Drei weitere Veteranen der Achtzehnten bildeten die dritte Reihe im Cuneus, aber offenbar brauchten die übrigen Legionäre zu viel Zeit, um Aufstellung zu beziehen.

Tullus behielt das Geschehen voraus im Blick. Auf die Entfernung war eine genau Einschätzung schwierig, aber er hätte schwören können, dass der Mann, der die Adlerstandarte wegtrug, Arminius ähnlich sah.

Dieser Bastard!, durchzuckte es ihn. Es würde zu dem Cherusker passen, den Aquila zu rauben und dem eigenen Volk zu überbringen. Hastig schaute Tullus zurück. Die Sturmkolonne hatte nun fünf Glieder – immer noch zu wenig, um erfolgreich vorstoßen zu können, aber wenn er jetzt zu lange wartete …

»Mir nach!«, brüllte er und stürmte los.

40. KAPITEL

»Arminius!«, schrie Tullus.

Die Sturmkolonne näherte sich dem Verteidigungsring der Germanen, und endlich konnte Tullus die Personen genauer erkennen, die in einer kleinen Gruppe beieinander standen. Der Anführer der Cherusker redete auf die Männer ein, und der Adler – fleckig und verwahrlost, ohne Donnerkeil – schimmerte matt über Arminius' Schulter.

»Ich sehe dich, du Hurensohn!«, brüllte Tullus wie von Sinnen.

Doch Arminius schien ihn nicht zu hören. Er deutete hektisch hierhin und dorthin, gab Befehle und entfernte sich dann schnellen Schrittes von der Kampflinie.

Tullus blickte sich verzweifelt nach seinen eigenen Männern um. Metilius und Dulcius waren bei ihm. Weitere Legionäre folgten, aber Tullus wusste nicht, wie viele sie insgesamt waren. Es musste reichen, beschloss er.

»Wir tun das für Piso, und für unsere Brüder aus der Achtzehnten! Hört ihr mich?«

»JA, HERR!«

Tullus war nur noch fünfzehn Schritte von den Kriegern entfernt. Offenbar handelte es sich um Arminius' beste Kämpfer, dem Aussehen und der Bewaffnung nach zu urteilen. Es kam Irrsinn gleich, einen Angriff zu führen, der nicht ausreichend vorbereitet war, aber jeder Moment zählte.

Jupiter, steh mir bei. Fortuna – Tullus schob den Gedanken beiseite. *Besser, ich fordere die alte Hure nicht heraus.*

Längst hatte er sich einen Gegner ausgeguckt, einen kräftigen Kerl mit rötlichem Vollbart, der dem Fenestelas nicht unähnlich war.

»ROMA!«, brüllte Tullus lauter als je zuvor. Der Krieger zuckte zusammen, und genau das hatte Tullus mit dem Gebrüll bezwecken wollen. Daher wiederholte er den Schlachtruf, mit dem verzweifelten Wunsch, auch nur den kleinsten Vorteil für sich herauszuholen. Die Schilde krachten gegeneinander, und obwohl der Krieger auf den Aufprall gefasst war, taumelte er einige Schritte zurück, da Tullus mit voller Wucht in die Schlachtlinie donnerte, mit mehr als zehn Mann im Rücken. Tullus stach rechts über den Schildrand zu, traf den Gegner nur am Ellbogen, doch das genügte. Der Bärtige schrie auf und musste drei weitere Schritte zurückweichen.

Tullus setzte nach, stellte sich auf die Zehenspitzen und stieß wie ein Stier mit gesenktem Kopf zu. Mit dem Rand seines Helms zertrümmerte er dem Germanen die Nase. Blutüberströmt geriet der Mann ins Straucheln.

Schon drängte Tullus weiter vor, die linke Schulter nach vorn, und stemmte sich gegen den Schild. Der Krieger konnte nicht länger standhalten, er stürzte rücklings zu Boden, mit weit aufgerissenen Augen und einem stummen Schrei auf den Lippen. Tullus musste weiter, es blieb ihm keine Zeit, den Gegner zu töten, daher zertrat er ihm mit der genagelten Sohle das Gesicht und blickte nach vorn.

»MIR NACH!«, brüllte er.

»Wir kommen, Herr!« Es war Metilius' Stimme.

»Ja, Herr!«, rief Dulcius.

Früher oder später würde sich der Rest der Sturmkolonne durch die Bresche in der feindlichen Linie wühlen, doch damit durfte sich Tullus nicht aufhalten. Er musste möglichst schnell weiterkommen. Sie *mussten* es schaffen. Er würde durchbrechen, auch wenn sich ihm ein Dutzend Krieger in den Weg stellte. Fünfzig Schritte voraus eilte Arminius tiefer in den Wald, flankiert von Kriegern. Tullus hatte einen Schrei auf den Lippen, sparte sich jedoch den Atem auf.

Derweil sprang der Priester mit lautem Gezeter von dem Altar und versperrte Tullus den Weg, seine einzige Waffe der Stab. Dennoch griff er Tullus an, holte zum Schlag aus und traf den Busch auf Tullus' Helm.

Tullus zögerte keinen Moment, sondern stieß dem dürren Mann die Klinge in die Brust. Ein ersterbendes Röcheln, dem Priester traten die Augen aus den Höhlen. Schon hatte Tullus den Schwertarm zurückgerissen und wartete gar nicht ab, wohin der Mann fiel. Es gelang ihm, erneut die Pfeife zwischen die Lippen zu drücken und eine Serie schriller Töne auszustoßen. Das Signal zum Angriff.

Lass es Fenestela hören, betete er, *auf dass er den Bastarden nachsetzt.*

Tullus hatte die feindliche Linie gemeinsam mit seinen Legionären längst durchbrochen und stürmte in den Wald, hundert Schritte, dann weitere hundert. Die Bäume waren älter und mächtiger. Große, knorrige Stämme aus uralten Zeiten, als die Götter der Germanen noch ungehindert über dieses Land geboten. An vielen Baumstämmen hingen auf Augenhöhe Schädel von Rindern, gelegentlich auch Menschenschädel. Nur wenig Sonnenlicht erreichte den Waldboden, der hier weicher und moosiger wurde. Irgendwo hoch oben krächzte ein Rabe. Krrruk.

Dies ist die Stunde Roms, dachte Tullus, *nicht die der Germanen, verflucht seien sie alle*. Trotzdem verlangsamte er seine Schritte. Wenn sie jetzt in Unterzahl in einen Hinterhalt von Arminius gerieten, könnte das über Erfolg und Misserfolg entscheiden.

»Wie viele sind wir?«, rief er über die Schulter.

»Zehn, Herr«, lautete die knappe, atemlose Antwort. »Aber es schließen noch welche auf.«

Zehn. Verfluchter Mist. Es war zu wenig Zeit gewesen, die Zahl der Krieger, die Arminius schützten, einschätzen zu können. Aber es waren definitiv mehr als zehn gewesen. Doch Tullus zögerte nur kurz. Sie mussten den Weg fortsetzen.

»Bleibt zusammen«, befahl er.

Fünfzig Schritte später, und seine Befürchtung bestätigte sich. Sechs Krieger stürmten unter Kriegsschreien aus dem Wald heran, drei von jeder Seite.

»Metilius. Dulcius. Zu mir!«, rief Tullus. »Dritte und vierte Reihe, setzt nach, wenn ihr könnt!« Tullus verließ sich darauf, dass die Angreifer nicht damit rechnen würden, dass er einen Ausbruch wagte. Doch genau das gelang ihm, gemeinsam mit Metilius und Dulcius. Als die Feinde die List durchschauten, mussten sie sich mit den sieben nachrückenden Legionären messen.

Das befriedigende Gefühl währte nur kurz bei Tullus. Dann sah er, dass sich die Fußspuren, denen sie folgten, teilten. Abdrücke von Stiefeln führten in entgegengesetzte Richtungen.

Arminius, du cleverer Bastard, dachte Tullus. Wenn er jetzt den falschen Weg wählte, würde er seinen Widersacher nie einholen. Aber wenn er allein in eine Richtung lief und Metilius und Dulcius in die andere, würden sie einzeln niedergemacht.

»Wohin sollen wir?«, wandte er sich ratlos an seine treuen Gefährten. »Vorschläge willkommen.«

Metilius ging neben den Fußspuren in die Hocke und betrachtete die Abdrücke im weichen Waldboden. Dann murmelte er etwas vor sich hin und zeichnete die Konturen der Stiefelabdrücke mit den Fingerspitzen nach. Schließlich untersuchte er die Spuren, die in die andere Richtung führten, mit derselben Akribie.

»Und?« Tullus lief der Schweiß in die Augen.

»Wir folgen diesen Spuren hier, Herr.« Metilius deutete rechts in den Wald.

»Bist du sicher?« Tullus sprach ungewollt scharf.

»Diese Fußabdrücke hier sind deutlich tiefer als die anderen, Herr.« Metilius spürte, dass Tullus verdutzt war. »Der Aquila, Herr. Er ist aus Gold, das Gewicht …«

»Natürlich!« Tullus eilte los. »Folgt mir, Männer!«

Sie rannten.

Eine Viertelmeile.

Eine halbe.

Als sie überschlugen, dass sie längst eine Meile hinter sich gebracht hatten, verlor Tullus jegliche Hoffnung, den Adler seiner alten Legion je wiederzusehen. Sein verstümmelter Zeh pochte. Tullus hatte Mühe, fest aufzutreten. Zwar sahen sie immer noch die Spuren der Krieger – die Laubkronen ließen genug Licht durch –, mehr aber auch nicht. Es war an der Zeit, zu drastischen Mitteln zu greifen.

»Metilius. Dulcius. Ihr lauft weiter. Ich komme nach.«

Sie brauchten keine weitere Aufforderung und eilten wie zwei Bluthunde davon.

Tullus ärgerte sich, dass er den Befehl nicht längst gegeben hatte. *Mein verfluchter Stolz*, dachte er. Dann setzte er den Weg fort, langsamer als zuvor. *Immer schön ruhig atmen, alter Mann*, sprach er zu sich selbst, *oder du kannst den Kampf vergessen*.

Nach einigen Schritten beruhigte sich sein Pulsschlag. Er wagte es, verfiel wieder in einen leichten Trab. Fünfzig Schritte, dann ging er wieder. Zwanzig ruhige Schritte, dann lief er weiter. Auf diese Weise legte er etwa eine Viertelmeile zurück und versuchte, nicht weiter auf den pochenden Zeh zu achten.

Plötzlich war lautes Geschrei zu hören. Tullus lauschte einen Moment, seine Augen verengten sich, sein Jagdfieber stieg, wie bei dem Falken, der über der Maus kreist. Er verdoppelte seine Schrittfolge. Durchströmt von neuer Kraft, eilte er den Pfad entlang und nahm eine leichte Anhöhe, die kurz darauf zu einem Flusslauf abfiel.

Ein Freudenschrei löste sich von seinen Lippen. Der kleine Fluss war ihre Rettung, denn das Wasser schien tief zu sein. Vier Krieger, darunter Arminius, versuchten ans andere Ufer zu gelangen. Der erste Mann stand bis zur Brust im Wasser und hatte etwa die Hälfte der Strecke geschafft. Doch er musste all seine Kraft aufbieten, um der Strömung standzuhalten, zumal ihm das Gewicht der Rüstung Schwierigkeiten bereitete. Das wiederum erklärte, warum sich Arminius noch nicht ins Wasser gewagt hatte. Er hatte das Kettenhemd abgelegt und hielt die Adlerstandarte umklammert. Die anderen beiden Krieger hatten sich schützend um ihren Anführer gestellt und riefen nun aufgeregt, als sie Metilius und Dulcius erblickten.

Mit lautem Gebrüll heftete sich Tullus an die Fersen seiner Legionäre.

Arminius erkannte die Gefahr und legte die Standarte ab, um seinen Männern beistehen zu können. Tullus wusste, dass das Kräfteverhältnis entscheidend war. Falls die Germanen einen der beiden Legionäre töteten, ehe er hinzukäme, wären er selbst und der letzte überlebende Legionär in arger Bedrängnis. Fluchend spornte er sich zu einer weiteren Höchstleistung an. Zu seiner Erleichterung hielten Metilius und Dulcius aus, als er zu ihnen aufschloss und sich Arminius gegenübersah.

Der Mann im Fluss konnte nicht schnell zurück ans Ufer waten, daher kämpften die sechs Mann verzweifelt gegeneinander. Tullus sah aus dem Augenwinkel, dass seine Soldaten standhielten, jung und stark, wie sie waren. Bei Tullus indes ließen die Kräfte nach, es gab kein Vertun. Der Schmerz im Fuß wurde zusehends zur Belastung.

Arminius hingegen, mehr als zehn Jahre jünger als Tullus, setzte Tullus mit wuchtigen Schwerthieben zu. Schon begann der Cherusker, Tullus zu verspotten.

»Bist du bereit, in Sichtweite des Adlers zu sterben? So dicht davor, und doch ist der Aquila unerreichbar für dich, Centurio!«

Tullus spürte die Hitze seines aufflammenden Zorns und schlug mit ganzer Kraft auf Arminius' Schild. Ein Knacken war zu hören. Doch die Atempause war zu kurz. Arminius setzte nach, kraftvoller als zuvor, und verwickelte Tullus in einen Zweikampf, bei dem jede noch so kleine Unachtsamkeit den Tod bedeuten konnte. Fast sah es so aus, als tänzelten sie leichtfüßig, während ein Stoß mit dem Schild auf den nächsten folgte, Schwerthieb auf Schwerthieb, doch es war kein Tanz, sondern Schwerstarbeit.

»Degmar!«, rief Metilius plötzlich. »Das ist ja Degmar, verflucht! Herr!«

Tullus' Blick huschte nach rechts. Erstaunen erfasste ihn. Es war tatsächlich Degmar, der an Arminius' Seite focht. Gerade noch rechtzeitig richtete Tullus seine Aufmerksamkeit wieder auf Arminius, der sich in diesem Moment mit seinem ganzen Gewicht gegen Tullus warf.

Tullus blieb die Luft weg, als hätte ihm jemand mit eiserner Faust in die Magengrube geschlagen. Ihm fehlte die Kraft, sich auf den Beinen zu halten, er fiel nach hinten, landete zuerst auf dem Arsch, dann auf dem Rücken. Geistesgegenwärtig schützte er sich mit dem Schild, aber ihm entglitt das Schwert.

Sofort tauchte Arminius vor ihm auf, ein böses Grinsen im Gesicht. Tullus ahnte, dass ihn der Tod ereilen würde, es war nur noch eine Frage von Augenblicken …

Der Cherusker holte zum tödlichen Schlag aus.

Noch einmal versuchte Tullus, mit der rechten Hand an den Gladius zu kommen, der im Dreck lag, aber er griff ins Leere. *Was für eine elende Art, in den Tod zu gehen*, dachte er.

Ein Schrei wie von einem Tier drang an Tullus' Ohren. Arminius taumelte, da ihn jemand von der Seite gerammt hatte, und stürzte zu Boden.

»Steh auf! Steh auf, Mann!« Eine Hand reckte sich Tullus entgegen, verlockend, fordernd.

Tullus ergriff die ausgestreckte Hand und kam mühsam auf die Beine. Bass erstaunt sah er, dass kein anderer als Degmar vor ihm stand. Der Marser schenkte ihm ein schmales Lächeln.

»Ich begleiche meine Schuld«, sagte er.

Bevor Tullus etwas erwidern konnte, stieß Degmar einen Laut des Erstaunens aus. Seine Lippen verzogen sich, sein Blick wurde starr. Jegliche Kraft wich aus seinem Körper.

Erst als Degmar zu Boden sackte, begriff Tullus, dass sich Arminius unterdessen wieder aufgerappelt und dem Marser einen Dolch in den Unterleib gerammt hatte, genau unterhalb des Kettenhemds. Da Tullus immer noch unbewaffnet war und Degmar im Moment nicht beistehen konnte, blickte er sich verzweifelt nach seinem Schwert um. Kaum hatte er den Gladius aufgehoben, musste er sich wieder Arminius stellen, der triumphierend grinste.

Degmar atmete schwer, stützte sich auf einem Knie ab. Verzweifelt presste er beide Hände gegen die Wunde. Blut lief ihm über die Finger.

Tullus machte einen halben Schritt nach vorn, getrieben von Wut und Kummer. »Dann komm, du Hurensohn, bringen wir es hinter uns!«, rief er.

»Alter Mann!«, höhnte Arminius.

»Da bin ich, Herr!« Unvermutet tauchte Metilius neben Tullus auf, ehe Arminius den Kampf aufnehmen konnte. Das Gesicht des Legionärs war blutverschmiert, doch er schien weitestgehend unversehrt.

»Wo ist Dulcius?«, keuchte Tullus.

Der Legionär knirschte mit den Zähnen. »Zerfleischt gerade den Wilden, der ein Bad im Fluss nehmen wollte, Herr.«

Tullus' Hoffnung kehrte zurück. »Fortuna ist nicht auf deiner Seite, Arminius!«

Der Cherusker begriff, wie es um ihn stand. Zwei gegen einen. Enttäuschung lag in seinen Augen. Er verspannte sich.

Tullus durchschaute die Absicht seines Widersachers. Er wollte versuchen, die Standarte zu schnappen und davonzulaufen.

»Los, Metilius, schnell!«

Gemeinsam bedrängten sie Arminius, Schulter an Schulter, und trieben ihn zurück bis zum Ufer. Der Adler war nun unerreichbar für Arminius. Letzten Endes gab sich der Cherusker geschlagen, watete immer tiefer in den Fluss und ließ sich von der Strömung fortspülen. Einen Moment lang gab sich Tullus der Hoffnung hin, sein Erzfeind würde in den Fluten ertrinken, aber schließlich überraschte es ihn nicht, als er sah, dass der Cherusker wieder auftauchte und mit kräftigen Armschlägen ans gegenüberliegende Ufer schwamm. Dort kroch er an Land, sprang auf, warf Tullus noch einen hasserfüllten Blick zu und verschwand im Schutz des Waldes.

Tullus stand einen Augenblick reglos da, zu erschöpft, um noch über eine Verfolgung nachzudenken. Außerdem wollte er das Leben seiner Soldaten nicht unnötig aufs Spiel setzen.

Er bückte sich und hob die Adlerstandarte auf. Die Nummer der Legion hatte man entfernt, aber er wusste, dass es der Aquila der Legio XVIII war, da eine Schwinge des stumpfen, aber stolzen Vogels eine tiefe Kerbe aufwies: Einst war der Aquilifer in der Schlacht gefallen, worauf die Standarte mit voller Wucht gegen ein Gebäude gekracht war.

Erst da entsann sich Tullus des verwundeten Marsers. Erschrocken eilte er zu Degmar, der reglos in einer Blutlache lag.

»Halte sie.« Tullus drückte Metilius die Standarte in die Hand.

Degmar rührte sich, als sich Tullus zu ihm hinabbeugte.

»Habt Ihr den Adler?«, wisperte er mit matter Stimme.

»Ja.« Tullus ging neben dem Marser auf die Knie und nahm dessen Hand. Schlaff lag sie in seiner.

Tullus' Freude über die zurückgewonnene Standarte wurde

von jähem Kummer überlagert. Einst hatte Degmar ihm und fünfzehn anderen Legionären nach Arminius' Hinterhalt das Leben gerettet. Doch jetzt lag er im Sterben, und daran konnte niemand mehr etwas ändern. Der mutige junge Marser hatte zu viel Blut verloren, wie man unschwer erkennen konnte.

»In friedvolleren Zeiten hätten wir Freunde sein können«, murmelte Tullus.

»Das können wir immer noch sein.« Degmar musste husten, spuckte Blut. »Auf der anderen Seite – ich werde auf Euch warten.«

Tullus blinzelte erste Tränen fort, sah leicht verschwommen. »Es wäre mir eine Ehre.«

»Mir ist kalt, so kalt.« Degmars Blick wurde glasig. »Tullus?«

»Ich bin hier.« Er drückte Degmars Hand fest. »Ich bin hier an deiner Seite, Bruder.«

Ein Zucken lief durch Degmars Gesicht. »Bruder …«

Dann war er fort. Tullus krampfte sich das Herz zusammen. Eine Weile kniete er schweigend neben dem Toten und wünschte, die Dinge hätten sich anders entwickelt. Dann drückte er Degmar die Augen zu, so sacht, als würde er Sirona eine Strähne aus der Stirn streichen.

41. KAPITEL

Tullus rammte den Stab, der den Adler trug, mit der Spitze in den Boden, sodass die Standarte aufrecht stand. Er, Metilius und Dulcius sanken vor dem goldenen Vogel auf die Knie. Keiner sagte ein Wort. Tullus merkte, dass er schluchzen musste, aber er verspürte keine Scham. Metilius und Dulcius weinten. Nach so langer Zeit, nach so viel Leid, Entbehrungen und Tod gehörte der Adler endlich wieder ihnen.

Hab Dank, großer Jupiter. Dank sei dir, mächtiger Mars. Fortuna, du bist die Edelmütigste von allen Gottheiten, dachte Tullus. Jedem von euch werde ich einen Stier opfern, wenn ich wieder in Vetera bin.

Er hob den Blick und schaute hinauf zum Adler. Obwohl so viele Jahre ins Land gegangen waren und die Standarte Schaden genommen hatte, hatte der Vogel nichts von seiner majestätischen Ausstrahlung verloren. Tullus spürte, wie sich die Haare auf seinen Unterarmen aufrichteten. Der Adler schien ihm geradewegs in die Augen zu schauen – er tat es wirklich. Dieser Blick, gebieterisch wie eh und je, drang bis zu Tullus' Seele. Soldat Roms, stellte er sich die Worte des Aquila vor. Du hast der Zeit meiner Gefangenschaft ein Ende bereitet. Dafür bin ich dir dankbar.

Der alte Kummer überfiel Tullus. Er schloss die Augen. Er vermochte nicht zu sagen, wie oft er schon den Hinterhalt von vor sieben Jahren aufs Neue hatte durchleben müssen. Regen.

Sturm. Donnergrollen. Sumpf. Bäume. Matsch und Dreck, wohin man auch sah. Der Schlachtgesang der Germanen aus der Düsternis des Waldes. Salven von Speeren. Wilde, unbekleidete Berserker. Horden brüllender Krieger. Männer – seine Männer – fielen zu Dutzenden, sosehr Tullus auch versuchte, die Reihen geschlossen zu halten.

Er und all die anderen Überlebenden hatten sich durchgebissen, in der Hoffnung, doch noch mit heiler Haut davonzukommen, obwohl nichts dafür sprach. Er war nicht zur Stelle gewesen, als der Adler der Achtzehnten geraubt wurde. Als Centurio der Zweiten Kohorte war es nicht seine Aufgabe gewesen, die wertvolle Standarte zu schützen, doch das änderte nichts an dem Schmerz, der ihm damals wie heute das Herz abschnürte.

In jenen Momenten äußerster Verzweiflung hatte Tullus zum ersten Mal den Wunsch verspürt, sich zum Sterben zurückzuziehen. Doch die Einsicht, dass er für das Leben seiner Soldaten verantwortlich war, hatte ihn vor diesem schmählichen Ende bewahrt. Fenestela hatte einst angemerkt, dass sie alle verreckt wären, wenn nicht er, Tullus, gewesen wäre. Und trotzdem konnte ich nur so wenige retten, dachte er, und das alte Gefühl von Schande suchte ihn heim.

Erneut glitt sein Blick zu dem Aquila. Erschrocken zuckte er zusammen. Plötzlich war es ihm, als seien im Strahlenkranz des schillernden Vogels schemenhafte Gestalten aufgetaucht. Afer und Vitellius. Piso und andere seiner Männer. Es waren zu viele, um sie alle zählen zu können. Tullus verspürte einen quälenden Schmerz, glaubte er doch, die Toten seien wiedergekehrt, um ihn zu verfluchen.

Als nichts weiter geschah, fasste er Mut und sah genauer hin. Zu seinem Erstaunen lächelten die Geistererscheinungen. Sie nickten ihm aufmunternd zu. Einige grüßten, wie es sich gehörte. Du hast den Adler zurückgewonnen, vernahm er eine

Stimme in seinem Kopf. Die Ehre der Achtzehnten ist wiederhergestellt.

Tullus ließ den Kopf hängen. Tränen strömten über seine Wangen. Ich habe mein Bestes gegeben, dachte er. Mehr konnte ich nicht aus eigener Kraft bewirken. Er vernahm keine Antwort, aber er hatte mit einem Mal das Gefühl, das Schicksal von einst annehmen zu können – ganz so, als hätten seine gefallenen Soldaten ihn von jeglicher Schuld freigesprochen, als hätten sie ihm ihren Segen gegeben. Tullus konnte nicht mehr an sich halten und weinte wie ein Kind. »Ihr wart tapfere Jungs«, flüsterte er. »Gute Jungs.«

Es dauerte eine Weile, bis seine Tränen trockneten. Erschöpft und ausgelaugt sah er blinzelnd hinauf zu dem goldenen Adler und wunderte sich nicht, dass die Schemen und die strahlende Aura verschwunden waren. Der Aquila war aus Gold gefertigt, nichts Übernatürliches lag mehr in seinem Schimmer. Ein großartiges, aber lebloses Symbol. Tullus betrachtete den fein gearbeiteten Vogel eine ganze Weile, doch der Adler bewegte sich nicht. Sein starrer Blick galt einer unbestimmten Ferne, nicht der Seele eines gestandenen Centurios. Tullus ahnte, dass er seiner eigenen Einbildungskraft erlegen war.

Die Wärme in seinem Herzen indes – der lang ersehnte Wunsch, das Vergangene endlich akzeptieren zu dürfen – gab ihm die Gewissheit, dass die Welt wieder im Gleichgewicht war.

Es störte Tullus nicht weiter, dass sie immer noch tief in germanischem Gebiet standen und nicht in Rom waren, es machte ihm auch nichts aus, dass er nur eine Kohorte als Begleitschutz hatte – ihre Rückkehr zur Armee glich dennoch einem Triumphzug. Er fühlte sich wie ein Imperator. Zwar konnte er sich nicht in einem Wagen durch die Straßen Roms fahren lassen, dafür schritt er aber stolz an seinen jubelnden Männern vorbei, die nur

Augen hatten für die Standarte. Fenestela war an Tullus' Seite und strahlte über das ganze Gesicht. Diesen Augenblick würden sie alle ihren Lebtag nicht vergessen.

Als eine berittene Patrouille zurückkehrte, schauten die Männer neugierig herüber, was dort bei der Kohorte geschah. Sowie die Reiter die Standarte erblickten, jubelten auch sie. Legionäre einer Abteilung, die Proviant im Umland gesucht hatte, versprachen Tullus' Männern, eine Ration Wein zu spendieren. Selbst ein Meldereiter hielt inne und bedachte den Adler mit bewundernden Blicken. Später machte sich Tullus klar, dass es jener Reiter gewesen sein musste, der die Nachricht in der gesamten Armee verbreitet hatte.

Tullus wurde warm ums Herz, als er sich mit seiner Kohorte der riesigen Marschkolonne näherte, denn Tullus' Abteilung wurde von den Legionären aller Kohorten mit tosender Begeisterung empfangen. Für einen römischen Soldaten gab es fast nichts Besseres als die Rückgewinnung eines verloren geglaubten Legionsadlers. Allerdings hatte Tullus nicht damit gerechnet, dass ihm zu Ehren die Bucinae ertönten. Ein hochrangiger Centurio bedeutete ihm kurz darauf, er möge mit seinen Männern haltmachen und neben der Marschsäule warten.

»Was hat es damit auf sich?«, fragte Tullus den Centurio.

»Jeder weiß, was du erreicht hast, Primus Pilus. Du bist ein Held. Bring den Aquila zu Germanicus – er erwartet dich bereits.« Mit ausladender Geste deutete der Centurio in die Richtung, aus der Germanicus kam.

Tullus warf seinen Männern einen Blick zu. Sie grinsten von einem Ohr zum anderen. Fenestela kicherte. Tullus selbst verzog den Mund zu einem Lächeln und spürte, wie die Anspannung von ihm abfiel. Schließlich lachte er befreit auf. Sie hatten es vollbracht. *Sie hatten es geschafft, verflucht!* Er straffte die Schultern, nickte dem Centurio entschlossen zu und rief seinen Männern über die Schulter zu: »Mir nach!«

Die Strecke, die sie daraufhin abschritten, erlebte Tullus wie in einem Traum. Jubel brandete auf, sobald sie an einer Kohorte vorbeimarschierten. Immer wieder hörte man Rufe wie »Roma Victrix!« oder »Germanicus!« heraus. Die Legionäre skandierten »Achtzehnte! Achtzehnte!«, worauf Tullus schlucken musste. Tränen brannten ihm erneut in den Augen.

Als sie die Kolonne der Fünften erreichten, riefen die Männer: »Tullus! Tullus!« Bei all den Anfeuerungen und Lobesgesängen ging ihm das Herz auf. Er nickte den Männern zu, bis ihm der Nacken wehtat.

Ein Optio der Einundzwanzigsten reichte ihm einen Weinschlauch, aus dem Tullus im Vorübergehen einen Schluck nahm. Soldaten ließen ihn hochleben, und alle Centurionen, die er auf seinem Weg zum Imperator sah, klopften ihm auf die Schulter.

Tullus glaubte, jeden Augenblick vor Stolz platzen zu müssen. Erst jetzt machte er sich richtig bewusst, warum für die Dauer eines Triumphzugs ein Sklave hinter dem Imperator stand und ihm ins Ohr flüsterte: »Bedenke, dass du ein Mensch bist!« *Fast vergisst man, dass man zu den Sterblichen gehört*, dachte er.

Die höchste Anerkennung zollte ihm Germanicus. Der Feldherr wartete gar nicht erst Tullus' Eintreffen ab, sondern stieg von seinem Pferd und kam Tullus freudig und mit ausgebreiteten Armen entgegen.

»Was für ein Augenblick größter Freude! Gut, dich zu sehen, Centurio Tullus.«

Tullus stellte die Adlerstandarte ab und salutierte. »Herr!«

Germanicus trat dicht vor Tullus. Ehrfürchtig berührte er den Adler, zeichnete die Konturen des goldenen Hauptes mit den Fingern nach und nahm die formschönen Schwingen mit bewundernden Blicken in sich auf.

»Und du bist sicher, dass es der Aquila der Legio XVIII ist?«

»Ja, Herr.« Tullus zeigte ihm die Kerbe.

»Es freut mich. Eines Tages wird auch der Adler der Siebzehnten zurückkehren, aber diese Standarte gebührt dir. Du hast meinen ausdrücklichen Glückwunsch.«

»Wärt Ihr nicht gewesen, Herr, wäre all das nie geschehen.«

Germanicus wusste, was Tullus damit sagen wollte, und quittierte das Lob mit einem anerkennenden Nicken. »Und ohne Soldaten wie dich könnte ich nichts ausrichten.«

Tullus errötete wie ein bartloser Jüngling.

Germanicus klopfte ihm auf die Schulter. »Sollen wir den Aquila dann zurück nach Vetera bringen?«

»Ja, Herr!« Das war der beste Vorschlag, den Tullus seit Langem gehört hatte.

42. KAPITEL

Seit dem misslungenen Versuch, den Marsern den Adler zu entreißen, waren zehn Tage vergangen. Arminius' Laune war so düster wie der wolkenverhangene Himmel. Die Dämmerung senkte sich herab, während er am Ufer eines großen Sees stand, tief im Siedlungsgebiet der Cherusker. In der Nähe wurden die letzten Vorkehrungen für ein lang ersehntes Ritual getroffen. Hammerschläge verrieten, dass die für die Zeremonie benötigten Kessel bearbeitet wurden. Rüstungen wurden zerteilt, Speerschäfte gebrochen. In der Nähe fraßen die angebundenen Pferde von den Grasbüscheln.

Die jungen Krieger, die auf die Tiere aufpassten, warteten, bis sie aufgerufen wurden. Sechs unbekleidete, misshandelte Gefangene – fünf Chatten, ein Römer – hockten in jämmerlichem Schweigen am Boden, bewacht von einigen Kriegern. Diejenigen, die sich als Zuschauer eingefunden hatten – Hunderte Krieger aus verschiedenen Sippen der Cherusker –, bildeten inzwischen einen großen Halbkreis und blickten auf die Priester, die Gesänge anstimmten und zu Donar beteten.

Doch Arminius hatte nichts übrig für das Spektakel, das einen Steinwurf entfernt seinen Lauf nahm. Er registrierte nicht einmal die Mücken und Stechfliegen, die einem zu dieser Stunde zusetzten. Stattdessen stand er reglos da und starrte in die Ferne – über den See hinweg zu jenem Punkt, wo der Himmel mit dem Land verschmolz.

Seit der Niederlage am Angrivarierwall, seit Maelos Tod und dem Zerfall des Bündnisses war es für Arminius immer weiter bergab gegangen. Mallovendus hatte Arminius' Pläne vereitelt, Tullus konnte nicht bezwungen werden – zu allem Überfluss hatte der Cherusker auch noch an die hundert seiner besten Krieger verloren, die ihn bei der Mission, den Adler zu entwenden, begleitet hatten. Die Erniedrigungen schienen kein Ende nehmen zu wollen.

In der Ferne kündigte sich erstes Donnergrollen an. Arminius löste sich aus seiner grüblerischen Starre und warf einen zornigen Blick hinauf zum Himmel, der sich immer weiter verdunkelte. *Alles, was ich tue, verwendest Du gegen mich, großer Donar. Warum nur?*

Der rollende Donner hielt an. Blitze zuckten aus den grau-schwarzen Wolken. Einer der Priester rief laut Donar an, worauf die anderen Priester den Ruf aufgriffen. Bald skandierte die gesamte Menge den Namen der Gottheit. Die Pferde wurden unruhig und tänzelten vor und zurück, die Ohren angelegt. Es lag nicht allein am Donnergrollen, sondern an dem vielstimmigen Rufen.

Die Gefangenen kauerten am Boden und zogen die Köpfe ein, ahnten sie doch, dass ihre Stunde gekommen war.

Arminius' Gesicht verhärtete sich weiter. All seine Bemühungen änderten nichts an der misslichen Lage, auch nicht die Hingabe der Priester und die Opferzeremonien, die jeden Augenblick stattfinden würden. Der Donnergott würde weiterhin schweigen, wie er es in letzter Zeit zu tun pflegte.

Die Ahnung beschlich ihn, dass Donar nie wirklich zu ihm gesprochen hatte, sich ihm nie offenbart hatte. Die erneute schmähliche Niederlage war Beweis genug. Vielleicht hatte der Rabe, der ihm geholfen hatte, den letzten Aquila zu finden, nur frisches Fleisch gesucht – weiter nichts. Tudrus hatte tapfer sein Leben gegeben. Ein Opfertod, der nichts als eine sinnlose Geste gewesen war, ein nutzloser Selbstmord unter Aufsicht eines Priesters.

Arminius' Zorn kochte hoch. *Warum halte ich mich überhaupt mit dieser Zeremonie auf?* Wütend sammelte er Speichel im Mund und war im Begriff, verächtlich auszuspucken, tat es aber dann doch nicht, obwohl sein alter Zynismus die Oberhand gewonnen hatte. Maelo hätte ihm sicherlich verdeutlicht, dass es eine schlechte Idee wäre, die Geduld der Götter auf die Probe zu stellen. Und selbst wenn es nicht der Priester sähe, dem allwissenden Donar würde diese Missachtung göttlicher Größe nicht entgehen.

Kummer überkam ihn, als er an seinen treuen Kampfgefährten und Stellvertreter dachte, den sie nicht weit entfernt von jenem See bestattet hatten. Das Begräbnis war feierlich gewesen und gereichte einem Krieger wie Maelo zur Ehre. Arminius hatte noch lange am Steingrab verweilt, nachdem die anderen Krieger fortgegangen waren. Von Trauer überwältigt, hatte Arminius den Wunsch verspürt, Maelo möge noch leben, auf dass er, Arminius, unter den Steinen begraben liegen könnte. Doch ein weißglühendes Verlangen nach Rache hatte diese Todessehnsucht im Keim erstickt.

Ich werde mich an Mallovendus rächen, an Germanicus, an all den Legionen!, war es ihm durch den Kopf gegangen. Außerdem hätte Maelo ihm ins Gesicht gelacht, wenn Arminius zu erkennen gegeben hätte, lieber sterben zu wollen, anstatt den Kampf fortzusetzen.

Aber wie sollte dieser Kampf nun fortgesetzt werden? Der Wunsch nach Vergeltung allein reichte nicht aus, um erfolgreich zu sein. Arminius ahnte, dass auch sein Charisma nicht genügte. Wie man es auch drehte und wendete, er war immer noch auf Donars Hilfe angewiesen. Verbittert verzog er das Gesicht. Der Donnergott las seine Gedanken in diesem Moment und würde doch nur wieder lachen. Die Gottheiten – allmächtig und allwissend – waren sich selbst genug. Was kümmerten sie die Belange der Sterblichen? Vermutlich ignorierten die Götter die kleinen Wünsche der Menschen.

Vermutlich spielen sie nur mit uns, vertreiben sich die Zeit auf unsere Kosten, dachte Arminius, zynisch wie eh und je. *So liegen die Dinge eben. Die Götter sind, wie sie sind. Bewahre deinen Glauben nur lange genug, bring ihnen genügend Opfergaben dar, und dann erfüllen sie deine Wünsche.*

»Es ist an der Zeit!«, rief jemand.

Arminius wandte sich vom See ab. Der älteste Priester, ein Mann mit krummem Rücken, zerfurchtem Gesicht und spärlichem weißen Haar, hatte sich neben den Altar gestellt – einen großen, abgeflachten Steinquader unweit des Ufers. Kerben und dunkle Verfärbungen in der steinernen Oberfläche waren die stummen Zeugen früherer Opferhandlungen.

Wenige Schritte entfernt hatten die Krieger eine hölzerne Plattform gezimmert, neben der auf einer Seite ein großer bronzener Kessel stand. Priester und Akolythen standen beisammen, Messer und Stricke in den Händen. Einige der Gefangenen begannen zu jammern. Doch Arminius empfand kein Mitleid. Es zählte nur, dass Donar mit den Opfergaben milde gestimmt wurde.

Die Pferde sollten zuerst sterben. Jünglinge führten ein Tier nach dem anderen zum Altar, wo die Priester den Pferden die Kehlen durchtrennten. Das Blut wurde in hölzernen Eimern aufgefangen, ein Teil davon nutzte man, um den Gefangenen die Gesichter zu färben. Akolythen gossen den Rest des Bluts über den steinernen Altar und in den See.

Arminius sah, wie das Blut das Wasser im Uferbereich rötlich verfärbte. Unweigerlich dachte er an die Soldaten des karthagischen Feldherrn Hannibal am Trasimenischen See vor zwei Jahrhunderten. Mit Donars Hilfe könnte er ähnliche Taten vollbringen wie einst der Karthager.

Gervas trat zu Arminius, während man die Gefangenen vom Boden hochzerrte. »Es hätten viel mehr sein müssen.«

»Du hast gut daran getan, sechs Männer auszuwählen«, versicherte Arminius ihm. Nach dem Zusammenstoß mit Tullus' Soldaten hatte Arminius überhaupt nicht mehr daran gedacht, Gefangene zu machen. Gervas hingegen, entschlossen und hartnäckig, hatte darauf bestanden, als sie sich in östlicher Richtung durchschlugen.

Arminius war zu jenem Zeitpunkt in keiner guten Verfassung gewesen und von Erschöpfung gezeichnet, trotzdem hatte er seinen Gefährten gestattet auszuschwärmen, um Gefangene zu machen. Ein halbes Dutzend war das Ergebnis gewesen. Einige hatten Wache geschoben und waren überrumpelt worden, andere waren so unvorsichtig gewesen, sich zu weit von ihren Patrouillen zu entfernen – sie hatten irgendwo im Gebüsch in Ruhe scheißen wollen.

»Sie lassen ihr Leben, um die Götter milde zu stimmen.« *So hoffe ich jedenfalls*, dachte er.

Gervas nickte.

Die Chatten trieb man vor die hölzerne Plattform. Nur einer der Gefangenen, ein wahrer Hüne von einem Mann, besaß den Mut, dem Tod tapfer ins Angesicht zu schauen. Daher bot er sich freiwillig dem Priester dar.

Der Hüne musste sich flach auf die Plattform legen und blickte von der Kante hinab in den Kessel. Arminius kam nicht umhin, diesem Krieger Bewunderung entgegenzubringen, denn er selbst hätte sich der Klinge des Priesters nicht so demütig ergeben. Nie hätte er sich von einem Akolythen grob ins Haar fassen lassen. Die Menge verstummte, als der Priester in einen näselnden Singsang verfiel und Donar ersuchte, das Opfer anzunehmen.

In einer einzigen fließenden Bewegung zog der Priester den rechten Arm zurück und schnitt dem Gefangenen die Kehle auf.

Ein Zucken lief durch den Leib des Hünen, beide Füße schlugen mehrmals auf dem Holz der Plattform auf. Ein Schwall Blut ergoss sich in den Kessel.

Die Menge schaute gebannt zu, mehreren Zuschauern entwich ein ehrfürchtiges »AHH!«.

Mit unbewegter Miene hielt der Akolyth den Kopf des Opfers fest, damit das Blut weiterhin frei fließen konnte. Zeit verstrich. Erst als nur noch einzelne Tropfen Blut in den Kessel fielen, setzte der Priester erneut an. Er tauchte die gekrümmten Finger der linken Hand in den Kessel und rührte das Blut um.

Wie will er überhaupt etwas anderes darin erkennen als rote Flüssigkeit und aufgeworfene Blasen?, fragte sich Arminius, doch sein Aberglaube hinderte ihn daran, derartige Gedanken laut zu äußern.

Rasch rollte man den Leichnam zum Rand der Plattform, sodass ein anderer Priester dem Toten den Bauch aufschlitzen konnte. Kurz darauf inspizierte der Priester die gräulich schillernden Eingeweide des Toten, ließ die Darmschlingen durch seine Finger gleiten und bewegte dazu die Lippen, als müsse er mit sich selbst beraten.

»Ich kann keine Anzeichen von Krankheiten erkennen«, verkündete er schließlich.

Wieder ehrfürchtiges Staunen in der Menge.

Ihr Narren. Auch diesmal schwieg Arminius, aber er hatte schon jetzt genug von der Zeremonie.

»Er war ein tapferer Mann«, fuhr der Priester fort. »Sein Blut ist rein und unverfälscht. Seine Eingeweide sind gesund. Die Zeichen sind verheißungsvoll.«

»All das hätte ich dir auch sagen können«, murmelte Arminius vor sich hin. Dann merkte er, dass Gervas ihn offenbar gehört hatte und erschrocken dreinblickte. »Stimmt doch«, sagte er leise zu Gervas. »Der Krieger gab sich freiwillig als Erster hin – also war er tapfer. Sein Blut ist hellrot und floss zügig.

Er war jung und gesund, also dürften auch seine Eingeweide gesund sein.«

Gervas schüttelte den Kopf. »Du riskierst, nicht nur Donars Zorn zu schüren, sondern auch den Zorn der anderen Götter.«

Arminius schwieg.

Die Zeremonie zog sich hin, blutig und bestimmt von dem genauen Ablauf der Riten. Einer nach dem anderen starben die übrigen Chatten. Zwei von ihnen schrien wie misshandelte Kinder, als man sie auf die Plattform zerrte, und erst die Klinge des Priesters ließ sie verstummen. Das Blut dieser Gefangenen wurde für unrein befunden, ihre Gedärme für krankhaft. Der Priester ersuchte Donar, er möge ihnen ihre Feigheit nachsehen.

Arminius verdrängte seine zynische Einstellung und hoffte inständig, dass die letzten beiden Gefangenen mutiger in den Tod gingen. Kurz darauf durchströmte ihn Erleichterung, da die Männer tatsächlich tapfer starben. Sie gaben keinen Laut von sich und bissen die Zähne zusammen. Einmal glaubte Arminius sogar, Stolz in den Augen eines Gefangenen zu sehen.

Mit lauter Stimme verkündete der Priester, dass die Vorzeichen, die er in dem Blut und den Eingeweiden der beiden Opfer sah, verheißungsvoll seien.

»Donar ist zufrieden!«, rief er.

Viele der Krieger in der Menge nickten eifrig und tauschten erleichtert Blicke.

Als Letzten trieb man den römischen Gefangenen zur Plattform. Für Arminius verkörperte dieser Mann den ärgsten Feind seines Volkes – er war Römer und somit verantwortlich für das Abschlachten Tausender Stammeskrieger, die zu Donar gebetet hatten.

Der Donnergott muss diesen Tod gutheißen.

Mit Befriedigung verfolgte Arminius, wie der Römer stolz und erhobenen Hauptes die Plattform bestieg und sich nicht einen Moment von dem Akolythen anfassen ließ. Dann jedoch weigerte er sich, den weiteren Anweisungen zu folgen. Trotzig blieb er stehen. Einer der Akolythen brüllte einen Befehl, doch der Römer tat so, als ginge ihn das nichts an, und richtete den Blick in die Ferne. Derweil wartete der Priester ungeduldig neben dem Kessel und schaute wütend zu dem Gefangenen hinauf.

»Hinlegen!«, befahl er.

»Niemals!«, erwiderte der Römer auf Latein. »Ihr Schwanzlutscher!«

Arminius spürte, dass Gefahr in der Luft lag, aber er stand zu weit von der Richtstätte entfernt, um eingreifen zu können.

Plötzlich trat der römische Soldat dem Priester mit voller Wucht ins Gesicht. Mit der genagelten Sohle zertrümmerte er dem Alten die wenigen Zähne, die dieser noch hatte. Ein Knacken verriet Arminius, dass die Nase des Priesters gebrochen war.

Schreiend taumelte der Alte rückwärts und prallte gegen den Altar. Schließlich verlor er gänzlich das Gleichgewicht und schlug mit dem Hinterkopf gegen den Steinquader. Schlaff wie ein Sack glitt der Priester zu Boden, wo er reglos liegen blieb. Er war tot.

Arminius war längst losgelaufen, gefolgt von Gervas.

»Packt ihn!«

Die erschrockenen Akolythen ergriffen den Römer, der nur verächtlich lachte, aber ansonsten keinen Widerstand leistete.

Kurz darauf kniete Arminius neben dem Priester und tastete an dessen schrumpeligem Hals nach der Schlagader.

»Er ist von uns gegangen«, knurrte er, während der jüngere Priester zögerlich näher trat.

»Das ist wahrlich ein schlechtes Omen!«, entfuhr es dem Priester.

Am liebsten hätte Arminius dem Mann die Kehle durchgeschnitten. Die Situation musste irgendwie bereinigt werden. Denn schon breitete sich Furcht, gepaart mit Aberglaube, in der Schar der Schaulustigen aus. Arminius spürte das. Leise zischte er dem Priester zu: »Du sagst der Menge jetzt sofort, dass der Tod des alten Mannes uns nichts anhaben wird, sobald wir den Römer den Göttern opfern!«

Arminius erntete erschrockene Blicke. »Es steht mir nicht zu, die Zukunft vorauszusagen. Ich vermag nur zu sagen, was ich im Blut und in den Eingeweiden des Gefangenen sehe …«

»Dann denk dir gefälligst was aus!«, blaffte Arminius den Priester an und baute sich drohend vor ihm auf.

Der Priester wich einen halben Schritt zurück, Zornesröte stieg ihm ins Gesicht. »Sakrileg!«

Arminius zögerte, aber nur einen Moment. Irgendetwas Vorteilhaftes musste gesprochen werden, während der Römer auf dem Weg in die Unterwelt war. Aus dem Blut und den Eingeweiden mussten gute Omen herausgelesen werden. Falls nicht, würde die Moral der anwesenden Krieger ins Bodenlose absacken. Womöglich weigerten sie sich dann, im kommenden Frühjahr erneut gegen die Legionen zu kämpfen. Dazu durfte Arminius es nicht kommen lassen, er war es seinem Stammesverband schuldig.

Da er handeln musste, ließ er alle Vorsicht fahren. »Hör mir genau zu, du Narr. Der Römer dort muss sterben, langsam und unter Qualen. Du wirst den Kriegern sagen, dass Donar den Schmerz dieses Opfers gutheißen wird. Sobald sein Blut in den Kessel fließt, wird es dampfen durch den Zorn der Gottheit angesichts der brutalen Vorgehensweise der Römer. Seine Organe werden gesund aussehen, hast du mich verstanden? Und du wirst in den Eingeweiden lesen, dass die Niederlage Roms bevorsteht.«

Noch gab der Priester sich nicht geschlagen. »Und wenn ich nicht sage, was du verlangst?«

»Dann wirst du auf deinem Nachtlager sterben, vielleicht nicht in dieser Nacht, aber irgendwann – und du verlierst deine Eier, ehe man dir die Kehle durchschneidet!« Arminius fixierte den Mann mit eisgrauen Augen und sah, wie sich die Pupillen des Priesters vor Schreck weiteten. »Hast du mich verstanden?«

Der Priester nickte hastig.

»Gut.« Arminius entblößte die Zähne – ein unheilvolles Grinsen, dem etwas Raubtierartiges innewohnte. Dann richtete er seinen Blick auf die Akolythen, die den Römer festhielten.

»Wir haben uns nur gerade beraten, auf welche Weise dieses Stück Dreck sterben soll«, rief er den Jünglingen zu. »Schneidet ihm zuerst den Bauch auf. Dann stecht ihr ihm die Augen aus. Zuletzt brecht ihr ihm Arme und Beine.«

Mit vereinten Kräften drückten die Akolythen den Gefangenen auf die Plattform. Der Mann wehrte sich heftig, doch es nützte alles nichts.

Arminius verschränkte die Arme vor der Brust. *Ich tue dies für Dich, großer Donar*, dachte er. *Nimm die Qualen dieses Römers an, auch seinen Tod. Dies soll erst der Beginn meiner Opfergaben für Dich sein. Mit Deiner Hilfe werde ich unter all den Stämmen ein neues Heer zusammenstellen, um Germanicus zu vernichten …*

Eine Stimme riss ihn aus seinen Gedankengängen.

»Was, bei allen Göttern, sollte das eben?« Gervas sprach eindringlich, aber im Flüsterton.

Arminius' Antwort war ein Schulterzucken. »Ich habe nur sichergestellt, dass die richtigen Omen bekanntgegeben werden.«

»Das kannst du unmöglich tun!«

Der alte Zorn wallte in Arminius hoch. »Ich brauche Krieger, die zuversichtlich sind und meine Führung akzeptieren!«, zischte er. »Und keine verängstigten Narren, nur weil ein altersschwacher Priester nicht rechtzeitig sah, was ihm widerfuhr. Mit den Speeren aller Krieger werde ich imstande sein, ein neues Bündnis gegen Rom zu schmieden.«

»Du bist nicht der Einzige, der die Stämme zu einen vermag!«

»Niemand sonst ist dazu fähig!« Arminius bedachte Gervas mit einem vernichtenden Blick. »Niemand sonst besitzt die Fähigkeit, die Legionen zu besiegen.« Arminius musste an sich halten, um sich nicht in Rage zu reden. Wäre er etwas aufmerksamer gewesen, hätte er den merkwürdigen Ausdruck wahrgenommen, der über Gervas' Miene huschte. Schon einmal hatte der junge Krieger ihn so sonderbar angesehen, vor etlichen Tagen, als sie nach Maelos Leiche gesucht hatten. Aber bereits da hatte sich Arminius von seiner Begeisterung fortreißen lassen, von dem ersehnten Wunsch, einen Sieg über das Römische Reich zu erringen.

Die Omen für die kommende Zeit werden gut sein, dachte er, als die spitzen Schreie des Römers an seine Ohren drangen. Im Frühjahr würden sich die Stämme erneut mit den Cheruskern vereinen, und wenn Germanicus' Legionen den Fluss überquerten, würden die germanischen Verbündeten siegreich sein.

Arminius hatte keinen Zweifel, dass es sich so zutragen würde.

43. KAPITEL

Ein Monat war vergangen, seit die Armee den Rhenus überquert hatte. Der Herbst hatte das Land in Besitz genommen. Morgens war der Himmel klar, aber die Luft fühlte sich bereits kühl und feucht an. An schattigen Stellen blieb der Tau bis zum Mittag. Von Tag zu Tag wurde es früher dunkel. Die Blätter an den Bäumen färbten sich rotgolden, die Brombeerranken hingen schwer herab vom Gewicht der Früchte, die ersten Schlehen reiften. Immer wieder zogen Unwetter über das Land und brachten Regen. Auch dieser Tag unterschied sich nicht von den Tagen zuvor. Es blieb frisch, der Himmel war grau verhangen, zwischendurch gab es immer wieder Schauer.

Tullus hatte sich in eine kleinere Prozession eingereiht, die sich auf den Weg zum Haupttor des Lagers gemacht hatte. Er hatte sich geehrt gefühlt, als Pisos Zeltgenossen ihn fragten, ob er die Zeremonie leiten würde.

Zwei Legionäre in schlichten Tuniken und beschlagenen Militärgürteln schritten voraus, als Wachen, um den Weg frei zu machen, falls nötig. Sie hatten Knüppel dabei, was entfernt an die Fasces, die Rutenbündel, erinnern sollte, die in Rom feierlich von den Liktoren vorangetragen wurden, etwa anlässlich einer Bestattung eines wohlhabenden Mannes. Dahinter folgten einige Musikanten, Bläser aus Tullus' Centurien. Eigentlich waren bei derartigen Anlässen auch Flötenspieler dabei, aber Metilius hatte gemeint, Flöten hätten bei der Bestattung eines Soldaten nichts verloren. So kam es, dass die Teilnehmer dieser Prozession auf ihrem Weg von den Baracken bis zum Tor nur die traurigen Laute der Cornicines in den Ohren hatten.

Der Kummer meldete sich bei Tullus zurück, wie bei einer Wunde, die wieder aufging. Es handelte sich nicht um eine wirkliche Bestattung, denn Pisos Gebeine ruhten irgendwo im germanischen Stammesgebiet. Da die Zeltgenossen Pisos Grabstelle nur schlicht gekennzeichnet hatten, versuchten sie nun, ihrem toten Kameraden auf diese Weise die letzte Ehre zu erweisen. Hier gab es keine gekauften Trauernden – Frauen mit geweißten Gesichtern, die hohe Klagetöne ausstießen und sich in gespieltem Leid die Haare rauften, wie es bei manchen Bestattungen in Rom üblich war. Piso war Legionär gewesen, und Soldaten wurden anders zu Grabe getragen.

Für diesen feierlichen Anlass hatte Tullus extra drei Wachsmasken anfertigen lassen, die Piso, dessen Großvater und Urgroßvater repräsentieren sollten. Die Masken ähnelten Piso zwar nicht, schon gar nicht dessen Ahnen, aber sie sollten ja auch nur symbolisch für Pisos Abstammung stehen. *Die Götter werden das verstehen*, dachte Tullus.

Unmittelbar hinter dem letzten Bläser folgte ein Soldat, der Pisos Maske vor sich her trug. Er machte anzügliche Bemerkungen und benahm sich wie ein Narr, aber dieses Gebaren gehörte dazu, um die bösen Geister fernzuhalten.

Piso hatte keine Sklaven gehabt, er hatte auch keine Freigelassenen – diese Personen wären als Nächste in der Prozession gekommen. Zwei weitere Soldaten schritten feierlich hinter dem ersten Maskenträger her und repräsentierten die Ahnen. Sie hatten ihre Gesichter hinter den Masken verborgen.

Obwohl kein Leichnam getragen wurde, hatte Tullus ein steinernes Kästchen gekauft, das groß genug war, um Pisos Habseligkeiten und die kleineren Grabbeigaben aufzunehmen, die die Zeltgenossen und anderen Freunde beigesteuert hatten. Das steinerne Kästchen lag auf der Ladefläche eines zweirädrigen Fuhrwerks, das von einem Ochsen gezogen wurde. Vier weitere Soldaten begleiteten den Karren, zwei auf jeder Seite. Erst dahinter folgten Tullus, Fenestela, Metilius – der Macula an der Leine hatte – sowie Dulcius und die anderen Kameraden aus der Legio XVIII. Zuletzt kamen einige Dutzend Legionäre aus der Fünften.

Tullus war sich nicht sicher gewesen, ob es Unglück brachte, edlere Kleidung zu tragen. Die Traditionen bei Bestattungen reichten weit zurück. Letzten Endes hatte er beschlossen, dass sie alle in den schlichten Militärtuniken und Caligae erscheinen sollten, nur ausgestattet mit Cingulum und Pugio. Die Militärumhänge boten Schutz gegen Regen und Wind.

Ein jeder war in Gedanken bei Piso, während sie mit tiefgründigen Mienen in Richtung Tor gingen, langsam und gemessenen Schrittes, wobei Tullus achtgab, immer schön zu den Vorderleuten aufzuschließen.

Es tat nichts zur Sache, dass die Legionäre, die zuschauten, Piso nicht gekannt hatten. Dennoch wussten sie, dass es sich um ein feierliches Leichenbegängnis handelte. Daher hielten sie in ihren Tätigkeiten inne und senkten die Köpfe.

»Möge dir ein rascher Übergang beschert sein, Bruder«, riefen einige. »Ruhe in Frieden, Bruder.«

Auch die Offiziere, die Zeuge der Prozession wurden, zollten dem Andenken des Toten Respekt, aber Tullus vermutete, dass die meisten Centurionen das nur deshalb taten, weil sie ihn, den Primus Pilus, inmitten der Prozession erblickt hatten. *Piso hätte diese Anerkennung bestimmt gefallen*, dachte er.

»Einer deiner Männer, Primus Pilus?« Es war Tuberos Stimme.

Tullus ließ sich nichts anmerken, schaute gelassen zur Seite und entdeckte den Legaten, der wieder einmal hoch zu Ross saß, umgeben von Stabsoffizieren und Bediensteten.

»Ja, Herr.«

»Er fiel beim letzten Feldzug im Sommer?«

»Ja, Herr. Piso diente seit Jahren unter mir. Er gehörte der Legio XVIII an.«

Tuberos Augenbrauen schnellten in die Höhe. »Ein guter Soldat vermutlich?«

»Das war er, Herr. Ich wollte ihn zum Tesserarius ernennen.« *Und er hat dein ganzes Quartier mit Hundescheiße eingerieben*, dachte Tullus und musste aufpassen, bei diesem Gedanken nicht in Lachen auszubrechen.

»Die Armee wird ihn vermissen, dessen bin ich sicher.« Tubero nickte Tullus steif und förmlich zu und ritt langsam mit seinem Gefolge weiter.

Tullus vergaß nicht, vorschriftsmäßig zu grüßen. Dich werden wir nicht vermissen, dachte er und freute sich aufs Neue, dass Tubero alsbald nach Rom zurückkehren würde, um seine politische Laufbahn weiterzuverfolgen. Dort könnte er dann nach Herzenslust seine hinterhältigen Machenschaften vorantreiben, doch Soldaten würden endlich nicht mehr unter ihm leiden.

Die Trauernden näherten sich dem Haupttor, wo Legionäre der Fünften Wache schoben. Als die Männer die Prozession kommen sahen, ließ der wachhabende Centurio die Soldaten oben auf dem Wehrgang antreten. Dann entbot er dem Steinkästchen einen Gruß.

Tullus nickte dem Centurio dankbar zu, ehe die Prozession das Torhaus passierte. Niedergeschlagenheit erfasste ihn.

Bei den Göttern, Piso, dachte er, *wenn du den Jungen getötet hättest, wärst du jetzt noch bei uns.*

Tullus hatte die Germanen vor dem Langhaus kreuzigen lassen, und noch hallten die Schreie des Kindes in seinem Kopf nach. Er schnitt eine Grimasse. Seit jenem schicksalsträchtigen Tag war sein Schlaf unruhig und von Albträumen beeinträchtigt, dann wurde er die Bilder im Kopf nicht los: die erbärmlichen

Gestalten an den Holzkreuzen, im Hintergrund das brennende Langhaus. Inzwischen war er sich nicht mehr sicher, ob diese drakonische Strafe richtig gewesen war, aber er konnte es nicht mehr ungeschehen machen. Die Toten kehrten nicht zurück, das Leben ging weiter.

Aber es gab auch Dinge, für die er dankbar sein musste. Fenestela lebte, ebenso der Rest seiner Einheit. Sirona und Artio waren wohlauf. Der Aquila stand wieder sicher im Sacellum in Castra Vetera. Es gab sogar Gerüchte, Germanicus werde sich mit der Bitte an den Herrscher in Rom wenden, den Bann gegen die Überlebenden vom Saltus Teutoburgiensis aufzuheben – bislang war es ihnen nicht gestattet gewesen, italischen Boden zu betreten.

Arminius hatte überlebt, doch sein Bündnis war zerschlagen. Immer wieder berichteten Späher, dass der Unmut gegen den stolzen Cherusker zunahm. Tullus war sich sicher, dass der Widerstand der Germanen vollends zum Erliegen käme, wenn der Feldzug im nächsten Frühjahr seinen Lauf nähme. *Und dann*, so dachte er, *werde ich über meine Zeit nach der Armee nachdenken. Wer weiß, vielleicht heirate ich sogar …*

Sie ließen das mächtige Tor hinter sich und traten hinaus in die Herbstlandschaft. Weiter rechts, am Fuß der leichten Anhöhe, schlängelte sich breit das silberne Band des Flusses. Einige Patrouillenboote waren auf dem Wasser zu sehen. Es sollte nicht wieder zu nächtlichen Überfällen wie vor einigen Monaten kommen.

Dutzende Schiffe lagen vertäut an den hölzernen Stegen. Bei den Werftplätzen reparierten Handwerker die Schäden, die der Sturm während der Heimfahrt angerichtet hatte. Das gegenüberliegende Ufer lag verlassen da, der Waldrand dort wirkte unheilvoll und düster.

Tullus ahnte, dass die Germanen auch weiterhin die befestigten Lager im Auge behielten, doch er machte sich deswegen keine Sorgen. Sollten sie ruhig herumschnüffeln und ihre Ränke schmieden, sobald sie jedoch über den Fluss setzten, würden sie einen hohen Preis bezahlen.

»Herr.«

Metilius' Stimme holte Tullus in die Gegenwart zurück. Erst jetzt gewahrte er Sirona, Artio und Scylax, die sich der Prozession anschlossen.

Tullus war verblüfft, aber erfreut. Offenbar hatte Sirona schon länger mit dem Mädchen beim Tor gewartet. Sie trug ein fein gesponnenes Kleid aus dunkelrotem Stoff. Auch Artio hatte sich hübsch zurechtgemacht. Sogar Scylax hatte sich herausgeputzt – die Kleine hatte ihm wohl so lange das Fell gebürstet, bis es glänzte. Tullus brachte zunächst nur ein erstauntes »Sirona?« zustande.

Sie kam ohne Scheu an seine Seite. »Piso war ein guter Mann. Er betrank sich nicht blindlings wie viele deiner Soldaten. Ich mochte ihn. Artio mochte ihn auch, und ich weiß, dass Piso etwas für Scylax übrig hatte. Daher sind wir gekommen, um ihm die letzte Ehre zu erweisen.«

Tullus hatte zunächst daran gedacht, Sirona und das Mädchen fortzuschicken, aber da seine Angebetete eine entschlossene Miene aufgesetzt hatte, entschied er sich dagegen. Außerdem wollte er Artio nicht enttäuschen. Immerhin hatten auch sie ein Recht, bei der Zeremonie anwesend zu sein. Tullus gestand sich ein, dass Piso sozusagen zur Familie gehört hatte, und zu dieser Familie gehörten auch Sirona und Artio. Daher war es nur verständlich, dass auch Sirona und das Mädchen den Tod des jungen Mannes betrauerten.

»Ich danke dir«, sagte er im Flüsterton.

Sirona antwortete darauf nicht direkt, sondern hakte sich wie selbstverständlich bei Tullus unter. Artio lief auf der anderen Seite neben ihm und ergriff seine Hand.

Als Tullus Fenestelas Blick begegnete, lag Zufriedenheit in

den Augen seines Optios. Auch Metilius und die anderen sahen zufrieden aus, was Tullus mit einem gewissen Stolz erfüllte.

Es war nicht seine Art, Sirona vor den Kopf zu stoßen, daher schüttelte er sie nicht ab, sondern schritt erhobenen Hauptes weiter. Zuerst war ihm die Gegenwart seiner Geliebten in Anwesenheit der Soldaten ein wenig peinlich gewesen, doch schon bald durchströmte ihn ein Gefühl von Wohlbehagen. Ein schmales Lächeln umspielte seine Mundwinkel. In seiner ganzen Dienstzeit hatte er sich nicht so wohl gefühlt.

Einige Hundert Schritte von den Verteidigungsgräben des Lagers entfernt tauchten die ersten Grabsteine auf. Die Toten durften nicht innerhalb der Mauern eines Legionslagers bestattet werden, daher war der breite Weg, der zum Vicus führte, gesäumt von Gräbern der Soldaten, die in den Legionen am Rhenus gedient hatten. Zwischendurch gab es immer wieder Gedenksteine unmittelbar am Wegesrand. Eines Tages würden auch Tullus' Gebeine hier ruhen. Aber vorerst nicht, hoffte er doch, dass der Tod ihn nicht so bald ereilte.

Nun ließ er den Blick über die bemalten Gedenksteine gleiten, die Kenotaphe, auf denen Legionäre, Reiter und Offiziere dargestellt waren. Einige dieser Männer hatte Tullus persönlich gekannt, was ihm mit einem Mal Unbehagen bereitete, da ihm aufging, wie viel Zeit verstrichen war. Einige der Soldaten hatten zwei Jahrzehnte in Castra Vetera und Umgebung gedient – *und jetzt bin ich selbst schon genauso lange in der Armee*, dachte er und versuchte, über die Tücken des Alters hinwegzusehen. Zumindest waren viele der Soldaten hier bestattet worden, und auch wenn die Gebeine woanders ruhten, so hatte man ihnen Gedenksteine errichtet. *Anders als bei meinen Männern*, dachte er, denn die meisten waren in den Wäldern verrottet.

Doch er verdrängte diese dunklen Erinnerungen. An diesem Tag wollten sie Piso ehren und ihn so in Erinnerung behalten, wie er zu Lebzeiten gewesen war. Auch den Lebenden, die sich der Prozession angeschlossen hatten, sollte Ehre zuteilwerden – all jenen, die die Feldzüge und die Mischung aus Schrecken, Blut und Dreck überlebt hatten.

Offenbar las Sirona ihm die Gedanken vom Gesicht ab, denn sie drückte aufmunternd seinen Arm. Tullus schenkte ihr einen dankbaren Blick.

Eine halbe Meile vom Lager entfernt kam die Prozession zum Stehen. Die Cornicines bliesen ein letzten Mal in die Hörner. Das steinerne Kästchen wurde von der Ladefläche gehoben und abgestellt. Schweigend bildeten die Trauernden einen Halbkreis um einen frisch errichteten Gedenkstein. Die Farben leuchteten dem Betrachter entgegen.

Germanicus hatte nichts für diesen Kenotaph beigesteuert – das nötige Geld hatten Pisos Kameraden aufgetrieben. Gemeinsam mit Metilius und Dulcius hatte Tullus überlegt, wo man den Stein errichten könnte. Schlussendlich hatten sie sich für eine Stelle entschieden, von wo aus man das Lager, das Dorf und den Fluss im Blick hatte. Das Allerwichtigste war indes, dass der Gedenkstein neben dem Stein stand, der an Vitellius erinnerte, an Pisos Freund, der ein Jahr zuvor gestorben war.

In den zurückliegenden Wochen hatte Tullus ab und an bei dem Steinmetz vorbeigeschaut und den Gedenkstein für Piso gesehen – zuletzt am Vortag, aber er hätte nicht mit den Gefühlen gerechnet, die ihn in diesem Augenblick übermannten. Der bemalte Stein war der sichtbare, unumstößliche Beweis, dass Piso tot war.

Unter einem Dach und flankiert von zwei verzierten Säulen blickte Piso den Betrachter an. Er trug seine volle Rüstung, hatte den Scutum in der einen Hand, den Wurfspeer in der anderen. Jedes Detail der Ausrüstung war akkurat in Stein gemeißelt worden, die Farben verliehen dem Bildnis ein besonderes Gepräge. Tullus war zufrieden mit der Arbeit. *Du wärst ein guter Tesserarius geworden*, dachte er.

»Wir sind hier zusammengekommen, um unseres Bruders Piso zu gedenken«, sprach er. »Einige von euch kannten ihn besser als andere, aber ihr alle werdet darin übereinkommen, dass er ein guter Soldat war. Er war tapfer und hatte keine Angst, das eigene Leben für seine Kameraden aufs Spiel zu setzen. Piso hätte alles getan für seine Freunde. Er machte gern einen Scherz, und mitunter brachte ihn sein Sinn für derbe Späße in gefährliche Situationen. Ich könnte jetzt etwas über den Hund Macula und das Zelt eines gewissen Legaten sagen, aber der Anstand gebietet es, dass ich mich über Details ausschweige.« Tullus ließ den Blick über die versammelten Soldaten schweifen, von denen einige hintersinnig grinsten.

Einen Moment gab er den Männern Zeit, ihren eigenen Gedanken über Piso nachzuhängen, ehe er fortfuhr.

»Pisos Tod kam unvermutet – das Resultat eines bedauerlichen Zwischenfalls. Es hätte nicht dazu kommen müssen, werden einige sagen. In der Zeit unmittelbar nach Pisos Tod war ich dieser Ansicht. Heute sehe ich das anders. Es steht uns Sterblichen nicht zu, darüber zu befinden, wer von uns geht und wer am Leben bleibt. Die Götter geben und sie nehmen, wie es ihnen gerade gefällt. Einige sind der Ansicht, dass die Gottheiten, die der Einzelne bevorzugt, für unseren Tod verantwortlich sind. Piso war Fortuna zugetan. Ich sehe, dass einige von euch nicken – viele von euch werden beim Würfelspiel Geld an ihn verloren haben. Ich denke, dass Fortuna, unstet und wechselhaft wie sie ist, beschlossen hat, Piso nach Hause zu holen. Ich bitte euch, nicht zu sehr in Trauer zu verfallen. Stellt euch lieber vor, wie Piso auf der anderen Seite ist und unsere Kameraden beim Würfelspiel ausnimmt – wie er es im Leben tat.«

Alle lächelten. Metilius musste leise lachen.

Tullus betrachtete den in Stein gemeißelten Wortlaut unter Pisos Bildnis und las die Zeilen laut und deutlich vor. »Den Göttern der Unterwelt. Marcus Piso, aus der Familie des Fabierus, aus Mutina. Soldat der Legio V und der Legio XVIII, er lebte siebenundzwanzig Jahre. Er ist gefallen im Krieg in Germania.« Tullus' Stimme klang belegt. »Seine Kameraden haben diesen Stein errichtet.«

Stille. Die Anwesenden hatten die Köpfe gesenkt. Wispernd strich der auffrischende Wind durch das Gras am Wegesrand. Scylax begann zu winseln und steckte damit Macula an, als würden auch die beiden kleinen Hunde trauern.

Tullus fing Metilius' Blick auf und nickte. Daraufhin zogen Pisos Zeltgenossen Stricke unter dem steinernen Kästchen durch und traten an den Rand des viereckigen Lochs, das am Vortag vor dem Gedenkstein ausgehoben worden war. Die Männer stellten sich an beiden Seiten der Vertiefung auf. Dann ließen sie das Kästchen langsam in den Erdboden sinken, ehe sie die Stricke wieder nach oben zogen. Mit ernsten Mienen fingen Metilius und Dulcius an, Erde in das Loch zu schaufeln. Artio schluchzte, und Tullus legte dem Mädchen eine beruhigende Hand auf die Schulter. Es tat gut, Sirona an seiner Seite zu haben.

»Mögest du in Frieden ruhen, Bruder«, sprach Metilius, als er den noch lockeren Boden festklopfte. Dann senkte er andächtig den Kopf und bat die anderen damit, es ihm gleichzutun.

Tullus hatte die Augen geschlossen und dachte an all die Männer, die gefallen waren, nicht nur während Arminius' Hinterhalt oder auf den Feldzügen, sondern auch an alle Soldaten, die gestorben waren, seit man ihn zum Centurio ernannt hatte. Es waren so viele, dass Tullus sie nicht mehr zu zählen vermochte. Gute Legionäre, größtenteils. Gute Soldaten, die seine Befehle befolgt und Schulter an Schulter mit ihren Kameraden ausgeharrt hatten – bis zum bitteren Ende. Piso war einer seiner besten Männer gewesen. Dafür musste er dankbar sein, mehr konnte er nicht verlangen.

Wir werden dich nie vergessen, Bruder. Ruhe in Frieden.

Das Schweigen zog sich eine Weile hin.

Dann ergriff Tullus erneut das Wort, denn die Kälte ging ihm bis auf die Knochen. »Es ist an der Zeit, auf Pisos Schatten anzustoßen. Wer kommt mit?«

Die Männer gaben laut und freudig ihre Zustimmung.

»Zum Ochsen und Pflug«, sagte Tullus. »Der Wein geht auf mich.«

»Das hätte Piso gefallen, Herr«, sagte Metilius und grinste.

»Davon bin ich überzeugt.« Tullus wünschte sich sehnlichst, Piso würde hier neben den anderen stehen. Doch auf dem Weg zum Dorf machte er sich bewusst, dass dieser Wunsch unerfüllbar war, und die alte Niedergeschlagenheit setzte wieder ein. Er versuchte indes, sich nichts anmerken zu lassen, lächelte und gab vor, Artio gespannt zuzuhören, die etwas erzählte.

Tullus war nicht lange gegangen, als die turmartig aufgeworfenen Wolken am Himmel aufrissen. Einer Eingebung folgend, drehte er sich um. Sonnenlicht fiel auf Pisos Kenotaph und brachte das farbige Bildnis zum Leuchten.

Tullus wurde warm ums Herz.

Piso schaute ihnen zu – dessen war er sich sicher.

EPILOG

Frühjahr 20 n. Chr.

Tief im Siedlungsgebiet der germanischen Stämme

Das Langhaus platzte schier aus allen Nähten. Von der großen Feuerstelle in der Mitte strömte die Hitze bis zu den rechteckig angeordneten, auf Böcken ruhenden Tischen. Das Spanferkel am Spieß briet schon seit Anbruch des Tages. Im gesamten Langhaus hing der Bratengeruch, bei dem einem der Mund wässrig wurde. Während einige junge Burschen das gut durchgebratene Fleisch von den Knochen trennten, reichten rotwangige Frauen Platten mit dampfenden Speisen weiter zu den Tischen, an denen sich die Krieger versammelt hatten. Jagdhunde spekulierten unter den Tischen auf Knochen und andere Leckerbissen. An einer Wand standen Fässer mit Gerstensaft nebeneinander. Jungen zapften eifrig das Bier und brachten es in schäumenden Krügen zu den Tischen. Die Männer grölten ausgelassen, stimmten Trinklieder an, lachten oder unterhielten sich lautstark über die Tischplatten hinweg mit ihren Trinkgenossen.

Früher am Tag war Gervas in der Siedlung der Chatten eingetroffen. Er gehörte zu den handverlesenen Gefolgsleuten, die Arminius während der ausstehenden Verhandlungen begleiten sollten.

Der Cherusker war erpicht darauf, neue Verbündete zu gewinnen. Eine schwierige und nervenaufreibende Aufgabe, da die Stämme im Kampf gegen Rom beim Angrivarierwall eine herbe Niederlage erlitten hatten.

Immer häufiger beschlich Gervas das Gefühl, dass das ganze Unterfangen sinnlos war. Inzwischen ging es gar nicht mehr in erster Linie darum, die Stämme gegen die Römer aufzuwiegeln. Jahr um Jahr verstrich, und doch blieben weitere römische Feldzüge auf germanischem Boden aus. Was auch immer der Grund dafür sein mochte, vielleicht würden die Legionen nie wieder in großer Zahl über den Fluss setzen.

Unterdessen brannte Arminius darauf, sich zum Herrscher über die vereinigten Stämme aufzuschwingen. Vom Königtum war die Rede. *Aber wieso diene ich ihm dann noch?*, fragte sich Gervas zum wiederholten Mal. Vor einigen Monaten war ihm dieser Gedanke gekommen. Seither stellten sich immer häufiger Zweifel ein.

Dennoch, Arminius war ihm inzwischen lieb und teuer geworden. Fast vier Jahre lag die letzte Niederlage gegen die Römer nun schon zurück, doch der junge Krieger war sich nicht sicher, welchen Weg er einschlagen sollte, was seine Bestimmung sein würde. Seit dem Tod von Gerulf hatte er sich nach einem väterlichen Freund gesehnt, und deshalb war er an Arminius' Seite geblieben, anstatt zu seinem eigenen Stamm zurückzukehren.

Gewiss, der Anführer der Cherusker war hochnäsig und launenhaft, andererseits zeigte er sich oft von seiner großzügigen Seite und begegnete Gervas freundlich und warmherzig. Oft lobte Arminius ihn, was den jungen Mann mit Stolz erfüllte.

Wann immer das Frühjahr und der Sommer einsetzten, begleitete Gervas den Cherusker auf den langen Ritten von einem Stammesgebiet zum nächsten, da Arminius Verbündete brauchte. Seit Maelos Tod war Gervas zu Arminius' engstem Vertrauten aufgestiegen. Inzwischen hatte Gervas seinen Argwohn begraben, der Cherusker könne etwas mit Gerulfs Tod zu tun haben.

Zugegeben, hin und wieder kamen ihm Zweifel, doch angesichts der verheißungsvollen Stellung an Arminius' Seite gab Gervas dem aufkeimenden Argwohn keinen Raum.

Jetzt rutschte er ein wenig auf der harten Sitzbank hin und her und versuchte mitzubekommen, worüber Arminius sich gerade mit Adgandestrius unterhielt, dem Anführer einer mächtigen Sippe innerhalb des Stammesverbands der Chatten. Zu seinem Leidwesen saß Gervas ausgerechnet in der Mitte der langen Bank, und da sich die Krieger in unmittelbarer Nähe lautstark unterhielten, war es ihm nicht möglich, den Wortlaut der Unterhaltung zu verfolgen. Eines war jedoch unübersehbar: Arminius schien alles andere als zufrieden zu sein, das konnte Gervas ihm vom Gesicht ablesen. Ernst und eindringlich redete er auf seinen Tischnachbarn ein, zeigte ab und zu mit anklagendem Zeigefinger auf Adgandestrius.

Unmut regte sich in Gervas. *Der ist doch erst zufrieden, wenn die anderen seine Vorstellungen teilen*, dachte er mit düsterer Miene.

Dabei war es offenkundig, dass Adgandestrius, ein Rotschopf mit wieselähnlichen Zügen, nicht klein beigeben würde. Als hätte es eines Beweises bedurft, erhob der Gastgeber nun die Stimme und hämmerte mit der Faust auf den Tisch, sodass Platten und Krüge schepperten.

Mit was für einer Reaktion hattest du denn gerechnet, Arminius?, dachte Gervas bei sich. Die Stämme brauchten keinen Anführer. Sie wollten keinen König.

Mit säuerlicher Miene erhob sich Arminius von seinem Platz und bahnte sich einen Weg durch die Bediensteten und Sklaven, die hinter dem Gastgeber und den anderen Stammesführern warteten.

Da Gervas vermutete, dass Arminius im Freien die volle Blase leeren musste, richtete er seine Aufmerksamkeit vorübergehend auf die Speisen vor ihm auf dem Tisch. Den Krug mit Gerstensaft hatte er kaum angerührt. Er zog es vor, einen klaren Kopf zu behalten, während die Männer um ihn herum allmählich in einen dumpfen Rausch verfielen. Vielleicht war es bei der soeben beobachteten Unstimmigkeit nur um etwas Belangloses gegangen und nicht um Arminius' Anspruch, Anführer aller verbündeten Stämme zu werden.

»Und, kannst du das Fest genießen?« Arminius stand plötzlich hinter Gervas, und heißer biersaurer Atem strich über Gervas' Wange.

Erstaunt drehte sich der junge Mann um und setzte ein Lächeln auf. »Ja, sehr. Wie läuft es mit Adgandestrius?«

»Der? Ein Narr ist er, sag ich dir!« Speichel flog Arminius um die Mundwinkel. »Er will nicht auf mich hören. Meint, die Chatten sind zufrieden und wollen keine Veränderungen.«

Gervas hätte den Mund halten sollen – denn es war klar, dass Arminius betrunken war –, aber in diesem Moment konnte er sich nicht zurückhalten. »Vielleicht hat er ja recht.«

»Wie?« Arminius fixierte Gervas aus blutunterlaufenen Augen. »Er soll recht haben?«

»Kein Stammesführer hat dir anders geantwortet. Sie folgen dir zwar gegen die Römer, und sei es nur, um in einem Streit mit rivalisierenden Stämmen einen Vorteil zu erhalten, aber sie wollen nicht, dass du ihr Anführer wirst.« Gervas zögerte, ehe er hinzufügte: »Unsere Völker haben etwas gegen die Vorstellung von Königsherrschaft, Arminius.«

»Du irrst dich. Es ist gar nicht lange her, da suchten drei Anführer meinen Rat. Sie sind unzufrieden mit Adgandestrius. Wenn ich ihnen dabei helfe, ihn zu beseitigen, werden sie mich bei meinen Bemühungen unterstützen, die Führung über die Chatten zu erhalten.«

Gervas wollte nicht glauben, was er da soeben gehört hatte. »Ihn beseitigen?«

Arminius hatte wieder dieses wölfische Grinsen aufgesetzt

und deutete mit dem Zeigefinger einen hastigen Schnitt an der Kehle an. »Da hilfst du mir doch, oder nicht?«

Obwohl es in dem Langhaus inzwischen so warm geworden war, dass den Männern der Schweiß auf der Stirn stand, fröstelte Gervas. Im selben Moment wurde er von glühendem Zorn erfasst. Mit dieser Geste hatte Arminius indirekt zugegeben, für die Ermordung von Gerulf verantwortlich zu sein. Offenbar war es die Art des Cheruskers, sich auf diese Weise missliebiger Feinde zu entledigen.

In diesem Augenblick des Zorns malte sich Gervas aus, wie Arminius, unzufrieden mit Gerulfs streitlustigem Verhalten, Maelo zu verstehen gab, Gerulf zu beseitigen – *hat er das Maelo auch mit einem Zeigefinger am Hals angedeutet? Ich muss in all den Jahren blind gewesen sein*, dachte er. *Blind und taub*.

»Später am Abend wird sich eine Gelegenheit ergeben«, raunte Arminius ihm zu, wobei er sich zu Gervas hinabbeugte. »Bist du dabei?«

»Gewiss. Ich warte auf dein Zeichen.«

»Guter Junge.« Arminius zerzauste Gervas spielerisch das Haar, ehe er fast schroff hinzufügte: »Du bist wie ein Sohn für mich.«

Trotz der Wut, die in ihm brannte, hatte Gervas mit einem Mal einen Kloß im Hals. Ihm fehlten die Worte. Er schluckte und nickte schließlich.

»Bin kurz draußen. Das ganze Bier …« Arminius hielt auf die Tür des Langhauses zu.

Gervas saß stocksteif auf seinem Platz und ging die Möglichkeiten durch. Zweifel regten sich, doch der junge Krieger brauchte das Für und Wider nicht lange gegeneinander abzuwägen. Schnell stand für ihn der Entschluss fest, dass ein Mann wie Arminius kein Mitleid verdiente.

Mit einer Fülle an Bildern und Gefühlen kehrte die Erinnerung an Gerulf zurück. Nur weil jemand anderer Meinung war, bedeutete das noch lange nicht, dass man ihm an einer Schneewehe auflauerte und von hinten die Kehle durchschnitt.

Blut ist dicker als Wasser, dachte Gervas. *So war es immer schon und so wird es immer sein.*

Er wartete, bis Arminius ins Freie getreten war. Dann stand er auf, schob sich an einigen jungen Burschen vorbei, die Bierkrüge brachten, und schlenderte möglichst unauffällig zur Tür.

Doch mit den Fingerspitzen ertastete er den Griff seines Dolchs …

ANMERKUNGEN DES AUTORS

Schon seit Jahren wollte ich eine Darstellung über den Hinterhalt im Teutoburger Wald schreiben – vielleicht hatten Sie schon Gelegenheit, meine Romane *Kampf der Adler* oder *Rache der Adler* zu lesen. Varus' Niederlage 9 n. Chr. war zwar verheerend, bedeutete aber nicht das Ende der römischen Bestrebungen auf germanischem Boden. Nachdem Rom seine Wunden geleckt hatte, sannen die Verantwortlichen auf Rache. Es wäre für die damaligen Machthaber undenkbar gewesen, auf das Massaker nicht zu reagieren, das Arminius angerichtet hatte.

Doch aus ganz unterschiedlichen Gründen musste die Reaktion des Reichs vorerst ausbleiben. Im Jahre 9 n. Chr. endeten die blutigen Auseinandersetzungen des Pannonischen Aufstands (damals in der Provinz Illyricum, heute vergleichbar mit dem Staatsgebiet von Serbien und Kroatien, mit Teilen Österreichs und weiteren Gebieten des ehemaligen Jugoslawiens). Nach der Varusschlacht mussten zunächst Legionen an den Rhein verlegt werden, man brauchte einen neuen Statthalter – Germanicus –, sodass Rom erst 14 bzw. 15 n. Chr. in der Lage war, angemessen auf die feindlich gesinnten germanischen Stämme zu reagieren. Diese Vorgänge habe ich im 2. Band meiner Trilogie, »Rache der Adler«, ausgeführt. Der vorliegende Roman erzählt von den Germanicus-Feldzügen des Jahres 16 n. Chr. Einerseits habe ich mir viele Geschehnisse frei ausgedacht, andererseits lag mir wie immer viel an der Nachgestaltung der damaligen Lebensumstände und ereignisreichen Monate. Dabei habe ich mich an die historische Überlieferung gehalten. Sollten mir dennoch Fehler unterlaufen sein, so bitte ich, diese zu entschuldigen.

Viele Charaktere, die in diesem Roman eine Rolle spielen oder nur erwähnt werden, haben tatsächlich gelebt, so z. B. Germanicus, Lucius Seius Tubero, Stertinius, Aemilius, Publius Quinctilius Varus, Drusus, Caedicius, Arminius, Mallovendus, Segestes, Thusnelda, Themelicus, Flavus und Adgandestrius. Selbst Soldaten wie Marcus Crassus Fenestela tauchen in den antiken Quellen auf. Ein Hund in einem römischen Theaterstück heißt Scylax, Macula bedeutet im Lateinischen »Fleck« – hier habe ich versucht, den römischen Humor nachzuempfinden. Den Centurio Tullus habe ich erfunden, ebenso die Männer aus seiner Centurie. Maelo, Degmar, Gerulf, Horsa und Tudrus hat es nicht gegeben, ebenso wenig Sirona und Artio. Die zuletzt genannten Namen beziehen sich auf alte gallische Gottheiten.

Es ist frustrierend, dass beinahe keine »echten« Namen germanischer Krieger die Zeiten überdauert haben. Gerulf und Horsa sind frühestens für das erste Jahrhundert n. Chr. belegt. Namen wie Osbert und Degmar musste ich mir ausdenken. Ich hoffe, sie klingen authentisch, auch wenn ich die Wortstämme aus angelsächsischer Zeit geborgt habe. Arminius, Inguiomerus und Mallovendus sowie Adgandestrius sind römische Versionen germanischer Namen. Arminius könnte »Armin« oder »Ermin« geheißen haben – man kann das nicht mehr mit Sicherheit sagen. Als ich an meinem Roman »Kampf der Adler« arbeitete, schlug meine Lektorin vor, durchweg den Namen Arminius zu benutzen. Ich hoffe, dass der Cherusker bei seinen eigenen Stammesgenossen nicht zu römisch klingt.

Wir wissen nicht, wie viele Männer den Hinterhalt überlebten, in den Varus' Armee geriet. Ich gehe von zweihundert Überlebenden aus, was in etwa korrekt sein dürfte, es ist aber auch denkbar, dass weitaus weniger mit dem Leben davonkamen. Einige Legionäre wurden von den Germanen gefangen genommen und später gegen Lösegeld freigelassen. Soldaten, die von ihren Familienangehörigen freigekauft wurden, durften italischen Boden nicht mehr betreten – von dem Bann waren also nicht die Soldaten betroffen, die sich nach dem Gemetzel hatten retten können. Meiner Ansicht nach dürfte jedem Überlebenden der Schlacht ein Stigma angehaftet haben, ich habe mir aber die Freiheit genommen, diesen Bann auch auf Offiziere wie Tullus zu übertragen. Es ist ebenso frei erfunden, dass Germanicus den Herrscher bat, den Bann aufzuheben. Auch der versuchte Mordanschlag auf den Imperator und die brennenden Schiffe am Fluss habe ich mir ausgedacht – vielleicht ist es eine zu moderne Denkweise, wenn wir uns fragen, warum sich die Stämme nicht derartige Attentate oder Überfälle überlegt haben. Damals folgten Schlachten genau gesteckten Vorgaben, und kleinere Himmelfahrtskommandos oder Vorstöße Einzelner sind zumindest nicht bekannt.

Zu den Legionsadlern ist im Grunde wenig überliefert – die meisten Details und Informationen kennen wir von Grabsteinen und Zeugnissen der Epigraphik. Um eine Standarte von der anderen unterscheiden zu können, ergibt es Sinn, sie durchzunummerieren, ich weiß aber nicht, ob das tatsächlich so gehandhabt wurde.

Im Herbst 15 n. Chr. belohnte Germanicus die Offiziere, die sich während des gerade beendeten Feldzugs ausgezeichnet hatten. Ich denke, dass bei dieser Gelegenheit auch Centurionen und einfache Legionäre ausgezeichnet wurden – für mich war diese Stelle jedenfalls der Anlass, Tullus zu rehabilitieren und in der Rangfolge der Centurionen aufsteigen zu lassen.

Die Militäroffensive des Jahres 16 n. Chr. verlief in etwa so, wie ich es hier beschreibe. Der Legat Gaius Silius wurde zunächst nach Osten entsandt, die Schiffe folgten dem Küstenverlauf in der Nordsee. Die Belagerung von Aliso fand statt. Wir wissen nicht, warum Germanicus die Stätte besuchte, an der sein Vater Drusus einst einen Altar hatte errichten lassen, aber wir dürfen vermuten, dass dieser Moment für den Imperator von immenser Bedeutung war. Es gab tatsächlich böse Vorzeichen, als Drusus die Stätte weihte, und sein Schicksal verlief so, wie ich es im Roman schildere. Dass die Soldaten einmal im Jahr ein Wettrennen am Kenotaph des Drusus in Mogontiacum veranstalteten (vgl. den sog. Drususstein in der Mainzer Zitadelle), ist überliefert – dieses Wettrennen habe ich in meine Kurzgeschichte *The Shrine* aufgenommen – eine kostenlose E-Book Version, die als Vorgeschichte zu *Kampf der Adler* gedacht war. Diese und andere Kurzgeschichten freuen sich auf Leser – für diejenigen außerhalb von Großbritannien verweise ich auch auf die E-Book-Plattform für Leser und Autoren: wattpad.com.

Für römische Armeen war es Routine, breitere Flüsse mit sogenannten Schiffsbrücken zu überwinden. Es ist nicht bekannt, ob Drusus diese Taktik anwandte, aber wir kennen diese Art von temporären Brücken aus der Zeit von Cäsar.

Spartacus zwang römische Gefangene, als Gladiatoren gegeneinander anzutreten. Ich fand es passend, dass Germanicus auf diese Art der Bestrafung zurückgreift, obwohl das nicht überliefert ist. Die Gefangennahme von Arminius' schwangerer Frau Thusnelda ist überliefert, ebenso das Zusammentreffen mit seinem Bruder Flavus an der Visurgis/Weser. Es mag durchaus stimmen, dass Arminius erst bei dieser kurzen Unterhaltung erfuhr, dass er einen Sohn hatte. Aber das wissen wir natürlich nicht. Das weitere Schicksal der Thusnelda nach 16 n. Chr. ist ungewiss, aber ich vermute, dass sie kein glückliches Leben geführt hat. Ob sich Arminius den Kopf zermarterte, sobald es um seine Frau und sein Kind ging, bleibt dahingestellt.

Es war tatsächlich so, dass sich am Vorabend der Schlacht von Idistaviso (vermutlich im Großraum Bückeburg) ein germanischer Verräter zum Marschlager der Legionen schlich und den Römern Arminius' Absichten verriet. Ebenso wissen wir von den antiken Autoren, dass Germanicus in Verkleidung die Zeltreihen seiner Soldaten abschritt, um Gewissheit zu haben, dass die Moral seiner Truppe für den Kampf am kommenden Tag ausreichte. Die römische Schlachtformation für Idistaviso ist bekannt, wir wissen sogar, wo die Räter, Vindeliker und Gallier positioniert waren. Die eigentliche Schlacht eröffneten Lucius Stertinius und Aemilius als Befehlshaber der berittenen Einheiten. Als Nächste überquerten die Bataver den Fluss, tappten dann jedoch in Arminius' Falle. Adler wurden an jenem Tag über dem Wald gesichtet, aber ich überließ es lieber Tullus und nicht Germanicus, die Legionäre mit dem Hinweis auf die majestätischen Vögel in die Schlacht zu treiben. Später entdeckte man Ketten in den Wäldern und vermutete, dass die Germanen ihre Gefangenen in Eisen legen wollten. Stammeskrieger, die sich nach der Schlacht vor ihren Häschern verstecken wollten, wurden in der Tat von Bogenschützen der Auxiliareinheiten aus den Bäumen geholt.

Es mag sein, dass der Angrivarierwall ursprünglich dazu diente, das Stammesgebiet der Angrivarier von benachbarten Stämmen abzugrenzen, vielleicht war es wirklich ein sichtbarer Grenzverlauf (die Lokalisierung des Walls ist bis heute umstritten). Ich habe mich dafür entschieden, dass Arminius den Befehl gab, diesen Wall zu errichten. Das sumpfige Gelände an einer Seite erlaubte es den Römern, einen Flankenangriff zu wagen. Dass Berge von Leichen den nachrückenden Soldaten den Weg versperrten, ist meine Erfindung. Nachdem die anfänglichen Angriffe der Römer gescheitert waren, gab Germanicus der Infanterie den Befehl zum Rückzug und ließ die Artillerie in Stellung bringen. Die schwirrenden Salven der Schleuderer sind nicht meine Erfindung. In jüngerer Zeit entdeckte man Geschosse dieser Art bei einem römischen Ausgrabungsfeld in Schottland. Bestimmt kann man auch die Wucht und die Geräusche der

Schleudern als frühe Form der psychologischen Kriegsführung verstehen! Die Erwähnung eines verwundeten Legionärs, der die ganze Zeit »vier Würstchen für ein As« vor sich hin murmelt, habe ich dem Bericht über einen verletzten Soldaten aus dem Ersten Weltkrieg entnommen: Dieser Mann leierte in einem fort den Preis für Kohlköpfe herunter.

Wir wissen nicht, wie viele Stämme an jenem Tag mit Arminius kämpften – vielleicht waren es weniger, als ich vermute. Tatsächlich wurde Arminius während der Schlacht von einer Verletzung beeinträchtigt, die er sich bei Idistaviso zugezogen hatte: An jenem Tag hatte der Cherusker den Tod vor Augen und überlebte die Schlacht nur deshalb, weil ihm ein Chatte aus der Auxiliareinheit die Flucht ermöglichte. Vielleicht wäre Arminius auch in Gefangenschaft geraten.

Auch über Verletzungen an den Zehen habe ich mir Gedanken gemacht. Tullus wäre durchaus imstande gewesen, weiter zu marschieren, selbst wenn Zehen verstümmelt waren.

Tubero spielte eine bedeutende Rolle in dieser Schlacht. Leider starb er nicht, sondern machte Karriere in der römischen Politik (vgl. im Glossar *Cursus honorum*; er wurde Suffektkonsul). Den historischen Quellen zufolge wurde nur eine Legion vom Schlachtfeld abberufen, um das Marschlager zu errichten, aber da die Armee so groß war, entschied ich mich für zwei Legionen – dadurch konnte sich Tullus nämlich zurückziehen, ohne das Gesicht zu verlieren.

Nachdem Germanicus seine Soldaten für ihren Einsatz während des Feldzugs belohnt hatte, machte er sich auf den Rückweg. Ein Großteil der Armee schiffte sich auf der Ems ein und steuerte die Nordsee an. Doch die Flotte geriet in einen Sturm, ehe sie die Mündung des Rheins erreichen konnte. Viele Schiffe gingen unter, andere wurden bis an die Küsten Britanniens abgetrieben, wo die Seeleute von Stämmen gefangen genommen wurden.

Nach den blutigen Ereignissen der Sommeroffensive wollten viele der Stämme, die dicht beim Rhein siedelten, zu erkennen geben, dass sie loyal zu Rom standen, und zahlten die geforderten Tribute. Für den vorliegenden Band hatte ich kurz überlegt, Tullus in einigen Kapiteln auf britannischem Boden agieren zu lassen, doch letzten Endes musste ich mich darauf beschränken, dass er die Adlerstandarte wiederfindet – hier möchte ich mich noch einmal bei meiner Lektorin Selina Walker bedanken, die mir riet, mich auf das Wesentliche zu konzentrieren!

Nach der Niederlage am Angrivarierwall haben sich mehrere Stämme erhoben, unter anderem die Marser. Im Herbst des Jahres 16 n. Chr. verriet Mallovendus den Römern tatsächlich, an welcher Stätte der Legionsadler aufbewahrt wurde. Daraufhin holte sich eine Einheit Legionäre das Symbol zurück.

Für mich stand sofort fest, dass Tullus diese Mission leiten würde, aber wir wissen nicht, wie dieses Unterfangen wirklich ablief. Der dritte und letzte Aquila aus der Schlacht beim Teutoburger Wald könnte im Besitz der Chauken gewesen sein, vielleicht aber auch im Besitz der Chatten – dies wird in dem Bericht von Cassius Dio nicht eindeutig geklärt. In »Kampf der Adler« kämpften einige Verbände der Chauken an Arminius' Seite, aber das ist historisch nicht gesichert. Auf diese Weise konnte ich aber erklären, warum die Chauken eine der Adlerstandarten besitzen.

Die letzte Standarte wurde erst 41 n. Chr. zurückgewonnen, und zwar zur Zeit des Kaisers Claudius. Als Leser fragt man sich vielleicht, warum Germanicus nach 16 n. Chr. keine weiteren Feldzüge auf germanischem Boden befehligte. Germanicus wurde von Tiberius abberufen, kehrte nach Rom zurück und erhielt einen Triumphzug. Offenbar hielt sich Tiberius an Augustus' Vermächtnis, das Reich in seinen gegenwärtigen Grenzen zu belassen. So kam es, dass Roms Einflussnahme auf rechtsrheinische Gebiete weiter abnahm. Allerdings wissen wir spätestens seit den Ausgrabungen und Funden am »Harzhorn«, dass römische Truppen auch im 3. Jahrhundert n. Chr. noch auf germanischem Boden aktiv waren (um das Jahr 235/236 n. Chr. soll es am Westrand des Harzes zu mehreren militärischen Auseinandersetzungen zwischen römischen Legionären und Germanen gekommen sein).

Es gibt noch so vieles, was erwähnt werden müsste. Meine Leser sollen wissen, dass es eine Fülle archäologischer Funde gibt, was wiederum bedeutet, dass viele der Gegenstände, auf die ich in meinen Romanen Bezug nehme, wirklich existierten. Zu diesen Dingen zählen Weinsiebe, Schildüberzüge, Klappmesser und Löffel, Pfeifen (allerdings wissen wir nicht, ob sie während der Schlacht zum Einsatz kamen), die Tragestöcke der Legionäre (Furcae) sowie die aus Holz errichteten Baracken. Germanische Krieger stimmten einen furchterregenden Schlachtgesang an, den die Römer Barritus nannten. Aus heutiger Sicht muten die Opferriten der germanischen Stämme grausam an – die Opfer wurden erhängt, man schnitt ihnen die Kehle durch, Verurteilte wurden lebendig im Moor versenkt –, aber diese Praktiken unterscheiden sich kaum von den Maßnahmen bei anderen Völkern Nordeuropas. Die Bestattungsriten bei den Germanen waren so, wie ich sie beschrieben habe.

In sumpfigem Gebiet legte man stabile Bohlenwege an, von denen noch heute Überreste bei archäologischen Grabungen gefunden werden. Wir wissen grob, wie sich die Germanen kleideten, es ist aber reine Fiktion, dass die Stämme unterschiedlich gemusterte Hosen trugen. Das Wort Berserker kommt ursprünglich aus dem Altnordischen und ist in skandinavischen Quellen belegt. Es kam aber durchaus vor, dass Krieger unbekleidet kämpften.

Die germanischen Stämme standen der Vorstellung von einem Alleinherrscher ablehnend gegenüber. Sie zogen es vor, einzelne Anführer zu wählen. Den Beweis dafür finden wir in Arminius' Schicksal – vier Jahre nach den Germanicus-Feldzügen des Jahres 16 n. Chr. wurde Arminius von Angehörigen seiner Sippe ermordet, weil er offenbar versuchte, die Königsherrschaft anzustreben. Meiner Ansicht nach könnte ein Mann wie Gervas (der ja im Roman fast zur Sippe gehört) Arminius' wahre Absichten durchschaut haben. Deshalb fädelte ich es im Verlauf der Story so ein, dass Gervas am Ende die Angelegenheit selbst in die Hand nimmt.

Adgandestrius taucht deshalb in der letzten Szene auf, da er den Berichten zufolge im Jahr 20 n. Chr. einen Brief an den Senat in Rom schickte und anbot, Arminius zu töten, wenn ihm zur Durchführung der Tat Gift geschickt werde (so berichtet es Tacitus in den »Annalen«). Tiberius lehnte das Angebot ab und erklärte, gegen die Feinde des Reichs müsse man offen vorgehen, mit »Spaten und Speeren«, nicht mit Arglist.

Die in Castra Vetera stationierten Legionäre aßen gern unterschiedliche Fischsorten und Vögel sowie wild lebende Tiere wie Rehe, Wildschweine und Biber. Es war durchaus üblich, an der Stelle, an der man auf dem Schlachtfeld die Feinde in die Flucht geschlagen hatte, ein sogenanntes Tropaeum zu errichten – mitunter gab es einen steinernen Altar, oft wurden jedoch die erbeuteten Waffen an bestimmte Bäume oder von Hand gefertigte Holzkreuze gehängt. Gladiatorenkämpfe wurden für gewöhnlich öffentlich anhand von Zeichnungen bzw. Graffiti an Hauswänden bekanntgemacht. Bestattungen in Rom folgten einem bestimmten Protokoll – wenn Sie einmal ein Reenactment einer Bestattung sehen möchten, schauen Sie sich ein Video auf Youtube an, das dort vom Ashmolean Museum, Oxford, gepostet wurde. Grab- bzw. Gedenksteine (vgl. Kenotaph) von Legionären waren meist stilisiert: Der Wortlaut auf Pisos Gedenkstein entsprach den Gepflogenheiten (ein berühmtes historisches Beispiel ist der Grabstein des Marcus Caelius, der im Umfeld des Legionslagers Castra Vetera gefunden wurde).

Centurionen sollen ihre Soldaten mit »Jungs« angeredet haben wie auch mit »Brüder«. Wurde ein Tier geopfert, zerlegte man es und gab Fleisch an die Armen. Auch wenn man es vielleicht nicht vermutet, die Römer haben viel geflucht – sehr viel! Das beweisen schon die zahlreichen, teils obszönen Graffiti in Pompeji und die zügellosen Verse in manchen Gedichten. Es ist nicht sicher, wie und ob die Römer die »Million« ausgedrückt haben, daher habe ich mich für »Tausend mal Tausend« entschieden.

Trotz der zahllosen Ungenauigkeiten habe ich mir gern die TV-Serie Spartacus: Blood and Sand angesehen. Was ich besonders mochte, war die archaisch klingende Sprache, von der ich einige Ausdrücke übernommen habe. Der Ausdruck »in den Dreck« (»into the mud«) ist eine Verbeugung vor dem großen Autor der dunklen Fantasy-Literatur, Joe Abercrombie (»Back to the Mud«). Arimnestos soll eine kleine Hommage an den Helden aus Christian Camerons eindrucksvoller »Long War-Serie« sein (der Erzähler ist Arimnestos von Plataea). Ich kann die historischen Romane von Cameron nicht oft genug loben – aus meiner Sicht ist er der beste Autor historischer Fiction. Ich habe Gillian Bradshaws Roman »Dark North« verschlungen, dessen Handlung in Britannien zur Zeit der Herrschaft des Septimius Severus angesiedelt ist. Für Pisos Mission in Tuberos Zelt ließ ich mich von dem ersten Kapitel dieses Romans inspirieren. An zwei Stellen in meinem Roman verbeuge ich mich quasi vor dem Film »Gladiator« – eingefleischte Fans werden diese Stellen mühelos wiedererkennen. Als ich Pisos schlechte Laune im 34. Kapitel beschrieb, musste ich unweigerlich an Russell Whitfield denken, meinen Freund und Autor, der gemeinsam mit mir entlang des Hadrianwalls wanderte. Anthony Riches, ebenfalls Autor historischer Römer-Romane, begleitete uns. Russ' Rüstung wog beträchtlich mehr als meine oder die von Tony, wie Russ uns alle paar Meter wissen ließ. Er beklagte sich oft über die Wetterverhältnisse, das ganze Gepäck, über die Schmerzen im Rücken oder in den Füßen – nun ja, Sie sehen, auf was ich hinauswill.

Den Ausdruck »Schulter an Schulter« könnten römische Soldaten benutzt haben, aber in diesem Roman wollte ich auch den modernen »Kriegern« ein Denkmal setzen, nämlich den Rugby-Spielern, die für Irland antreten. Der Hashtag #ShoulderToShoulder kursiert in den sozialen Netzwerken, wenn es darum geht, das irische Team zu unterstützen. In *Kampf der Adler* bediente ich mich auch der Phrase »Stand up and fight«, die zum Schlachtgesang des Teams aus Munster gehört. Auf Leinster – die Provinz, aus der ich komme – habe ich auch indirekt angespielt, mit der Phrase »Come on, you boys in blue!«.

Wir wissen zwar, wie die Legionäre trainierten, wir kennen auch ihre Kampftechniken, dennoch bleibt vieles ungewiss. Sogenannte Keil-Formationen (»Cuneus«) kamen zum Einsatz, auch die »Säge«. Im ersten Jahrhundert n. Chr. trugen Legionäre das Cingulum militare, bestehend aus zwei sich kreuzenden metallbeschlagenen Gürteln, an denen Gladius und Pugio befestigt waren, ebenso der Schurz. Der bekannte Schienenpanzer der Legionäre (vgl. im Glossar den Eintrag unter Lorica segmentata) setzte sich in der frühen Kaiserzeit allmählich durch, dennoch trugen viele Legionäre nach wie vor Kettenhemden (vgl. im Glossar den Eintrag unter Lorica hamata). Die Todesstrafe wurde in der römischen Armee verhängt, auch für Vergehen wie Diebstahl unter Kameraden, insgesamt war die Todesstrafe in der Kaiserzeit aber rückläufig (vgl. im Glossar den Eintrag Fustuarium).

Will man nachempfinden, wie das damalige Leben gewesen sein mag, hilft es oft, wenn man an die Orte oder in die Gebiete reist, in denen die historischen Ereignisse stattfanden. Dreimal war ich jetzt schon im Nordwesten Deutschlands, um für meine aktuelle Römer-Trilogie zu recherchieren. Es gibt dort so viele

Museen zu besichtigen, zuallererst den wunderbaren Archäologischen Park in Xanten: das historische Castra Vetera (vgl. auch Colona Ulpia Traiana). Ich kann nicht oft genug empfehlen, diesen Park zu besichtigen. Dort kann man die akkurate Rekonstruktion eines dreigeschossigen Stadttors bewundern, darüber hinaus ein Amphitheater, die beachtliche Außenmauer des Lagers sowie Werkstätten und Gästehäuser. Es gibt sogar eine römische Taverne und ein Restaurant, die Speisen nach alten Rezepten anbieten. Weiter östlich von Xanten, in Haltern am See, befindet sich eines der besten Museen für römische Geschichte, die ich in diesem Zusammenhang gesehen habe. In der Nähe von Osnabrück (bei Bramsche) kann man im Römermuseum bei Kalkriese das Schlachtfeld besichtigen, das viele für den tatsächlichen Ort der Varusschlacht halten. Im Sommer 2016 entdeckte man auf dem Gelände mehrere Goldmünzen, die auf die Jahre 2 v. Chr. und 5 n. Chr. datiert wurden. Dieser Fund spricht dafür, dass die Forscher mit dem Ort der Varusschlacht richtigliegen, allerdings gibt es andere Funde, die dafür sprechen, dass es sich bei Kalkriese »nur« um ein römisches Marschlager gehandelt haben könnte. Die Städte Köln, Mainz, Bonn und Trier haben großartige Römer-Museen zu bieten und sind bei einer Fahrt entlang des Rheins zu erreichen. Ebenso das eindrucksvolle (Kohorten)Kastell Saalburg auf dem Taunuskamm nordwestlich von Bad Homburg v. d. Höhe.

Die antiken Texte bieten einen weiteren Zugang zur Vergangenheit. Wären Tacitus, Florus, Velleius Paterculus, Cassius Dio und Plinius nicht gewesen, so wäre mir die Arbeit an dieser Trilogie sehr viel schwerer gefallen. Die Geschichtsschreibung dieser römischen Autoren, die Roms Verdienste oft überhöht haben, darf man nicht in allen Facetten wörtlich nehmen, aber die Schriften sind noch heute von großem Wert, wenn es darum geht, das Leben vor 2000 Jahren lebendig werden zu lassen. In diesem Zusammenhang gilt mein ausdrücklicher Dank

Bill Thayer, einem amerikanischen Forscher an der University of Chicago. Seine Website LacusCurtius bietet die englischen Übersetzungen von fast allen überlieferten römischen Quellen. Ohne diese Sammlung wäre ich aufgeschmissen gewesen. Sie können sich selbst einen Eindruck davon verschaffen unter http://tinyurl.com/3utm5.

Nachschlagewerke bzw. Sekundärliteratur zu diesem Thema waren ebenso unerlässlich. Die Bibliographie der Werke, die ich für diesen Roman konsultiert habe, geht über mehrere Seiten, daher möchte ich mich auf die wichtigsten Bücher beschränken und die Autoren in alphabetischer Reihenfolge nennen: *Handbook to Legionary Fortresses* von M. C. Bishop; *Roman Military Equipment* von M. C. Bishop und J. C. N. Coulston; *Greece and Rome at War* von Peter Connolly; *The Complete Roman Army* von Adrian Goldsworthy; *Rome's Greatest Defeat: Massacre in the Teutoburg Forest* von Adrian Murdoch; *Eager for Glory: The Untold Story of Drusus the Elder*, *Germanicus* und *Roman Soldier versus Germanic Warrior*, alle von Lindsay Powell; *The Varian Disaster* (mehrere Autoren), ebenso ein Sonderheft des Magazins *Ancient Warfare*. Erwähnen möchte ich darüber hinaus die Herausgeber Osprey und Karwansaray, deren Veröffentlichungen oftmals hilfreich waren, natürlich auch das stets nützliche *Oxford Classical Dictionary*.

Mein Dank geht an die Betreiber von www.romanarmytalk.com für die schnellen Antworten auf meine merkwürdigen Fragen, auch an Paul Harston und die Legionäre der Roman Tours UK/Legion XX Deva Victrix (sie haben sich freundlicherweise dazu bereit erklärt, Männer und Material für die Cover dieses Bandes und der anderen Bände dieser Trilogie beizusteuern). Ich möchte Adrian Murdoch und Lindsay Powell danken, für ihre Geduld, ihr Wissen und auch dafür, dass sie sich so viel Zeit für mich genommen haben. Sie haben mir nicht nur in den unterschiedlichsten Phasen meiner Arbeit mit Informationen ausgeholfen und meine Fragen beantwortet, sondern sie waren auch so freundlich, mein Manuskript und die beiden anderen Manuskripte zu lesen und mich mit weiteren weisen Ratschlägen zu versorgen. Beide sind wahre Gentlemen.

Mein Dank gilt einer Unmenge von Leuten bei meinem Verleger, Penguin Random House. Selina Walker, meine wunderbare Lektorin, hat einen Adlerblick wie sonst wohl niemand. Dieses Buch wäre bestimmt weniger präzise, wenn sie nicht gewesen wäre. Danke noch einmal, Selina. Mein Dank gebührt auch Aslan Byrne, Lizzy Gaisford, Amelia Evans, Catherine Turner, David Parrish und Jasmine Rowe. Herzlichen Dank! Sie alle haben hart dafür gearbeitet, damit sich meine Bücher so gut entwickeln. Dankbar bin ich auch meinen Verlegern im Ausland, insbesondere dem Team von Ediciones B in Spanien. Ich möchte noch viele andere Leute erwähnen und mich bei ihnen bedanken: bei Charlie Viney, meinem exzellenten Agenten und Freund, bei Richenda Todd, meiner fantastischen Textredakteurin, die ein echtes Ass ist. Natürlich bedanke ich mich auch bei Claire Wheller, der besten Sport-Physiotherapeutin, die mein Repetitive-Strain-Injury-Syndrom in Schach hält. Dank gebührt auch Jo Lott, meinem zweiten Physiotherapeuten, der sich um mein rechtes Bein kümmerte, während ich für meine Hannibal-Fahrrad-Tour trainierte. Ich kann nicht genug betonen, wie dankbar ich dafür bin – etwa sieben Wochen vor der geplanten Tour zog ich mir diese Verletzung zu. Und für eine Weile sah es ganz danach aus, als könnte ich die Tour abhaken.

An dieser Stelle möchte ich kurz auf die Fahrrad-Tour eingehen: Vielleicht haben Sie schon von meinen »Romani walks« der Jahre 2013 und 2014 gehört. Im Zuge einer Wohltätigkeits-Kampagne folgte ich zu Fuß dem Verlauf des Hadrianswalls und machte mich von Capua aus auf den Weg nach Rom. Auf beiden Touren haben mich, wie oben erwähnt, zwei befreundete Autoren begleitet, Tony Riches und Russell Whitfield. Wenn Sie mögen, können Sie sich die Dokumentation meines Fußmarschs durch Italien auf Youtube ansehen: http://tinyurl.com/h4n8h6g (als Erzähler konnten wir Sir Ian McKellen gewinnen) – und erzählen Sie es bitte weiter.

Tony und Russ lachten mich 2015 aus, als ich ihnen von meinem Plan erzählte, die Strecke von Barcelona bis nach Rom mit dem Fahrrad zurückzulegen – grob entspricht die Strecke der Route, die einst Hannibal nahm. »Sind doch nur 1600 Meilen«, meinte ich. »Und die höchsten Gipfel der Tagestouren liegen knapp unter 15 000 Fuß.« Klug wie sie waren, wollten sie nicht auf mich hören, deshalb beschloss ich, die Strecke allein zu fahren. Nun, ich war nicht ganz allein, aber eben ohne die beiden. Ich schreibe dieses Nachwort Anfang Oktober 2016 und bin gerade zurück von diesem eindrucksvollen Trip, der einen Monat dauerte, und ich kann immer noch gehen – tatsächlich fühle ich mich fitter als mit 22, als ich noch Rugby spielte. Ich kann mit einem gewissen Stolz sagen, dass ich bislang über 17 000 Pfund für die Wohltätigkeitsorganisation Combat Stress (Combat Stress kümmert sich um Veteranen, die unter posttraumatischer Belastungsstörung leiden) und Park in the Past sammeln konnte (Letzteres ist eine Interessengemeinschaft, die sich vorgenommen hat, in der Nähe von Chester im Nordwesten von England ein römisches Marschlager nachzubauen).

Ich danke allen, die so großzügig gespendet haben und mich bei dem Fundraising unterstützt haben. An dieser Stelle möchte ich kurz auf Calvus eingehen, jenen unglücklichen Bauern, der Legionär wurde und in der Schlacht von Idistaviso fiel. Diese Figur ist Richard Hepple nachempfunden, der den 1. Preis einer Tombola gewann, die ich ins Leben rief, um weitere Gelder zu bekommen. Auch Richard ist ein alter Freund von mir – der Zufallszahlengenerator bestimmte ihn zum Sieger, wie ich rasch hinzufügen möchte. Sorry, dass du in diesem Roman so viel von den anderen Soldaten einstecken musst, Richard! Ein großes

Dankeschön auch an den stets großzügigen Robin Carter, der nie müde wird, mir mit Bücher- und Geldspenden auszuhelfen. Sie sind ein Gentleman, wie er im Buche steht, Robin. Ganz herzlichen Dank an Sam Wood und Dylan Reynolds von Ride and Seek Tours: zwei wunderbare Kerle, die inzwischen auch zu meinen Freunden zählen. Schauen Sie mal unter rideandseek.com nach, wenn Sie mehr über diese tollen Fahrradtouren erfahren möchten. Graeme Sutherland, Ben Weigl, Richie Mitchell and Jessica Shull, ihr alle wart fantastische Führer. Tony Kean, Patti und Steve Small, Jane Clifton und Tony Duckworth – ihr habt dazu beigetragen, dass die Hannibal-Tour so großartig verlief. »Cheers!« Patti wird wissen, was ich meine, wenn ich sage: »TAXI!«

Ein ganz großes Dankeschön natürlich auch an Sie, meine wundervollen Leser. Sie sind es, die mich beim Schreiben beflügeln, und das macht mich dankbarer, als Sie es sich vielleicht vorstellen können. Alles, nur nicht wieder zurück zur Veterinärmedizin! Ihre E-Mails aus der ganzen Welt, Ihre Kontaktaufnahmen via Facebook und Twitter hellen meinen Alltag auf: Bitte kontaktieren Sie mich weiter! Ich verteile oft signierte Bücher und römische Trivia über diese Medien, also Augen offen halten! Ich möchte auch erwähnen, dass es eine große Hilfe für mich ist, wenn Sie meine Romane nach dem Lesen rezensieren, ob nun auf Amazon, auf Goodreads, Waterstone's, iTunes oder auf anderen Websites. Rezensionen brauchen nicht lang oder komplex zu sein.

Last, aber bestimmt nicht least, möchte ich mich bei Sair bedanken, meiner wunderbaren Frau, natürlich auch bei Ferdia und Pippa, meinen tollen Kindern, für die grenzenlose Liebe und Freude, die sie in meine Welt tragen. Ich danke meiner Familie auch dafür, dass sie sich mit meinem etwas exzentrischen Leben – oder sollte ich besser sagen »sehr« exzentrischen Leben? – arrangiert hat.

Wer mich kontaktieren möchte:
E-Mail: ben@benkane.net
Twitter: @BenKaneAuthor
Facebook: facebook.com/benkanebooks
Besuchen Sie auch meine Website: www.benkane.net

Auf YouTube finden Sie meine kurzen Videos im Dokumentar-Stil:
https://www.youtube.com/channel/UCoRPV-9BUCzfvRT-bVOSYYw

GLOSSAR

Acetum	saurer Wein, Gemisch aus Wasser und Essig, übliches Getränk der römischen Legionäre. Gleichzeitig der Ausdruck für Essig, das bekannteste Desinfektionsmittel in römischer Zeit. Essig eignet sich ausgezeichnet beim Abtöten von Bakterien, und seine weite Verbreitung in der westlichen Medizin dauerte bis ins ausgehende 19. Jahrhundert.
Actuaria	Navis actuaria; pl. Naves actuariae; Transportschiff der röm. Flotte mit bis zu 15 Riemen an jeder Seite und Besegelung. Der flache Kiel erlaubte eine Landung in flachen Gewässern.
Adrana	die Eder
Aesculapius	der römisch-griechische Gott der Heilkunst
Alae	sg. Ala; Reitereinheit der Auxiliartruppen. Sie wurden von Präfekten kommandiert, die oft aus dem Ritterstand stammten. In der röm. Kaiserzeit gliederten sich die Alae in zwei Mannschaftsstärken: die Ala quingenaria umfasste 512 Reiter in 16 Turmae (vgl. Turma) zu jeweils 32 Mann; die Ala miliaria umfasste etwa 1000 Reiter in 24 Turmae mit bis zu 42 Mann.
Alara	die Aller, Nebenfluss der Weser
Albis	die Elbe

Aliso	ein römisches Lager an der Lippe; vermutlich beim heutigen Haltern am See
Amisia	die Ems
Amsivarier	auch Ampsivarier; germ. Stamm an der Ems. Die A. waren zunächst Verbündete Roms, beteiligten sich dann jedoch an dem Überfall auf Varus' Armee.
Amphora	(pl. Amphorae) – großes Tongefäß mit zwei Henkeln und engem Hals. Es wurde verwendet, um Wein, Olivenöl und andere Erzeugnisse aufzubewahren. Es war auch eine Maßeinheit für Flüssigkeiten und entsprach etwa 640 Litern Wein. Amphoren gab es in unterschiedlichen Größenordnungen – manche waren so groß wie ein Mensch – und eigneten sich für den Transport von Waren auf langen Handelswegen.
Angrivarier	germ. Volk an der mittleren Weser
Aquilifer (pl. Aquiliferi)	der ranghöchste Standarten- bzw. Feldzeichenträger (Adlerträger) für den Aquila oder Adler einer Legion. Es war ein Privileg, dieses Symbol, das für jeden römischen Soldaten von großer Bedeutung war, tragen zu dürfen. Da die Aquiliferi während der Schlacht oft in vorderster Front standen, war die Verlustrate hoch. Die einzigen Abbildungen, auf den die Aquiliferi heute noch zu sehen sind, zeigen die Standartenträger ohne Kopfbedeckung, was zu dem Schluss führen könnte, dies sei der Normalfall gewesen. Doch in der Schlacht wäre es sehr gefährlich gewesen, auf diese Schutzmaßnahme zu verzichten, daher gehen wir davon aus, das der Feldzeichenträger einen Helm getragen hat.

Wir wissen nicht genau, ob er ein Raubtierfell über dem Helm trug, wie der Signifer (s. dort). Als Rüstung diente oft ein Schuppenpanzer, der Schild war vermutlich eher klein, damit er ihn leicht tragen konnte, ohne ihn in der Hand halten zu müssen. In der Zeit der frühen Kaiserzeit war der Aquila golden und umfasste mit seinen Klauen einen goldenen Donnerkeil. Der hölzerne Stab, auf dem das Feldzeichen thronte, wies unten eine Spitze auf, damit man den Stab in den Boden rammen konnte; manchmal hatte der Stab Seitenarme, um ihn besser transportieren zu können. Selbst wenn der Aquila beschädigt wurde, wurde er nicht zerstört, sondern jedes Mal mit Hingabe repariert. Ging er in einer Schlacht verloren, ließen die Römer nichts unversucht, ihr Feldzeichen zurückzubekommen, wie man in diesem Roman erfährt. (vgl. auch den Eintrag Legion und Signifer).

(Apud) Ara Ubiorum — ein röm. Heiligtum im Oppidum Ubiorum, dem heutigen Köln (zivile Siedlung der umgesiedelten Ubier; diese Umsiedlung fand entweder unter der Statthalterschaft des Agrippa statt, also 39/38 v. Chr. oder während einer späteren Amtszeit, 20/19 v. Chr.); Ara Ubiorum bezeichnet den »Altar der Ubier«; das Legionslager beim Altar der Ubier (apud Aram Ubiorum) wurde oft mit diesem Heiligtum in einem Atemzug genannt.

Arduenna Silva — die Ardennen

Armilla — pl. Armillae; militärische Auszeichnung: Armreifen aus Silber oder Gold

Artio	gallische Göttin der Jagd. Der Name leitet sich offenbar von »artos«, dem gallischen Wort für »Bär« ab.
As (pl. Asse)	eine kleine Kupfermünze (ab 23 v. Chr.), die einem Viertel des Wertes eines Sesterz entsprach
Atramentum	Tinte in der Antike; zumeist ein Gemisch aus Ruß und Gummi Arabicum (Mischungen aus Tusche, Ruß und Leimlösung waren komplizierter). Für die Antike bezeugt ist auch bereits die Eisengallustinte. Rote Tinte gewann man aus Zinnober und Mennige.
Augusta Treverorum	das heutige Trier. Die Gründung dieser römischen Siedlung wird zwischen 18/17 v. Chr. und der späten Regierungszeit des Augustus angesetzt.
Augusta Vindelicorum	Augsburg.
Aureus (pl. Aurei)	eine kleine Goldmünze (8,19 g) im Wert von fünfundzwanzig Denaren. In geringerer Zahl wurde sie bereits vor der Kaiserzeit geprägt.
Auxiliartruppen	Auxilia; Hilfstruppen der röm. Legion; die Soldaten entstammten fremden Völkern oder Provinzen, waren demnach keine röm. Bürger. Insbesondere Bogenschützen und Schleuderer, aber auch Reiter, wurden von den Auxiliartruppen gestellt, zur Verstärkung der regulären Legionstruppen. Während der Regierung des Augustus waren die Auxilia als reguläre, professionelle Einheiten in die Legion eingebunden: Fußtruppen (Cohors), Reitereinheiten (Ala) und gemischte Einheiten (Cohors equitata), in Kohorten- oder doppelter Kohortenstärke. Auxiliareinheiten wurden von einem Präfekten

befehligt – einem Offizier aus dem Ritterstand. Die Alen befehligte häufig ein Decurio.

Bacchus — gleichzusetzen mit Dionysos, dem griechischen Gott des Weines und des Rausches; streng genommen ist Bacchus der Beiname des Liber (pater), des römischen Gottes des Wachstums und Weins. Am 17. März feierten die Römer das Fest der Liberalia: Frauen boten Opferkuchen feil, Jünglinge wurden mit dem Anlegen der Männertoga (toga virilis) in den Erwachsenenstand erhoben.

Balliste — (auch Ballista bzw. Skorpion); ein zweiarmiges römisches Katapult, das wie eine aufgebockte Armbrust aussah. Es funktionierte jedoch nach einem anderen Prinzip: Statt einer gespannten Sehne wurde die Kraft von straff aufgerollten, verdrehten Sehnenbündeln genutzt, welche am Spannrahmen befestigt waren (Torsionsgeschütz). Ballisten variierten in ihrer Größe von tragbaren Versionen bis hin zu riesigen Wurfmaschinen, für deren Fortbewegung man Wagen oder Maulesel einsetzen musste (Carroballista). Mit ungeheurer Durchschlagskraft und Präzision feuerten sie entweder Pfeile oder Steine ab. Die leichteren Geschütze (Catapultae) verschossen Bolzen mit Eisenspitzen, die Manuballista (»Armbrust«) war eine Art Miniaturkatapult.

Barritus — Schlachtgesang der germanischen Krieger. Meine Beschreibung desselben fußt auf den antiken Texten (Tacitus erwähnt »barditus«, das Anstimmen von Liedern). Andere Quellen erwähnen ebenfalls diese barbarischen Schlachtrufe.

Bataver	westgerm. Stamm; 12 v. Chr. von Drusus unterworfen, von da an Bundesgenossen, die Reiterverbände stellten.
Beneficiarius (tribuni)	Unteroffizier; dem Tribun, Lagerpräfekten oder Legionslegat zugeordnet. Die Beneficiarii verrichteten eine Vielzahl unterschiedlicher, selbständiger Aufgaben, darunter Schreibdienst, das Eintreiben von Steuern usw.
Bier	vgl. Cerevisia
Bonna	heutiges Bonn
Brot (Kaiserzeit)	Ursprünglich stand den Römern die Speltweizenart Emmer (triticum dicoccum) zur Verfügung; da er sich nicht zum Brotbacken eignete, wurde daraus der puls hergestellt, ein polentaartiger Brei. Spätestens in der Kaiserzeit setzte sich der Saatweizen durch (triticum vulgare); aus dem Mehl wurden Brote gebacken. Die Legionäre schroteten das Korn mit ihren steinernen Handmühlen, jedes Contubernium (vgl. unten) führte eine Mühle mit. Gebacken wurden die Brote in der heißen Asche der Lagerfeuer oder auf einem heißen Stein, der mit Glut bedeckt wurde.
Bucellatum	eine Art Zwieback der Legionäre
Bucina	(pl. Bucinae); zweifach gewundenes, posaunenähnliches Signalinstrument des römischen Heeres (Naturtrompete ohne Ventile), das über die rechte Schulter gelegt wurde. Die Römer nutzten eine Reihe unterschiedlicher Instrumentenarten, unter ihnen die Tuba, das Cornu und die Bucina. Die Tuba war ein langes Blasinstrument aus Bronze oder Eisen, dessen Rohr konisch leicht erweitert war (Umfang von sechs Natur-

tönen); das Cornu war ein Horn mit einem dünnen, fast kreisförmig gekrümmten Bronzerohr und einem etwas nach außen gebogenen Schalltrichter. Die Blasinstrumente wurden für verschiedene Anlässe eingesetzt, vom morgendlichen Wecken der Truppen bis hin zum Blasen zum Angriff oder zur Anordnung des Haltmachens oder Rückzugs. Wir sind nicht sicher, auf welche Weise die unterschiedlichen Instrumente verwendet wurden – z. B. entweder einstimmig oder eines nach dem anderen.

Calceus — weicher geschlossener Stiefel, getragen von Stabsoffizieren und Generälen

Caligae — schwere Sandale aus Leder, die von den römischen Soldaten getragen wurde (Marschschuh). Robust und aus drei Hauptkomponenten bestehend – Sohle, Einlegesohle und Obermaterial. Caligae glichen nach vorne offenen Stiefeln. Für einen festeren Sitz konnten die Lederriemen angezogen werden. Dutzende Eisennägel auf der Sohle sorgten für guten Halt. Wenn nötig, konnten diese auch ersetzt werden.

Capsarius — vergleichbar mit unserem Sanitäter; der Capsarius (von Capsa = Schachtel, in der u. a. saubere Tücher lagen) kümmerte sich um die verletzten Legionäre, brachte sie ins Lazarett oder assistierte dem Militärarzt, vgl. Medicus.

Carnyx — pl. Carnyxes; eine gallisch-keltische, hornartig gebogene Trompete aus Bronze, die beim Blasen vertikal gehalten wurde und oben eine glockenförmige Mündung aufwies.

Centurie — eine Untereinheit der Legion. Ursprünglich belief sich die Sollstärke auf einhundert Mann

(»Hundertschaft«), aber seit Beginn der Kaiserzeit umfasste eine Centurie achtzig Mann. Die Einheit gliederte sich in zehn Gruppen zu je acht Mann, die Contubernia genannt wurden (vgl. den Eintrag dort).

Centurio (pl. Centuriones bzw. dt. Centurionen); Offiziersrang des röm. Heeres (gehört zu den Principales); Befehlshaber einer Centurie (= Hundertschaft) der röm. Legion; galt zudem für die sog. Auxiliartruppen (Hilfstruppen). Der Vollständigkeit halber sei hinzugefügt, dass schon zu Cäsars Zeiten eine Centurie in der Regel aus ca. 80 Legionären bestand. Anders als die Stabsoffiziere stiegen die Centurionen fast ausnahmslos aus dem Mannschaftsdienstgrad auf (vom Miles gregarius oder einfachen Legionär). Zu erkennen war der Centurio u.a. an dem quer getragenen Helmbusch und dem auf der linken Seite getragenen Schwert. In der Kaiserzeit standen die Centurionen der 1. Kohorte im Rang über den restlichen Centurionen einer Legion (also waren sie Centurionen ersten Grades, oder Primi ordines). Innerhalb der Rangfolge der Manipel gab es (absteigend) den Pilus Prior (diesen Rang bekleidete Tullus in »Kampf der Adler«), den Princeps prior (diesen Rang bekleidet Tullus in der Ersten Kohorte) und den Hastatus prior, entsprechend dann den Pilus posterior, den Princeps posterior und den Hastatus posterior; für die übrigen Kohorten einer Legion gab es eine entsprechende Einteilung der Centurionen. Der Einfachheit halber wurden in diesem Roman die einzelnen

Centurionen nicht in jedem einzelnen Rang beschrieben: Es ist von ranghöheren bzw. rangniedrigeren Centurionen die Rede (vgl. aber Primus Pilus unten). Die Stationen auf dem Werdegang zum Centurio lauteten: Immunis (Gefreiter), Beneficiarus tribuni, Beneficiarius legati, Cornicularius, Optio ad spem, Centurio (und entsprechende Centurio-Dienstränge).

Cerberus — eine riesige hundeähnliche Bestie mit drei Köpfen, die den Eingang zum Hades, der Unterwelt, bewachte. Er gewährte den Geistern der Toten Eintritt, ließ jedoch niemanden wieder hinaus.

Cerevisia — das Bier bei den Germanen wurde aus Gerste hergestellt, aber auch aus Weizen (bei Tacitus wird das Bier bei den Germanen erwähnt).

Chauken — germ. Stamm, der beidseits der unteren Weser siedelte. Der Stamm gehörte während der Germanicus-Feldzüge zu den Hilfstruppen und wurde später in den Kreis der Bundesgenossen aufgenommen.

Cingulum (militare) — der röm. Militärgürtel; in der frühen Kaiserzeit bestand dieser Ledergürtel aus zwei sich kreuzenden metallbeschlagenen Cingula, an denen die Seitenwaffen wie Gladius und Pugio befestigt waren. Das Cingulum dürfte zusätzlichen Schutz für die gefährdete Bauchpartie des Legionärs geboten haben. Oft auch mit Schurz aus Lederstreifen verstärkt.

Circus Maximus — die riesige Arena, die u.a. für Wagenrennen genutzt wurde. Der Circus lag zwischen den beiden Hügeln Palatin und Aventin. Bereits im

	6. Jahrhundert v. Chr. sind Wettkämpfe auf diesem Areal belegt.
Civitas Nemetum	Speyer
Classis Germanica	röm. Kriegsflotte in Germania superior und Germania inferior. Bereits 13 v. Chr. gab es eine schlagkräftige Rheinflotte, die während der Drusus-Feldzüge (12 bis 8 v. Chr.) zum Einsatz kam. Später nutzten Tiberius und dann Germanicus die Classis Germanica für ihre Militäroperationen: Als möglicher Ausgangspunkt für Germanicus' Vorstoß gegen die germ. Stämme unter Arminius gilt Rheine an der Ems.
Confluentes	Koblenz
Contubernium	eine Gruppe von acht Legionären, die sich ein Zelt teilten und zusammen aßen (bisweilen auch gemeinsam kochten)
Cornicen	pl. Cornicines; Hornbläser in der röm. Armee; stand im Gefecht in der Nähe des Feldzeichenträgers (Signifer, s. dort.) Mit den Hornsignalen wurden taktische Befehle des Centurios übermittelt. Die Hörner dürften den vollen Klang der Tubae verstärkt haben. Vermutlich zählte der Cornicen nicht zu den Principales (Unteroffizieren), sondern zu den Immunes, den Funktionsträgern innerhalb der Armee, die von den allgemeinen Pflichten eines Legionärs befreit waren. Zur Verteidigung trug der Cornicen nur einen kleinen Rundschild und einen Dolch.
Cornu	Signalhorn (Instrument) des Cornicen (s. oben); vgl. Bucina

Corona (triumphalis) Allgemein handelte es sich bei einer Corona zunächst um einen Kranz, den man sich um das Haupt band. Später dienten die unterschiedlichen Coronae als Auszeichnungen für besondere Taten. Die Corona triumphalis war, gemeinsam mit der Tunika palmata (der mit goldenen Palmetten bestickten Pupurtunika) und der Toga picta (der mit goldenen Sternen bestickten Toga; vgl. Eintrag dort) die höchste Auszeichnung, die ein Feldherr erhalten konnte (»Lorbeerkranz« des Triumphators); seit Augustus gehört die Corona zum Erscheinungsbild des Kaisers, allerdings bestand sie nun aus Gold und diente als Kopfreif. Nicht zu verwechseln mit der »Corona aurea«, die Tubero in diesem Roman erhält: Diese war eine militärische Auszeichnung und bestand aus einem Goldreif mit einem Muster aus Lorbeerblättern.

Crista transversa quergestellter Helmbusch; Rangabzeichen des Centurios

Cuneus der »Keil«; eigentlich keine Keilform, sondern eine tief aufgestellte Sturmkolonne. Eine Centurie konnte sich z.B. wie folgt formieren: 8 Mann tief und 10 Mann breit; eine Sonderform war die Testudo, die sog. »Schildkrötenformation« (s. Testudo und Treffentaktik).

Cursus honorum die Ämterlaufbahn vornehmer Reicher. Theoretisch konnte die Reihenfolge der zu bekleidenden Ämter nicht übersprungen werden. Römische Männer der Oberschicht dienten zu Beginn ihrer Karriere meist als Stabsoffizier in der römischen Armee. In Zeiten Sullas wurde das Mindesteintrittsalter angehoben, um die

Anzahl ambitionierter junger Männer zu verringern, da sie nach ihrem Dienst beim Militär in den Cursus übergehen wollten. Von da an konnte der Rang eines Quästors nicht vor dem dreißigsten Lebensjahr erlangt werden. Prätor konnte man nicht vor neununddreißig werden. Mit viel Glück war drei Jahre später schließlich der Posten eines Konsuls möglich. Zwar war es für den Werdegang nützlich, die Dienstgrade eines Ädilen und Tribunen zu durchlaufen, jedoch war dies nicht zwingend, um im Cursus weiter aufzurücken.

Danuvius — die Donau

Denar — lat. Denarius, pl. Denarii; das gängige Zahlungsmittel im römischen Reich. Hergestellt aus Silber, war ein Denar in augusteischer Zeit vier Sesterzen oder sechzehn Asses wert. Der weniger verbreitete Gold-Aureus entsprach fünfundzwanzig Denaren.

Dolabra — die Pionieraxt; unerlässlich für die Schanzarbeiten der Legionäre. Die Dolabra kann als Mischung aus Axt und Hacke (Pickel) beschrieben werden, sie hatte sowohl eine Axtklinge mit breiter Schneide als auch einen geschwungenen, vierkantigen Pickelfortsatz, dazu einen hölzernen Schaft. Als weitere Schanzwerkzeuge standen den Legionären Hacken, Sägen, Spaten, Hämmer, Zangen und Faschinenmesser zur Verfügung.

Dolgubnier — westgerm. Stamm im heutigen Gebiet der Lüneburger Heide; offenbar aufgegangen in die Stammesverbände der Sachsen oder Chauken

Donar	westgermanischer Name des germ. Donnergottes (Thor); eine der wenigen Gottheiten, die für das erste Jahrhundert n. Chr. in den Quellen (Tacitus) belegt sind
Drusus	Nero Claudius Drusus, jüngerer Bruder des späteren Kaisers Tiberius, Vater des Germanicus. Drusus, geb. 38 v. Chr., nahm bereits im Alter von 23 Jahren an Feldzügen teil. Drei Jahre später betraute Augustus ihn mit der Eroberung weiter Teile Germaniens. Von 12 bis 9 v. Chr. befehligte er immer wieder erfolgreiche Erkundungsfeldzüge über den Rhein. Drusus starb während des Rückmarschs nach einem Sturz vom Pferd und wurde in Mogontiacum, heute Mainz, bestattet. Der sog. »Drususstein« in der Mainzer Altstadt gilt als Kenotaph (=Ehrengrab), das zu Ehren Drusus' errichtet wurde.
Equites	sg. Eques; Die »Ritter«- oder Reiterklasse (equester ordo) bestand ursprünglich aus Bürgern, die es sich leisten konnten, sich mit eigenen Mitteln als Reiter der frühen römischen Armee auszurüsten. In Zeiten der späten Republik gab es diesen Titel nicht mehr, er wurde aber von denen übernommen, die der Klasse unterhalb des Senatorenstandes (ordo senatorius) angehörten. Auch einige Senatorenfamilien nutzten diesen Ausdruck weiter.
Fascis (pl. Fasces)	ein Rutenbündel, das um ein Beil herum verschnürt war. Die Liktoren, die Amtsdiener, trugen die Fasces als Symbol der Gerechtigkeit (Liktorenbündel) zu öffentlichen Anlässen.
Fectio	das Kastell Vechten; heute Gemeinde Bunnik in der niederländischen Provinz Utrecht.

Feminalia	Legionäre trugen in der Regel keine »Unterhose« unter der Tunika, eventuell aber in kälteren Regionen wie Britannien oder entlang des Limes. Die F. war eine bis unter die Knie reichende Dreiviertelhose (u. a. auf der Trajanssäule zu erkennen).
Flevo Lacus	Zuiderzee, Bucht auf dem Gebiet des heutigen Ijsselmeers, Niederlande.
Flottille	in der röm. Marine kleinere Schiffsverbände, die im Wesentlichen auf Flüssen oder in größeren Binnengewässern zum Einsatz kamen, etwa auf dem Bodensee, auf dem Comer See oder auf der Donau
Focale	ein Wollschal des Legionärs; oft in Kombination mit dem Paenula, dem Militärmantel, getragen. Legionäre und Angehörige der Hilfstruppen sind auf der Trajanssäule mit verknotetem Halstuch zu erkennen. Der Schal schützte sicher auch den Hals gegen das Scheuern des Panzers.
Fortuna	die Göttin des Glücks und Schicksals. Wie alle Gottheiten war auch sie notorisch wankelmütig.
Fossae (sg. Fossa)	Verteidigungsgräben, die rund um römische (Marsch)lager ausgehoben wurden, oft nur vorübergehend, bei festen Lagern auf Dauer. Je nach Art des Lagers variierten diese Gräben in der Breite und Höhe; die Anzahl der Gräben hing von der allgemeinen Gefahrenlage der jeweiligen Legion ab.
Frameae	sg. Framea – die Frame, ein langer (Nahkampf-)Speer der germanischen Stammeskrieger mit kurzer, schmaler Eisenklinge, zählte zu

	den gefürchteten Waffen. Im Zusammenspiel mit einem Rundschild, setzte man diesen Speer als Stoß- oder Wurfwaffe ein.
Furca	Tragestange des röm. Legionärs während des Marsches. Die Furca bestand aus Holz, war kreuzförmig und wies vermutlich eine Querstange auf, damit das Marschgepäck getragen werden konnte. Daran befestigt waren u.a. die Sarcina (das Gepäckbündel), die Paenula (Militärmantel), ein Netz für den Proviant, die Kasserolle, Feldflasche usw. Geht man davon aus, dass der Legionär seinen Scutum über dem Panzerhemd auf dem Rücken trug, dürfte die Furca, die man über einer Schulter trug, mit ihrem Gewicht auf der Oberkante des Schilds geruht haben.
Fußangel	vgl. Krähenfüße
Fustuarium	von lat. Fustis = Prügel, Stock; Diebstahl oder grobe Pflichtverletzungen beim Wachdienst wurden mit dem Tode bestraft: Der Schuldige wurde von den eigenen Kameraden zu Tode geknüppelt. Bei der »Decimatio« handelt es sich um eine Strafe beim Militär, bei der in der betroffenen Einheit jeder zehnte Mann durch das Los bestimmt und in Form des Fustuariums hingerichtet wurde (wenn Vergehen wie Meuterei oder Feigheit vor dem Feind vorlagen); vgl. das Wort »dezimieren«. Im Laufe der Kaiserzeit wurde die Todesstrafe immer seltener verhängt.
Gallien	das heutige Frankreich und Belgien; das Gebiet wurde unter Augustus in vier Provinzen eingeteilt: Gallia Belgica and Gallia Lugdunensis,

Gallia Aquitania und Gallia Narbonensis. Drei der vier Provinzen waren Bestandteil der Tres Galliae (vgl. Eintrag dort).

Germania — zwischen 9 – 16 n. Chr. betrachteten die Römer das Gebiet zwischen dem Rhein und der Elbe als Provinz Germania bzw. als zwei Provinzen: Germania inferior und Germania superior (diese Unterteilung fällt allerdings in das Jahr 90 n. Chr.). Östlich der Elbe und dem Zufluss Saale lag Germania Libera, das freie Germanien (oft nur als »Germania Magna« bezeichnet).

Gladius (pl. Gladii) — Hauptwaffe der röm. Infanteristen; für die augusteische Zeit kommt der Gladius vom Typ »Mainz« infrage. Die Klinge ist ca. 55 cm lang und bis zu 8 cm breit (beim Typ »Fulham« variieren die Maße). Dieses Kurzschwert galt als besonders gut ausbalancierte Hieb- und Stichwaffe. Der Schwertgriff wurde aus Knochen hergestellt und besteht aus Handschutz mit Stichblatt, dem Griffstück und dem Knauf. Der Gladius wurde meist rechts getragen. Ausnahmen bildeten die Centurionen und weitere Befehlshaber, die das Schwert links trugen. Es war mit der rechten Hand relativ einfach zu ziehen und wahrscheinlich auch deshalb dort positioniert, um nicht dem Scutum, dem Schild, ins Gehege zu kommen.

Groma — pl. Gromae; römisches Vermessungsinstrument, bestehend aus Lot und Visierkreuz. Die Groma diente zur Absteckung rechter Winkel, etwa bei der Errichtung der Marschlager oder der Ausrichtung der Straßen innerhalb der Legionslager.

Gubernator	Steuermann
Hades	der Totengott in der griechischen Mythologie, Herrscher über die Unterwelt, die auch als Hades bezeichnet wurde. Pluto entspricht bei den Römern dem Gott Hades.
Helm	lat. Cassis bzw. Galea; bis in die frühe Kaiserzeit waren verschiedene Helmtypen in Gebrauch, aus Eisen getrieben, auch aus Bronze oder Messing, manchmal mit Zusätzen aus Kupfer, Zinn oder Legierungen mit Zinkanteilen. Erwähnenswert sind die Helmtypen Hagenau (im Laufe des 1. Jahrhunderts v. Chr.) und der Typus Weisenau (der sich ab der Mitte des 1. Jahrhunderts n. Chr. etablierte), Letzterer mit eingeschnittenen Wangenklappen und charakteristischem Nackenschirm. Die Helmzier trug der einfache Legionär wohl nur anlässlich von Paraden.
Hercules	Herakles bei den Griechen; Sohn des Jupiter/Zeus, berühmt für seine Kraft und die zwölf Aufgaben
Iberia	der griech. Name für die iberische Halbinsel, d.h. Spanien und Portugal. Die Römer nannten diese Region auch Hispania, eine Provinz hieß Lusitania (heute ein Teil Portugals und Spaniens).
Illyricum	Illyria; röm. Bezeichnung für die Länder jenseits der Adria: darunter Teile des heutigen Sloweniens, Serbiens, Kroatiens, Bosniens und Montenegros. Illyricum umfasste auch die Region, die unter dem Namen Pannonien bekannt ist; sie wurde röm. Provinz, etwa ab der ersten Hälfte des 1. Jahrhunderts n. Chr.

Imperator	ursprünglich ganz allgemein die Bezeichnung für den Magistraten, der das militärische Kommando (Imperium) innehatte. Erst später, in nachrepublikanischer Zeit, bezeichnete Imperator den Herrscher. Während der Republik konnten die Soldaten ihren siegreichen Anführer als Imperator begrüßen. »Imperator« wurde somit zu einer Ehrenbezeichnung, um die Feldherrnqualität des Siegers zu dokumentieren. Seit Augustus erster Bestandteil des kaiserlichen Namens.
Imperium proconsulare (maius)	mit diesem Titel wurde der Oberbefehl über das Heer bezeichnet, im Falle des Germanicus der Oberbefehl über die Rheinarmeen und die Tres Galliae (s. Eintrag dort).
Intervallum	die breite, ebene Fläche innerhalb der Schutzmauern eines römischen Lagers. Das Intervallum bot dank des Abstands zu den Befestigungen den Baracken und anderen Unterkünften eines Lagers Schutz vor feindlichen Geschossen und diente darüber hinaus als Versammlungsplatz der Truppen unmittelbar vor einem Gefecht.
Jupiter	oft »Optimus Maximus« genannt – »der Großartigste und Beste«. Mächtigster aller römischen Götter. Er war Herr des Wetters, besonders der Stürme. Jupiter war sowohl Bruder als auch Gatte von Juno.
Kenotaph	leeres Grabmal zur Erinnerung an einen Toten, der an anderer Stelle bestattet wurde (vgl. den Grabstein des Marcus Caelius, der beim Militärlager Vetera in der Nähe des heutigen Xanten gefunden wurde).

Kohorte militärische bzw. taktische Grundeinheit der röm. Legion; ein Zehntel ihrer Stärke. Nach der Heeresreform des Marius gliederte sich die Legion in 10 Kohorten (die Sollstärke einer Legion schwankte zwischen 3600 und 6000 Mann); auf die Kohorte entfielen ca. 480 Mann (bzw. 360–600 Mann), also sechs Centurien zu 80 Mann. Jede Centurie wurde von einem Centurio angeführt. Der ranghöchste Centurio befehligte die Erste Kohorte einer Legion (Primus Pilus), die jeweils Erste Centurie einer Kohorte wurde von einem Pilus Prior angeführt (diesen Rang bekleidet Tullus zeitweise); vgl. auch Eintrag Centurio. Die Centurionen der 2. bis 10. Kohorte waren offenbar im Dienstgrad gleichgestellt, man unterschied jedoch vom Rang her die Centurionen der Ersten, Zweiten und aller nachfolgenden Centurien (strenggenommen spricht man von den Triariercenturionen [Pili], die vor denen der Principes und diese dann vor denen der Hastati rangierten).

Kohortentaktik löste die ältere Manipulartaktik ab; die für gewöhnlich 10 Kohorten einer Legion kamen in unterschiedlicher Form zum Einsatz, etwa in der Acies Triplex oder Acies Duplex (Aufstellung der Kohorten in eigenständig operierenden Treffen; vgl. auch Treffentaktik).

Krähenfüße auch Wurfeisen, bzw. Fußangel (lat. Tribulus bzw. Calcitrapa); eine Verteidigungswaffe, meist bestehend aus vier spitzen, eisernen Dornen, die stets so angeordnet waren, dass immer eine der Spitzen senkrecht nach oben wies, während die anderen drei für die nötige Stabilität sorgten. Sie wurden oft in den Gräben rund um römische Kastelle ausgelegt.

Lararium — In vielen röm. Häusern fand sich der Schrein der Lares familiares, der Schutzgötter der Familien und Häuser.

Latrunculi — auch Ludus latrunculorum; ein röm. Brettspiel für zwei Personen, das mit Spielsteinen und ohne Würfel gespielt wurde. Über die Regeln ist nicht allzu viel überliefert, daher lässt sich heute nicht mehr genau sagen, wie es gespielt wurde. Grundsätzlich ging es bei diesem Brettspiel darum, dem Gegner durch geschicktes Ziehen möglichst viele Steine abzunehmen.

Laugona — der Fluss Lahn

Legat — (Legatus Legionis); eine Legion besaß mehrere Stabsoffiziere; das Kommando fiel einem Legaten zu, der meist aus dem Senatorenstand stammte (und Anfang dreißig war). In der späten Römischen Republik wurden Legaten häufig von Feldherren, wie Cäsar, ernannt und stammten nicht selten aus den Familien oder dem Freundeskreis dieser Männer. Auch politische Weggefährten wurden auf diese Weise begünstigt. Der Legat hatte dem jeweiligen Statthalter Bericht zu erstatten. Die Kaiserzeit kannte verschiedene Arten innerhalb des senatorischen Cursus honorum (vgl. Eintrag dort); der »Legatus Augusti pro praetore« verwaltete eine röm. Provinz und besaß das Kommando über die dort stationierten Truppen (so wie ehemals Varus); der »Legatus Legionis« befehligte eine Legion in einer der Provinzen; der »Legatus Proconsulis« war Hilfsbeamter für den Statthalter einer senatorischen Provinz.

Legion lat. Legio; die größte unabhängige Einheit der röm. Armee. Bei voller Sollstärke bestand eine Legion aus zehn Kohorten (zu je 480 Legionären), unterteilt in sechs Centurien zu achtzig Mann. Jede Centurie war in zehn Abteilungen unterteilt, die Contubernia (zu je acht Mann). Die Centurien wurden jeweils von einem Centurio befehligt, dem drei niedere Offiziere zugeteilt waren: Optio, Signifer und Tesserarius (vgl. Einträge dort). Jede Centurie und Kohorte hatte ihre eigene Standarte; jede Legion besaß einen Legionsadler (Aquila; die 1. Kohorte der Legion hatte die Aufsicht über den Aquila; vgl. Eintrag unter Aquilifer). Befehlshaber einer Legion war der Legat (vgl. oben unter Legatus Legionis), sein Stellvertreter war der ranghohe Tribun, der Tribunus Laticlavius. Der Lagerpräfekt, ein ehemaliger Primus Pilus, war der dritthöchste Kommandant (Praefectus Castrorum); nach ihm – wir wissen nicht genau, in welcher Reihenfolge – kommen die fünf niedrigeren Tribune und der Primus Pilus. Der Legion waren in der Regel 120 Reiter zugeteilt (vgl. die Einträge unter Tribun, Primus Pilus und Turma bzw. Turmae). In der Praxis sah es jedoch so aus, dass die Legionen selten die volle Sollstärke erfüllten. Gründe dafür mögen Krankheit und anderweitige Verpflichtung der Soldaten gewesen sein, in Kriegszeiten natürlich auch die Verluste innerhalb der Einheiten, die nicht auf die Schnelle wiedergutgemacht werden konnten.

Legio v Alaudae	diese Legion mit dem Elefanten im Signum wurde bereits unter Cäsar ins Leben gerufen; Cassius Dio berichtet, dass die Legio v Alaudae nach der Niederlage des Varus den Überlebenden aus dem Lager Aliso zur Hilfe geeilt ist. Zusammen mit der Legio xxi Rapax (s. dort) ersetzte die Legio v Alaudae die untergegangenen Legionen des Varus am Rhein: spätestens seit dem Jahr 14 n. Chr. war diese Legion zusammen mit der Legio xxi Rapax im Legionslager Vetera stationiert.
Legio xviii	eine der drei Legionen, die in der Varusschlacht unterging (Tullus' alte Legion). Die Schreibweise auf der Inschrift der Scheibe an der Standarte (Legio xiix) ist ebenfalls belegt.
Legio xx Valeria Victrix	führte den Eber im Emblem; vermutlich unter Augustus gegründet. Die Legion war an der Meuterei beteiligt und ist für die »Schlacht an den Langen Brücken« belegt. Später in Britannien stationiert.
Legio xxi Rapax	die 21. Legion mit dem Steinbock (Capricornus) im Signum. Nach der Niederlage des Varus wurde die Legio xxi Rapax nach Niedergermanien beordert und war zusammen mit der Legio v Alaudae (s. dort) im Legionslager Vetera am Rhein (beim heutigen Xanten) stationiert. Die Legio xxi Rapax war an den Germanicus-Feldzügen auf rechtsrheinischem Gebiet beteiligt.
Legionär	der professionelle röm. Fußsoldat (Infanterist). Als röm. Bürger tritt er der Armee im Alter von 17 bis 19 Jahren oder Anfang zwanzig bei und legt einen Eid auf den Herrscher ab. Um

9 n. Chr. diente ein Legionär bis zu zwanzig Jahre in der Armee und stand weitere fünf Jahre als Veteran zur Verfügung. Bezahlt wurde der Legionär dreimal im Jahr in drei gleichen Raten, abzüglich der Beträge, die für Proviant und Ausrüstung nötig waren. Über einer schlichten, zumeist ärmellosen Tunika, die meist aus gewalktem Wolltuch bestand, trug der Legionär vermutlich ein aus Leder und Leinen vernähtes, kurzärmeliges Hemd, die Subarmalis, die vor dem Scheuern der Rüstung schützte und die Wucht von Schlägen dämpfte. Als Nächstes folgte ein Kettenpanzer, am bekanntesten ist vermutlich die Lorica Segmentata (der geschobene Schienenpanzer; erstmals zu sehen auf der Trajanssäule) bzw. der Vorläufer, die Lorica Hamata, der Kettenpanzer. Militärgürtel sind bezeugt und waren später mit Metallbeschlägen und blattförmigen Anhängern versehen (vgl. Cingulum militare); das frühkaiserliche Cingulum bestand aus einem Ledergürtel, der ca. 2–3 cm breit und auf der Außenseite mit rechteckigen Bronzeplättchen besetzt war. Zu Beginn des 1. Jahrhunderts n. Chr. ist vermutlich der Schurz aus Lederstreifen hinzugekommen, der zusätzlichen Schutz bot. Der Legionär trug einen Schild zur Verteidigung (Scutum), bei den Offensivwaffen handelt es sich um Gladius, Pilum und Pugio (vgl. die jeweiligen Einträge). Die Ausrüstung eines Legionärs belief sich mitunter auf mehr als 20 kg. Das war aber noch nicht alles, denn wenn andere Ausrüstungsgegenstände für den Marsch hinzuka-

	men – Furca, Decke, Kochgeschirr, Proviant und Werkzeuge –, belief sich das Gewicht auf bis zu 40 kg. Die Legionäre müssen körperlich fit gewesen sein, denn man erwartete, dass sie in voller Montur bis zu 20 Meilen in nur fünf Stunden zurücklegten. Wen wundert es da, dass die Sohlennägel der Caligae oft ersetzt werden mussten?
Liktor	Leibwächter und Amtsdiener, die hohen Amtsträgern voranschritten (etwa Konsuln, Prätoren, Legaten usw.). Die konkrete Anzahl der Liktoren hing vom jeweiligen Rang der Person ab. Jeder Liktor trug ein Rutenbündel, Fascis (s.o.), als Zeichen der Macht über der Schulter.
Lorica hamata	Kettenhemd bzw. Kettenpanzer; primäre Rüstung in der Legion (daneben findet sich die Lorica segmentata, ein Schienen- bzw. Spangenpanzer). Der Schuppenpanzer, Lorica Squamata, scheint bei Centurionen und Aquilifern beliebt gewesen zu sein, er findet sich auch bei der Reiterei und orientalischen Bogenschützen.
Lorica segmentata	Schienen- bzw. Spangenpanzer der röm. Armee; zu Beginn des 1. Jahrhunderts n. Chr. belegt. Dieser Rüstungstyp – bestehend aus übereinander liegenden Schienen oder Spangen, ergänzt durch auf Lederriemen genietete Scharniere – existierte parallel zu dem klassischen Kettenhemd, der Lorica hamata (s.o.).
Lupia	der Fluss Lippe
Mare Germanicum	die Nordsee
Markomannen	suebischer Stamm; im Zuge der Drusus-Feldzüge (bis 8 v. Chr.) wurde eine Stammesgruppe

ins heutige Böhmen vertrieben, die als Markomannen bezeichnet wurde. Ein bekannter Führer der M. war Marbod, dem Arminius nach der Varusschlacht ein Bündnis anbot.

Mars — der Gott des Krieges. Sämtliche Kriegsbeute wurde ihm gewidmet. Kein römischer Kommandant begann einen Feldzug, ohne vorher den Marstempel aufzusuchen und den Gott um Schutz und Segnung zu bitten. Ultor (der »Rächer«) ist der Beiname des Mars. Unter Augustus wurde auf dem Forum der Mars-Ultor-Tempel errichtet.

Mattiaker — germ. Stamm, offenbar Teil der Chatten. Das Siedlungsgebiet lag beim heutigen Wiesbaden, im Taunus und der Wetterau.

Medicus — Medicus ordinarius; auch bei den Militärärzten gab es Ränge: Der Medicus ordinarius scheint vergleichbar mit dem Stabsarzt zu sein und war vom Rang her einem Centurio gleichgestellt; weiterhin gab es Sanitätsunteroffiziere und -gefreite. Vgl. auch Capsarius.

Mogontiacum — das heutige Mainz; Ursprung des Legionslagers unter Drusus vermutlich 13/12 v. Chr.

Moiren — Griechische Göttinnen, die das Schicksal der Menschen bestimmen (Parzen bei den Römern). Die Vorstellung einer universellen Macht des Schicksals war bei den Römern weniger stark ausgeprägt, deshalb verspotten einige der Charaktere im Roman die Göttinnen als »Griechen«.

Novaesium — das heutige Neuss; bedeutendes Legionslager unter Drusus während seiner Offensive gegen die Germanen (12–9 v. Chr.)

Optio (pl. Optiones)	Offiziersgrad direkt unter dem Centurio. Der Optio gehörte zu den Principales, den niederen Offiziersrängen. Er war der zweite Befehlshaber einer Centurie. Trug vermutlich einen Helm mit längs verlaufendem Helmbusch.
Padus	der Fluss Po in Norditalien
Paenula	pl. Paenulae; weit verbreiteter Militärmantel in der frühen Kaiserzeit aus gewalktem, lodenähnlichen Wolltuch, bisweilen auch aus Leder; getragen wirkte die Paenula ponchoähnlich, da man hineinschlüpfte und die beiden Zipfel über die Unterarme schlug (am Nacken konnte eine Kapuze angenäht sein). Diente auch als Decke für die Soldaten.
Paludamentum	ein Mantel, der den Offizieren vorbehalten war und als Rangabzeichen diente; der Stoff wurde über die linke Schulter geschlagen und auf der rechten Schulter mit einer Fibel befestigt. Daneben war entweder das Sagum oder die Paenula der weit verbreitete Soldatenmantel.
Papaverum	Mohnsaft mit morphinähnlicher Wirkung; durch Anritzen aus den Samen der Mohngewächse gewonnen, ist die Verwendung mindestens seit 1000 v. Chr. belegt. Römische Ärzte nutzten das Opium des Schlafmohns, um längere Operationen am Patienten durchführen zu können.
Phalerae	militärische Auszeichnung; eine geformte scheibenartige Verzierung, welche an einem Brustgurt über der römischen Rüstung als Zeichen des Mutes getragen wurde. Meist wurden sie aus Bronze hergestellt, konnten jedoch auch aus edlerem Metall geformt werden. Zu den

Auszeichnungen gehörten ferner Torques (vgl. unten), Armreife und Ketten bzw. Anhänger.

Pila muralia – sg. Pilum murale; diese besonders schweren und robusten Holzspeere dienten als Schanzpfosten für die Marschlager, waren also nicht primär als Waffe gedacht. Sie wurden nicht mit einem Hammer in harten Boden gerammt, sondern bildeten – dicht nebeneinander – die Verschanzung einer künstlichen Erdaufschüttung, die dann bis ca. 1,20 m über die Oberkante des Walls ragte.

Pilum (pl. Pila) – der römische Wurfspieß. Er bestand aus einem hölzernen, ca. 3 cm starken Schaft von etwa 1,20 Meter Länge. Dieser ging in einen Aufsatz aus Eisen mit einer Länge von etwa 60 cm über und verjüngte sich zu einer pyramidenförmigen Vierkantspitze. Der Spieß war schwer (bis zu 2 kg), und nach dem Wurf verlagerte sich sein Gewicht hinter den Kopf. Dies gab der Waffe eine ungeheure Durchschlagskraft. Das Pilum konnte einen Schild durchdringen und dessen Träger schwer verletzen, oder es bohrte sich tief in den Schild, sodass dieser unbrauchbar wurde. Die Reichweite eines Pilum betrug etwa 30 Meter, obwohl sich die genaue Treffsicherheit auf etwa die halbe Distanz erstreckte. Man vermutet, dass die Legionäre mindestens 2 Pila mit sich führten, aber wahrscheinlich nutzten sie ein Pilum in der Schlacht.

Plänkler – leichte Infanterie, die in aufgelöster Ordnung kämpft, um den Gegner durch anhaltende, schnelle Vorstöße zu schwächen oder abzulenken

Pontes longi (Lange Brücken) — vermutlich ein Bohlenweg im sumpfigen Gelände zwischen Rhein und Ems. Zu den Germanicus-Feldzügen (14 bis 16 n. Chr.) wird die »Schlacht an den Pontes longi« gezählt: Die Römer konnten, wenn auch unter hohen Verlusten, die germanischen Verbände abwehren und gelangten zurück zum Rhein.

Präfekt — im römischen Reich eine Person, die mit einer bestimmten Aufgabe in der Verwaltung oder beim Militär betraut war. Ein Präfekt befehligte eine Ala und stammte seit Kaiser Claudius nur noch aus dem Ritterstand.

Prätorianer — die Garde, die den römischen Kaisern zugeordnet war; zur Zeit der Republik war den Feldherren eine Cohors Praetoria als Eskorte unterstellt. Augustus rief im Jahr 27 v. Chr. eine dauerhafte Garde ins Leben. Einige dieser Soldaten waren in Rom stationiert, um den Princeps zu schützen, der überwiegende Teil hielt sich im engeren Umkreis der Stadt auf, da es ursprünglich nicht zulässig war, dass sich Legionäre dauerhaft in Rom aufhielten. Die Prätorianer bestanden zunächst aus 9, später aus 12 Kohorten zu je 500 bis 1000 Mann und bildeten den schlagkräftigsten Verband des Princeps.

Praetorium — Hauptquartier (ursprünglich mit dem Zelt) des Kommandanten, meist auf einem Forum, wo sich Via Praetoria und Via Principalis kreuzten; in der Kaiserzeit war das Praetorium die feste Unterkunft des Legionskommandanten, die sich oft in unmittelbarer Nähe der Principia befand, dem Stabsgebäude mit überdachter Halle.

Primus Pilus	der höchstrangige Centurio der gesamten Legion und wahrscheinlich der diensthabende Centurio der Ersten Kohorte (in der Kaiserzeit gab es 6, dann 5 Centurionen der 1. Kohorte, die über den restlichen 50 Centurionen standen). Eine Position von immenser Bedeutung, die vermutlich von einem altgedienten Soldaten bekleidet wurde, der zwischen vierzig und fünfzig Jahre alt war. Bei der Entlassung stand dem Primus Pilus das Recht zu, Zugang zur Klasse der Equites zu bekommen.
Princeps	Augustus (der »Erhabene«) bezeichnete sich u. a. als Princeps (eigentlich Princeps senatus, also Erster des Senats); fortan hieß Augustus offiziell Imperator Caesar Augustus, wobei alle drei Bestandteile des Namens später zu Herrschertiteln wurden. Man spricht auch vom Prinzipat des Augustus, es wäre aber in der Zeit n. Chr. nicht korrekt, vom »Kaiser« zu sprechen.
Principales	die niederen Offiziere in der röm. Legion (Unteroffiziere); im Rang unter dem Centurio
Principia	Hauptquartier bzw. Stabsgebäude einer Legion; gelegen an der Via Praetoria. Zentrum einer Legion im Marschlager oder befestigten Kastell. Hier wurden sämtliche verwaltungstechnischen Abläufe koordiniert und die Standarten, insbesondere die Aquila oder Legionsadler, aufbewahrt. Der imposante Eingang mündete in einen gepflasterten, von Kolonnaden oder Portikus gesäumten Innenhof, der an allen vier Seiten Büroräume aufwies. Hinter dem Innenhof schloss sich die große Vorhalle mit hohem Dach an, in der Statuen, der Schrein für die

	Standarten und ein Gelass für die Legionskasse untergebracht waren, vermutlich auch weitere Büroräume. Wahrscheinlich fanden hier Paraden statt; ranghohe Offiziere werden ihre Soldaten in der Halle empfangen haben.
Pugio	ein Dolch. Einige römische Soldaten trugen den Pugio als zusätzliche Waffe. Vermutlich nützlich bei alltäglichen Abläufen (beim Essen oder der Zubereitung der Speisen) wie auch während des Feldzuges.
Räter	ein Bündnis alpiner Stämme im Bereich der mittleren Alpen (heutige Schweiz, Tirol und die alpinen Regionen Norditaliens und Süddeutschlands)
Rhenus	der Rhein
Rura	die Ruhr
Sacellum	das Fahnenheiligtum. Im Sacellum der Principia wurden die Feldzeichen aufbewahrt, die den ideellen Mittelpunkt jedes festen Lagers darstellten.
Sala	die Saale
Saltus Teutoburgiensis	Tacitus erwähnt in seinen Annalen (I, 60), dass die Überreste des Varus und dessen Legionen im Teutoburger Wald lagen, an der äußersten Grenze der Brukterer (lat. »haud procul Teutoburgiensis saltu«); der heutige Teutoburger Wald hieß lange Zeit Osning, erst im 17. Jahrhundert wurde er in »Teutoburger Wald« umbenannt: Eine Rückübersetzung des Namens Teutoburgiensis saltus.
Scutum (pl. Scuta)	ein länglicher ovaler Schild der römischen Armee von etwa 1,20 m Länge und 0,75 m Breite. Er wurde aus zwei Holzschichten hergestellt,

die rechtwinklig übereinander lagen. Diese waren mit Leinen, Tuch oder Leder bedeckt. Mit einem Gewicht von 6 bis 10 Kilogramm war das Scutum recht schwer. Ein großer Metallbuckel dekorierte die Mitte vorn, wobei sich auf der Hinterseite ein horizontaler Holzgriff befand. Oft waren dekorative Abbildungen auf die Vorderseite gemalt. Eine Lederabdeckung umhüllte das Scutum, wenn es nicht gebraucht wurde, z. B. während des Marsches.

Semnonen — Dieser germ. Stamm siedelte an der mittleren Elbe, schloss sich ab 17 n. Chr. dem Verband der Cherusker an.

Sestertius — lat. Sestertii; eine Messingmünze (seit Augustus, vorher Silber, später auch aus Bronze) im Werte von vier Asses, einer weiteren Münzart aus Kupfer, oder dem Viertel eines Denar oder ein Hundertstel eines Aureus. Seit der Zeit der späten römischen Republik wurde der Sestertius zu einem gängigen Zahlungsmittel.

Signifer — Standarten- bzw. Feldzeichenträger einer Centurie; Offizier von untergeordnetem Rang (gehörte zu den Principales). Eine Stellung, die hohes Ansehen genoss. Der Signifer trug oft Schuppenpanzer und ein Raubtierfell über dem Helm, der manchmal eine dekorative, bewegliche Maske aufwies. Zur Verteidigung diente ihm ein kleiner ovaler Schild (Parma) und kein Scutum. Sein Signum (Feldzeichen) bzw. seine Standarte bestand aus einem hölzernen Stab, der oben in eine von Palmblättern umschlungene Speerspitze mündete (ursprünglich eine erhobene Schwurhand). Unterhalb der Spitze hing an einer Querstrebe ein rechteckiges Stück Stoff, das Vexillum, hinzu kam eine metallene Schriftplatte mit der Bezeichnung der Einheit. Den eigentlichen Stab zieren übereinander angeordnete Scheiben mit aufgetriebenem Rand und einem Buckel in der Mitte (zwischen 3 und 7 an der Zahl); diese Scheiben ähneln Opferschalen oder den üblichen militärischen Auszeichnungen (Phalerae). Zusätzlich zu den Auszeichnungen finden sich mitunter andere Ehrenzeichen, u. a. Kränze oder auch Tierkreiszeichen. Unter den Phalerae folgt, quasi als Abschluss, eine Art Halbmond, manchmal auch eine quer verlaufende, geschuppte Halbkugel, die mit Quasten verziert ist. Die Signa waren bis zu 2,50 Meter lang und bis zu 7 kg schwer, je nach Ausstattung; man konnte sie mit dem eisernen Lanzenschuh in den Boden rammen.

Sold — Als Rekrut bekam man das sog. Viaticum, das sich auf 75 Denare belief und die Einstellungsprämie ergab. Der Sold für die Legionäre (Stipendium) wurde dreimal jährlich in drei gleichen Raten ausgezahlt (je nach Dienstgrad fiel der Sold natürlich unterschiedlich aus). Man geht inzwischen davon aus, dass dem einfachen Legionär seit Cäsar 225 Denare im Jahr gezahlt wurden. Ein Teil des Solds wurde indes für Waffen, Kleidung usw. einbehalten.

Spatha — (pl. Spathae); zweischneidiges Schwert mit gerader Klinge. Hiebwaffe der berittenen Hilfstruppen, löste in späteren Jahrhunderten den Gladius bei der Infanterie ab. Die Klinge der

	Spatha war ca. 15–20 cm länger als die des gewöhnlichen Gladius.
Stilus	pl. Stili; lat. für Griffel; ein spitzer Stift aus Eisen, Bronze oder Elfenbein. Mit dem Stilus schrieb man zumeist auf Wachstafeln. Das eine Ende war spitz, um die Schrift in Blei oder Wachs zu ritzen, während er am anderen Ende abgeplattet war, um das Wachs wieder glattzustreichen und Fehler zu korrigieren.
Subarmalis	Panzeruntergewand; ein aus Leder und Leinen vernähtes, kurzärmeliges Hemd, das vor dem Scheuern des Kettenpanzers schützte; offenbar wattiert bzw. gepolstert.
Suebi	Sueben; Stammesgruppe germanischer Völker, im Nordosten von Germania magna und der Ostsee.
Sugambrer	westgerm. Stamm, ursprünglich ansässig am Niederrhein und an der Lippe, noch v. Chr. umgesiedelt.
Tesserarius	der Schreiber einer Centurie und einer der Assistenten des Centurio. Seine Aufgaben umfassten das Schreiben der Wachberichte sowie die Kontrolle der Wachparole. Der Name stammt von dem Wort »tessera«, einem Tablett, auf dem das Passwort des Tages aufgeschrieben war.
Testudo	die berühmte »Schildkrötenformation« des römischen Heeres, besser »Schildwall«. Man stand dabei in einer quadratischen Anordnung und hob die Scuta in der Mitte des Heeres dachartig über die Köpfe, während sie am Rande der Formation eine seitliche Wand bildeten. Die Testudo-Formation kam bei der Abwehr von

	Wurfgeschossen zum Einsatz oder diente zum Schutz der Soldaten, während sie die Mauern einer Stadt belagerten. Die Stärke der Formation wurde während der Militärübungen angeblich dadurch getestet, dass man mit einem von Mauleseln gezogenen Karren darüberfuhr.
(Schreib)Tinte	vgl. Atramentum
Toga	Die Toga ist das röm. Gewand schlechthin, durfte aber nur von röm. Bürgern getragen werden. Togen mussten speziell gefaltet werden, wenn sie gerade nicht in Gebrauch waren. Beim Anlegen der Toga wurde darauf geachtet, dass die Fältelung richtig lag bzw. die Zipfel entsprechend herabhingen. Die Toga (speziell die »Toga virilis«) ist Symbol der Erlangung der Bürgerrechte als Erwachsener und wurde in feierlichem Akt angelegt; man trug die Toga zu verschiedenen (offiziellen) Anlässen, z. B. wenn man die zukünftige Braut aus dem Haus ihres Vaters holte, beim Empfang von Kunden oder als Magistrat oder Statthalter einer Provinz. Darüber hinaus war die Toga das Gewand für den Senat, für Triumphzüge (die Toga picta), wurde aber auch den wohlhabenden Toten auf dem Totenbett angelegt.
Torques	militärische Auszeichnung; eigentlich Halsreifen, dann jedoch in verkleinerter Form an Lederriemen an der Brust getragen.
Treffen(taktik)	taktische Heeresaufstellung, wobei den einzelnen Truppenteilen Bewegungsfreiheit blieb. Treffen blieben Bestandteil der Kohortentaktik während einer Schlacht; dadurch war gewährleistet, dass einzelne Truppenteile manövrierfä-

hig blieben bzw. Lücken anderer Treffen schließen konnten.

Tres Galliae — Drei der insgesamt vier gallischen Provinzen wurden vom Statthalter der Provinz Germania befehligt: Aus der Gallia Comata entstanden drei Provinzen: Belgica, Lugdunensis und Aquitania, die als Tres Galliae bezeichnet wurden.

Tribun — hochrangiger Stabsoffizier einer Legion. Während der Herrschaft des Augustus gehörten insgesamt sechs Tribune einer Legion an, wobei einer von höherem Rang war als die anderen. Dieser Tribun, der Tribunus laticlavius (mit »breitem Purpursaum« an der Tunika), kam aus dem Senatorenstand und war Stellvertreter des Legatus (des Legionskommandanten). Er war oft knapp unter zwanzig oder Anfang zwanzig und hatte diese Stellung für ein Jahr inne, ehe er wieder ins Zivilleben wechselte und die Ämterlaufbahn (cursus honorum; vgl. dort) mit der Quästur begann. Die anderen Tribunen, die Tribuni Angusticlavii (mit »schmalerem Purpusaum«) waren für gewöhnlich älter und kamen aus dem Ritterstand (ordo equester). Sie hatten ihren Posten länger inne und besaßen darüber hinaus größere militärische Erfahrung (vgl. auch Eintrag »Legion«).

Trierarchus — Ursprünglich war der Trierarch derjenige, der eine Triere (oder Trireme, s.u.) ein Jahr lang ausrüstete und befehligte. Später dann die Bezeichnung des Schiffskommandanten.

Trireme — das klassische römische Schlachtschiff, welches von einem großen Segel und drei Ruderreihen angetrieben wurde. Jedes Ruder wurde von einem Mann betätigt, der frei und kein Sklave war. Die Trireme war außerordentlich manövrierfähig und erreichte eine Geschwindigkeit von bis zu acht Knoten unter Segel – auf kurzen Strecken auch mit den Rudern. Am Bug verfügte das Schiff über eine bronzene Ramme. Diese wurde zum Beschädigen oder gar Versenken feindlicher Schiffe eingesetzt. Auch kleine Katapulte waren auf dem Deck angebracht. Die Trireme hatte eine Besatzung von bis zu 30 Seeleuten (Nautae), 200 Ruderern (Remiges) und 60 Seesoldaten (Milites, als reduzierte Centurie). Im Verhältnis zu ihren Dimensionen war die Besatzung enorm groß. Dies schränkte ihre Reichweite stark ein, sodass ihr Haupteinsatzbereich der Transport von Truppen sowie der Schutz von Küstenlinien war. Zur Zeit der Späten Republik wurde sie von größeren Schiffen verdrängt.

Triumphzug — Triumphzüge wurden in Rom für Feldherren veranstaltet, die einen bedeutenden militärischen Sieg errungen hatten. Der Zug begann für gewöhnlich auf dem Marsfeld außerhalb der Stadtbegrenzung und endete traditionell mit einem feierlichen Opfer vor dem Tempel des Jupiter auf dem kapitolinischen Hügel.

Tropaeum — abgeleitet von dem griech. Wort »tropaion« = »wenden«; Denkmal nach einem Sieg, ursprünglich oft ein Pfahl oder ein Baum, an den die Waffen oder das Rüstzeug der geflohenen Feinde gehängt wurden. Das Tropaeum des Drusus wird mit der Schlacht bei Arbalo

	11 v. Chr. westlich der Weser in Verbindung gebracht. Die Beschreibung von Germanicus' Tropaeum nach der Schlacht von Idistaviso gehört zu den überlieferten Berichten derartiger Denkmäler.
Tuba	Blasinstrument, vgl. Bucina
Tunika	das aus Wolle gefertigte Kleidungsstück, das Zivilisten wie Soldaten trugen (quasi ein überlanges T-Shirt). Legionäre trugen helle Tuniken aus gewalktem Wollstoff (die Untertunika = Leibwäsche bestand meist aus Leinen), Centurionen rote. Hochrangige Personen (wie auch Senatoren) trugen Tuniken mit breitem Purpurstreifen am unteren Saum.
Turmae	sg. Turma; kleinste taktische Grundeinheit der röm. Kavallerie. In der frühen Kaiserzeit war jeder Legion eine berittene Einheit von 120 Reitern zugeteilt, unterteilt in 4 Turmae à 30 Mann, befehligt von einem Decurio (zuvor 300 Reiter in 10 Turmae à 30 Mann).
Valetudinarium	Hospital bzw. Lazarett innerhalb des Lagers der Legionäre. Für gewöhnlich rechteckig angelegtes Gebäude mit zentralem Innenhof. Ein Valetudinarium konnte bis zu 64 »Stationen« haben, die von der Anlage und Ausstattung den Räumlichkeiten der Legionärsbaracken ähnelten (vgl. Contubernium für Soldaten).
Verpflegung (der Legionäre)	vgl. Brot
Vetera	heutiges Xanten; auch Vetera Castra, römisches Legionslager in der Provinz Germania inferior, eigentlich zwei zeitlich aufeinander folgende Lager, die als Vetera I (bis ca. 70 n. Chr.) und

	Vetera II (bis ca. 276 n. Chr.) bezeichnet werden
Via Praetoria	eine der zwei Hauptachsen in einem römischen Lager. Sie verbindet die Tore der längeren Seiten der Anlage miteinander, von der Porta Praetoria zur Porta Decumana.
Via Principia	auch Via Principalis; die andere Hauptachse innerhalb eines röm. Lagers. Sie führt vom Haupttor (Porta Principalis), kreuzt die Via Praetoria und endet an der Porta Principalis Sinistra.
Victrix	Beiname mehrerer röm. Legionen (»siegreich«)
Vicus	röm. Bezeichnung für eine Siedlung, die keine Stadt war; oft auch zivile Siedlung bei einem Lager
Vindeliker	ein keltischer Stamm, der im Alpenvorland siedelte (heutige Schweiz und südöstliche Gebiete Deutschlands. Im römischen Namen für Augsburg (Augusta Vindelicorum) ist der Bezug zu dem Stamm noch zu erkennen.
Vindonissa	Name eines Legionslagers in der heutigen Gemeinde Windisch im Kanton Aargau, Schweiz
Virtus	die »Mannhaftigkeit«, lat. Mut bzw. Tugend. Gilt als Personifikation der Tapferkeit des Soldaten; wird oftmals mit Honos (dem »kriegerischen Ruhm«) in Verbindung gebracht. In Rom wurden zu Ehren des Virtus und des Honos Tempel errichtet.
Visurgis	die Weser
Vitis	Weinrebe; der Stock des Centurios, geschnitzt aus einer Rebe. Dieser Stock kam bei Züchtigungen zum Einsatz und war sichtbares Abzeichen des Dienstgrads.

D[illegible]e Community für alle, d[illegible] Büc[illegible]r lieben

Da[illegible]efühl, we[illegible]n ein Buch in einer einzigen Nac[illegible] verschli[illegible]teile es mit der Community

[illegible]nst du

- [illegible]ren, die noch nicht [illegible]
- [illegible]uchbegeisterten [illegible]sch[illegible]diskutieren
- [illegible]oren [illegible]rs[illegible]nlernen
- An exklusiven G[illegible]ns[illegible]ielen und Aktionen teilnehmen
- Bonuspunkte sammeln und diese gegen tolle Prämien eintauschen

Jetzt kostenlos registrieren: www.lesejury.de
Folge uns auf Facebook:
www.facebook.com/lesejury

Vulcanus auch Volcanus; Gott des Feuers, der Schmiede und Metallhandwerker; assoziiert mit Blitzen und Waffenkunst. Seine Attribute sind Hammer, Zange, Schmiedeschurz und Amboss; Vulcanus entspricht Hephaistos in der griechischen Mythologie. Seine Tempel standen außerhalb der Städte, sein Festtag war der 23. August (Vulcanalia): Man warf Opfergaben ins offene Feuer, um die Gottheit zu besänftigen.